BASTEI
LÜBBE

Bisher sind im BASTEI-LÜBBE Taschenbuchprogramm von PIERS ANTHONY nachstehende Bände erschienen:

Die Saga vom magischen Land Xanth
20 053 Chamäleon-Zauber
20 059 Zauber-Suche
20 061 Zauber-Schloß
20 065 Zentauren-Fahrt
20 069 Elfen-Jagd
20 071 Nacht-Mähre
20 077 Drachen-Mädchen
20 094 Ritter-Geist

Die Inkarnationen der Unsterblichkeit
22 098 Reiter auf dem schwarzen Pferd

24 046 Omnivor
24 067 Ox
22 080 Orn

24 084 Zeit der Kämpfer
Die Titanen-Trilogie

PIERS ANTHONY

Der Sand der Zeit

Die Inkarnationen der Unsterblichkeit

BASTEI
LÜBBE

BASTEI-LÜBBE-TASCHENBUCH
Science Fiction Bestseller
Band 22 104

Erste Auflage: Juli 1987

Deutsche Lizenzausgabe 1987
Bastei-Verlag Gustav H. Lübbe GmbH & Co., Bergisch Gladbach
Originaltitel: Bearing an Hourglass
Ins Deutsche übertragen von Ralph Tegtmeier
Lektorat: Dr. Brunhilde Janßen
Titelillustration: Michael Whelan
Umschlaggestaltung: Quadro-Grafik, Bensberg
Druck und Verarbeitung:
Brodard & Taupin, La Flèche, Frankreich
Printed in France
ISBN 3-404-22104-4

1 Gespensterehe

Norton warf seinen Rucksack zu Boden und schöpfte eine doppelte Hand voll Wasser. Er trank und genoß die Kälte, die gegen seine Zähne schlug und seinen Gaumen gefühllos werden ließ. Man konnte leicht vergessen, daß dies hier ein künstlicher Quell war, durch Magie gekühlt; er wirkte so natürlich.

Zwanzig Meilen war er durch die kultivierte Wildnis des Stadtparks gewandert und wollte nun das Nachtlager aufschlagen. Er hatte Nahrung für eine weitere Mahlzeit dabei; am Morgen würde er seine Vorräte wieder auffrischen müssen. Das könnte peinlich werden, denn er besaß keinen Kredit mehr. Nun, darüber würde er sich morgen Gedanken machen.

Er sammelte trockene Äste und Blätter, wobei er darauf achtete, keine lebenden Pflanzen zu stören, und baute sich in einer Erdmulde einen kleinen Scheiterhaufen. Er entdeckte getrocknetes Moos und stopfte es ins Innere seiner Pyramide. Dann brummte er einen Entzündungszauber, und die Flamme sprang berstend ins Leben.

Norton holte drei Steine, legte sie um das sich ausdehnende Feuer und klappte seine kleine Bratpfanne auf. Dann holte er seinen spanischen Reismix hervor und schüttelte ihn in die Pfanne, wobei er den Mix schüttelte, damit sich der Reis bei der zunehmenden Hitze bewegte. Als er anzubräunen begann, fügte Norton einige Handvoll Wasser hinzu, was einen kräftigen Dampfschwall hervorrief, der nach kurzer Zeit verebbte. Dann stellte er die Pfanne auf die Steine und ließ sie schön allein vor sich hin brutzeln.

»Hätten Sie einen Happen übrig?«

Überrascht blickte Norton auf. Normalerweise bemerkte er andere Kreaturen sofort, besonders Menschen, auch dann, wenn er sich aufs Kochen konzentrierte, denn er war die Geräusche der Natur gewohnt. Doch der hier war offensichtlich aus dem Nirgendwo erschienen. »Das ist alles, was ich habe«, erwiderte er. »Ich werde es teilen.« Tatsächlich bedeutete dies, daß er mit der halben Portion hungrig bleiben würde, aber er konnte nie nein sagen.

Der Mann kam näher, ohne daß seine Füße irgendein Geräusch verursachten. Er war offensichtlich Mitte bis Ende Zwanzig, ungefähr zehn Jahre jünger als Norton, und in ungewöhnlich guter Kondition. Seine Kleidung war vom Stil der städtischen Oberklasse, doch er besaß die schwieligen Hände eines stark physisch orientierten Mannes. Reich, doch kein verweichlichter Einsiedler. »Sie sind von der unabhängigen Sorte«, bemerkte er.

»Hauptsächlich ist es die Wanderlust«, erklärte Norton. »Irgendwie möchte ich immer auch die andere Seite des Berges sehen. Egal welchen Berges.«

»Selbst dann, wenn Sie wissen, daß der Berg künstlich ist?« Bedeutungsvoll ließ der Mann den Blick über die Landschaft schweifen.

Norton lachte locker. »So ein Narr bin ich eben!«

Der Mann schürzte die Lippen. »Na? Das glaube ich nicht.« Achselzuckend fuhr er fort: »Schon mal daran gedacht, sich mit einer guten Frau niederzulassen?«

Der Kerl ging aber gleich ans Eingemachte! »Die ganze Zeit. Aber selten länger als ein oder zwei Wochen.«

»Vielleicht sind Sie nie einer begegnet, die gut genug für ein oder zwei Jahre war.«

»Vielleicht«, stimmte Norton ohne Verlegenheit zu. »Ich ziehe es vor, darin eine Auszeichnung der Philosophie zu sehen. Ich bin ein Reisemensch; die meisten Frauen sind Hausmenschen. Wenn ich jemals eine fände, die meine Reisen mit mir teilen wollte ...« Er hielt inne, von einem neuen Gedanken bewegt. »In diesem Sinne verlassen mich die Frauen ebenso, wie ich sie verlasse. Sie ziehen ihr Heim meiner Gesellschaft vor, ganz ähnlich wie Katzen. Ich ziehe weiter, sie bleiben – aber jeder weiß von Anfang an, zu welcher Sorte der andere gehört. Deshalb werden auch keine Erwartungen enttäuscht.«

»Der Mann tut, die Frau ist«, pflichtete der Mann ihm bei.

Norton schnupperte an seinem Reis. »Der ist fast fertig; hat einen Schnellkochzauber. Haben Sie einen Teller? Ich könnte auch einen aus Holz machen.« Er legte die Hand an sein stabiles Jagdmesser.

»Ich brauche keinen.« Der Mann lächelte, als Norton ihn von der Seite her anschaute. »Tatsächlich esse ich gar nichts. Ich wollte mich nur von Ihrer Gastfreundschaft überzeugen. Sie waren bereit, hungrig auszugehen, um mit mir zu teilen.«

»Kein Mensch kann allzu lange ohne Essen auskommen, und ich kann deutlich erkennen, daß Sie kein Asket sind. Ich werde Ihnen einen Teller schnitzen ...«

»Mein Name ist Gawain. Ich bin ein Gespenst.«

»Norton mein Name«, sagte Norton und registrierte, daß der Mann die Betonung auf die erste Silbe gelegt hatte. »Ich bin ein Hansdampf in allen Gassen, kann nichts wirklich richtig, außer vielleicht Geschichtenerzählen.« Dann zuckte er zusammen. »Wie bitte?«

»Ein Gespenst«, wiederholte Gawain. »Hier, ich zeige es Ihnen.« Er streckte seine kräftige Hand vor.

Norton packte sie und erwartete einen zermalmenden Handschlag – traf aber nur auf Luft. Er zog die Hand zurück und berührte Gawains Arm. Nichts. »Ganz sicher sind Sie das!« meinte er. »Kein Wunder, daß ich Sie nicht habe kommen hören! Sie sehen so feststofflich aus ...«

»So?« fragte Gawain und wurde durchsichtig.

»Ich bin noch nie einem echten, lebendigen ... äh ...«

Gawain lachte. »Zumindest echt, ja.« Nachdem er seine Pointe losgeworden war, nahm er wieder feste Gestalt an. »Norton, Sie gefallen mir. Sie sind unabhängig, genügsam, nicht eingebildet, großzügig und offen. Ich weiß, daß mir Ihre Gesellschaft zugesagt hätte, als ich noch am Leben war. Ich glaube, ich möchte Sie um einen Gefallen bitten.«

»Ich tue jedem Mann einen Gefallen – auch jeder Frau! Aber ich glaube kaum, daß ich allzu viel für ein Gespenst tun kann. Ich nehme an, Sie interessieren sich nicht besonders für physische Dinge.«

»Das schon, aber ich kann leider nichts damit anfangen«,

erwiderte das Gespenst. »Setzen Sie sich, essen Sie Ihr Abendessen. Und hören Sie sich, wenn Sie wollen, meine Geschichte an. Dann wird Ihnen auch klar, worum es mir geht.«

»Für Gesellschaft bin ich immer zu haben, ob nun wirkliche oder eingebildete«, sagte Norton und nahm Platz.

»Ich bin keine Halluzination«, versicherte ihm das Gespenst. »Ich bin eine echte Person, die rein zufällig tot ist.«

Und während Norton aß, stellte sich die Erscheinung vor. »Ich wurde in eine reiche und edle Familie hineingeboren«, sagte Gawain. »Ich wurde nach Sir Gawain von der alten Tafelrunde am Hofe von König Artus benannt; Sir Gawain ist ein ferner Vorfahr von mir, und man hat von Anfang an große Dinge von mir erwartet. Noch bevor ich gehen konnte, wußte ich mit einem Messer umzugehen; ich zerfetzte meine Matratze und krabbelte hinaus, um den Hauspuk ...«

»Puck?«

»Puk – ein kleiner Hausdrachen. Unserer war nur eineinhalb Ellen lang. Ich habe ihn fürchterlich erschreckt; er schlummerte gerade an einem sonnigen Fleckchen. Danach mußten meine Eltern mich in einen stählernen Laufstall einschließen. Mit zwei Jahren machte ich mir ein Seil aus meiner Decke, kletterte über das Laufstallgitter und jagte hinter der Katze her. Als sie mich kratzte, weil ich ihr den Schwanz abgeschnitten hatte, vivisezierte ich sie. Also beschaffte man eine Werkatze, die sich in eine höchst abweisende alte Vettel verwandelte, wenn ich sie ärgern wollte. Die hatte jedenfalls die richtige Kragenweite für mich; wenn ich mal gerade ihren Katzenschwanz grillte, werwandelte sie sich plötzlich und grillte dafür *meinen* Hintern mit einem Gürtel. Da entwickelte ich doch eine starke Abneigung gegen magische Tiere.«

»Kann ich mir vorstellen«, sagte Norton höflich. Er selbst war immer freundlich zu Tieren, besonders zu den wilden, obwohl er sich durchaus auch verteidigen würde, falls er angegriffen wurde. Gawain hatte einige Aspekte an sich, die ihm nicht ganz zusagten.

»Man schickte mich in die Gladiatorenschule«, fuhr das Gespenst fort. »Ich selber wollte dorthin und meine Familie zog es aus irgendeinem Grund vor, mich aus dem Haus zu haben. Ich wurde Klassenzweiter. Eigentlich hätte ich Erster werden können, aber der Primus besaß eine verzauberte Rüstung, die er sogar nachts trug, so daß ich ihn nicht beseitigen konnte. Ein gerissener Typ! Danach kaufte ich mir selbst eine prächtige Ausrüstung, gegen jede Klinge, Kugel und magische Bolzen gefeit. Dann zog ich aus, um mein Glück zu machen.

Es gibt nicht besonders viele Drachen, wenn man es mal mit weltlichen Tieren vergleicht, und die meisten von ihnen gehören geschützten Arten an. Tatsächlich respektiere ich Drachen; sie stellen für mich eine außerordentliche Herausforderung dar. Es ist wirklich schade, daß der Mensch so lange brauchte, um die Magie wirklich zu meistern. Sie ist erst in den letzten fünfzig Jahren zu einer echten Kraft geworden. Ich glaube, man hat sie in der Renaissance unterdrückt, als die Leute glaubten, daß es für alles eine rationale Erklärung geben müsse. Als Resultat dieser Ignoranz hatten es Drachen und andere phantastische Wesen viel schwerer als im Europa des Mittelalters. Manche liefen als weltliche Tiere maskiert herum – Einhörner, die sich ihre Hörner abschnitten, um als Pferde durchzugehen; Greife, die sich die Flügel scherten und Löwenkopfmasken anlegten, so was eben ... Und manche wurden auch von Tierschützern auf ihrem Privatgelände gehalten, die mehr für die Natur übrig hatten als für die Logik. Einige dieser Wesen entwickelten Schutzillusionen, so daß sie wesentlich profaner aussahen, als sie in Wirklichkeit waren, und auch Satan rettete einige, wenngleich die meisten seiner Wesen dämonisch sind. Aber jetzt ist das Übernatürliche endlich wieder in Mode, und phantastische Kreaturen sind plötzlich nicht mehr ausgestorben.

Manche Kreaturen werden allerdings wirklich lästig. Die meisten sentimental-liberalen modernen Regierungen sind soweit ins andere Extrem umgeschlagen, daß sie es verbieten, diese Ungeheuer zu vergiften oder zu erschießen oder mit Magie zur Strecke zu bringen. Deshalb müssen die bösen Drachen auch auf altmodische Weise erlegt werden, nämlich mit dem Schwert.«

»Warum bringt man die bösen unter ihnen nicht einfach in irgendwelche Reservate?« fragte Norton. Die Vorstellung, Drachen zu erlegen, entsetzte ihn.

Gawain schnaubte. »Mister, man kann einen Drachen nicht *irgendwohin bringen!* Die sind schlimmer als Katzen! Wenn so ein Drache erst einmal sein Revier abgesteckt hat, dann verteidigt er es auch. Verzaubert man das Ungeheuer und bringt man es in ein Reservat, bricht es einfach aus und kehrt zurück, und zwar doppelt so stur und böse wie vorher, wobei es unterwegs unschuldige Leute umbringt. Nein, ich respektiere Drachen als Gegner, aber der einzige wirklich gute Drache ist ein toter Drache.«

Norton seufzte. Vielleicht war es ganz gut für die Welt, daß Gawain nur noch ein Gespenst war.

»Das war meine Spezialität«, fuhr Gawain fort. »Das Erlegen von Drachen. Es war gefährliche Arbeit, das ist wahr – aber der Lohn war auch ansehnlich. Weil es quasilegal war, gab es hohe Honorare. Ich schätzte, daß ich nach fünf oder sechs Jahren Drachentöten reich und unabhängig sein würde. Darum ging es ja gerade: zu beweisen, daß ich nicht einfach nur Reichtümer erbte, sondern daß ich sie auch aus eigener Kraft ansammeln konnte. Ich wußte, daß meine Familie erfreut sein würde; jedes ihrer männlichen Mitglieder mehrte das Vermögen, sofern es lange genug lebte.«

Gawain überlegte einen Moment, und Norton unterbrach ihn nicht.

»Ich weiß, was Sie jetzt denken«, sagte Gawain. »Es ist wohl offensichtlich, daß ich einem Drachen zuviel begegnet bin! Doch zu meiner Verteidigung möchte ich sagen, daß ich fünf Jahre lang erfolgreich war und mein Planziel mit Bonusgeld beinahe erreicht hatte. Ich würde heute noch leben, wenn der letzte Drache, dem ich gegenüber stand, echt gewesen wäre. Aber sehen Sie, er trug ein falsches Etikett. Oh, ich will den Eingeborenen nicht die Schuld geben – jedenfalls nicht die ganze; es war ein ziemlich primitiver Stamm in Südamerika, und sie sprachen eine Mischung aus Amerind und Spanisch, während ich die Sprache der Weltmeister sprach, Englisch. Normalerweise stellt die Sprache kein allzu großes Hindernis dar; meine Rüstung und mein Schwert sprachen von meinem Beruf, auf meinem Schild trug ich das Drachenzeichen; und was Frauen betrifft – um seinen Wert zu künden, braucht ein Mann niemals die Sprache der Zunge zu nutzen, vor allem dann nicht, wenn er ein Krieger ist. Diese Dinge sind ohnehin ziemlich standardisiert; der siegreiche Held kann sich immer nach Belieben die örtlichen Jungfrauen aussuchen. Ist für die ja schließlich auch immer noch besser, als vom Drachen aufgefuttert zu werden!«

Er hielt einen Augenblick inne, seine Lippe zuckte. »Komisch, daß manche von diesen Mädchen das gar nicht so sehen.«

Er zuckte die Schultern und kehrte zum Hauptthema zurück.

»Aber ich glaube, die wußten wirklich nicht genau, um was es sich bei ihrem Ungeheuer handelte. Natürlich hätte ich die Sache beim Drachenregister nachprüfen müssen – aber ich war sehr weit gereist, und der nächste Außenposten der Zivilisation war einen halben Tagesmarsch entfernt –, konnte dafür natürlich keinen normalen fliegenden Teppich benutzen, da die Dinger an die Tourcomputer angeschlossen sind, ich hätte dadurch mein Vorhaben preisgegeben – kurzum, ich hätte einen ganzen Tag damit verloren und vielleicht auch noch die Drachenpatrouille in Aufruhr versetzt. Also ging ich diesen Drachen gewissermaßen blind an. Nie wieder! Ich weiß, ich war vermessen und töricht – aber immerhin kannte ich auch so ziemlich jede Drachenart, die es auf der Welt gab; ich dachte, daß es dieses eine Mal schon klappen würde.

Da war ich nun, zu Fuß und mit Schwert und Schild bewaffnet, wie es für derlei Begegnungen angemessen ist, und kühn wagte ich mich in das Nest des Ungeheuers. Und das war wirklich ein Ungeheuer! Ich konnte Krallenspuren an den großen Bäumen erkennen, die bis zu zehn Fuß in der Höhe waren. Eine echte Herausforderung! Ich marschierte zu seiner Höhle und forderte es laut heraus, und das Ungeheuer kam hervorgerannt, kein Feuer, nur Knurren – und dann erkannte ich meinen Fehler. Das war kein Drache – es war ein Dinosaurier! Ein Allosaurus, um genau zu sein; ich habe das nachgeschlagen, als es schon zu spät war. Ich dachte, die wären ausgestorben; ich glaube, Satan hat ihn einfach wieder zum Leben erweckt, nur um mich zurechtzustutzen.«

Nun meldete sich Norton zu Wort. »Ist denn ein Dinosaurier einem Drachen nicht sehr ähnlich?«

»Ja und nein«, meinte Gawain ernst. »Es müßte eigentlich genauso leicht sein, den einen zu erlegen wie den anderen, denn sie sind ja verwandt. Drachen verfügen über Feuer und eine bessere Panzerung, manche von ihnen sind ziemlich gerissen. Dinosaurier dagegen sind reichlich dumm, die müssen alles mit Zähnen und Klauen und Muskelkraft tun, weshalb sie viel eigensinniger und verzweifelter sind. Ich war auf Drachen eingestellt und für sie ausgebildet worden; ich kannte ihre typischen Mätzchen. Ein Drache wird beispielsweise immer versuchen, Sie zuerst mit seinem Feuer oder seinem Dampf zu versengen. Wenn Sie diesem Feuer ausweichen, müssen Sie sofort einen tödlichen Hieb nachschieben. Der Allosaurus dagegen ... dieses Ungeheuer machte ja nicht mal eine Pause, um nachzusehen, wie gut es getroffen hatte, denn es besaß keine Angriffshitze. Es raste einfach los, überraschte mich völlig. Ich wollte seitlich ausweichen, und das half mir diesmal gar nichts. Ich stach ihn mit dem Schwert in den Hals, doch er schien es nicht zu bemerken. Das ist auch so ein Unterschied ... ein Drache brüllt vor Schmerz und Zorn, wenn er verletzt ist ... die sind unverschämt stolz auf ihr Gebrüll ... Dieser Karnosaurier aber griff mich immer wieder an. Sein System war viel primitiver. Das Vieh riß mich zu Boden und biß mir ein Stück von meinem Körper ab, komplett mit Rüstung. Ich versuchte nicht einmal, davonzukriechen, ich wußte, daß das Herumkauen auf meinem Körper höchstens dazu führen würde, daß sich das Ungeheuer die Zähne abschliff.

Das war mein dritter Fehler. Anscheinend gehört zur Zauberei eine beachtliche psychologische Komponente; die Leute glauben an ihre Macht, und deshalb hat sie Macht. Ein Drache hätte gewußt, daß die Rüstung nicht zu durchdringen war, weil der Geruch des Zaubers daran hing, und er hätte nur leicht zugebissen, um seine Zähne zu schützen. Das Zubeißen wäre eher eine Show gewesen. Doch dieser Allosaurus stammte aus der Zeit *vor* der wahren Magie und biß recht herzhaft zu, mit der Art von Biß, der Knochen zermalmen kann.«

»Aber die Magie ist nicht bloß psychologisch!« protestierte Norton. »Als ich dieses Feuer hier entzündet habe, brauchte das Holz nicht an die Magie zu glauben, es brannte trotzdem.«

»Das stimmt. Mein Panzer war gegen die Zähne des Ungeheuers gefeit«, stimmte Gawain zu. »Aber das Kettenhemd war dehnbar, damit es mich beim Kämpfen nicht einengte. Dieses Reptil besaß äußerst kraftvolle Kiefer. Als es zubiß, drang kein Zahn durch den Panzer, aber ich wurde zu Tode gequetscht. Ein Drache hätte so etwas nie getan – aber dieses dumme Reptil! Es hat sich einige Zähne dabei ausgebissen und sich selbst fürchterliche Schmerzen zugefügt – und mich ganz nebenbei ausradiert.« Das Gespenst wirkte angewidert.

»Jetzt verstehe ich«, sagte Norton. »Es tut mir leid, Ihnen unter solchen Umständen zu begegnen.« Das war höflich ausgedrückt; wahrscheinlich hätte es Norton auch leid getan, Gawain in lebendigem Zustand zu begegnen.

»Ist nicht Ihre Schuld«, sagte Gawain. »Sie sind ein freundlicher Zuhörer. Viele Leute fürchten sich vor Gespenstern oder ignorieren sie.«

»Viele Leute sind auch gesetzter als ich«, meinte Norton. »Vielleicht gilt das für ihren Geist ebenso wie für ihren Körper. Da Sie mir gegenüber keinen Zorn hegen, akzeptiere ich Sie als wohlgesinnten Gefährten und hoffe, daß ich Ihnen irgendwie helfen kann.« Merkwürdigerweise gefiel ihm das Gespenst. Vielleicht lag das daran, daß es das Böse seines Lebens bereits hinter sich hatte.

»Ihre Manieren gefallen mir«, sagte Gawain. »Ich sehe schon, daß wir nicht alles gleich sehen, und ich glaube, das liegt daran, daß Sie ein sanfterer Mensch sind als ich es war. Seien Sie versichert, daß ich für den Gefallen, um den ich bitte, eine Gegenleistung anbieten werde. Möchten Sie lernen, wie man Drachen erlegt?«

»Oh, für einen Gefallen, den ich jemandem tue, verlange ich keine Gegenleistung!« protestierte Norton.

»Es geht nicht um irgendeine unwichtige Sache. Ich würde es vorziehen, zu bezahlen. Der Gefallen besteht lediglich darin, in die Sache einzuwilligen.«

»Nun denn, es würde mir Freude machen, zu lernen, wie man Drachen erlegt, wenngleich ich hoffe, daß ich derlei Wissen nie anzuwenden brauche.«

Das war eine Untertreibung; er würde sich niemals auch nur in die Nähe eines Drachen begeben, ohne den Schutzzauber zu besitzen – und mit diesem Zauber würde er ihn auch nicht umbringen müssen. »Aber was ist das für ein Gefallen?«

Gawain runzelte die Stirn. »Ich ziehe es vor, zuerst ein wenig mehr Hintergrundmaterial anzubieten, sonst könnte es Ihnen eventuell unmöglich sein, meiner Bitte zu entsprechen.«

Langsam wurde Norton neugierig. Das Gespenst gehörte zur harten, direkten Sorte von Mensch, mit völlig fremdartigen Wertvorstellungen, aber zugleich war Gawain ein Gentleman. Warum ging er bloß so umständlich vor? »Wie Sie wünschen, Sir.«

»Als ich starb, hatte ich mir ein hübsches Vermögen angehäuft, von meinem Erbe ganz abgesehen«, fuhr das Gespenst fort. »Tatsächlich habe ich das Erbe noch gar nicht bekommen, da mein Vater noch lebt, aber ich bin der Alleinerbe. Es ist wichtig, daß der Besitz in den Händen der Familie bleibt. Deshalb hat auch meine mich überlebende Familie eine Gespensterehe in die Wege geleitet. Das heißt, sie haben mich mit einer ausgezeichneten und gesunden jungen Frau von angemessener Abstammung vermählt, die …«

»Entschuldigen Sie«, sagte Norton. »Ich glaube, ich verstehe nicht ganz. Wie kann ein Gespenst heiraten?«

Gawain lächelte. »Ja, ich dachte mir, daß Sie das umhauen würde. *Mich* hat es auch umgehauen, beim ersten Gedanken. Das ist ein Mittel, das verwandt wird, wenn eine Adelsfamilie die eigene Erblinie aufrechterhalten will … und der Stammhalter nicht mehr im Geschäft ist. Dann vermählt man das Gespenst mit einem geeigneten Mädchen … mit einem, zu dem er auch zu Lebzeiten sein Einverständnis gegeben hätte … das dann seinen Erben austrägt und gebiert.«

»Aber …«

»Aber ein Gespenst kann keine lebende Frau befruchten. Das ist in der Tat ein Problem.«

»Ja. Ich weiß wirklich nicht, wie …«

»Darauf komme ich noch. Meine Frau darf mit jedem Mann zusammensein, mit dem sie will – aber sie *bleibt* dabei meine Frau, und ihr Kind ist meines. Es wird meinen Besitz erben und meine Linie fortführen.«

»Aber dann ist Sie Ihnen doch untreu!« protestierte Norton.

»Mit dieser Vorstellung hatte ich anfangs auch Probleme. Aber ich habe mich daran gewöhnt. Sie weiß, daß sie den Erben stellen muß und daß ich es persönlich nicht tun kann. Aber ich bin daran durchaus beteiligt, denn ich suche den Mann aus. Natürlich mit ihrer Einwilligung; schließlich ist die Ehe eine Partnerschaft. Einige gute Kandidaten hat sie schon abgelehnt.«

»Sind Sie sicher, daß sie wirklich …«

»Oh, ganz sicher«, sagte Gawain zuversichtlich. »Sie ist eine gute und ehrliche Frau. Sie versucht nicht, sich herauszuwinden. Sie möchte es lediglich richtig machen. Sie hat nämlich dieses magische Talent: Sie braucht einen Mann nur anzuschauen, um zu wissen, wie gut er als Gemahl wäre. Das ist auch ein Grund, weshalb meine Familie sie ausgewählt hat. Sie wollten nicht, daß der

Stammhalter von irgendeinem Tunichtgut armseliger Abkunft gezeugt wird. Sie ist wirklich etwas sehr Besonderes. Wäre ich ihr im Leben begegnet, ich hätte sie mit Sicherheit geliebt, wenn ich auch nicht allzu viel Geduld mit ihren Ansichten über Drachen gehabt hätte. Sie kann es nicht ertragen, irgendeinem Lebewesen Leid zuzufügen. Wenn ich ihr also einen Mann bringe, den sie für gut genug hält, um ...«

Da begriff Norton. »Dieser Gefallen ...«

Das Gespenst nickte. »Genau. Ich möchte, daß Sie meine Frau kennenlernen, und wenn Sie ihr gefallen ...«

»Warten Sie!« platzte es aus Norton heraus. »Ich nehme meine Frauen, wo ich sie finde, wo sie verfügbar sind, aber niemals Verheiratete! Das wäre nicht rechtens.«

»Ich mag Sie, Norton. Sie haben die richtigen Instinkte. Ich hatte schon befürchtet, daß ich hier draußen im Park nur trübe Tassen vorfinden würde, aber Sie haben Stil. Ich glaube, meine Frau könnte Sie mögen, denn die Kriegertypen, die ich ihr vorher schickte, mochte sie nicht. Sehen Sie die Sache doch einmal so: Ich habe keinen physischen Körper und brauche einen Erben. Ich bitte Sie darum, in dieser Hinsicht für mich den Ersatzmann zu stellen. Danach können Sie wieder Ihrer Wege gehen und haben keine weiteren Verpflichtungen. Das ist, als würden Sie für mich mein Haus reparieren, und ich werde Sie für den geleisteten Dienst bezahlen ...«

»Welch ein Dienst!«

»Allerdings.« Das Gespenst lachte leise. »Mir ist klar, daß es Ihnen schwerfällt, sofort zu akzeptieren, und das gefällt mir an Ihnen. Aber kommen Sie wenigstens mit, um Orlene kennenzulernen. Vielleicht will sie Sie ja gar nicht.«

Norton zweifelte daran.

»Bitte, Norton! Sie sind ein guter Mann, und ich brauche diesen Erben.«

»Das verstehe ich ja. Aber Sie zum ... Hahnrei zu machen ... das verstößt gegen meine Philosophie.«

»Ich bin schließlich ein Gespenst. Sie können sie als Witwe betrachten. Wenn Ihnen das hilft, können Sie sich vor Augen halten, daß Sie keinerlei Rechte über sie haben werden. Sie können sie nicht heiraten, und die Rolle, die Sie dabei spielen, wird niemals bekannt werden. Rechtlich gesprochen findet hierbei kein Ehebruch statt. Es ist dies also die schlechthinnige Gelegenheit, um wilden Hafer auszusäen ...«

»Völlig verantwortungslos! Das ist es nicht, was ich ...«

»Nun, dann betrachten Sie es als eine künstliche Besamung, wobei Sie der Spender sind. Verdammt, Mann, das wird doch im Leben andauernd gemacht, wenn der lebende Mann unfruchtbar ist.«

Das war zwar reichlich spitzfindig, aber es ließ sich nicht leugnen – das Gespenst hatte einige Argumente auf seiner Seite. »Na schön ... ich werde sie aufsuchen«, meinte Norton vorsichtig.

»Und ich bringe Ihnen bei, wie man Drachen erlegt!«

»Oh, Sie brauchen wirklich nicht ...«

»Oh, doch. Ich bestehe darauf, dafür zu bezahlen!«

Norton begriff, daß das, wofür ein Mann bezahlte, ihm auch gehörte. Gawain brauchte diesen persönlichen, privaten Anspruch auf den Stammhalter. »Ja. Aber zunächst einmal sollten wir wohl besser herausfinden, ob sie überhaupt daran interssiert ist. Es könnte sein, daß alles umsonst war.« Er fragte sich, wie ein so prächtiges Mädchen, das seinen Körper um der Sicherheit willen an ein Gespenst verkauft hatte, in Wirklichkeit aussehen mochte.

»Wir können uns sofort auf den Weg machen«, meinte Gawain eifrig. »Nicht weit von hier ist ein Aufzug.«

Norton wollte zuerst protestieren, mußte dann aber daran denken, daß er kein Geld mehr hatte und folglich ohnehin nicht mehr allzu lange im Freien würde lagern können.

Ein Aufenthalt bei einer guten Frau, selbst bei einer häßlichen, war immerhin der Überlegung wert.

So machten sie sich auf den Weg und marschierten eine Viertelmeile weit zu einer riesigen Donnereiche. Norton griff nach dem niedrigsten Ast und trat in die Höhlung, die sich im Stamm öffnete. Der Aufzug fuhr hinunter auf die

Wohnebene, wo sie ausstiegen und ein Transportband zur Wohnung des Gepenstes nahmen.

Dies war ein recht wohlhabender Teil der Stadt, was zur Familienbeschreibung des Gespenstes paßte. Arme Leute machten sich schließlich keine Gedanken über den Erhalt ihrer Güter.

Sie verließen das Transportband, wechselten auf ein kleineres Seitengangband über und gelangten in das wahrlich erhabene Gebiet, dessen Bewohner ihre Stammbäume im Who's Who hatten. Ein uniformierter Wächter versperrte ihnen den Weg, als sie das Band verlassen hatten. »Ausweis?« fragte er Norton streng.

»Ist schon in Ordnung, Trescott«, sagte Gawain. »Er begleitet mich.«

Trescott musterte Nortons etwas verschwitzte und mitgenommene Wanderkleidung mit mißbilligendem Blick. »Sehr wohl, Sir«, brummte er.

»Die Wächter gestatten es sich nicht immer, mich wahrzunehmen«, erklärte Gawain. »Es sei denn, ich mache mir die Mühe, mich zu manifestieren. Gespenster sind hier nicht sonderlich in Mode; die Verwaltung macht sich Sorgen wegen einer möglichen Wertminderung des Grundstücks.«

»Oder wegen solch schäbig aussehender Burschen wie mir«, bemerkte Norton. »Ich fühle mich hier fehl am Platz.«

»Hm, da ist was dran«, stimmte Gawain zu. »Wir sollten Sie wirklich ein bißchen aufpolieren, um einen guten Eindruck zu machen.«

»Ich bin, was ich bin«, erwiderte Norton. »Wenn sie die Fähigkeit besitzt, den wahren Wert eines Mannes mit einem Blick zu erkennen, was soll da Kleidung und Aufputz schon für einen Unterschied machen?«

»Das ist richtig. Also schön, versuchen wir es so. Aber wenn Sie sie akzeptiert, müssen Sie sich auch entsprechend anziehen.«

»Nur nicht vorgreifen«, sagte Norton, der von der ganzen Sache nicht allzu angetan war.

Sie gelangten an die Tür. »Ich kann nicht hinein«, sagte

Gawain. »So sind die Gesetze des Kosmos. Jeder kann ein Gespenst wie mich sehen, außer derjenige, der ihm am nächsten ist. Sie werden sich also selbst vorstellen.«

»Wie, soll ich etwa grinsen und sagen: ›Hallo, Mädchen, ich bin gekommen, um ...‹?«

»Sagen Sie ihr, daß Gawain Sie schickt. Das wird sie verstehen.«

»Na klar«, brummte Norton. Wie hatte er sich bloß hier hineinmanövrieren lassen? Er fühlte sich wie ein Vertreter, der sich gerade an die Bauerstochter heranmachte.

»Viel Glück«, sagte Gawain.

Norton war sich nicht sicher, was in diesem Fall das Glück darstellte. Er nahm seinen Mut zusammen und drückte auf den Klingelknopf an der Tür.

2 Bestätigung

Nach einer kurzen Weile wurde eine der Scheiben durchsichtig. »Ja?« fragte eine Frau mit sanfter Stimme. Er konnte ihre Umrisse nicht genau erkennen; natürlich war das Glas so beschaffen, daß es nur in eine Richtung ein klares Bild zuließ.

»Äh, Gawain hat mich geschickt.« Welch eine Idiotie!

Die Tür glitt beiseite, in ihrem Rahmen stehend die Frau. Ihr Haar hatte die Tönung von Honig und ihre Augen ebenfalls. Ihre Figur war herrlich wohlproportioniert, und ihr Gesicht war süß. Sie war die hübscheste Kreatur, der er je begegnet war.

Orlene musterte Norton. Ihre Augen schienen zu leuchten. »Oh, ich habe schon befürchtet, daß es eines Tages dazu kommen würde«, sagte sie.

»Es war eigentlich nicht meine Idee«, meinte Norton. »Ich gehe lieber.«

»Nein«, sagte sie hastig. »Sie trifft keine Schuld! Ich war bloß nicht darauf vorbereitet.«

»Da ich nun ungeeignet bin, werde ich Sie nicht weiter belästigen.«

Er war äußerst verlegen und bereute, hierhergekommen zu sein. Zugleich tat sie ihm leid. Er hatte mit einer anderen Art von Frau gerechnet; für eine wie diese hier würde er fast alles tun.

»Nein, warten Sie«, sagte sie schnell. »Ich wollte nicht ... bitte, nehmen Sie Platz, trinken Sie eine Tasse Tee.«

»Das ist nicht nötig, danke. Ich störe hier. Diese ganze Sache ...« Er wandte sich ab und hielt inne. Hinter ihm stand Gawain, die Arme ausgestreckt, um ihm den Weg abzuschneiden. Er wollte nicht durch das Gespenst hindurchgehen.

Orlene kam auf ihn zu und nahm ihn am Arm. Ihre Berührung war leicht und sanft. »Bitte«, wiederholte sie.

»Er hat es in die Wege geleitet«, sagte Norton und zeigte auf Gawain.

»Das brauchen Sie nicht zu sagen«, sagte Orlene, die eine ganz kleine Spur verärgert klang. »Sie brauchen sich nicht zu rechtfertigen.«

»Doch! Schließlich ist er Ihr Mann! Ich kann doch nicht einfach ... ich meine, selbst wenn ich geeignet wäre, wäre es immer noch verkehrt.«

»Mein Mann ist tot«, sagte sie.

»Ich weiß. Deshalb ...« Norton zuckte die Schultern, verwirrt über seine eigenen Gefühle, und wünschte sich in den Wald zurück. »Wie können Sie nur so vor ihm stehen und ...?«

»Ich?« empörte sie sich. Sie war eine jener wenigen Frauen, die zornig ebenso hübsch waren wie in glücklichem Zustand. »Wie könnt ihr Männer euch bloß gegenseitig Geschichten erzählen und den Tod eines Kriegers dazu benutzen, um zu versuchen ... zu ...!«

»Aber *er* hat mir doch gesagt, ich soll es tun!« erwiderte Norton. »Gawain hat mich hierher gebracht! Fragen Sie ihn! Er wird es Ihnen sagen!«

Sie blickte Norton ins Gesicht, dann wandte sie sich verletzt ab. Er kam sich vor wie ein Ungeheuer, das soeben einem Dutzend wunderschöner Schmetterlinge die Flügel ausgerupft hatte.

»Sie kann mich nicht sehen«, sagte Gawain. »Sie kann mich nicht hören. Das habe ich Ihnen doch schon erzählt. Sie glaubt nicht wirklich an mich.«

Norton war schockiert. »Meinen Sie etwa, daß sie glaubt, dies wäre alles nur ein Plan ... um ...?«

»Ich sagte Ihnen ja, daß Sie die Vorstellung selbst in die Hand nehmen müßten«, erinnerte ihn das Gespenst. »Sie ist bereit, Sie anzunehmen; nun verderben Sie die Sache bloß nicht.«

Norton wandte sich wieder an Orlene. »Sie können ihn wirklich weder sehen noch hören ... Gawain, meine ich?«

»Natürlich kann ich das nicht«, sagte sie mit immer noch verletzter Miene. »Nur sein Bild.« Sie zeigte auf ein eingerahmtes Gemälde an der Wand.

Norton drehte sich herum, um einen besseren Blick zu bekommen. Es war Gawain, in seine Rüstung gehüllt; auf seinem Schild aufgemalt ein Drache, der durchgekreuzt war. Der kühne Drachentöter.

Norton schüttelte den Kopf. »Das ist alles verkehrt hier. Ich fürchte, ich habe Sie beleidigt, Orlene. Ich habe ... die Situation ... mißverstanden. Ich möchte mich entschuldigen und jetzt gehen.«

»O nein, Sie dürfen nicht gehen!« protestierte sie. »Eigentlich ist es mir egal, weshalb Sie gekommen sind. Sie leuchten so hell! Ich hätte nie damit gerechnet, so etwas jemals ...«

»Ich leuchte?«

»Es ist schwer zu erklären«, meinte Orlene. »Es bedeutet nicht unbedingt, daß ich einen Mann deswegen mag. Das heißt nur, daß er objektiv ... daß er ...« Hilflos breitete sie die Hände aus.

»Ich glaube, ich verstehe«, sagte Norton. »Vielleicht nehme ich doch einen Tee.« Er trat zurück in den Raum.

Orlene schloß die Tür hinter ihm und verbannte das Gespenst nach draußen. Das war eine gewisse Erleichterung. Norton nahm in einem bequemen Sessel Platz, während sie sich in ihrer Wohnküche zu schaffen machte und einen Tee wählte.

Das Problem war, daß sie zu schön war, zu nett. Norton fürchtete, sie durch seine Berührung zu verderben. Dies war keine Frau für eine Nacht, und es wäre ein Verbrechen, sie als solche zu behandeln. Vor allem, da sie selbst sich der aktiven Mitwirkung des Gespenstes gar nicht bewußt war. Sie würde glauben, daß er, Norton, einfach nur ein Mann war, der eine Witwe ausnutzen wollte. Nun ja, sie war nicht *ganz* eine Witwe. Aber es machte ihm zu schaffen.

Bis auf eine Sache – sie sah ihn leuchten. Sie war nicht gezwungen, ihn zu nehmen, sie konnte ihn fortschicken, und er würde gehen. Warum sollte sie behaupten, daß er der Richtige sei? War ihre Magie wirklich, oder war es nur ein Vorwand, um wählerisch sein zu können? War sie wirklich besser als das, wofür sie ihn hielt? Sie schien die ideale Frau zu sein, doch das Äußere konnte täuschen. Vor allem, wenn ein Gespenst im Spiel war.

Orlene brachte den Tee in einer altmodischen Kanne und füllte zwei Tassen. Es war keine Teezeit, doch das war unwichtig. Sie brauchten einen Vorwand, um die Gesellschaft des anderen ein wenig unverkrampfter zu genießen. Das war, vermutete Norton, der eigentliche Grund für den Tee.

Doch es genügte nicht. Man konnte sich schließlich nur begrenzte Zeit mit einer Tasse beschäftigen, und es war erforderlich, in der Zwischenzeit zu plaudern. Wie lange würden sie das eigentliche Gesprächsthema hinauszögern können?

Nortons verzweifelt umherwandernde Augen erspähten ein großes hübsches Wohnzimmer-Stil-Buch mit phantastischen Illustrationen und sehr wenig Text, wie es zu den modischen, reichen Nichtlesern dieser Zeit paßte. Er griff danach.

»Oh, das ist der Bild-Puzzle-Führer«, sagte Orlene schnell. »Magische Technokunst. Ich habe mich noch nicht in das Puzzle gestürzt, obwohl ich es vorhatte. Es soll sehr schwierig sein.«

»Ich mag Puzzles.« Norton öffnete das Buch. Das erste Bild zeigte einen Ausschnitt des Stadtparks, dessen hohe Bäume fast lebendig wirkten. Fast? Nun sah er, wie ihr Laub im Wind flatterte. Es war ein bewegliches Bild, und es war dreidimensional; er hatte von solchen mit holographischen Illustrationen versehenen Büchern gehört, aber noch niemals eines in der Hand gehabt.

Er stach mit dem Zeigefinger in das Bild, um es zu berühren. Sein Finger durchdrang diese Oberfläche, ohne auf Widerstand zu treffen. Erschrocken zog er die Hand zurück.

»Es ist ein Fenster zum Park«, erklärte sie. »Man könnte hindurchklettern, wenn man klein genug wäre.«

Wirklich beeindruckende Magie! Fasziniert blätterte Norton um. Als nächstes erblickte er das untere Transportzentrum, dessen Transportbänder hinunter zu den Materietransmittern führten. Von den Bändern stiegen Leute herunter, schoben ihre Talismane in die MT-Schlitze und begaben sich zu ihrem Ziel. Eine große Wanduhr zeigte die jetzige Zeit und das heutige Datum an; das hier war ja life! Er fragte sich, ob er, wenn es ihm irgendwie gelingen sollte, sich in dieses Bild hineinzuquetschen, in der Lage sein würde, ein Matmit-Fenster zu einer anderen Stadt oder einem anderen Planeten zu nehmen. Nein – er verfügte nicht über die erforderlichen Wertmarken und besaß nicht genug Mittel, um sich eine zu kaufen. Zu schade; er liebte Erkundungsfahrten, und wenn er sich jemals interplanetarische Reisen hätte leisten können ...

Er blätterte wieder um. Diesmal zeigte das Bildfenster einen anderen Planeten: die brodelnde Sonnenseite des Merkur, so grell, daß ihm die Hitze entgegenzuströmen schien. Er berührte den nächstgelegenen hartbackenen Felsen mit dem Finger – und zog ihn hastig wieder zurück. Der war ja wirklich heiß!

»Sie sagen, daß dies hier lediglich ein Puzzle-Führer ist?« fragte er verwundert.

Orlene erhob sich anmutig und schritt zu einem Schrank. Ihr Kleid rauschte.

Sie holte eine Schachtel hervor. »Für das Laubsägepuzzle«, erklärte sie. »Natürlich ist es schon Jahrzehnte her, daß man sie noch mit wirklichen Sägen schnitt, aber sie heißen immer noch so.«

Sie räumte Teekanne und Tassen beiseite und stellte die Schachtel ab.

Norton öffnete sie. Sie war voll von hellen, gewundenen und flachen Teilstücken, sehr ähnlich den normalen Stükken eines Laubsägepuzzles. Doch diese hier glitzerten von Leben.

Er nahm eines der Stücke auf. Es zeigte mehrere Blätter eines Baumes, und sie flatterten tatsächlich in irgendeinem Wind. Das war ein Teil der ersten Illustration im Buch.

»Aber in diesem Buch gibt es viele verschiedene Szenen«, sagte er.

Orlene betätigte einen Knopf an der Seite der Schachtel. Sofort verwandelte sich das Bild, das Norton in den Händen hielt. Nun schien es ein Teil der Mauer der unterirdischen Transportstation zu sein. Er sah sich auch andere Stücke in der Schachtel an und stellte fest, daß eines davon einen Teil des Ziffernblatts der Stationsuhr aufwies. Der Minutenzeiger zeigte genau dieselbe Minute an wie Nortons eigene Uhr. Er war zwar nur ein Fragment, zeigte jedoch die exakte Zeit an.

»Es stehen einem alle Szenen zur Verfügung«, sagte Orlene. »Man stellt sie einfach nur für das Bild ein, das man haben will – oder verändert es mittendrin. Es gibt noch einen weiteren Knopf, um die Form der Stücke zu verändern, damit sie einem nicht zu vertraut werden. Es soll sehr viel Spaß machen, vor allem, weil das fertige Puzzle groß genug ist, daß ein Mensch hineinsteigen und sich in die Szene selbst begeben kann.«

»Wissenschaft und Magie verschmelzen schneller miteinander, als ich dachte!« rief Norton beeindruckt.

»Nun, sie waren ja schon immer mehr oder weniger dasselbe«, bemerkte sie. »Als die Einheitliche Feldtheorie die fünf Grundkräfte miteinander verband, die Magie eingeschlossen ...«

»Ich glaube, ich habe zu lange Zeit in der Wildnis verbracht!«

»Die Wildnis ist auch schön«, sagte sie. »Wir dürfen die alten Werte nicht für die neuen opfern.«

Er musterte sie mit neuer Anerkennung. »Sie mögen die Wildnis?«

»O ja! Zum Anwesen gehört auch ein Abschnitt des Parks; ich gehe sehr oft dorthin. Er erscheint mir weniger einsam als die Stadt.«

»Machen wir doch einmal dieses Puzzle«, schlug er vor. »Das dunkle Bild.«

Orlene lächelte mit froher Zustimmung. »Ja, gern.«

Und damit war das Grundproblem auf raffinierte Weise gelöst. Sie wollte, daß er blieb, sonst hätte sie sich nicht auf ein langwieriges Projekt wie dieses eingelassen. Und ... er wollte bleiben. Weniger, um der Bitte des Gespenstes zu entsprechen, als um zu erforschen, welche Möglichkeiten sich ihm boten. Die Vorstellung, Gawain auf diese Art zu helfen, erschien ihm nicht mehr ganz so unvernünftig.

Sie machten sich an die Arbeit, wobei sie zuerst die Farben der Parkszene aussortierten, dann die Stücke mit den geraden Kanten auslegten, um die Bildgrenzen zu bestimmen. Nortons Erfahrung mit herkömmlichen Laubsägepuzzles war ihm eine große Hilfe, und es stellte sich heraus, daß Orlene ein Auge für Farbe und Form besaß und die Stücke aufspüren konnte, die er brauchte. Ihre Magie half ihr dabei, wie sie sagte; das Stück, nach dem sie Ausschau hielt, begann meistens aufzuleuchten. Er bemerkte zwar nichts dergleichen, doch die Genauigkeit, mit der sie die Stücke aus dem großen Durcheinander hervorholte, bestätigte ihre Behauptung. Gemeinsam kamen sie gut voran.

Norton sah auf die Uhr und entdeckte, daß bereits drei Stunden verflogen waren. Sie hatten den Bildrand und einen großen Teil des Waldpfads fertig, und arbeiteten gerade an zwei Bäumen. Es gab noch sehr viel zu tun, und es würde noch schwieriger werden. »Vielleicht sollten wir es über Nacht liegen lassen«, sagte er.

»Ja. Ich werde Ihnen einen Pyjama holen.« Sie gingen davon aus, daß er auf unbegrenzte Zeit blieb. Die Verabredung war getroffen, unausgesprochen, als die Außenkante des Puzzles Form annahm.

Normalerweise trug Norton keinen Pyjama, doch er widersprach nicht. Schließlich war er hier zu Gast, und es war dies kein Ort, wo er sich einfach in seinen normalen Kleidern hinhauen konnte. Außer ... »Pyjama? Sie haben Männerkleidung im Haus?«

»Er gehörte Gawain«, sagte sie delikat. »Sie haben annähernd seine Größe und ich bin sicher, daß er gewollt hätte, daß er auch benutzt würde.«

Ganz bestimmt. Norton unterdrückte seine Vorbehalte und nahm den Pyjama an. Orlene führte ihn in ein Zimmer, das von dem ihren getrennt war; ihre Beziehung hatte noch nicht die entscheidende Stufe erreicht.

Er spürte plötzlich, daß er recht müde war. Es war wirklich ein langer Tag gewesen. Er zog sich aus, trat in den Ultraschallreiniger, kam trocken und sauber wieder heraus, und stieg in Gawains Pyjama, der weit und formlos an ihm herabhing.

Norton begab sich zu Bett und stellte fest, daß es sich bei diesem nicht um die übliche Pritsche handelte, an die er gewohnt war. Es war eine Ölschwammcouch. Sein Gewicht bewirkte, daß das Schwammöl nachgab und sich langsam verlagerte. Es war eher wie das Einsinken in dikkem Schlamm. Tatsache war, daß Schlamm ein ausgezeichnetes Zeug darstellte, wie Kinder instinktiv wußten, trotz all der schlechten Presse, die nur ihren Müttern zu verdanken war. Er bot ausreichend Halt und ließ gleichzeitig freien Handlungsspielraum. Natürlich bestand dieses Bett nicht aus Schlamm und würde auch nicht plantschen oder sich gar teilen, doch das *Gefühl* war ähnlich. In vollkommener Glückseligkeit ließ sich Norton von ihm umarmen.

»Wie ist es gelaufen?« fragte eine Stimme.

Verärgert öffnete Norton die Augen. Gawain das Gespenst stand erwartungsvoll neben dem Bett. »Sie hatte ich schon beinahe vergessen«, sagte Norton.

»Aber ich habe *Sie* nicht vergessen!« erwiderte das Gespenst. »Drei Stunden ... haben Sie schon meinen Nachwuchs gezeugt?«

»Was, zum Teufel, tun Sie hier?« wollte Norton wissen. »Ich dachte, Sie könnten nicht in dieses Apartment eindringen.«

»Da haben Sie mich falsch verstanden. Ich kann nicht in das Zimmer eindringen, in dem sich meine Frau befindet, und sie kann mich nicht unmittelbar wahrnehmen, egal wo wir uns befinden. Aber wenn sie nicht da ist, kann ich natürlich meine eigene Residenz aufsuchen. Das mache ich ständig.«

»Sie ist nicht da? Ich dachte, sie wäre in ihrem Schlafzimmer.«

»Ist sie auch. Sie ist nicht in diesem Zimmer«, erklärte Gawain. »Wenn sie hereinkäme, müßte ich verschwinden.«

Norton fiel etwas anderes ein. »Ich dachte immer, ein Gespenst zu sehen bedeutet den Tod. Deshalb mögen es die Leute auch nicht! Heißt das etwa, daß ich sterben werde?«

Gawain lachte. »Ja, in gewisser Weise schon. Sie werden sterben – beizeiten. Vielleicht in fünfzig Jahren. Das wird jeder Lebende. Aber mich zu sehen wird Ihr Dahinscheiden um keinen Deut beschleunigen, es sei denn, Sie sterben vor Angst.« Er steckte die Zeigefinger in die Mundwinkel und riß die Lippen zu einer grotesken Maske auseinander, weit über den Gesichtsrand hinaus. »So eine Art Gespenst bin ich nicht. Sie denken an Molly Malone von Kilvarough. Die ist wirklich ein nettes und hübsches Gespenst; wenn ich nicht bereits verheiratet wäre ...« Den Rest ließ er ungesagt.

»Nun, um auf Ihre Frage einzugehen«, meinte Norton kurz angebunden, »ich hatte keine intimen Beziehungen mit Orlene. Sie gehört nicht zu dieser Art von Frauen, so wenig wie Sie zu dieser Art von Gespenst zählen. Und ich kann auch nicht dafür garantieren, daß ich diese Art von

Beziehung zu ihr haben werde, und schon gar nicht, wann.«

»Nun machen Sie aber mal einen Punkt, Sportsfreund«, sagte Gawain indigniert. »Sie genießen hier die Gastfreundschaft meines Hauses. Da sind Sie es mir schuldig, Ihre Pflicht zu tun!«

»Sie zum Hahnrei zu machen?« wollte Norton wissen. »Ihre unberührte, treue Frau zu verführen?«

»So ist das nicht, und das wissen Sie auch. Sie sind hier, um eine Dienstleistung zu erbringen.«

»Ich dachte, ich wäre hier, um Ihnen einen Gefallen zu tun.«

»Das ist das gleiche. Wenn Sie es getan haben, können Sie gehen. Nur daß ich Ihnen dann noch beibringen muß, wie man Drachen umbringt.«

»Na ja, Orlene ist jedenfalls kein Drache! Tatsache ist, daß sie ein wirklich nettes Persönchen ist. Wenn Sie sich dazu entschließt ... den ... Gefallen nicht anzunehmen, werde ich ihn ihr nicht aufzwingen.«

»Was glauben Sie wohl, wozu *sie* hier ist?« wollte Gawain wissen. »Sie ist schließlich auch ein Gast meines Hauses!«

»Sie ist Ihre *Frau!«* rief Norton. »Sie hat jedes Recht, hier zu sein!«

»Nicht, wenn sie nichts produziert! Hören Sie, Norton, ich bin in diesem Zustand gefangen, bis ich einen richtigen Erben habe. Sie ist es mir schuldig, ihn möglichst bald zustande zu bringen.«

»Nun, warum haben Sie dann nicht irgendeine Schlampe geheiratet, die ihre Beine für jeden breit macht, der sie nur ansieht? Warum wollen Sie dies einem netten Mädchen antun?«

»Das habe ich Ihnen doch schon gesagt«, erwiderte das Gespenst hitzig. »Es gibt gewisse Maßstäbe, die es einzuhalten gilt. Unsere Familie ist von edler Abkunft.«

»Na ja, ich habe auch meine Maßstäbe einzuhalten ... und sie auch.«

»Und außerdem habe ich mir sie nicht ausgesucht; das hat meine Familie für mich getan. Die ...«

Mitten im Satz verschwand das Gespenst. Norton sah sich erstaunt um und erblickte Orlene im Türrahmen.

»Geht es Ihnen gut, Norton?« fragte sie besorgt. »Ich habe Sie rufen gehört ...«

Und sie konnte das Gespenst nicht hören! Er würde aufpassen müssen. Er spürte, wie er errötete. »Ich ... ich nehme nicht an, daß Sie mir glauben würden, wenn ich Ihnen sagte, daß ich mich mit einem Gespenst unterhalten habe?«

»Es wäre mir wirklich lieber, wenn Sie nicht ...«

»Dann nennen wir es eben einen Alptraum. Es tut mir leid, daß ich Sie gestört habe.«

Sie blickte ihn zweifelnd an. »Sie sind so ein guter Mann. Leiden Sie wirklich unter ...«

Norton lachte, eine Spur zu herzhaft. »Woher wollen Sie wissen, daß ich ein guter Mann bin? Ich bin ein ganz gewöhnlicher Mann, vielleicht sogar noch weniger, da ich im Leben noch nie sehr viel Erfolg hatte. Nicht wie Sie!«

»Oh, nein! Ich bin ein Nichts!« protestierte sie. »Sie dagegen leuchten!«

Norton musterte sie. »Sie weigern sich zu glauben, daß ich Gespenster sehen kann, erwarten aber von mir zu glauben, Sie könnten ein Leuchten erkennen? Zumal dann, wenn Gespenst und Leuchten dasselbe sagen?«

Sie lächelte ein wenig schief. »Das ist wohl inkonsequent, aber es sind schon so viele Männer mit Geschichten über das Gespenst meines Mannes zu mir gekommen, daß ich weiß, es ist nur ein krudes Männerspiel. Ich würde gerne daran glauben, daß Sie anders sind.«

Norton fühlte sich ziemlich klein. »Ich habe das Gespenst tatsächlich gesehen ... aber ich bin nicht unbedingt mit dem einverstanden, was es gesagt hat.«

»Das Leuchten sehe ich sehr wohl«, sagte sie. »Aber ich ...«

Sie lächelte. »Gute Nacht, Norton.«

»Gute Nacht, Orlene.«

Sie zog sich zurück und schloß die Tür.

Gawain erschien wieder. »Jetzt begreife ich das Problem«, sagte er. »Keiner von euch ist ein Drachentöter; ihr mögt die Sache nicht direkt angehen. Aber wenn sie sagt, daß Sie leuchten, wird sie Sie akzeptieren. Es ist nur eine Frage der Zeit. Sie brauchen lediglich hierzubleiben und ...«

»Und mich von einer Frau aushalten zu lassen«, beendete Norton den Satz für ihn. »Das fällt mir schwer.«

»Verdammt noch mal, das hier ist schließlich mein Besitz!« fluchte Gawain. »Sie besitzt überhaupt nichts. Es gehört alles mir. Sie wird nicht einmal erben; nur der Sohn, den sie austrägt, wird das tun. Das weiß sie auch.«

»Angenommen, es ist eine Tochter?«

Das Gespenst blickte ihn verständnislos an. »Eine was?«

Langsam begann Norton zu begreifen, daß Gawains Ziele sich nicht unbedingt mit Orlenes deckten. Er wollte den Besitz erhalten, sie wollte gut leben. Er wollte einen Sohn, der ihn beerben und die Familie fortführen konnte; die Persönlichkeit dieses Sohnes stand für ihn nicht zur Debatte. Sie wollte mit Sicherheit ein prachtvolles Kind, das ihr und Gawains Familie eine Freude wäre, wie auch der Welt, eine Zierde des Besitzes. Ihm ging es um Geld und Macht, ihr dagegen um Qualität und Liebe. Sie würde es vorziehen, ein attraktives, intelligentes und süßes Mädchen zu haben – wie sie selbst –, während er vor Zorn beben würde, wenn es nicht ein strammer, tapferer Junge war – wie er selbst. Nortons Sympathie begann sich auf die Seite der Frau zu schlagen.

Doch war er auf Verlangen des Gespenstes hier, und Gawains Position hatte auch ihre lobenswerten Seiten. »Ich werde versuchen, Ihrer Zielvorgabe zu entsprechen. Aber ich werde nichts übereilen. Es ist nicht so, als wollte ich von Ihrem Besitz schnorren; ich glaube lediglich, daß Sie eine bessere Frau haben, als Ihnen bewußt ist, und ich will, daß es richtig ist.«

»Ich will auch, daß es richtig ist«, sagte Gawain, und er klang dabei bestürzt. »Ich will, daß mein Sohn von allem nur das Beste hat.«

Norton gab keinen Kommentar. Je mehr er die Kräfte

verstand, die hier aktiv waren, um so unwohler fühlte er sich. Wieviel leichter doch alles gewesen wäre, wenn das Mädchen es nur aufs Geld abgesehen hätte oder eine Schlampe wäre!

Er schloß die Augen, und Gawain schwieg. Bald darauf war Norton eingeschlafen, versunken in der Behaglichkeit des Schlammbadbetts.

Er träumte davon, wieder das Puzzlefenster vor sich zu haben. Als er es anstarrte, veränderten sich die Umrisse und wurden zu denen einer nackten Frau – und die Frau hatte Haar wie Honig und ebensolche Brüste. Verlegen wandte er den Kopf ab, weil er das Gefühl hatte, Orlenes Keuschheit zu verletzen.

Doch die Gestalt wurde lebensgroß, zeigte immer mehr Details, wurde zu der lebendigen atmenden Frau, nackt und entsetzlich begehrenswert. Er versuchte sie abzulegen – denn seine Hand hielt immer noch das Puzzlestück, und zwar an einer unziemlichen Stelle –, doch da wurde er auf sie zugezogen. Noch einen Augenblick, dann würde er durch das Teil fallen, hinein in die Welt des Puzzles ... Verzweifelt stieß er die Frau von sich, und sie stürzte zu Boden und zerbrach in tausend Puzzlestücke, und er wußte, daß sich diese nie wieder zusammenfügen ließen, egal wie sehr er sich auch anstrengen mochte.

Er erwachte – und da war Orlene. Sie saß auf dem Bett und hatte die Arme um seine Schultern gelegt. Ihre warme Brust drückte gegen seinen Oberarm. »Aufwachen, aufwachen, Norton, es ist ja schon gut!«

»Ich bin wach«, erwiderte er. »Sie brauchen nicht zu ... Sie sollten nicht hier sein.«

»Ich konnte Sie einfach nicht leiden lassen«, sagte sie. »War es wieder das Gespenst?«

»Nein, diesmal nicht, nur ein schlimmer Traum. Ich fürchte, ich bin keine besonders gute Gesellschaft.«

»Sie haben so hell geleuchtet!«

Er hustete. »Das ist ein falsches Leuchten! Ich habe von Ihnen geträumt – daß ich Sie vernichtet habe, ohne es zu wollen.«

»Nein, das Leuchten ist nicht falsch«, beharrte sie. »Ich weiß, daß Sie der Rechte für mich sind. Ja, wenn ich nicht bereits verheiratet wäre ...« Sie brach ab, völlig durcheinander. »Oh, das hätte ich nicht sagen sollen!«

»Ich glaube, ich sollte nicht länger hierbleiben«, meinte Norton. »Sie sind so nett ... ich möchte niemals nur Instrument sein für ... für irgendeines Ihrer Probleme.«

»Das werden Sie auch nicht«, sagte sie zuversichtlich. »Das weiß ich.«

Sie glaubte an ihr Leuchten. Einerseits konnte er sich zwar nicht sicher sein, daß sein Traum prophetischer Art war, eine Möglichkeit, die durch die Wissenschaft inzwischen einigermaßen bestätigt worden war; doch andererseits wollte er auch kein Risiko eingehen. »Ich glaube trotzdem, daß es besser wäre, wenn ich ginge.«

»Oh, bitte, Norton, tun Sie das nicht!« rief sie. »Es ist so schwer, die ganze Zeit allein zu sein! Sie sind der erste, der richtig ist. Ich werde alles tun, was Sie wollen ...«

»Orlene, ich versuche doch nicht, Sie zu irgend etwas zu zwingen! Ich versuche, Sie zu beschützen. Vor mir vielleicht. Und ich glaube, das geht am besten, indem ich Sie verlasse.«

»Es ist Morgen«, sagte sie abrupt. »Ich mache uns Frühstück.«

»Danke. Und danach werde ich gehen.«

Sie löste sich von ihm, stand auf und eilte hinaus. Norton erhob sich, bediente sich der verschiedenen Möglichkeiten des Bads und mußte feststellen, daß seine Kleidung fort war. Orlene hatte sie offensichtlich zum Reinigen forgenommen. Wirklich die vollkommene Hausfrau! »Und was soll ich jetzt tun?«

»Meine Kleider benutzen«, erwiderte Gawain. »Die werden Ihnen schon gut passen. Ich hatte zwar mehr Muskeln als Sie, aber der Körperbau ist der gleiche.«

Norton mußte einsehen, daß er keine Wahl hatte. Mit Hilfe des Gespenstes legte er Hose, Hemd, Pantoffeln und einen eleganten Umhang an. Alles war von feinstem Tuche und wohlgeschneidert, und zudem mit kleinen goldenen

Drachen bestickt. »Sie sind *wirklich* reich, was!« brummte er.

»Ganz bestimmt«, meinte Gawain. »Ich gehöre zwar nicht zu den Fünfhundert, aber ich war immerhin Kandidat für die Aufnahme. Wenn ich lange genug gelebt hätte ...« Das Gespenst brach nachdenklich ab. »Meinem Sohn wird es an materiellen Gütern nie fehlen. Er wird sich einen Senatorensitz erkaufen können, wenn er will. Wie man so hört, soll die Politik wesentlich lukrativer sein als die Drachenjagd.«

»Schön für Ihr Kind«, meinte Norton kurz angebunden. »Ich bin mir nicht sicher, daß ich es für Sie zeugen werde.«

»Orlene wird Sie nicht gehen lassen«, warnte das Gespenst. »Sie weiß, daß Sie der Richtige sind.«

»Wie will sie mich daran hindern, fortzugehen?«

Gawain schürzte die Lippen. »Sie müssen wohl noch einiges über die Schliche der Frauen lernen!«

Wortlos verließ Norton den Raum, um Orlene Gesellschaft zu leisten.

Sie hatte das Frühstück vorbereitet: hellgrüne Pfannkuchen, frisch von der venusischen Pilzfarm, und etwas, das wie echter Bienenhonig aussah. Das paßte. Er mußte lächeln, und seine Laune besserte sich. Er setzte sich zu ihr an den gemütlichen Eßtisch.

Plötzlich wirkte alles sehr behaglich. Er war nie ein häuslicher Typ gewesen, aber im Augenblick war es sehr schön. Orlene sah in ihrem grünen Hausmantel sehr anziehend aus, das Haar mit einem scharlachroten Band zurückgebunden. Grüner Mantel, honigfarbenes Haar, passend zu den Pfannkuchen und dem Honig: ob sie das etwa unbewußt tat? Aber das Haarband ...

»Scharlachrot? Sie wissen doch, daß es da so ein altes Lied über scharlachrote Bänder gibt ...«

»Ja«, meinte sie. »Ich werde es Ihnen nach dem Frühstück vorspielen.«

»Sie haben es auf Tonband?«

Sie lächelte vieldeutig. »Nein.«

Nach dem Frühstück führte sie ihn in ein weiteres Zimmer. Dort befand sich ein Miniflügel. Sie nahm daran Platz und begann auf wunderschöne Weise zu spielen.

»Wie sind Sie denn zu so einem Talent gekommen?« fragte er beeindruckt, als sie das Stück beendet hatte.

»Das ist kein Talent. Ich habe geübt, seit ich sechs war, und seitdem ich verheiratet bin, auch wieder. Es hilft, die Zeit zu vertreiben; wenn ich spiele, fühle ich mich nicht mehr ganz so einsam. Außerdem sind musikalische Fähigkeiten bei Debütantinnen Mode.«

»Sie waren Debütantin? Wie sind Sie denn dann in ... hierher geraten?«

»Die Gespensterehe? Meine Familie hat es in die Wege geleitet, aber ich hatte auch nichts dagegen. Gawains Familie hat wirklich gute Beziehungen, und ich wollte das Beste für meine Kinder. Dies war die beste Ehe, die ich eingehen konnte.«

»Aber mit einem Toten!«

»Nun, ein Gespenst verlangt nicht allzu viel von einem Mädchen. Ich sehe die Sache so, als wäre ich sehr früh Witwe geworden, nur daß da keine Trauer ist. Ich kannte ihn ja nie lebendig.«

»Aber um ... Sie müssen ...«

»Ich wollte schon immer eine Familie haben. Das wäre nicht anders, wenn er lebte.«

»Wenn er lebte, hätten Sie gewußt, was Sie bekommen. Aber so ...«

»Das weiß ich auch jetzt«, erwiderte sie. »Auf diese Weise hatte ich immerhin eine Wahl. Den bestmöglichen Vater meiner Kinder, unabhängig von den Zufällen der Herkunft oder des Reichtums.«

»Das Leuchten? Ehrlich gesagt, bezweifle ich ...«

Sie zog eine hübsche Grimasse. »Wenn Sie mir beweisen, daß das Gespenst existiert, beweise ich Ihnen das gleiche über das Leuchten.«

»Warum geben Sie mir nicht einfach meine eigenen Kleider zurück, damit ich gehen kann? Dann braucht keiner von uns etwas zu beweisen.«

»Wollen Sie wirklich gehen?«

»Nein. Deshalb sollte ich es wohl besser tun.«

»Und dann lästert man über weibliche Logik!«

Er mußte lächeln. »Ich versuche, das Richtige zu tun, so wie ich es sehe, wenngleich ich zugeben muß, daß ich es im Augenblick nicht sehr deutlich erkennen kann. Es würde mir allzu leicht fallen, Sie allzu sehr zu mögen. Ich glaube nicht, daß ich deswegen hier bin.«

»Mich allzu sehr zu mögen, um was?«

»Um Sie zu lieben und Sie dann zu verlassen.«

Sie schwieg einen Augenblick, und er fürchtete schon, daß er allzu direkt gesprochen hätte. Sie hatte ein Gespenst geheiratet; was konnte sie schon über das intime Zusammensein von Mann und Frau wissen? »Müssen Sie denn gehen?«

»Natürlich muß ich! Ich bin nur hier, um ...«

»Aber es wird eine Zeit dauern, bis man weiß, daß die Aufgabe ... erledigt ist.«

Daran hatte er noch gar nicht gedacht. »Sie wollen, daß ich noch bleibe ... hinterher?«

»Ich denke schon.«

»So sicher sind Sie, was mich betrifft? Obwohl sie mich doch kaum kennen?«

»Ja. Das Leuchten lügt nicht.«

»Dann sollten wir wohl mal besser unsere Beweise austauschen.«

»Ich will gar nicht wirklich einen Beweis haben«, sagte sie. »Es ist nur, daß allzu viele Leute behauptet haben, das Gespenst gesehen zu haben. Mehr wollte ich damit gar nicht klar machen.«

Norton seufzte. »Ich fürchte aber, daß *ich* einen Beweis brauche. Um mich selbst zu rechtfertigen. Das Gespenst Gawains bat mich darum, hierher zu kommen, und ich möchte, daß Sie mir das glauben. Ich will nicht als Hochstapler oder als Opportunist gelten. Es ist mir egal, wie sehr ich leuchten mag; es geht mir darum, mein Motiv klarzumachen.«

»Aber wie wollen Sie ein Gespenst beweisen, das nur Sie sehen können?«

»Nun, zum einen können andere den Geist auch sehen. Wir brauchen sie nur zu fragen.«

»Nein, ich weiß, daß sie alle dieselbe Geschichte erzählen, nur um mich zu ärgern. Frauen sollen ja so fürchterlich leichtgläubig sein!«

Norton dachte nach. »Na schön. Da dies hier Gawains Besitz ist, müßte er ja jede Einzelheit kennen. Er sollte dazu in der Lage sein, mir Dinge dazu zu erzählen, die ich sonst niemals erfahren könnte. Stellen Sie mir Fragen, die nur er beantworten könnte.«

Sie furchte die Stirn. »Bestehen Sie wirklich darauf, Norton?«

»Ja. Ich muß Ihnen beweisen, was mich hierher geführt hat.«

Sie überlegte, den Kopf auf eine Seite gelegt. »Ich habe mir hier selbst noch nicht alles angeschaut, und ich bin sicher, daß Sie es auch noch nicht getan haben. Angenommen, er sagt mir, was sich in ...« Sie ließ ihren Blick schweifen. »... in dieser Kiste hier befindet?« Sie zeigte auf eine verzierte Truhe neben dem Flügel.

»Ich werde ihn fragen«, willigte Norton ein. »Allerdings muß ich dafür in ein anderes Zimmer gehen, um mit ihm zu sprechen, weil Gawain behauptet, daß er nicht im selben Raum sein kann wie Sie.«

»Ich bezweifle, daß er in derselben Welt ist wie ich!«

»Vielleicht kann ich in der Tür stehenbleiben und mich mit Ihnen beiden unterhalten. Würde Ihnen das genügen?«

»Was immer Sie wollen.« Es war offensichtlich, daß sie sich von dieser Aktion nicht viel erhoffte.

Norton stellte sich in den Türrahmen zwischen den beiden Zimmern, während Orlene am Flügel blieb.

»He, Gawain!« rief Norton.

Gawain erschien. »Gute Idee, Norton! Es wird mir eine Freude sein, ihr meine Existenz zu beweisen!«

»Schon gut. Orlene, er ist da. Stellen Sie eine Frage.«

»Sie können ihn sehen?« fragte sie, wobei sie aufstand und auf die Tür zukam.

»Ja. Aber gehen Sie nicht in das andere Zimmer; sonst verschwindet er wieder.«

Sie blieb an der Tür stehen. »Ich kann ihn nicht sehen.«

»Aber er kann Sie sehen«, sagte Norton.

»Auch dann, wenn Sie gerade nicht hinschauen?«

»Bestimmt«, sagte Gawain.

»Er sagt ja«, berichtete Norton.

»Na schön. Wir wollen es mit folgendem versuchen: Sie schließen die Augen und stellen sich mit dem Rücken zu mir auf, und dann lassen Sie sich von ihm sagen, was ich gerade tue.«

»Na schön.« Norton stellte sich mit dem Gesicht zum Gespenst und schloß die Augen.

»Sie hält gerade die rechte Hand über den Kopf«, sagte Gawain.

»Er sagt, daß Sie Ihre rechte Hand über den Kopf halten.«

»Und nun schreibt sie etwas in die Luft, eine richtige Schrift – ich kann sie aber nicht lesen, sie ist spiegelverkehrt.« Norton gab es weiter.

»Oh«, meinte Orlene verblüfft.

»Gut, jetzt hat sie sich umgedreht«, sagte das Gespenst. »Jetzt kann ich es über Ihre Schulter erkennen. DAS IST … Pause … EINFACH ALBERN.«

»Das ist einfach albern«, wiederholte Norton.

Sie schwieg, doch er vernahm ein Rascheln.

»He!« rief Gawain. »Sie strippt!«

»Tut sie das?« fragte Norton, nun seinerseits verblüfft.

»Bei allen tollen Drachen!« sagte das Gespenst. »Jetzt tut es mir aber wirklich leid, daß ich nicht mehr am Leben bin! Ich hatte ja überhaupt keine Ahnung, was sie für eine Architektur besitzt!«

»Er sagt, daß Sie sich … ausziehen«, sagte Norton. »Er sagt, daß Sie eine ausgezeichnete Figur hätten.«

»Hoppla, das war's wohl«, meinte Gawain bedauernd. »Sie hat sich blitzschnell wieder bedeckt. Mann, ich wünschte, ich würde in Ihren Schuhen stecken!«

»Er sagt …«

»Ich kann es mir schon denken!« fauchte Orlene.

»Na ja, immerhin ist er schließlich *Ihr* Ehemann«, meinte Norton.

Sie lenkte ab. »Was ist in dieser Truhe neben dem Flügel?«

Norton senkte die Hände; er hatte sie unbewußt gehoben, um seine ohnehin schon geschlossenen Augen zu bedecken. »Gawain, würden Sie uns bitte sagen ...«

Das Gespenst zuckte die Schultern. »Es ist tatsächlich so, daß ich mich nicht daran erinnere. Ich war ja meistens woanders, beim Drachentöten. Um das Apartment hat sich eine Haushälterin gekümmert.«

»Er sagt, daß er sich nicht erinnern kann«, berichtete Norton.

»Das habe ich mir schon gedacht!«

»Aber ich könnte nachsehen«, meinte Gawain. »Sie soll dieses Zimmer da verlassen, dann kümmere ich mich sofort darum.«

»Er sagt, daß er jetzt nachsehen will«, meinte Norton, »wenn Sie bitte kurz in das andere Zimmer treten würden.«

Orlene kam an ihm vorbei und betrat den anderen Raum. Als sie dies tat, verschwand das Gespenst – und erschien aufs neue in dem Zimmer, welches sie gerade verlassen hatte. Gawain schritt zu der Truhe und schob seine Hand durch das polierte Holz. »Wer hätte das gedacht«, bemerkte er fröhlich. »Meine alten Trophäen! Die beste Drachenausbeute des Jahres ... solche Sachen eben. Die müßten eigentlich über dem Kamin hängen, damit sie jeder sehen kann!«

Norton gab es weiter. »Ach ja?« fragte Orlene. »Dann will ich mal nachsehen.« Sie ging zurück in das Zimmer, mit dem Gespenst den Platz tauschend, und versuchte den Deckel zu heben. Der bewegte sich nicht. »Sie ist verschlossen.«

»Der Schlüssel ist in meinem Schlafzimmer«, meinte Gawain. »In der linken Kommodenschublade, sofern das dämliche Hausmädchen ihn nicht verlegt hat.«

Norton berichtete es Orlene, die daraufhin fortging und

den Schlüssel holte, um schließlich die Truhe zu öffnen. Darin befanden sich Trophäen, genau wie beschrieben. »Es stimmt also!« sagte sie. »Das hätten Sie unmöglich wissen können, Norton! Das wußte ich ja nicht einmal selber!«

»Fragen Sie mich ruhig noch etwas anderes«, schlug Norton vor. »Ich bin sicher, daß wir Sie endlich zufriedenstellen können.«

»Eine Sache werde ich noch versuchen«, beschloß sie. »Wie lautet der Mädchenname seiner Mutter?«

»Thrimbly.«

»Thrimbly«, sagte Norton.

»Wann hat sie geheiratet?«

»Am vierzehnten Juno«, sagte Gawain. »Um halb vier, am Nachmittag, es war eine Privatzeremonie. Der Priester war Q. Lombard. Auf der Hochzeitstorte befand sich ein umherirrender Drache, der eine Säule aus Feuerwasser spie. Alle Gäste haben sich mit diesem Wasser vollaufen lassen, mein Vater eingeschlossen. Er verlor das Bewußtsein, und meine Mutter hat mit ihm während der Flitterwochen sieben Tage lang kein Wort gewechselt. Ich hatte Glück, überhaupt gezeugt zu werden!«

Norton wiederholte die Einzelheiten. Orlene gab schließlich auf. »Sie können das Gespenst tatsächlich sehen, das muß ich zugeben! Jetzt bin ich an der Reihe, das Leuchten zu beweisen.«

»Was ist das für eine Art von Leuchten?« fragte Norton. »Lasse ich die Schatten heller werden?«

»Nein, so ist es nicht. Es ist ... na ja, haben Sie schon einmal von den Tierzauberleuten gehört? Die mit einem Händeschütteln, wobei die Hand des anderen sich für sie wie das Körperteil jenes Tieres anfühlt, dem er am meisten gleicht? Wolfstatze, Haifischflosse oder Schlangenschuppen? Natürlich ist das eher bildlich gemeint; Tiere sind gar nicht so, nicht was die schlimmen Eigenschaften angeht. Aber mit dieser Magie kann jemand feststellen, ob ein anderer heimtückisch, habgierig, hinterlistig oder was auch immer ist. Nun, bei mir ist es eben die Sehfähigkeit. Ich kann feststellen, wer der ideale Gefährte ist, für mich oder für andere. Ich sehe, wie die Aura sich erhellt. Ich muß mich auf eine Person einschwingen, dann sehe ich ihn im Rahmen seiner eigenen Situation, wenn Sie verstehen, was ich meine.«

Norton schüttelte den Kopf. »Ich fürchte, nein. Ich weiß, daß ich nichts Besonderes bin; es muß zahllose weitaus bessere Heiratskandidaten geben als mich.«

»Aber Sie sind doch gar kein Heiratskandidat. Sie sind ein ...«

»Ist ja egal, was ich bin! Ich beginne zu begreifen. Sie brauchen tatsächlich einen Burschen, der die Frau liebt und dann verläßt.«

»Einen Mann ohne Heiratsabsichten. Und die meisten von denen sind als Person nicht besonders viel wert. Sie schon. Natürlich wäre es etwas anderes, wenn ich nicht verheiratet wäre und einen Ehemann haben wollte. Dann würde ich nicht nur einen guten Liebhaber haben wollen, sondern auch einen, der gut für die Familie sorgt. Dann würden Sie vielleicht nicht so stark leuchten.«

»Mit Sicherheit nicht! Ich bin nämlich pleite!«

»Es bedarf also einiger Einschwingung. Als ich Sie das erste Mal sah, haben Sie so hell geleuchtet, daß ich sofort wußte, daß Sie derjenige sind – und da war ich nicht bereit. Ich glaubte, daß ich mich vielleicht ungenau eingestimmt hätte. Es war ja alles so plötzlich. Nun habe ich mich langsam daran gewöhnt. Ich glaube, daß diese Stunden mit dem Puzzlespiel geholfen haben, und schon bald ...«

»Warum machen wir nicht draußen einen kleinen Spaziergang, dann können Sie mir zeigen, wie Ihr Leuchten bei anderen funktioniert«, schlug Norton vor.

»Na schön. Ich werde mich umziehen.« Sie eilte in ihr Schlafzimmer.

Gawain erschien wieder. »Jetzt machen Sie wirklich Fortschritte!« sagte er befriedigt. »Diesmal konnte ich alles durch die Wand mithören; das kann ich nicht immer.«

»Verdammt, *müssen* Sie denn immer nur an das Eine denken?«

»Aber gewiß doch. Dafür seid Ihr beide doch schließlich hier, nicht wahr? Um meinen Erben zu zeugen!«

»Ich weiß nicht. Ich fürchte, wenn ich in dieser Sache weitermache, lasse ich noch mehr zurück als nur meinen Samen.«

»Ach, nun werden Sie bloß nicht trübsinnig«, meinte Gawain. »Wahrscheinlich haben Sie schon fast so viele Frauen gehabt wie ich! Denken Sie einfach daran, als wäre es ein weiterer Drache, den es zu erlegen gilt.«

»Sie ist kein Drache!«

»Och, das weiß ich nicht. Frauen und Drachen ... ich würde sagen, das ist wie Jacke und Hose.«

»Sie lieben sie nicht?«

»Natürlich nicht! Ich bin schließlich tot!«

»*Ich* könnte sie lieben. Ich will ihr nicht wehtun.«

»Dann *tun* Sie ihr doch einfach nicht weh! Geben Sie ihr, was sie braucht – einen Sohn.«

»Ich habe geträumt, daß ich sie vernichtete. Das macht mir Sorgen.«

»Sie können ihr nicht wehtun, wenn Sie sie hinterher verlassen.«

»Sie ist ein junges, pulsierendes Mädchen. Ich glaube kaum, daß sie sich einem Mann hingeben kann, ohne ihm zugleich alles zu schenken. Sie ...«

Er hielt inne, denn Gawain war verschwunden. Orlene stand in der Tür. Sie trug einen bescheidenen grünen Straßenrock mit passender Jacke und Hut und Schuhen, im Augenblick wirkte sie sehr nüchtern. Ihr helles Haar hatte sie mit grünen Klammern zurückgesteckt. »Wieder das Gespenst?« fragte sie.

Verlegen nickte Norton. »Der denkt immer nur an das Eine.«

Orlene legte wieder den Kopf schräg, als sie ihn ansah. »Und Sie vielleicht nicht?«

»Ich mache mir Sorgen wegen des Schadens, den ich bei anderen anrichten könnte.«

»Ich glaube, deshalb leuchten Sie auch so hell.«

Er zuckte die Achseln. »Vielleicht will ich auch mehr haben, als mir zusteht.«

Sie berührte seine Hand. »Ich habe es Ihnen schon mal gesagt, Norton. Sie brauchen hinterher nicht zu gehen.«

»Aber Sie sind eine verheiratete Frau.«

Sie blickte ihn so intensiv an, daß er nervös wurde. »Was machen Sie da?« fragte er.

»Ich stelle mir Sie gerade als möglichen Ehemann vor, um das Leuchten zu vergleichen.«

»Tun Sie das nicht! Ich bin nicht Ihr ... kann niemals Ihr ...«

»Das ist seltsam«, sagte sie. »Das ist noch nie passiert.«

»*Was* ist noch nie passiert?«

»Das Leuchten scheint sich aufgeteilt zu haben. Ein Teil von ihm ist äußerst intensiv, aber ein Teil ist auch matt. Als wenn Sie wohl ein sehr guter als auch ein sehr schlechter Ehemann wären.«

»Wie sollte das möglich sein?«

»Da bin ich mir auch nicht sicher. Sie müssen verstehen, daß das Leuchten nicht den Charakter an sich darstellt. Es beinhaltet die gesamte Person, die gesamte Situation. Wie gut eine Person ist, wie loyal, wie erfolgreich als Fürsorger, wieviel Glück oder wieviel Unglück sie hat ... da könnte der allerbeste Mann schlecht abschneiden, weil ihn irgendein unglückseliger Unfall binnen fünf Jahren zum Krüppel macht, so daß er ohne eigene Schuld schlechter dasteht.«

Norton spürte, wie eine eisige Kälte in ihm aufstieg. »Ob ich einen Unfall haben könnte?«

»Nein, ich glaube nicht. Vielleicht liegt es daran, daß Sie zwar der vollkommene Ehemann sein könnten, ich Sie aber nicht heiraten kann. Sie sind zu gut für diesen Job ... überqualifiziert. Deshalb leiden Sie.«

»Überqualifiziert!« rief Norton ungläubig.

»Ich weiß nicht«, sagte sie schnell. »Das ist nur eine Vermutung. Ich verstehe auch nicht alle Einzelheiten und Aspekte des Leuchtens. Ich sehe nur seine Helligkeit.«

»Nun, dann hören Sie mal auf, mich als ... als das

Unmögliche zu sehen. Es ist Zeit, daß wir vor die Tür gehen.«

»Natürlich.« Sie nahm ihn am Arm, und gemeinsam gingen sie hinaus.

Bald darauf befanden sie sich in einem jener Einkaufszentren, wie sie schon seit Jahrtausenden üblich waren. Dieses hier hätte ebensogut ein Markt im alten Babylon oder in einer Stadt des Mittelalters sein können. Allerdings hatten sich die Waren inzwischen ein wenig verändert. Heutzutage gab es holographische Bilder, die Waren wurden mit lebensechtem Realismus und mit Preisschildern versehen zur Schau gestellt. Der Käufer brauchte lediglich das Abbild des Gegenstands zu berühren, den er haben wollte, damit dieser direkt vom Warenhaus in sein Heim befördert und an Hand seiner Fingerabdrücke sein Konto ermittelt und entsprechend belastet wurde. Natürlich ging es dabei hauptsächlich um Standardgüter, deren Einzelheiten jeder im allgemeinen kannte; die individuelleren Waren waren einer völlig anderen Form des Einkaufens vorbehalten. So gab es beispielsweise Kabinen für die Anzugprobe mit Holo-Bildern, doch mußte man sich dafür immer noch ausziehen.

Sie blieben an einem Eiscremestand stehen, wo die Holographie eines Küchenchefs neben einer Liste mit tausend verschiedenen Geschmacksrichtungen und Arten stand. Orlene berührte die Abschnitte ihrer gemeinsamen Wahl – und die Waffelhörnchen glitten schnappend in die daneben befindlichen Halterungen. Man würde dies von Gawains Konto abbuchen.

Orlene entdeckte ein beliebtes Buch, das interessant zu sein schien, also berührte sie sein Holo und einen Augenblick später wurde es für sie auf dem Papiervorrat der Maschine gedruckt. Es war ein Geschichtsroman, der in jener faszinierenden Zeit spielte, als die Menschen weder an Magie noch an Wissenschaft glaubten und folglich ein äußerst armseliges Leben führten. Sie steckte das Buch in ihre Handtasche.

Dann saßen sie auf einer Bank, scheinbar konzentriert an

ihren Eiscremewaffeln schleckend, und sahen den vorbeikommenden Leuten zu. Orlene beschrieb bei jedem, wie hell sein Leuchten war. Das Problem, so erklärte sie, bestand darin, daß die Eignung eines Menschen als Partner sehr relativ war, je nachdem, wer wiederum sein Partner sein sollte.

Norton war fasziniert, war aber immer noch unsicher, ob das Leuchten wirkliche Magie oder lediglich Einbildung war. Nur zu gerne hätte er einige Fälle nachgeprüft.

Dann kam plötzlich der Beweis. Orlene machte ihn auf ein älteres Paar aufmerksam, das Hand in Hand daherging. Beide waren gut gekleidet und für ihr Alter recht attraktiv. Und doch bemerkte Orlene einen deutlichen Unterschied in ihrem Leuchten. Das Leuchten der Frau war kräftig, sie war beinahe perfekt für den Mann. Doch sein Leuchten fehlte. Es war sogar negativ, ein dunkler Schatten. »Er ist für sie völlig der Falsche!« flüsterte Orlene.

»Das kann ich nicht glauben«, protestierte Norton. »Schauen Sie doch mal, wie gut die beiden miteinander auskommen! Selbst wenn er nebenbei noch eine Geliebte haben sollte, er muß einfach gut für seine Frau sein. Für sie ist gut gesorgt, und sie ist zufrieden.«

»Das Leuchten fehlt«, beharrte Orlene. »Er ist *wirklich* schlecht für sie.«

»Genau das leuchtet mir nicht ein!«

Dann mußten sie schweigen, denn das Paar kam näher und setzte sich sogar neben sie auf die Bank.

»Bin nur ein bißchen müde«, sagte der Mann.

»Ja, natürlich«, stimmte die Frau zu.

Plötzlich fiel der Mann von der Bank.

Norton sprang auf, um ihm zu helfen, doch als er das Gesicht sah, wußte er sofort, daß der Mann tot war. »Rettungseinheit!« bellte er, und sofort brach eine Maschine aus der nächstgelegenen Mauer hervor und rollte zu dem Mann hinüber.

Die Maschine benötigte nur einen Augenblick, um Nortons Diagnose zu bestätigen. »Zusammenbruch der Einheit ... Reparatur unmöglich«, klickte sie.

Dann kam die Ambulanzeinheit, lud den Leichnam auf und nahm auch die völlig benommene Witwe mit. Alles ging so schnell und sauber, daß viele der Einkäufer überhaupt nicht bemerkten, was geschehen war – und so war es gedacht. Denn die Leute liebten es nicht, an Orten einzukaufen, wo jemand gestorben war, und dies aus gutem Grund; schließlich blieben manchmal rachsüchtige Gespenster zurück.

»Oh, das ist ja entsetzlich«, sagte Orlene erschauernd. »Müssen wir unbedingt hierbleiben?«

»Natürlich nicht.« Sie schritten zurück zum Transportband.

Während sie zu ihrem Apartment befördert wurden, wurde Norton klar, daß die Existenz des Leuchtens bewiesen worden war. Der Mann war ein schlechter Partner für die Frau gewesen, nicht etwa aufgrund von mangelhaften Charaktereigenschaften oder aus Mangel an Reichtümern, auch nicht weil er untreu gewesen wäre, sondern weil er nicht mehr lange bei ihr bleiben würde, weil er ihr einen erdrückenden Schmerz zufügen würde. Deshalb war da der Schatten gewesen.

Er mußte das Leuchten akzeptieren; es war eine legitime Magie. Folglich mußte er aber auch Orlenes Urteil akzeptieren – er war für sie also der Richtige. Doch was war dann mit seinem Traum? Was sollte er nun glauben?

»Ihr Leuchten beginnt zu schwanken«, murmelte Orlene. »Denken Sie etwa daran, mich zu verlassen?«

Norton zuckte schuldbewußt zusammen. »Ich weiß nicht, was richtig ist.«

Fest ergriff sie seinen Arm. »Oh, bitte, Norton, ich könnte niemals eine Nacht allein verbringen, nachdem ich … *das* mitansehen mußte.«

Als sich die Tür des Apartments hinter ihnen schloß, drehte sich Orlene zu ihm um, warf die Arme um seinen Hals, vergrub den Kopf an seiner Schulter und schluchzte. Alle Selbstbeherrschung fiel von ihr ab. Nach einer Zeit beruhigte sie sich wieder. Sie löste sich von ihm und begab sich ins Bad, um sich wieder herzurichten. »Ich werde nie wieder Eiscreme essen«, sagte sie, als sie wieder erschien.

Eiscreme. Schuldgefühle durch Assoziation. Das war unlogisch, aber er verstand ihre Gefühle.

»Haben Sie Streit mit ihr?« wollte Gawain wissen und wurde sichtbar. »Ich hab ihr Weinen gehört.«

»Konnten Sie es denn nicht sehen?« fragte Norton gereizt.

»Nein. Das ging nicht vom Nebenzimmer aus. Ich kann zwar durch Wände gehen, aber nicht durch sie hindurchsehen. Ich hörte nur gedämpfte Geräusche.«

»Wir haben uns nicht gestritten.«

»Was dann?«

»Was geht das Sie an?«

»Hören Sie mal zu, Sterblicher, das geht mich sehr wohl was an!« versetzte Gawain. »Das hier ist mein Besitz, und sie ist meine Frau.«

»Eine Frau, die Sie im Leben nie kannten und die Sie noch nicht einmal jetzt lieben.«

»Nun, ich bin schließlich ein Gespenst! Was nutzte es, wenn ich sie liebte?«

Das Gespenst hatte recht, was die Sache für Norton leichter machte. Was immer er auch mit Orlene tun würde, er würde dadurch Gawains Gefühle nicht verletzen. »Wir haben gesehen, wie ein Mann starb. Das hat sie schokkiert.«

Gawain schnaubte. »Ich habe schon viele Männer sterben sehen. Ich bin selbst tot.«

»Ich glaube, ich verstehe jetzt, warum sie soviel Mühe hatte, an Sie zu glauben. Sie mag den Tod nicht und will ihn auch nicht in der Nähe haben.«

»Das hätte sie sich lieber vorher überlegen sollen, bevor sie mich heiratete!«

»Das stand ihr nicht völlig frei, ebenso wenig wie Ihnen. Männer heiraten meistens wegen des Sexappeals, aber Frauen wegen der Sicherheit. Ich bin sicher, daß sie einen lebendigen Mann geheiratet hätte, wenn das möglich gewesen wäre.«

»Nun, jetzt hat sie einen Job zu erledigen – und Sie ebenfalls. Ich will schließlich nicht ewig im Fegefeuer warten müssen. Jetzt sagen sie ihr schon, daß Sie nicht länger bleiben werden, wenn sie nicht endlich mitmacht ...«

»Ich werde nichts dergleichen tun! Hören Sie zu, Gawain, ich habe noch nie im Leben eine Frau unter Druck gesetzt! Und ich werde auch nicht ihre gegenwärtige Schwäche ausnutzen.«

»Nein, Sie möchten wohl lieber unbegrenzt hier herumhocken und sich auf meinem Besitz durchfüttern.«

»Zum Teufel mit Ihrem Besitz!« schrie Norton. »Sie haben mich um einen Gefallen gebeten! Ich hatte nie vor, Ihnen irgend etwas wegzunehmen!«

»Dann tun Sie, wozu Sie gekommen sind, und hauen Sie ab!«

»Ich werde sofort gehen, wenn Sie das glücklicher machen sollte. Sie können sich einen anderen Mann suchen, der Ihnen diesen Gefallen tut.«

Das Gespenst machte einen Rückzieher. »Ich sage Ihnen doch, daß sie sehr wählerisch ist. Es müssen unbedingt Sie sein.«

»Da bin ich mir überhaupt nicht sicher. Auf jeden Fall wird die Entscheidung ihre sein und nicht unsere.«

Doch Gawain war schon wieder verschwunden. Orlene stand in der Tür, in einen grauen Hausmantel gekleidet. »Wieder Gawain?«

Norton nickte. »Ich sollte mich nicht von ihm provozieren lassen.«

»Irgendwie hat er ja recht. Er will seinen Erben haben.«

»Ja. Dabei vernachlässigt er den gesellschaftlichen Aspekt der Sache.«

Sie glitt auf ihn zu. »Norton, zuerst, das gebe ich zu, war ich trotz des Leuchtens mißtrauisch. Sie haben zwar geleuchtet, aber ...« Sie zuckte die Schultern. »Seitdem habe ich auf Ihr Leuchten geachtet, während Sie mit ihm sprechen. Es flackert im Einklang mit Ihren Reaktionen. Es ist kein Lügendetektor, aber es zeigt mir an, was Sie wirklich empfinden.«

»Ich bin kein Bluffer«, bestätigte Norton reumütig. »Er will, daß ich wie ein angeheuerter Beschäler meine Arbeit mache und verschwinde. Bevor ich Sie kennenlernte, dachte ich, ich könnte es, aber jetzt kann ich es nicht mehr.«

»Ich weiß«, sagte sie sanft. »Sie wollen wirklich das tun, was richtig ist.«

»Ja. Und das besteht möglicherweise darin, zu verschwinden.«

»Nein!« schrie sie. »Bitte, Norton, nein! Ich habe Ihnen doch gesagt, daß ich es nicht aushalten würde ...«

»Aber wenn ich tue, was er sich vorstellt, sind Sie morgen auch wieder allein.«

»Gawain ist ein Idiot«, fauchte sie. »Er versteht überhaupt nichts davon, wie man einen Erben zeugt. Ich könnte heute nicht einmal schwanger werden, wenn man mich künstlich befruchtete. Es ist nicht der richtige Zeitpunkt. Und selbst wenn es das wäre, gäbe es keine Garantie, daß es mit einem Mal getan wäre. Die einzige Möglichkeit, sicherzugehen, besteht darin, solange zu bleiben, bis mit Hilfe eines Tests die Schwangerschaft festgestellt wurde – und das könnte mehrere Monate dauern.«

Norton spreizte die Finger.

»Sie haben natürlich recht. Ich bin genauso töricht wie er.«

»Sagen Sie ihm das jetzt«, sagte sie. »Seine Anstrengungen verzögern alles nur. Ich gebe Ihnen zwei Minuten.«

»Aber das würde bedeuten, daß ich ...«

»... monatelang bleiben muß«, beendete sie seinen Satz. »Haben Sie etwas dagegen?«

»Nein!« sagte er, von seinem eigenen Gefühl überrascht.

»Dann sagen Sie es ihm. Danach wird er nicht mehr ständig an Ihnen herumnörgeln, und wir haben endlich unseren Frieden.« Sie machte kehrt und ging.

Gawain erschien aufs neue. »Ich habe es mitbekommen«, sagte er. »Das Mädchen hat recht. Also gut, dann werde ich solange eine Weltreise unternehmen. Und Sie bleiben hier, bis Sie sicher sind.«

»Wie war das mit dem Sichdurchfuttern auf Kosten Ihres Besitzes?«

»Das habe ich im Zorn gesagt. Ich entschuldige mich dafür. Ich möchte, daß Sie bleiben. In Ordnung?«

Norton seufzte. »Ja.«

»Aber dann werde ich Ihnen vorher noch beibringen, wie man Drachen erlegt.«

»Das sollte meine Bezahlung sein«, sagte Norton. »Aber da wußten wir ja noch nicht, wie lange das Ganze dauern würde. Betrachten wir doch statt dessen die Unterkunft und die Verpflegung als Bezahlung.«

Gawain lächelte, winkte und verschwand.

Orlene kehrte zurück. »Alles in Ordnung?«

»Ja. Er ist einverstanden. Er ist gegangen.«

»Sind Sie sicher?«

»Na ja, *sicher* kann ich mir nie sein. Aber er sagte, daß er auf eine Weltreise geht. Ich glaube, er hat es eingesehen.«

»Welch eine Erleichterung«, sagte sie. »Ich ... das heißt ... ich kann so etwas nicht so einfach sagen ... willst du es jetzt machen?«

Mehr Einladung brauchte Norton eigentlich nicht. Er war selbst überrascht, als er ablehnte. »Es hat keinen Zweck. Es ist ja die falsche Zeit des ...«

»Du willst es nicht ... einfach nur tun ... zum Spaß?«

Norton zögerte. »Mit jeder anderen Frau, die so aussähe wie du, mit Vergnügen. Das habe ich schon getan ... früher. Aber hier geht es nicht um Spaß und Vergnügen. Das ist Arbeit. Ein Geschäft. Anders kann ich die Sache nicht rechtfertigen.«

»Warum nicht?«

Norton starrte zu Boden. »Ich kann dich niemals heiraten.«

»Du verlangst zuviel.«

»Ja, das tue ich wohl. Früher habe ich das nie getan, aber jetzt ...«

Sie schritt im Zimmer auf und ab. »Hör mal«, sagte sie plötzlich, »viele Männer haben Geliebte, die mehrere Ehefrauen hintereinander überleben. Weil sie an den Geliebten ein echtes Liebesinteresse haben. Warum solltest du da unbedingt fortgehen müssen – jemals?«

»Ich bin ein Wanderer. Ich bin noch nie lange an einem Ort geblieben.«

»Aber wenn eine Frau dazu bereit wäre, mit dir zusammen zu reisen?«

»Das war bisher noch keine, und du bist an den Besitz hier gebunden.«

»Nein. Ich bin nur daran gebunden, dem Besitz einen Erben zu verschaffen. Danach kann ich umherziehen mit wem ich will.«

Welch eine Freude!

»Oh, vielleicht funktioniert es natürlich auch nicht«, fügte sie schnell hinzu.« Ich möchte lediglich darauf hinweisen, daß du mich lieben könntest, wenn du wolltest. Ich weiß von mir jedenfalls, daß ich dich lieben kann.«

»Der Herr sei mir gnädig«, sagte er langsam. »Ich glaube, ich will.«

Sie streckte die Hand aus. »Laß mich dir dies geben, als Pfand unserer ungesetzlichen potentiellen Liebe.«

Es war ein Ring in Gestalt einer kleinen grünen Schlange. Anstelle eines Edelsteines befand sich der leicht gehobene Kopf. Die Augen schimmerten.

»Aber ich habe nichts, was ich dir meinerseits geben könnte.«

»Doch. Gib dich selbst.«

Er nahm den Ring und steckte ihn an den linken Mittelfinger. Er paßte perfekt, ganz so, als wäre er für ihn gemacht.

»Und nun ...«, sagte Orlene.

»Die ganze Sache ist reichlich unlogisch«, warnte er sie.

»Ich weiß. Mach mit mir, was du willst.«

Er lachte, hob sie auf und trug sie ins Wohnzimmer. Er küßte sie und setzte sie vor dem Puzzle ab. »Ich will ein Stück, Frau!«

Sie lächelte. »Jawohl, mein Herr!«

Sie machten sich über das Puzzle her.

3 Thanatos

Was nun folgte, glich sehr einer Reise in die Flitterwochen. Am Anfang liebten sie sich sehr oft, dann einigten sie sich auf eine angenehme Regelmäßigkeit. Sie beendeten das Puzzle und begannen ein neues. Sie erkundeten den riesigen Besitz mit seinen Apartments auf verschiedenen Stufen der Stadt, einem privaten Materietransmitter im Kellergeschoß, einem Tennisplatz und einem Tisch im Restaurant, sowie vielen anderen Annehmlichkeiten. Norton wußte bald, daß er bis über beide Ohren verliebt war. Orlene sagte niemals, daß sie ihn liebte, doch das konnte er verstehen; sie blieb ihrer formalen Ehe mit dem Gespenst treu. Davon abgesehen gehörte sie voll und ganz Norton. So lebten sie wie ein Ehepaar ohne Trauschein.

Sie wanderte mit ihm durch den Park und teilte mit ihm nachts den Schlafsack. Der Ring, den sie ihm gegeben hatte, erwies sich als alles andere als wertlos. Er war magisch. Sie weigerte sich allerdings, ihm zu sagen, *auf welche Weise* er funktionierte. »Schließlich braucht man als Frau auch so seine kleinen Geheimnisse«, sagte sie neckend. »Da mein Körper für dich schon keine mehr hat, müssen es eben die Geheimnisse des Rings tun.«

Das faszinierte ihn mächtig – doch mehrere Dinge hinderten ihn daran, das Rätsel sofort zu lösen. Zunächst einmal hielt Orlene ihn mit einem wahren Wirbelwind gemeinsamer Aktivitäten beschäftigt. Sie schauten sich zusammen die neuesten und besten Holofilme an, gingen zum Null-Gravitations-Schwimmen und statteten dem Außenposten des Besitzes auf dem Planeten Venus einen Besuch ab – der sich jedoch als weniger beeindruckend erwies, als er erwartet hatte, weil das Apartment auf der Venus nur aus einem ganz normalen Zimmer mit einer einzigen dicklinsigen Luke bestand, durch die man auf den ständigen nebligen Sturm an der Planetenoberfläche blikken konnte. Wenn sich nichts anderes anbot, stellte Orlene neckend Teile ihres vollkommenen Körpers zur Schau, so daß ihn sowohl Pflicht als auch Neigung dazu zwangen, der Sache nachzugehen. Doch dann kam ein Augenblick, da sie schon schlief und er noch wachlag, und er erinnerte sich wieder an den Ring.

Das war seine Chance!

Er faßte den Ring mit Daumen und Zeigefinger, um ihn abzuziehen – und entdeckte das zweite Problem. Der Ring rührte sich nicht von der Stelle. Er schien sich zusammenzuziehen, sobald er daran zog. Je kräftiger er zerrte, um so enger wurde er. Er versuchte es im Bad mit Seife – die Seifenstücke waren eine unnötige Gewohnheit, da die Schalldusche sie überflüssig machte, doch unnötige Gewohnheiten hielten sich lange –, aber alles ohne Erfolg. »Das Ding muß einen Klebezauber besitzen!«

»Nein«, sagte Orlene hinter ihm. Schuldbewußt zuckte er zusammen, doch sie lachte fröhlich und bot ihm einen Kuß an. Es dauerte drei weitere Tage, bis er wieder an den Ring denken konnte.

Diesmal besuchte sie den Arzt des Anwesens zum Zwecke ihrer wöchentlichen Untersuchung. Eine Bedingung ihres Ehevertrags besagte, daß sie gesundbleiben müsse, um auch einen gesunden Erben zur Welt bringen zu können. Was ihre Pflichten anging, so hielt sie es immer äußerst genau. Deshalb hatte Norton im Wartezimmer ein wenig Zeit für sich.

Er musterte den Ring. Die winzigen Edelsteinaugen der metallischen Schlange schienen seinen Blick zu erwidern. »Du bleibst also bei deinem Besitzer«, bemerkte er. »Ist das alles, was deine Magie kann?«

Der Schreck jagte ihn beinahe aus dem Stuhl. Der Ring hatte zweimal pulsiert und seinen Finger ganz leicht gedrückt!

Endlich fing er sich wieder und fragte den Ring mit leiser Stimme: »Hast du das getan, Ring?«

Ein einzelnes festes Drücken.

»Du kannst mich verstehen?«

Ein Druck, kurz aber bestimmt.

»Und du reagierst durch Druck auf Fragen?«

Ein Druck.

»Einmal für Ja, zweimal für Nein?«

Druck.

»Manchmal auch dreimal?« Druck.

»Wann denn?«

Diesmal wurde dreimal gedrückt.

»Das beantwortet meine Frage nicht«, flüsterte er. »Was bedeutet es, wenn du es dreimal machst?«

Druck, Druck, Druck.

Norton überlegte. »Mal sehen ... du antwortest immer nur mit Ja oder Nein. Würde dreimal also heißen, daß du weder mit Ja noch mit Nein antworten kannst?« Druck.

»Also bedeutet dreimal entweder, daß du die Antwort nicht kennst oder daß du sie nicht als einfaches Ja oder Nein formulieren kannst?«

Druck.

»Und wenn ich dir eine Frage stelle, deren Antwort eine Zahl ist, dann drückst du so oft wie diese Zahl?«

Druck.

»Zum Beispiel: Wieviel macht drei mal sieben?«

Druck.

Hoppla. »Ich meinte, gib mir bitte die Antwort auf diese Frage.«

Eine kurze Pause, dann dreimaliges Drücken.

»Das ist nicht die Antwort, Ring! Was ist passiert?«

Druck, Druck, Druck.

»Oh – du willst damit sagen, daß du schlecht im Kopfrechnen bist?«

DRUCK!

Norton lächelte. »Wir haben alle unsere Schwächen. Kein Grund, sich zu schämen! Aber kannst du zählen?«

Druck.

»Wie viele Finger habe ich?«

Zehnmaliges Drücken.

Norton lächelte wieder. »Ich glaube, jetzt verstehe ich dich! Hast du auch noch andere Eigenschaften?«

Druck.

»Sehr gut!« Norton überlegte wieder. Die Sache wurde langsam aufregend.

Dann erschien Orlene, und er mußte aufhören.

»Nun, ich bin immer noch nicht schwanger«, sagte sie. »Trotz deiner Anstrengungen. Ich weiß nicht, ob ich enttäuscht sein soll oder froh. Jetzt wird der Doktor dich empfangen.«

»Mich?« fragte er erschreckt.

Druck.

Der Ring schien nun, da er ihn aktiviert hatte, jede Frage zu beantworten, die er hörte.

»Um sicherzugehen, daß du auch zeugungsfähig bist«, sagte Orlene.

»Oh.« Was, wenn er es nicht war? Das konnte das Ende ihrer Beziehung bedeuten.

»Geh schon hinein«, sagte sie. »Sie erwartet dich.«

»Sie?«

Druck.

Orlene lächelte. »Du glaubst doch wohl nicht, daß ich so etwas einem männlichen Arzt anvertrauen würde, oder?«

»Aber ich würde viel lieber mit einem Mann darüber sprechen!«

»Pech«, sagte sie heimtückisch. Sie beugte sich vor und küßte ihn kurz auf die Lippen. »Viel Spaß.«

»Na klar, na klar«, meinte er vergrätzt.

Die Ärztin erwies sich als strenge Frau in den mittleren Jahren. »Ausziehen, mein Sohn.«

»Hören Sie, ich ...«

Sie gewährte ihm ein kaltes Lächeln. »Wäre es Ihnen vielleicht lieber, einen männlichen Krankenpfleger dabei zu haben, der Ihre Unschuld verteidigt?«

»Oh, nein, danke. Aber ...«

»Das hier ist reine Routine. Glauben Sie mir, junger Mann, ich habe so etwas schon einmal gesehen.«

Ganz bestimmt! Norton beugte sich also der Notwendigkeit und zog sich bis auf die Unterhose aus.

Sie untersuchte das Übliche, von der Körpertemperatur bis zum Blutdruck, Ohren, Augen, Zunge, Muskeltonus und was immer ihre Instrumente noch messen mochten. Dann kam der peinliche Teil. »Und jetzt bitte die Unterhose.«

Er biß die Zähne zusammen und gehorchte. Schließlich mußten Frauen ja auch Untersuchungen durch männliche Ärzte über sich ergehen lassen; das hier war vielleicht nur der gerechte Ausgleich. Sie hakte einen Finger hinter seinen Hodensack. »Husten Sie mal.«

Er hustete, und sie wiederholte dasselbe auf der anderen Seite.

Dann zog sie einen Plastikhandschuh an. »Beugen Sie sich vornüber. Stützen Sie sich dort ab.«

»Haben Sie denn keine moderneren Methoden, um ...«

»So macht es sehr viel mehr Spaß«, versicherte sie ihm.

Wieder gehorchte er den Anweisungen, und sie fettete den Handschuh ein und tat, was Ärzte immer mit Männern taten. »He!«

»Halten Sie still. Ich brauche schließlich die Probe.«

Offensichtlich. Einen Augenblick später brachte sie einen Abstrich auf Glas in ihr Labor, und er durfte sich das Fett wegwischen und sich wieder anziehen. Soviel Würdelosigkeit, nur um sicherzugehen ...

»Ring«, sagte er, unter einem verspäteten Geistesblitz leidend, »bin ich fruchtbar?«

Druck.

Wieviel Peinlichkeit hätte er sich doch ersparen können, wenn er früher daran gedacht hätte! Doch die Ärztin hätte dem Ring wahrscheinlich nicht geglaubt.

Wie sich herausstellte, hatte der Ring recht; er war fruchtbar.

Norton gesellte sich wieder zu Orlene, die ein Grinsen unterdrückte. »Du hast genau gewußt, daß ich fruchtbar bin!« hielt er ihr vor.

»Natürlich. Sonst hättest du ja nicht geleuchtet.«

»Warum hast du mich dann zur Ärztin geschickt?«

Sie mühte sich verzweifelt ab, ein Kichern zu unterdrükken. Warum wohl? Selbst nette Mädchen liebten es, es den Männern gelegentlich heimzuzahlen. Nun, er würde schon wieder mit ihr quitt werden.

Eine Woche später, Orlene nahm gerade ein altmodisches Schaumbad, saß Norton vor einer Nachrichtensendung im Holo. Er nutzte die Gelegenheit, sich erneut mit dem Ring zu beschäftigen.

»Parlamentarisches Vorgehen«, sagte der Holoansager gerade, und er schien direkt im Zimmer zu sein und sich mit Norton persönlich unterhalten zu wollen. »Die satanischen Kräfte haben eingeräumt, daß sie nicht genügend Stimmen haben, um sich dieses Mal über das erwartete Veto hinwegzusetzen, doch hoffen sie, zumindest deutlich Kraft zu zeigen. Sollte sich in den Reihen der Gegenpartei Undiszipliniertheit ...«

»Ring, wie soll ich dich nennen?« fragte Norton. »Hast du einen Namen?«

Druck, Druck.

»Möchtest du einen haben?«

Druck.

»Dann könnte ich einen für dich erfinden? Du bist mein Schlangenring; ich werde dich Sning nennen, als Abkürzung von *S*chlange*N*r*ING*. Wie findest du das?«

DRUCK! Offensichtlich war der Ring begeistert.

»Gut, Sning. Bist du von böser Magie?«

Druck, Druck.

»Guter Magie?«

Druck.

Natürlich könnte der Ring auch lügen, denn das Böse log nun einmal, aber das glaubte er nicht. Orlene hätte niemals einen bösen Gegenstand ausgesucht.

»Äh, Sning, bist du männlich oder weiblich?«

Druck, Druck, Druck.

»Entschuldigung, ich formuliere es neu. Männlich?«

Druck.

»Aha, du bist also ein Er. Du hast auch noch andere Eigenschaften?«

Druck.

Er versuchte sich an die Antwort heranzutasten. Der Ring war gekennzeichnet durch sein Handeln und sein Dasein. Das hörte sich gut an! »Bist du lebendig oder nicht lebendig?« Wieder erhielt er auf beide Fragen ein Ja. »Du kannst dich verändern?« Druck. »Wenn ich dich darum bitte?« Druck. »Tatsächlich«, schloß er triumphierend, »kannst du auch eine lebendige Schlange sein!« Druck.

Nun mußte er herausfinden, welchen Vorteil dies für den Besitzer des Rings bedeuten konnte. Nach einer Weile wußte er endlich, daß Sning lebendig werden konnte, um von seinem Finger abzugleiten, um die Umgebung zu erkunden, zurückzukehren und zu berichten, was los war. Er hätte Sning lediglich darum bitten müssen, dann wäre die Entfernung ein leichtes gewesen.

Norton dachte nur ganz kurz nach, bevor er heimtükkisch zu grinsen begann. »Geh und such Orlene«, befahl er. »Kundschafte sie aus, ganz genau.«

Der Ring nahm ein helleres Grün an, glitt von seinem Finger, fiel zu Boden und eilte aufs Badezimmer zu. Voll ausgestreckt hatte Sning immerhin eine Länge von fünfzehn Zentimetern.

Eine Minute verstrich. Dann erscholl ein Schrei. Wenige Sekunden später zischte Sning zurück, ein paar Schaumblasen hinter sich herziehend. Norton legte die Hand auf den Boden, und die winzige Schlange wickelte sich um seinen Finger und wurde wieder metallisch.

»Sie hat dich entdeckt?«

Ein feuchter Druck.

»Ganz nahe?«

Druck.

»Sie hat geschrien?«

Druck.

»Und mit Schaum nach dir geworfen?«

Druck.

»Hast du noch etwas zu berichten?«

In diesem Augenblick erschien Orlene, halb mit Schaumblasen bekleidet. »Wage es nicht!« fauchte sie den Ring an.

Norton lachte, seine Rache war erfüllt – bis sie sich auf ihn stürzte, feucht glitzernd und glitschig, und sein Haar mit Schaumblasen bearbeitete. »Du hast also herausgefunden, wie man den Ring benutzt!« rief sie streng. »Ich habe dich zu lange dir selbst überlassen! Wenn du ihn noch einmal hinter mir herschickst, dann ertränke ich euch beide in Schaum!«

Sie stakste davon und hinterließ eine Fährte aus sterbenden Schaumblasen.

»Ich hätte mir nur gewünscht, daß es diese Ärztin gewesen wäre«, brummte Norton rebellisch.

Er erfuhr noch etwas anderes über Sning: er war giftig. Natürlich waren seine Giftzähne nur sehr winzig, doch dafür war sein Gift um so mächtiger. Ein Wesen von der Größe eines Menschen konnte mehrere Stunden lang todkrank davon werden. Sning konnte auf Befehl zubeißen, brauchte danach aber einen vollen Tag, um seinen Giftvorrat wieder aufzufrischen.

»Das ist schon in Ordnung«, sagte Norton. »Ich habe keine Feinde; für mich brauchst du niemanden zu beißen.«

Später, nachdem Orlene sich beruhigt hatte, fragte er sie, wo sie den Ring her hatte. Offenbar war er ein altes Familienstück, das über Generationen weitergegeben wurde.

»Aber dann müßtest du ihn deinem Kind geben!« wandte Norton ein. »Formell gesehen bin ich doch gar nicht dein Ehegatte.«

»Das hier ist keine formelle Sache«, sagte sie. »Ich ... mag dich, Norton. Ich möchte, daß du ihn hast.«

»Dann bin ich froh, ihn zu haben.« Er küßte sie.

Einen Monat später ergaben die Tests, daß sie schwanger war. Nun veränderte sie sich. Ihr Interesse an Vergnügungen wurde geringer, und sie orientierte sich immer stärker an der zukünftigen Familie. »Aber geh nicht weg, Norton«, warnte sie ihn. »Jetzt brauche ich dich mehr denn je.«

Dessen war sich Norton zwar nicht sicher, doch er wußte, daß er sie in jedem Fall brauchte. Er hoffte, daß er und Orlene, nachdem das Baby geboren war, wieder auf Reisen gehen konnten. Doch wenn dem nicht so sein sollte, war es nicht zu ändern. So oder so war er an sie gebunden. Das Baby würde niemals juristisch ihm gehören, doch das Blut war seins. So wenig er auch offiziell damit zu tun haben mochte, war es ihm dennoch nicht gleichgültig. Früher hatte er sich nie als Familienmenschen gesehen, doch nun sah alles anders aus.

Die Zeit verging, und Orlenes Bauch schwoll an. Norton begann, sich um einige der Hausarbeiten zu kümmern, so einfach diese auch waren. Er war gut darin. Und sie brauchte ihn tatsächlich – er gab ihr die Sicherheit, nicht allein zu sein.

Zu Nortons Erleichterung blieb das Gespenst fern. Schließlich stellten sie auch ihre Liebesaktivitäten ein, weil Orlene das Kind nicht gefährden wollte. Er hätte gerne seine Streifzüge im Park wieder aufgenommen, doch sie konnte nicht mitkommen, und er wollte sie nicht längere Zeit alleinlassen.

Also widmete er sich dem Betrachten historischer Holographien. Er nahm auch an einer Reihe von Holokursen zu verschiedenen Themen teil, um sein Hintergrundwissen zu erweitern. So studierte er die Geographie der Welt ausführlicher, ebenso die des Mars, der Venus und des Merkur; ja er studierte sogar die der Milchstraße selbst, wenngleich der größte Teil davon völlig außer Reichweite war. Ach, diese fernen Sterne zu erkunden ...!

Schließlich kam das Kind. Orlene strahlte. Sie hatte ihre Aufgabe bewältigt, sie hatte den Erben hervorgebracht. Es war ein robuster Junge, der eher Gawain als Norton zu gleichen schien, und man nannte ihn Gawain II. Norton freute sich für sie, auch wenn er sich jetzt ein wenig überflüssig fühlte. Er hatte seinen Dienst getan, brachte es aber nicht über sich, zu gehen, und Orlene wollte es auch nicht. »Wir werden wieder etwas unternehmen«, versprach sie ihm. »Sobald Gawain II einem Babysitter anvertraut werden kann.«

Doch sie stellte keine Babysitter ein, weder menschliche, noch Roboter oder Golems. Dazu war sie eine viel zu aufmerksame Mutter. Dies war natürlich auch einer der Gründe, weshalb man sie für die Gespensterehe ausgesucht hatte. Sehr pflichtbewußt und mit sehr viel Gefühl widmete sie sich Norton, doch dem Säugling schenkte sie mehr Aufmerksamkeit. Sie bestand darauf, Gaw persönlich zu stillen, weil dies der Weg der Natur war, und darauf, seine verschmutzten Windeln von Hand zu waschen, weil sie keine chemische Wäsche riskieren wollte. Sie gab ihn auch nicht in die Schalldusche, weil sie befürchtete, daß die Schallwellen sein noch unentwickeltes Nervensystem verletzen könnten. Sie wachte mit liebevoller Sorge über jeden einzelnen Aspekt seines kleinen Lebens, weil sie glaubte, daß eine gute Mutter eben dazu da war.

Norton konnte kaum etwas dagegen einwenden – er glaubte ja selbst an die Natur. Und doch machte es ihm zu schaffen. Denn er blieb von dem Prozeß weitgehend ausgeschlossen, da er offiziell mit dem Baby nichts zu tun hatte. Die umfangreiche Ausstattung des Besitzes blieb zum größten Teil ungenutzt, und er war Teil dieser Ausstattung. Orlene nahm Gaw auch zu seinen offiziellen Großeltern mit, die sich, wie sie berichtete, angenehm überrascht zeigten, weil er seinem Gespenstervater so sehr glich. Natürlich war Norton zu diesem Besuch nicht eingeladen worden.

Er verfiel in eine ziellose Depression. Er freute sich über Orlenes Erfolg, und er hatte von Anfang an seine eigene Lage richtig erkannt. Dennoch fand er es schwierig, sie zu akzeptieren. Irgendwie hatte er angenommen, daß die Ankunft des Babys Orlene für ihn freisetzen würde. Nun war es offensichtlich, daß das Kind jegliche Aufmerksamkeit auf sich zog, die sie ihm hätte geben können. Er hätte all das gerne geteilt, den Besitz, das Baby und Orlene. Er hatte sich an das luxuriöse Leben gewöhnt, und ebenso an die ständigen Aufmerksamkeiten einer schönen jungen Frau. Tatsächlich war er, dies erkannte er nun, verdorben. Er verlangte einfach zuviel.

Inmitten einer solchen Grübelei erschien das Gespenst wieder. Norton war beinahe froh, es zu sehen. »Na, Sportsfreund, jetzt haben Sie ein Jahr hinter sich gebracht«, sagte Gawain. »Wie läuft's denn?«

»Erfolgreich«, bemerkte Norton. »Sie haben jetzt Ihren Erben.«

»Ach, tatsächlich!« Gawain war so entzückt, daß er förmlich durch die Luft segelte. »Jetzt kann ich ja endlich in den Himmel!«

Gawain sollte in den Himmel? Norton zuckte die Schultern. »Das können nur Sie allein entscheiden. Schauen Sie sich ruhig Ihren Sohn an. Er schläft in der Wiege im Schlafzimmer.«

»Aber ich kann mich Orlene nicht nähern.«

»Ich glaube, sie ist gerade in der Küche und schmeckt die neue Babynahrung ab.«

Das Gespenst verschwand. Wenige Minuten später kehrte es mit einem besorgten Gesichtsausdruck zurück. »Er gleicht mir zu sehr.«

»Haben Sie etwas dagegen?«

Gawain schritt hin und her. »Da ist etwas, was ich Ihnen erzählen sollte, Norton. Während meiner Reisen im vergangenen Jahr habe ich ein paar interessante Leute getroffen.«

»Warum nicht? Ich habe ganz sicher nichts dagegen einzuwenden.«

»Ich bin einigen der Inkarnationen begegnet.«

»Der was?«

»Der Inkarnationen. Jedenfalls zwei von ihnen. Dem Krieg und der Natur.«

»Ich glaube, ich verstehe Sie nicht ganz, Gawain.«

»Es sind Personifikationen der Kräfte. Davon gibt es zwar eine ganze Menge, aber nur einige wenige Hauptverkörperungen. Sie herrschen gewissermaßen über ihre jeweilige Funktion – nun, worauf ich hinauswill, ich habe mit der Natur gesprochen, mit der Grünen Mutter, Gäa, und sie hat versprochen, meinem Erben meine Essenz einzuflößen.«

Norton war sich nicht sicher, wie ernst oder bedeutsam das war. »Eine tatsächliche Blutsverwandtschaft kann es ja nicht geben ...«

»Doch, kann es wohl – wenn die Natur dies entscheidet. Ich habe etwas von ihrer Macht kennengelernt – eins kann ich Ihnen sagen, dieser Kreatur möchte ich lieber nicht als

Gegner über den Weg laufen! –, und um mir einen Gefallen zu tun, hat sie …«

»Wollen Sie damit sagen, daß es eine tatsächliche Inkarnation der Natur gibt, und daß diese verändern kann, was …?«

»Genau das will ich sagen.«

»Also ist Gaw-Zwo tatsächlich von Ihrem Blut – durch Magie?«

»Ich glaube schon. Ich bin nicht dageblieben, ich habe mich einfach auf Gäas Wort verlassen. Sie hat mir ziemliche Angst eingejagt; ich meine, ich bin ja ein Gespenst, aber was die kann, was die *alle* können – das ist wirklich eine gänzlich andere Art der Macht.« Gawain fuhr sich über die Stirn, er sah bleich aus. »Aber da ist ein Aspekt, den ich vergessen hatte.«

»Das Baby gleicht Ihnen jedenfalls! Ich dachte, das wäre Zufall.«

»Nein. Das hat Gäa gesagt. Ich glaube, sie ist die stärkste der irdischen Inkarnationen.«

»Warum machen Sie sich dann Sorgen? Sie hat ihr Wort doch gehalten, nicht wahr?«

Das Gespenst beschleunigte sein Tempo. »Es gibt da in unserer Familie eine Erbkrankheit, so eine rezessive Sache, die sich seitlich durch die Generationen verstreut. Mein älterer Bruder ist daran gestorben; deshalb habe ich ja auch den Besitz erhalten. Meistens erwischt es sie noch in jungen Jahren – noch bevor sie zehn sind, manchmal auch früher. Und es wird immer schlimmer.«

»Aber Sie sind doch von einem Drachen getötet worden!«

»Von einem Allosaurier.«

»Wovon nun auch immer. Sie sind nicht an dieser Krankheit gestorben.«

»Nein. Aber ich trage sie in meinen Genen mit mir herum.«

In Norton keimte ein übler Verdacht auf. »Sie wollen doch wohl nicht sagen …?«

»Ja. Ich glaube, das Baby weist die Merkmale auf.«

»Aber Gaw-Zwo ist doch gesund! Das hat Orlene gründlich überprüfen lassen!«

»Diese Krankheit zeigt sich nicht bei der Geburt. Es ist eine halbpsychische Angelegenheit, die als Zersetzung der Seele beginnt und sich schließlich über den Körper ausbreitet. Das Opfer ist im wahrsten Sinne des Wortes verdammt – zu einem kurzen Leben und danach zu einem langen in der Hölle. Kein Arzt könnte diese Krankheit erkennen; selbst in diesem modernen Zeitalter neigen die Mediziner zur Skepsis gegenüber dem Übernatürlichen. Sie glauben, daß sie alles wissen, und daß alles, was sich auf ihren Meßskalen nicht zeigt, auch nicht existiert. Aber ...« Er zuckte matt mit den Schultern.

»Sie sagen, daß es die Opfer nur in jungen Jahren erwischt oder gar nicht?« fragte Norton. »Wenn Sie sich also hinsichtlich der Merkmale irren, dann schafft es Gaw und bekommt es in späteren Jahren nicht mehr?«

»Wenn sie jung sind, ja. Immer. Sobald die Merkmale für einen Arzt erkennbar sind, ist es schon viel zu spät. Wahrscheinlich ist es sogar schon zu spät, wenn das Kind geboren wird; es ist unheilbar, unausrottbar. Das Opfer siecht dahin und stirbt.«

»Aber die moderne Wissenschaft oder Magie kann doch bestimmt ...«

Gawain schüttelte den Kopf. »Nein. Man hat alles versucht, um meinen Bruder zu retten, doch er starb mit sieben. Ich war damals nur vier, aber ich erinnere mich noch ...« Wieder schüttelte er den Kopf. »Oh, ich hätte lieber meinen Finger von dem Teig lassen sollen! Ich habe ihn ruiniert! Es wird keinen Erben geben! Oh, wehe, wehe!« Er raufte sich seine unstofflichen Haare.

Die Sache sah ernst aus. Doch Norton hatte eine Idee. »Vielleicht weiß Sning es.«

»Sning?«

»Ein Freund von mir.« Norton berührte den Ring, um ihn zu wecken, wenngleich er sich nicht sicher war, daß die kleine Schlange jemals schlief. »Sning, geh und sieh mal nach Gaw-Zwo. Ich möchte wissen, ob er die unheilbare Krankheit hat, die in Gawains Familie vererbt wird.«

Sning erwachte zum Leben, glitt von seinem Finger herunter und jagte über den Boden davon. Gawain starrte ihm fassungslos nach. »Wo haben Sie das denn her? Das gehört aber nicht zu meinem Besitz!«

»Ihre Frau hat es mir geschenkt. Für Ihr Baby.«

Das Gespenst zuckte die Achseln. »Na schön, ich bin inzwischen ziemlich nervös, wenn ich mit Reptilien zu tun habe. Schließlich hat mich eins umgebracht. Wird es dem Baby schaden?«

»Nein. Sning wird nur nachsehen.«

Kurz darauf kam Sning zurück. »Hat Gaw die Krankheit?« fragte Norton.

Druck.

Norton war plötzlich sehr kalt. »Bist du ganz sicher?«

Druck.

»Wie lange wird er leben? Wie viele Jahre?«

Druck.

»Nur ein Jahr?« fragte Norton entsetzt.

Druck.

»Es sagt, nur ein Jahr?« fragte Gawain gepreßt.

»Das sagt er«, stimmte Norton mit schwerer Stimme zu. »Natürlich könnte Sning sich auch irren. Im Rechnen ist er nicht sehr gut.«

»Nein, er irrt sich nicht. Ich habe das Merkmal, das Stigma gesehen. Es spielt auch keine Rolle, ob es ein Jahr ist oder sieben; auf jeden Fall ist es unvermeidlich.« Wieder schritt das Gespenst in einem abgehackten Kreis umher. »Diese Grüne Mutter! Sie muß es gewußt haben! Kein Wunder, daß sie mir diesen ›Gefallen‹ so bereitwillig getan hat!«

»Diese Inkarnationen, von denen Sie sprechen – sind das böse Wesen?«

»Na ja, Satan ist zwar die Inkarnation des Bösen, aber dafür ist Gott die Inkarnation des Guten. Die meisten sind neutral, wenngleich ich glaube, daß sie Gott bevorzugen, oder zumindest die vorherrschende Ordnung. Doch wenn man sich der Natur – Gäa, die Erdmutter –, in den Weg stellt, dann bedeutet das ernsthaften Ärger, und man weiß nicht immer so genau, wann das passiert. Sie kann sehr nett sein, richtig freundlich, aber sie kann auch sehr gemein sein. Oh, sie hat mich alles gekostet!«

Norton schwieg.

»Wir sollten diese Sache medizinisch überprüfen lassen«, meinte er schließlich nach einer Pause. »Auch wenn sich dies der Kompetenz der Ärzte entziehen mag. Es gibt schließlich immer Durchbrüche, so daß etwas, was in einer Generation noch als unheilbar gilt, in der nächsten zu kurieren ist. Können Sie dem Arzt des Besitzes auftragen, die Krankengeschichte Ihres Bruders zu erforschen und die Symptome zu vergleichen?«

»Das sollte ich wohl«, willigte Gawain düster ein. »Aber Sie müssen es Orlene sagen.«

»Das kann der Arzt tun.«

»Na klar – auf seine Weise. Hören Sie, Norton, ich mag ja vielleicht ziemlich grobschlächtig sein, aber selbst ich erkenne, daß das nichts bringt. Manche dieser Ärzte machen sich ein Vergnügen daraus, Leute zu piesacken. Da ist es besser, wenn es auf Ihre Weise geschieht.«

Norton dachte an die Ärztin, die ihn auf seine Fruchtbarkeit untersucht hatte. Er seufzte. »Ja.«

Das Gespenst verschwand. Schweren Herzens ging auch Norton davon, um mit Orlene zu sprechen.

Zuerst wollte sie es nicht glauben. Doch als der Arzt die Krankengeschichten und Symptome verschiedener befallener Familienmitglieder miteinander verglich und die Merkmale bestätigte, blieb ihr nichts anderes mehr übrig. Dann wurde sie wütend – auf Gawain, auf die Natur, auf Norton, auf sich selbst … auf alles. Nachdem sie verzweifelt überlegte, wie das Kind doch noch zu retten sei, versank sie in eine entsetzliche Depression. Nichts konnte sie trösten.

Norton war hilflos, als die Gesundheit des Babys schließlich nachließ. Gawain hatte recht gehabt; die Krankheit hatte sich in den letzten Generationen wesentlich verschlimmert, und sie war gräßlich. Er konnte Orlene nicht trösten, denn inzwischen war es offensichtlich, daß ihre Liebe zu Norton erst an zweiter Stelle stand.

Das Ende kam mit scheinbarer Plötzlichkeit, obgleich fast ein Jahr seit der Geburt des Kindes verstrichen war. Orlene saß, in Schwarz gehüllt, an der Wiege, in der das dahinsiechende Kind lag. Sie war nur mehr ein Schatten ihres früheren Selbst und wirkte fast ebenso ausgezehrt wie Gawain II. Beide, Wissenschaft und Magie hatten versagt; sie konnten das Kind lediglich in Ruhe lassen. Es war eine Totenwache.

Der Tod kam in personifizierter Gestalt. Er war eine in schwarz gekleidete Figur mit einer Kapuze. Orlene erblickte ihn als erste, stieß einen erstickten Schrei aus und warf ihre ausgemergelten Arme schützend um ihr Kind. Der dunkle Eindringling hielt inne, und nun konnte Norton ihn klarer erkennen, da seine Konturen immer deutlicher wurden.

»Mußt du das tun?« fragte Norton die Gestalt. »Wer bist du, daß du solches Leiden bringst?« Die Gestalt wandte sich zu ihm um. Unter der Kapuze war ein Totenschädel, ohne jedes Haar, ohne Haut, ohne Fleisch. Seine Augen bestanden aus quadratischen Höhlungen. »Ich bedaure die Notwendigkeit des Ganzen«, sagte er mit merkwürdig sanfter Stimme. »Ich bin Thanatos, und es ist meine Aufgabe, die Seelen jener zu holen, die in ausgeglichenem Zustand verscheiden.«

»Du bist ... die Inkarnation des Todes?«

»Die bin ich.«

»Und es bereitet dir Vergnügen, unschuldige Babys zu stehlen?«

Thanatos' dunkle Kapuze wandte sich zuerst zu Orlene und dann zur Wiege, um schließlich wieder Norton anzuschauen. Er zog einen Ärmel zurück, um eine schwere schwarze Armbanduhr freizulegen. Mit einem Skelettfinger berührte er den Zeitmesser. »Sterblicher, folge mir einige wenige Minuten, dann werden wir uns unterhalten.«

Norton spürte, wie diese düstere Gestalt ihn mit eisiger Ehrfurcht erfüllte.

Er hatte zwar an die Inkarnationen nicht so recht geglaubt, doch Thanatos war nicht zu übersehen.

Sie verließen das Zimmer. Orlene bewegte sich nicht. Sie stand neben der Wiege, die dünnen Arme immer noch in einer vergeblichen Geste des Schutzes ausgestreckt. Sie bewegte sich nicht, sie atmete nicht einmal. Die Zeit schien stehengeblieben zu sein. Draußen vor dem Apartment in der Halle stand ein edles schwarzes Pferd. Es überraschte Norton nicht. Er stieg hinter Thanatos auf. Dann machte das Pferd einen Satz.

Sie schossen durch die Ebenen der Stadt, als wären es holographische Bilder. Hallen, Apartments, Wartungsbereiche – alle rasten sie wie die Segmente eines Puppenhauses vorbei, während das Pferd emporjagte. Kurz darauf hatten sie den Park auf der Erdoberfläche erreicht. Schon ritten sie durch den Wald.

Sie gelangten an eine sonnenbeschienene Lichtung, das Pferd blieb stehen, und die beiden Reiter saßen ab. Während das Pferd zu grasen begann, setzten sich Thanatos und Norton auf einen umgestürzten Baum. Es war gar nicht mehr seltsam, sich mit einem Skelett in einer Kutte zu unterhalten.

»Ich möchte die Sache mit dem Baby erklären«, sagte Thanatos. »Es ist nicht unschuldig, so seltsam dir das auch erscheinen mag. Er befindet sich im moralischen Gleichgewicht. Ich besitze Geräte, mit denen ich Seelen messe und bestimme, ob das angehäufte Böse das Gute überwiegt. Überwiegt das Gute, gelangt die Seele in den Himmel; überwiegt das Schlechte, kommt sie in die Hölle. Indem er seinen freien Willen ausübt, bestimmt der Mensch tatsächlich darüber, wie er nach dem Tod weiterleben wird. Doch manche Seelen befinden sich in einem vollkommenen Gleichgewicht zwischen Gut und Böse, wenn der Klient stirbt, und diese müssen im Fegefeuer verbleiben.«

»Du meinst, daß es wirklich solche Orte gibt, die Himmel, Hölle und Fegefeuer heißen – ich dachte immer, das wären bloße Erfindungen der menschlichen Einbildungskraft.«

»Es sind weniger eigentliche Orte als vielmehr Seinzustände. Für unsere Kultur existieren sie, wie auch die verschiedenen Inkarnationen, weil hinreichend an sie geglaubt wird. In anderen Kulturen existieren dafür andere Bezugsrahmen. Ich habe nur wenige Klienten in jenen Kulturen, wo andere Glaubensrichtungen vorherrschen.«

»Aber *ich* habe nie an Himmel, Hölle oder Inkarnationen geglaubt«, wandte Norton ein.

»Wahrscheinlich nicht bewußt. Glaubst du an das Gute, an das Böse und die persönliche Wahlfreiheit?«

»Nehmen wir doch mal das Baby ... Wie kann in seiner Seele Böses enthalten sein; es hat niemandem wehgetan. Tatsächlich ist es ein Opfer von Umständen, die durch andere manipuliert wurden.«

»Das ist wahr. Es tut Gäa auch sehr leid; sie hat der Sache nicht ihre volle Aufmerksamkeit geschenkt, deshalb hat ihr Geschenk an Gawain auch einen Makel. Als sie dies entdeckte, war es bereits zu spät, um noch eingreifen zu können. Sie muß schließlich auch ihren eigenen Gesetzen gehorchen. Sie ist zwar sehr mächtig, aber ebenso sehr beschäftigt. Sie hielt es für einen einfachen Gefallen, für jemanden, der versuchte, im Tod besser zu handeln als er es im Leben getan hatte, und sie sah nicht allzu genau hin. Sogar Inkarnationen machen Fehler – und solche Fehler können schlimmer sein als die von Sterblichen.«

»Dieser Fehler hat die ganze Erblinie eines Mannes vernichtet!« rief Norton.

»Gawain wird eine zweite Chance erhalten«, sagte Thanatos. »Gäa hat sich bei Clotho dafür verwandt. Das ist ihre Form, sich zu entschuldigen.«

»Das Baby wird geheilt werden?«

»Nein. Da ist nichts zu machen. Gawain wird die Möglichkeit haben, erneut zu heiraten, diesmal mit mehr Erfolg.«

Wieder erschauerte Norton. »Erneut zu heiraten? Wird er sich von Orlene scheiden lassen?«

»Nein.«

»Wird sie ihm ein weiteres Baby gebären? Aber warum sollte er dann wieder heiraten?«

»Orlene wird kein weiteres Baby haben. Es ist der Hauptteil des Bösen in diesem ersten Kind – die Verantwortung dafür, daß seine Mutter vorzeitig stirbt.«

»Daß seine Mutter stirbt!« wiederholte Norton schokkiert.

»Es tut mir leid, dir dies mitteilen zu müssen, aber es wird leichter sein, wenn du es verstehst. Du hast keine Schuld an dieser Katastrophe. Die Schuld liegt bei dem Kind.«

»Aber das Baby hat doch gar nichts getan!«

»Das Baby wird gleich sterben. Das vernichtet die Mutter.«

»Aber das Baby hat es sich doch nicht ausgesucht, zu sterben!«

»In diesem Fall wird, so sehr ich es bedaure, die Sünde des Vaters den Sohn heimsuchen. Hätte Gäa sich nicht eingeschaltet, wäre das Baby gesund gewesen. Denn du bist von ausgezeichneter genetischer Erbmasse.«

»O ja, das bin ich«, meinte Norton. »Meine Familie ist immer sehr gesund gewesen. Aber trotzdem ... diese Schuldübertragung ... *ich* war es doch, der das Kind gezeugt hat! Und da hatte ich auch einen Traum ... und wenn ich nicht ...«

»Ich will nicht behaupten, daß ich mit jedem Aspekt dieses Systems einverstanden bin«, sagte Thanatos sanft. »Ich kann dir nur versichern, daß dem so ist. Du hast dich weder dem Sohn noch der Mutter gegenüber schuldig gemacht. Du mußt auch wissen, daß das Schicksal des Babys zwar ungewiß ist, jenes der Mutter jedoch nicht; sie wird direkt in den Himmel gelangen. Sie ist eine gute Frau, und sie hat nur wenig Böses an sich. Ich werde nicht dabei sein, aber du. Ich hoffe, daß dein Wissen um die Gesamtsituation dir einen Teil deines Schmerzes nimmt. Du bist ein guter Mann und kannst ein gutes Leben haben, wenn du diese Krise durchstehst.«

»Es ist ja wirklich rührend, wie sehr sich der Tod um

mein Wohlergehen sorgt«, meinte Norton bitter. »Du sagst mir, daß mein … daß Gawains Baby sterben muß und daß die Frau, die ich liebe, sterben muß, aber ich soll das alles ignorieren und mich vergnügen? Warum machst du dir dann diese Mühe?«

»Weil ich unnötigen Schmerz nicht mag«, erwiderte Thanatos ernst. »Der Tod ist eine notwendige Sache, und er kommt zu allen lebenden Kreaturen zur rechten Zeit; es ist recht so, denn ein rechter Tod ist das größte Geschenk, das einem rechten Leben folgen kann, und ich ziehe es vor, diesen Übergang so wenig unangenehm wie möglich zu machen und keine außerordentlichen Maßnahmen zu ergreifen, um den Schmerz des Dahinscheidens zu verlängern, oder um die natürliche Lebensspanne zu verkürzen, wie sie von Atropos festgelegt wurde.«

»Atropos?«

»Ein Aspekt der Schicksalsgöttin, die eine weitere Inkarnation ist. Atropos durchtrennt den Lebensfaden. Wenn ein Mensch stirbt, ruht die Hauptlast stets auf den Lebenden; deswegen kümmere ich mich zu einem großen Teil auch um diese, wie in deinem Fall. Ich hege Mitgefühl für die Sterblichen, denn oft haben sie ein schweres Los.«

»Mitgefühl!« rief Norton.

»Ich begreife, daß es dir schwerfällt, dies zu verstehen oder zu akzeptieren, aber so ist es nun einmal.«

Norton starrte in das mit einer Kapuze bekleidete Schädelgesicht und stellte fest, daß er ihm glaubte. Diese Todeserscheinung war wirklich mitfühlend. Thanatos versuchte Norton dabei zu helfen zu ertragen, was offenbar ertragen werden mußte. »Das ist alles? Du hast deine wertvolle Zeit allein dafür verwendet, um meine Sorgen zu lindern?«

»Es vergeht keine Zeit«, sagte Thanatos. Er zeigte auf die schwarze Uhr. »Ich habe mit Hilfe der Todesuhr die Zeit aufgehalten, damit ich ungehindert mit dir sprechen kann.«

»Danke«, sagte Norton schlicht. »Muß hübsch sein, so ein Gerät zu haben, um die Zeit bei Bedarf beherrschen zu können.«

»Du hast ein ähnliches Gerät«, sagte Thanatos. »Das ist auch ein weiterer Grund, warum ich bei dir innehielt.«

»Ein weiterer Grund? Was ist denn der *erste* Grund?«

»Die Tatsache, daß du mich erkennen konntest. Nur wenige Menschen, die nicht unmittelbar mit dem Tod zu tun haben, können meine Gegenwart spüren.«

»Ich liebe Orlene!« sagte Norton. »Alles, was ihr Wohlergehen betrifft, betrifft auch meins!«

»Das ist wahr, das hast du bewiesen. Und also hat du mich gesehen – und ich sah deinen Ring.«

Norton blickte auf seine linke Hand. »Oh, Sning. Orlene hat ihn mir geschenkt.«

»Ausgezeichnete Magie läßt sich auch in kleine Gegenstände fassen«, sagte Thanatos. »Sning, wie du ihn nennst, ist dämonischen Ursprungs und beinahe so alt wie die Ewigkeit.«

»Aber er ist doch nicht böse! Wie kann er da ein Dämon sein?«

»Dämonen unterscheiden sich voneinander, genau wie Menschen. Er ist gut – solange er an den Dienst den Guten gebunden bleibt. Du hast Glück, über seine Treue herrschen zu können.«

Diese Wende des Gesprächs war so überraschend, daß Norton für einen Augenblick alles andere vergaß. »Sning«, fragte er den Ring, »ist Thanatos echt?«

Druck, Druck, Druck.

»Wie kannst du das genauer feststellen? Mußt du ihn dafür berühren?«

Druck.

»Hast du etwas dagegen?« fragte er die Erscheinung.

Thanatos schüttelte den Schädel.

»Dann tu es, Sning.«

Sning glitt von Nortons Finger in seine Handfläche und auf die Kapuzengestalt zu. Thanatos zog an den Knochenfingern seiner linken Hand, die sich als Handschuh entpuppten. Darunter befand sich eine menschliche Hand, ganz mit Fleisch, ja sogar mit einer Spur von Schmutz unter den Fingernägeln. Er streckte diese Hand vor, und Sning berührte sie mit der Zunge. Dann kringelte sich die kleine Schlange wieder um Nortons Finger, während Thanatos den Handschuh wieder überstreifte.

»Er ist echt?« fragte Norton Sning wieder.

Druck.

»Und alles, was er mir erzählt, stimmt?«

Druck.

»Und du bist tatsächlich ein guter Dämon?«

Druck.

Das genügte. »Du hast mich verblüfft«, sagte Norton zu Thanatos. »Zuerst habe ich nicht an dich geglaubt, aber jetzt ... Nun, ich weiß deine Höflichkeit zu schätzen – aber ich werde trotzdem versuchen, Orlene zu retten.«

»Natürlich. Das ist dein Weg.« Thanatos erhob sich und reichte Norton ernst die Hand.

»Mortis!« rief Thanatos. Das prächtige Pferd kam zurückgetrabt, und schon bald landeten sie wieder auf Gawains Wohnebene, saßen ab und kehrten in das Apartment zurück. Orlene stand noch immer wie eingefroren neben dem Kind. Thanatos griff wieder nach seiner Uhr.

»Äh, danke«, sagte Norton verlegen. Zwar war er auch jetzt noch nicht mit dem einverstanden, was hier geschah, doch er wußte nun, daß Thanatos keine Schuld trug.

Die düstere Gestalt nickte. Dann lief die Zeit wieder. Thanatos schritt zur Wiege und griff nach dem Baby. Orlene starrte ihn an und kreischte: »Nein! Nein! Geh weg, Tod! Du sollst ihn nicht haben!«

Thanatos hielt inne. »Er leidet unter Schmerzen. Davon werde ich ihn erlösen.«

»Nein! Wir haben Medizin!«

»Es gibt eine Zeit zu sterben, und seine Zeit ist gekommen«, sagte Thanatos traurig. »Du würdest nicht wollen, daß er länger leidet.« Vorsichtig griff er nach der Seele des Kindes, die wie durchsichtiger Stoff in seinen Händen schwebte. Gawains mühevolles Atmen hörte auf, und er entspannte sich mit einem merkwürdig zufriedenen Gesichtsausdruck. Seine Mühsal war vorüber.

Orlene sank ohnmächtig zu Boden.

Thanatos blickte Norton wieder an. »Ich bedauere es«, wiederholte er. »Und doch ist es notwendig.« Er faltete die Seele zusammen und steckte sie in einen schwarzen Beutel. Dann ging er hinaus.

Norton fühlte sich wie betäubt. Er schritt zu Orlene, hob sie auf und trug sie zur Couch. Sie fühlte sich schrecklich leicht an; sie hatte mehr Gewicht verloren, als er geglaubt hatte. Diese Qual zerbrach sie!

Dann telefonierte er. Er meldete den Tod und bat um Abholung der Leiche.

Er schritt zu Orlene hinüber. Nun kam, wie er wußte, der schwierigste Teil. Was sollte er tun, wenn sie erwachte?

Sie erwachte, und er sagte ihr, daß das Baby fort war. Es war nicht die Zeit für Beschönigungen.

»Ich weiß, Norton«, sagte sie. »Entschuldige mich bitte. Ich muß mich um einige Dinge kümmern.« Sie ging ins Schlafzimmer.

War das alles? Er konnte es sich kaum vorstellen!

Sie blieb einige Tage so und ging ruhig ihren Geschäften nach. Norton wußte nicht, was er davon halten sollte. Erst war sie so verzweifelt gewesen, und nun, da das Schlimmste passiert war, war sie so gefaßt. Ob Thanatos sie falsch eingeschätzt hatte? Vielleicht würden sie beide doch irgendwann wieder zusammen glücklich sein und ein weiteres Kind zeugen, einen gesunden Erben für den Besitz. Nach und nach wuchs Nortons Hoffnung.

Dann, zehn Tage nach dem Tod des Kindes, nachdem Orlene all ihre Angelegenheiten geordnet hatte, einschließlich sorgfältiger Anweisungen hinsichtlich der Beseitigung ihrer wenigen persönlichen Habseligkeiten und ihres Körpers, damit es keine peinlichen Situationen gab, nahm sie Gift. Norton fand sie, zusammengesunken am Flügel, und er wußte sofort, daß es zu spät war und daß sie ihre letzte Note gespielt hatte. Sie hatte noch nicht einmal Lebewohl gesagt – und darin war sie besonders feinfühlig gewesen, denn sie hatte gewußt, daß er es niemals zugelassen hätte.

4 Chronos

Orlene hatte ihn nicht wirklich geliebt, das wußte Norton nun. Es war ihr nicht gestattet gewesen, deshalb hatte sie alles auf das Kind übertragen. Sie hatte Gaw-Zwo geliebt – und sonst nichts. Norton war lediglich ein Mittel zur Erfüllung ihres Vertrags und ein guter Weggefährte gewesen. Vielleicht hatte sie geglaubt, daß sie ihn liebte, aber nun zeigte sich die Wahrheit. Hätte sie ihn geliebt, sie hätte ihn nicht so zurückgelassen.

Norton war bei dem Ganzen eine eher zufällige Figur gewesen, so, wie Gawain das Gespenst es geplant hatte – und nun liebte er eine tote Frau. Was blieb ihm noch zu tun?

Er löschte sein Feuer und zog sich in die Hütte zurück, die er aus Ästen und Laub gefertigt hatte. Er lag da und blickte hinaus in die Abenddämmerung. Nun lebte er wieder, wie er es vorzog, alleine wandernd und alleine lagernd, doch ihm fehlte die Freude, die es ihm zuvor beschert hatte. Drängende finanzielle Sorgen hatte er nicht, dank der Fürbitte Orlenes. Sie war in der Tat sehr sorgfältig vorgegangen und hatte sich um alles gekümmert, bevor sie starb. In ihrer Mitteilung hatte sie Nortons Dienstleistungen gewürdigt und darauf hingewiesen, daß der Verlust des Erben nicht seine Schuld gewesen war, und sie hatte darum gebeten, daß ihm auf Lebenszeit vom Besitz befristeter Kredit eingeräumt wurde. Gawain das Gespenst hatte gegengezeichnet, und man hatte ihm den Kredit gewährt. Obwohl Norton ihn nur spärlich ausnutzte, empfand er ihn doch als hilfreich. Er war nützlich, um damit seine Vorräte für die Wanderschaften aufzufüllen, und wenn er etwas von dem Konto abhob, dachte er immer an sie. Wie hätte er ihr kleines Geschenk abweisen können, ihren greifbaren Pfand der Zuneigung?

Vor ihm erschien eine Gestalt. »Endlich habe ich Sie

gefunden!« sagte Gawain. »Ich wußte, daß ich Erfolg haben würde, wenn ich die Parks nur lange genug durchsuchte.«

»Gehen Sie weg«, murrte Norton und schloß die Augen.

»Natürlich waren mir die letzten Kontoauszüge eine Hilfe«, fuhr das Gespenst unbekümmert fort. »Dadurch wußte ich, wo Sie sich zuletzt aufgehalten haben. Aber es gibt hier wirklich fürchterlich viele Bäume zu überprüfen! Und Sie hinterlassen keinen Müll, Sie verschmutzen nichts, Sie verschwenden nichts – ich kann von Glück sagen, daß ich die Dampfwolke Ihres gelöschten Feuers bemerkte, sonst wäre ich wieder an Ihnen vorbeigezogen.«

»Nur keine Umstände«, murmelte Norton und versuchte seine Ohren zu versperren. »Gehen Sie ruhig weiter.«

»Sehen Sie, ich habe Ihnen nämlich wieder ein Angebot zu machen«, fuhr das Gespenst ungerührt fort. »Mir hat es gefallen, wie Sie Ihren letzten Auftrag ausgeführt haben.«

Norton riß die Augen auf. »Verdammt, ich habe geträumt, daß ich sie vernichten würde und genau das habe ich auch getan! Meine Vision war richtig gewesen. Ich habe das Baby gezeugt, dessen Tod ihr Leben zerschmetterte! Danken Sie mir bloß nicht *dafür!*«

»Sie wissen doch, daß es nicht so ist«, sagte Gawain ruhig. »Sie haben Ihren Job getan. Verantwortlich dafür war nur meine eigene Einmischung. Ich habe meine Lektion gelernt: das nächste Mal lasse ich die Finger davon.«

»Wie sollten Sie auch anders«, konterte Norton. »Schließlich ist sie tot! Sie haben Sie vielleicht nicht geliebt, aber *ich* habe es getan, und jetzt ist sie fort.«

»Nun, durch ihren Tod kann ich jetzt wieder heiraten«, sagte Gawain. »Nun kann ich oder meine Verwandten eine andere Frau finden, die meinen Erben austragen kann. Ich weiß zwar nicht, wer es sein wird, aber ich kann dafür garantieren, daß sie attraktiv, talentiert und intelligent ist – genau nach Ihrem Geschmack, Norton! Und sie wird auch tun, was meine Eltern ihr auftragen. Also brauchen Sie nur zum Besitz zurückzukehren und auf sie zu warten und …«

Norton war entsetzt. »Und eine weitere Frau bedienen?

Verstehen Sie denn überhaupt nichts? Ich habe Orlene *geliebt!* Ich will nie eine andere Frau haben als sie!«

»Na ja, schön, ich weiß Ihre Loyalität zu schätzen«, meinte das Gespenst leicht verwirrt. »Aber für Sie könnte es auch eine gute Therapie sein, zu ...«

»Nein!«

»Ich weiß, daß Sie ein guter Mann sind. Deshalb will ich Sie auch dafür haben. Ich weiß, daß Sie ein gutes Baby zeugen und nicht versuchen werden, den Besitz auszubeuten.«

Norton schloß wieder die Augen. »Gehen Sie weg. Suchen Sie sich irgendeinen anderen Blödmann.«

»Wissen Sie, das Problem war, daß ich sicher gehen wollte, daß es ein Junge wird. Deshalb habe ich Gäa aufgesucht. Na gut, ich habe ja schon gesagt, daß ich meine Lektion gelernt habe. Sie können von mir aus auch ein Mädchen zeugen, das ist schon in Ordnung. Ich werde mich nicht mehr einmischen – ich warte einfach auf das nächste Kind, und wenn Sie wollen, können Sie das Mädchen auch behalten. Ich brauche nur den Jungen. Ich garantiere absolut dafür, daß ich diesmal beim Puddingkochen nicht mitmache!«

»VERSCHWINDEN SIE!«

Das Gespenst seufzte. »Ich gehe, aber ich werde wiederkommen.«

Zwei Monate später, vier Monate nach Orlenes Tod, suchte Gawain ihn erneut heim, diesmal in einem anderen Waldpark. Alle großen Städte des 21. Jahrhunderts waren von Parks überdacht; das war einer der notwendigen Kompromisse, die der Mensch mit der Natur eingehen mußte. Einige Städte verfügten über natürliche Wildnis; andere hatten magische Gärten oder fremdartige Landschaften. Viele hielten sich exotische Lebewesen in besonderen Lebensräumen. Aus dem Weltall wäre es schwer auszumachen gewesen, daß der Planet Erde noch immer von Menschen bewohnt war – und so sollte es auch sein.

Das Gespenst schritt neben ihm. »Ich habe sie gefunden, Norton«, sagte Gawain ohne jede Einleitung. »So schön, Sie glauben es kaum! Und so sexy, daß sie jeden Mann in den Wahnsinn treiben könnte. Sie heißt Lila. Kommen Sie doch einfach nur mal kurz mit, dann werden Sie ...«

»Hauen Sie ab«, sagte Norton. »Ich habe Ihnen schon mal gesagt, daß ich mich nicht für irgendeine andere Frau mehr interessiere.«

»Aber Sie können doch nicht ewig Trübsal blasen! Es ist schon vier Monate her, und Sie sind ein gesunder, lebendiger Mann. Sie haben natürliche Bedürfnisse. Und Lila ist bereit für Sie; sie hat Ihr Bild gesehen. Sie mag Sie, Norton. In ihren Armen werden Sie vergessen ...«

Wütend schlug Norton eine Faust durch Gawains Körper. »Verstehen Sie denn nicht? *Ich will Orlene nicht vergessen!* Ich liebe sie! Das werde ich immer tun!«

»Das ist ungesund, Norton«, warf das Gespenst ein. »Es wäre wirklich besser, wenn Sie ...«

»Niemals!« schrie Norton. »Suchen Sie sich einen anderen Zuchthengst! Ich bin nicht mehr mit von der Partie!«

Gawain schüttelte den Kopf. »Sie wissen wirklich nicht, was Ihnen entgeht. Also wenn Lila so dahinschreitet ...«

»Fort! Weiche von mir, übler Geist!«

Endlich verschwand das Gespenst.

Doch Gawain kehrte etwa jeden Monat zurück und bestand darauf, Norton mit Berichten zu belästigen. Man hatte einen anderen Mann gefunden – Lila hatte ihn akzeptiert –, man hatte ihr auch keine Wahl gelassen – die beiden gingen vor wie die Profis – Lila war schwanger – der Mann war aus der Stadt geflohen, war auch besser so! – der Fötus schien sich normal zu entwickeln – der Erbe schien gesichert.

Mittlerweile bestand Gawain darauf, Norton die Lektionen im Drachentöten zu erteilen, die er ihm ursprünglich versprochen hatte. Darauf ging Norton schließlich ein. Es war offensichtlich, daß Gawain ihn als Gefährten für die lange Wartezeit auserwählt hatte. Und so studierte Norton die Kunst der Drachenjagd, wenngleich er nicht hoffte, sie jemals benutzen zu müssen.

»Zunächst einmal brauchen Sie ein gutes Schwert«, sagte Gawain, »vorzugsweise ein verzaubertes, aber es ist besser, mit einem normalen zu lernen, damit man sich von der Beherrschung der Grundfertigkeiten überzeugen kann. Mein altes Schwert wird Ihnen ausgezeichnete Dienste leisten, und ich bin sicher, daß die Familie es Ihnen überlassen wird.«

»Ich will kein Schwert!« protestierte Norton. Doch schließlich mußte er eingestehen, daß es für seine Ausbildung wichtig war, und er nahm Gawains Schwert an, das ihm in den Park geschickt wurde. Bald machte Norton erfreuliche Fortschritte.

Die Monate verstrichen, und Nortons Depression verschwand allmählich. Tatsächlich hatte Gesellschaft etwas Angenehmes, auch wenn es nur die eines Gespenstes war, und ähnliches galt auch für den Schwertkampf.

Gawain, der einmal mehr zu einer der regelmäßigen Überprüfungen des Wohlergehens seines Erbens ausgezogen war, meldete schon bald, daß Lila eine prächtige gesunde Tochter geboren hatte. Natürlich war das nicht so gut wie ein Sohn, doch immerhin ein Beweis dafür, daß er die Finger nicht wieder in den Pudding gesteckt hatte. »Und das nächste sollte ein Junge sein, der den Besitz erben kann. Der Erstgeborene, Sie verstehen.«

Norton zuckte die Schultern. Es ging ihn eigentlich nichts mehr an.

»Im Augenblick ist kein Mann mehr da«, sagte Gawain, als fiele es ihm jetzt erst ein. »Sie könnten immer noch hingehen und ... na Sie wissen schon.«

»Nein«, erwiderte Norton, doch ohne die Heftigkeit seiner früheren Weigerungen. Schließlich war schon über ein Jahr vergangen, und die Wildnis, die es zu erkunden galt, war begrenzt. Die Annehmlichkeiten eines bequemen Apartments und einer üppigen sinnlichen Frau ...

Mit der Geschicklichkeit eines Kriegers stürzte sich

Gawain auf sein Zögern. »Schauen Sie sie sich wenigstens einmal an! Ich schwöre Ihnen, Sie haben noch nie so eine Architektur gesehen! Und sie ist auch eine leidenschaftliche Kreatur. Sie langweilt sich, müssen Sie wissen, so ganz allein auf dem Besitz.«

»Aber es gibt doch bestimmt auch andere Männer ...«

»Ja, aber keiner ist so gut wie Sie, Norton! Ich würde es wirklich vorziehen, meinen Sohn von Ihnen gezeugt zu wissen! Vielleicht wird er ja, wenn er erst erwachsen ist, zu einem Beschützer der Wildnis ...«

Norton geriet ins Wanken und verlor. »Also gut.«

Alles war so, wie es Norton in Erinnerung hatte: Schon der bloße Anblick der Tür war ein Schock für ihn. Hier hatte er Orlene zum ersten Mal erblickt ...

»Oh«, sagte Gawain entschuldigend. »Ich kann leider nicht ...«

»Ich erinnere mich. Sie können mit ihr nicht im selben Zimmer sein. Sie kann Sie weder sehen noch hören und zweifelt möglicherweise an Ihrer Existenz.«

Er klopfte an die Tür und fühlte sich wie ein Freier im Teenageralter, obwohl er nun schon auf die Vierzig zuging. Kurz darauf wurde er durch die Sichtplatte begutachtet, dann öffnete sich die Tür. Dort stand Lila. »Oh, Sie sind Norton!« rief sie hauchend. »Ich erkenne Sie vom Bild!«

Norton musterte sie. Üppig war sie in der Tat. Zu sehr sogar. Offensichtlich hatte sie in der Schwangerschaft zugenommen und sich nicht mehr die Mühe gemacht abzuspecken. Jetzt erinnerte sie ihn an eine Kuh. Orlene war immer sehr schlank gewesen, sogar während des Austragens; sie hatte weder an den Oberschenkeln noch am Kinn Fettpolster gehabt. Bei Lila dagegen würde es nicht mehr lange dauern, bis diese Unterscheidung eine rein theoretische war.

Doch es war noch mehr als das. In seinen Augen war Lila so etwas wie eine Hochstaplerin. Er wußte, daß sie ein Recht hatte, hier zu sein; sie hatte die Aufgabe erledigt, für die man sie angestellt hatte. Sie hatte Erfolg gehabt, wo Orlene versagt hatte, nämlich ein vollkommen gesundes Baby zur Welt zu bringen, und sie verdiente Anerkennung. Doch sein Gefühl verweigerte sich ihr. Er konnte diese Frau nicht berühren, ohne das Gefühl zu haben, Orlene untreu zu werden. Mit wundem Herzen wandte er sich ab. Er wußte, daß er niemals hierher zurückkehren würde.

Als Gawain ihn wieder aufstöberte, befand er sich auf dem Mars. Er zog gerade durch den kalten roten Sand, bewaffnet mit einem Planetenanzug und einem Atemgerät. Wie im Park auf der Erde schritt das Gespenst plötzlich neben ihm. Gawain brauchte kein Atemgerät, er war in Hemdsärmeln. Manchmal machte sich Norton auch darüber Gedanken. Gawain war doch sicher in voller Rüstung umgekommen; warum trug er sie nicht mehr? Konnten Gespenster ihre Kleidung beliebig wechseln?

»Hier gibt es wirklich nicht sehr viel zu sehen«, meinte Gawain. »Immer nur Sand, Sand und noch mehr Sand. Warum sind Sie hier?«

»Weil es weit von der Erde entfernt ist«, erwiderte Norton mürrisch. »Es gefällt mir, neue Dinge anzuschauen.«

»Und außerdem ist es schwerer für mich, Sie zu finden, nicht wahr?«

»Das auch.«

»Ich wette, Sie haben geglaubt, daß ich es nicht hierher schaffen würde, da die Magie keine interplanetare Kraft ist.«

»Stimmt.«

»Sie haben aber vergessen, daß ich Zutritt zum Materietransmitter des Besitzes habe. Was mich hierhergebracht hat, war die Wissenschaft.«

»Man lernt nie aus.«

»Und jetzt habe ich Sie wieder aufgespürt.«

»Das ist mir auch aufgefallen. Und nun hauen Sie bitte ab.«

»Noch nicht.«

»Gawain, Sie haben Ihr Baby! Wenn es schon kein männlicher Erbe ist, ein weiblicher genügt auch. Warum ziehen Sie sich denn jetzt nicht in den Himmel zurück?«

»Na ja, genau genommen ist mir der Himmel nicht völlig sicher.«

»Oder wohin auch immer. Schlimmer als auf der Erde kann es ja wohl kaum sein, oder?«

Gawain zuckte die Schultern. »Vielleicht, vielleicht auch nicht. Aber ich werde noch nicht gehen, denn meine Aufgabe auf der Erde ist noch nicht ganz beendet. Ich brauche einen männlichen Erben. Das ist zwar keine juristische Frage, aber immerhin eine persönliche.«

»Dann vergeuden Sie hier nicht Ihre Energie! Suchen Sie sich einen anderen Bullen für Ihre Kuh.«

»Oh, den habe ich ja, den habe ich ja, aber solche Sachen brauchen eben Zeit.«

»Soll das heißen, daß ich Sie jetzt weitere neun Monate am Hals habe?«

»Nicht ganz. Aber ich fühle mich schon für Sie verantwortlich.«

»Sie – für mich?«

»Ja, ich für Sie. Schließlich habe ich Sie in diese Lage gebracht. Ich kann es Ihnen nicht verübeln, daß Sie sauer sind.«

»Das ist alles vorbei«, erwiderte Norton grimmig. »Sie haben es ja nicht böse gemeint.«

»Dennoch belastet es meine Seele.«

»Wie kann ein Gespenst eine Last auf seiner Seele haben? Ich dachte immer, ein Gespenst *wäre* eine Seele?«

»Ja. Deshalb hat die Last auch einen kräftigen Hebelpunkt. Ich spüre ihr Gewicht, das mich in die Hölle hinabzieht.«

»Aber Sie waren doch für den Himmel bestimmt!«

»Ja, das war ich, im Augenblick meines Todes«, stimmte Gawain zu. »Aber es war knapp. Sie kennen die Geschichte ja: Es ist leichter für ein Tau, durch ein Nadelöhr zu schlüpfen, als für einen reichen Mann, in den Himmel zu kommen. Weil ich ein Mann von Ehre war, trotz meines etwas anrüchigen Berufs, war ich mehr gut als böse – knapp. Aber als ich dann Ihr Leben zerstörte, verschob sich mein Gleichgewicht ins Negative.«

»Ich dachte immer, daß sich das irdische Konto eines Menschen im Augenblick seines Todes festschreibt. Ich meine, wenn die verdammten Seelen ihren Status nach dem Tode ändern könnten, dann würden die doch alle wie die Wilden rummachen, um wieder in den Himmel zu kommen, nachdem sie während des Lebens fröhlich gesündigt haben.«

»Sie haben recht, der Ursprungsrahmen wird tatsächlich mit dem Tod festgeschrieben«, stimmte Gawain zu, »jene, die in die Hölle kommen, werden schließlich auch in den Himmel gelangen, doch es dauert einige Jahrhunderte oder Jahrtausende der Qual, bevor sie ihre Sünden hinreichend abgebüßt haben. Ein toter Mann hat nur ein Millionstel soviel Einflußmöglichkeit wie ein lebender; deshalb ist es auch so wichtig, noch zu Lebzeiten den richtigen Weg einzuschlagen. Aber Gespenster stellen Grenzfälle dar, wie die Inkarnationen. Sie sind nämlich weder dem Himmel noch der Hölle vollkommen verschrieben. Wenn sie sich in die Geschäfte der Lebenden einmischen, müssen sie dafür Verantwortung tragen, und das geht stets auf ihr Konto. Das war das Risiko, das ich einging, als ich versuchte, etwas für meinen Erben in die Wege zu leiten. Die meisten Menschen riskieren es nicht, weshalb es ja auch nur noch so wenig echte Gespenster gibt, aber was Erblinien angeht, so bin ich ganz wild darauf. Also sollte ich jetzt besser den Schaden wiedergutmachen, den ich in Ihrem Leben angerichtet habe, sonst heißt es für mich zur Hölle – und zwar wortwörtlich.«

Endlich begriff Norton, worum es dem Gespenst ging. »Es tut mir zwar leid, wenn Sie zur Hölle verdammt sein sollten, aber der Schaden ist nun einmal angerichtet. Wenn ich noch einmal auf Orlene träfe – ich meine, wenn ich sie kennenlernen könnte, bevor dies alles geschah, dann wäre das was anderes. Aber das ist ja unmöglich.«

»Nein, nein, ist es nicht!« sagte Gawain begierig. »Es gibt

einen Ausweg! Ich wußte, daß Sie interessiert sein würden. Ich habe mit Clotho darüber gesprochen, und sie hat eingewilligt, die Sache in die Wege zu leiten – sofern Sie wollen.«

»Was in die Wege zu leiten?«

»Nun, ich dachte, daß Sie gerne zurückreisen würden, um Orlene zu sehen, vor der Zeit, als ich sie heiratete. Natürlich gibt es da eine kleine Komplikation ...«

»Ich traue Ihren kleinen Komplikationen nicht!«

»Aber das ist doch eine Gelegenheit, wie sie sich einem im Leben nur einmal bietet! Was haben Sie denn auf der Erde schon noch für eine Zukunft?«

»Keine besonders großartige«, gab Norton zu. »Deshalb bereise ich ja auch den Mars.«

»Ich meine, als lebender Mensch?«

Norton wirbelte herum. »Soll das heißen, daß ich dafür mein Leben beenden muß?«

»Nun, nicht direkt«, meinte Gawain und scharrte mit den Füßen, ohne jeden Staub aufzuwirbeln.

»Vielleicht sagen Sie mir einmal genauer, was Sie, zum Teufel, vorhaben, um Ihre Seele vor der Hölle zu retten.«

»Nett ausgedrückt«, meinte das Gespenst verlegen. »Sehen Sie, ich habe festgestellt, daß es eine Person gibt, eine Wesenheit, die in der Zeit zurückreisen kann, und sie steht gerade im Begriff, ihr Amt aufzugeben. Wenn Sie nun vorher zurückkehren sollten, könnten Sie das übernehmen. Sie sind ein guter Mann; Clotho meint, daß Sie dafür qualifiziert wären, und die müßte es eigentlich wissen.«

»Wer ist denn diese Clotho, die Sie ständig erwähnen?«

»Ach, habe ich Ihnen das nicht gesagt? Sie ist ein anderer Aspekt der Schicksalsgöttin. Es gibt nämlich insgesamt drei davon. Sie ist die Weberin. Wenn Sie diesen Job annehmen sollten, besitzen Sie die Macht, in der Vergangenheit vor- und zurückzureisen, und Sie können alles tun, was Sie wollen, *zu jeder Zeit*, wann immer Sie wollen. Sie können Orlene als Kind begegnen oder wenn sie gerade siebzehn ist. Vielleicht können Sie ihr das ganze Problem ersparen, das ihren Tod verursachte, und den Rest ihres Lebens mit ihr verbringen. Mir soll das recht sein; ich habe ja jetzt Lila und einen Sohn in der Mache.«

»Was Sie da erzählen, ist paradox! Es ist unmöglich, die Vergangenheit zu ändern!«

»Nicht für diesen Amtsinhaber. Das ist die einzige Person, für die das Paradox nicht gilt, weil sie nämlich die Zeit kontrolliert.«

»Was ist das für ein Gerede von einem Amt und einem Amtsinhaber?«

»Das Amt des Chronos. Die Inkarnation der Zeit.«

»Die Inkarnation ... Sie meinen, so wie Thanatos?«

»Ganz genau. Tatsächlich war Thanatos auch derjenige, der es vorgeschlagen hat. Er hat mit Ihnen geredet, Sie erinnern sich. Er mag sie. Er hat Sie für die Position vorgeschlagen, und die Grüne Mutter hat es unterstützt – ich sage Ihnen, Norton, wenn Sie es nur wollen, können Sie es haben. Sie können der neue Chronos werden!«

Norton war verblüfft. »Was ... was ... ist denn mit dem alten Chronos passiert?«

»Nichts Schlimmes. Er wird gerade geboren, vielleicht auch gezeugt – ich weiß nicht, ab wann es zählt –, deshalb muß er zurücktreten. Er wird in den Himmel gelangen; sein Konto befindet sich in gutem Zustand.«

»Er wird geboren? Aber dann müßte er doch noch sein ganzes Leben vor sich haben!«

»Nein, er hat es hinter sich.«

»Ich verstehe nicht ...«

»Nun, das ist ja gerade die Komplikation. Sehen Sie, Chronos lebt rückwärts. Das muß er ja auch, wenn er alles wissen soll, was geschehen ist – ich meine, wann es geschehen wird. Das ist seine Aufgabe – die Dinge zeitlich zu terminieren. Wenn Sie also sein Amt antreten, werden Sie sich rückwärts in der Zeit entwickeln, bis zum Augenblick Ihrer Geburt oder wann auch immer; dann müssen Sie abtreten, weil Sie danach nicht mehr existieren. Aber da Sie an die Vierzig sind, haben Sie ungefähr ebenso viel Lebensspanne hinter sich wie vor sich; auf diese Weise kommen Sie auf pari heraus. Die Zeit ist kein Amt für einen jungen

Mann! Und außerdem können Sie dann wieder mit Orlene zusammensein! Denken Sie doch nur mal daran!«

»Mir wirbelt der Kopf! Da gibt es so viele Fragen ...«

»Nun, kommen Sie mit und schauen Sie sich die Sache einmal an! Wenn Sie es sich anders überlegen sollten, brauchen Sie ja die Sanduhr nicht anzunehmen.«

»Die Sanduhr?«

»Das Symbol von Chronos' Macht. Wenn Sie sie annehmen, nehmen Sie damit auch das Amt an, bis die Geburt es beendet. Aber wir müssen uns beeilen; wir haben noch einen weiten Weg vor uns, und ich habe Clotho versprochen, daß Sie heute kommen würden.«

»Noch heute! Aber ich brauche doch Zeit, um nachzudenken! Eine solche Entscheidung ... ich habe noch nie von dem Amt des Chronos gehört! Ich ...«

»Sie können unterwegs darüber nachdenken. Kommen Sie schon – rufen Sie einen Dünenwagen; zu Fuß dauert es zu lange.«

Benommen gehorchte Norton. Er sprach in sein Anzugfunkgerät, und einen Augenblick später setzte sich der Wagen in Richtung ihrer Koordinaten in Bewegung.

Während sie darauf warteten, dachte Norton über seine Entscheidung nach. Rückwärts zu leben, Orlene wiederzusehen, lebend und glücklich –, und doch wußte er, daß es unmöglich wäre, zusammen mit ihr etwas zu unternehmen, zu handeln, weil dies den Lauf der Geschichte verändern würde. Wenn er sie zu dem Zeitpunkt aufsuchte, bevor sie Gawain geheiratet hatte, so daß sie niemals seine Gespensterbraut werden würde, dann würde Gawain Norton nicht darum bemühen, seinen Erben für ihn zu zeugen, folglich würde Norton ihr niemals begegnen und sie lieben – ein Paradox! Es war unmöglich. Offensichtlich würde er nicht dazu in der Lage sein, mit ihr in Kontakt zu treten, er würde sie lediglich als Unsichtbarer beobachten können, so wie Gawain es getan hatte. Für sie würde Norton nicht mehr sein als ein Gespenst. Und doch war selbst dies noch verlockend, denn es war die einzige Möglichkeit, sie überhaupt wiederzusehen.

Sie gelangten zur nächsten Transportstation und begaben sich mit Hilfe des Materietransmitters zurück zur Erde. Unterwegs verblaßte Gawain zur Unsichtbarkeit, weil nicht jeder Zollbeamte Verständnis für Gespenster hatte. Doch immer, wenn sie allein waren, wurde er sichtbar und gab Norton Anweisungen, um die richtige Adresse zu finden. Es stellte sich heraus, daß sie sich in einem heruntergekommenen Teil einer herunterkommenden Stadt befand. Hier gab es keine Vergnügungsebenen, keine Wildparküberdachung; nur eine einzige Ebene aus zerfallenden Gehsteigen und Apartmenthäusern aus Schaumbeton. Das war ein Ort, wo ein Fremder Gefahr lief, überfallen zu werden.

Tatsächlich wurde er auch schon bald von einer Gruppe junger Schläger entdeckt, die sich sofort verteilten, um ihm den Weg abzuschneiden. Norton war unbewaffnet; schließlich hatte er bis vor kurzem noch den Mars erforscht, wo er Gawains verzaubertes Schwert nicht brauchte.

»Machen Sie sich keine Sorgen«, sagte Gawain. »Ich werde Sie sicher hindurchbegleiten.«

»Sie können doch noch nicht einmal jemanden berühren!« brummte Norton.

Gawain lächelte. Plötzlich trug er die Uniform eines Bereitschaftspolizisten, komplett mit kampfbereitem Schlagstock. »Verschaffen Sie mir den nötigen Hintergrund«, murmelte er.

Norton begriff. »He, Sir«, sagte er laut zu seinem Begleiter. »Das hier ist keine Razzia; wir suchen lediglich nach Wehrflüchtigen.«

Gawain wedelte mit dem Elektrostab. »Jeder, den ich fange, ist ein Wehrflüchtiger. Dafür garantiere ich. Hab noch nie meine Erfolgsquote unterschritten. Ein paar nette kleine Kitzelstöße mit dem Ding hier, und schon beichtet er. Besonders wenn ich ihm die Streichelstange reinschiebe, in den ... Hier, ich werd's Ihnen beweisen! Wetten, daß es keine Minute dauert, bis ich einen habe?« Er schwenkte zu dem größten der näherkommenden Schläger herum. »He, Sie da – herkommen! Will Ihnen mal was zeigen.« Feixend gestikulierte er mit dem Schlagstock.

Der Schläger verschwand eilig zwischen zwei Gebäuden. Auch die anderen lösten sich vorsichtigerweise in Luft auf.

Gawain führte ein Phantomfunkgerät vor den Mund. »He, Schnorchel – Netz ausbreiten; haben hier ein paar leckere Happen!«

In Sekundenschnelle war die Straße wie leergefegt. Norton lächelte – das Gespenst war bisweilen äußerst nützlich.

An einem leeren, geröllbedeckten Grundstück blieben sie stehen. Norton war überrascht, denn Bauraum war kostbar. Gawain blickte auf seine Uhr, und wieder staunte Norton; wie konnte ein Gespenst einen funktionierenden Zeitmesser haben?

»Noch fünfzehn Minuten; er kommt gleich.«

»Chronos?«

»Na klar. Er hat diesen kostbaren Ort gewählt, um die Sanduhr zu übergeben.«

»Soll das heißen, daß er hier geboren wurde, daß er hier also ...?«

»Nein, natürlich wurde er nicht hier geboren! Das war ganz woanders.«

»Aber Sie haben doch gesagt, daß er rückwärts lebt, also ...«

»Tut er auch – und Sie werden es auch tun. Aber das ist nicht im wörtlichen Sinn zu verstehen. Das wäre ja sinnlos.«

»Ich halte es für unmöglich! Das Paradox ...«

»Ich habe es Ihnen doch schon gesagt – die Inkarnationen sind vor dem Paradox gefeit. So ein Leben verläuft vorwärts – für ihn jedenfalls; nur für uns scheint es rückwärts zu verlaufen.

»Ich bin mir nicht sicher, daß mir das hier auch nur im mindesten gefällt! Es macht einfach keinen Sinn!«

Gawains Miene wurde ernst. »Glauben Sie mir, es ergibt sehr wohl einen Sinn; Sie müssen lediglich lernen, es zu erkennen. Nun hat sich die Schicksalsgöttin einige Mühe gemacht, um Ihnen dieses ausgezeichnete Geschäft zu ermöglichen. Beachten Sie, daß niemand sonst hier ist, um die Sanduhr zu übernehmen. Man reicht Ihnen hier die

Chance Ihres Lebens auf dem Präsentierteller – und alles nur, weil den Inkarnationen dieser kleine Fehler mit dem Baby leid tut. Sie müssen wissen, daß Sie einander in solchen Fällen gerne gegenseitig helfen. Es wäre wirklich sehr undankbar von Ihnen, zu diesem späten Zeitpunkt noch abzulehnen.«

»Aber ich habe doch nie darum gebeten«, protestierte Norton. »Ich bin mir gar nicht sicher, daß ich der Sache überhaupt gewachsen bin! Ich verstehe doch gar nichts von der Zeit! Das ist alles so ... Ich meine, warum ausgerechnet hier?«

»Weil dies der Ort ist, wo man Chronos, dem Retter der Welt, ein prächtiges Denkmal errichtet hat, oder irgend so etwas. Für ihn ist es ein sehr wichtiger Punkt. Für das Amt.«

Norton blickte sich um. »Was für ein Denkmal? Ich glaube, wir sind an der falschen Adresse.«

»In der Zukunft natürlich«, erklärte Gawain geduldig. »Vergessen Sie nicht, er kommt aus der Zukunft. Dieses ganze Gebiet wird saniert und in einen wunderschönen Park verwandelt werden, der von dem Denkmal beherrscht wird. Die Leute werden Schlange stehen, um es zu besuchen. Da ist es nur natürlich, daß er sich diesem Ort eng verbunden fühlt.«

Norton wurde immer nervöser. »Warum ist er denn dann nicht hier?«

»Er kommt aus der anderen Richtung. Sie werden ihn erst im Augenblick der Übergabe der Sanduhr erblicken.«

»Aus der Zukunft?« fragte Norton und versuchte angestrengt, diese Vorstellung zu verdauen.

»Sie brauchen lediglich die Sanduhr zu nehmen, wenn Sie sie sehen«, sagte Gawain. »Sie wird genau hier erscheinen.« Er zeigte auf eine Stelle, an der jemand ein grobes X in den Boden geritzt hatte. »Danach müssen Sie selbst zurechtkommen, da wir in unterschiedliche Richtungen weitergehen werden.«

»Unterschiedliche Richtungen?« Norton kam sich vor wie ein Idiot, der unfähig war, seine Gedanken zu ordnen.

»Ich werde nach vorne weitergehen, Sie werden zurückgehen. Ich glaube, ich gehe die Sache ganz gelassen an und begebe mich in den Himmel, solange ich noch ein entsprechendes Guthaben besitze.«

Norton erinnerte sich daran, daß sich die Bilanz des Gespenstes durch diese gute Tat wieder ins Positive verschieben würde.

Wenn es *tatsächlich* eine gute Tat war!

Angenommen, er nahm die Sanduhr. Noch hatte er sich nicht entschieden. Es gefiel ihm nicht, auf diese Weise in irgend etwas hineingezogen zu werden, das mit so vielen ungelösten Fragen belastet war.

»Oh, aber Sie müssen es tun«, sagte Gawain, der seine Gedanken erriet. »Glauben Sie mir, Norton, das ist genau der richtige Job für Sie! Gäa meint, daß Sie geradezu perfekt dafür sind, und Clotho ist der Ansicht, daß man einen Mann wie Sie gebrauchen kann, um ...« Er brach ab.

»Um was?« fragte Norton mit plötzlichem Mißtrauen.

»Aufgepaßt – es ist Zeit!« Gawain spähte an die Stelle oberhalb des X. »Schätze, Freund, nun heißt es Abschied nehmen. Möge Ihre Vergangenheit glücklich sein!«

Norton blickte an dieselbe Stelle. Über dem X war nichts zu erkennen. »Es ist noch nicht Zeit. Es fehlt noch eine ganze Minute.«

»Vielleicht geht Ihre Uhr falsch.«

»Lenken Sie nicht immer vom Thema ab. Warum wollen die Inkarnationen mich als Chronos haben?«

»Nun, ich weiß das nicht wirklich, schließlich bin ich nur ein Gespenst ...«

Norton machte kehrt und begann fortzugehen.

»Also gut, ich werde es Ihnen sagen!« kreischte Gawain. »Es ist Satan, die Inkarnation des Bösen! Er hat irgend etwas vor ...«

»Ich werde in die Hölle kommen?«

»Nein, nicht Sie! Er kann Sie ohne Ihre Erlaubnis gar nicht berühren – na ja, zumindest nicht ohne Ihr Einverständnis. Irgendwie wird er die ganze Menschheit zur Hölle schicken, wenn man ihn nicht aufhält.«

»Wie sollte *ich* denn wohl Satan aufhalten können? Ich bin schließlich nur ein Mensch von vielen ...«

»Da ist es!« rief Gawain.

Eine hochgewachsene Gestalt in einem weißen Umhang war an der markierten Stelle erschienen und hielt eine leuchtende Sanduhr in der Hand. Es war also wahr! Chronos war aus der Zukunft gekommen. Und sein Amt stand nun zur Verfügung.

Die Sanduhr leuchtete wie der Gral, von innerer, herrlicher Helligkeit. Ein dünner Faden silbrigen Sands rieselte aus dem oberen Teil in den unteren. Die obere Hälfte war fast leer; tatsächlich würde der Sandfluß in wenigen Sekunden enden. Das Ende dieses Stroms besaß eine transzendentale Bedeutsamkeit.

Nortons Verstand war ein einziges Durcheinander von Spekulationen und Zweifeln – doch sein Körper handelte bereits. Er trat vor, griff empor und packte die leuchtende Sanduhr.

Die Gestalt des Chronos verblaßte auf die gleiche Weise, wie sie erschienen war. Der weiße Umhang schien sich von ihr zu lösen und auf Norton überzugehen, als dieser die Sanduhr entgegennahm. Plötzlich fand er sich an der X-Stelle stehend wieder, während der Umhang sich um ihn verdichtete, in seinen Körper einsank, ihn durchdrang und ihm ein seltsames Gefühl der Zeitlosigkeit und der Macht bescherte. Nun hielt er das Symbol seines neuen Amts in den Händen – aber er wußte nicht, was er zu tun hatte. Das Universum wirkte wie eingefroren.

Ein mattes Flüstern erreichte ihn: »Umdrehen ...!«

Unwillkürlich drehte Norton die Sanduhr um, als gerade der letzte Sand durch die Mittelöffnung rieselte.

Nun begann sich der Sand aus der fast vollen oberen Hälfte in die untere zu ergießen. Schon berührten die ersten Körner den Boden ...

Und das Universum verwandelte sich.

5 Lachesis

Norton brauchte einen Augenblick, bis er das Wesen des Wandels erkannt hatte. Er war sehr unauffällig, und doch wußte Norton, daß die Veränderung von gewaltiger Bedeutsamkeit war. Er verharrte auf dem unbebauten Grundstück, und die beiden anderen Gestalten taten dasselbe, und der Wind ließ noch immer die Fahne auf dem Dach eines nahegelegenen Gebäudes flattern. Alles ganz gewöhnliche Ereignisse.

Und doch schienen die beiden Gestalten nur durch ihn hindurchzublicken. Er sah an sich selbst herab, und er stellte fest, daß er feststofflich war, wenngleich von der durchsichtig schimmernden weißen Robe umhüllt, die eher aus Nebel zu bestehen schien. Was war mit diesen Leuten los?

Dann begriff er: Die eine Gestalt war Gawain das Gespenst – doch wer war die andere? Ein Mann in marsianischer Wanderkluft ...

Er selbst! Er stand da und beobachtete – ja, was denn?

»Hallo!« sagte er, ein wenig zittrig in der Stimme, doch die Gestalten antworteten nicht.

Nun wurde es ihm klar. Dies war er selbst – vor einer Minute, als er darauf wartete, daß Chronos erschien. Er selbst – wie er sich rückwärts die Zeit entlang bewegte. Offensichtlich konnte der frühere Norton, der zukunftsorientiert war, den gegenwärtigen Norton, der vergangenheitsorientiert war, nicht erkennen.

Und diese Fahne dort auf dem Gebäude – Norton konnte den Wind spüren und wußte, in welche Richtung er wehte. Doch die Fahne breitete sich in die entgegengesetzte Richtung aus. Entweder herrschte dort oben ein anderer Wind als hier unten – oder die Fahne wehte *in den Wind hinein*.

Aus seiner Tasche fischte Norton ein Stück Papier. Er hielt es in den Wind empor. Es flatterte direkt in den Wind hinein – tat also genau das Gegenteil dessen, was es eigentlich hätte tun sollen. Er ließ es fahren – woraufhin es windwärts davonwehte wie ein Salm, der den Fluß emporschwamm. Seltsam!

Er streckte den Arm aus dem Ärmel seines neuen weißen Vorhangs hervor und sah auf die Uhr. Sie lief rückwärts.

Es stimmte also! Chronos lebte tatsächlich rückwärts. Die Laufrichtung seines Lebens lief der des restlichen Universums genau entgegen. Er konnte mit seinem früheren Selbst nicht kommunizieren, weil er sich nun in einem anderen Bezugsrahmen aufhielt. Die Menschen waren darauf eingestellt, Dinge innerhalb ihres eigenen Bezugsrahmens wahrzunehmen. Sie konnten einfach keine Beziehung zu etwas herstellen, was sich außerhalb davon befand. Norton selbst war dem normalen Zeitstrom gefolgt, bis er die Sanduhr übernommen und sie umgedreht hatte, um den Sand seiner Amtszeit in Bewegung zu setzen. Nun folgte er der neuen Zeitflußrichtung. Er konnte eine Beziehung zum Rest der Welt herstellen, die er deutlich sah, weil er sie verstand. Sein neues Leben schritt weiter voran – im Rückwärtsgang.

Doch was sollte er nun tun? Was war jetzt seine Aufgabe?

Sein Blick fiel auf den Ring, den Orlene ihm gegeben hatte. Vielleicht konnte der ihm helfen. »Sning, funktionierst du noch?«

Druck.

»Da bin ich aber erleichtert! Verstehst du etwas von diesem Zeitumkehrungseffekt?«

Druck.

Ausgezeichnet. Nun brauchte er sich nur noch die richtigen Fragen zu überlegen. »Stimmt es, daß ich rückwärts lebe, so daß ich die Welt nun wie eine Holoshow sehe, die rückwärts abgespielt wird?«

Druck.

»Aber wie kann ich dann eine Beziehung zu normalen Menschen herstellen?«

Druck, Druck, Druck.

Natürlich, er hatte seine Frage nicht korrekt gestellt. »Kann ich überhaupt eine Beziehung zu normalen Menschen herstellen?«

Druck.

»Gibt es irgend etwas, das ich tun kann, um diese Beziehung zu ermöglichen?«

Druck.

»Hat es irgend etwas mit der Sanduhr zu tun?«

DRUCK!

Die Sanduhr war also wichtig! Norton musterte das Instrument. Der dünne Faden rieselnden Sands leuchtete noch immer sanft, von fahlweißer Farbe, ein beständiger Strom, der Oben und Unten verband.

Also gut. Dieser Strom maß die Zeit, und es war offensichtlich, daß der Gegenstand die ganze Spanne seiner Karriere bemaß. Er hatte ungefähr neununddreißig Jahre vor sich – hinter sich – bis zum Zeitpunkt seiner Geburt, dann würde der Sand wahrscheinlich ausgelaufen sein und er mußte das Ding an jemand anders überreichen, der vor ihm gelebt hatte. Soviel verstand er inzwischen.

Doch offensichtlich steckte noch mehr hinter diesem Amt als das rückwärtige Leben. Bestimmt hatte Chronos Pflichten zu erfüllen – und folglich mußte Chronos auch eine Beziehung zur wirklichen Welt herstellen können. Dies ermöglichte ihm die Sanduhr. Fragte sich nur, wie!

Er studierte das Instrument. Es waren keine Bedienungselemente daran zu erkennen. Er drehte es um – und erlitt einen erschütternden Schock, der seinen ganzen Körper durchzuckte. Hastig drehte er es wieder um, und die Normalität war wieder hergestellt.

Er begriff, was geschehen war. Wenn die Sanduhr sein Leben maß, so bedeutete das Umdrehen der Sanduhr die Umkehr seines Lebens. Er würde wieder aufheben, was er soeben getan hatte und an den Augenblick seiner Amtsübernahme zurückkehren, wenige Minuten von hier entfernt. Der Schock beruhte darauf, daß das Rückwärtsleben biologisch nicht normal war; sein Blut würde rückwärts fließen und seine Verdauung würde sich ebenso umkehren. Er würde seinen freien Willen verlieren, das eben erst erschaffene Gespenst zerstören – und wozu? Um einen Rückzieher von der Verpflichtung zu machen, die er eingegangen war, als er die Sanduhr übernahm? Nein, das war nicht seine Art! Er würde sein Amt bis zum Ende ausüben – was immer das bedeuten mochte.

»Sning, gibt es auch andere Möglichkeiten, die meinen Status berühren?« fragte er den Ring.

Druck.

»Obwohl es keine Bedienungselemente an der Sanduhr gibt?«

Druck.

»Aber *wie?* Muß ich nur wollen, damit etwas geschieht?«

Druck.

Oh. Nun, das würde er schon herausfinden. *Lasset mich durch die Zeit reisen!* dachte er großspurig. Der Sand in der Uhr färbte sich leuchtend blau. Die Außenwelt verwandelte sich in ein graues Nichts. Er bewegte sich – irgendwo. Ganz schnell.

Stop! dachte er beunruhigt.

Sofort kam die Szene zum Stillstand. Der Sand in der Uhr war nun schwarz.

Er befand sich auf einer dämmrigen Lichtung. Vor ihm stand etwas, das wie eine große Kohlpalme aussah, und überall waren monströse Farne zu erkennen. Diese Gegend kannte er nun überhaupt nicht!

Er schritt umher und begutachtete die Szenerie. Das einzige, was ihm wirklich vertraut war, entdeckte er in der Ferne – einen Nadelbaum. Tierisches Leben bemerkte er nicht. Er lauschte, konnte aber keine surrenden Insekten vernehmen. Wo war er? Hatte er sich durch den Raum bewegt anstatt durch die Zeit?

»Sning, hat die Sanduhr nicht funktioniert?«

Druck, Druck.

»Sie hat mich also durch die Zeit bewegt?«

Druck.

»In welche Richtung? Vorwärts?«

Druck, Druck, Druck.

Ob er ungenau gefragt hatte? Vielleicht. Welche Richtung war schon »vorwärts«?

»Hat sie mich in die Zukunft der Welt transportiert?«

Druck, Druck.

»Also in *meine* Zukunft – in die Vergangenheit der Welt?«

Druck.

Aha! Das mußte aber eine ganze Weile zurückliegen, denn die Stadt war verschwunden, und die Vegetation hier hatte sich radikal verändert.

»Wie viele Jahre bin ich in der Vergangenheit der Welt zurück gereist?«

Druck, Druck, Druck.

»Das heißt doch nicht etwa drei Jahre, oder?«

Druck.

»Läßt es sich besser in Jahrhunderten ausdrücken?«

Druck – Druck, Druck, Druck.

Das war etwas Neues! Nach dem ersten Druck hatte der Ring gezögert. Das bedeutete: Ja – kann nicht antworten.

»Jahrhunderte sind also besser als Jahre – aber sie genügen noch nicht?«

Druck.

Langsam wurde er besser! »Wie steht es denn mit Jahrtausenden?«

Wieder viermal ein Druck mit einer Pause nach dem ersten.

Langsam wurde die Sache ernst. »Jahrmillionen?«

Viermal Druck.

Sehr ernst! »Milliarden Jahre?«

Druck, Druck.

»Es liegt also keine Milliarde Jahre zurück – aber sehr viele Millionen?«

Druck.

»Wie viele hundert Millionen – abgerundet?«

Druck, Druck.

»Was soll das heißen, ›Nein‹? Das war doch eine Zahlenfrage?«

Druck.

»Also ungefähr zweihundert Millionen?«
Druck.
»Im Zeitalter der Dinosaurier?«
Druck.
»Das hier ist ungefähr das Trias. Keine Gräser, keine Blüten, aber dafür jede Menge Palmen und Nadelhölzer und Zyaden. Gibt es hier Dinosaurier – oder genauer, die Prädinosaurier, die sich entwickelnden Arten?«
Druck.
Nun bemerkte Norton, daß hier kein Wind ging, kein Farn bewegte sich, nicht einmal dann, wenn er dagegenstrich. Tatsächlich bekam er auch gar keinen Kontakt zu ihnen; seine Hand fuhr widerstandslos durch sie hindurch. »Aha, ich verstehe – die Zeit ist eingefroren! So wie Thanatos sie eingefroren hat – ich bin jetzt Chronos, da beherrsche ich diesen Trick auch. Ich habe der Sanduhr befohlen anzuhalten, also hat sie mich gestoppt.« Er musterte den schwarzen Sand in der Uhr. Er strömte noch immer von der oberen in die untere Hälfte, das Leben mit einem seidenen Faden der Bewegung messend; nicht er war eingefroren, nur die Welt. »Schwarz ist also die Farbe des absoluten Stillstands der Welt – außer mir.«
Druck ... Druck, Druck, Druck.
Wiederum ein Ja mit Einschränkungen. »Die Welt befindet sich tatsächlich in der Stasis?«
Viermal Druck.
»Die Welt *scheint* nur in Stasis zu verharren?«
Druck.
Das leuchtete ein. Wahrscheinlich hatte auch Thanatos die Welt nicht wirklich angehalten – doch der Schein war ebenso nützlich wie die Wirklichkeit. Vermutlich befand sich Norton in einem besonderen Zustand der Beschleunigung, so daß die Welt im Vergleich dazu stillzustehen schien. Er blickte auf die Uhr – und sah, daß sie stehengeblieben war.
He, Moment mal! – *Er* war nicht stehengeblieben, und er trug seine Uhr. War sie kaputt? Er hielt sie dicht an seine Augen und stellte fest, daß sie sich ein wenig bewegte.

Wieder streckte er den Arm aus, und die Uhr blieb stehen. Er fand heraus, daß die Uhr, wenn sie weiter als einen Fuß von seinem Rumpf entfernt war, die Zeit der Welt widerspiegelte; hielt er sie näher an den Körper, maß sie seine persönliche Zeit. Das war eine nützliche Entdeckung. Durch weitere Versuche fand er heraus, daß sein Zeitrahmen auf der Höhe seiner Fußsohlen und seines Scheitels endete und sich dazwischen wie eine Aura ausdehnte; der weiße Umhang markierte seine Gestalt.

Dann erinnerte er sich daran, daß die Uhr bei der vorigen Prüfung rückwärts gelaufen war. Doch da hatte er sie auch vom Körper entfernt, so daß es die Zeit der Welt gewesen sein mußte.

Seine Zeit lief vorwärts.

»Schwarzer Sand bedeutet also Stasis – und die kann mich beeinflussen, wenn ich das will«, sagte er laut. »Zumindest teilweise; mein Blutstrom kehrt sich in meiner Hand nicht um, wenn ich sie ausstrecke, aber meine Uhr verwandelt sich. Es ist also eine Art Kompromißzustand.«

Druck.

»Danke, daß du mich darauf aufmerksam gemacht hast, Sning. Ich bin wirklich sehr froh, deinen Rat einholen zu können.«

Nun ging Norton einer weiteren Sache nach. »Und wenn der Sand blau ist, ist das dann die Farbe der beschleunigten Zeit?«

Druck.

»Also kann ich an der Sandfarbe erkennen, was gerade los ist. Hm, und ich bin hier eine Art Gespenst. Ich kann nichts berühren, und werde wohl auch nicht wahrgenommen. Die Welt ist ein Holograph, und sie nimmt mich überhaupt nicht wahr.«

Er schritt ein wenig in dem urzeitlichen Gebiet einher. »Ich kann innerhalb der Zeit reisen, wohin ich will, höchstwahrscheinlich sowohl vorwärts als auch zurück. Aber ich kann dort nichts *tun;* es ist nur eine Art Besichtigungsreise. Nur in meiner eigenen Zeitspanne – in der Spanne meines lebenden Lebens – kann ich die Welt tatsächlich beeinflussen. Sofern ich erst einmal herausgefunden habe, wie das geht.«

Druck.

»Na schön, das reicht. Kehren wir nach Hause zurück.« Er konzentrierte sich. *Zurück zum Ausgangspunkt – aber nicht so schnell.* Die Sanduhr leuchtete heller auf, und der schwarze Sand wurde rosa. Die Welt setzte sich in Bewegung.

Die Sonne zog über den Himmel und wurde schneller, als der Sand sich verdunkelte. Die Nacht kam – und verstrich schon nach einer Minute.

Das Tempo beschleunigte sich. Die Welt erschien wie ein Film, auf dem Pflanzen wuchsen, alterten und wieder verschwanden. Die Jahreszeiten verstrichen, doch es schien hier keinen Winter zu geben.

Schneller, dachte er. Der Sand nahm eine rötlichere Tönung an, und die Welt surrte im beschleunigten Tempo an ihm vorbei. Neben ihm sproß plötzlich ein Nadelbaum, wurde binnen Sekunden zu einem sehr robusten Exemplar seiner Gattung, stabilisierte sich und war ebenso schnell wieder verschwunden. Ein Blitz? Wurzelfäule? Für die Pflanzen endete das Leben so plötzlich!

Hundert Millionen Jahre waren, so stellte er fest, eine sehr lange Zeit, selbst wenn man pro Minute ein Jahrhundert durchlebte; wenn er in diesem Tempo weitermachte, würde er zwei Jahre seiner eigenen Zeit brauchen. *Höchstgeschwindigkeit*, befahl er, und die Gräue der Zeitbeschleunigung kehrte zurück.

Dann fiel ihm ein, daß er seine Position verändert hatte; er war umhergegangen und hatte die Vegetation betrachtet. Also würde er an anderer Stelle auftauchen – vielleicht mitten in einem Gebäude. Oder in einer Mauer.

Doch bevor er seinen Fehler berichtigen konnte, nahm die Welt wieder feste Gestalt an. Er stand auf dem unbebauten Grundstück auf dem X. Die beiden Gestalten standen immer noch in der Nähe.

»Aber ich habe mich doch bewegt!« protestierte er erleichtert, erkannte aber sogleich, was geschehen war. Er hatte sich bewegt, doch außerhalb seiner eigenen Lebenszeit. Also hatte sich für ihn nichts verändert. Diesmal hatte er Glück gehabt, aber in Zukunft – in der Vergangenheit? – mußte er vorsichtig sein.

»Na ja, wenigstens lerne ich langsam, wie man dieses Ding gebraucht! Aber ich weiß immer noch nicht, was ich zu tun habe oder wie ich zu den Leuten hier eine Beziehung herstellen kann. Weißt du es, Sning?«

Druck, Druck, Druck.

»Das habe ich mir gedacht. Mit der Sanduhr hast du auch noch keine Erfahrung. Nun, ich werde es schon herausbekommen.« Er lächelte. »Mit der Zeit.«

Der Sand in der Uhr hatte sich währenddessen stumpf weiß gefärbt. Er hatte inzwischen gelernt, was Weiß, Schwarz und Blau bedeuteten – und Rot. Bei Rot reiste er rückwärts oder seiner normalen Route entgegengesetzt. Das war wie die Rotverschiebung in der Astronomie. Wenn er nun noch feststellen konnte, welche anderen Farben es gab und was sie bedeuteten ...

Die beiden Gestalten begannen sich zu bewegen. Sie zogen sich rückwärts von dem Punkt X zurück, denn ihre Zeit war verstrichen. Überrascht sah Norton ihnen nach, bis sie verschwunden waren. Nun war er allein.

Die Sanduhr störte ihn, also stellte er sie auf den Boden. Dann verschränkte er die Hände auf dem Rücken und schritt in einem Kreis umher, ganz ähnlich wie Gawain es getan hatte. Er überlegte, ob er die Verantwortung seines Amts wirklich auf sich nehmen wollte. »Die Chance Ihres Lebens«, hatte das Gespenst gesagt – aber auch die Herausforderung seines Lebens. Es war noch nicht zu spät, die Sanduhr umzukehren und zum Zeitpunkt ihrer Übernahme zurückzureisen. Wahrscheinlich würde dann ein anderer das Amt übernehmen, wenn er sich weigerte.

Er drehte sich um, um die abgestellte Sanduhr zu betrachten – und stellte fest, daß sie sich direkt hinter ihm, in unmittelbarer Reichweite befand, und nicht mehrere Schritte entfernt. Hatte er den Kreis abgeschritten und war zu ihr zurückgekehrt?

Er schritt in gerader Linie von der Sanduhr fort und drehte sich wieder um.

Da war sie, direkt hinter ihm.

Nun ging er rückwärts und beobachtete die Sanduhr. Sie glitt hinter ihm her, wobei sie ständig denselben Abstand zu ihm behielt.

»Soll das heißen, daß ich sie nicht zurücklassen kann?« fragte er laut.

Druck.

Norton nahm die Sanduhr auf, hob sie etwa einen Fuß über den Boden und ließ sie los. Sie schwebte in der Luft. Wenn er sich entfernte, folgte sie ihm. Ging er auf sie zu, zog sie sich zurück. Nur wenn er sie unmittelbar mit der Hand bewegte, veränderte sie ihre Position ihm gegenüber. Sie war wie ein Satellit.

Plötzlich überkam ihn die Wut, und er packte sie und schleuderte sie heftig fort. Doch kaum hatte sie seine Hand verlassen, blieb sie auf Schulterhöhe in der Luft schweben. Er konnte sie einfach nicht verlieren.

»Aber ich will nicht so ein Ding haben, das die ganze Zeit hinter mir herwackelt wie ein frisch geschlüpftes Küken«, bemerkte er laut. »Da mach ich mich ja lächerlich!«

Plötzlich erschien eine neue Gestalt. Es war eine Frau in den mittleren Jahren. Sie trug eine Papierrolle in der Hand und kam auf ihn zu.

Vorwärts? Konnte sie zu diesem Zeitraum gehören?

Sie winkte ihm. Sie sah ihn! Aufgeregt erwiderte Norton den Gruß – doch die Frau reagierte nicht.

»Hallo«, sagte Norton vorsichtig.

Wenige Schritte von ihm entfernt blieb sie stehen und entrollte das Papier. Darauf standen die Worte: HALLO, CHRONOS.

»Hallo«, sagte er wieder. »Können wir uns denn nicht mündlich unterhalten?«

Sie fuhr mit der Hand über die Papierrolle, und die Schrift verblaßte. Dann erschienen neue Worte: WIR KÖNNEN MITEINANDER IN KONTAKT TRETEN – ABER DU MUSST LERNEN, WIE.

»Das versuche ich ja!« rief er. »Aber es nimmt mich ja keiner wahr!«

ICH BIN LACHESIS – EIN ASPEKT DER SCHICKSALGÖTTIN.

Schicksalsgöttin! Gawain hatte sie erwähnt. Dies war ein wirklich wichtiger Kontakt! »Wie kann ich mit dir sprechen?« fragte er. »Kannst du mich verstehen?«

Ihre neue Schrift erklärte: ICH TUE DIES RÜCKWÄRTS. BEFOLGE MEINE INSTRUKTIONEN, DANN KÖNNEN WIR MITEINANDER KOMMUNIZIEREN.

»Ich werde sie befolgen!« stimmte Norton zu. Er begriff jetzt, daß sie ihn nur teilweise, vielleicht sogar überhaupt nicht, wahrnahm und nur von seiner Anwesenheit wußte.

DU LEBST RÜCKWÄRTS, ICH LEBE VORWÄRTS. WIR SIND BEIDE INKARNATIONEN, ABER IN DIESER HINSICHT UNTERSCHEIDEN WIR UNS. WIR MÜSSEN UNS ZUSAMMENTUN.

»Einverstanden«, sagte er nutzlos.

DIE SANDUHR IST DAS WERKZEUG. DU BEHERRSCHST SIE MIT DEINEM WILLEN.

»Das ist mir klar«, sagte er, während sie die Schrift wieder veränderte.

ES IST EINE SEHR MÄCHTIGE MAGIE. EINE FEHLEINSCHÄTZUNG KANN ZUR KATASTROPHE FÜHREN.

»Das habe ich auch festgestellt. Ich war in der Saurierzeit!«

DIE FARBE DES SANDES IST DER SCHLÜSSEL. BEFIEHL IHM FÜR EINEN AUGENBLICK BLAU ZU WERDEN, DANN GRÜN.

»In Ordnung«, sagte er. Er konzentrierte sich. *Kurz blau, dann grün.* Vorher war er noch nicht darauf gekommen, die Sanduhr durch die Farbe des Sands zu kontrollieren.

Wieder wurde es um ihn herum grau, als der Sand die Farbe veränderte, doch das hielt nur sehr kurz vor. Nun war der Sand grün geworden.

»Gratuliere, Chronos«, sagte Lachesis.

»He, jetzt kann ich dich ja hören!« rief er.

Sie war vermutlich in den Vierzigern, ihr Haar war von unscheinbarem Braun und zu einem Knoten zusammengebunden, auf ihrem Antlitz zeigten sich die ersten Falten. Sie war ein wenig schwer gebaut und nicht besonders eindrucksvoll, doch ihre Augen wiesen eine zeitlose, farblose Qualität auf, die erkennen ließen, daß sie in der Tat eine Kreatur von unberechenbarer Macht war. »Und ich höre dich auch, Chronos, und kann dich endlich deutlich erkennen. Jetzt sind wir aufeinander eingestimmt.«

»Weil der Sand grün ist?«

»Komm mit mir, Chronos, dann werde ich es dir erklären.« Sie trat vor und nahm ihn am Arm. »Das ist das mindeste, was ich für dich tun kann, nach allem, was wir füreinander bedeutet haben.«

Er ließ sich von ihr fortführen. »Haben wir das?«

Sie lachte. »Natürlich erinnerst du dich nicht. Das liegt in deiner Zukunft. In meiner Vergangenheit. Aber diesmal darf ich dich nicht zu lange mit mir im Einklang halten; es hat keinen Zweck, deine Magie zu vergeuden. Ah, da sind wir ja.« Sie blieb vor einem Bindfaden stehen, der von einem Gebäude herabbaumelte. »Nimm meine Hand, Chronos.«

Sie zog an dem Faden, und plötzlich befanden sie sich in einem gemütlichen Raum mit eleganter und fast lebensechter Wandmalerei.

»Ein nettes Heim hast du, Lachesis«, sagte er.

»Oh, das ist nicht mein Heim«, erwiderte sie sofort. »Das ist deins.«

»Meins?«

»Das hier ist dein Haus im Fegefeuer. Hier in diesem Gebäude strömt die Zeit ständig in deine Richtung; hier braucht man die Sanduhr nicht zu bemühen. Laß sie wieder normal werden.«

»Normal?« Doch noch während er hinsah, verwandelte sich der rieselnde Sand von Grün in Weiß.

»Als du den Sand für einen Moment blau gefärbt hast, bist du einen Augenblick zurückgesprungen, oder, in der Begrifflichkeit der wirklichen Welt, zwei Tage.« Sie blickte ihn wachsam an. »Das hast du doch getan? Es wird noch zwei Tage dauern, bevor das Amt übergeben wird, und ich habe vor, mit meinen Zeichen dort zu sein, um dir eine Starthilfe zu geben, aber das liegt noch in meiner Zukunft.«

»Du warst da, und ich habe es getan«, pflichtete er ihr bei.

»Gut. Und als du den Sand grün werden ließest, hast du dich auf die universale Zeit eingestellt. Normalerweise lebst du rückwärts, verglichen mit uns anderen, aber die Farbe Grün kehrt dies um, so daß dein Vorwärts mit dem unseren übereinstimmt. Für dich ist das ein vorübergehender Zustand, der magische Energie verlangt, also solltest du ihn auch nicht einsetzen, es sei denn, du willst dich mit einer normalen Person austauschen. In diesem Fall war es notwendig. Aber es ist nicht klug, den Zustand zu lange aufrecht zu erhalten, und zwar wegen einer möglichen Drei-Personen-Begrenzungskomplikation.«

»Einer was?«

»Wir werden uns zu einer anderen Zeit mit dieser technischen Komplikation befassen. Ich möchte dich nicht gleich von Anfang an damit verwirren.«

»Ich bin bereits verwirrt! Warum sollte ich den Sand für einen Augenblick blau werden lassen? Hätte ich ihn nicht von Anfang an grün färben können?«

»Das hättest du tun können, Chronos. Aber damit wärest du über den Zeitgrenzenrand deines Amtes hinausgeführt worden, weil du ohnehin schon nahe an der Grenze standest. Ich habe es vorgezogen, dir zwei Tage Spielraum zu geben, um dieses Risiko zu vermeiden. Du mußt verstehen, daß du physisch nicht über deine Amtsdauer hinaus reisen kannst; dann wirst du unstofflich und kannst nicht mit uns interagieren.«

»Das habe ich auch festgestellt.«

»Hättest du den Sand sofort grün werden lassen, so hätte ich dich hierhergeführt und du wärst noch vor unserer Ankunft verschwunden. Verstehst du, für dich ist das der Anfang, für uns andere aber das Ende. Für uns wird deine Amtszeit ablaufen und die deines Nachfolgers beginnen.

Plötzlich werden wir einen äußerst erfahrenen Chronos haben, der den alten Novizen ablöst. Der wird uns alle ganz schön im Gleichschritt marschieren lassen! Er wird all unsere Zukünfte auf eine Weise kennen, wie sie keiner von uns zu erkennen vermag.« Wieder fixierte sie ihn mit ihrem beunruhigenden Blick. »Zeit ist Macht, Norton. Du wirst Dinge lernen, die nicht einmal Satan beherrschen kann. In seinem Fachbereich kann niemand Chronos etwas anhaben. Du wirst dazu fähig sein, die Welt selbst zu verändern. Sieh zu, daß du diese Macht niemals mißbrauchst.«

Norton fühlte sich überhaupt nicht mächtig. »Ich will versuchen, das Amt rechtschaffen auszuüben«, sagte er. »Äh, was dieses Fegefeuer angeht ...«

»Das Fegefeuer ist nicht Teil der physischen Welt«, erklärte sie. »Wenn du dich länger mit jemandem befassen willst, dann bring diese Person hierher und es wird keine Probleme geben.«

»Das verstehe ich nicht ganz.«

»Natürlich tust du das nicht! Du bist gerade erst in eines der kompliziertesten Ämter unter dem Firmament eingetreten; es wird Jahre dauern, bis du es völlig begriffen hast. Zum Glück hast du ja auch Zeit – ganz wortwörtlich. Du *bist* die Zeit.«

»Ich glaube, du solltest mir das Ganze mal besser erklären«, sagte er. »Ich bin ziemlich durcheinander.«

»Dafür bin ich hier – diesmal.« Sie blickte ihn listig an, als machte sie irgendeine unanständige Anspielung. »Und das werde ich, das bin ich dir schuldig, wie ich schon sagte. Aber zunächst sollte ich mich selbst mal besser vorstellen.« Lachesis schritt in die Zimmermitte. Sie begann zu schimmern – und plötzlich stand an ihrer Stelle eine alte Frau. Ihr Haar war grau und lockig, ihr Kleid altmodisch, ein langer dunkler Rock, antike Frauenstiefel, eine rüschenbesetzte, aber nichtssagende Bluse und ein kleiner uralter Hut. »Atropos«, verkündete sie und legte die Betonung dabei auf die erste Silbe. »Ich beschneide den Lebensfaden.«

»Ich dachte, das macht der Tod«, sagte Norton, den gleich mehrere Sachen zugleich erschreckten.

»Thanatos sammelt die Seelen ein. Ich bestimme, wann diese Seelen zur Verfügung stehen.«

Norton nickte. Er war sich des Unterschieds noch nicht ganz bewußt, hatte aber keine Lust, der Sache jetzt nachzugehen. Er hatte Thanatos während dessen Amtsausübung kennengelernt und für diese Wesenheit einen dauerhaften Respekt entwickelt. Tatsächlich war es das Beispiel Thanatos' gewesen, das ihn dazu bewegt hatte, dieses möglicherweise ähnliche Amt des Chronos zu übernehmen; Thanatos hatte gezeigt, daß menschliche Fürsorglichkeit nicht verschwinden mußte, selbst dann nicht, wenn so etwas Schreckliches geschah wie Heimholung eines Säuglings.

Atropos geriet ins Wirbeln und wurde wieder zu Lachesis. Ihr Haar war nun nicht mehr zusammengeknotet, es war länger als das der Atropos, besaß weniger Locken und dafür mehr Farbe. »Ich bin Lachesis«, verkündete sie und sprach es mit einem harten CH aus, auf der ersten Silbe betont – LAK-e-sis. »Ich bemesse die Länge des Lebensfadens.«

»Ich dachte, Chronos sollte ...«

»Chronos beherrscht die Zeit, nicht das Leben«, berichtigte sie ihn.

Wieder war Norton der Unterschied nicht völlig klar; wieder hielt er den Mund.

Lachesis vollführte einen kleinen Satz – und wurde zu einer üppigen jungen Frau, deren Haar lang, lose und mitternachtsschwarz mit funkelnden Sternen war. Ihr Kleid war vorne weit ausgeschnitten und recht kurz, so daß es auf vorteilhafte Weise Brust und Wade offenbarte. Sie benutzte ein berauschendes Parfüm. »Und Clotho«, endete sie und betonte auch dieses Wort auf der ersten Silbe. »Die den Lebensfaden des Menschen spinnt.« Zwischen ihren feingliedrigen Händen streckte sie einen dünnen Faden aus.

Norton hoffte nur, daß ihm die Augen beim Anblick dieser Kreatur nicht allzu sehr aus dem Kopf gesprungen waren. »Ich dachte, daß vielleicht die Natur ...«

»Gäa bestimmt, wie die Dinge sind«, sagte sie. »Aber nicht den Ablauf eines individuellen Lebens. Doch alle Inkarnationen arbeiten in gewissem Maße zusammen.«

»Bist du wirklich drei Leute?« fragte er. »Du siehst jedes Mal ganz anders aus ...«

»Vielleicht hast du schon einmal davon gehört«, erwiderte sie ernst, »daß die Frau dem jungen Mann eine Geliebte ist ...« Sie wand sich, so daß ihr Rock emporflatterte und ihre Waden anzüglich preisgab. »... dem Mann in den mittleren Jahren eine Gefährtin ...« Sie beendete ihre Bewegung und war wieder die ruhige Lachesis. »... und dem alten eine Pflegerin.« Schimmernd ging sie in Atropos über, die nun die Uniform einer Krankenschwester trug. »Es scheint, daß ich alle drei bin. Welcher bist du?«

Wieder war Norton verblüfft. »Äh ... der Mittlere, nehme ich an. Im Augenblick.«

Nun erschien wieder Lachesis. »Das hatte ich vermutet. Jetzt bin ich deine Gefährtin, wenngleich ich in der Vergangenheit für dich eine andere war.«

»Ich ... du meinst Clotho ... in meiner Zukunft?« fragte er verlegen.

»Jaja, in der Tat, jaja! Du hast noch nicht erlebt, woran ich mich bereits erinnere.« Sie grinste. »Schlimmer Bengel!«

Norton errötete bei dem Gedanken, was ihm das Schicksal in Zusammenhang mit Clotho noch bescheren mochte. »Ich habe mich noch nicht richtig daran gewöhnt, rückwärts zu leben«, gestand er. »Es erscheint mir ziemlich umständlich, vor allem wenn Leute, normale Leute, mich anscheinend gar nicht wahrnehmen.«

»Das kannst du ändern, wie du willst«, versicherte sie ihm. »Die Sanduhr ist dein Emblem und dein Werkzeug, und zwar ein ausgezeichnetes.«

»Indem ich dem Sand befehle, grün zu werden?«

»So ist es. Damit schwingst du dich in den normalen Zeitablauf ein. Habe ich dir das denn gar nicht gesagt – oder werde ich es noch tun? Das machst du immer dann, wenn du mit einem normalen Menschen oder mit einer Inkarnation sprechen willst.«

»Also kann ich mich zum Anfang meines ursprünglichen Lebens zurückbewegen, vor ungefähr vierzig Jahren, den Sand grün werden lassen und dann eine normale Zeitspanne als Inkarnation durchleben?«

Sie lächelte nachsichtig. »Kaum, Chronos, und zwar aus mehreren Gründen. Erstens würde das die Magie auslaugen, und du würdest binnen weniger Tage deinen Zusammenhalt einbüßen; der grüne Modus ist für dich nur eine vorübergehende Sache. Schließlich hast du eine Aufgabe zu erledigen, und das kannst du auf effiziente Weise nur dann tun, wenn du deinem normalen Rhythmus folgst. Und drittens wirst du das nicht tun, selbst wenn du könntest; ich müßte es eigentlich wissen.« Einen Augenblick sah ihn die schmollende Clotho unter ihren gesenkten Wimpern an.

Norton empfand das als entnervend. Wenn Clotho auch die alte Atropos war, welche der drei Geister der Schicksalsgöttin analysierte ihn dann, während er tat, was er eigentlich für privat hielt? Alle drei hatten diese beunruhigenden Augen. Ein Mann, der mit einer dieser Frauen, egal welcher, Firlefanz machte, würde sich wahrscheinlich sehr schnell vom Subjekt ins Objekt verwandeln.

»Nein, aber du kannst dich ja nicht erinnern, nicht wahr?« neckte sie ihn. »Ach, ich genieße das! Nachdem, was du mir in der Sommerblüte meiner Unschuld angetan hast – o ja!«

»Meine Aufgabe«, sagte er stur. »Du hast gesagt, du würdest mir mitteilen, was ich tun soll und wie ich es tun kann.«

Sie seufzte in gespielter Resignation. »Ja, in dieser Hinsicht warst du immer ein bißchen einseitig, und alles in allem glaube ich, daß du deinen Job schon ganz gut ausgeführt hast. Also schön, ich werde dir auf die Sprünge helfen. Du arbeitest sowieso am engsten mit mir zusammen.« Sie hielt inne, als müsse sie erst ihre Gedanken ordnen. »Es ist die Aufgabe Chronos', die Chronologie jedes Ereignisses im menschlichen Teil des Universums festzulegen. Wirkung muß stets auf Ursache folgen, Alter auf Jugend, Tat muß meistens auf das Denken folgen. Es ist nur einleuchtend, daß deine Umkehrexistenz derlei Terminierungen erleichtert. Ohne die Zeit wäre alles nur leer und gestaltlos.«

»Aber ich dachte, das wäre automatisch«, wandte Norton ein. »Eine Funktion des Universums, daß die Dinge eben einfach so sind!«

»Jetzt weißt du es besser, Chronos. Nichts im Universum geschieht zufällig; alles wird durch die Summe der Urkräfte bestimmt. Deine Kunst besteht darin, es so säuberlich aneinanderzufügen, daß es wie automatisch scheint. Die Zeitplanung ist von größter Bedeutung, und dafür ist Chronos verantwortlich.«

»Aber ich bin doch bloß eine einzige Person! Ich kann unmöglich jedes einzelne Ereignis im Auge behalten, das im ... im menschlichen Teil des Universums geschieht!«

»Natürlich besitzt du einen kompetenten Mitarbeiterstab. Dein Büropersonal hier im Fegefeuer besorgt die Routineangelegenheiten. Natürlich mußt du nicht alles persönlich erledigen. Schließlich leben wir im 21. Jahrhundert! Du fällst die wichtigsten Entscheidungen, und deine Mitarbeiter führen sie sofort durch. Hier im hinteren Trakt des Gebäudes bleiben immer eine ganze Reihe von Leuten, die deine Zeit bloß koordinieren, um Kontinuität zu garantieren. Ich bin überzeugt davon, daß dein Vorgänger dir ein hochspezialisiertes und motiviertes Personal zurückgelassen hat, denn er wußte ja, daß das Büro in der Zeit deiner Einarbeitung mehr oder weniger von allein funktionieren muß. Aber du besitzt jetzt hier die Autorität; wenn du dich zu etwas Törichtem entschließt, etwa dazu, den Zeitfluß der ganzen Welt umzukehren, wird dein Stab gehorsam dafür sorgen, daß die Wirkung vor der Ursache eintritt und der Rest konsistent bleibt.«

»Das kann ich tun? Für jedermann die Zeit umkehren?«

Sie nickte.

»Chronos, ich habe es ja schon angedeutet, dies hier ist kein untergeordnetes Amt. Deine Macht ist einmalig. Aber laß dir das nicht zu Kopf steigen.«

»Das will ich nicht hoffen. Und was müßte ich jetzt eigentlich tun?«

»Vielleicht solltest du erst einmal deine Sanduhr beiseite legen, solange du sie nicht aktiv benutzt. Dann hast du nämlich die Hände frei.«

»Ja, aber ich möchte auch nicht, daß das Ding auf der Raumachse hinter mir herschleicht.«

»Nun, es gehört zu deinem Amt und wird dich nie verlassen, bis du es weitergibst. Doch in der Zwischenzeit brauchst du es nur zu verkleinern und kannst es in die Tasche stecken.«

Er versuchte es. Er legte die Hände oben und unten auf die Sanduhr und drückte. Sie ließ sich geschmeidig zusammenpressen und verwandelte sich schließlich in eine bloße Scheibe. »Sie ist doch jetzt nicht etwa kaputt?«

»Sie ist ewig. Unzerbrechlich.«

»Aber wie kann der Sand ...«

»So wie ich es verstehe, hat die Sanduhr ihre Form nicht wirklich verändert, sondern lediglich ihr Aussehen. Es ist das gleiche wie bei einem Papier: Wenn man es faltet, verändert das nicht seine wirklichen Abmessungen oder die Natur dessen, was darauf geschrieben steht; so behält die Sanduhr alle ihre Eigenschaften. Sie ist deine Welt, auf zwei Dimensionen zusammengedrückt. Es ist eben alles relativ.«

Norton zuckte die Schultern und versuchte gar nicht erst, das alles zu begreifen. Schließlich steckte er die Scheibe in die Tasche. »Funktioniert sie auch noch in dieser Gestalt? Ich meine, wenn ich will, daß der Sand seine Farbe verändert ...?«

»Das müßte sie eigentlich. So, und nun sind da einige kleine Fehler, die ich berichtigen muß. Ich spinne meine Fäden zwar sehr sorgfältig, aber nichts in diesem Kosmos ist perfekt, und manchmal wickeln sie sich wieder auf. Wenn du bereit bist, deine Arbeit anzutreten, können wir die Sache jetzt angehen.«

»Sag mir einfach, was ich tun muß.«

Sie zauberte einen winzigen Notizblock aus der Luft und

blätterte ihn durch. »Dies hier wird genügen. Da haben sich zwei Fäden gekreuzt, so daß jeder der Beteiligten das Schicksal des anderen erleben wird. Da der eine bald einen schlimmen Unfall erleiden soll, handelt es sich dabei auch um einen gewichtigen Fehler.«

Sie schloß das Notizbuch wieder, und es verschwand. Dann legte sie die beiden Hände aneinander, die Finger ausgestreckt und gespreizt, und zog sie auseinander. Zwischen ihnen waren mehrere schillernde Fäden zu erkennen. »Bring mich zurück an den Zeitpunkt, da sie sich kreuzen«, sagte sie.

»Warte, du hast gesagt, daß die eine Person einen schlimmen Unfall erleiden muß! Warum soll man das zulassen? Warum nicht beide Fäden glatt spinnen, damit beider Leben angenehm verläuft?«

Sie schüttelte den Kopf. »So funktioniert der Kosmos nicht, Norton. Wir leben nicht in einem einfachen oder friedvollen Universum. Die Gezeitenströme der Gewalt wirbeln ständig umher, und eine Konsequenz folgt der nächsten. Wenn ich versuchte, dieses besondere Leben zu vereinfachen – was ich tatsächlich könnte –, so würde dies lediglich dazu führen, daß andere Leben noch mehr Unheil erfahren. Gott und Satan bekriegen einander – das haben sie getan, seit die Zeit begann –, und die Auswirkungen ihres Kampfes sind ständig für uns gegenwärtig. Es steht mir nicht zu, darüber zu bestimmen, wer diese Auswirkungen erleidet; meine Aufgabe ist es lediglich, die Dinge richtig zu verknüpfen. Ich bin die Dienerin, nicht der Herr, und auch du bist nur der Diener. Wir müssen tun, was wir tun müssen, die Gesetze und Regeln ausführen, die es gibt.«

Norton war damit gar nicht einverstanden, doch ihm war klar, daß er keine fundierte Grundlage besaß, um dagegen anzugehen. Also ließ er die Sache vorläufig fallen.

Er musterte die Fäden, die sie zwischen ihren gespreizten Fingern hielt. Die meisten von ihnen führten von Finger zu Finger, doch zwei kreuzten einander. »Wie ...?«

»Das ist natürlich eine Analogie«, sagte sie. »Wenn ich einen wirklichen Knoten zwischen den Händen hielte, könnte ich ihn ja dort auch lösen. Nein, du mußt mich zum tatsächlichen Raumzeitpunkt bringen.«

»Ja, aber ...«

»Ach, ich vergesse es immer wieder! Du hast so etwas ja noch nie getan. Also schön ... ich führe dich durch deine Aufgabe, Schritt um Schritt. Zuerst konzentrierst du dich auf dein Glas.«

Norton holte die Sanduhr hervor und verlieh ihr wieder ihre ursprüngliche Gestalt. Sie funktionierte noch immer perfekt; der Sand rieselte ständig, und im unteren Teil hatte sich bereits einiges mehr angesammelt.

»Gut. Weite ihr Umfeld aus, damit es mich einschließt. Das erkennst du an der Helligkeit.«

Verwirrt befahl Norton der Sanduhr: *Umfeld ausweiten.*

Das Leuchten intensivierte sich. Lachesis' Miene erhellte sich wie die Uhr. »Das genügt, Chronos. Laß ein bißchen nach; du brauchst schließlich nicht deinen ganzen Haushalt mitzuschleppen.«

Er nahm etwas Gedankenkraft zurück, worauf das Leuchten schwächer wurde.

»Das ist gut so. Und nun färbe den Sand blau – aber nur ganz wenig, nur kurz. Wir wollen lediglich ein kleines Stück zurückkehren.«

Er konzentrierte sich, und der Sand wurde schwachblau.

»Und jetzt reist du entlang der Fäden, bis wir zum Knotenpunkt kommen.«

»Wie ...?«

»Hoppla! Das war zu weit. Wieder ein Stück zurück.«

Er ließ den Sand eine winzige Spur rosa werden. Plötzlich sah er, wie sich die Fäden zwischen ihren Fingern ausdehnten, vielleicht auch nur vor seinem geistigen Auge, bis sie zu richtigen Kabeln geworden waren. Die Sanduhr schien zu einer Art Kabelbahn zu werden, die Norton und Lachesis die Seile entlang trug. In der Ferne konnte Norton weitere Kabel erkennen, die sich von Horizont zu Horizont spannten. Dann kam ein anderes Kabel näher, und die beiden berührten einander.

Er konzentrierte sich und ließ das Rosa fast weiß werden,

worauf die Sanduhr direkt an der Kreuzung zum Halten kam.

»Ausgezeichnet«, meinte Lachesis. »Du kriegst bereits das richtige Gefühl dafür! Schon bald wirst du genau der Experte sein, an den ich mich immer erinnere.« Sie trat vor, legte die Hände auf die Kabel und hob sie voneinander fort.

»Das war's«, sagte sie und kam zurück. »Jetzt kannst du uns wieder in die Normalzeit bringen.«

Norton entspannte sich, und schon waren die Kabel verschwunden und beide befanden sich wieder in seinem Haus im Fegefeuer. »Das war's schon?« fragte er benommen.

»Ja. Du hast sehr gute Arbeit geleistet.« Sie musterte ihn lobend. »Aber ich glaube, das genügt fürs erste. Entspann dich eine Weile, sieh dich in deinem Haus um, schließe Bekanntschaft mit deinem Hauspersonal. Ich komme morgen zurück, in deiner Zeitrechnung, damit wir die anderen Verhedderungen auflösen können; sie sind alle nicht so kritisch wie diese.«

Sein Morgen – ihr Gestern! »Aber ich verstehe nicht ...«

»Du wirst es schon begreifen.« Wieder verwandelte sie ihre Gestalt und wurde nun zu einer großen Spinne. Diese schrumpfte auf die Größe einer normalen Spinne und kletterte dann an einem Faden empor und verschwand.

Norton war wieder allein. Noch immer hatte er allenfalls eine schwache Ahnung von dem, was von ihm erwartet wurde.

6 Satan

Wie sich herausstellte, gab es keinen Ärger. Das Hauspersonal war gut ausgebildet und höflich und auf den Amtswechsel vorbereitet. Tatsächlich verhielten sich die Angestellten so, als hätten sie schon sehr lange für Norton gearbeitet. Lachesis hatte zwar behauptet, daß die Zeit hier rückwärts ströme, was bedeuten würde, daß diese Leute aus der Zukunft der Welt stammten, doch inzwischen war er sich nicht mehr so sicher.

Sobald sich Norton rührte, erschien der Chefbutler, bereit, auf diskrete Weise jeden Notfall zu handhaben. Ein hübsches Dienstmädchen servierte Norton ein ausgezeichnetes Mal, und man zeigte ihm den gesamten Komplex. Er fühlte sich viel früher zu Hause als er erwartet hatte. Es war ein bißchen wie in einem guten Hotel, und ein bißchen wie auf Gawains Besitz.

Gawains Besitz – wo Orlene bei ihm gewesen war. Plötzlich wirkte alles weit weniger schön.

Er erfuhr, daß das Personal ausschließlich aus Seelen des Fegefeuers bestand, die sich hier befanden, weil sie sich zu dem Zeitpunkt ihres Todes in einem vollkommen Gleichgewicht von Gut und Böse befunden hatten. Für sie war es kein schlechtes Jenseitsleben, aber auch kein gutes. Wenn sie gute Dienste leisteten, würden sie sich für den Himmel qualifizieren – doch das dauerte im Fegefeuer weitaus länger als im Leben. Das Leben war intensiv und aufgeputscht, das Jenseits dagegen war diffus und relativ ruhig. Zumindest galt das für das Fegefeuer; Norton konnte keinerlei Informationen darüber erhalten, wie es im Himmel oder in der Hölle war. Er wußte lediglich, daß alle Seelen in den Himmel wollten und keine in die Hölle.

Er genoß den erholsamen Nachmittag – Tag und Nacht schienen hier ihrem normalen Lauf zu folgen, wenngleich er den Verdacht hegte, daß dies künstlich arrangiert worden war – und saß gerade vor dem Hologerät, das voller Neuigkeiten über den Amtswechsel Chronos' war, als der Butler einen Besucher ankündigte.

»Wer?« fragte er ungläubig.

»Satan, Sir«, wiederholte der Mann ruhig.

»Mit dem Teufel habe ich nichts zu schaffen!«

»Soll ich ihm mitteilen, daß Sie unpäßlich sind, Sir?«

Schon mischte sich Neugier mit Ehrfurcht und Entsetzen. »Ich ... kann er mir hier irgend etwas anhaben?«

»Nein, Sir. Keine Inkarnation kann der anderen ohne ihr

Einverständnis etwas antun, weder hier noch sonst irgendwo. Inkarnationen sind unverletzbar, vor allem dann, wenn sie Uniform tragen.«

»Uniform?«

»Ihr Umhang, Sir. Das ist die Barriere der Zeit, die automatisch jede körperliche Bedrohung abwehrt.«

Norton seufzte. »Dann sollte ich wohl besser feststellen, was er will. Führen Sie ihn herein.«

»Der Fürst des Bösen, Vater der Lügen, Satan der Herr«, verkündete der Butler förmlich, ohne die leiseste Spur von Respektlosigkeit. Dies waren die legitimen Titel des Teufels.

Norton war auf eine dämonische Kreatur mit Hörnern und gegabeltem Schwanz gefaßt gewesen. Nun war er enttäuscht: Satan erwies sich als vollkommen normaler Mann in den mittleren Jahren, der einen konservativen dunkelroten Arbeitsanzug trug. Sein Haar war rötlichbraun, säuberlich geschnitten und gekämmt. Er war glattrasiert. Seine Hautfarbe wies nicht die leiseste Spur von Feuer auf. Sein Blick war offen, und er war von einem leisen Hauch maskulinen Dufts umhüllt.

Satan trat forsch vor und streckte ihm die Hand entgegen. Da Norton keine bequeme Möglichkeit sah, ihr auszuweichen, nahm er sie. Satans Finger waren fest und warm, doch keineswegs heiß. Nichts wies auf höllische Verbindungen hin.

»Äh, welchem Umstand verdanke ich die, äh, Ehre dieses Besuchs?«

»Oh, das ist lediglich meine gesellschaftliche Aufwartung«, sagte Satan mit gewinnendem Lächeln. Seine Zähne waren weiß und eben. »Sie sind neu in diesem Amt, und da möchte ich mich wie ein guter Nachbar verhalten und Ihnen jede Unterstützung anbieten, derer Sie bedürfen.«

Norton runzelte die Stirn, während sie sich setzten. »Ich bin neu hier, das ist wahr. Vielleicht verstehe ich etwas falsch. Ich dachte, Sie wären nicht daran interessiert … jemandem … einem anderen zu helfen.«

Satan lachte. Es klang angenehm und warmherzig.

»Mein lieber Chronos – ich bin eine Inkarnation, genau wie Sie selbst! Jeder von uns hat seine Pflicht zu erfüllen, da steht es uns wirklich an, zusammenzuarbeiten. Schließlich haben wir beide ein gemeinsames Interesse an der Aufrechterhaltung der herrschenden Ordnung.«

»Ich dachte immer ... ich möchte ja nicht beleidigend sein ... daß Sie gegen Ordnung wären.« Er erinnerte sich an den üblen Ruf, den der Fürst des Bösen, der Ursprung allen Unheils, im Leben genoß.

Satan machte eine erstaunte Geste. »Ich? Gegen die Ordnung sein? Auf gar keinen Fall! Ich unterstütze die Ordnung; tatsächlich hätte ich sogar gern mehr davon.« Er lächelte wieder anziehend. »Vielleicht habe ich ein paar kleinere Meinungsverschiedenheiten mit Gott darüber, wer von uns beiden herrschen sollte, doch von diesem Detail abgesehen verfolgen wir ähnliche Ziele.«

Gegen seinen Willen und sein besseres Wissen mußte Norton feststellen, daß er sich für dieses einnehmende Wesen zu erwärmen begann. »Nun, dann muß ich Ihnen in aller Fairneß mitteilen, daß ich nicht auf derselben Seite stehe wie Sie.«

»Und warum sollten Sie auch, Chronos? Niemand, der ganz bei Verstand ist, will in die Hölle kommen! Ich würde selbst in den Himmel überwechseln, wenn dies möglich wäre.«

Norton mußte lächeln. Satans Humor war ansteckend. »Sie mögen die Hölle nicht? Warum bleiben Sie dann da?«

»Weil ich eine Aufgabe zu erfüllen habe, mein Herr! Wer würde denn wohl sonst mein Amt übernehmen, wenn ich meinen Posten im Stich ließe?«

Ja, wer sonst! »Ist es ein notwendiges Amt? Warum lassen Sie das Gute nicht einfach die Herrschaft übernehmen?«

Satan schüttelte traurig den Kopf. »Leider, leider läßt die menschliche Natur das nicht zu. In jedem gibt es sowohl Gut als auch Böse, und deshalb muß es im jenseitigen Leben für beide auch endgültige Aufbewahrungsorte geben. Ohne Gut und Böse wäre der freie Wille sinnlos, wäre das Leben ziellos. Jeder Mensch muß sein Schicksal dadurch bestimmen, wie er lebt, indem er auf diese Weise über seine Grundnatur entscheidet. Natürlich haßt der Durchschnittsmensch die Konsequenzen des Bösen in ihm selbst, und er fürchtet sie; täte er dies nicht, würde er nie den Fortschritt hinein ins Gute machen können. Doch das Fleisch ist fehlbar, und jeder Mensch gerät durch die unmittelbaren Vorzüge des Bösen arg in Versuchung. Nur im Laufe des Lebens läßt sich seine wahre Ausrichtung bestimmen. Jeder Mensch gibt vor, das Gute zu lieben und das Böse zu hassen, doch seine wirklichen Vorlieben zeigen sich erst in der Tat. Es ist ein höchst interessantes Studiengebiet.« Er zuckte die Schultern. »Aber ich bin nicht gekommen, um Sie mit Fachsimpeleien zu langweilen, Chronos. Wie kann ich Ihnen helfen?«

»Ich glaube nicht, daß das notwendig ist«, sagte Norton, von Satans Ausführungen beeindruckt, ohne jedoch seinen Motiven zu trauen. »Lachesis hat mir schon geholfen.«

»Natürlich, das mußte sie ja wohl auch«, stimmte Satan freundlich zu. »Sie hängt ganz und gar von Ihren Dienstleistungen ab. Ich bin sicher, daß sie auf die eine oder andere Weise alles tut, damit Sie sich wohlfühlen.« Er machte eine kleine Geste mit den Händen, die sicher nicht die Sanduhr beschrieb.

Die Gegenwart seines Besuchers erfüllte Norton mit Unbehagen. Er war davon überzeugt, daß Satan weitergehende Absichten verfolgte. Doch war es nicht ratsam, ein solch mächtiges Wesen sinnlos zu erzürnen. Also machte er weiterhin Konversation und wünschte sich dabei, daß Satan endlich zur Sache käme.

»Wir müssen eben alle unser Amt so gut ausüben, wie es geht«, fuhr Satan fröhlich fort. »Wir sind tatsächlich alle Künstler, die ihre Pflichten zu Denkmälern des Erreichten ausbauen. Ich bin immer zufrieden, wenn es mir gelingt, das Böse aus einer Seele auszumerzen, die sonst verloren gewesen wäre. Das ist es natürlich, was wir in der Hölle tun; wir sind gewissermaßen der letzte Zufluchtsort für unverbesserliche Fälle.«

»Äh, kein Zweifel«, stimmte Norton ihm verlegen zu. Es war ihm bewußt, daß Satan zu missionieren versuchte; was ihm jedoch zu schaffen machte, war die Tatsache, daß die Argumente einzuleuchten schienen.

»Wie ich höre, haben Sie einen geliebten Menschen verloren«, sagte Satan mitfühlend.

»Sie befindet sich inzwischen im Himmel«, sagte Norton.

»Ich nehme an, Sie sind sich der Tatsache bewußt, daß Sie hier nicht alleinbleiben müssen«, bemerkte Satan. »Es gibt im Fegefeuer viele Seelen, männliche und weibliche, und alle sind nur zu bereit, ihre Bilanz dadurch zu verbessern, daß sie den Inkarnationen dienen. Gestatten Sie mir, Ihnen die Möglichkeiten einmal vorzuführen.«

»Das ist nicht nötig«, wandte Norton hastig ein.

»Kein Problem, mein Herr. Ich will nur mal eben Ihr Dienstmädchen von unten herbeirufen ...« Satan schnippte mit den Fingern, und plötzlich war das Dienstmädchen da, das Staubtuch in der Hand, das Haar von einem Kopftuch verhüllt. Sie wirkte erschrocken. »Nein, nein, diese Aufmachung ist wirklich nichts«, sagte Satan wie ein gütiger Onkel. Sofort veränderte sich ihre Kleidung, und sie trug ein hübsches Abendkleid. Sie war erheblich wohlgeformter, als Norton zuvor bemerkt hatte. »Ach ja, und das Haar«, sagte Satan, und schon wurde das Kopftuch von einer Tiara ersetzt, die mit blitzenden Diamanten übersät war. »Mädchen, würden Sie Ihrem Herrn gern auf etwas persönlichere Weise dienen?«

Das Mädchen blickte an ihrer wunderschönen Kleidung hinunter und berührte ihr glitzerndes Haar. »Alles, was mein Herr wünscht«, willigte sie ein.

»Hören Sie mal, ich habe kein Bedürfnis nach ...«, protestierte Norton, wenngleich ihn insgeheim diese Möglichkeit angenehm berührte.

»Ach, fast hätte ich es vergessen«, sagte Satan. »Natürlich wollen Sie nicht das Äußere einer Fremden, denn dieser Tage sind Sie ja kein promiskuöser Mann.« Und das Dienstmädchen verwandelte seine Gestalt und wurde zum genauen Abbild von Orlene im Zustand blühendster Gesundheit.

Verblüfft starrte Norton sie an. Orlene hatte niemals besser ausgesehen!

»Wir können auch Ihre Persönlichkeit nach Maß zurechtschneidern«, sagte Satan. »Ich liebe es, gründlich vorzugehen. Sie kann in jeder materiellen und gesellschaftlichen Hinsicht das Objekt Ihres Interesses sein.«

»Aber ... aber sie ist nicht diejenige, die ich kenne!«

Satan blickte ihn mit verengten Augen an. »Was kennen Sie denn von ihr, außer Aussehen und Persönlichkeit?«

»Ich ... ich weiß nur, daß diese hier anders ist!«

»Spielt das eine Rolle? Sie wird Ihnen ebensogut dienen. Vielleicht sogar besser, denn wenn sie ihre Aufgabe erfolgreich erledigt, winkt ihr die Ewigkeit.«

Norton konnte nur noch stammeln: »Aber sie ist nicht ... die Frau, die ich ... es ist einfach nicht dasselbe!«

»Ist es nicht?« Satan furchte gütig die Stirn. »Es ist gesagt worden, daß der Mann handelt, während die Frau ist. Nur was Sie tun, zählt. Sie braucht nur das Objekt Ihres Tuns zu sein. Versuchen Sie es mit ihr, Chronos; ich bin sicher, daß Sie erfreut sein werden.«

»Es mit ihr versuchen?«

»Ich bin davon überzeugt, daß Sie von mir nicht verlangen, ihre Ohren oder die Ihrigen mit groben umgangssprachlichen Beschreibungen zu beleidigen, zumal man dasselbe Tun viel präziser in kultivierter Sprache ausdrükken kann. Ich bin, wie ich schon sagte, im Innersten meines Herzens ein Künstler; ich weiß die Feinheiten der Sprache zu schätzen. Ich habe wenig für Prüderie um ihrer selbst willen übrig, dafür aber sehr viel für Schönheit. Sie kann eine andere Gestalt annehmen, wenn Sie das vorziehen sollten. Es handelt sich hierbei nicht um Täuschung, sondern nur um das Bemühen, dem Unwohlsein abzuhelfen.«

»Jede Form, die sie annähme ... ich nehme an, daß sie für mich die Verdammnis bedeuten würde«, sagte Norton beunruhigt.

Wieder gewährte Satan ihm sein gewinnendes Lächeln.

»Ich sehe, daß Sie vorsichtig bleiben. Mein lieber Herr Kollege, ich kann Ihnen versichern, daß man der Verdammnis nicht so leicht teilhaftig wird. Sie werden weder zum Himmel emporsteigen noch in die Hölle hinabsinken, bevor Sie ihre Amtszeit hinter sich gebracht haben. Als Inkarnation sind Sie weitgehend immun gegen Veränderungen ihres Status, und was Sie mit einer beliebigen willigen Frau tun oder nicht tun, ist völlig irrelevant.«

»Aber mit einer Seele im Fegefeuer, einem bloßen Geist ...?«

Norton schüttelte den Kopf. »Das ist nicht die Art von Vergnügen, für die ich etwas übrig habe.«

»Ach, darüber werden Sie schon bald hinweg sein. Letzten Endes hat es jeder lebende Mensch nur auf sein eigenes Vergnügen abgesehen.«

»Sie haben recht«, sagte Norton. »Ihre Motive sind mir nach wie vor suspekt. Sie versuchen mich zu korrumpieren, und ich weiß nicht, ob ich es mir leisten kann, irgend etwas von dem zu glauben, was Sie sagen.«

»Nun, man nennt mich zu Recht den Vater der Lüge«, meinte Satan freundlich. »Mir eignet gewiß ein bescheidener Stolz hinsichtlich der Qualität meiner Kunstwerke, und viele Sterbliche empfinden sie als genügend.«

Dieser Unhold war auch noch stolz darauf! Norton war angewidert. »Nun, wenn dies Ihre Geschäfte hier beenden sollte ...«

»Beinahe«, sagte Satan, ohne sich zu erheben. Er machte eine nachlässige Geste, und das Dienstmädchen nahm wieder ihre eigene Gestalt an und eilte aus dem Zimmer.

»Also war es doch nicht nur ein Höflichkeitsbesuch?«

»Es gäbe da einen kleinen Gefallen ...«

»Warum sollte ich Ihnen irgendeinen Gefallen tun?«

»Nun, es ist ein sehr kleiner, und ich bin bereit, dafür recht gut zu bezahlen.«

»Was könnten Sie einer anderen Inkarnation außer Versuchung und Unheil schon anbieten?«

Satan musterte ihn, und nun besaßen seine Augen den gleichen beunruhigenden Ausdruck der Intensität, den

Norton schon bei der Schicksalsgöttin bemerkt hatte. »Wenn ich richtig unterrichtet bin, lieben Sie das Reisen, Chronos.«

»Ja. Ich glaube, das war auch der Hauptgrund dafür, weshalb ich dieses Amt annahm, damit ich in der Zeit reisen kann. Wenn ich es erst einmal präzise kann, werde ich ...« Er brach ab, denn er wollte dem Fürsten des Bösen nicht allzu viel offenbaren.

»Versuchen, ihre Frau in lebendem Zustand wiederzusehen«, beendete Satan aalglatt den Satz.

Er konnte die Sache vor Satan also nicht verbergen! Hieß das, daß es sich dabei um einen bösen Gedanken handelte? »Was ist das für ein Gefallen?«

»Sie brauchen lediglich einen meiner Diener auf einer kurzen Reise zu begleiten. Einer Reise durch die Zeit. Das können nur Sie in die Wege leiten.«

Er wollte mit Satan keine Geschäfte machen, doch Norton wurde neugierig. »Wohin in der Zeit?«

»Nur ein paar Jahre zurück, nur wenige Minuten lang. Er wird kein Unheil stiften; er möchte lediglich mit einem Menschen reden.«

»Lediglich mit ihm reden? Ihn bedrohen?«

Satan schüttelte den Kopf. »Mein lieber Chronos, ich drohe den Leuten nicht! Das wäre kontraproduktiv. Tatsächlich handelt es sich dabei, ich schäme mich, es zuzugeben, um eine gute Tat.«

»Eine gute Tat – begangen vom Fürsten des Bösen? Wie können Sie von mir verlangen, das zu glauben?«

»Sie können es selbst überprüfen. Da ist nichts Geheimnisvolles, alles steht Ihnen offen. Dieser Mann steht im Begriff, die Chance seines Lebens zu verpassen. Mein Diener wird ihn lediglich auf die rechte Bahn lenken.«

»Warum sollten Sie irgendeinem Sterblichen etwas Gutes tun wollen?«

»Wie ich schon erwähnte, mein Herr, glaube ich durchaus an Ordnung. Ohne Ordnung ist mein Amt nicht auszuüben. Das Glück dieses Sterblichen wird in diesem Aspekt der Realität einen lebenslangen Beitrag zur Ordnung leisten.«

Norton schüttelte den Kopf. »Da werden Sie schon Besseres auftischen müssen, Satan!«

»Nun, Chronos, Sie können sich selbst direkt davon überzeugen. Ich werde Ihnen die Koordinaten geben, dann können Sie sich selbst allein dorthin begeben und feststellen, daß diesem Mann aufgrund des Eingreifens meines Dieners kein Unheil widerfahren wird, nur Gutes. Erst wenn Sie sich vollkommen davon überzeugt haben, brauchen Sie meinen Diener dorthin zu bringen. Das ist doch ein faires Angebot, nicht wahr?«

Widerwillig mußte Norton zustimmen. »Aber ich weiß noch nicht genau, wie man präzise in der Zeit reist.«

»Es wird mir eine Freude sein, Ihnen dabei zu helfen«, meinte Satan. »Ich hege nur die allerfreundlichsten Absichten. Sie brauchen lediglich auf dem Kalender das gewünschte Datum und die entsprechende Stunde auszusuchen und ihrer Sanduhr zu befehlen, blau zu werden, wobei Sie vorher einen Stopp am gewünschten Zeitpunkt eingeben. Sind Sie am richtigen Zeitpunkt angelangt, müssen Sie die geographische Distanz überwinden.«

»Zu Fuß? Das würde meine Effizienz aber erheblich beeinträchtigen.«

»Chronos, Sie sind die Inkarnation der Zeit! Das bedeutet, daß Ihnen auch eine gewisse praktische Kontrolle über den Raum eignet, denn Zeit und Raum sind miteinander verbunden. Sie können auf Erden überall hinreisen, wohin sie nur wollen, auch auf die kolonialisierten Planeten.«

Wieder schüttelte Norton den Kopf. »Ich wüßte nicht wie, es sei denn, Sie meinen die konventionellen Transportmöglichkeiten.«

»Ich bin hier, um es Ihnen zu zeigen. Nehmen Sie einfach die Sanduhr ...«

»Nein. Ich will nicht mit Ihnen reisen.«

Satan wirkte nicht beleidigt. »Ist ja auch gar nicht nötig, mein werter Kollege. Ich werde Ihnen die Technik erklären, dann können Sie sie selbst üben. Zunächst einmal muß ich die dahinterstehende Theorie erklären.«

»Das wüßte ich sehr zu schätzen«, gab Norton zu. Zwar hätte er Satan gerne gemieden, diese Information jedoch benötigte er.

»Wie das Böse, ist auch die Bewegung überall«, sagte Satan in einem etwas belehrenden Tonfall. »Die Erde dreht sich mit einer Oberflächengeschwindigkeit von annähernd eintausend Meilen pro Stunde am Äquator um ihre eigene Achse, was etwa sechzehn Meilen pro Minute ausmacht oder eine Viertelmeile pro Sekunde. Das ist eine recht ordentliche Geschwindigkeit.«

»Es ist schneller als ich laufen kann«, stimmte Norton zu. »Mir ist bewußt, daß diese Rotation Tag und Nacht bestimmt. Aber was ...«

»Und doch wird sie durch andere Aspekte der Bewegung in den Schatten gestellt. Die Erde dreht sich auch um die Sonne, und zwar mit einer Geschwindigkeit von annähernd achtzehneinhalb Meilen pro Sekunde.«

»Was die Jahreszeiten und den Jahresablauf verursacht«, sagte Norton. »Aber wo liegt der Zusammenhang ...«

»Unsere Sonne bewegt sich ebenfalls, weil sich nämlich unsere Milchstraße dreht. Und so bewegt sich die Sonne um die galaktische Achse mit einer Geschwindigkeit von ungefähr einhundertundfünfzig Meilen pro Sekunde. So wie die Bewegung der Erde um die Sonne ungefähr fünfundsiebzigmal schneller ist als die Bewegung eines Punktes auf der Erdoberfläche um die erdeigene Achse, ist die Geschwindigkeit der galaktischen Rotation wiederum achtmal größer als diese. Und selbst dies ist noch relativ unbedeutend. Das bekannte Universum dehnt sich aus, so daß alle Materie sich, vom Ruhepunkt des galaktischen Zentrums aus betrachtet, in Bewegung befindet. In diesem Sinne bewegen wir uns ungefähr mit halber Lichtgeschwindigkeit oder neunzigtausend Meilen pro Sekunde. Das ist doch recht beeindruckend, nicht wahr?«

»Ja.«

»Nur Geduld, Sie werden gleich begreifen, was das mit

Ihnen zu tun hat. Die Pointe besteht darin, daß wir beide, wenngleich wir im Augenblick zu ruhen scheinen, tatsächlich zahlreichen mächtigen Bewegungsvektoren unterworfen sind. Wir leben innerhalb eines komplexen Ordnungsrahmens! Und da Bewegung eine Funktion der Zeit ist wie auch des Raumes ...«

»He!« unterbrach Norton. »Wenn ich mich in der Zeit bewege, ohne mich zugleich auch im Raum zu bewegen, dann treibe ich von der Erdoberfläche fort! Wenn ich nur eine einzige Stunde in die Vergangenheit zurückreise, hat sich die Erde als Teil der sich bewegenden Galaxie im sich ausdehnenden Universum pro Sekunde neunzigtausend Meilen weiterbewegt oder ...«

»Eine halbe Lichtstunde oder dreihundertvierundzwanzig Millionen Meilen oder den Abstand zwischen Erde und Jupiter«, beendete Satan fröhlich seinen Satz. »Ja, in der Tat, Chronos, da wären Sie binnen eines Augenblicks bereits verloren.«

»Aber da ich rückwärts lebe, müßte ich doch völlig aus dem Rhythmus sein! Denn ich bewege mich in eine Zeit zurück, da die Erde sich weitab vom gegenwärtigen Punkt befindet, und wenn ich in eine andere Zeit springe ...«

»Immer mit der Ruhe, Chronos«, warf Satan ein. »Allein durch die mächtige Magie der Sanduhr wird ihre Existenz bereits garantiert. Die kontert alle Bewegungen im Universum und sorgt dafür, daß Sie stets auf demselben Punkt der Erdoberfläche verbleiben, egal wie sie sie benutzen. Es stimmt, ohne diesen Schutz würden Sie auf der Stelle umkommen, denn Sie würden sonst in den Erdkern hineingeschleudert oder hinaus ins Vakuum des Weltalls. Diese Sanduhr schützt Sie nicht nur vor allerlei Gefahren«, er lächelte gewinnend, »sie schützt Sie sogar vor meinem Unheil.«

»Kann das wahr sein?« fragte Norton benommen.

»Natürlich ist alles, was ich Ihnen sage, suspekt. Aber ich gebe mich nur selten mit trivialen oder offensichtlichen Lügen ab; die sind weder künstlerisch noch produktiv, und folglich lohnen sie nicht der Mühe. Fragen Sie doch Ihren Schlangenring. Das ist keiner meiner Dämonen.«

»Schützt mich die Sanduhr tatsächlich vor dem Bösen?« fragte Norton die kleine Schlange.

Druck.

Nun gefiel ihm die Sanduhr schon besser. »Und sie kann mir dabei helfen, mich sowohl im Raum als auch in der Zeit zu bewegen?«

Druck.

»Ganz zweifellos, Chronos«, warf Satan ein. »Sie müssen lediglich einige Aspekt des Bewegungsangleichungszaubers vermeiden. Dann bewegen Sie sich – genau genommen verhindern Sie, daß Sie sich bewegen, während das Universum sich an Ihnen vorbeibewegt. Mit etwas Übung wird es Ihnen gelingen, mit einer Geschwindigkeit von zahlreichen Meilen überall auf der Erde hinreisen zu können. Aber seien Sie dabei vorsichtig; die Sanduhr kann Sie zwar vor äußeren Bedrohungen schützen, aber nur in begrenztem Umfang vor Ihrer eigenen Torheit.«

»Torheit?«

»Wenn Sie einen Teil dieser Magie ausschalten, reduzieren Sie damit auch Ihre Macht, Sie zu beschützen. Dann könnten Sie wirklich verloren gehen.«

»Wie schalte ich denn Teile davon aus?«

»Lassen Sie den Sand einfach gelb werden, dann bewegen Sie ihn in Richtung Blau oder Rot – Rot ist besser –, so daß Ihre Differenz zur Normalzeit nur gering bleibt. Tatsächlich glaube ich sogar, daß Sie es in Ihrer eigenen rückläufigen Zeit tun können, es ist jedoch besser, sich auf die Normalzeit der Erde zu beschränken, solange Sie es noch lernen, um den Effekt zu minimieren. Auf diese Weise haben Sie es nur mit der jetzigen Bewegung der Erde zu tun anstatt mit der zusätzlichen Komplexität der früheren oder zukünftigen Bewegungen.«

»Äh, ja«, stimmte Norton zu und zermarterte sich das Gehirn. Wenn die Erde sich im Augenblick mit halber Lichtgeschwindigkeit vom Mittelpunkt des Universums entfernte und er den Schutzzauber ausschaltete, während er sich vorwärts in der Zeit bewegte, konnte er dadurch den Effekt vervielfachen und mit mehrfacher Lichtgeschwindigkeit im Raum umherspringen. Das wollte er lieber nicht riskieren.

»Warum gelb?«

»Das ist der Ausschaltungsmodus. In einem anderen Modus sollte es nicht geschehen, sonst würden Sie möglicherweise auf katastrophale Weise unfreiwillig im Raum reisen. Sie müssen sich also schon sehr anstrengen, was für Sie einen zusätzlichen Schutz bedeutet. Aber wenn Sie erst einmal im gelben Modus sind, können Sie auch die anderen Modi erreichen.«

»Äh, ja. Aber was muß ich denn wirklich tun, um ...?«

»Bewegung erzeugt Bewegung. Sie schrägen die Sanduhr in die Richtung jener Kraft, die Sie ausschalten wollen. Je schärfer die Schräglage, um so größer die Negation; ein rechter Winkel bedeutet vollkommenes Ausschalten. Aber das Ganze verläuft gemächlich, so daß der erste Teil des Schräglegens vergleichsweise wenig Wirkung zeitigt. Das ist wiederum ein Schutz gegen Unvorsichtigkeit.«

Norton konzentrierte sich auf die Sanduhr und befahl dem Sand, gelb zu werden. Einen Augenblick später war es geschehen. Dann neigte er die Sanduhr ganz leicht von sich fort. Nichts geschah.

»Sie müssen Sie gewissermaßen eichen«, sagte Satan. »Gelb ist neutral und hält das aufrecht, was Sie vorher hatten, nämlich weiß. In Ihrem Haus teilen alle Besucher mit Ihnen Ihren Modus, und die Sanduhr geht davon aus, daß Sie lediglich Sandfarben vorführen wollen. Doch wenn Sie in Gelb überwechseln, dann in eine weitere Farbe und die Sanduhr schließlich kippen, weiß sie, daß es Ihnen ernst ist.«

Norton konzentrierte sich und ließ den Sand eine rötliche Tönung annehmen. Dann hielt er inne. »Warum ist Rot am besten, warum nicht Grün, um sich der universalen Zeit am besten anzugleichen?«

»Hm, daran habe ich noch gar nicht gedacht«, meinte Satan. »Ich vermute, daß es ein Nachteil sein könnte, sich im Raum zu bewegen, während man auf die feststoffliche Ebene eingestellt ist.«

Norton kippte die Sanduhr um ungefähr fünf Grad.

Sofort schoß er vorwärts wie eine Kanonenkugel. Hastig nahm er die Schrägung zurück – und schoß sogar noch schneller wieder nach hinten. Er verlieh der Sanduhr erneut eine gerade Stellung und stellte fest, daß er sich in freiem Fall hoch über dem Planeten befand.

Offensichtlich hatte er zuviel Neigung gegeben. Er war in einer Tangente von der Erdoberfläche geschleudert worden und hatte den Boden hinter sich gelassen. Den Boden? Da er vom Fegefeuer aus gestartet war … doch er wußte ja gar nicht, wo das Fegefeuer lag. Vielleicht war es in Bodennähe, aber Teil eines anderes Realitätsaspektes. Jedenfalls war er voll herausgesprungen. Doch warum soviel schneller zurück als vorwärts, wo er die Sanduhr doch gleich stark geneigt hatte?

Weil er unterschiedliche Kräfte anzapfte. Die Kräfte, die Satan beschrieben hatte, waren sicherlich nicht die einzigen – und da eine Reihe von ihnen nicht in geraden Linien verliefen, beispielsweise die Rotation der Erde um die Sonne, würden sie ständig seine Bezugnahme auf die Hauptbewegung verändern, also auf jene der Ausdehnung des Universums. Wenn er die Sanduhr in eine bestimmte Richtung neigte, würde dies jedesmal einen anderen Bewegungsgrad bewirken. Also mußte er ständig auf der Hut sein!

Doch nun hielt er die Sanduhr aufrecht – und jagte mit immer größerer Geschwindigkeit auf den Boden zu. Was sollte er nur tun? »Sning!« rief er. »Kannst du mir helfen?«

Druck.

»Kannst du mir sagen, wie ich wieder heil zurückkomme?«

Druck.

Welche Erleichterung! Inzwischen war er etwa nur noch eine Meile vom Boden entfernt. »Spielen wir heiß und kalt! Drück zu, wenn ich das Richtige mache!«

Er konzentrierte sich auf die Sanduhr und dachte daran, sie leicht nach vorne zu kippen. Sning drückte. Also kippte er sie, ganz wenig – und begann sich vorwärts zu bewegen. Er verstärkte die Kipplage, durch Sning ermuntert, bis er in einem Winkel von fünfundvierzig Grad hinunterfiel, was immerhin eine Verbesserung war, doch immer noch nicht gut genug, um ihn vor dem Absturz zu bewahren.

Sollte er die Sanduhr in die entgegengesetzte Richtung kippen?

Druck, Druck.

Was dann?

Druck.

»Was soll das heißen ›ja‹?!« wollte Norton wissen. »Ich weiß nicht, was ich tun soll!«

Druck, Druck.

»Du meinst, ich weiß schon, was ich tun muß, es muß mir nur einfallen?«

Druck.

»Aber was ich brauche, ist ein Ende des Sturzes, und darüber habe ich keine Kontrolle!«

Druck, Druck.

»Doch? Aber ich kann die Sanduhr nicht nach oben kippen, es sei denn, ich hebe sie einfach ...«

Druck.

Er war schon fast unten angekommen und glitt gerade in einen kleinen künstlichen See, wo Touristen auf fliegenden Teppichen saßen und angelten. Er riß die Sanduhr hoch und schoß in die Höhe, als wäre er von einem Katapult emporgeschleudert worden. Hastig korrigierte er die Lage der Sanduhr, und nachdem er eine Weile wie ein Jojo auf und ab geschwungen war, stabilisierte er schließlich seine Stellung in etwa einer Meile Höhe.

Es war also eher die Bewegung der Sanduhr als ihre Schrägneigung, die es ausmachte – wenn sie sich im gelben Modus befand. Satan hatte ihn in die Irre geführt. Nein ... Satan hatte es wahrscheinlich nicht gewußt. Er hatte gesehen, wie der vorige Chronos – wer das wohl gewesen sein mochte? Er selbst in der Vergangenheit? – die Sanduhr schräglegte und sich davonbewegte, deshalb hatte er geglaubt, daß dies die einzige Methode sei. Es gab möglicherweise eine ganze Menge, was der Fürst des Bösen über das Amt und die Werkzeuge des Chronos nicht wußte, und es war besser, daß Satan unwissend blieb. Möglicherweise hatte seine ganze Hilfsbereitschaft nur den einzigen Zweck verfolgt, mehr über die Funktion der Sanduhr zu erfahren, obwohl er nicht dazu befugt war.

Endlich gelang es Norton mit Snings Hilfe und seinem neu erlangten Wissen, zum selben Ort und Zeitpunkt zurückzukehren, von dem er gestartet war. Satan saß noch immer da; für ihn war kaum mehr als eine Minute verstrichen. Niemals sollte er erfahren, in welche Gefahr Norton geraten war!

»Jetzt wissen Sie also, wie man es macht«, sagte Satan mit freundlichem Lächeln. »War überhaupt kein Problem, nicht wahr? Nun können Sie meinen Diener zu dem Gespräch führen.«

»Ich bin mir nicht sicher ...«

»Ach ja, das hatte ich ganz vergessen! Wie dumm von mir! Sie möchten natürlich wissen, in welcher Münze ich zurückzahle. Ich habe gesagt, daß ich Sie gut dafür entlohnen will, und das werde ich auch tun.«

»Nein, ich ...«

»Das ist schon in Ordnung, Chronos. Ich werde es ihnen zeigen. Es handelt sich um einen Ausflug in jenen Teil des Kontinuums, den sie allein nicht ohne weiteres erreichen können – in den Tiefenraum.«

»In den tiefen Weltraum?« Wieder hatte Satan ihn aus dem Gleichgewicht gebracht. Was hatte er nun vor?

»Sie beherrschen die Zeit, Chronos; das scheint in den Raum überzulappen, doch strenggenommen ist dem nicht so. Sie reisen, indem Sie stillstehen und der Welt gestatten, auf selektierte Weise an Ihnen vorbeizuziehen. Ich kann den Raum beherrschen, denn das Böse ist überall. Sie können bis ans Ende der Ewigkeit umherschweifen, ich kann bis ans Ende des gegenwärtigen Universums gelangen. Das ist es, was ich Ihnen anbiete – die Reise ins Universum, wie Sie sie noch nie erlebt haben und aus eigener Kraft auch nie erfahren können. Ich will es Ihnen zeigen – eine

Probe dessen, was ich Ihnen im Austausch für den Gefallen anbiete, um den ich Sie bitte. Sie werden mir sicherlich darin zustimmen, daß dies ein gutes Geschäft ist.«

Ein Geschäft? Das Reisen weit über den Einflußbereich der Erde hinaus war unmöglich, da die Magie nur mit feststofflicher Materie verbunden war, wie die Schwerkraft, aber nicht über die grenzenlose Wirkungskraft der Gravitation verfügte. Etwa fünftausend Meilen oberhalb der Erde gab es keine Magie – solange nicht, bis der Mensch irgendeinen anderen Planeten betrat und *dessen* Magie anzapfte. Selbst Satan würde einen Materietransmitter benutzen müssen, um den Mars oder die Venus zu besuchen.

Folglich mußte es sich hier um ein leeres Versprechen handeln, um einen bloßen Bluff. Norton beschloß, Satans Bluff zu entlarven. »Ja, zeigen Sie es mir.«

7 Bem

Satan vollführte eine Geste – und plötzlich schoß Norton durch das Weltall, mit immer größer werdender Geschwindigkeit, so daß er schon einen Augenblick später den Planeten Erde hinter sich gelassen hatte und schließlich auch die Sonne selbst. Er befand sich im interstellaren Raum, Lichtstunden von seinem Heimatplaneten entfernt, raste auf den Mittelpunkt der Milchstraße zu, sah die Sterne vorbeistreifen. Es war nichts Unangenehmes daran; er schien auf magische Weise durch seinen Umhang geschützt zu sein, so daß er sich angenehm warm fühlte und frei atmen konnte.

Er hatte Satans Bluff entlarven wollen, und wurde nun eines Besseren belehrt! Wie war das möglich? Hatte er die Grenzen der Magie falsch eingeschätzt? Es schien so!

Es gab auch Augenblicke der Dunkelheit, wenn er durch Streifen aus intergalaktischem Staub dahinschoß. Dann befand er sich in einem Korridor aus sternenlosem Raum, glitt einen leuchtenden Spiralarm der Galaxie entlang, an dem die einzelnen Sterne wie Juwelen funkelten. Er blickte auf und sah einen kugelförmigen Sternenhaufen über sich, eine helle Kugel, die im rechten Winkel zur Ebene der großen galaktischen Scheibe und deren Mittelpunkt kreiste. Dann verließ er die galaktische Ebene und schoß in Spiralbahnen auf den Sternenhaufen zu. Dieser schwoll mächtig an und wurde zu einer kleinen eigenen Galaxiekugel von etwa einhunderttausend dichtgedrängten Sonnen. Welch ein Anblick!

Als er näherkam, drosselte er das Tempo. Er drang ein und erkannte, wie groß das Ganze war – viele Lichtjahre breit, mit geringer werdender Sternendichte an den Kanten –, so daß zwischen ihnen tatsächlich eine Menge leerer Raum war. Er schoß auf den Mittelpunkt zu, wo ewiger Tag herrschte und die Sterne praktisch die Ellenbogen aneinander rieben. Endlich gelangte er zu einer prachtvollen Raumstation in Gestalt eines riesigen Rades mit Speichen, an deren Rand winzige Raumschiffe angedockt waren. Doch als er langsam näher kam, stellte er fest, daß diese Raumschiffe eigentlich recht groß waren und nur im Vergleich zur Raumstation klein wirkten. Die Raumschiffe waren verschieden, manche so schlank wie Nadeln, andere glichen irdischen Schlachtschiffen, mit Schichtpanzerung und hervorragender Kanone, wiederum andere glichen einer Sammlung von Untertassen.

Norton gelangte schließlich an eine der Nadeln. Wie ein Gespenst durchdrang er die Außenhülle und landete auf einem Deck im, wie er meinte, Kontrollbereich. Sichtluken oder Schirme boten ein Panoramabild der Radstation, der angedockten Schiffe und der zehntausend Sonnen, die dahinter leuchteten.

Ein Raumfahrer erhob sich vom Pilotensitz. Er war ein hochgewachsener, schlaksiger, blonder und auf seine Weise attraktiver Mann; seine Beine waren leicht O-förmig, und an seiner Hüfte trug er einen Blaster, der in einem Holster hing. Er musterte Norton abschätzend, und aus seinem Mundwinkel ragte ein Stengel Gras hervor. »Du bist also mein Kopilot«, sagte er gedehnt, und seine Lippen wurden dünn. »Siehst mir verdammt nicht nach viel aus, Fremder! Kannst du mit einem Blaster umgehen?«

»Nein«, gestand Norton. In was hatte Satan ihn hier hineinmanövriert?

»Schon mal Käfer geblastet?«

»Was?«

»Gäms.«

»Gäms?«

»Du weißt schon – die Glubschäugigen Monster, die versuchen, den Glob an sich zu reißen. Die Genies haben uns angeheuert, um die Gäms aus diesem Raumsektor zu vertreiben. Hab meinen Ko bei der letzten Mission verloren, aber sie sagten, sie würden Ersatz schicken.« Er grinste wie ein Junge und kaute auf seinem Stengel herum. »Ich hatte eigentlich auf eine Femme gehofft.«

»Femme?«

»Partner, wo bist du bloß gewesen? Weißt nicht, was eine Femme ist? Eine Menschenfrau, oder wenigstens ein brauchbares Faksimile, vielleicht zwanzig Jahre alt, ungefähr so geformt wie dieses Sanddingsbums, was du da in der Hand hältst, heißblütig und nicht allzu schlau.«

»Oh. Da muß wohl ein Fehler vorliegen. Ich bin nicht nur keine ... junge Frau ... ich verstehe auch so gut wie überhaupt nichts von Raumschiffen oder Monstern oder Genies.«

»Ein echter Fehler!« stimmte der Raumfahrer ihm zu. Er würgte und hustete angewidert. »Na, den Unfug werden wir aber pronto aufklären!« Er schritt zu einer Funkkonsole und preßte mit seinem schmutzigen Finger auf mehrere Knöpfe.

Auf dem Schirm erschien ein Kopf. Das Gesicht war klein und zusammengepreßt, als sei es von dem riesigen Auswuchs des Hirnkastens beiseite geschoben worden. Der Schädel war haarlos und mit purpurnen Venen überzogen und schien von der Überkapazität der grauen Masse, die er enthielt, schier zu pulsieren. Dies war bestimmt ein

Genie – das Endprodukt der menschlichen Evolution, Verstand ohne Körper.

»Ja?« flüsterte der Kopf. Offensichtlich waren die Stimmbänder ebenfalls größtenteils durch Hirnmasse ersetzt worden.

»Hier spricht Bat Dursten, Sir«, sagte der Raumfahrer gedehnt. »Mein neuer Kopilot ist hier gerade reingeschlingert, aber er sagt, er versteht nicht die Bohne von Raumschiffen oder Blastern oder Gäms, und er sieht auch verdammt nicht danach aus. Muß wohl 'n Fehler gewesen sein, den hierher zu schicken. Brauche pronto Ersatz – vielleicht 'ne süße kleine Femme.«

»Hier liegt kein Fehler vor, Dursten«, wisperte das Genie zischelnd. »Norton ist Ihr Begleiter auf dieser Mission. Er ist kompetent.«

»Aber er ist bloß ein Greenhorn!« protestierte der Raumfahrer. »Hat noch nie im Leben ein Gäm geblastet!«

»Er wird genügen«, beharrte das Genie, und die Venen auf seiner Stirn nahmen eine tiefere Purpurfarbe an.

»Verdammich, Sir ...«, begann Dursten rebellierend.

Doch da geschah etwas Seltsames. Das Genie starrte Dursten mit seinen blutunterlaufenen kugeligen Augen an, und das Haar des Raumfahrers hob sich wie von einer unsichtbaren Hand gezogen. Rauch begann von ihm aufzusteigen, und sein Stengel verwelkte.

Dursten spürte die Hitze. »Au!« schrie er und klatschte sich gegen das Haar, während er den Grasstengel ausspuckte. »Okay, okay, Sir; das ist derjenige welcher! Werden's schon irgendwie schaffen.«

»Habe ich mir doch gedacht, daß Sie meinen Standpunkt verstehen würden«, sagte das Genie lächelnd mit winzigem geschürzten Mund, als es vom Schirm verschwand.

»Was ist passiert?« fragte Norton verwundert.

»Och, er hat sein Psi gegen mich eingesetzt«, sagte Dursten und rieb sich die Hitze fort. »Tun die gerne, wenn Sie sauer werden.«

»Psi?«

»Ja verstehst du denn überhaupt nichts? Alle Genies

haben Psi. Mit ihren spindeldürren Körpern können sie ja nichts anfangen, also machen sie es mit ihren Wahnwitzhirnen. Der hier hat mich mit Telekinese und Pyro erwischt. Typisch für ihn, seinen Standpunkt so durchzusetzen. Jetzt hänge ich mit dir fest.«

»Aber er war ja noch nicht mal im Raum! Er muß irgendwo anders auf dem Rad sein!«

»Irgendwo anders im Glob, meinst du wohl. Die Genies riskieren nie ihre Haut im Weltall. Entfernungen machen denen nichts aus; wenn ein Genie dich sehen kann, hat er dich auch am Wickel. Wäre er wirklich wütend auf mich gewesen, hätte er mein Herz zum Stillstand gebracht.«

»Wenn die Genies das können, warum heuern sie dann Söldner an?« fragte Norton. »Dann müßten sie doch die Herzen der Gäms selbst stillstehen lassen können.«

Bat Dursten seufzte. »Du bist aber *wirklich* 'n Greenhorn! Okay, wenn ich schon mit dir festhänge, ist es wohl besser, daß ich dich einweise, damit du mir die Flanke sicherst. Die Genies teilen sich den Glob – das ist dieser Sternhaufen hier – mit den fremden Gäms. Ein oder zwei Jahrhunderte ist alles sehr ruhig gewesen, aber jetzt werden die Gäms grabschig. Sie haben mehrere Menschenplaneten geplündert, die Frauen vergewaltigt, die Männer aufgefressen und den Kindern hundsgemeine Sachen angetan. Die versuchen, den ganzen verdammten Glob an sich zu reißen! Natürlich paßt den Genies das nicht, aber die Genies verlassen nun mal ihre gemütlichen Plüschzellen tief im Inneren ihrer Planeten auf keinen Fall. Also heuern sie die regressiveren Menschtypen wie uns an. Sie zahlen recht ordentlich, und ich schätze, es ist 'ne gute Sache, also sind wir dabei. Was mich betrifft, ich mag es irgendwie, Gäms wegzuputzen. Ich hätte jedenfalls nicht viel dafür übrig, wenn sich einer von denen an meine Schwester ranmachte, soviel ist sicher! Aber Gäms sind immun gegen das Psi der Genies, deshalb müssen wir altmodische Waffen einsetzen. Was mir durchaus paßt: echte Männer benutzen kein Psi. Gerade jetzt ziehen wir unsere Kräfte zu einer großen Schlacht zusammen; wir werden einen Gäm-Planet überfallen und die Käferlinge ihr eigenes Schlangenöl schlucken lassen!«

Langsam begriff Norton, was los war, doch eine Sache verstand er nicht. »Diese Gäms ... wenn es wirklich glubschäugige Monster sind, dann muß sich ihr Stoffwechsel doch von unserem ziemlich unterscheiden.«

»Das kannste wohl sagen!« meinte der Raumfahrer. »Die sind 'ne Kreuzung zwischen Käfern und Tintenfischen, überall riesige Augen mit Tentakeln, und triefend vor Schleim. Echt abartig!«

»Wieso interessieren sie sich dann sexuell für Menschenfrauen? Die Frauen würden für die Gäms doch mit Sicherheit ebenso abstoßend aussehen wie die Gäms für die Frauen.«

Dursten kratzte sich am zerzausten Hinterkopf. »Hm, jetzt, wo ich drüber nachdenke, ist mir das auch ein ziemliches Rätsel. Aber es ist 'ne Tatsache, daß Gäms immer Femmes jagen, vor allen Dingen die saftigen in den Bikinis. Wir haben 'ne Menge Bilder davon, deshalb wissen wir, daß es stimmt. Wenn nicht wir edlen Raumfahrer wären, die diese Puppen retten, gäbe es überhaupt keine Saftigen mehr.« Nachdenklich hielt er inne. »Was am seltsamsten ist ... manche der Hühner scheinen sich ebensosehr vor *uns* zu fürchten wie vor *denen.*«

»Geschmack läßt sich eben nicht rational erklären«, meinte Norton. »Ich schätze, wenn ihr die Mädchen zu ähnlichen Zwecken haben wollt ...«

Er wurde von einem Sirenengeheul unterbrochen. Auf dem Kontrollpaneel blitzten rote Lampen auf.

»Jau, das ist der Kampfalarm«, sagte Dorsten. »Schieb deinen Hintern in den Kopilotensessel dort, Nort. Muß ich dich eben gleich im Einsatz ausbilden. Hoffe, daß du schnell genug begreifst.«

Norton begab sich an seinen Platz. Sofort legten sich automatische Sicherheitsklammern um ihn. Dursten schlug gegen die Abdockungstaste, und das Schiff löste sich von der Radstation.

»Und jetzt aufgepaßt. Ich schmeiß Sie in Null-g zum

Manövrieren«, warnte der Raumfahrer. Plötzlich hatte Norton kein Gewicht mehr, und nur die Sicherheitsgurte hielten ihn am Platz.

Dann beschleunigte das Schiff, und er wurde gegen den Sessel gedrückt.

»Sollte dir für alle Fälle noch eine Sache über die Gäms erzählen«, meinte Dursten, während er sich auf sein Lenkmanöver konzentrierte und das Schiff in Formation brachte. »Es sind Gestaltwandler.«

»Was?«

»Hast mich schon richtig verstanden, Nort. Sie können jede beliebige Gestalt annehmen, einfach so. Wenn du dir also nicht völlig sicher bist, lieber immer erst feuern.«

»Aber ich habe doch gar keinen Blaster!« wandte Norton ein. »Und überhaupt, wenn ich mir nicht sicher sein kann, daß es ein Gäm ist – ich meine, wir wollen doch wohl nicht unsere eigenen Leute abknallen.«

»Da ist was dran«, meinte Dursten, als hätte er noch nie daran gedacht. »So hat's auch meinen letzten Partner erwischt. Nachdem ich ihn gebolzt hatte, erkannte ich, daß er nur grün von der Raumkrankheit war, aber da war es schon zu spät. Mußte ihn im Tiefenraum beisetzen.«

»Du hast deinen Partner getötet?« fragte Norton schokkiert.

Der Raumfahrer zuckte die Schultern. »Ich dachte, er wäre ein Gäm. Sowas passiert eben ab und zu mal, wenn man den Finger schnell am Abzug hat.«

»Ich hoffe bloß, daß du während dieser Mission keine ähnlichen kleinen Fehler begehst«, sagte Norton aus tiefster Seele.

»Nö, keine Bange. Du und ich, wir sind die einzigen Leute auf diesem Schiff. Wenn du also irgendeinen anderen siehst, ist es ein Gäm.«

»Woher wollen wir denn wissen, daß wir keine Gäms sind? Ich meine, *du* könntest doch beispielsweise einer sein, oder *ich.*«

Wieder hielt Dursten inne und befaßte sich mit diesen neuen Gedanken. Seine Hand zuckte zum Blaster, was

Norton einen gewaltigen Schrecken einjagte. Doch dann hatte der Raumfahrer eine andere Idee. »He, das kann der Roboter uns sagen. Ich werde uns sofort auschecken. He, Schepperschuppen!«

Ein Roboter kam herbeigeschlurft. »Sie haben nach mir gebrüllt, Sir?« schnarrte er.

»Na klar«, erwiderte Dursten. »Check mal Nort hier aus. Ist das ein Mensch oder ein Gäm?«

Der Roboter konzentrierte sich auf Norton. Sein Gestell war kubistisch und besaß anstelle eines Gesichts einen Bildschirm. Auf dem Schirm erschien ein Augenpaar und musterte Norton eindringlich, obwohl es ein wenig schielte. Dann erschien eine Nase, die ihn beschnüffelte, mit bebenden Nüstern. Ein Mund bildete sich auf dem Schirm. »Sag ›A‹«, sagte er.

»Argh«, machte Norton und begriff plötzlich, daß er, sollte der Roboter zu der Entscheidung kommen, er sei unecht, sich nicht schützen konnte, da er an seinen Sessel festgeschnallt war.

Ein Ohr erschien auf dem Schirm und glitt in seine Mitte, um besser lauschen zu können, wobei die anderen Körperteile beiseite geschoben wurden. »Wie war das noch mal?« fragte der Mund vom Rand des Schirms aus.

»ARGHHHH!« wiederholte Norton deutlich.

Die Augen glitten wieder in die Schirmmitte zurück und verengten sich nachdenklich. »Er ist menschlich«, sagte der Mund. »Mit einer Wahrscheinlichkeit von 98,35 Prozent, plus/minus 3 Prozent.«

»Plus oder minus drei Prozent?« fragte Norton und geriet vor Erleichterung ins Zittern. »Heißt das nicht 95,3 zu 101,3 Prozent?«

Eines der Augen trieb an den Schirmrand, während das andere ihn ohne zu zucken anstarrte. »Korrekt«, schnarrte der Roboter fröhlich.

»Nun, dann check jetzt Mr. Dursten aus.«

»Herrje, ich weiß doch, daß *ich* ein Mensch bin!« protestierte der Raumfahrer, doch die Maschine schepperte herum, um ihr Bildschirmgesicht auf ihn zu richten.

»Menschlich«, meinte Schepperschuppen nach einer Weile. »Mit einer Wahrscheinlichkeit von 96,1 Prozent, plus oder minus die übliche Abweichung von 3 Prozent.«

»Was?« fragte Dursten mit verkniffenen Lippen. »Du hast *ihm* eine höhere Punktzahl gegeben als *mir?«* Sein Finger zuckte in Richtung Blaster.

»Er ist menschlicher als du«, erklärte der Roboter.

»Hau gefälligst ab, du Schraubeneimer!« knurrte Dursten, und der Roboter zog sich gehorsam zurück.

»Ich schätze, du solltest mir mal besser erklären, wie man dieses Schiff steuert«, meinte Norton, »für alle Fälle.«

»Du machst wohl Witze!« rief der Raumfahrer abschätzig. »Ich habe drei Jahre lang gebüffelt, bevor ich mein erstes Schiff auch nur anfassen durfte – und das habe ich gleich zu Schrott geflogen! Dann hat es weitere zwei Jahre gedauert, bevor ich das nächste anfaßte.«

Von hinten erscholl metallisch schepperndes Gelächter. »*Deshalb* ja, du dämlicher Asteroid!« kicherte Schepperschuppen.

»Verschwinde auf Nimmerwiedersehen, du Metalltrottel!« fauchte Dursten.

»Auf Nimmerwiedersehen? Ehrlich?« fragte der Roboter. »Das hat mal ein törichter Mann zu meinem Cousin gesagt und ...«

»Befehl wird wieder gestrichen«, sagte Dursten hastig. Und dann, an Norton gewandt: »Dieser ›Kleine Verschollene Roboter‹ wurde zu einer richtigen Geschichte in den Holos, aber in dieser Episode hier wird das nicht passieren!«

»Was meine Funktion als Kopilot angeht ... die kann ich ja wohl kaum vernünftig wahrnehmen, wenn ich überhaupt nichts weiß. Vielleicht, wenn du mir wenigstens zeigen würdest, wie ich einen Hilferuf absetze ...«

»Och, ich werde dir schon zeigen, wie man Pilot wird«, meinte Dursten. »Das braucht ungefähr zehn Minuten, plus/minus drei Prozent.«

Und tatsächlich wurde das, wozu der Raumfahrer fünf Jahre gebraucht hatte, in zehn Minuten wiedergegeben. Es ging hauptsächlich darum, den Steuerknüppel zu bewegen und den Feuerknopf zu drücken, wenn sich ein Zielschiff im Fadenkreuz des Kampfmonitors befand. Das Schiff wurde größtenteils automatisch gesteuert, und den Rest erledigte der Roboter. Jeder Idiot konnte dieses Schiff lenken – was vielleicht ganz gut so war. Dursten erklärte allerdings auch, weshalb er solange gebraucht hatte, um sich zu qualifizieren. Er hatte sich auf der Akademie nur allzu leicht von verfügbaren Femmes ablenken lassen.

Die Flotte nahm Formation an und schoß mit Faktor fünf durch den Hyperraum auf den feindlichen Planeten zu. Sterne jagten wie Glühwürmchen an den Seiten vorbei.

Plötzlich leuchtete ein rotes Licht auf. »Oh, verdammt!« fluchte Dursten. »Da fängt uns eine feindliche Flotte ab. Dann müssen wir wohl kämpfen.«

»Ich dachte, du blastest gerne Gäms«, sagte Norton.

Das attraktive Gesicht des Raumfahrers erhellte sich wie eine Nova. »He, stimmt ja! Das hatte ich ganz vergessen!«

Die Raumschiffe der Gäms erwiesen sich als warzige Klumpen. Sie verteilten sich, um die Kräfte der menschlichen Raumschiffflotte zu binden. Schon bald lösten sich die beiden Formationen in Einzelkämpfer auf.

Ein Gämklumpen schwebte vor ihr Nadelschiff, seine Ladeluken glichen riesigen facettierten Augen. Aus einer der Warzen schoß ein Lichtstrahl hervor. »Das verdammte Vieh beschießt uns!« rief Dursten wütend. »Na, schon deswegen werd ich den aus dem Weltall putzen!« Er rammte den Daumen auf den Feuerknopf. »Da, Jauchehirn!« tobte er.

Ein Lichtstrahl schoß wie ein Speer hervor und traf den Klumpen, der lautlos in tausend Einzelteile zerbarst.

»Hab ich dich erwischt, du Käfer von einem Alien!« jubelte Dursten.

Doch da kam schon ein anderer Klumpen auf sie zu. Scharf schoß ein Strahl an ihrem Nadelschiff vorbei. Der Raumfahrer manövrierte und brachte das Ziel ins Fadenkreuz. Wieder drückte er den Knopf, und das feindliche Schiff zerplatzte wie das erste.

Norton warf einen Blick auf den Heckbildschirm. »Bat, hinter uns ist einer!« warnte er.

»Übernimm du ihn, Nort; ich muß die Vorderseite im Auge behalten.«

Also richtete Norton die Laserheckkanone aus und feuerte. Sein Strahl verfehlte das Ziel. Der Feind kam näher. Mit zitternden Händen richtete Norton das bebende Fadenkreuz aus und malmte so heftig auf den Feuerknopf, daß er sich dabei den Finger verletzte.

Diesmal traf er: Die Lichtlanze ließ das fremde Schiff zerbersten, und ein Teil des Mülls verteilte sich auf dem Monitor.

Er drehte sich wieder zu Dursten um, gerade noch rechtzeitig, um eine junge Frau zu erblicken, die sich dem Raumfahrer näherte. In ihrem spärlichen Kostüm wirkte sie üppig und köstlich, und ihr Fleisch bebte im Gehen.

Der Raumfahrer blickte zu ihr auf. »He, Süße – wo kommst du denn her?« fragte er und begaffte ihre Anatomie.

»Ich habe deinen Roboter abgelöst«, sagte sie mit einem phänomenalen Lächeln. »Wie kann ich zu Diensten sein?«

Dursten warf Norton einen Blick zu. »He, Kopilot – warum übernimmst du nicht mal das Steuer, während ich hinten mal schnell was erledigen gehe?« schlug er vor und löste seinen Sicherheitsgurt.

»Aber ... aber wie können wir denn mitten im Weltall eine Ablösung bekommen haben?« wollte Norton wissen.

»Natürlich hat der Genius mich hierher teleportiert«, sagte die Femme. »Ist dir etwas eingefallen, womit ich dir helfen kann?«

»Nun, wenn man es genau nimmt ...«, fing Dursten an und schwebte von seinem Sessel empor.

»Ich werde dem Genie danken«, sagte Norton und bediente das Funkgerät. Sein kurzer Einweisungskurs hatte auch dies umfaßt. Abgesehen von einem Ein-/Aus-Schalter besaß das Kommunikationspaneel nur wenige Bedienungselemente.

»Das mach mal«, stimmte Dursten zu und trieb dem

Heck entgegen. Er hatte vergessen, die Schwerkraft wieder einzuschalten, deshalb mußte er sich an der Femme festhalten.

Auf dem Monitor erschien der Kopf des Genies. »Ja, Norton«, sagten die geschürzten Lippen.

»Äh, Sir, haben Sie eine üppige junge Menschfrau in dieses Schiff teleportiert? Eine, äh, Femme?«

»Bestimmt nicht! Der Raumfahrer Dursten wird sofort kampfuntauglich, wenn er von den Versuchungen schönen Fleisches abgelenkt wird.«

»Aber es ist eine hier!«

Das Genie runzelte die Stirn. »Ja, ich bemerke die Gegenwart eines Aliens. Das Wesen ist immun gegen meine Kraft. Sofort vernichten.«

Das Bild verblaßte.

Hastig hielt Norton Ausschau nach einem Blaster, konnte aber keinen entdecken. An seinem Sessel fand er eine lockere Stützstange, Beweis für schlampige Konstruktion, und riß sie hervor. Sie würde ihm als Waffe genügen müssen.

Er setzte sich in Richtung Heck in Bewegung – doch seine Füße lösten sich bei Null-Gravitation vom Deck, genau wie Durstens es getan hatten. Er wußte nicht, wie man die Gravitation wieder einschaltete, also mußte er sich damit abfinden. Piloten, dachte er gereizt, sollten Magnetschuhe tragen, genau wie die Roboter! Schepperschuppen hatte keine Probleme, sich im Schiff zu bewegen.

Schepperschuppen? Die Femme hatte gesagt, daß sie den Roboter abgelöst hätte. Und ihre Füße hatten fest auf dem Deck geklebt. Soviel er wußte, konnten Gäms weder teleportieren noch andere Psi-Kräfte einsetzen, aber sie konnten ihre Gestalt ändern. Also mußte das Gäm schon vorher in Gestalt des Roboters hiergewesen sein!

Norton packte seinen Sessel und riß sich selbst zu Boden. Tatsächlich, dort, wo Roboter und Femme vorbeigekommen waren, waren feuchte Saugmale zu erkennen. Nun gab es keinen Zweifel mehr – es war ein Gäm an Bord.

Norton stieß sich vom Sessel ab und segelte zügig in

Richtung Heck. Kurz darauf war er in der hinteren Kabine, wo Dursten gerade damit beschäftigt war, aus seinem Raumanzug zu klettern, während die üppige Femme kicherte und galatinös wackelte.

»Halt, Alien!« schrie Norton, seine Strebe schwenkend.

Dursten sah sich um. »Was für ein Alien?«

»Diese Femme dort«, sagte Norton. »Sie ist ein Gäm!«

»Wie kannst du nur so etwas Gemeines sagen!« rief die Femme.

»Weile deine Saugnapffüße am Boden kleben! Wir dagegen schweben im freien Fall.«

Sie blickte zu ihren festverankerten Füßen hinunter. »Verdammt – schon wieder reingelegt!« schrie sie. Mit vorgestreckten Armen griff sie ihn an.

Norton wußte, daß er sie mit seiner Stange schlagen mußte, doch drei Dinge hinderten ihn daran. Zunächst einmal blieb sie nach wie vor das üppige und kurvenreichste Exemplar weiblichen Fleisches, das er je zu sehen bekommen hatte, und es widerstrebte seinen Instinkten, dieses mit Gewalt anzugehen. Zweitens verlor er beim Versuch, die Stange hiebgerecht zu heben, seinen Griff an der Kiste mit Dosenbohnen, an der er sich festgehalten hatte, so daß er nicht wirkungsvoll zuschlagen konnte. Und drittens hatte sie ihn schon erreicht, noch bevor er irgend etwas unternehmen konnte.

Ihre Körpermasse schob ihn mit Wucht wieder in die Kontrollkabine zurück. Jetzt war sie nackt und fühlte sich ganz genauso köstlich an wie sie aussah. Ihre Hand traf seine Strebe, die davonflog. Jetzt war er völlig waffenlos!

Bat Dursten konnte ihm nicht helfen; er war zu sehr damit beschäftigt, wieder in seinen Raumanzug zu klettern. »Welch eine Vorstellung – beinahe hätte ich das Vieh geküßt!« brummte der Raumfahrer, und er sah so aus, als sei ihm übel. »Eine Gäm-Femme!«

Norton fand sich als Gefangener wieder, während die Gestalt der Frau sich unter ihm auflöste. Ihr hübsches Gesicht wurde zu schwammiger Knetmasse, ihre wunderschönen Brüste verwandelten sich in große Fleischbeulen.

Sie wurde zu einer Gelatinemasse, in der drei gewaltige Glubschaugen hockten. Die beiden Arme verwandelten sich in drei Tentakel, die ihn noch immer fest umschlangen. Ihr Torso bebte noch immer wie Gelee, doch der Effekt war jetzt weniger ästhetisch.

»Warte nur ab, bis ich ein paar gute scharfe Zähne ausgebildet habe!« sagte sie aus der klaffenden Öffnung, die einst ein menschlicher Mund gewesen war. »Dann reiße ich dich in Stücke!«

Völlig hilflos versuchte Norton Zeit zu schinden, indem er das Wesen in ein Gespräch verwickelte, in der Hoffnung, daß Dursten sich bald wieder angezogen und seinen Blaster geholt haben würde. »Wie bist du denn an Bord gekommen, Gäm?«

»Als blinder Passagier, während das Schiff noch im Hafen lag«, sagte sie. Schon wuchsen grauenhafte Zähne in der Öffnung.

»Sind viele von euch in unserer Flotte?«

»Tut mir leid – diese Information ist geheim.«

Typisch Militär! »Wenn du mich sowieso auffressen willst, warum kannst du es mir dann nicht sagen?«

Sie kratzte sich mit der Spitze eines freien Tentakels hinter einem Glubschauge. »Ich vermute, weil ich die Antwort nicht kenne.«

Oh. »Warum hast du uns denn nicht gleich getötet, als wir vermuteten, wer du warst?« Wo blieb nur Dursten?

»War zu riskant, zwei auf einmal anzugehen. Ich wollte erst Dursten auffressen und dann dich, wenn ich wieder hungrig war. Es braucht eine Weile, einen Menschen zu verdauen; geht man zu schnell vor, entwickeln sich Gase.«

Norton konnte verstehen, daß ein Gelantinewesen nicht viel für Gas übrighatte. »Aber du hättest ihn doch auffressen können, als wir noch beide angeschnallt waren!«

Das Gäm blinzelte mit allen drei Glubschaugen. »He, daran habe ich ja gar nicht gedacht! Warum hast du mir das nicht früher gesagt?«

»Warum hast du ihn nicht sofort gefressen, als du mit ihm allein warst?«

»Ja ja, er ist ja *wirklich* ein attraktiver Mann und nicht allzu helle ...«

»Soll das heißen, daß du tatsächlich ...?« fragte Norton schockiert.

»Oh, das machen wir ja die ganze Zeit mit den schönen Femme-Menschen. Ich dachte, das wäre mal eine Abwechslung.«

»Du gehörst doch zu einer völlig anderen Art!«

»Das stimmt. Aber der Raumdienst wird mit der Zeit langweilig, und Neuheiten sind der Essig des Lebens.«

»Die *Würze* des Lebens.«

»Was auch immer. Und jetzt bin ich bereit, dich aufzufressen.«

Norton fielen keine weitere Fragen ein. Das war ungünstig, denn inzwischen hatten sich die Zähne fertig ausgebildet und der Schlund war bereit zum Verzehr. »Hilfe, Bat!« kreischte er.

»Ich kriege meinen Fuß nicht in diesen $§&%!!-Raumstiefel!« fluchte der Raumfahrer aus der hinteren Kabine.

Der Schlund des Gäm klaffte auf. Die riesigen glitzernden neuen Sägezähne schimmerten von Speichel. Die drei Tentakel rissen Norton in den Schlund hinab. »Bat, vergiß den Stiefel!« schrie er. »Das Monster frißt mich auf!«

»Bin gleich da«, erwiderte Dursten. »Mein Blaster ist davongeschwebt, muß ihn erst finden.«

Norton wehrte sich, hatte aber kaum Spielraum. Er trat dem Monster gegen eines der Augen und zertrümmerte es.

»Oh, du gemeines Ding!« beschwerte sich das Gäm. »War das denn nötig?«

»Im Krieg ist alles erlaubt«, sagte Norton und versuchte einen Tritt gegen ein weiteres Auge zu plazieren, doch er konnte nicht richtig zielen.

»Na ja, macht nichts«, meinte das Gäm gelassen und blinzelte mit den beiden verbliebenen Augen. »Ich laß mir eins nachwachsen, sobald ich dich verdaut habe.« Es ließ einige weitere Tentakeln hervorschießen, um seine Extremitäten zu binden, und nun war er gänzlich hilflos. Das Ungeheuer war überraschend kräftig.

»Bat!« schrie Norton verzweifelt, doch er hörte nur einen gebrummten Fluch, als der Raumfahrer immer noch nach seinem fehlenden Blaster suchte. War dies das Ende? Die Zähne schlossen sich über seinen Stiefeln und begannen sie zu zermalmen. Speichel spülte über das Leder.

Dann hatte Norton eine Art Gedankenblitz. »Sning!« rief er. »Was soll ich tun?«

Druck, Druck, Druck.

Soweit zu diesem Thema. »Na, dann rette dich wenigstens selbst«, sagte er zu der kleinen Schlange. »Hau hier ab, bevor der Schlund meine Hände abbeißt und dich verschlingt.«

Sning löste sich von Nortons Finger und kroch, gegen die mangelnde Schwerkraft ankämpfend, in seine Tasche, wo sich die komprimierte Sanduhr befand, und stieß vielsagend mit der Nase dagegen.

Die Sanduhr! Natürlich! Norton befahl dem Sand rot zu werden. *Reise! In der Zeit!* dachte er heftig. Plötzlich war er im Weltraum, ganz allein. Er hatte sich bewegt, das Schiff aber nicht. Ihm fiel ein, daß sich der Zauber, da das Schiff kein Planet war, mit diesem nicht automatisch anglich. *In die andere Richtung!* dachte er und hoffte, daß der Befehl genügen würde.

Einen subjektiven Augenblick später war er wieder im Schiff und näherte sich seiner vorherigen Situation. *Stop.*

Er stoppte. Er trieb in der Kontrollkabine hinter den beiden Pilotensitzen. Dursten und Norton selbst diskutierten gerade die Bedienungselemente des Schiffs. Keiner von ihnen bemerkte den neuen Norton. Weder Roboter noch Femme waren zu sehen; dies mußte die Zeit unmittelbar vor ihrem Auftreten sein.

Einen Augenblick lang überwältigte ihn die Vorstellung des Paradox. Konnte er in die Geschehnisse seines vergangenen Selbst eingreifen und Ereignisse verändern, die er bereits erlebt hatte? Man hatte ihm gesagt, daß er ein Wesen für sich sei, eines, das die Zeit beherrschte – doch er hatte das Paradox nie bewußt auf die Probe gestellt. Gut, er konnte das Leben anderer Menschen vielleicht verändern – aber sein eigenes? Doch wenn er es nicht tat, würde er von dem Gäm verschlungen werden. Diese Aussicht erschien ihm auch nicht verlockender.

Nun sah er die Femme nahen. Hastig gab er dem Sand einen Befehl und glitt einige Minuten vor, wobei es ihm gelang, im Schiff an Ort und Stelle zu bleiben. Er trieb hinter das Gäm, als es sein früheres Selbst umschlang. *Dies* war es, was er hatte rückgängig machen wollen.

Er drehte die Sanduhr um, und bewegte sich rückwärts, im Einklang mit der Szene. Gäm kehrte mit seiner Last in die hintere Kabine zurück, während er ...

Wieder drehte er die Sanduhr um, und das Gäm kehrte zurück.

So kam er nicht weiter, denn er veränderte die Realität dadurch nicht, sondern nur seine gegenwärtige Wahrnehmung derselben. Die Realität war wie ein Holo, das er vor – oder rückwärts ablaufen lassen, aber nicht verändern konnte. Veränderung aber war es, was er haben mußte.

Doch wenn er die Realität auf die eine Weise beeinflussen konnte, so konnte er sie auch auf die andere Weise ändern. Er konzentrierte sich auf die Sanduhr, und der Sand wurde schwarz.

Die Szene erstarrte. Er war die einzige Ausnahme. Das Gäm hielt den vorangegangenen Norton umschlungen; beide sahen aus wie Statuen.

Norton trat vor, mit wirbelnden Gliedmaßen, da seine Füße keinen Halt hatten, packte ein Tentakel und riß es vom Arm seines anderen Selbst. Das Tentakel war kalt, schleimig und widerlich. Dann packte er die anderen. Schon bald hatte er sein früheres Selbst befreit. Schön. Er hatte sich vor dem Gäm gerettet. Doch wie konnte er jetzt alles wieder zusammenfügen?

Es gab nur eine Möglichkeit, dies herauszufinden. Er konzentrierte sich auf die Sanduhr und ließ den Sand erneut weiß werden.

Die Normalzeit nahm ihren Lauf.

Das Gäm wedelte mit den Tentakeln. »He, wo bist du denn hin?« rief es wütend.

»Weiß ich auch nicht so genau«, sagte der damalige Norton.

»Da mach dir mal keine Sorgen«, sagte der jetzige Norton. »Wir müssen dieses Monster loswerden, bevor es uns beide verschlingt!«

»Ganz meine Idee«, stimmte der andere Norton zu. »Hat keinen Zweck, ihr Gas zu verabreichen.« Er trieb zu der schwebenden Stange, grabschte sie und versuchte das Gäm zu jagen, jedoch ohne Erfolg.

Dann half ihm das Gäm. Es ließ ein Tentakel hervorschießen und grabschte Norton mit dem anderen an der Hüfte. Auf diese Weise verankert, hob der damalige Norton mit beiden Händen die Stange und ließ sie auf das herabsausen, was man als Kopf des Gäm durchgehen lassen konnte.

Er zerschmetterte ein Auge.

»Oooh, das tut weh!« rief das Gäm und wich zum Kontrollpaneel zurück.

Plötzlich fand sich Norton mit einem Satz im Körper des anderen wieder, das Tentakel um seine Hüfte gelegt, die Stange in den Händen.

Er hatte sich wieder vereint! Die Zeit war über den Punkt hinausgelangt, da er seine Zeitreise begonnen hatte, deshalb gab es ihn nun nur noch in einfacher Ausführung. Er konnte sich auch daran erinnern, wie er auf mysteriöse Weise aus dem Griff des Gäm befreit wurde, als er eingefroren war. Er hatte aus zwei Hälften bestanden und war nun wieder ganz. Die eine Hälfte war länger als die andere Hälfte, da sie in der Zeit nicht eingefroren worden war, doch beide waren er selbst. Dieser geringfügige Unterschied in der Erfahrung der beiden Persönlichkeiten verlieh ihm eine besondere Perspektive, eine neue Sicht der Realitätstiefe. Das Gäm jedoch war rechtschaffen erbost über das zerschmetterte Auge. »Du hast mich gehauen!« schrie es. Es ließ ein weiteres Tentakel hervorschießen, um die Stange zu grabschen und sie Norton zu entreißen.

»Ich habe dir den Kopf eingeschlagen«, sagte Norton. »Wieso bist du nicht bewußtlos?«

»Ich habe keinen Kopf«, erklärte das Gäm. »Du hast meinen höchsten Punkt geschlagen.«

Norton hob den Kopf und trat dem Monster in den Unterleib. Doch das Gäm reagierte nicht. »Warum krümmst du dich jetzt nicht vor Schmerz?« fragte er. »Männlich oder weiblich, wehtun müßte es auf jeden Fall!«

»Ich habe keinen Unterleib«, sagte das Gäm und gestikulierte mit der Stange. »Das ist lediglich eine untere Gabelung.«

Norton grabschte wieder nach der Stange. Die Tentakel ließen sie nicht los, also rang er damit, bis er die Stange an einem Ende kraftvoll durch die geleeartige Mittelmasse des Ungeheuers rammen konnte. Immer noch keine Reaktion.

»Aber ich habe doch gerade dein Herz durchbohrt!« rief er.

»Ich habe kein Herz«, erwiderte das Gäm.

Drei weitere Tentakel peitschten vor. Eines von ihnen bekam die Sanduhr zu fassen, die nun neben Norton schwebte. »He, die gehört mir!« schrie er. »Gib sie mir sofort zurück!«

»Zwing mich doch!« höhnte das Gäm.

Doch das konnte Norton nicht, denn das Wesen hielt die Sanduhr gerade außerhalb seiner Reichweite. Er konnte die Zeit nicht mehr verändern und war jetzt ernsthaft in Schwierigkeiten.

Das Gäm ließ den Schlund vorwärtsgleiten, bis er die Stange erreichte, die noch immer in seinem Körper stak. Mit Hilfe des Schlunds spie es die Stange aus. Es hatte wirklich einige Vorteile, galatinös zu sein!

»Nun bist du an der Reihe«, sagte das Monster und richtete ein Glubschauge auf Norton, während es ihn wieder in Richtung Schlund zerrte.

Er trat ihm die Zähne ein. Aua! Sein ganzer Fuß fühlte sich plötzlich taub an. Und jetzt bekam der Schlund wieder seinen Stiefel zu packen.

Plötzlich war eine entsetzliche Hitze zu spüren. »Ooooh, das hättest du nicht tun sollen!« keuchte das Gäm und sackte gegen das Kontrollpaneel.

Norton riß seinen Stiefel aus den einfallenden Zähnen und löste sich aus dem schwächer werdenden Griff der Tentakel. Nun erblickte er Bat Dursten, den Blaster in der Hand. Der Raumfahrer hatte es endlich geschafft!

»Gerade noch rechtzeitig, wie immer«, sagte Dursten und pustete den Rauch aus der Mündung, um die Waffe dann mit geübtem Schwung wieder ins Holster zu schieben.

»Ich hätte dich erledigen sollen, als ich noch die Chaaannnsss ...«, sagte das Gäm, und sein Schlund schmolz dahin. Tatsächlich löste sich das gesamte Monster blubbernd auf und die Masse ergoß über das Kontrollpaneel und troff zu Boden.

»Unsinn«, meinte Dursten forsch. »Die Guten gewinnen immer. So steht's im Script.« Achtlos musterte er Norton. »Bist du in Ordnung, Nort?«

»Ich glaube schon.« Norton enthielt sich eines Kommentars über das verzögerte Auftreten des Raumfahrers.

»Na schön, dann zurück zur Action«, sagte Dursten forsch. Dann warf er einen Blick auf das Kontrollpaneel. »He! Die verdammte Kreatur ist da hineingeschmolzen! Dieser Schleim wird die ganze Verkabelung ruinieren!«

»Wie kommt es eigentlich, daß das Gäm zu Boden tropft, während wir im freien Fall schweben?« fragte Norton.

»Vergiß es!« fauchte Dursten schwebend. »Das Dreckszeug hat einen Kurzschluß ausgelöst! Wir haben keine Kontrolle mehr! Wir werden auf den verdammten Planeten der Alien krachen!«

»Aber wir sind doch im Tiefenraum!« protestierte Norton. Doch dann, als er durch die vordere Sichtluke spähte, bemerkte er, daß ihnen von unten tatsächlich ein Planet entgegenjagte.

»Festhalten, Partner!« schrie Dursten, grabschte nach dem Pilotensessel und schwang sich hinein.

Norton tat es ihm nach, und schon einen Augenblick später waren beide sicher angeschnallt, während die Planetenoberfläche auf sie zukam. Norton sah Meere, Kontinente, Berge, Dschungel und schimmernde Prismenstädte aufblitzen. Es sah alles sehr nach der Art von Planet aus, die er gerne mal besuchen würde – aber nicht mit dieser Geschwindigkeit.

Ein Ruck ließ sie gegen ihre Gurte prallen. »Die Retros«, erklärte Dursten. »Die stehen auf Automatik, um uns abzubremsen, damit wir nicht zu hart aufprallen.«

»Das ist nett«, keuchte Norton. Tatsächlich fielen sie nicht mehr ganz so schnell.

Dann stürzte das Schiff auf die Oberfläche, und alles löste sich in Rauch auf.

Norton schüttelte den Kopf, um wieder klare Gedanken fassen zu können. Er hing auf dem Ast eines riesigen schlangenähnlichen purpurnen Baums, auf wunderbare Weise unverletzt. Bat Dursten lag über einen anderen Ast gegossen. Unter ihnen befand sich das Wrack ihres Nadelschiffs, das langsam in einem blubbernden graugrünen Sumpf versank. Dies war offenbar eine typische Gäm-Landschaft!

Dursten richtete sich auf. »Sieht aus wie der Planet der Gäms, den wir überfallen wollten«, bemerkte er. »Wirklich der Abschaum des Globs! Na schön, machen wir uns auf den Weg.«

»Auf den Weg wohin?« wollte Norton wissen.

»Ein Schiff der Gäms zu kapern und nach Hause zu fliegen, natürlich.«

Norton erschien dies leichter gesagt als getan. Andererseits wußte er selbst keinen besseren Vorschlag zu machen.

Sie kletterten den Baum hinunter. Unten kam ein riesiges ameisenähnliches Ding auf sie zu, dessen Scheren bedrohlich klickten. Durstens Hand war kaum mehr als ein Bewegungsrauschen, als er den Blaster zog und das Ding beschoß. Es explodierte, und seine Teile schlugen gegen den Baumstamm. »Schätze, das widerliche Vieh hab ich erledigt«, bemerkte der Raumfahrer und steckte seine Waffe wieder weg.

»Aber woher willst du wissen, daß es nicht freundlich

gesinnt war?« fragte Norton, angesichts dieser beiläufigen Metzelei entsetzt.

»Du machst wohl Witze? Auf einem Glubscherplaneten gibt es nichts Freundliches«, versicherte ihm der Raumfahrer. Er führte ihn vom Baum fort und hielt Ausschau nach einem geeigneten Gegner, den man kapern konnte.

Norton folgte ihm. Er wünschte sich, daß er lange genug hierbleiben könnte, um die exotische, fremdartige Wildnis zu studieren, doch Dursten wartete nicht. Raumfahrer hatten wohl kein Interesse an Wildnis.

Sie umgingen einen Ausläufer des Sumpfs. Der graugrüne Schleim zischte drohend. Überall sprossen Augäpfel hervor. Schon hatte Dursten den Blaster gezückt.

»Nicht ...«, warnte Norton.

Doch er kam zu spät. Der Raumfahrer hatte unglaublich schnelle Reflexe. Er feuerte. Der Schleim verpuffte in einem üblen Nebel, der sich ausbreitete und sie zu umhüllen drohte. Nun waren die Augäpfel verschwommener, richteten sich aber noch immer auf ihre Opfer.

Dursten wich zurück. »Das verdammte Ding stirbt ja gar nicht!« rief er. »Ist ja schlimmer als vorher! Warum sagst du nicht irgendwas, Nort?«

»Ich habe versucht dich zu warnen ...«

»Na ja, schieben wir ab. Haben noch 'ne ganze Strecke zu gehen, bevor die Nacht einbricht.«

»Aber hier im Glob gibt es keine Nacht«, bemerkte Norton.

»Viel zu viele Sterne, die eng beieinander stehen ...«

Der Raumfahrer kratzte sich mit der Mündung seines Blasters am Kopf. »Da ist etwas dran«, meinte er. »Wir sollten besser irgendwas essen, damit wir nicht hungrig werden.« Er griff nach einer üppigen roten Frucht, die an einem nahegelegenen Baum hing.

Sie zischte und spritzte mit braunem Saft nach ihm. Dursten sprang zurück, doch sein Raumanzug bekam einige Spritzer ab. Ein Zischen, dann stieg Rauch in Kringeln empor, als sich die Säure in den Stoff einfraß. »Andererseits habe ich, glaub ich, noch gar nicht so viel Hunger.«

Sie kamen zu einem großen klaren, glasigen Kristall, der mitten im Dschungel auf einem Block stand. »Was das wohl für 'ne Kugel ist?« fragte Dursten und streckte die Hand vor, um mit dem Griff des Blasters dagegen zu hauen.

»Nicht ...«, rief Norton.

Wieder zu spät. Seine Schutzreaktionen waren einfach nicht schnell genug für die Launen des Raumfahrers. Durstens Griff berührte die Seite des Kristalls, der sofort zu vibrieren begann und Licht ausstrahlte. Nun erklang rhytmisches Summen, das im Einklang mit dem Pulsieren des Lichts an- und abschwoll.

»Wir sollten uns wohl besser verdrücken!« rief Dursten.

Ganz nach Nortons Geschmack! Die beiden Männer flohen, als am Horizont eine Raumkugel der Gäm erschien.

»Das war eine Signalstation!« keuchte Norton. »Jetzt wissen sie, daß wir hier sind!«

Vor ihnen formte sich eine riesige Sauriergestalt, die aussah wie ein großer fleischfressender Dinosaurier mit Zahnschmerzen oder wie ein Zwanzig-Tonnen-Grashüpfer, der Zähne an den Knien hatte. Die Gestalt sperrte die riesigen Kiefer auf. Diesmal gab Norton keinen Warnschrei von sich. Er packte Dursten am Kragen und riß ihn hinter den hellgelben Stamm eines Baums.

Der Saurierhüpfer sprang vor – gerade als das sie verfolgende Gäm auf seinem Antigravteller herbeigesegelt kam. Die beiden krachten zusammen.

»Hier entlang«, schrie Dursten und übernahm das Kommando, völlig unbeeindruckt von diesem glücklichen Zufall. Er rannte auf das Schiff der Aliens zu, das nun ein Stück weiter hinten auf einer kleinen Lichtung ruhte.

»Aber was, wenn sich darin noch weitere Gäms befinden?« fragte Norton.

»Dann blaster ich sie eben«, sagte der Raumfahrer zuversichtlich. Er war ein Mann der Tat und der schnellen Entschlüsse.

Tatsächlich erschien ein zweites Gäm in der leuchtenden Türöffnung. Dursten zog und feuerte mit einer einzigen

Bewegung – doch sein Blaster gab nur ein leises, dümmliches Pfft! von sich – die Ladung war verbraucht.

Das Gäm besaß keine Hände, deshalb trug es auch keinen Blaster. Doch nun begann sich seine Gestalt zu verwandeln.

Dennoch war Dursten bereits im Begriff, das Schiff zu stürmen. Norton blieb nichts anderes übrig, als ihm zu folgen.

Als sie das Schiff erreichten, hatte das Gäm bereits ein halbes Dutzend Tentakel sprießen lassen. Mit einem fliegenden Stoß riß Dursten das Ungeheuer von seinen unteren Tentakeln. Norton kam heran und schubste die Masse aus der Tür zu Boden. Dann packte er ein Bein des Raumfahrers und riß ihn ins Innere des Schiffs.

»Danke, Partner«, sagte Dursten gedehnt, als er aufstand und den Finger auf den Knopf quetschte, um die Iris zu schließen. »Nächstes Mal hole ich mir einen Sechs-Schuß-Blaster, damit das Ding nicht so schnell verpiepst.« Nun stürmte er zum Kommandoraum des Schiffs. »Gut, daß ich auch gelernt habe, wie man Gäm-Schiffe fliegt«, bemerkte er.

Für Norton sahen die Bedienungselemente ähnlich aus wie die des Nadelschiffs. Vermutlich konnte er sie selbst bedienen. Vielleicht unterschieden sich die Gäms doch nicht so sehr von den Menschen.

Die Pilotensessel sahen aus wie Untertassen. Dursten und Norton nahmen Platz, und sofort wurden sie durch die Gurte gesichert. Nun betätigte Dursten einige Knöpfe, und das Schiff hob sich vom Boden und schwebte über den purpurnen Baum.

Nun näherte sich eine weitere Raumkugel der Gäms. Durstens Hand schlug auf den Feuerknopf. Eine der Warzen entließ einen Feuerstrahl – und das andere Schiff explodierte.

»Mußte das sein!« wollte Norton wissen.

»Schließlich befinden wir uns in einem Schiff der Gäms; vielleicht haben die nur nachbarschaftlichen Kontakt gesucht.«

»Nur ein weggeputztes Gäm ist ein gutes Gäm«, sagte der Raumfahrer, räusperte sich und hielt Ausschau nach einem Spucknapf. Wie üblich gab es hier keinen.

»Vielleicht würdest du festellen, wenn du mal ein Gäm, näher kennenlerntest, daß sie unserer Art sehr gleichen. Sie sprechen unsere Sprache und jagen hinter unseren Frauen her und atmen dieselbe Luft wie wir.«

Dursten kratzte sich am Kopf, während er das Schiff vom Planeten fortlenkte. »So hab ich die Sache noch nie betrachtet. Muß zugeben, daß das eine Vieh auf dem Nadelschiff in der Femme-Gestalt ganz interessant war.«

Das hatte Norton zwar nicht gemeint, doch er ließ es dabei bewenden. Immerhin hatte er einen Fortschritt zu verzeichnen.

Dursten warf einen Blick auf die kleiner werdende Planetenscheibe.

»Na, schätze, jetzt ist es Zeit«, sagte er und klatschte die Hand auf einen roten Knopf.

»Zeit wofür?«

»Zeit, um den Planeten in die Luft zu jagen, natürlich.«

»Den Planeten in die Luft jagen!« rief Norton entsetzt.

»Dazu sind wir überhaupt hergekommen, weißt du doch, Nort.«

»Aber es wäre doch soviel besser, ihn zu ... zu erobern und seine Rohstoffe auszubeuten! Mit den Gäms ein Friedensabkommen zu schließen, damit sie keine Menschenplaneten mehr belästigen. Vielleicht könnten sie uns beibringen, wie man gestaltwandelt.«

»Da ist etwas dran«, meinte der Raumfahrer. »Vielleicht hätte ich die Bombe doch nicht abwerfen sollen.«

»Die Bombe?«

»Klar, die Planetenbombe. Sie wird jeden Augenblick explodieren.«

»Jeden ...?«

Da detonierte die Bombe. Ein greller Lichtblitz – und der Planet wurde in zwei Hälften zerrissen.

Norton starrte in schierem Entsetzen auf den Schirm: »Der Planet ist ja kaputt!«

»Na klar«, meinte Dursten achtlos. »Gäms machen gute Bomben, das muß man ihnen lassen.«

»Aber warum ist eines ihrer Schiffe mit einer derart verheerenden Waffe ausgerüstet?«

Dursten zuckte die Schultern. »Schätze, die wollten das Ding auf einen von unseren Planeten loslassen. Und jetzt müssen wir wieder nach Hause, Auftrag ausgeführt.«

Norton wandte sich ab, voller Trauer über den Tod einer ganzen Welt mit all ihrer Natur. Da erspähte er hinter sich im Schiff etwas und blinzelte.

Es war ein weiteres Gäm. Doch dieses war klein, mit richtig süßen kleinen Tentakeln und hübsch schimmernden Augenfacetten. Der Raumfahrer war zu sehr mit seiner Aufgabe beschäftigt, das Schiff auf Heimatkurs zu lenken, also schnallte Norton sich leise ab und verließ seine Untertasse. Er begab sich zu dem kleinen Gäm. »Was machst du denn hier?«

»Ich bin Baby Gäm«, piepste die Kreatur aus einem Mund, der sich am oberen Teil ihrer Kugel bildete. Wie um das Gesagte zu unterstreichen, begann sie an einem Tentakel zu nuckeln.

»Du meinst, das waren deine Eltern, die ...« Norton brach ab.

»Wir wollten zu einem Picknick«, sagte Baby Gäm und blinzelte mit zwei oder drei großen Kulleraugen.

Jetzt nicht mehr, dachte Norton grimmig. Dieses Baby war nun ein Waise.

»Einen Augenblick, Baby«, sagte er.

Er wandte sich an Dursten. »Was meinst du zu Waisen?«

»Die armen Dinger brauchen irgendwelche Stiefeltern oder so etwas«, meinte der Raumfahrer prompt. »Besonders die Waisen des Weltalls.«

»Würdest du ein Waisenkind übernehmen?«

»Ich? Bin kein Familienmensch.«

»Aber du bist doch ein Raumfahrer, der die allerbesten und hellsten und edelsten Eigenschaften der menschlichen Spezies verkörpert, nicht?«

»Da ist was dran«, meinte Dursten.

»Also wenn ein Waisenkind, gleich welcher Art, Schutz brauchte …«

»Na klar, ich glaube schon.«

Bat Dursten, der Stolz der Raumflotte, drehte sich um.

Plötzlich segelte Norton durch die Hülle des Schiffs hinaus ins All. Hilflos wurde er beschleunigt und schoß zwischen den Sonnen des kugelförmigen Sternhaufens dahin, hinaus in den interstellaren Raum, auf die eigentliche Galaxie zu.

Er war, begriff er, auf dem Rückweg zur Erde; seine Musterexkursion war vorüber.

8 Clotho

Im Haus erwartete ihn Satan. »Hat Ihnen die Reise Spaß gemacht, Chronos?«

Norton brauchte einen Augenblick, um sich wieder zu sammeln. »Ich muß zugeben, daß es eine gewaltige Erfahrung war! Ich wußte gar nicht, daß sich Ihre Macht so weit erstreckt!«

»Meine Macht ist verdammt allgegenwärtig«, meinte der Fürst des Bösen selbstzufrieden.

»Eine Sache verwirrt mich allerdings. Sie wissen, daß ich rückwärts lebe, deshalb muß ich außerhalb meines Hauses hier besondere Anstrengungen unternehmen, um mit normalen Leuten zeitlich in Einklang zu gelangen, wenn ich mit ihnen kommunizieren will. Im Glob war dem jedoch nicht so.«

»Scharfsinnig beobachtet«, meinte Satan.

»Aber wie …?«

Der Vater der Lüge lächelte gewinnend. »Ganz elementar, mein lieber Kollege. Das ist ein Kugelcluster vom CT-Typ.«

»CT?« fragte Norton verständnislos.

»Contraterrenisch. Antimaterie. Wo die Atome im Kern

aus Negatronen bestehen und aus umlaufenden Positionen. Das ist das genaue Gegenstück zur festen Örtlichkeit.«

»Oh. Davon habe ich schon gehört. Aber wird solche Materie durch den Kontakt mit normaler Materie nicht sofort vernichtet?«

»Nicht, wenn sie isoliert ist. In einer CT-Galaxie ist unsere Art der Materie anormal. Hierbei handelt es sich um einen CT-Kugelcluster, der unsere terrenische Galaxie umkreist, ohne tatsächlichen Kontakt mit ihr zu haben.«

»Sehr interessant. Aber da ich zu dieser Galaxie gehöre ...«

»Sie sind ein Sonderfall, Chronos. Sie sind eine Inkarnation, und auch nicht etwa eine Feld-Wald-und-Wiesen-Inkarnation, sondern vielmehr die Inkarnation der Zeit.«

»Ja, und ich lebe rückwärts. Weshalb ich ...«

»Aber verstehen Sie denn nicht, mein werter Herr, da die Contraterrische Materie von umgekehrter Ladung ist, gehört sie auch der umgekehrten Zeit an. Deshalb haben Sie beide denselben Bezugsrahmen, und das ist auch der Grund, weshalb Sie, als einziger von uns, dort ganz normal auftreten können.«

»Oh.« Darüber würde Norton noch länger nachdenken müssen. »Sie meinen also, daß sich dort Menschen entwikkelt haben wie wir, und zwar ganz genauso, obwohl es zwischen uns niemals eine Verbindung gab? Mit derselben Sprache und allem?«

»Das nennt sich konvergente Evolution«, erklärte Satan. »Und das ist es auch, was ich Ihnen anbiete, mein Herr: Eine angenehme Spritztour!« explodierte Norton. »Ich wäre beinahe ausgelöscht worden!«

»Oh? Das bezweifle ich. Als Inkarnation sind Sie ziemlich umfassend vor jederlei willkürlicher Bedrohung geschützt.«

»Ein Gäm war gerade im Begriff, mich aufzufressen!«

»Gäm?«

»Ein Glubschäugiges Monster, tun Sie nicht so, als wüßten Sie nicht, was das ist! Ich kann von Glück sagen, daß ich dort mit intakten Füßen herausgekommen bin!«

»Ach, *so* eine Art Gäm. Ich kann Ihnen versichern, daß Sie nicht in wirkliche Gefahr geraten wären. Das Schlimmste, was Ihnen hätte passieren können, wäre eine vorzeitige Beendigung Ihres Besuchs gewesen. Wäre die Situation dort unausweichlich bedrohlich geworden, so wären Sie hierher zurückgekehrt. Ich dachte, das hätten Sie gewußt.«

»Das erzählt er mir jetzt«, brummte Norton. Doch er mußte zugeben, daß es in der Tat ein aufregendes Abenteuer und ein gründlicher Tapetenwechsel gewesen war. »Sie haben auch noch andere Besuchsgebiete zur Verfügung?«

Satan machte eine weit ausholende Geste. »Ein ganzes Universum, mein Herr! Sehr viele davon gehören zum Typ CT, stehen also im Einklang mit Ihrer Natur und sind für Sie vollkommen sicher. Manche sind wissenschaftlich, manche phantastisch und manche von gemischter Art wie unsere gegenwärtige Welt. Es gibt einiges an hübschem Material in den Magische-Laternen-Wolken. Im Gegenzug verlange ich lediglich diesen winzigen Gefallen von Ihnen.«

Norton traute den Motiven des Vaters der Lügen nicht, doch das Angebot reizte ihn. Welche Möglichkeiten des Abenteuers! Keine Probleme mit der umgekehrten Zeit! Alle nur erdenklichen Völker und Kulturen und Planeten konnte er erforschen! Wenn er zurückkehren sollte, könnte er seine Macht als Chronos vielleicht dazu nutzen, den Planeten der Gäms vor der Vernichtung durch Bat Durstens Bombe zu bewahren. Das Wenigste, was er tun konnte, war, Satans Bitte anzuhören. »Würde es Ihnen etwas ausmachen, mir diesen Gefallen ein wenig zu erläutern?«

»Aber nicht doch, kein Problem«, meinte Satan forsch. »Ich möchte einem Mann vor zwanzig Jahren einen Gefallen tun. Im Nachhinein betrachtet weiß ich, daß er eine einzige Entscheidung getroffen hat, die sein ganzes späteres Leben beeinflussen sollte.

Er traf die falsche Entscheidung, und sie führte zu seinem vorzeitigen Dahinscheiden. Hätte er die richtige getroffen, so hätte ihm dies die Liebe beschert und das Leben und Zusammensein mit einer schönen und reichen Erbin, dazu eine phänomenale Gesundheit. Deshalb möchte ich nun meinen Unterlassungsfehler korrigieren und einen Diener zurückschicken, der dem Mann zur richtigen Wahl raten soll.«

»Warum sollten Sie, der Fürst des Bösen, es darauf abgesehen haben, einem sterblichen Menschen etwas Gutes anzutun?« fragte Norton mißtrauisch.

Satan grinste entwaffnend. »Auch ich habe meine Favoriten, Chronos. Ich versuche, jene zu belohnen, die mir helfen, und wenn ich zufrieden bin, bin ich auch großzügig. Im Tod hat mich dieser Mann angenehm beeindruckt und mir gute Dienste geleistet; nun möchte ich ihn dadurch belohnen, daß ich ihm rückwirkend das Einzige gewähre, von dem er glaubt, es sei ihm auf alle Zeit verwehrt – nämlich ein wunderbares Leben. Höchstwahrscheinlich wird er hinterher in den Himmel gelangen, so daß ich ihn verlieren werde – doch wie schon gesagt, ich bin großzügig und pflege meine Versprechen zu halten.«

Norton war skeptisch, sah aber keinen Sinn darin, sich mit dem Vater der Lüge auf ein Streitgespräch einzulassen. »Geben Sie mir eine Raumzeit-Adresse.«

»Aber gern!« Satan beschwor eine Schriftrolle herbei, auf der in säuberlicher Blutschrift eine Orts- und eine Zeitangabe festgehalten waren.

»Kilvarough«, las Norton, »im Steinladen.« Er hob den Blick. »Wie heißt denn der Mann?«

Satan kratzte sich nachdenklich am Hinterkopf. »Habe ich den Namen nicht mitaufgeschrieben? Wie töricht von mir? Er ist mir gerade entfallen – ich habe zahllose Klienten, müssen Sie wissen –, aber ich werde meine Diener beauftragen, ihn nachzuschlagen, bevor wir uns wieder treffen. Sie werden sich natürlich vorher an Ort und Stelle Klarheit über die Situation verschaffen wollen, bevor Sie etwas unternehmen, und mit dieser Information werden Sie das Geschäft schon finden.«

»Ja«, pflichtete Norton ihm bei. »Verstehen Sie mich recht, Satan – ich verspreche Ihnen nichts. Wenn mir die Sache nicht gefällt, nehme ich Ihren Diener nicht mit.«

»Selbstverständlich, selbstverständlich. Ich bin nicht so dumm zu glauben, ich könnte eine Person von Ihrem Scharfsinn in die Irre führen. Doch bevor ich den richtigen Namen festgestellt habe, könnte es Mißverständnisse geben. Gestatten Sie mir, Ihnen eine Möglichkeit zu verschaffen, mit der Sie bei Bedarf sofort Kontakt zu mir herstellen können.« Er krümmte die Finger, und plötzlich lag in seiner Hand eine dünne Kette, an der ein Amulett befestigt war. »Nehmen Sie dies, und hauchen Sie darauf, um mich zu rufen. Ich werde es vernehmen, wann und wo auch immer es sein mag, und Ihnen zur Hilfe eilen.«

»Hm, ich finde eigentlich nicht, daß ich ...« Doch schon drückte Satan ihm das Amulett in die Hand. Es war ein kleines Horn mit geriffeltem Rand aus Messing. Norton zuckte die Schultern und hängte sich die Kette um den Hals. Er konnte sich nicht vorstellen, jemals Satans Hilfe zu benötigen, und so würde er das Amulett einfach ignorieren.

Sning drückte zweimal zu, ihm gefiel nicht einmal diese Geste, doch Norton war der Auffassung, daß in diesem Fall Nachgiebigkeit dem Affront vorzuziehen sei. *Laß mich nur,* dachte er, und zögernd gab Sning auf.

Satan stand auf und hob die Hand zum Abschiedsgruß. »Leben Sie wohl, mein Herr!« Dann verschwand er in einer kleinen Rauchwolke.

Bevor Norton seine Gedanken sammeln konnte, erschien erneut der Butler. »Ein weiterer Besucher, Sir.«

»Wer?« fragte Norton knapp. Nach seinem Abenteuer im CT-Glob hätte er sich gern etwas ausgeruht.

»Clotho, Sir.«

»Wer?«

»Ein Aspekt des Fatums, Sir.«

»Oh.« Nun erinnerte er sich, die jüngste Äußerungsform der Schicksalsgöttin. »Ich lasse bitten.«

Allerliebst kam Clotho ins Zimmer geschritten. Sie war

nicht nur jung, sie war auch wunderschön. Sie hatte irgend etwas mit ihrem Haar gemacht, so daß es sich wie ein glitzernder Wasserfall auf ihre Schultern ergoß, und ihr Kleid war betörend. Es war leuchtendblau, mit einem Netzleibchen, daß verblüffend tiefe Einblicke erlaubte.

»Bist du bereit für die heutige Arbeit, Chronos?« fragte sie.

»Ich dachte, ich hätte heute schon ordentlich gearbeitet«, erwiderte er.

»Ach ja? Werden wir das morgen tun? Vergiß nicht, es ist meine Zukunft und deine Vergangenheit. Ich nehme zwar an, daß ich dir auf richtige Weise helfen werde, aber es ist schon etwas verwirrend.«

Norton lachte und beruhigte sich ein wenig. »Nein, das ist meine Verwirrung, nicht deine. Du hast mich in mein Amt eingeführt und mir seine Funktionen erklärt, und nun werden wir gemeinsam wichtigere Arbeiten erledigen, während ich zugleich die Einzelheiten meines Jobs kennenlerne. Ich bin sicher, daß ich nach und nach schon alles in die richtige Reihenfolge bringen werde. Ich wollte eigentlich nur sagen, daß Satan heute morgen hier war – es ist doch Morgen?«

»Mittag«, antwortete sie. »In deinem Haus verläuft die Zeit für dich normal, doch wenn ich hinausgehe, ist es früher als vorher. Ich muß vermeiden, mir ständig selbst zu begegnen, sonst gibt das eine endlose Konfusion.«

»Das Gefühl kenne ich!« Dann fiel ihm etwas anderes ein. »Als Satan mich aufsuchte, war Nachmittag, und dann ... warum glaubte ich, es sei Morgen? Jetzt müßte doch eigentlich Abend sein!«

»Wahrscheinlich hast du schon die Nacht verbracht«, schlug sie vor.

»Ja, dann ist für mich also schon ein Tag verstrichen«, stimmte er zu. »Aber ich kann mich nicht daran erinnern! Satan hat mich in ein ... anderes Universum geschickt, um dort ein Abenteuer zu erleben, aber ...«

»Wie lange warst du dort?«

»Das läßt sich schwer feststellen. Es kam mir wie eine

Stunde vor, aber während meiner Reise wurden die Dinge alle unscharf, also ...«

»Also hätte es auch ein ganzer Tag sein können«, beendete sie für ihn den Satz. »Satan ist der Meister der Täuschung. Er kann einen Augenblick wie eine Ewigkeit erscheinen lassen und umgekehrt. Das ist natürlich nur eine Illusion; nur du kannst die Zeit wirklich beherrschen. Aber Satans Illusionen können sehr überzeugend sein.«

»Ja, so muß es wohl sein. Dann habe ich dort einen Tag verbracht, alles in allem genommen, und bin zurückgekehrt. Na ja, auf jeden Fall will Satan, daß ich ihm einen Gefallen tue, und ...«

»Vertraue Satan nicht«, warnte Clotho. »Er ist die finsterste und heimtückischste aller Inkarnationen! Er ist ständig damit beschäftigt, Übles auszuhecken.«

»Ich habe nicht vor, irgend etwas von dem, was er mir sagt, ungeprüft zu glauben. Aber er war wirklich hilfreich, also will ich ihn wenigstens anhören.«

»Nun, dann halte mich da raus«, sagte Clotho. »Ich schätze, jeder von uns muß auf eigene Weise herausfinden, was mit Satan los ist. Und jetzt ... an die Arbeit. Weißt du, wie du mit Hilfe deiner Sanduhr individuelle Lebensfäden ablesen kannst?«

»Noch nicht«, gestand Norton.

»Na ja, gestern warst du schon ganz gut.« Sie erklärte ihm, wie er sich auf den individuellen Lebensfaden eines Menschen konzentrieren und die genaue Stelle orten konnte, wo sie anfangen, entwirrt und abgeschnitten werden sollten.

Jeder Faden begann mit der Geburt des Sterblichen, jede Markierung stellte ein Schlüsselereignis im Leben desselben dar, und das abgeschnittene Ende bedeutete zugleich die Beendigung dieses Lebens. Doch handelte es sich dabei, so erklärte Clotho, nur um die besonderen Leben; den größten Teil der Routinearbeit erledigten seine und ihre Mitarbeiter.

Norton lernte schnell, und schon bald ließ er die Sanduhr die entsprechenden Anzeigen aufreihen. Es schien, als entspräche jedes dieser Körner einem Faden der Schicksalsgöttin.

Mit neuem Respekt musterte er seine Sanduhr. All diese feinen Sandkörner – die ganze Menschheit in diesem einen Instrument symbolisiert! Jedes einzelne Korn zu klein, um individuell wahrgenommen zu werden, und doch für seine dazugehörige Person von absoluter Wichtigkeit. Scherte sich der Kosmos denn um irgendein einzelnes Korn dieses Lebenssandes, oder darum, wann und wohin es strömte?

Nach mehreren Stunden hielt Clotho inne und streckte sich, wobei sich ihr Leibchen dehnte. »Immer nur arbeiten und nie spielen«, sagte sie und schmiegte sich in seine Arme.

Erschrocken versteifte sich Norton. »Stimmt etwas nicht?« fragte er.

»Oh, haben wir das in deinem Bezugsrahmen vorher noch nie getan?« fragte sie. »Ich vergesse es immer wieder, du kommst ja aus der anderen Richtung. Das ist neu für dich, nicht wahr?«

»Alles ist neu für mich«, pflichtete er ihr bei.

»Nun, ich glaube, jetzt ist es Zeit, damit zu beginnen, denn in der jüngsten Vergangenheit haben wir ...« Sie hielt inne. »Aber warum sollte ich sie dir mit meinen Erinnerungen verderben? Komm schon, ich führe dich hindurch.«

»Durch was hindurch?«

»Dummer Junge! Was glaubst du wohl, weshalb ich als Clotho gekommen bin? Ich bin des jungen Mannes ...«

»Oh. Du ... Lachesis ... hat etwas gesagt über ...«

Sie schnitt ihm das Wort mit einem Kuß ab. In dieser Verkleidung war sie zwar eine äußerst attraktive Frau, doch seine schmerzliche Erinnerung an Orlene war noch wach, und er war nicht hierfür bereit. Er wich zurück. »Ich kenne dich doch kaum!« protestierte er.

Sie lachte, ohne sich vor den Kopf gestoßen zu fühlen. »Bei jedem anderen würde ich sagen, du machst Witze! Aber das liegt ja alles in deiner Zukunft, nicht wahr? Also schön – was, glaubst du, hält dich zurück?«

Norton überlegte. »Du würdest mir wohl nicht glauben,

wenn ich dir sagte, daß mir flüchtige Bekanntschaften nicht liegen?«

Sie lachte herzlich.

»Du? Du hast vergessen, daß ich deinen Lebensfaden bemessen habe, bevor du dieses Amt angetreten hast! Du gehst äußerst flüchtig mit Frauen um!«

»Du kennst mich viel zu gut!« stimmte er ihr bedauernd zu. Ständig ließ er sich vom äußeren Schein in die Irre führen, obwohl er es doch inzwischen wirklich besser wissen müßte. Clotho besaß dieselben tiefgründigen Augen wie die Schicksalsgöttin, und sie war kein junges oder unschuldiges Mädchen. Nein, wahrhaftig nicht! Sie war eine Inkarnation, mit all der ihr inne wohnenden subtilen Macht und Kraft.

»Aber das hat alles aufgehört, als ich Orlene begegnete. Sie war die erste wahre Liebe, die ich je erlebte, und ...«

»Ach ja, natürlich – diese Erinnerung ist ja immer noch frisch. Wie töricht von mir, das zu vergessen! Es obliegt mir, dir dabei zu helfen, darüber hinwegzukommen, damit du dich rückhaltlos auf dein Amt konzentrieren kannst. Also gut – wir nehmen uns frei und besuchen deine sterbliche Frau.«

»Wir?«

»Nun, du könntest mich schon mitnehmen, wenn du wolltest; das steht in deiner magischen Macht. Aber du hast recht, hierbei bist du wohl besser allein.« Sie fischte in ihrem Haar nach einer einzelnen Strähne. »Hier ist Orlenes Lebensfaden. Abgeschnitten, wie du siehst; nur noch ein Drittel so lang, wie er hätte sein können. Du kannst natürlich seine volle Länge wiederherstellen, wenn du willst. Die Macht der Inkarnationen ist groß, wird jedoch beschränkt, wo sie sich mit der der anderen Inkarnationen überschneidet. Richte deine Sanduhr auf diesen Faden, dann wirst du sie überall finden, wo du nur willst.«

Norton berührte den Faden mit der Sanduhr, dann befahl er dem Sand blau zu werden.

Plötzlich verschwand das Haus um ihn herum. Wie in einer Seilbahn jagte er den Faden entlang. Die Ereignisse der Welt stürmten vorbei. *Langsamer*, dachte er, und das Aufblitzen verlängerte sich.

Es war Orlenes Leben, dem er hier zu seinem Beginn folgte. Ihre individuellen Bewegungen waren zu schnell für ihn, als daß er sie genauer hätte wahrnehmen können, doch ihre Umgebung war beständiger. Ein Gebäude, in dem sie eine gewisse Zeit verbracht hatte – vielleicht eine Schule – verschwand abrupt. Es war entbaut worden, und sie bewegte sich weiter auf eine vorhergehende Schule, die überfüllt war. Bäume um ihr Zuhause schrumpften langsam zusammen, das Wiesengras sprang immer wieder empor, um sich glattzulegen, bis es schließlich kahl war, und dann, hochgewachsen, wieder gemäht zu werden. Das Haus leuchtete frisch angestrichen und wurde abrupt wieder stumpf.

Willkürlich befahl er einen Halt. Er befand sich in einem Klassenzimmer und musterte ein Mädchen von ungefähr zehn Jahren. Die Szene war seltsam, da sie rückwärts ablief. Er hatte sich selbst zum Stillstand gebracht, nicht jedoch die Zeit, und nun lebte er – für seine Begriffe – in die normale Richtung. Niemand hier bemerkte ihn, und er verzichtete darauf, sich sichtbar zu machen, um die Szene nicht zu stören.

Es war eine Kochstunde. Die Lehrerin führte gerade vor, wie man mit Hilfe von Pyromagie eine Pastete backte. Unter ihrer rückwärts verlaufenden Anweisung veränderte sich die Musterpastete von Braun zu Gold und schließlich zu blassem Weiß. Norton beobachtete Orlene, die in diesem Alter bereits ein sehr hübsches Mädchen war. Sie schwatzte gerade mit einer Klassenkameradin. Vermutlich würde ihre Pastete ein Reinfall werden.

Er färbte den Sand in der Uhr rot und bewegte sich einige Jahre in die Zukunft dieser Orlene hinein, um sie erneut beobachten zu können. Diesmal lag sie zu Hause im Bett, in Jeans und ein Männerhemd gekleidet, und plapperte in ihr Holophon. Das Holobild zeigte einen lebhaften Jungen mit struppigem Haar, offensichtlich erfüllt von der Begeisterung des Augenblicks. Orlene war nun ungefähr fünfzehn und hatte bereits sehr viel von ihrer späteren Schönheit und einigen Verhaltensweisen der erwachsenen Frau an sich. Ein Anflug von Nostalgie überfiel ihn.

Er reiste drei weitere Jahre in ihrem Leben in die Zukunft, bis sie achtzehn war. Nun spielte sie mit einem jungen Mann Squash. Es war ein Spiel, das die aktiven Spieler in enge Nähe miteinander brachte, weshalb gemischte Paare es sehr schätzten. Ihre Bewegungen, diese Gliedmaßen, dieser Körper, dieses Gesicht mit den zurückwehenden Haaren – er hatte all die gekannt, in ihrer gegenwärtigen Zukunft. Diese Lippen – er hatte sie geküßt, in einigen Jahren. Orlene – er würde sie lieben und liebte sie noch immer.

Er folgte ihr zurück bis zum Anfang des Spiels, als sie noch frisch und energiegeladen war. Sie grüßte ihren Partner und schritt rückwärts von ihm zur Umkleidekabine zurück. Norton zögerte, dann entschied er, ihr nicht dorthin zu folgen; es wäre unangebrachtes Schnüffeln gewesen.

Er wollte kein Ungeheuer sein. Er wollte die Frau retten, die er liebte, retten vor ihrem schrecklichen Schicksal. Nun wußte er, daß er es tun konnte, das hatte ihm seine Erfahrung mit dem Gäm im Glob gezeigt. Er war immun gegenüber dem Paradox. Er konnte seine eigene Vergangenheit und die anderer verändern, ohne seine Gegenwart dadurch aufzuheben. Er hatte nicht vor, diese Macht zu mißbrauchen, doch er hegte in der Tat die Absicht, Orlene ihr Schicksal zu ersparen.

Wo, oder besser: wann? sollte er eingreifen? Wahrscheinlich bevor er ihr begegnet war, damit er nicht offenkundig Einfluß auf sich selbst nehmen mußte. Würde dies seine Verbindung zu ihr aufheben? Ja, doch ihre Beziehung würde durch eine neue ersetzt werden, durch eine bessere. Tatsächlich könnte er die gesamte Gespensterehe im Nichts auflösen und sie selbst heiraten.

Doch zunächst einmal mußte er sich von seiner wirklichen Macht überzeugen. Er wollte einen aktiven Kontakt zu ihr in einer nichtkritischen Phase ihres Lebens herstellen, um seinen Plan noch einmal zu überprüfen. Schließlich war dies keine gewöhnliche Person – es war Orlene!

Er folgte dem Schicksalsfaden bis zurück in ihre Kindheit, in die Zeit, da sie sieben Jahre alt war und gerade ihre ersten Sommerferien hatte. Sie war ein Geist mit Haaren von der Farbe wilden Honigs, der durch einen der frühen Dachparks der Stadt rannte. Die Bäume befanden sich noch immer in großen Töpfen, und es waren noch Erdaufwürfe zu sehen;, die wirkliche Wildnis sollte erst zukünftigen Parks vorbehalten bleiben. Noch immer war die Welt von der schlimmen Verschmutzung alter Zeiten geprägt. Bald würde sich das politische Klima ändern, was der Veränderung zum Besseren erhebliche Schubkraft verleihen würde; doch soweit war es noch nicht.

Sie befand sich inmitten einer Kindergruppe, löste sich aber von ihr, hüpfte glückselig einen Nebenpfad entlang und verirrte sich. Besorgt musterte sie die Vielzahl von Wegegabelungen und wußte nicht so recht, welche sie nehmen sollte. Norton, der ihre unmittelbare Zukunft bereist hatte, wußte, daß sie gute fünfunddreißig Minuten lang verschollen bleiben sollte, in diesem Alter eine wahre Ewigkeit, und daß sie in Tränen ausbrechen würde, bevor ein Parkwächter sie aus ihrer mißlichen Lage rettete und zurück zu ihrer Gruppe brachte. Dies war die geeignete Zeit, um sich ihr zu nähern.

Er stellte sich auf den Anfang ihrer Isolation ein und ließ den Sand grün werden. Nun befand er sich mit ihr in einer Zeitphase.

»Hallo, Orlene«, sagte er sanft. Er war ein erwachsener Mann und sie war nur ein Kind, dennoch war er schüchtern.

Sie hielt in ihrem nervösen Umherirren ein und drehte sich schnell zu ihm um. »Oh – Sie habe ich ja gar nicht gesehen!« rief sie. »Wer sind Sie, in diesem komischen Kleid?«

»Ich bin ...«, er zögerte; er hatte die Sache noch nicht durchdacht. Er konnte ihr schließlich nicht erklären, daß er Chronos war; das würde sie wohl kaum verstehen. Ebenso wenig konnte er ihr erläutern, daß er ihr zukünftiger Liebhaber war. »Ein Freund.«

»Können Sie mir sagen, wie ich zurückfinde?«

»Ich werde es versuchen. Ich glaube, es geht dort entlang.« Er zeigte auf den richtigen Pfad, und gemeinsam gingen sie ihn entlang.

»Woher kennen Sie meinen Namen?« fragte Orlene.

»Ich habe dich in der Schule gesehen.«

»Oh, Sie sind also ein Lehrer!« rief sie, als wäre dies die wichtigste Sache auf der Welt.

»Nun ...« Doch schon hüpfte sie ein Stück davon, und ihre Zöpfe schwangen dabei hin und her.

Ich liebe sie sogar als Kind, dachte er, vom Ausmaß seiner Zuneigung überrascht. Was Frauen anging, so war er in der Tat recht oberflächlich und freizügig gewesen. Diese hier jedoch hatte seine Seele in Ketten gelegt. Er ging ihr nach und versuchte, angebrachte Bemerkungen zu machen oder Fragen zu erfinden, die er ihr stellen konnte.

Dann stieß Orlene einen frohen Ruf aus. »Da sind sie ja!« und rannte zu ihrer Gruppe.

Die Lehrerin drehte sich beim Klang ihrer Stimme um. Hastig verschob Norton etwas Sand und verschwand aus dem Blickfeld der Gegenwart. Orlene war in Ordnung. Sie war ein unschuldiges Kind und ihr war eine schlimme halbe Stunde erspart geblieben. Er war froh, daß er ihr wenigstens diesen kleinen Dienst hatte erweisen können.

Sein Gespräch mit Orlene hatte also nichts bewirkt, da es nicht zu einer bedeutsamen persönlichen Kommunikation gekommen war.

Nein, das stimmte nicht ganz. Sie würde wohl den Fremden in dem weißen Umhang vergessen, doch er wußte nun, daß er sich besser auf etwaige Fragen vorbereiten mußte. Es war eine gute Übung gewesen. Nun würde er mit Zuversicht darangehen können, ihr Leben in wichtigen Aspekten zu verändern.

Immer wieder fuhr er ihren Lebensfaden entlang, um den richtigen Punkt zu finden. Schließlich gelangte er bis zu dem Zeitpunkt, da Gawains Familie Kontakt mit ihr aufgenommen und ihr ein Angebot gemacht hatte, das sie nicht ablehnen konnte. Es hatte auch andere Männer in ihrem Leben gegeben. Norton bespitzelte diese flüchtigen Beziehungen, ohne seine Eifersucht verleugnen zu können. Doch er wußte aus eigener Erfahrung, daß sie eine jungfräuliche Braut gewesen war. Orlene hatte nach dem Richtigen gesucht und ihn nicht unter jenen finden können, die attraktiv waren und dumm, klug, aber arm, oder reich, aber degeneriert. Wie jedes vernünftige Mädchen wollte sie den vollkommenen Mann. Deshalb war sie auch die vollkommene Kandidatin für die Gespensterehe: attraktiv, intelligent, unberührt und von vernünftigem, maßvollem Streben nach Sicherheit und den Annehmlichkeiten des Lebens durchdrungen.

Bevor Gawains Familie auf den Plan trat, gab es eine Phase von ungefähr drei Monaten, in denen Orlene keine romantischen Verbindungen eingegangen war. Diese Zeit war ideal für Nortons Zwecke.

Er ortete einen Tag, an dem sie zu Hause gerade eine langweilige Holowiederholung anschaute, und schwang sich auf die Zeitqualität ein. Er wußte, daß sie heute allein war: Ihr Vater befand sich auf einer Geschäftsreise, und ihre Mutter machte gerade einen Einkaufsbummel. Orlene paßte also auf das Haus auf. Wenn er die Sache richtig handhabte, würde er volle sechs Stunden zur Verfügung haben – und wenn nicht, würde er einfach alles wieder zurückspulen und von vorne anfangen.

Er gelangte durch die Mauer in ihr Haus und trat auf die Tür zu. Wieder fühlte er eine Art Lampenfieber; sein Puls raste. Doch er riß sich zusammen und behielt den Daumen am Mustererkennungspaneel. Einen Augenblick später erschien Orlenes Bild auf dem Türmonitor. »Tut mir leid, wir kaufen nichts«, sagte sie knapp.

»Ich bin kein Vertreter«, sagte Norton. »Ich bin ein Geschichtenerzähler.« In seinem vergangenen Leben hatte er sich auf diese Weise manch eine Mahlzeit verdient; er hatte stets gute Geschichten erzählt, so daß er bei anderen Menschen stets willkommen gewesen war. Es war zwar das

Zeitalter der Holounterhaltung, doch echte, lebendige, persönliche Erzählungen besaßen noch immer eine besondere Qualität, die eine Menge Leute reizte.

»Ein was?«

»Ein Geschichtenerzähler. In diesem futuristischen Zeitalter kehre ich zu altmodischen Werten zurück. Meine Geschichten sind Handarbeit. Mundarbeit, meine ich.«

»Sie verkaufen Holobänder?«

»Keine Bänder. Nur mich selbst. Jede Erzählung ist ein Original! Wenn Sie mir zuhören wollen, werde ich ...«

»Tut mir leid«, sagte sie, und der Schirm erlosch.

Er hatte die Sache versiebt. Natürlich schenkte sie Fremden nicht allzu viel Aufmerksamkeit. Das war auch recht vernünftig für junge Frauen, die allein zu Hause waren.

Er drehte die Sanduhr um und machte damit die vorhergehende Sequenz ungeschehen. Natürlich würde sie selbst nichts davon erfahren.

»Sie verkaufen Holobänder?« fragte sie, als er wieder auf Vorwärtsbewegung ging.

»Keine Bänder. Geschichten. Über junge Frauen, die mit einzigartigem Talent Klavier spielen und Squash mit einer geringeren Begabung.«

Überrascht zögerte sie. Sie erkannte sich wieder.

»Was ist das?«

»Geschichten über Menschen, die Bilderpuzzles mögen«, sagte er. »Und Spaziergänge in Parks. Und Babys.«

Sie starrte ihn vom Monitor herab an. »Wer sind Sie wirklich?«

»Ich bezweifle, daß Sie mir glauben würden.«

»Versuchen Sie es doch mal.«

»Ich bin Chronos – die menschliche Inkarnation der Zeit.«

Sie lachte. »Eins zu null für Sie! Das glaube ich nun ganz gewiß nicht!«

»Ich kann Ihnen Tricks zeigen, die man mit der Zeit anstellen kann ...«

»Machen Sie sich keine Mühe, vielen Dank.« Der Schirm verblaßte.

Wieder ließ er die Zeit zurücklaufen. »Versuchen Sie es doch mal«, sagte sie.

»Ihr zukünftiger Partner. Sie werden eine Gespensterehe eingehen und ...«

Der Schirm verblaßte.

Wieder ließ er die Zeit zurücklaufen. »Versuchen Sie es doch mal«, sagte sie.

Er hob die linke Hand.

»Sning, zeig es ihr.«

Sning löste sich von seinem Finger und glitt auf seine Handfläche. »Ach, wie süß!« rief Orlene. »Ich habe auch so einen!«

»Sie haben mir diesen gegeben«, sagte Norton. »Er gehört Ihnen.«

»Habe ich nicht! Meiner ist hier!« Sie hielt inne und zeigte ihm schließlich ein Duplikat des Schlangenrings.

Norton stutzte. Konnte Sning auf sich selbst treffen? Warum nicht? Norton war sich schließlich auch selbst im Glob begegnet. Sning hatte sich damals vermutlich auch verdoppelt. »Vielleicht sollten die beiden einander mal kennenlernen.«

Sie streifte ihren Ring über den Finger und hielt inne, wobei sie ihm offenbar in Gedanken eine Frage stellte. Einen Augenblick später hob sie die Schultern und öffnete die Tür. »Er meinte, Sie wären okay«, sagte sie beinahe entschuldigend. Norton trat ein und fühlte sich dabei genauso wie damals, als er sie das erste Mal gesehen hatte, in drei Jahren. Sie war so wunderschön, und er so gewöhnlich, und er wollte soviel von ihr; wie konnte er das nur erreichen?

Er berührte den Tisch mit der linken Hand, und Sning glitt hinab, um sich zu der anderen Schlange zu gesellen. Die Verdoppelung von Lebewesen schien kein Problem zu sein, wenngleich Norton sich sicher war, daß hier das Paradox schon in den Schatten lauerte. Wie weit ging seine Immunität?

»Kann ich Ihnen etwas anbieten?« fragte Orlene.

»Nein, danke. Ich glaube, ich sollte Ihnen lieber einfach

erzählen, worum es mir geht.« Er nahm sich einen Stuhl und setzte sich an den Tisch.

Sie setzte sich ihm gegenüber. »Sie benehmen sich wirklich so, als würden Sie mich kennen.«

»Lassen Sie mich Ihnen meine wahre Natur offenbaren«, sagte er. »Wenn Sie die erst einmal verstanden haben, erscheint das, was ich Ihnen sagen werde, glaubwürdiger.«

»Vielleicht«, meinte sie neutral.

Er fragte sich, ob sie ihn wohl auf sein Leuchten überprüfte, doch wahrscheinlich war es gar nicht vorhanden. Schließlich war er noch kein potentieller Ehepartner für sie, auch wenn er sie liebte.

»Ich bin Chronos, die Inkarnation der Zeit.« Diesmal wich sie nicht zurück. Sie war bezaubernd genug, um ihn anzuhören. »Ich kann den Fluß der Zeit umkehren, teilweise oder als Ganzes. Hier.« Er fischte in seiner Tasche nach einem kleinen Stein, den er aufgrund seiner hübschen Gestalt auf dem Mars aufgehoben hatte. Er ließ den roten Stein auf den Tisch fallen. »Sehen Sie mal, wie er fällt.«

»In gerader Linie in die Tiefe«, sagte sie und hob eine Augenbraue, unsicher, worauf er hinauswollte.

»Ich werde die Zeit für einen Augenblick für mich selbst umkehren«, verkündete er. Er hob die Sanduhr hoch, drehte sie jedoch nicht um; er wollte nur einen begrenzten Effekt haben. Dann ließ er den Sand rot werden und befahl die Umkehr des Ereignisses.

Der Sand änderte seine Richtung, und einen Augenblick später machte der Stein auf dem Tisch einen Satz und sprang in seine rechte Hand empor. Dann ließ Norton den Sand grün werden und vereinigte damit wieder die normale Weltzeit. Er hatte die Umkehr sehr begrenzt gehalten, so daß Orlene davon nicht persönlich betroffen worden war.

Orlene griff nach ihrem Schlangenring. In ihrer Eile bekam sie beide Ringe zu packen, die sich jeweils um einen Finger wanden. »Ist er des Satans?« fragte sie angespannt.

Ohne die Reaktionen der Schlangen zu sehen, wußte Norton, was passierte. »Ist er wirklich Chronos?« fragte sie als nächstes. Und schließlich: »Warum trägt er dann ein Amulett Satans?«

Erschrocken blickte Norton auf das kleine Horn an der Kette hinunter, das Satan ihm gegeben hatte. »Satan hat mir dies tatsächlich gegeben«, sagte er, »aber ich bin nicht sein Diener. Er hat mich darum gebeten, ihm einen Gefallen zu tun, und dieses Amulett sollte dazu dienen, ihn herbeizurufen, falls ich ihn brauche.« Er hob das Horn und stellte fest, daß ein Teil davon fehlte. »Der Rahmen muß bei einer früheren Anpassungsphase abgefallen sein.«

»Werfen Sie es weg!« sagte Orlene.

Norton entfernte die Kette und legte das Amulett auf den Tisch.

»Wenn ich es hier wegwerfen sollte, würde es in Ihrer Nähe bleiben. Da ist es besser, es zu vernichten. Haben Sie einen Verbrenner?«

»Flammen können kein Ding vernichten, das dem Teufel gehört!« sagte sie. »Ich habe etwas Weihwasser.« Sie stand auf, um es zu holen. Norton versuchte, sie nicht allzu aufdringlich anzustarren; sie war so wunderschön, so fast-vertraut – und doch hatte er sie auch tot gesehen, Jahre in der Zukunft entfernt.

Einen Augenblick später kehrte sie mit einem Fläschchen zurück und träufelte ein paar Tropfen auf das Horn. Das lief schwarz an und erzitterte, wobei es einen üblen Gestank von sich gab. Die Kette wand sich wie ein Lebewesen und verpuffte in einem Rauchring.

Orlene entspannte sich wieder. »Ich mag Satan nicht«, sagte sie.

»Ich auch nicht«, sagte Norton. »Er ist die Inkarnation des Bösen. Ich bin die Inkarnation der Zeit. Ich schätze, ich muß wohl mit ihm zusammenarbeiten, aber einen Gefallen brauche ich ihm eigentlich nicht zu tun.«

»Ja«, sagte sie. »Also gut«, fuhr sie fort. »Ich akzeptiere Sie als Zeit. Was wollen Sie von mir?«

Er wollte sein ganzes Leben mit ihr verbringen! Doch das konnte er nicht sagen.

Plötzlich begriff Norton. »Sning!« rief er. »Du hast versucht, mich vor Satans Amulett zu warnen, nicht wahr! Du wußtest, daß es mir hier nichts helfen würde!«

»Sning?« fragte Orlene.

»So nenne ich ihn. Eine Verbindung aus Schlange und Ring. Als Sie ihn mir gegeben haben. Das wird in zwei Jahren der Fall gewesen sein.«

Sie lachte. »Sning meint, daß dem so ist! Aber er schien Zweifel an dem zu haben, was Sie als erstes sagten, über die Warnung. Ich glaube, er dachte an etwas anderes, nicht an mich.«

»Nun, jetzt spielt es ja keine Rolle mehr, da wir das Amulett zerstört haben.«

Sie furchte die Stirn. »Er ist sich da nicht so sicher.« Nun zuckte sie die Schultern. Ach, diese kleinen vertrauten Gesten! »Nun, sagen Sie mir jetzt, weshalb Sie hergekommen sind, wenn Sie mir sowieso in ein paar Jahren begegnen werden. Mit Sicherheit würde ich Ihnen Sning nicht schenken, wenn wir nicht enge Freunde wären.« Sie verengte in gespieltem Mißtrauen die Augen. »Sie wollen mich doch wohl nicht vor Ihren bösen Absichten warnen!«

Norton begann zu lachen – und das Lachen blieb ihm im Halse stecken. Was war der Unterschied zwischen bösen Absichten und bösen Resultaten? Nun konnte er ihr die Wahrheit sagen, doch er mußte fesetstellen, daß seine Zunge ihm den Dienst verweigerte.

»Ich dachte, ich hätte etwas zu erzählen«, sagte er. »Doch ich fürchte, das ist nicht der Fall.«

»Nun, was wollten Sie mir denn sagen, bevor Sie es sich anders überlegt hatten?«

Er atmete tief durch. Sie hatte gefragt, also mußte er ihr auch antworten. »Ich ... in der nahen Zukunft ... als ich noch ein normaler Mensch war ... bin ich Ihnen begegnet und habe Sie geliebt.« Da – nun war es heraus.

»Das hatte ich mir schon gedacht«, erwiderte sie. »Wie Sie mich beobachtet haben, die Tatsache, daß Sie meinen Ring besitzen und die Art, in der Sie so hell leuchten – es muß einfach Liebe sein.«

Ihre Offenheit erschreckte ihn. »Lieben Sie mich nicht!«

brach es aus ihm hervor. »Ich war die unbeabsichtigte Ursache Ihres Todes!«

»Meines Todes!«

»Es ... es ist eine komplizierte Geschichte. Ich möchte nicht, daß dies geschieht. Doch die Alternative, an die ich dachte, Sie nämlich jetzt von dieser Bahn fortzulenken, die taugt auch nichts. Ich liebe dich, aber ich kann dir nur wehtun.«

»Mir wehtun? Nein, das würdest du nicht tun. Das Leuchten ...«

»Frag Sning!«

Sie hielt inne. »Mein Ring meint Nein, du würdest mir nicht wehtun. Aber dein Ring sagt Ja, du würdest es tun.«

»Sie sind beide ein und derselbe Ring, doch meiner hat mehr Erfahrung. Geben Sie sich nicht mit mir ab, wenn Sie mir in zwei Jahren begegnen. Dann werden Sie vielleicht ein besseres Leben führen können.«

»Aber wenn Sie es sind, den zu lieben mir bestimmt ist ...«

»Es ist eine verfluchte Liebe!«

Verwirrt schüttelte sie den Kopf. »Besonders viel Sinn macht das nicht, was Sie da sagen.«

»Schauen Sie doch nur einmal, welche Wahlmöglichkeiten ich habe. Wenn ich ... wenn wir in zwei Jahren eine Beziehung miteinander haben, werden Sie ein Baby bekommen, das stirbt, woraufhin Sie Selbstmord begehen werden. Aber wenn wir jetzt eine Beziehung miteinander eingehen, da ich Chronos bin – nun, ich lebe rückwärts! Ich könnte mit Ihnen allenfalls eine halbe Stunde auf einmal zusammensein, beginnend mit dem jetztigen Zeitpunkt, und jedesmal, wenn ich Sie träfe, wären Sie jünger. Sie würden sich nur nicht an mich erinnern können, Sie wären schon bald sogar zu jung, um ...« Hilflos hob er die Hände.

Sie nickte. »Nun leuchtet mir ein, was Sie meinen, und Ihr Ring bestätigt es. Ich glaube, ich würde Sie mögen und wahrscheinlich auch lieben, weil Sie so stark leuchten; doch Ihnen als Teenager immer wieder zum ersten Mal zu begegnen – und dies immer dann, wenn ich noch jünger bin – ich glaube kaum, daß ich das alles verkraften könnte. Obwohl ich mich daran erinnern kann, als Kind in einem Park einem seltsamen Mann in einem weißen Umhang begegnet zu sein ...« Sie schüttelte den Kopf. »Es ist so schon seltsam genug, sich jetzt mit Ihnen zu unterhalten!«

»Ja. Wenn es nur irgendeine Möglichkeit gäbe, durch die ich jetzt mit Ihnen beginnen und nach vorne gewandt mit Ihnen weitermachen könnte – doch auch das könnte allenfalls vier Jahre andauern, weil ich danach Chronos wurde und mein Zeitfluß sich umkehrte, und ich kann physisch nicht über meinen eigenen Lebenszeitrahmen hinaustreten. Danach könnte ich Sie zwar betrachten, aber niemals mit Ihnen in Verbindung treten, und Sie würden mich nie sehen. Das taugt also nichts; Sie haben so viel mehr verdient! Ich liebe Sie und weiß, was für Sie das Beste ist, und Ihr bestes Leben leben Sie ohne mich.«

Langsam nickte sie. »Ihr Ring stimmt Ihnen zu. Es tut mir leid, aber ich habe kein Argument dagegen.«

Er seufzte. »Ich ... es tut mir leid, daß ich Sie belästigt habe. Ich hätte sie allein lassen sollen. Lassen Sie mich nun gehen, und geben Sie sich nie wieder mit mir ab.« Welch einen Trümmerhaufen er plötzlich aus seinen Zielen gemacht hatte!

»Hier ist Ihr Ring«, sagte sie und reichte ihm einen der Snings.

Norton nahm die kleine Schlange entgegen und wartete, bis sie sich um seinen Finger gewickelt hatte. »Bist du mein Sning?« fragte er. Würde es einen Unterschied machen, wenn es der andere wäre?

Druck.

Wahrscheinlich würden die beiden Snings sich in Nortons Gegenwart ohnehin miteinander vermengen. »Leben Sie wohl, Orlene.«

Sie lächelte.

Und bevor er es sich noch einmal anders überlegen konnte, änderte er die Sandfarbe und verschwand.

»Na, das habe ich aber ordentlich verdorben«, brummte

er laut. »Aber ich schätze, ich mußte es eben auf die harte Tour lernen.«

Druck, Druck.

»Nicht?« Er dachte gründlicher über die Sache nach und mußte feststellen, daß Sning recht hatte. Er hatte das Problem vielleicht nicht so gut in den Griff bekommen, wie er vorgehabt hatte – doch vielleicht hatte er Orlene den Schlüssel in die Hand gegeben, um einst ihr Leben zu retten, und gleichzeitig hatte er seine eigenen Lebensgeister unendlich erhellt.

Druck.

»Hat es dir Spaß gemacht, deinem Selbst zu begegnen, Sning?«

Druck.

Norton lächelte, als er vorwärts durch die Zeit reiste. »Vielleicht ist es die Sache also doch wert gewesen. Nun bin ich wenigstens bereit, die neue Wirklichkeit anzunehmen und meine Aufgabe als Chronos voll zu erfüllen.«

Da erinnerte er sich an die Raumzeit-Adresse, die Satan ihm gegeben hatte. Er hegte noch immer keinerlei Absicht, Satan behilflich zu sein; das Gespräch mit Orlene hatte dies noch bekräftigt. Doch seine Neugier wuchs. Wer war diese Person, die Satan höchstpersönlich einen Gefallen abverlangen konnte?

Norton ging der Adresse nach. Es war nicht in Kilvarough selbst, sondern in einer darüberschwebenden Stadt, einem beweglichen Einkaufs- und Jahrmarktszentrum. In ihrer Umgebung schwärmten fliegende Teppiche umher, und die Geschäfte glitzerten von magischen Gegenständen. Darunter lag die düstere Metropole Kilvarough, über der die fliegenden Händler Halt gemacht hatten. Man nannte sie auch Zigeunerstädte.

Es war ungefähr zwanzig Jahre vor Nortons eigener »Gegenwart«. Er würde gerade ein Teenager sein – und er hatte keineswegs vor, nach sich selbst zu schauen. Die Begegnung mit Orlene war verwirrend genug gewesen! Also begab er sich zum Steinladen und beobachtete ihn in seinem eigenen Zeitmodus, damit ihn niemand bemerkte.

Im Laden befand sich ein Mann, der magische Steine untersuchte. Er hatte sich für einen großen Reichtumsstein entschieden, für einen von jener Art, die einen schwebenden Sechsstern besaßen. Während Norton zusah, betrachtete der Mann einen Liebesstein und dann einen Todesstein, um schließlich rückwärts den Laden zu verlassen.

Norton sprang ein Zeitstück vor, um die jüngste Zukunft des Mannes, nach dem Erwerb des Reichtumssteins, zu betrachten. Mit Hilfe einer Reihe von Sprüngen und Pausen folgte er dem Mann in sein etwas schäbiges Apartment in Kilvarough. Dort entdeckte der Mann, daß sein Stein nicht so gut war, wie der Verkäufer ihn dargestellt hatte; er förderte keine Reichtümer zutage, sondern lediglich verlorenes Kleingeld.

Norton sprang weitere drei Stunden in die Zukunft und musterte die Wohnung des Mannes, wo er seinen Leichnam auf dem Boden liegen sah, aus dessen Pistolenwunde im Kopf Blut floß.

Satan hatte also recht gehabt. Der Mann hatte eine schlechte Wahl getroffen und sich deshalb das Leben genommen. Er hatte keine Zukunft auf Erden, und das war ganz wörtlich gemeint. Satan wollte ihm eine bessere Zukunft verleihen, und was wäre daran schon auszusetzen gewesen?

Norton bewegte sich ein Stück in die Vergangenheit der Welt zurück, wobei er den eigentlichen Selbstmord mied; da ihm Satans Motive immer noch schleierhaft waren, ging er der Sache genauer nach. Er stellte fest, daß eine schöne junge Frau in der Nähe eines Werbeplakats, das von den angeblichen Freuden der Hölle kündete – was würde Satan wohl noch alles einfallen? – mit ihrem fliegenden Teppich Schwierigkeiten gehabt und daß der Besitzer des Steinladens sie gerettet hatte. Nun konnte Norton die Einzelheiten des Falls rekonstruieren: Der Klient hatte die Frau mit Hilfe des Liebessteins ausfindig gemacht, doch der Ladenbesitzer hatte ihm statt dessen einen wertlosen Stein angedreht und die Frau selbst genommen. Das war ein äußerst pofitables Geschäft gewesen, denn weitere Nachforschungen ergaben, daß die Frau schön war, reich, liebevoll und treu – tatsächlich war sie viel zu gut für diesen gerissenen, hinterhältigen Ladenbesitzer. Wenn Satan eingriff, so daß der Mann sich für den Liebesstein entschied, würde er die Frau für sich selbst gewinnen und ein wohlverdientes besseres Leben führen – eben jene Art von Leben, wie Norton es selbst gerne mit Orlene geführt hätte.

Wieder packten Norton die Zweifel. Sollte er Satan diesen Gefallen tun? Tatsächlich sah es so aus, als hätte Satan diesmal das Recht auf seiner Seite.

»Soll ich?« fragte er Sning.

Druck, Druck.

»Warum nicht? Ich mag Satan zwar nicht, aber ich möchte fair bleiben. Soll ich ihn denn nicht unterstützen, wenn er im Recht ist?«

Druck, Druck, Druck.

Natürlich konnte die kleine Schlange einen derartigen Kommentar nicht unmittelbar beantworten! Nun, Norton würde über die Sache nachdenken. Vielleicht sollte er auch die Schicksalsgöttin danach fragen.

Er stellte seine Sanduhr ein und reiste zurück in seine Gegenwart. Er hoffte, daß Clotho ihn dort erwartete, doch statt dessen fand er Satan vor.

»Nun?« fragte der Fürst des Bösen.

»Ich habe Ihre Situation überprüft«, teilte Norton ihm mit. »Ich kann zwar nichts Falsches an Ihrem Vorhaben erkennen – aber ich habe mich noch nicht entschieden.«

»Mein Amulett«, sagte Satan, während er ihn musterte. »Wo ist es?«

»Och … das hat jemanden gestört, den ich besuchte, deshalb hat sie es mit Weihwasser vernichtet. Tut mir leid.«

Satan schien plötzlich anzuschwellen. Sein Gesicht lief rot an, und aus einem Nasenloch trat eine kleine Rauchwolke hervor. »Sie haben eines meiner …!«

Doch er beherrschte sich wieder und wurde ruhiger. »Es spielt keine Rolle; es war ja nur ein Schmuckstück. Sie sind also immer noch gewillt, sich die Sache zu überlegen?«

»Ja.«

»Vergessen Sie nicht, daß ich bereit bin, sehr gut für derlei kleine Gefälligkeiten zu zahlen. Hier, ich will Ihnen ein weiteres Beispiel dafür geben.«

»Oh, Sie brauchen sich wirklich keine Mühe ...«

Doch Satan hatte schon eine Geste vollführt, und plötzlich schoß Norton wieder durch das Weltall. Er hatte wohl nicht schnell genug protestiert.

9 Alicorn

Diesmal kam er an einem anderen Ort heraus, in einer Laternamagica-Wolke, auf der Oberfläche eines wunderschönen, erdähnlichen Planeten. Hier war der Raum nicht so dicht mit Sternen übersät, so daß sich Tag und Nacht deutlich unterscheiden ließen. Stattliche Eichen warfen ihren Schatten über das Grün, und Osterblumen blühten in hübschen Gruppen.

Unmittelbar vor ihm stand eine wunderschöne junge Frau. Ihr Haar war lang und lockig, wie eine Masse Goldflocken, und sie trug ein langes und keusches Kleid, das ihre ansprechenden Konturen jedoch nicht verbarg. Ihre Augen waren graublau, ihre Lippen rot und ihre Hände und Füße waren atemberaubend.

Mit einem Ausdruck mildem Erstaunens und Entsetzens starrte sie Norton an.

»Hallo«, sagte er probehalber.

»Aber ich wollte einen Hengst herbeizaubern!« rief sie empört. Sie hielt die rechte Hand empor, und an einem ihrer zarten Finger war ein großer, offenbar magischer Ring zu erkennen.

»Sieht so aus, als hätten Sie ihren Zauber versiebt«, sagte Norton entschuldigend. »Ich bin nur ein Mensch.«

»Eher ein Dämon!« schnaubte sie. Wütend stampfte sie mit ihrem süßen Fuß auf. »Diese Magie gelingt nur einmal am Tag; jetzt habe ich sie vergeudet und bin hier zu Fuß gestrandet. Was soll ich mit einem bloßen Mann anfangen?«

Wie kam es nur, daß sich ausgerechnet die schönsten jungen Frauen am wenigsten für Männer interessierten? »Äh, vielleicht könnte ich Ihnen dabei helfen, ein anderes Reittier zu finden.«

Sie musterte ihn anerkennend, als wäre er vielleicht doch noch zu etwas nutze. »Mag dieses wohl ein magischer Ring sein, den Ihr da tragt?«

Er blickte auf Sning. »Ja, in gewisser Weise.«

»Dann benutzt ihn dazu, mir ein Reittier herbeizuzaubern, um jenes zu ersetzen, welches Ihr frecherdings an Euch gerissen habt«, befahl sie herrisch.

»Aber dieser Ring ist nicht von dieser Sorte.«

Ihre Augen sprühten schieres Feuer. »Was für ein Mann bist du, um eine Maid also zu necken? Du schuldest mir ein Reittier.«

Dessen war sich Norton zwar nicht so sicher, aber sie war so hübsch und selbstbewußt, daß er sie nicht enttäuschen wollte. Er würde ihr zeigen müssen, was es mit seinem Ring auf sich hatte. »Sning ...«

Sning löste sich von seinem Finger und glitt über die Hand hinab auf den grünbewachsenen Boden. Dabei dehnte er sich aus und wurde zu einer normal großen grünen Schlange, dann zu einer Python und schließlich zu einem Ungeheuer von einem Fuß Durchmesser.

»Herre!« rief die Damsell und zückte einen blitzenden Dolch. »Ohne Kampf sollt Ihr mich nicht verzehren!«

»Oh, Sning frißt keine Leute«, meinte Norton verunsichert. »Er ist ganz freundlich. Ich glaube, er möchte sich lediglich als Reittier anbieten.« Die Entwicklung des Ganzen erstaunte ihn; er hätte nie geglaubt, daß Sning seine Größe verändern könnte. Vielleicht war dies ein Talent, das den Contraterrenischen Welten vorbehalten blieb, wo möglicherweise andere Gesetze herrschten.

»Närrin wäre ich in der Tat, mein zartes Fleisch dem Rükken dieses üblen Reptils anzuvertrauen!« rief sie.

»Ich bin sicher, daß keine Gefahr besteht. Hier, ich zeig

es Ihnen.« Norton schritt auf den monströsen Sning zu und kletterte unbeholfen auf eine erhabene Schlinge hinauf. Das Fleisch der Schlange war fest und trocken und leicht nachgiebig, recht bequem und gar nicht glatt. Norton hatte keine Probleme damit, Halt zu finden. »Sehen Sie – Sning wird Sie überall hinbringen, wo Sie auch hinmüssen, Fräulein ...«

»Excelsia«, sagte sie. »Und wer seid Ihr?«

»Norton.« Da ihm sein Dialog mit Orlene noch frisch im Gedächtnis war, verspürte er keine Lust, sich jetzt schon wieder auf die Sache mit dem Chronosamt einzulassen.

»Herre, jene Kreatur werde ich nicht alleine reiten!«

Norton zuckte die Schultern. »Natürlich reite ich mit Ihnen.« Er hatte sich ohnehin nicht von Sning trennen wollen. »Sie können sich ja auf eine andere Schlinge setzen.«

Vorsichtig saß sie auf, im Damensitz. »Doch wo sind die Zügel?

»Ich glaube, er funktioniert sprachgesteuert. Wohin wollen Sie?«

Allerliebst legte sie den Kopf schräg. »Nun, da hatte ich mich noch nicht entschieden.«

»Sie wollten ein Reittier herbeizaubern, ohne ein Ziel zu haben?«

Süße Verärgerung huschte über ihr Gesicht. »Nun, für gewöhnlich fange ich mir ein schönes Einhorn, und dann beschließen wir es gemeinsam.«

Ein Einhorn. Das paßte. Auf der Erde waren solche Wesen gräßlich teuer, und jeder, der eines besitzen wollte, mußte einen Stammbaum nachweisen, der mindestens ebenso umfangreich und vornehm war wie der eines Tieres, bevor ihm der Erwerb gestattet wurde. Im sogenannten Zeitalter der Aufklärung waren Einhörner aber wie Drachen in den Untergrund gegangen. Doch hier waren solche Tiere anscheinend weiterverbreitet.

»Warum begeben Sie sich dann nicht zum Einhornkorral und holen sich eins?«

Excelsia ließ ein glockenhelles Lachen ertönen. »Herre, niemand holt sich ein Einhorn anders als durch einen Zauber, und auch dies kann nur durch eine wunderschöne Jungfrau wie mich vollbracht werden.«

Oh. Ja. Ganz bestimmt. »Nun, dann vielleicht irgendeine andere Art von Reittier. Eines, das Sie jeden Tag bei sich haben können und nicht jedesmal aufs neue heraufbeschwören müssen, wenn Sie mal ausreiten wollen.«

Erneut legte sie den Kopf schräg und dachte nach. Sie wirkte nicht besonders intelligent, doch das wurde durch ihre Schönheit mehr als ausgeglichen. »Es gibt allerhiero nur ein magisches Reittier, welches ein Mensch halten kann, und dieses befindet sich bereits im Bann der Bösen Zauberin.«

»Was ist das für ein Reittier?«

Sie nahm einen verzückten Gesichtsausdruck an. »Das Alicorn.«

»Das was?«

»Ein geflügeltes Einhorn, von allerrassigstem pferdischen Fleische, der Schwarm jeder schönen und unschuldigen Maid. Für dieses Reittier würde ich alles dahingeben.«

»Alles?«

Sie warf ihm einen scharfen Blick zu, wobei sie eine Schnute zog. »Was war das für ein Gedanke, Herre?«

Norton errötete. »Es ist nur, daß ... so wie ich die Sache verstehe ... wenn Sie dieses Geschenk gäben, das nur Sie geben können, dann wären Sie wohl nicht mehr in der Lage, das Alicorn zu halten.«

»Das ist wahr«, meinte sie knapp. »Doch ist dies von geringer Bedeutung, denn niemand kann das Alicorn fangen.«

»Nun, gehen wir der Sache doch einmal nach. Was steht dem denn entgegen?«

»Zunächst einmal die Böse Zauberin, die erst erschlagen werden muß, ehe daß man sich dem Wesen nähern kann. Dann ...«

Das gefiel ihm nicht. »Erschlagen? Gibt es denn keine sanftere Methode?«

»Wer immer in ihr Gebiet eindringt, sie jedoch nicht erschlägt, den verwandelt sie in Schleim.«

Überzeugt! »Man kann auch nicht vernünftig mit ihr reden?«

»Vernünftig reden mit dieser ...« Sie hielt inne. »Ich fürchte, ich weiß das passende Wort nicht.«

»Natürlich nicht«, stimmte er sanft zu.

»Habt Ihr schon jemals versucht, vernünftig mit einer Frau zu sprechen?« verlangte sie herausfordernd.

»Ich bin sicher, daß ich damit nicht sehr weit käme«, gab er nach, und das besänftigte sie. »Angenommen, wir überwinden die Böse Zauberin, welche Hindernisse gibt es dann noch?«

»Der Böse Besitz ist voller feindseliger Kreaturen und ungütiger Zauber. Es beut den reinen Tod, auch nur den Fuß dort hineinzusetzen.«

Sie war sehr ernst dabei, und das machte ihn nervös, doch er fühlte sich dazu verpflichtet, sich gründlich zu informieren. »Vielleicht setzen wir gar keinen Fuß hinein«, sagte er. »Wir könnten auf Sning hineinreiten, so daß nur seine Windungen den Boden berühren.«

»Das leuchtet ein«, stimmte sie erfreut zu.

»Nehmen wir einmal an, daß wir ungehindert und sicher in den Bösen Besitz eindringen. Was dann?«

»Der Wächterdrache«, sagte sie.«

»Drache?« Gawain das Gespenst hatte ihn zwar im Drachentöten unterwiesen, aber gerade durch dieses Training hatte Norton einen tiefen Respekt für die Kampfkraft dieser Tierart entwickelt. Es war auf jeden Fall besser, einem Drachen aus dem Weg zu gehen!

»Riesig, gewaltig und furchterregend«, sagte sie, und ihre Augen verengten sich in geahntem Entsetzen. »Ein riesig Ungeheuer, sehr groß und von gewaltiger Größe. Es tötet alle, die näherzukommen wagen. Es bewacht das Gebiet um den Pfuhl des Alicorns, und niemand kommt dort ungestraft hindurch.« Sie blickte ihn schräg an. »Es sei denn, Ihr, gütiger Herr, würdet vielleicht ...?«

»Wie es sich so trifft«, meinte Norton unwillig, »besitze ich eine gewisse Übung im Drachenkampf. Allerdings habe ich niemals tatsächlich ...«

»Oh, welche Freude!« rief sie und klatschte mit kindlichem Entzücken in die Hände. »Dann kommen wir also auch an dem Ungeheuer vorbei!«

Norton wollte zwar widersprechen, doch ihr Freudenausdruck war so entzückend, daß er den Einwand zurückhielt. »Wenn wir also irgendwie bis zu dem Alicorn gelangen sollten ...«

»Auch dann ist der Sieg noch nicht unser«, sagte sie, »denn es ist dies die wildeste aller Kreaturen. Seine Nüstern schnauben Feuer, und Funken sprühen von seiner Mähne, und wäre er nicht so grausam angebunden, er würde ans Firmament emporspringen und für immer aus der Gewalt menschlicher Zucht fliehen.«

»Gibt es irgendeine Möglichkeit, ihn zu zähmen, so daß er freiwillig bei Ihnen bleibt?«

»Wohl, es gibt das Wort der Macht. Sprecht es aus, und er ist gezähmt.«

»Welches Wort ist das?«

In tragischem Bedauern zuckte sie die Schultern. »Weh mir, ich weiß es nicht!«

»Na gut, alles der Reihe nach. Wie bringt man die Böse Zauberin um?«

»Dies wird, so deucht mir, das Verzauberte Schwert vermögen.«

Das hörte sich gut an. Wenn man gegen Drachen kämpfte, war Magie nie zu verachten. »Und wo ist das?«

Wieder zuckte sie die Schultern. »Herre, ich weiß es nicht. Es heißt, das Schwert erscheine nur einem wahrhaftig edlem Helden, von verborgener Hand aus tiefem Gewässer emporgehoben.«

Norton seufzte. Für dieses Schwert war er gewiß nicht qualifiziert! Er hätte sich eigentlich denken können, daß die Sache einen Haken hatte. Außerdem sah er kein Gewässer weit und breit – und selbst wenn es hier Gewässer gegeben hätte, woher hätte er dann wissen sollen, *welches* davon in Frage kam und wo?

Sning wandte den Kopf um und sah ihn an. »Du hast eine Antwort?« fragte Norton. Und dann, hastig: »Bitte nicht auf die übliche Weise antworten!« Snings Gesicht deutete ein Lächeln an. Dann nickte er einmal mit seinem riesigen Kopf.

»Du kannst uns zu dem Verzauberten Schwert führen?«

Nicken.

»Großartig! Dann also nichts wie hin!«

Sning richtete den Kopf wieder nach vorne und setzte sich in Bewegung. Nun wellten seine Kurven auf und ab, so daß Norton und Excelsia empor- und hinabgetragen wurden – und auch noch seitwärts. Es war eine ziemliche Schaukelpartie, doch bald hatten sie den Trick heraus.

Sning bewegte sich mit großer Geschwindigkeit durch Feld, Wald und Wiese und hielt an einer großen Schlammpfütze an.

»Hier?« fragte Norton entsetzt. »Kein schimmernder, stiller, geheimnisvoller Tiefwassersee?«

Entschieden deutete Sning mit der Nase auf die Pfütze.

Wie sehr sich doch die Wirklichkeit vom Mythos unterschied! Norton fand sich damit ab und ließ sich von Sning herunter. Er schritt auf die Pfütze zu. Knirschend versanken seine Füße am Rand, und er machte sich schon Sorgen, in Treibsand gelandet zu sein. »Warte!« sagte er zu sich selbst. »Vor Sand sollte ich mich wirklich nicht fürchten! Schließlich stellt der die Essenz des Symbols meines Amtes dar!«

»Amtes?« fragte Excelsia verwundert.

»Ach, nichts.« Er holte seine Sanduhr hervor und wedelte damit gegen den Sand. Sofort bekamen seine Füße festen Halt. Dann steckte er die Sanduhr wieder fort und schritt den Rand bis zur Pfütze entlang.

Als seine Zehen den dunklen Matsch berührten, schwappte etwas in der Mitte. Plötzlich stieg ein Gegenstand empor – ein mit Algen behangenes, schmutziges altes Schwert mit rostiger Klinge.

Na ja, er war ja auch nicht König Artus; vermutlich war ihm keine erstklassige Ausrüstung beschieden. Norton beugte sich vor und grabschte nach dem Griff des Schwerts. Das Ding schien festzukleben, so daß er sich außerordentlich anstrengen mußte, um es aus dem Schlamm zu reißen.

Kein Wunder! Die Hand, die das Kriegsgerät emporgeschoben hatte, ließ nicht los. Als Norton daran ruckte, zog er nicht nur das Schwert hervor, sondern auch den kleinen schlammdurchtränkten Mann, der es festhielt. Er trug archaische Kleidung, auf dem Kopf hatte er einen großen Schlapphut. »Wer bist du denn?« fragte Norton überrascht, als er das Schwert an Land zog, von dem der Mann herabbaumelte.

»Ich bin natürlich der Schwertelf«, erwiderte der Mann mürrisch. »Hast dir wirklich mächtig viel Zeit gelassen, mich zu retten.«

»Was hab ich getan?«

»Na klar«, sagte der Elf und fuhr sich über seine Schlammkruste. »Ich verwende das Schwert lediglich als Köder, damit mich irgend jemand aus diesem schwarzen Loch zieht.«

»Wie lange bist du denn schon dort drin?«

»Och, ein oder zwei Jahrhunderte. Ist ein bißchen schwer, sich im Dunkeln das Zeitgefühl zu bewahren. Aber die Helden von heute sind auch nicht mehr das, was sie mal waren.«

»Willst du mir erzählen, daß dieses Schwert hier eine Fälschung ist? Daß es nicht verzaubert ist?«

»Verzaubert ist es schon«, meinte der Elf. »Glaubst du, irgend jemand gibt sich mit einem gefälschten Schwert ab?«

»Hiermit läßt sich also die Böse Zauberin töten?«

»Na klar. Dafür ist es ja gedacht!«

»Und wie wirkt es gegen Drachen?«

»Angemessen. Drachen besitzen Gegenzauber, die den Effekt vermindern. Natürlich ist es eine Hilfe, wenn man weiß, wie man ein Schwert zu führen und einen Drachen anzugehen hat. In den Händen eines Ignoramus taugt auch die verheerendste Zauberwaffe nicht viel.«

»Na gut.« Norton war bereit, die Dinge so hinzunehmen, wie sie sich ihm präsentierten, denn dies hier schien eine Welt der Oberflächlichkeit zu sein. Er würde auf das Training vertrauen müssen, das Gawain ihm hatte angedeihen lassen, und auf die Kraft des Schwertzaubers. Er schritt zu Sning zurück.

Der Elf folgte und bestieg einen dritten Schlangenbuckel. Offensichtlich hatte Norton nun einen weiteren Gefährten.

»Schön, dann kümmern wir uns jetzt um die Böse Zauberin«, sagte Norton. Viel mehr schien es nicht zu geben, womit man die Episode hätte fortführen können, und wenn er irgend etwas Tödlichem begegnete – nun, dann würde er eben in sein Haus im Fegefeuer zurückkehren, um dort mit seiner Arbeit weiterzumachen.

Sning machte sich wieder auf den Weg, jagte über Berg und Tal, um Gebirge und Moore herum. Norton gefiel die Landschaft; dies war in der Tat eine Forschungsreise wie er sie liebte.

»Dies ist beinahe so gut wie ein Ritt auf einem gewöhnlichen Reittier«, gestand Excelsia.

Nach einer Weile kam der Böse Besitz in Sichtweite. Auf dem Grundstück befand sich eine große alte Felsenburg mit wenigen Fensterschlitzen und hohen, düsteren Türmen. Oben auf den Zinnen lag Schnee, wenngleich das Wetter am Boden nicht so kalt war. Sie war von riesigen häßlichen Bäumen umringt. Das Ganze wirkte wie der trostloseste und übelste aller Flecken.

Sie glitten auf den Ring aus Bäumen zu. Sofort schwang sich ein großer, knorriger Ast drohend auf sie herab. Norton ließ sein Schwert emporschießen, um ihn abzufangen – und die Klinge durchschnitt das Holz wie Weichkäse.

Der Baum stieß ein Stöhnen aus, als würde er sich in einer grausamen Sturmböe winden, und wich mit seinem Stumpf zurück. Rötlicher Saft troff aus der Wunde. Norton musterte das Schwert mit neugewonnenem Respekt. Dort, wo die Klinge durch das Holz von Schlamm und Rost befreit worden war, glitzerte sie jetzt. Dies war in der Tat eine ausgezeichnete Waffe!

Ohne weitere Bedrohung gelangten sie an den Bäumen

vorbei und standen nun vor der düsteren Bösen Burg selbst. Ein eisiger Wind schien von ihr herabzuwehen. Norton fragte sich, ob er dies eigentlich wirklich wollte. So wie die Sache aussah, war das hier kein angenehmer Ausflug, und es war auch kein angenehmes Unternehmen, das er hier durchführen sollte. Möglicherweise geriet er dort drinnen in eine Falle und konnte dann nicht mehr zur Erde zurückkehren. Ob dies das Alicorn wirklich wert war?

Doch schon hielt Sning vor dem düsteren Frontportal. Die Schlange nahm wieder ihre übliche Körpergröße an, was sie alle zum Absitzen zwang. Norton reichte die Hand hinab, worauf Sning emporkletterte und sich wieder um seinen Finger wand. »Müssen wir hinein?« fragte Norton resigniert.

Druck.

»Können wir nicht einfach um die Burg herumgehen und uns sofort mit dem Drachen beschäftigen?«

Druck, Druck.

Norton seufzte. Wahrscheinlich gab es in der Burg auch noch Wachen, die Fremde mit Pfeilen oder Zaubern traktierten. »Die Sache gefällt mir nicht.«

»Aber Ihr seid doch ein Held?« protestierte Excelsia fröhlich. »Vorwärts und hinauf!«

»Angenommen, die Böse Zauberin verwandelt uns alle in Schleim?«

»Das kann sie nicht, solange du das Verzauberte Schwert in den Händen hältst«, meinte der Elf. »Erst muß sie dich entwaffnen.«

Das war gut zu wissen. Norton nahm seinen Mut zusammen und führte sie alle zum Vordereingang.

Die Zugbrücke hob sich, als sie näher kamen. »Oh, sieht so aus, als würde man uns erwarten.« Der Gedanke flößte ihm nicht eben Mut ein. Er trat vor – doch Sning drückte zweimal seinen Finger, und er hielt inne. »Eine Falle?«

Druck.

Er blickte zu den glitzernden Spitzen des Falltors empor. »Natürlich, was hinauf kann, kann auch hinab.«

Druck.

»Also schön, ich werde die Falle auslösen.« Er trat zu der Mulde im Steinfußboden, in der die tödlichen Eisenzacken des Falltors normalerweise ruhten. Dann sprang er hinüber.

Mit entsetzlicher Wucht rammten die Spitzen herab. Eine Staubwolke aus Geröll schwebte empor. Damit hatte Norton gerechnet, doch die Heftigkeit des Ganzen brachte ihn außer Fassung.

Er drehte sich um und hieb wütend mit dem Schwert auf die Falltür ein. Wieder durchschnitt die Klinge ihr Hindernis, als bestünden die Stangen nur aus gekochten Nudeln. Schon bald hatte er eine Öffnung freigehackt, so daß die anderen folgen konnten. Nun war ein noch größerer Teil seiner Klinge blankgeputzt und glänzte. Die Burg zitterte und stöhnte. Man hatte ihr die Fangzähne gezogen.

Sie gelangten in eine dunkle Vorhalle. Von einer sprühenden Fackel am gegenüberliegenden Ende flackerte Licht.

»Gibt's hier noch mehr Fallen?« fragte Norton.

Druck, Druck, Druck.

»Irgendeine unmittelbare Bedrohung für Leben oder Gesundheit?«

Druck, Druck.

Er beschloß, das Risiko einzugehen. »Bleibt dicht zusammen«, sagte er zu den anderen.

Excelsia und der Elf gehorchten nur zu gerne. Sie drängten sich so eng an ihn, daß er sich kaum noch bewegen konnte.

Dann hörten sie das *Stampf! Stampf! Stampf* eines Riesen. Damsell und Elf drängten sich noch enger aneinander. »Sning, bist du *sicher …?«*

Das Stampfen erreichte den Schnittpunkt der Gänge unmittelbar an der Fackel. Norton rüstete sich innerlich, um den Riesen zu stellen – und erblickte gar nichts. Das Stampfen kam weiterhin auf sie zu, ohne daß etwas zu sehen war.

Nein, das stimmte nicht ganz. Die Stiefel des Riesen waren da. Sie stampften von allein weiter.

Die Drei starrten die marschierenden leeren Stiefel an.

Unmittelbar vor ihnen blieben die Stiefel stehen. Das Geräusch verstummte. Nun sahen die Stiefel wie weggeworfenes Schuhwerk aus.

Norton nahm seinen Mut zusammen und stach leicht mit der Schwertspitze gegen das theoretische Knie des theoretischen Riesen. Er traf auf keinen Widerstand. Er hieb dicht oberhalb der Stiefel durch die Luft. Nichts.

Er steckte das Schwert wieder in den Gürtel und griff nach einem der Stiefel. Mit beiden Händen versuchte er, ihn aufzuheben, doch das Ding rührte sich nicht vom Fleck; es war, als hätte tatsächlich ein Riese seinen Fuß darin.

Norton richtete sich auf und wandte sich zurück zu den anderen. »Ich vermute ...«

Ein schneller Tritt in den Hintern unterbrach ihn. Er riß ihn hoch in die Luft, und er flog eine Elle weit durch die Halle. Einer der Stiefel hatte ihm einen Tritt verpaßt!

Norton fing sich wieder und rieb sich sein zerschundenes Hinterteil. Der Elf versuchte ein Feixen zu unterdrücken, und selbst die unschuldige Excelsia wirkte amüsiert. Norton selbst fand die Sache nicht besonders komisch und ging zur Tagesordnung über. »Gehen wir einfach um die Dinger rum.«

Der Elf gehorchte und machte einen Schritt zur Seite. Sofort erwachten die Stiefel wieder zum Leben und schritten vor den kleinen Mann. Der Elf hielt inne, weil er nicht auch noch einen Tritt abbekommen wollte. Selbst einen Tritt abzubekommen war niemals komisch.

»Vielleicht könnten wir über sie hinwegspringen!« schlug Norton vor.

»Na klar«, pflichtete der Elf ihm bei. »Du zuerst.«

Doch Norton verzichtete.

Excelsia versuchte es mit einem anderen Angang. Sie schritt hinüber zur Linken, wo sich kein Stiefel befand. Doch plötzlich erschien ein Paar riesiger Panzerhandschuhe und blieb ungefähr auf Kopfhöhe in der Luft schweben. Der rechte schloß sich vor Excelsias Gesicht zu einer Faust, dann streckte er den massigen Zeigefinger aus und wackelte drohend damit. Excelsia stieß ein erschrecktes Quieken aus und wich zurück.

Nun befanden sich vor dem Elf die Stiefel und vor der Damsell die Panzerhandschuhe. Norton trat auf die Mitte zu, woraufhin sich der rechte Stiefel und der linke Handschuh bewegte, um die Lücke zu schließen. Nun wurde auch ihm der Weg versperrt.

Na ja, wenigstens waren die körperlosen Stiefel und die Handschuhe keine ernsthafte Bedrohung, sie behinderten nur wirkungsvoll den Weg. Wenn sich die Gruppe entfernte, würde es keinerlei Probleme geben.

Doch Rückzug bedeutete Versagen, und davon hatte Norton bereits genug, jetzt kämpfte er erst recht. Wieder zog er sein Schwert. »Geht mir aus dem Weg, Ihr Dinger, oder ihr müßt dafür büßen!«

Nichts rührte sich. Er trat vor – und der rechte Stiefel schwang sich zu einem Tritt empor. Norton hieb mit dem Schwert dagegen und teilte ihn entzwei. Die beiden Einzelteile fielen zu Boden und zappelten wie ein zerhacktes Reptil.

»Ooooh«, sagte Excelsia in mitfühlendem Entsetzen. »Ihr habt ihn getötet!«

»Ich habe ihm eine faire Warnung erteilt«, meinte Norton. Wieder trat er vor und hieb diesmal dem Handschuh, der nach ihm griff, die Finger ab. Auch der fiel zappelnd zu Boden.

Nun griffen der andere Stiefel und der andere Handschuh an. Norton erwischte zwar den Stiefel, erhielt dafür aber von dem Handschuh eine schallende Ohrfeige, die ihn gegen die Mauer schleuderte. Der Handschuh setzte nach und formte sich zur Faust, die auf seine Nase zielte; diesmal brachte er die Klinge hoch und der zerteilte Handschuh stürzte zu Boden.

Norton brauchte einen Augenblick, um sein Gleichgewicht wiederzufinden, denn der Hieb war von gewaltiger Wucht gewesen!

»Ooooh, Ihr seid ja verletzt!« rief Excelsia und betupfte mit einem süßen kleinen Taschentuch sein Gesicht, was zumindest seine Stimmung aufheiterte.

Sie setzten sich in Richtung Fackel in Bewegung. Als sie sie erreichten, drückte Sning dreimal Nortons Finger: Eine Warnung. Norton blieb stehen.

Elf und Damsell blickten sich um. »Was ist los?« fragte Excelsia.

Norton zuckte die Schultern. »Sning hat mich gewarnt. Da ist irgend etwas.«

»Hör mal, Typ, wir können hier nicht ewig rumtrödeln«, murrte der Elf.

»Du hast doch hundert Jahre lang in dieser Schlammpfütze rumgetrödelt«, versetzte Norton. »Wozu also plötzlich die Eile?«

»In hundert Jahren kann man sehr ungeduldig werden«, konterte der Elf. »Ich gehe weiter.« Er schritt an der Fackel vorbei in den Kreuzgang.

Die Fackel flackerte monströs und sandte grelle Helligkeit aus. Norton legte die Hand schützend vor die Augen, als er zurückstolperte, doch das Unheil war bereits geschehen: Für einen Augenblick konnte er überhaupt nichts mehr sehen.

Endlich ließ der Effekt nach, und er sah sich um – und stellte fest, daß er sich allein im Gang befand. Excelsia und der Elf waren fort!

Beunruhigt suchte er nach ihnen, doch sie blieben verschollen. Die Überreste der Stiefel und Handschuhe waren ebenfalls verschwunden. Da hatte er eine Idee. »Sning, bin ich im selben Gang wie vorhin?«

Druck, Druck.

»Ich bin also im geblendeten Zustand in einen anderen Gang hineingestolpert?«

Druck, Druck, Druck.

»Ich wurde in einen neuen Gang befördert oder vom anderen abgeschnitten?«

Druck.

»Und zwar von der Bösen Zauberin?«

Druck.

»Sind die anderen in unmittelbarer Gefahr?«

Druck, Druck, Druck.

Verdammt, diese ungenauen Antworten! »Ihre Sicherheit ... hängt sie davon ab, was ich tue?«

Druck.

»Kann ich sie finden?«

Druck, Druck, Druck.

»Nicht bevor ich mich persönlich mit der Zauberin auseinandergesetzt habe?«

Druck.

Das hatte er vermutet. Die Böse Zauberin hatte ihn als Anführer erkannt und von den anderen getrennt, um ihn allein einer Prüfung zu unterziehen. Teile und herrsche. Wenn er sich durchsetzte, waren seine Gefährten in Sicherheit; wenn nicht ...

»Dann will ich es auch sofort tun.«

Druck.

Norton schritt voran, an der Fackel vorbei, wobei er diesmal wieder die Augen abschirmte, doch die Fackel blieb ruhig. Als er jedoch in diesen neuen Gang kam, entdeckte er ein Rudel von einem halben Dutzend grotesker kleiner Ungeheuer, knorrige Koboldinger. Sie stürzten auf ihn zu.

Der Schnellste, der ihn auch zuerst erreichte, hatte eine kugelförmige Gestalt mit winzigen Armen und Beinen. Sein ganzer Torso bestand aus einem wildverzerrten Gesicht, das von einem riesigen Mund mit nach innen gerichteten Zähnen beherrscht wurde. Norton brauchte nicht zu fragen, was das kleine Ungeheuer vorhatte; es würde aus jedem erreichbaren Teil seiner Anatomie ein Stück herausbeißen.

Norton richtete sein Schwert darauf, und das Ungeheuer sperrte den Schlund auf, um zuerst das Schwert mit der Spitze zu verschlingen. Die Klinge fuhr ihm aus dem Hinterkopf hervor und zerteilte es in zwei Hälften. Daraufhin löste sich das geschlagene Ding in übelriechenden Qualm auf.

Doch schon waren die nächsten beiden Monster da: eines von ihnen schlug Norton mit der breiten Seite seiner Klinge, wodurch es gegen das andere prallte. Das zweite riß den Schlund auf und biß dem ersten ein Stück ab. Kurz darauf waren aus zwei eins geworden – und Norton rammte sein Schwert durch es hindurch.

Bald hatte er auch die verbliebenen drei weggeputzt, wenngleich eines der kleinen Ungeheuer ihm tatsächlich ein Stück aus dem Stiefel biß. Er lief den Gang entlang, kam um eine Ecke – dort waren fünf weitere Ungeheuer vor einem schwebenden Glühen. Er erledigte sie der Reihe nach und blieb dann vor dem Glühen stehen. Was war das?

Druck.

»Kann man das ungefährdet berühren?«

Druck, Druck, Druck.

»Kann man es ungefährdet allein lassen?«

Druck, Druck.

Also streckte er die Linke vor, das Schwert kampfbereit in der Rechten haltend, und berührte das Glühen. Es flakkerte – und verwandelte sich in ein rundes Bett, auf dem eine wunderschöne Frau lag. Ihr Haar und ihre Augen schimmerten silbrig, ebenso ihre langen Nägel. Sie trug eine haremähnliche Kleidung, die ihr Fleisch großzügig offenbarte.

Unter langen silbernen Wimpern blickte sie ihn an. »Nun, Held«, sagte sie mit rauher Stimme und atmete ein.

»Äh ... ich nehme an, Sie sind die Böse Zauberin?«

»Eben diese«, hauchte sie.

»Und ich habe Sie gefunden, indem ich das Glühen eroberte?«

»Natürlich.« Sie verschob ihr Dekolleté.

»Sie erscheinen mir gar nicht so schrecklich.«

»Zweifellos übertreibt die Legende.«

»Aber ich muß Sie umbringen, sonst verwandeln Sie mich in Schleim, nicht wahr?«

Sie nickte, was ihr ganzes Fleisch in Wallung brachte. »Es hat allerdings keine Eile, Held.«

Warnend drückte Sning den Finger. Ja, es wurde von ihm erwartet, daß er sie umbrachte.

»Hier, ich werde Euch das Ziel freilegen«, sagte sie und ließ mit einem Achselzucken einen Teil ihrer Kleidung herabgleiten, so daß ihr Oberkörper enthüllt wurde. »Dieser Punkt hier.« Sie berührte eine Stelle zwischen ihren erstaunlichen Brüsten.

Doch wie *konnte* er? Das hier war schließlich kein zahniges kleines Ungeheuer, sondern ein lebender, atmender Mensch, unglaublich schön, und Norton war kein Mörder.

DRUCK!

»Ich kann nicht«, sagte Norton und ließ das Schwert sinken.

»Ich wußte, daß Ihr es nicht könnt«, murmelte die Böse Zauberin, als das Schwert scheppernd zu Boden fiel. »Ihr seid ein unschuldiger männlicher Tor.« Sie hob einen glatten Arm, und ihr Zeigefinger richtete sich auf ihn.

Sning entrollte sich heftig und sprang durch die Luft in ihre vorgestreckte Hand. Die kleine Schlange vergrub ihre winzigen Zähne im Finger der Zauberin.

»Oh, du Rotzding!« schrie sie und riß den Finger beiseite. Ein silbriger Blitz schoß aus dem Finger hervor, verfehlte Norton nur um Haaresbreite, und traf die Decke. Sofort verwandelte sich die Decke in Schleim und begann dem Boden entgegenzutropfen.

»Ooooh, du widerliches kleines Miststück!« schrie sie Sning an. »Ich beiße dir den Kopf ab!« Und sie führte die Hand an den Mund, wo sich zwischen den blutroten Lippen nun spitze scharfe Zähne zeigten.

Doch Sning schlängelte sich bereits davon. Er ließ sich aufs Bett fallen und jagte Norton entgegen. Die Böse Zauberin schlug mit der Faust auf den Körper der kleinen Schlange ein und griff mit ihren Krallen danach. Doch Sning zappelte beiseite und vom Bett herunter und landete auf dem Schwert. Die Zauberin ließ sich nach vorne fallen und grabschte erneut nach ihm; als ihre Hand sich dem Schwert näherte, begann dieses drohend zu glitzern und zwang sie, innezuhalten. Da sie das Schwert nicht berühren konnte, war Sning in Sicherheit.

Schon begann Snings Gift zu wirken. Norton hatte zwar in Erfahrung gebracht, daß der Biß der kleinen Schlange einen Menschen nicht töten würde, doch schien er gegen wirklich böse Personen kräftiger zu wirken. Der Finger der Bösen Zauberin leuchtete rot auf und schwoll an wie eine Wurst. Noch beachtlicher jedoch war die Veränderung, die in ihr selbst vorging. Ihre wunderbaren Gesichtszüge zerschmolzen und wurden ordinärer. Der atemberaubende nackte Busen wurde schlaff, die glatten Arme und die Waden mit dem drallen Fleisch verwandelten sich in schwabbelige Gliedmaßen. Nun, ihres Zaubers beraubt, erwies sie sich als häßliche alte Vettel.

Schockiert sah Norton zu, wie sie starb. Er staunte über die Transformation von Schönheit in Häßlichkeit und über seine Bereitschaft, auf die äußere Schönheit hereinzufallen.

Die Transformation setzte sich fort. Nachdem sie häßlich geworden war, begann die Böse Zauberin zu schmelzen. Sie löste sich in eine Schleimpfütze auf.

Dann geriet auch die Burg ins Schmelzen. Teile lösten sich aus dem Gemäuer und brachen zusammen. Norton mußte einem Brocken entweichen, der von oben auf ihn herabstürzte. Die Mauern wurden dünner und sackten ein.

Hastig nahm Norton Sning und das Verzauberte Schwert auf und raste vor dem drohenden Zusammenbruch davon. Schon bald machte er Excelsia und den Elf in ihrer abgetrennten Höhle aus. Die Schlundungeheuer hatten ihnen zwar hart zugesetzt, doch insgesamt waren sie wohlauf.

Norton jagte auf sie zu. »Kommt – wir müssen hier raus, bevor das ganze Ding über uns zusammenbricht!«

»Wird auch langsam Zeit, daß du mal auftauchst!« knurrte der Elf. Sie kletterten aus dem Gebäude und wichen dabei den schleimigen Brocken aus. Als sie den Grünstreifen im hinteren Teil des Patio erreicht hatten, stürzte der Rest der Burg mit einem grotesken Schmatzen zusammen.

»Bäh!« rief Excelsia ausdrucksstark.

»Gut, daß du die Böse Zauberin umgebracht hast«, meinte der Elf. »Ich wußte genau, daß sie uns sonst verschleimen würde.«

»Eigentlich habe ich sie nicht umgebracht«, gestand Norton. »Mir fehlte der Mut. Sning hat es getan.«

Die Damsell legte den Kopf schräg. »Dann seid Ihr gar kein Held?«

»Ich fürchte nein.«

»Aber er ist ein ehrlicher Mann«, sagte der Elf. »Für die hat das Verzauberte Schwert notfalls auch etwas übrig.«

Enttäuscht wandte Excelsia sich ab. Norton hatte in ihren Augen an Statur verloren.

Sie setzten ihren Marsch in das Gebiet der Bösen Zauberin fort. Das Land hier war wunderschön, angenehme kleine Pfade wanden sich zwischen Obstbäumen hin und her. »Oh, machen wir doch mal eine Erfrischungspause«, sagte Excelsia und griff nach einem hellroten Apfel.

DRUCK, DRUCK!

Norton sprang vor und schlug ihr den Apfel aus der Hand. »Gift!« rief er.

Tatsächlich, sobald der Apfel den Boden berührte, begann er zu qualmen, als würde er von einer entsetzlichen Säure zerfressen. Dann brach er in Flammen aus. Mit weit aufgerissenen Augen starrte Excelsia ihn an. »Ja, natürlich«, stimmte sie matt zu. »Alles, was der Bösen Zauberin gehört, wirkt auf gewöhnliche Leute wie Gift. Wie töricht von mir, dies zu vergessen.«

»Was ist denn dann mit dem Alicorn?« wollte Norton wissen.

»Oh, der gehört nicht ihr«, erwiderte sie schnell. »Das ist ihr Gefangener, nicht ihre Kreatur.«

Das leuchtete ein. Sie schritten weiter durch den giftigen Obsthain. Bald gelangten sie in ein rundes Tal, in dessen Mitte sich ein Erdhügel befand. Auf dem Hügel stand eine Palisade – und Excelsia rief: »Dort ist das Gehege des Alicorn!«

Allerdings gab es im Augenblick drängendere Sorgen. Von der anderen Seite des Hügels kam ein gräßlicher roter Drache herbeigaloppiert. Er gehörte zur Tausendfüßler-Variante, besaß vierzehn oder sechzehn Beinpaare, sowie einen langen, mit Widerhaken besetzten Schwanz. Aus seinem Maul qualmte schwarzer Rauch hervor.

Norton trat vor. »Das ist meine Aufgabe«, sagte er. Es

drängte ihn nicht unbedingt nach einem Drachenkampf, doch er wußte, daß es besser war, sich dem Ding von vorne zu stellen als von hinten überrannt zu werden. Das hatte ihm Gawain beigebracht. »Zeigen Sie einem Drachen nie den Hintern«, hatte das Gespenst gewarnt. »Entweder wird er ihn rösten oder sich davon einen Happen genehmigen.« Außerdem war Norton davon überzeugt, daß Excelsia für den Drachen eine leichte und köstliche Beute wäre, und er durfte es nicht zulassen, daß ihr etwas geschah.

Der Drache machte einen Schlenker, um geradewegs auf ihn zuzukommen. Es war also eine dumme Kreatur; die klügeren Exemplare waren vorsichtiger und nahmen sich Zeit, um die Lage zu erkunden und auszuschnüffeln, denn es gab nur selten einen Menschen, der sich kühn einem solchen Ungeheuer aussetzte, ohne über mächtige Zauber zu verfügen. Zum ersten Mal begann er das Fachwissen zu schätzen, das Gawain ihm eingebleut hatte: wieviel beim Drachenkampf doch Taktik war! Man mußte das Wesen des Tiers erkennen und seine Schwächen ausnutzen; ein Mensch war klüger als ein Reptil, meistens jedenfalls, und das konnte sehr wichtig werden.

Der Drache war tatsächlich recht groß, so wie es die Damsell gesagt hatte. Er besaß elefantenhafte Ausmaße. Nun ließ er eine orangefarbene Flamme hervorspeien – und Norton sprang beiseite. Auch darauf hatte Gawain ihn vorbereitet; die Feuerspeier gaben stets als erstes einen Feuerstoß ab, bevor sie in Reichweite des Opfers kamen. Es war eine reine Instinktreaktion, denn sie waren nicht klug genug, um darüber nachzudenken. Doch zunächst einmal mußten sie dazu tief einatmen – und so hatte Norton auf das Anschwellen des Oberkörpers gewartet und war in demselben Augenblick beiseite gesprungen, als dieser sich zusammenzog.

Kurz nach dem Feuerstoß war der Drache auch schon neben ihm und schnappte nach der Stelle, wo Norton noch eben gestanden hatte. Es war erstaunlich, wie leicht es war, dem Ungetüm auszuweichen. Er wußte, was nun zu tun war; er rammte die Schwertspitze ins Ohr des vorbeischießenden Ungeheuers. Dies diente dazu, das eher symbolische Hirn des Wesens zu durchbohren und es zu töten.

Leider waren Nortons Reflexe jedoch nicht ebenso ausgeprägt wie seine Kenntnisse. Er hatte die Schnelligkeit des Drachen unterschätzt und traf mit dem Schwert hinter das Ohr, wo er mehrere Schuppen abhieb und ein paar Nakkenmuskeln durchtrennte. Blut spritzte hervor, als das Schwert wieder aus der Wunde sprang.

Wild vor Schmerz bremste der Drache mit allen Beinpaaren ab und kam kreischend zum Halten. Norton wußte, daß er jetzt erledigt war; ein unvorsichtiger Mensch bekam nur selten die Chance zu einem zweiten Hieb. Der Drache wirbelte herum und wurde für seine Körpermasse plötzlich ganz unvernünftig beweglich; er schnappte nach Nortons leckerem Hinterteil.

Norton wirbelte ebenfalls herum und hieb dabei verzweifelt auf die Nase des Drachen ein. Er traf sein Ziel, doch nur ungenau; die Klinge schlug die Spitze ab, doch das hielt die Kreatur nicht auf, die mit der blutigen Schnauze nach ihm stieß und ihn zu Boden riß.

Auf dem Rücken liegend versuchte Norton es ein weiteres Mal. Er ließ das Schwert emporpeitschen, um dem Ungeheuer ins Auge zu stechen. Diesmal zielte er gut, denn der Drache bewegte sich fast nicht. Die Spitze sank in den riesigen Augapfel ein und fand dahinter das winzige Hirn. Mit einer gewöhnlichen Klinge wäre dies nicht möglich gewesen, denn der Augapfel war von Knochenpanzer umgeben, doch der Zauber des Schwerts ließ es den Knochen durchstoßen.

Der Drache wurde wahnsinnig. Sein Gehirn war zwar nicht der Rede wert, doch benötigte er es immerhin dafür, um seine Kiefer zu bewegen und eine Reihe anderer wichtiger Dinge zu erledigen. Er riß den Kopf hoch, wobei ihm Blut aus der Augenhöhle schoß und auf Norton herabspritzte. Der gewaltige Leib peitschte umher. Norton rollte sich ab, um ihm auszuweichen. Die Kreatur rollte sich ebenfalls auf den Rücken und blieb liegen, mit allen vierzehn oder sechzehn Beinpaaren zuckend. Der Drache befand sich im Todeskampf – doch seine blinden Reflexe konnten Norton noch immer das Leben kosten.

»Oh, Ihr seid ja doch *so* mutig!« rief Excelsia und klatschte in die Hände. Sie kam auf Norton zu, um ihn zu umarmen; da erblickte sie das Blut, mit dem er bedeckt war, und hielt inne, wobei sie angewidert ihr spitzes Näschen rümpfte. »Hättet Ihr es nicht ein wenig sauberer erledigen können?« fragte sie vorwurfsvoll.

Norton klopfte sich ab so gut es ging und ließ die Schwertklinge über das Gras fahren, um sie zu reinigen. Nun schimmerte sie heller denn je, und er war sich nicht sicher, ob dies nur an der Reinigung lag. Es war wirklich eine ausgezeichnete Waffe.

»Nun, nur noch ein Hindernis«, sagte der Elf forsch. »An die Arbeit!«

Norton, müde und blutdurchtränkt, hätte eine Ruhepause vorgezogen. Das Heldentum war nicht gerade ein Zuckerschlecken!

Die letzte Herausforderung – das Reittier, das niemand zähmen konnte! Er hoffte nur, daß die Damsell nicht der Enttäuschung entgegenmarschierte. Frauen mochten Pferde, aber ein Einhorn war kein gewöhnliches Pferd, und das Alicorn war kein gewöhnliches Einhorn. Dieses Wesen war möglicherweise noch gefährlicher als der Drache.

Sie marschierten auf den Hügel mit der Palisade zu. Der Pfahlzaun besaß kein Tor. Dahinter – grimmiges Schweigen.

»Herre, schlagt mit Eurer Klinge eine Öffnung hinein«, sagte Excelsia zu Norton. »Ich wünsche nicht länger von meinem Reittier getrennt zu sein!«

Norton legte die Hand an den Griff des Schwerts, dann zögerte er. »Ein Tor, das uns hineinläßt, würde das Alicorn auch hinauslassen«, wandte er ein. »Vielleicht sollten wir lieber erst einmal über den Palisadenzaun spähen.«

»Vernünftiger Gebrauch der Hirnmasse«, meinte der Elf. »Genaugenommen werden wir einen Hut hochhalten.«

»Einen Hut?« fragte Excelsia, und ihre herrliche schöne Stirn furchte sich.

Der Elf nahm den Hut vom Kopf. Nun, da er ihn abgenommen hatte, sah man, daß er fast glatzköpfig war. »Steckt ihn auf die Spitze des Schwerts.« Norton streckte das Schwert vor, und der Elf hängte den Hut an die Spitze.

Langsam hob Norton an der Palisade den Hut empor, während Excelsia ungeduldig mit ihrem süßen Fuß aufstampfte.

»Herre, dies ist schierer Unfug! Was, meint Ihr wohl, kann ein Hut schon erspähen?«

Die Palisadenspitzen befanden sich etwa acht Fuß über dem Boden. Norton hob den Hut ein kleines Stück höher – und sofort ertönte ein wütendes Quieken, ein Speer durchbohrte den Hut und wurde wieder zurückgezogen. Ein Speer? Nein, das war das Horn des Alicorn!

Norton senkte den Hut wieder, nahm ihn vom Schwert und reichte ihn mit ernster Miene dem Elf. Der hielt ihn vor sein kleines Gesicht und spähte die Damsell durch das Doppelloch an.

Niemand sagte einen Ton.

Das war in der Tat ein unfreundliches Pferdewesen dort drinnen!

Sie zogen sich ein beachtliches Stück zurück und dachten nach. »Wahrscheinlich hat die Böse Zauberin ihn mißbraucht«, meinte Norton. »Deshalb ist das Alicorn jetzt auch wütend und gemein.«

»Nein, nur ungezähmt ist er«, sagte Excelsia, doch ihrer Stimme fehlte es an Überzeugungskraft. Der Stoß war zu schnell und sicher gekommen, zu heimtückisch nach solch völliger Stille. Das Alicorn mußte sie belauscht haben, war ihnen gefolgt, hatte sich nicht zu erkennen gegeben, bis es schließlich die Chance zum Angriff gehabt hatte. Hätte das Wesen ihr Gespräch verstanden, so hätte es auch gewußt, daß nun der Huttrick folgen würde, doch es war lediglich ein schlaues Tier. Schlau und wild.

»Dieses Tier bringt dich doch um, Mädchen«, warnte der Elf Excelsia.

»Oh, Einhörner tun meinesgleichen nie etwas«, beharrte sie.

»Das hier ist kein gewöhnliches Einhorn«, erinnerte er sie.

Die Damsell quittierte diese Logik, indem sie in mädchenhafte Tränen ausbrach. »Oh, wehe!« rief sie. »Wie soll ich das Unbezähmbare bezähmen?«

Norton und der Elf tauschten Blicke aus. Sie mußten sich etwas einfallen lassen. »Soll es da nicht irgendein magisches Wort geben?« fragte Norton.

Sofort hellte sich Excelsias Miene auf. »Das Wort! Wir müssen das Wort finden!«

Stirnrunzelnd fragte der Elf: »Wenn es so ein Wort gibt, warum hat dann die Böse Zauberin das Tier damit nicht gezähmt?«

»Sie kannte es nicht!« erwiderte Excelsia.

»Wir auch nicht.«

»Aber wir werden es finden!«

Norton seufzte. Die Böse Zauberin hatte Jahre zur Verfügung gehabt, um das Wort zu finden, und war daran gescheitert. Wie wollten sie da in der kurzen Zeit Erfolg haben?

»Ich schätze, wir werden einfach raten müssen«, meinte er. »Wir stellen uns draußen vor das Gehege und rufen solange Wörter, bis wir das Richtige gefunden haben.«

»Warum hat die Böse Zauberin das nicht auch getan?« fragte der Elf.

»Sie ist nicht darauf gekommen«, meinte Excelsia begierig.

Norton bezweifelte das. Die Böse Zauberin war ihm sehr gerissen und skrupellos vorgekommen. Gewiß hatte sie das Alicorn reiten wollen, sonst hätte sie das Tier nicht gefangengehalten. Damit wäre ihre Macht größer geworden. Und doch war sie gescheitert.

Gab es wirklich ein magisches Wort? Oder war das nur ein Mythos?

Er blickte Excelsia an und wußte sofort, daß er sie nicht verunsichern konnte. Also würden sie es versuchen müssen.

Sie reihten sich auf und riefen willkürlich Wörter. »Tapferkeit!« rief der Elf kühn. »Schönheit!« sprach Excelsia hübsch. »Ungewißheit ...«, brummte Norton zweifelnd.

Die beiden anderen warfen ihm scharfe Blicke zu.

Sie versuchten es mit einer weiteren Runde. »Mut!« rief der Elf. »Bescheidenheit«, murmelte Excelsia. »Zeit«, sagte Norton.

Wieder blickten die beiden ihn an. »Nun«, sagte er peinlich berührt, »es kann irgendein Wort sein. Vielleicht hat die Zauberin es nur mit gewöhnlichen Wörtern versucht. Woher soller wir das wissen? Vielleicht stimmte ›Zeit‹ ja.«

Tatsächlich blieb es im Inneren des Geheges still. »Wir stehen vor dem Risiko, es zu zähmen, ohne es zu merken«, meinte der Elf. »Wir müssen die Sache überprüfen.«

»Wir wissen ja, wie«, pflichtete Norton ihm bei. Er nahm sich den Hut und hielt ihn über den Palisadenrand.

Nichts geschah. »Kann das sein?« fragte Excelsia, und ihre Augen leuchteten und ihr Busen hob sich hoffnungsvoll.

Norton war nicht sicher. »Versuchen wir es noch mit etwas anderem.« Er blickte um sich und zog schließlich sein Hemd aus, das er um die Schwertklinge wickelte. Dann hielt er es hoch und schwenkte es, um ihm ein lebendiges Aussehen zu verleihen.

Es wurde vom Horn durchbohrt.

»Dieses Höllenwesen hat versucht uns reinzulegen!« sagte der Elf empört.

»Und es war zu raffiniert, um zweimal auf dieselbe List hereinzufallen«, stimmte Norton zu. »Wir stehen hier vor einem echten Problem.«

Sogar die Damsell war ernüchtert. »Wir müssen näher an ihn heran«, beschloß sie. »Damit wir seine Reaktion auf unsere Wörter beobachten können.«

Ein guter Vorschlag, aber unpraktisch. Sie konnten das Alicorn nicht beobachten, ohne in sein Gehege einzutreten, und das wäre der reinste Selbstmord gewesen.

»Warum durchbricht das Vieh nicht die Mauer?« fragte der Elf gereizt. »Die Möglichkeiten dazu hat es ja wohl.«

Eine ausgezeichnete Frage. »Wenn das Alicorn ein Ziel

oberhalb der Palisade durchbohren konnte, konnte es die Palisade gewiß auch direkt mit seinem Horn angreifen.«

Doch Excelsia wußte darauf die Antwort. »Natürlich ist er festgebunden, damit er nicht davonfliegen kann.«

»Wozu dann überhaupt ein Gehege?« fragte der Elf. Er schien einen ausgeprägten Sinn fürs Praktische zu haben.

Excelsia legte den Kopf schräg und zuckte die Schultern.

Diesmal war es Norton, der antwortete. »Um den Drachen abzuhalten. Die Böse Zauberin wollte wohl nicht, daß diese beiden Kreaturen sich gegenseitig bekämpften. Und solange das Alicorn festgebunden ist, ist es dem Drachen gegenüber im Nachteil und läuft Gefahr, aufgefressen zu werden. Deshalb schlägt es auch keine Löcher in den Zaun und trampelt ihn nicht nieder. Und der Drache war zu dumm, um zu erkennen, daß *er selbst* die Palisaden hätte einrennen oder verbrennen können.«

Der Elf nickte. »Dann können wir den Zaun auch abreißen.«

Gesagt, getan. Norton hackte ein Stück aus dem Zaun heraus und wich beiseite, als es mit Getöse nach außen fiel. Endlich war der Blick aufs Innere des Geheges frei.

Dort stand das Alicorn – eine prächtige Kreatur.

Seine Schultern waren etwa fünfzehn Handbreit hoch, mit zwei gewaltigen weißen Schwingen, und auf der Stirn schimmerte ein langes schwarzes Horn. Der Rest war von poliertem Rot in der Tönung des Feuers. Der Hengst leuchtete nur so, und seine Augen starrten sie mit beunruhigender Wachsamkeit an. Ein dummes Tier? Höchst wahrscheinlich!

Tatsächlich war es festgebunden. An seinem rechten Hinterbein war eine silberne Kette befestigt, die an einem silbernen Pfahl verankert war. Gegen Silber war die Magie wirkungslos, deshalb konnte das Alicorn die Kette nicht zerbrechen.

»Oh, du Edle Kreatur«, rief Excelsia und schritt mit ausgestreckten Armen auf das Alicorn zu. »All mein junges, hübsches, unschuldiges und liebliches Leben lang habe ich mich nach einem Tier wie dir gesehnt!«

»Tun Sie das nicht!« schrie Norton, der sah, daß die Damsell von der Schönheit des Tiers hypnotisiert war. Doch schon war sie in seine Reichweite getreten.

Das Alicorn zögerte keinen Augenblick. Es senkte sein Horn und sprang soweit vor, wie die Kette es ihm erlaubte. Das Horn durchbohrte den Leib der Damsell und wurde so schnell wieder zurückgezogen, daß das Alicorn sich kaum bewegt zu haben schien. Doch nun war Blut am Horn, und Excelsia brach zusammen. Das Blut entströmte wild ihrem säuberlich durchbohrten Mädchenherzen.

Einen Augenblick lang blieb Norton vor Schreck wie erstarrt. Dann zog er sein Schwert und stürmte auf das Alicorn zu.

»Tu das nicht«, schrie der Elf, genau wie Norton es getan hatte. Doch auch er kam zu spät. Norton befand sich bereits in Reichweite.

Das Alicorn griff an, das tödliche Horn senkend. Das Schwert fuhr herab und die Klinge zerschnitt das Horn in der Mitte.

Blut schoß aus dem Hornstumpfen hervor. Die Kreatur versteifte sich, dann brach sie neben der Frau zusammen und vermengte ihr Blut mit dem ihres Opfers.

»Du Narr!« schrie der Elf. »Jetzt hast du zwei Tote anstatt einem – und was hast du gewonnen?«

Norton starrte die beiden Leiber an. Ja, diese heldenhafte Queste – er hatte sie in eine Katastrophe münden lassen. Welch ein miserabler Fantasyheld er doch war!

Nein, er war *kein* Fantasyheld. Er war Chronos, Herrscher der Zeit, der auf der Erde eine Aufgabe zu erfüllen hatte.

Chronos? Natürlich – das war die Antwort!

Er holte die Sanduhr hervor und ließ den Sand rot werden. Dann kehrte er den Zeitfluß der unmittelbaren Umgebung um und hieß den Sand emporzuströmen. So blieb er von den Veränderungen unberührt.

Das Alicorn zitterte, dann richtete es sich auf, Blut spritzte aus seinem Horn, das abgetrennte Ende flog zurück an seinen Platz. Einen Augenblick später war die

Damsell wieder unversehrt und schritt verzückt rückwärts aus dem Gehege. Dann war der Palisadenzaun wieder ganz. Da Norton sich selbst von dieser Zeitumkehr ausgenommen hatte, war er sowohl abseits als auch am Geschehen beteiligt. Nun verband er sich wieder mit seinem früheren Selbst, hielt den Sand an und kehrte in die Normalzeit zurück. Jetzt war wieder alles in Ordnung.

»So etwas habe ich noch nie gesehen!« rief der Elf. »Du bist ein Zauberer!«

Oh – er hatte ganz vergessen, den Elf in die Umkehr miteinzubeziehen. Der kleine Mann hatte alles mitangesehen und erinnerte sich daran. Na ja, es war ja auch nicht gerade ein Geheimnis. »Ich bin kein Zauberer, ich bin Chronos.«

»Wovon redet Ihr da?« wollte Excelsia wissen.

»Das ist schwer zu erklären, es ist sehr kompliziert«, meinte Norton.

»Dann macht Euch nicht die Mühe. Geht zu und haut den Zaun nieder.«

Mit stummem Pfeifen schürzte der Elf die Lippen. »Du solltest es ihr lieber erklären, Hexer«, meinte er.

»Hexer?« fragte Excelsia. »Schon wieder Rätsel?«

»Ich fürchte«, sagte Norton vorsichtig, »daß Sie, wenn ich diese Zaunmauer niederhaue und Sie das Alicorn erblicken lassen, Sie von ihm derart betört werden, daß sie ihm direkt ins Horn laufen und sterben werden.«

Sie öffnete den Mund zu einer wütenden Erwiderung, hielt sich aber zurück. Sie wußte, daß sie zu solchen Handlungen neigte.

»Dennoch müssen wir dieses Wesen irgendwie sehen können«, sagte der Elf. »Um das Wort zu prüfen. Vielleicht, wenn wir sie fesseln ...«

»Was?« kreischte Excelsia höchst unlieblich.

»Vielleicht genügt es ja, wenn sie uns einfach verspricht, sich dem Alicorn nicht zu nähern, bis wir uns davon überzeugt haben, daß es sicher ist«, schlug Norton diplomatisch vor. Schmollend stimmte Excelsia zu.

Der Elf schüttelte nachdenklich den Kopf. »Wenn du nur wüßtest, Damsell!«

»Spielt keine Rolle«, sagte Norton hastig. »Es ist nie passiert.«

»*Was* ist nie passiert?« wollte sie wissen.

»Ich haue den Zaun nieder«, erwiderte Norton. »Denken Sie daran, Excelsia, Sie haben versprochen ...«

»Soviel Narretei um nichts«, knurrte sie ungnädig.

Dennoch ging er diesmal viel vorsichtiger vor, und er hieb auch nur eine kleine Öffnung hinein, während er gleichzeitig darauf achtete, daß Excelsia nicht näherkam.

Das Alicorn stand da wie zuvor. Noch immer war es ein prächtiges Wesen, doch Norton und der Elf wußten nun aus eigener Erfahrung, weshalb die Böse Zauberin sich ihm nicht genähert hatte. Ohne das Wort bedeutete die Annäherung den sicheren Tod.

Doch was war das Wort? Sie mußten es herausfinden ... und Norton war davon überzeugt, daß es gut versteckt war.

Excelsia spähte durch das Loch im Zaun und erblickte das Alicorn. »Ooooooh!« rief sie melodisch und setzte sich in Bewegung.

Norton stellte sich ihr in den Weg, und sie blieb stehen. »Ich wollte nicht hineingehen«, sagte sie ein wenig unaufrichtig. »Er ist so schön, mein ganzes junges, hübsches, unschuldiges Leben lang ...«

»Versuchen wir es wieder mit den Wörtern«, schlug der Elf vor. »Haben wir eine andere Möglichkeit?«

»Haben wir das?« wiederholte Norton. Er war nicht sehr zufrieden mit sich. Er hatte die Damsell kennengelernt, das Verzauberte Schwert bekommen, die Böse Zauberin getötet – jedenfalls ungefähr –, den Drachen auch, und nun wurde er ausgerechnet von dem gebremst, was eigentlich der schlichteste Aspekt seines Abenteuers hätte sein müssen: von dem Aussprechen eines Wortes.

Druck.

»Sning – du meinst, es gibt eine Möglichkeit?«

Druck.

»Du kennst sie?«

Druck.

»Eine Möglichkeit, wie wir das Wort schnell in Erfahrung bringen?«

Druck.

»Na, dann ran!« Er musterte die beiden anderen. »Sning kann uns dabei helfen, das Wort zu finden. Ich muß ihm nur die richtigen Fragen stellen.«

»Das ist ja eine mächtig nützliche Schlange«, bemerkte der Elf.

»Selbst wenn er das nicht wäre, würde ich ihn sehr schätzen«, meinte Norton. »Er wurde mir von jemandem gegeben, den ich ...«

DRUCK! DRUCK! DRUCK!

Norton erstarrte. Er vertraute Snings Warnungen – doch worum ging es diesmal? War er im Begriff gewesen, etwas Falsches zu sagen?

Druck.

Ach, ja – er vergaß ständig, daß er seine Fragen nicht laut zu stellen brauchte.

Du hast etwas dagegen, daß ich davon rede, was du mir wert bist? dachte er.

Druck, Druck.

Gibt es eine andere Gefahr?

Druck.

Naht ein neues Ungeheuer?

Druck, Druck.

Norton überlegte. Elf und Damsell beobachteten ihn, beide verwundert. *Ein Fehler in dem, was ich sage?*

Druck, Druck, Druck.

Das war schwierig! *Etwas, das man zwar denken, aber nicht aussprechen sollte?*

Sning zögerte, dann drückte er einmal zu.

Was konnte das sein? Norton sah den Elf an. »Ich war im Begriff, irgend etwas Verkehrtes zu sagen, deshalb hat mich Sning gewarnt. Aber ich weiß nicht, was ...«

»Das Wort«, sagte der Elf weise.

»Das Wort!« wiederholten Norton und Excelsia wie aus einem Munde, und Sning drückte bejahend zu.

»Aber warum sollte es verkehrt sein, es ...?«

»Ach, wir sind Narren gewesen!« rief der Elf. »Weißt du denn nicht, daß die Macht des Wortes jenem eignet, der es ausspricht? Wenn du es gesagt hättest ...«

Nun begriff Norton. »Dann würde das Alicorn von mir gezähmt werden ...«

»Und niemandem sonst gehorchen«, pflichtete der Elf ihm bei. »Ich wußte es, aber ich hatte es vergessen. Hundert Jahre Schlamm auf dem Hirn, das kann wohl abstumpfen. Es ist töricht von uns, wenn jeder irgendwelche Wörter ruft; nur die Maid darf das Wort gegenüber dem Hengst aussprechen. Sie ist es, die ihn haben will.«

»Ich hatte geglaubt, daß das Alicorn dadurch völlig gezähmt würde«, meinte Norton. »So daß sich ihm jeder nähern könnte.«

Der Elf spuckte aus. »Wer will schon einen völlig gezähmten Hengst haben? Das wäre ebenso geschmacklos wie eine völlig zahme Frau! Er darf nur zahm für seinen Herrn sein. Für seine Herrin.«

Norton nickte. Ein Reittier, das niemand stehlen konnte, da es Fremden gegenüber ebenso wild blieb wie es jetzt war. Das erschien ihm vernünftig. »Wenn ich das Wort entdeckte und es Excelsia zuflüsterte und sie es dann dem Alicorn laut sagt ...?«

Druck.

Nun war er auf der richtigen Fährte. Doch eine Sache machte ihm noch immer zu schaffen. »Wenn Sning das Wort kennt, muß die Böse Zauberin es auch gekannt haben. Ich meine, sie *war* ja schließlich eine richtige Zauberin und hatte magische Mittel zur Verfügung, um sich Wissen zu verschaffen. Und doch hat sie es nie benutzt. Dafür muß es einen Grund gegeben haben.« Excelsia, die die ganze Zeit durch das Loch im Zaun das Alicorn bewundert hatte, blickte nun zu Norton herüber. »Bestimmt hätte sie es benutzt, wenn sie gekonnt hätte!«

»Stimmt das, Sning?«

Druck.

»Sie kannte es und konnte es nicht aussprechen?«

Druck.

»Es liegt doch keine eigentliche Gefahr darin, das Wort auszusprechen – man muß nur sicher gehen, daß die richtige Person es gebraucht?«

Druck.

»Und wenn diese Person es gebraucht hat, kann man es nicht wiederverwenden, so daß niemand die Treue des Alicorns rauben kann?«

Druck.

Wahrscheinlich bis diese Person starb und das Alicorn wieder frei war. Das war eine feste Beziehung.

Druck.

Norton schüttelte den Kopf. »Bestimmt hätte die Böse Zauberin es gerne benutzt. War sie physisch unfähig, es auszusprechen?«

Druck, Druck.

»Gefühlsmäßig unfähig?«

Druck.

»Ah!« rief Excelsia und klatschte in die Hände. »Ich kann mir vorstellen, welches Wort sie nicht aussprechen konnte! Das Wort, das ihrer ganzen Natur zuwiderlief!«

»Sie war ein Wesen des Hasses«, stimmte der Elf zu.

Norton dachte zurück an den Augenblick, da Sning ihn zuerst gewarnt hatte. Er hatte etwas über Sning gesagt, der ihm von Orlene geschenkt worden war, von der Frau, die er ...

Excelsia schritt auf das Alicorn zu. Das Tier senkte den Kopf, bereit zum verheerenden Angriff. »Liebe!« rief sie.

Das Alicorn erschauerte. Dann rollte der Hengst die Flügel zusammen und senkte den Kopf, bis die Spitze des schrecklichen Horns die zerstampfte Erde berührte.

»Das könnte auch eine Falle sein«, warnte Norton.

Druck, Druck.

Excelsia näherte sich dem Hengst und legte ihm die kleine schöne Hand auf die muskulöse Schulter an der Stelle, wo einer seiner Flügel hervorwuchs. »Liebe«, wiederholte sie sanft. Er hob den Kopf, um ihren Hals zu liebkosen. Er war tatsächlich gezähmt.

Sie kniete nieder, um ihm die verknotete Silberkette vom

Hinterbein zu nehmen. Kurz darauf war er frei, doch er bewegte sich nicht. Er wartete auf ihre Anweisungen.

Der Elf trat auf sie zu. Sofort reagierte das Alicorn mit Wachsamkeit. Es breitete seine Schwingen aus, und sein Horn richtete sich auf den Eindringling. Eine kleine Rauchwolke zeigte sich an seinen Nüstern.

»Es ist schon in Ordnung, Alicorn«, sagte Excelsia. »Das sind meine Freunde.«

Das Wesen entspannte sich wieder. Ihr Wort war ihm Gesetz. Doch wehe jenem, für den sie sich nicht verwandte!

Excelsia sprang auf den Rücken des Hengstes und setzte sich in den Damensitz. »Oh, ich bin ja so glücklich!« rief Excelsia und winkte Norton und dem Elf zu. »Vorwärts und hinauf, Alicorn!«

Das Alicorn breitete die großen weißen Schwingen aus, setzte sich in Bewegung und stieg empor. Bald darauf flogen Damsell und Hengst hoch am Himmel.

»Nun, die Aufgabe ist erledigt, das Abenteuer ist abgeschlossen«, bemerkte der Elf. Er streckte die Hand aus. »Jetzt brauchst du das Verzauberte Schwert nicht mehr.«

Norton starrte dem immer kleiner werdenden Flecken am Himmel nach. Irgendwie hatte er etwas mehr Dank für seine Bemühungen erwartet. »Nein, brauche ich wohl nicht«, meinte er und übergab das Schwert.

Der Elf ergriff es am Mittelteil der Klinge und hielt es horizontal über seinen Kopf. Um seine Füße begann sich eine Schlammpfütze zu bilden. Langsam versank er darin.

»Aber ich dachte, du magst keinen Matsch!« protestierte Norton.

»Mag ich auch nicht«, stimmte der Elf zu und versank ein Stück tiefer. »Aber so ist die Fantasy eben. Die Damsell fliegt davon, während der arme Elf im Schlamm versinkt.«

Da bemerkte Norton etwas im Augenwinkel. Der erschlagene Drache erwachte wieder zum Leben!

»He, warte, Elf! Ich kann das Schwert doch noch gebrauchen!«

Der Abstieg des Elfs in die immer größer werdende

Schlammpfütze verlangsamte sich. »Wozu? Du hast diese Queste doch beendet.«

»Der Drache! Der ist noch nicht völlig tot!«

»Natürlich ist er nicht völlig tot! Er ist unsterblich! Er stirbt nur für eine Stunde, dann begibt er sich wieder auf seinen Posten. Natürlich wird er etwas erzürnt sein über den Verlust des Alicorn, das er bewacht hat – aber das ist dann auch schon eine neue Queste.«

»Das bedeutet aber, daß ich eine Waffe brauche!«

»Nö. Du wirst nicht lange hierbleiben. Sonst machst du dir auch noch Sorgen darüber, wann die Böse Zauberin wieder zum Leben erwacht. Die braucht zwei Stunden, weil sie schlimmer ist; aber wenn sie es geschafft hat, oh Mann!«

Wirr blickte Norton zu der eingestürzten Burg hinüber. Tatsächlich, sie begann gerade, sich aus dem Schleimhügel aufs neue auszuformen. »Diese ganze Vernichtung war nicht von Dauer? Es kommt alles zurück?«

Er erhielt keine Antwort. Der Elf war verschwunden. Nur sein Hut und das Verzauberte Schwert befanden sich noch oberhalb des Schlamms, und einen Augenblick später versanken auch sie völlig.

Norton fühlte sich sehr allein. Nun stand er hier ohne Waffen und ohne Gefährten – und der Drache kam gerade wieder auf seine vierzehn oder sechzehn Beinpaare, größer denn je und äußerst verärgert. Norton würde den Pfad des Drachen kreuzen müssen, um aus diesem Gebiet zu entkommen.

Druck.

Plötzlich fühlte er sich besser. »Sning! Dich habe ich immer noch!«

Dann schwebte er von dem Planeten fort und jagte in sein eigenes Reich zurück. Der Besuch war beendet – keinen Augenblick zu früh.

10 Gäa

Satan erwartete ihn bereits. »Haben Sie sich amüsiert? fragte der Fürst des Bösen höflich.

Norton musterte ihn mit kleinen Augen. »Sie wissen nichts davon?«

»Aber mein lieber Kollege! Wie sollte ich?«

»Immerhin haben Sie mich ja dorthin geschickt. Da müßten Sie eigentlich wissen, was da los ist. Woher sollen Sie sonst wissen, daß Sie mich nicht in mein Verderben schikken?«

»Keine Inkarnation kann der anderen Schaden zufügen.«

»Ja, nicht ohne deren Einwilligung. Und wenn sie mich nun in eine gefährliche Situation brächten und es mir nicht gelänge, die Gefahr zu meistern, wäre damit mein Einverständnis vielleicht gegeben?«

»Im Reich der Phantasie besteht für Sie keine Gefahr. Das ist nichts als ein lebendiges Abenteuer.«

»Ich fand die Sache ziemlich gestellt«, meinte Norton. »Da komme ich gerade rechtzeitig zu Beginn eines klassischen Fantasy-Abenteuers, samt Damsell in Not und Gefahr, samt Verzaubertem Schwert, knorrigem Elf, Böser Zauberin, Drachen und Alicorn. Der wirkliche Zufall hätte mich in irgendeine kahle Wildnis geführt. Und auch meine letzte Reise – Raumfahrer, Gäms, Psi-Kräfte, Gestaltwandlung und Notlandung auf einem fremden Planeten. Wieder so ein arrangiertes Abenteuer.«

»Nun, meine Klienten könnten sich wohl kaum für einen langweiligen Urlaub erwärmen«, wandte Satan ein. »Ich versuche, sie für ihre Dienste gut zu belohnen. Wissen Sie, der Himmel ist ein ziemlich langweiliger Ort; meine Reviere dagegen sind aufregend, voller Herausforderung und Erfolg.«

»Also haben Sie auch schon andere mit Bat Dursten und seinen Gäms und mit Excelsia und ihrem Alicorn in Verbindung gebracht?«

Satan wirkte peinlich berührt. »Sagen wir, mit einigermaßen genauen Repliken von ihnen«, bestätigte er. »Es ist nichts Schlimmes dabei, und ein organisiertes Abenteuer ist schließlich Teil meiner Spezialisierung: Eine interessante und amüsante Erfindung.«

»Ja, ich erinnere mich. Sie sind der Vater der Lüge.«

»Gewiß. Dichtung ist nichts anderes als akzeptierte Lüge, und deshalb fällt sie auch in meinen Aufgabenbereich. Man hat die Menschen einer Gehirnwäsche unterzogen, um zu glauben, daß Lügen keinen Wert hätten. Doch Lügen dieser Art können außerordentlich beglückend sein. Wenn es Sie danach gelüsten sollte, andere Szenarios zu besuchen, beispielsweise den Wilden Westen oder die Geheime Welt der Detektive, oder Geschichtsdramen oder Erregende Romanzen ...«

»Ich muß schon sagen, der Antimateriebereich verfügt aber über eine ganz hübsche Auswahl von Lebensräumen!«

»In der Tat. Jede Menge Platz für all meine bevorzugten Freunde.« Satan beugte sich eindringlich vor. »Innerhalb jedes Bezugsrahmens gibt es viele Szenarien. Wenn Sie beispielsweise Excelsia attraktiv finden sollten, könnten wir dafür sorgen, daß sie ...«

»Machen Sie sich keine Mühe.« Tatsächlich hatte Norton sie attraktiv gefunden, doch er war nicht erpicht darauf, daß Satan es erfuhr. »Wenn Sie eine solch ausgezeichnete Möglichkeit haben, Ihre Diener zu belohnen, warum beschäftigen Sie sich dann mit mir? Ihr Freund in der Vergangenheit ...«

»Ah, Sie haben die Sache also überprüft? Haben Sie irgendeinen Makel in dem Leben gefunden, das ich für ihn plane?«

»Nein. Mir ist nur Ihr Motiv nicht klar. Warum schicken Sie ihn nicht lieber in den Kugelcluster oder in die Laterna-Magica-Wolke, anstatt sich mit mir soviel Mühe zu machen?«

Satan zuckte die Schultern. »Das könnte ich vielleicht tun. Aber ich habe ihm ein glückliches Leben in *dieser* Welt versprochen, und meine Versprechen halte ich immer.«

Norton zögerte. »Ich werde noch gründlich über die Sache nachdenken.«

Satan erhob sich. »Wie Sie wünschen, Chronos.« Er schickte sich an, kehrtzumachen, und war verschwunden, bevor er sich völlig umgedreht hatte.

Norton nahm eine Mahlzeit zu sich und genehmigte sich ein Nickerchen.

Bald darauf erschien Clotho. Sofort schmiegte sie sich in seine Arme und küßte ihn, doch dann zögerte sie. »Oder ist das für dich immer noch zu früh?«

Norton wußte, daß zwischen ihnen eine Romanze gewesen war – oder sein würde, je nach Perspektive. Er liebte Orlene zwar noch immer, wußte aber, daß diese Beziehung zu Ende war. Und er vertraute Clotho. »Ich glaube, für mich ist das jetzt schon in Ordnung«, meinte er. »Aber es ist mir neuer als dir.«

»Es gab eine Zeit, da war das anders«, erwiderte sie lächelnd. »Dies wird mir Vergnügen bereiten.«

Tatsächlich führte sie ihn in eine durchaus befriedigende Vereinigung, denn sie wußte, was ihm zusagte, einschließlich einiger Dinge, von denen er selbst vorher nichts geahnt hatte. Er begriff, daß es ihm Vergnügen bereiten würde, die anderen Begegnungen zu erleben, an die sie sich erinnerte. Die Loslösung von seiner Vergangenheit war nun so gut wie abgeschlossen. Clotho erwies sich als ausgezeichnetes Heilmittel ... bis auf diese wissenden Augen.

Dann machten sie sich an die Tagesarbeit. Dazu verwandelte Clotho sich in Lachesis, die ihn schräg anblickte, während sie so tat, als wüßte sie nichts von dem , was ihr anderer Aspekt soeben mit ihm angestellt hatte. Dann musterte sie ihre fadenbesponnenen Finger. Sie hielt inne. »Das ist aber seltsam.«

»Eine Verwirrung?«

»Gekreuzte Fäden, wo keine sein sollten.« Sie furchte die Stirn und versuchte die Sache zu begreifen.

»Das erinnert mich an etwas. Satan möchte, daß ich ihm

einen Gefallen tue, und ich habe die Sache überprüft, sie scheint in Ordnung zu sein. Aber ich dachte mir, daß ich dich vielleicht danach fragen sollte, nur für den Fall, daß es deine Schicksalsfäden durcheinander bringen könnte.«

Sie hob den Blick von ihrem Gespinst. »Das wäre klug. Satan darf man nie trauen. Er häuft eine Täuschung auf die andere, bis die Wirklichkeit völlig verschwunden ist.«

»Es geht um einen Gefallen für einen Mann, der vor ungefähr zwanzig Jahren in deiner Vergangenheit lebte. Er hatte Gelegenheit, eine schöne und reiche junge Frau kennenzulernen und zu heiraten, doch er ließ sich die Gelegenheit entgehen und beging statt dessen Selbstmord. Satan möchte die Sache rückgängig machen, damit dieser Mann ein gutes Leben haben kann.«

»Selbstmord«, wiederholte sie. Nun verwandelte sie sich in Atropos. »Das ist meine Abteilung«, sagte die alte Frau. »Und die von Thanatos. Ich bestimme den Zeitpunkt des Todes, er führt ihn durch.« Auf komplizierte Weise bewegte sie die Finger umher und zauberte Fäden herbei. »Die genaue Raumzeit-Adresse?«

Norton gab sie ihr. »Da ist sie. Hier ist der abgerissene Faden. Er ...«

»Gütiger Himmel!«

»Was ist denn los?«

»Das ist ja Thanatos!«

»Ja, der hat wahrscheinlich die Seele abgeholt.«

»Nein, das meine ich nicht. Dieses Leben ... das ist der Sterbliche, der gegenwärtig das Amt des Thanatos innehält, so wie du das des Chronos. Er hat keinen Selbstmord begangen; er hat vielmehr den vorigen Amtsinhaber getötet. Das ist der Weg, wie dieses Amt übergeben wird.«

»Die ermorden ihre Vorgänger?« fragte Norton entsetzt.

»Thanatos handelt mit dem Tod«, sagte sie grimmig. »Dennoch, der gegenwärtige Thanatos ist gut, vielleicht sogar einer der besten. Er sorgt sich um seine Klienten auf eine Weise, wie es andere Amtsinhaber nicht taten; und er hat Satan in einer kritischen Situation das Handwerk gelegt, wodurch er die Welt, wie wir sie jetzt kennen, erhalten hat. Es wäre eine Katastrophe, wenn man zuließe, daß Satan ihn eliminiert!«

»Ich dachte, Satan könnte anderen Inkarnationen keinen Schaden zufügen!«

Atropos legte ihm eine verrunzelte Hand auf die seine. »Mein lieber Junge, Satan läßt sich von keinem Gesetz einengen, das er umgehen kann, und er ist der Meister der Umgehungsmanöver. Es gibt eben solche Wege und solche.«

»Aber wie …«

»Wenn du seinen Diener zu diesem Knotenpunkt bringst, und dem Diener gelingt es, den Mann namens Zane dazu zu überreden, den Liebesstein zu kaufen und die schöne junge Frau zu erringen …« Ihre alten Augen schienen zu funkeln. »Ihr jungen Männer liebt schöne junge Frauen, nicht wahr! Ich kann mir gar nicht vorstellen, wieso.« Als er nichts erwiderte, fuhr sie fort. »Dann wird er in der Tat glücklich sein. Er wird ein ausgezeichnetes Leben führen. Doch aus dem gleichen Grund wird er das Amt des Thanatos nicht übernehmen. Dann wird Thanatos nicht die Tochter des Magiers, Luna, vor Satans Intrigen retten, und sie wird nicht da sein, um den Fürsten des Bösen in der politischen Krise, die nicht weit von uns entfernt liegt, aufzuhalten.«

»Ich kann mich an keine …«

»Die liegt, glaube ich, jenseits deiner Amtsübernahme. Satan wollte deine Unwissenheit ausnutzen, um diesen Plan zu erleichtern. Da du bisher auch Thanatos noch nicht begegnet bist …«

»Ich bin ihm begegnet – bevor ich Chronos wurde. Aber sein Gesicht war nur ein Schädel; im wirklichen Leben würde ich ihn nicht wieder erkennen.«

Atropos überlegte einen Augenblick. »Ich glaube, du mußt ihm jetzt offiziell begegnen – und auch Luna, damit Satan dich über beide nicht mehr täuschen kann.« Atropos spann die Fäden in ihren Händen und manipulierte sie. »Hier entlang«, sagte sie. »Stell deine Zeit ein; wir treten in die normale Welt ein.«

Norton holte die Sanduhr hervor, um den Sand grün zu färben, mußte aber zu seinem Erstaunen feststellen, daß dieser bereits grün war. Hier in seinem Heim machte es keinen Unterschied, doch er konnte sich nicht daran erinnern, die Uhr entsprechend eingestellt zu haben. »Alles bereit.«

Plötzlich glitten sie wie üblich an gespannten Seilen durch das Chaos, und die Eindrücke rauschten nur so an Norton vorbei. Dann stabilisierte sich das Universum wieder. Sie befanden sich am Eingang zu einem großen Anwesen. »Er besucht sie gerade«, erklärte Atropos. »Es ist mir zwar unangehm, ihr Stelldichein zu stören, aber die Sache ist wichtig.« Mit einem faltigen Finger klopfte sie gegen die Torstäbe.

Sofort kamen zwei Greife von innen auf das Tor zugestürmt. Sie besaßen muskulöse Löwenkörper und wilde Adlerköpfe und -schwingen. Doch als sie Atropos entdeckten, beruhigten sie sich; sie schienen sie zu kennen. »Das ist ein Freund«, sagte sie zu ihnen. »Laßt uns hinein.«

Atropos öffnete das Tor, und Norton folgte ihr, begleitet von der Eskorte der Greife. »Tatsächlich befindet sich keiner von uns in Gefahr; ich habe dich nur vorgestellt, um die beiden Greife zu schützen.«

»Um *die* zu schützen?«

»Dein Umhang, der auch eine Art Ausweitung der Sanduhr ist, läßt sofort alles, was dich angreift, schnellaltern, bis es vernichtet ist. Der läßt sich nur von deinem guten Willen desaktivieren.« Sie lächelte. »Ein Glück für jene, die dich möglicherweise berühren.«

Wie etwa Clotho, die ihn höchst intim berührt hatte. Er hatte gar nicht gewußt, daß dieser Schleier über eine solche Macht verfügte.

Sie gelangten zu der Haustür. Diese öffnete sich, und Thanatos stand in ihrem Rahmen, neben ihm eine hübsche Frau von etwa vierzig Jahren. »Willkommen, Inkarnationen!« sagte Thanatos.

»Vielleicht weißt du noch nicht«, sagte Atropos zu ihm, »daß eine Veränderung stattgefunden hat. Das hier ist der neue Chronos.«

Thanatos sah Norton an. »Fadenbeschneiderin, du scherzt! Das ist doch der Herrscher der Zeit, den ich schon zwanzig Jahre kenne, seit er mir dabei half, mein Amt verstehen zu lernen.«

»Äh ... den du kennenlernen *wirst*!« sagte Norton. »Das heißt ...«

Thanatos lachte und schüttelte seine Hand. »Natürlich, Freund! Du lebst ja rückwärts. Hier triffst du mich also! Zwanzig Jahre nachdem ich dir begegnet bin.«

»Ja«, pflichtete Norton ihm bei. »Aber wir trafen uns auch, als ich ... äh ... noch sterblich war. Du kamst, um ein Baby zu holen ...«

Thanatos musterte ihn gründlicher. »Ach ja! Ich erinnere mich! Der Dämonenring! Ich habe dich nicht wiedererkannt; in deiner Amtstracht siehst du verändert aus.«

»Auch nicht mehr als du«, meinte Norton.

Alle lachten. »Nun«, Thanatos zog seine Kapuze zurück, worauf das Antlitz des Kunden aus dem Steinladen zum Vorschein kam. »Willkommen im Amt, alter Freund!«

Atropos nahm Norton am Arm und zog ihn hinüber zu der Bewohnerin des Hauses. »Und das hier ist Luna Kaftan.«

Die Frau lächelte. »Ich bin ebenfalls froh, daß du mich endlich kennenlernst, Chronos, obwohl wir schon die ganze Zeit gute Freunde gewesen sind. Du hast mir vor langer Zeit das Leben gerettet.«

»Äh ... ich weiß wirklich nicht genau, was ...«

»Natürlich, du erinnerst dich nicht! Ich bin von einem Drachen getötet worden, und du hast die Zeit umgekehrt, um mich wieder zu enttöten.«

Genau wie er es für Excelsia getan hatte. »Äh, gut«, meinte er unpassend.

»Komm herein, Freund«, sagte Luna, nahm seinen Arm und führte ihn in die Mitte des Raums. »Wir wissen, daß wir dir einige Erklärungen schuldig sind. Wir haben uns so sehr an dein Wissen gewöhnt, daß wir schon vergessen haben, daß es ja auch einen Ursprung braucht. Du hast dich für uns alle als ausgezeichneter Freund erwiesen, und es ist jetzt an der Zeit, daß wir dir mehr Klarheit verschaffen.«

Und so geschah es. Luna, die als Tochter eines mächtigen Magiers geboren worden war, der die ersten Anstrengungen Satans vorausgesehen hatte, das System zu unterwandern, war nun eine einflußreiche Senatorin im Kongreß; man ging davon aus, daß sie in der nahen Zukunft eine wesentliche Rolle dabei spielen würde, Satans Plan zu vereiteln, der darauf hinauslief, die Regierung zu übernehmen und die Nation und die ganze Welt zu beeinflussen, um das Gesamtgleichgewicht zugunsten des Bösen zu verändern und auf diese Weise schlußendlich den Sieg über Gott davonzutragen. Niemand wußte genau, was Satan vorhatte, aber alle wußten, daß Luna der Schlüssel zur Vereitelung dieses Vorhabens war. Deshalb mußte sie geschützt werden. Es hatte schon einige schreckliche Episoden gegeben. Doch Chronos' Rolle sollte erfolgsentscheidend sein, denn er allein konnte die Geschichte verändern. Alles, was geschehen war, könnte ungültig werden, und all ihre Erinnerungen und Erfahrungen konnten sich verändern – wenn Chronos sich nicht als festes Bollwerk gegen die Listen und Finten Satans erwies. Keiner von ihnen wußte, was Chronos genau getan hatte – tun würde –, um Satan den Erfolg zu verwehren; offensichtlich war vieles davon schon durch Veränderungen in der Wirklichkeit ausradiert worden. Doch wenn er siegte, würde sie so bleiben wie jetzt, bereit, Satan die Niederlage zuzufügen.

»Aber ich muß doch gesiegt haben!« wandte er ein. »Ihr seid ja schließlich alle hier!«

Luna schüttelte den Kopf. »Nein, im Augenblick sind wir nur eine theoretische Gegenwart; unsere Wirklichkeit unterliegt deinem Handeln. Wir hoffen zwar aufrichtig, daß du siegen wirst, doch wir sind so gut wie hilflos, wenn es darum geht, dich bei deinen Bemühungen zu unterstützen.«

Atropos erzählte Thanatos und Luna von Satans jüngstem Trick – wie er es darauf abgesehen hatte, Thanatos bereits auszuschalten, bevor er sein Amt übernahm. »Weil

Chronos noch nichts davon wußte«, schloß sie, »wollte Satan direkt am Anfang zuschlagen – und beinahe hätte er uns dabei alle umgangen.«

»Die Letzten sollen die Ersten sein«, stimmte Luna zu. »In dieser Hinsicht haben wir geschlafen, aber nun ist es ja vereitelt worden. Dennoch zeigen meine Steine an, daß Satan mit ihm noch nicht fertig ist und daß die Frage nach wie vor offenbleibt.«

Wie gelassen sie von ihrer möglichen Niederlage oder Nichtexistenz sprach! »Was kann Satan jetzt noch tun, nun, da ich auf der Hut bin?« wollte Norton wissen.

»Ich weiß es nicht genau«, sagte Luna. »Aber da ist irgend etwas.«

»Es ist unmöglich für uns, festzustellen«, warf Atropos ein, »wann unsere Geschichte verändert wird.«

»Aber ich habe doch noch gar nichts verändert!« protestierte Norton. »Ich werde nicht ...«

Atropos schüttelte den Kopf. »Da ist irgend etwas«, sagte sie, Lunas Worte wiederholend. Sie holte ihre Fäden hervor. »Diese merkwürdige Kreuzung – und jetzt glaube ich auch nicht mehr, daß sie rein zufällig ist.« Sie konzentrierte sich und musterte eindringlich das Gespinst. »Irgendwie kann ich es nicht genau festmachen.«

Nun wandte sich Thanatos an Norton. »Bist du sicher, daß Satans Diener dich nicht doch in die Vergangenheit begleitet hat?«

»Mich hat kein Dämon begleitet«, sagte Norton. »Es sei denn, du meinst Sning?« Er zeigte den Schlangenring an seiner Hand vor.

»Der gehört nicht zu Satan«, erwiderte Thanatos. »Ich meine irgend etwas, das Satan dir vielleicht gegeben hat, das du angenommen hast. Du mußt es annehmen, das ist die Spielregel. Das Böse kann niemals eine Person in den Griff bekommen, die sich weigert, es anzunehmen. Aber es kann sehr subtil sein. Möglicherweise hat Satan Wesen und Zweck seines Dieners getarnt.«

»Alles, was Satan mir gegeben hat, war eine Schriftrolle mit der Adresse, die ich nicht behielt – ich habe sie auswendig gelernt – und ein Amulett, um ...« Norton ruckte empor. »Oh, nein!«

»Der Dämon!« stimmte Luna zu. »Satan wußte, daß du nachsehen würdest, und wenn du seinen Diener erst einmal dorthin gebracht hattest ...«

»Wie konnte ich nur ein solcher Narr sein!« rief Norton. »Sning hatte sogar versucht, mich davor zu warnen, aber ich habe ihn nicht verstanden. Satan meinte, es sei lediglich ein kleines Horn ...«

»Das Horn eines Dämonen«, sagte Thanatos. »Mach dir nicht unnötig Vorwürfe, Chronos; jeder von uns ist schon einmal der Tücke des Vaters der Lüge zum Opfer gefallen. Alle haben wir es erst auf die harte, unangenehme Weise lernen müssen. Einmal hätte er mich doch tatsächlich fast davon überzeugt, daß meine Magie verschwunden wäre.«

»Aber dein Leben ist nicht verändert, Thanatos«, warf Atropos ein. »Das habe ich als erstes überprüft; die Schlinge ist nicht dort.«

Der Totenkopf grinste. »Offensichtlich.«

»Nein, ich habe das Horn auch nicht dorthin mitgenommen«, sagte Norton. Seine Knie waren ganz weich. »Ich hätte dich auslöschen können, Thanatos, ohne es überhaupt zu bemerken! Entsetzlich! Es war lediglich schieres Glück, daß ich nicht ...«

Luna sagte: »Vielleicht war es doch kein Glück. Möglicherweise ist hier das Paradox im Spiel. Du bist zwar dagegen immun, aber es gibt auch Sonderfälle. Wann bist du Thanatos begegnet – in unserer Zeit!«

»Vor ungefähr eineinhalb Jahren, vielleicht auch früher. Bevor ich Chronos wurde. Es ist teilweise Thanatos' Einfluß zuzuschreiben, daß ich das Amt übernahm. Durch ihn wußte ich, daß es möglich war, als Inkarnation Gutes zu tun.«

»Wenn du keine Verbindung zu Thanatos gehabt hättest, hättest du ihn eliminieren können, ohne daß dies für dich Konsequenzen gehabt hätte. Doch du bist ihm begegnet und wurdest von ihm beeinflußt; deshalb wäre es zu einer Art von Paradox gekommen, wenn du ihn eliminiert hättest, auch wenn das Endergebnis der Begegnung erst später in deinem Leben zum Tragen kam. Er mußte dort sein, in seinem normalen Leben, um mit dir zu reden – und ich weiß aus eigener Erfahrung, warum er es getan hat, und daß ein anderer Mensch in diesem Amt es nicht getan hätte.« Sie lächelte die Todesgestalt an.

»Na ja, er bemerkte ja auch meinen Ring ...«

»Ich habe ein ganzes Haus voll ähnlicher Zaubergegenstände.« Sie drehte sich um und griff in ein Regal, wo sie einen winzigen Elefanten aufhob, der aus einem blauen Topas geschnitzt war. In ihrer Hand erwachte der Elefant zum Leben und stieß einen leisen Trompetenstoß aus. »Da hätte er deinen Ring wohl kaum für besonders beachtlich gehalten.«

Norton musterte Thanatos, der nicht reagierte. »Aber warum ...?«

Luna nahm Thanatos' knochigen Arm. »Weil er gesehen hat, daß du littest, und er hatte Mitgefühl. Nur wenige seiner Vorgänger haben diese Qualität besessen, und Satan versteht das natürlich nicht.« Sie wandte sich wieder an Thanatos. »Zu Anfang bin ich nur mit ihm gegangen, weil es von mir verlangt wurde, doch als ich sein inneres Wesen kennenlernte, liebte ich ihn. Er hat mir das Leben gerettet – wie alle Inkarnationen –, aber ich hätte ihn auch sonst geliebt.«

»Diese andere Frau«, sagte Norton. »Die, die er geheiratet hätte, wäre er nicht Thanatos geworden – sie war schön und reich und gut – aber das bist du auch! So hat er nichts verpaßt!«

»Nichts!« stimmte Thanatos zu.

»Also konntest du Thanatos nicht so einfach eliminieren«, schloß Luna. »Da war das Paradox eine Hilfe.«

»Nicht ... so einfach?«

»Es ist durchaus möglich«, erklärte sie. »Das Paradox ist für dich nicht absolut. Zwar wirst du versuchen, ihm aus dem Weg zu gehen, anstatt dich ihm direkt zu stellen, auch wenn es dabei nur um gewöhnliche Sterbliche geht. Inkarnationen lassen sich sehr viel schwieriger verändern, deshalb ist das Paradox bei ihnen auch stärker. Aber wenn du ihm tatsächlich unmittelbar begegnest, kann er dich nicht aufhalten. Du hättest also Thanatos auslöschen können, ohne daß dies für dich Konsequenzen gehabt hätte, aber dazu wäre eine genauere, präzisere Anstrengung notwendig gewesen.«

»Ich habe aber keine Anstrengungen unternommen!« wandte Norton ein.

»Ja. Deshalb hast du ihn auch nicht eliminiert; aus einem Grund, den Satan nicht verstehen konnte. Satans Finte scheiterte an einem scheinbaren Zufall. So funktionieren diese Dinge eben. Gegen deinen Willen kann das Paradox nicht mißbraucht werden, auch wenn es nur um gewöhnliche Leute geht. Was ist mit Satans Horn geschehen?«

»Ich besuchte ... die Frau, die ich liebte«, sagte Norton, dem plötzlich bewußt wurde, daß Atropos lediglich eine andere Gestalt der Clotho war, mit der er noch vor so kurzer Zeit geschlafen hatte. »Sie ließ mich das Ding vernichten.«

»Das ist der scheinbare Zufall«, meinte Luna.

Atropos schüttelte den Kopf. »Da ist trotzdem noch etwas. Bist du vorher noch irgendwo gewesen?«

»Ja. Ich besuchte sie im Kindesalter. Und, wißt ihr, irgendwo unterwegs muß ich einen Teil des Amuletts verloren haben ...«

»Nicht verloren«, sagte Luna. »Es hat sich gezielt abgelöst. Jener Teil, der der Dämonenbotschafter war, hat sich an sein übles Werk gemacht.«

»Wann?« wollte Atropos von Norton wissen.

»Als Orlene zehn Jahre alt war – oder vielleicht sieben – das war der erste Halt, den ich machte ... sagen wir vor ungefähr fünfzehn Jahren eurer Zeit. Nein, eher siebzehn.«

Atropos erforschte ihre Fäden. »In dieser Periode ist nichts zu erkennen.«

»Tatsächlich machte ich mehrmals in ihrem Leben Halt. Aber ich bin dabei nicht in die Normalzeit zurückgekehrt ...«

»Das war wahrscheinlich auch nicht nötig. Der Dämon

hätte sich auch während deiner Reise ablösen können.« Wieder überprüfte sie ihre Fäden. »Vor acht oder neun Jahren scheint irgend etwas geschehen zu sein.« Sie hielt die Fäden dicht an ihr altes Auge. »Ja, Fäden, die ich nie miteinander gekreuzt hatte, ungefähr zu diesem Zeitpunkt.«

»Das war bestimmt der Satansdiener«, meinte Luna. »Der hat die Veränderung herbeigeführt. Weil er das Erstziel nicht erreichte, hat er sich ein zweites vorgenommen. Nun müssen wir feststellen, um was es sich handelt.«

»Eine Veränderung in der Vergangenheit, um dich loszuwerden – ohne Thanatos dabei zu berühren?« fragte Norton.

»Oder um mich zu neutralisieren«, meinte Luna. »Ich bin ja das wirkliche Ziel, nicht Thanatos – und ich bin auch leichter zu treffen, da ich sterblich bin und du vorher niemals mit mir zu tun hattest. So oder so ist es Satan gleichgültig, auf welche Weise er sein Ziel erreicht – solange es ihm nur gelingt.«

»Aber du bist doch dieselbe –, ich meine, du hast dich doch nicht verändert, oder? Oder wüßtest du es dann überhaupt?«

Luna lächelte. »Ich verstehe deine Sorge, Chronos. Nein, ich glaube nicht, daß ich mich verändert habe – noch nicht. Meine Steine zeigen an, daß das Gute dem Bösen gegenüber im Vorteil ist, und dem wäre nicht so, wenn Satan Erfolg gehabt hätte. Dennoch droht Unheil. Wenn wir richtig und schnell handeln, müßten wir es rückgängig machen können.«

»Zunächst einmal müssen wir feststellen, worin der Schaden besteht«, versetzte Thanatos. »Vielleicht handelt es sich hier ja auch nur um eine Ablenkung.«

»Es ist merkwürdig klein, geradezu unwichtig«, meinte Atropos, die noch immer verblüfft ihre Fäden musterte. »Es wurde niemand umgebracht, keiner kam zu Schaden, ja nicht einmal erschreckt wurde jemand.«

»Such weiter«, sagte Luna.

»Ich fürchte, ich verstehe die Sache immer noch nicht ganz«, warf Norton ein. »Wenn der Dämon irgend etwas getan hat, um die Zukunft – unsere Gegenwart – zu verändern, warum ist es dann nicht jetzt beendet? Und wenn nicht, warum kann ich nicht einfach zurückkehren, um es wieder in Ordnung zu bringen? Wenn Atropos den genauen Augenblick festmachen kann ...«

»Es geht um die Drei-Personen-Begrenzung«, sagte Atropos, noch immer ihren Fäden folgend. »Das ist ein Aspekt der Paradoxresistenz.« Sie hob den Blick und sah Nortons verwirrten Ausdruck. »Thanatos, du verstehst die Sache doch, nicht wahr? Erklär sie ihm, denn Chronos muß das unbedingt wissen.«

Thanatos und Luna kicherten. »Tatsächlich war *er* es, der mir vor vielen Jahren die Sache erklärte, als ich ganz neu im Amt war«, sagte Thanatos. Er öffnete seinen Umhang und entfernte ihn. So verwandelte er sich in einen ganz gewöhnlichen jungen Mann, in denjenigen, der Zane hieß. Die zwanzig Jahre hatten ihn nicht altern lassen; offensichtlich alterten Inkarnationen nicht. »Chronos war nett zu mir«, fuhr Zane fort. »Nun werde ich nett zu ihm sein, da *er* sein Amt antritt.« Dann ließ er sich wieder nieder und erklärte Norton alles.

Der Grund, weshalb in der Gegenwart keine Veränderung zu verzeichnen war, bestand darin, daß sie in der Vergangenheit noch nicht geschehen war. Was immer der Dämon Satans unternommen haben mochte, es ruhte und provozierte keine Veränderung im Leben eines Menschen. Doch das war lediglich eine Verzögerung, eine Art Zeitbombe, die zur entsprechenden Zeit ihre Wirkung auf das menschliche Geschehen nicht verfehlen würde. Im selben Augenblick, da dies geschah, würde sich die Zukunft, ausgehend von diesem Zeitpunkt, verändern, je nach der Natur der ursprünglichen Veränderung. Mit Sicherheit würde Luna dazugehören; wenn sie schon nicht als Person eliminiert wurde, würde sie ganz gewiß als eine Kraft neutralisiert werden, die Satan am Erfolg hindern konnte. Also mußten sie diese Veränderung orten und ihrerseits neutralisieren, bevor sie das Gewebe des menschlichen Geschehens beeinflußte; nur so war ihnen der Erfolg sicher.

Chronos war die einzige Wesenheit, die in der Zeit reisen konnte, und er war weitgehend immun gegenüber Paradoxien, obwohl es Grenzen gab. Am einfachsten bewerkstelligte er dies, indem er seinem eigenen Lebensstrang folgte, zurück bis zum Zeitpunkt seiner Geburt. Es bedurfte magischer Anstrengungen, um seine Zeitflußrichtung umzukehren und an jene gewöhnlicher Menschen anzupassen, wie er es gerade tat; noch mehr Anstrengung verlangte es, durch historische Epochen zu reisen oder gar in solchen Epochen physische Gestalt anzunehmen und zu handeln. Doch die Magie der Sanduhr machte es möglich, und er konnte tatsächlich die Wirklichkeit durch Veränderungen an der Vergangenheit korrigieren. In einem solchen Fall war er in zwei Personen anwesend – er selbst in seinem ursprünglichen, normalen Leben, und er selbst in seiner Rückkehr als Chronos. Die Verdoppelung seines Selbst war ein wichtiges Mittel seiner Macht. Wirkungsvoller war es jedoch, sich selbst zu verdreifachen; in einem solchen Fall erschien er zu einer bestimmten Zeit ein drittes Mal und nahm auf sich selbst als Chronos Einfluß, wodurch sich das Paradoxpotential exponentiell erhöhte. Niemand konnte ungestraft Einfluß auf eine Inkarnation nehmen – nicht einmal diese Inkarnation selbst. Dadurch wurde die Macht der Sanduhr arg belastet, denn auch sie wurde verdoppelt und spielte gegen sich selbst. Zwar war dies theoretisch möglich, doch derart unpraktisch, daß es kaum einen Versuch wert gewesen wäre. Wenn er es tatsächlich versuchte, würde er höchstwahrscheinlich davongeschleudert und in einer Zeit landen, wo es keine Verdoppelung gab, wobei er möglicherweise ganz nebenbei und ungewollt Unheil anrichtete. Kurzum, die Risiken waren vermutlich größer als der mögliche Nutzen; Zeitkatastrophen ließen sich am schwierigsten wieder auflösen – und zwar wegen der Drei-Personen-Beschränkung.

Chronos konnte also Schaden anrichten, den Chronos nicht berichtigen konnte.

»Und das wußte Satan!« rief Norton. »Er wußte, daß ich es mir nicht mehr anders überlegen konnte, sobald ich einmal die Vergangenheit verändert hatte – auch wenn es ungewollt geschah.«

»So ist es«, sagte Thanatos. »Hättest du den Dämon in den Steinladen mitgenommen, so hättest du auf diese Weise Atropos' und meine besten Anstrengungen zunichte gemacht, denn bei einer solchen Interaktion ist Chronos mächtiger als Thanatos. Wir anderen können nur durch dein Zutun verdoppelt werden – und durch dein Zutun können wir auch nichtexistent werden. Nur Gott und Satan, die wahren Ewigen, sind davor gefeit.«

Irgend etwas an dieser Erklärung machte Norton zu schaffen, doch er konnte es nicht genauer festmachen. »Dann gibt es also keine Möglichkeit, Satans Diener aufzuhalten?« fragte er. »Wenn ich nicht zurückkehren kann, um den Dämon daran zu hindern ...«

»Es müßte doch eine Möglichkeit geben«, warf Luna ein. »Lange Zeit können Satans Diener nicht von ihm fernbleiben. Dieser Dämon muß seinen Auftrag erfüllt haben und gestorben sein. Wenn wir seine Tat neutralisieren können, bevor sie das Ereignisgefüge der Menschen beeinflußt, ist der Sieg unser. Wahrscheinlich haben wir Zeit, weil Satan versuchte, dich abzulenken; diese Mühe hätte er sich nicht gemacht, wäre die Handlung tatsächlich nicht mehr rückgängig zu machen.«

»Ich habe den genauen Zeitpunkt und Ort schon fast bestimmt«, meldete sich Atropos zu Wort. »Allerdings nicht die eigentliche Tat. Ich weiß nur, daß sie, wenn sie sich manifestiert, Satan zum Sieg verhelfen wird. Meine Fäden stehen unter einer Spannung, die zu größeren, katastrophalen Veränderungen zu führen scheint. Ich muß mir die Sache genauer ansehen.«

Plötzlich fiel Norton ein, was ihm Mühe gemacht hatte. Im Laufe seiner Abenteuer im Kugelcluster und der Laterna-Magica-Wolke hatte er sich selbst verdoppelt, zuerst um sich vor dem Gäm zu retten und schließlich, um Excelsia vor dem Alicorn zu bewahren. Das war ganz einfach gewesen. Wie konnte die Drei-Personen-Beschränkung dann eine derart mächtige Kraft darstellen? Gab es sie denn wirklich?

»Gäa«, sagte Luna.

»»Ich werde Atropos zu ihr bringen«, sagte Thanatos, erhob sich und legte wieder seinen Umhang an.

»Nimm uns alle mit«, sagte Luna. »Chronos muß sie ebenfalls kennenlernen.«

»Gäa – eine weitere Inkarnation?« fragte Norton. Irgendwie hatte er den Namen schon einmal gehört; Gawain das Gespenst hatte gesagt ...

»Die Grüne Mutter«, erklärte Luna. »Die Natur.«

Ja, das war es. Gäa hatte Gawains Kind beeinflußt und dadurch schreckliches Leiden bewirkt. Die Erinnerung daran lenkte ihn von seinen Spekulationen über die Drei-Personen-Beschränkung ab; er wollte dieser machtvollen und doch fehlbaren Wesenheit begegnen.

Zu viert schritten sie über den Parkplatz, von den beiden Greifen begleitet. Es waren wirklich außerordentlich schöne Tiere! Neben dem Parkplatz befand sich eine kleine grüne Weide. Dort graste ein prachtvoller schwarzer Hengst.

»Mortis!« rief Thanatos. Der schwarze Hengst stellte die Ohren auf und kam herangetrabt. Es war ein wahrhaftig prächtiges Tier, mit glänzendem Fell und festen Muskeln. Norton erinnerte sich. Dies war das Todespferd – das Reittier, das Thanatos zu seinen Verabredungen brachte.

»Wir brauchen Platz für vier – zur Grünen Mutter«, sagte Thanatons zu dem Pferd.

Mortis schritt auf den Asphalt und nahm die Form einer Limousine an. Norton klappte der Kiefer herunter. »Das ... aber das ist ja eine Maschine!« protestierte er.

»Mortis ist ein ausgezeichnetes Reittier«, bemerkte Thanatos, »aber eigentlich auch nicht bemerkenswerter als dein kleiner Ring.« Er hielt den Damen die Tür auf.

Norton schritt um den Wagen und stellte fest, daß das Kennzeichen am Heck auf *Mortis* lautete. Und er hatte das Alicorn für etwas Bemerkenswertes gehalten! Wenn Magie und Wissenschaft sich vereinigten, waren derlei Wunder an der Tagesordnung. Er öffnete die Tür und stieg ein.

Er fand sich auf dem Hintersitz neben Clotho wieder. Als sie seinen verblüfften Blick bemerkte, zuckte sie die Schultern. »Ich möchte nach etwas aussehen, wenn ich Gäa besuche«, erklärte sie.

Der Wagen setzte sich aus eigener Kraft in Bewegung. Er machte eine Drehung – und raste plötzlich durch Raum und Materie. In Form von Farbschlieren jagte die Welt an ihnen vorbei. Dann verlangsamte sich das Tempo, und sie fuhren durch das Tor eines wahrhaft großzügigen Anwesens mit prachtvollen Bäumen vieler Arten und einem funkelnden See.

Vor ihnen am Himmel ragte eine riesige Gestalt auf. Norton spähte durch die Windschutzscheibe. »Das ... das ist ein ...«

»Ein Rokh«, sagte Luna gelassen. »Der größte aller Vögel. Gäa hat aus ihrem Anwesen ein Reservat für seltene und magische Lebewesen gemacht.«

Der Rokh schwang auf sie zu. Seine Flügel schienen den ganzen Horizont zu umspannen. Er stürzte sich auf den Wagen, und seine monströsen Krallen griffen in Fenster und Lüftungsschächte, dann hoben sie das Fahrzeug mit seinen Insassen hoch, als handele es sich dabei um nichts größeres als eine Maus. Wenige Augenblicke später baumelten sie hoch oben in der Luft.

Immer noch völlig gelassen, wandte sich Luna an Thanatos. »Gäa stellt uns auf die Probe«, bemerkte sie. »Vielleicht solltest du eine Geste machen, nur damit sie sichergehen kann.«

»Aber vorsichtig«, warnte Clotho ihn. »Wir haben im Augenblick eine ziemliche Höhe.«

»Vorsichtig, ja«, meinte Thanatos. Er hob die Hand und berührte eine der Krallen mir einem Skelettfinger.

Der Vogel erschauerte – und der Wagen tat es ihm gleich. Der Rokh hatte die Berührung des Todes gespürt, und das war keine Berührung, die ein Lebewesen ignorieren konnte. Im Spiralflug ging er nieder und setzte den Wagen wieder sanft auf der Straße ab. Dann verzog er sich hastig.

Doch schon standen sie vor einem neuen Problem: Eine Wolke zog sich zusammen, und der Regen prasselte aus ihr herab, um erst zu Eis und dann zu Schnee zu werden. Von rechts trieb Rauch und Dampf herbei; dann öffnete sich die Erde, und geschmolzenes Gestein strömte hervor. Die Lava bewegte sich nicht sehr schnell, doch sie war gräßlich heiß; die von ihr berührte Vegetation brach sofort in Flammen aus. Andererseits türmte sich der Schnee bereits so hoch auf, daß der Wagen steckenblieb.

Clotho schüttelte den Kopf. »Gäa.« Sie seufzte, als würde sie zu einem ungezogenen Kind sprechen. »Mortis, folge meinem Faden.« Sie ließ einen Finger hervorschnellen, und ein Faden erschien, durchdrang die Windschutzscheibe, ohne sie zu berühren, und ragte nun leuchtend über die Front des Wagens hinaus.

Mortis folgte ihm. Der Faden wand sich durch den Matsch, der von der Lava geschmolzen war, verließ den Weg, fuhr eine Felskante entlang, durch welche die Lava vorübergehend aufgehalten wurde, und überquerte schließlich einen schmalen Kanal, der die Lava konzentrierte. Der Wagen nahm Tempo auf, um über den Graben zu jagen, dann rutschte er herum, um dem sich krümmenden Faden durch die Hauptmasse der Lava zu folgen. Dies erschien Norton wirklich äußerst gefährlich zu sein, zumal die Bodenhaftung trügerisch war und die Sichtweite so gut wie Null, doch der Faden der Schicksalsgöttin wußte genau, wohin er sich zu bewegen hatte. Sie kannte die Feinheiten und Verworrenheiten des Zusammenspiels von Mensch und Natur. Erfolgreich bahnten sie sich zwischen Schnee und Lava ihren Weg, um schließlich auf einen festen, trockenen Weg zu gelangen. Die Schicksalsgöttin hatte die Natur überlistet.

Dann verspürte Norton das plötzliche Verlangen, sich zu erleichtern. Sein Darm verknotete sich, und die Blase schwoll an. »Äh, wenn wir vielleicht einen Augenblick anhalten könnten ...«, sagte er.

Auch Luna war etwas zappelig. »Das ist wieder Gäa. Wir haben es alle. Es läßt sich nicht umgehen, und anzuhalten und auszusteigen bringt auch keine Erleichterung. Das ist ihre Spezialität für Eindringlinge: Sofortgrippe.« Ihre Wange hatte einen grünlichen Ton angenommen.

Tatsächlich rebellierte nun auch Nortons Magen. Neben ihm sah Clotho geradezu seekrank aus, und auch Thanatos wirkte so krank wie ein Skelett es nur sein konnte.

Clotho wandte sich an ihn. »Du bist an der Reihe, Chronos.«

Oh. Norton hob die Sanduhr, ließ den Sand blau werden und befahl, daß die sie unmittelbar umgebende Region in einen kleinen Zeitsprung miteinbezogen werden sollte. Ein leichtes Rucken, und schon ließen die Symptome nach.

Er hatte den Wagen und seine Insassen fünf Minuten in der Zeit zurückspringen lassen, in seine eigene Zukunft, an den Zeitpunkt bevor ihre Übelkeit begann.

Clotho atmete tief durch. »Danke, Chronos. Als Mädchen sieht man in der Öffentlichkeit nicht sehr gerne krank aus.« Sie holte einen kleinen Spiegel hervor und überprüfte ihr junges hübsches Gesicht.

Er hatte die Drei-Personen-Beschränkung nicht verletzt, da er sich selbst nicht verdoppelt hatte. Na ja, vielleicht hatte er es doch getan, denn schließlich war er in den Zeitrahmen der Realwelt eingetreten. Die anderen und der Wagen würden fünf Minuten lang verdoppelt bleiben, doch bis die andere Wagenladung sie hier an diesem Punkt auf dem Weg einholte, würde *dieser* Wagen verschwunden sein, so daß es kein Problem geben dürfte. Die andere Wagenladung würde einfach verblassen und nur diese hier übriglassen.

Oder hätte man die andere Wagenladung im Nachhinein auslöschen können? Damit könnte das Drei-Personen-Problem gelöst werden. Es gab immer noch eine ganze Menge, was er an seinem Amt nicht verstand.

Nun lag das Haus der Grünen Mutter Natur vor ihnen. Es schien aus Vegetation errichtet zu sein, mit lebendem, laubreichem Holz und einem kleinen Bach, der wir ein Springbrunnen von Ebene zu Ebene strömte. Aus Löchern und Nestern spähten Tiere hervor – Häschen, Echsen und vielleicht sogar der eine oder andere Elf. Dies war in der Tat die Handschrift der Erdmutter.

Der Wagen blieb stehen, sie stiegen aus, und Mortis nahm wieder seine Pferdegestalt an, um neben dem Haus zu grasen. Zu viert schritten sie auf den Eingang zu.

Dort wurden sie von Gäa empfangen. Sie war eine gedrungene Frau in den mittleren Jahren mit einer Krone aus geflochtenem Laub und Lianen und einem Blätter- und Fichtennadelkleid; kein Zweifel, grün war ihre Farbe. Norton erschien es, als besäße sie eine Ausstrahlung der Kompetenz und der Macht; dies war gewiß kein unscheinbares Wesen. Wenn Grün die Farbe der Natur war, dann war Schwarz ja wohl die des Thanatos und Weiß die seine. Doch welche Farbe hatte dann die Schicksalsgöttin?

»Gäa, wir stecken in Schwierigkeiten«, sagte Clotho ohne jede Einführung. »Satan hat Chronos dazu überlistet, einen Dämon in die Vergangenheit mitzunehmen, um Luna auszuschalten. Das wurde zwar durch Paradoxie teilweise verhindert, aber jetzt haben wir einen Schläfer. Ich kann ihn nicht genau aufspüren.«

Gäa musterte Norton. »Ich bitte um Entschuldigung für meinen Fehler«, murmelte sie.

Norton wußte, daß sie auf das Problem mit Orlenes Baby anspielte. »Angenommen«, sagte er. Er wußte, daß sie ihm zum Ausgleich die Handhabung seines gegenwärtigen Amts erleichtert hatte.

Gäa wandte sich an Clotho. »Zeig es mir.«

Clotho streckte die Hände vor, dazwischen das Gespinst der Schicksalsfäden. Gäa sah genau hin. »Darf ich?« fragte sie.

»Du darfst«, erwiderte Clotho.

In Nähe der Fäden machte Gäa eine kleine Geste mit der Hand. Die Fäden veränderten sich, und mit ihnen die Umgebung. Aus den Fäden wurden gelockte grüne Schlingpflanzen mit sprießenden Blättern – und die fünf menschlichen Gestalten im Haus schienen plötzlich in einem gewaltigen Garten zu stehen, als wären sie auf Insektengröße zusammengeschrumpft.

Die Schlingpflanzenfäden durchzogen das Gewebe dieser neuen Realität auf erstaunlich komplizierte Weise. Alles schien mit allem offensichtlich oder subtil in Verbindung zu stehen. Es war die Natur der Realität oder die Realität der Natur und des Schicksals.

Gäa schritt eine Liane entlang. »Hier ist es«, sagte sie. »Hier wurden die Fäden gekreuzt.«

Die anderen drängten sich herbei. Norton sah, daß ein winziger Stamm, der einem Ausschnitt aus einem feinen Strohhalm glich, bewegt worden war, so daß er nun an einer anderen Stelle die Hauptliane kreuzte. Die Veränderung war kaum zu bemerken.

Clotho konzentrierte sich, und die Schlingpflanzen dehnten sich aus, bis die große einen Durchmesser von Menschengröße aufwies und der kleine Stamm einen von drei Zoll. »Ich werde den kleinen untersuchen«, sagte Gäa. »Der hier ist tot, aber ich glaube, daß wir darin den Schlüssel finden.« Ein Leuchten bildete sich um die kleine Schlingpflanze und den Ort, von dem sie entfernt worden war. Farbiges Licht strahlte aus dieser Region ab, teilte sich in seine Prismenbestandteile, badete sie alle in Regenbogenfarben.

»Dort«, sagte Gäa und zeigte auf einen dunklen Streifen mitten im farbigen Licht. »Der Spektrograph zeigt es an. Kontamination.«

»Gefährlich?« fragte Clotho.

Gäa furchte die Stirn. »Nein. Es ist Zyankali, aber das war auch schon vor der Einmischung da. Es ist chemisch neutralisiert worden, so daß seine Wirkung auf einen Menschen minimal wäre. Nur ein paar Stunden Übelkeit, sonst nichts.«

»Warum sollte Satan ein bereits existierendes Gift neutralisieren wollen?« wollte Thanatos wissen. Clotho inspizierte die größere Schlingpflanze. »Hoppla«, sagte sie. »Jetzt begreife ich es endlich. Was für ein heimtückischer Plan!«

Gäa blickte sie erwartungsvoll an. »Du hattest eine Vergiftung in die Wege geleitet?«

»Nicht genau«, erwiderte Clotho. »Hier, Lachesis kann die Sache besser erklären.« Sie veränderte ihre Gestalt. »Ich treibe die Menschen ebenso wenig ins Verderben wie Thanatos sie umbringt«, erklärte Lachesis. »Ich spinne die Fäden lediglich zu notwendigen Mustern. Manche Sterbliche müssen gedeihen und andere müssen untergehen, und darin ist keine persönliche Gerechtigkeit garantiert. Ich sorge mich nicht um Individuen, sondern nur um die Muster als Ganzes. In diesem Fall mußte ein bestimmter älterer Mann mit indifferenten Qualitäten herausgewoben werden, um Platz für eine jüngere Frau zu machen, die über überragende Qualitäten verfügt. Also wurde er versehentlich vergiftet, größtenteils durch seine eigene Achtlosigkeit. Er schluckte eine Tablette, die mit Zyankali kontaminiert war, und starb im Alter von zweiundsechzig Jahren. Für die Welt war es nur ein kleiner Verlust, obwohl er politisch prominent war.«

»Zyankali«, sagte Luna nachdenklich. »Ich erinnere mich ...«

»Ebender«, bestätigte Lachesis.

»Das verstehe ich nicht«, sagte Norton.

Lachesis blickte ihn an. »Das liegt in deiner Zukunft – aber du brauchst es jetzt noch nicht zu wissen. Der ältere Senator aus Lunas Staat ist im Amt gestorben, deshalb gab es eine Nachwahl. Luna hat sich mit Unterstützung der Kräfte des Guten um das Amt beworben und gewonnen. Es ist das Amt, das sie jetzt innehält.«

»Luna ist Senatorin?« fragte Norton überrascht. Möglicherweise hatte er schon vorher davon gehört, doch es hatte sich anscheinend nicht in sein Gedächtnis eingegraben.

»Und zwar eine ausgezeichnete«, sagte Thanatos mit einem gewissen Besitzerstolz. »Im Augenblick hat der Senat Sitzungspause, deshalb ist sie nicht in den Nachrichten, normalerweise ist das aber anders. Sie wurde vor acht Jahren zum ersten Mal gewählt und sitzt nun fest im Sattel, sie hat viel Unterstützung an der Basis. Eines Tages wird sie vielleicht unsere erste Präsidentin.«

»Ich habe noch nicht entschieden, ob ich mich um das Amt bewerbe!« wandte Luna verlegen ein.

»Aber nachdem du Satan in dieser kritischen Auseinandersetzung besiegt hast, wirst du die Spitzenkandidatin sein«, sagte Lachesis. »Das kann ich in den Fäden erkennen.«

»Dann hat der Dämon, den ich auf die Reise in die Vergangenheit mitnahm ...«

»... die kontaminierte Pille neutralisiert, die für den ursprünglichen Senator bestimmt war«, beendete Lachesis ihren Satz. »Wenn er sie also zu sich nimmt, wird er nicht sterben und wird im Amt bleiben, so daß keine Nachwahl stattfindet, die Luna gewinnen könnte. Dann wird sie nur ein untergeordnetes Amt innehaben und nicht Senatorin werden und auch nicht in die Lage kommen, ihm im kritischen Augenblick politisch Paroli zu bieten.«

Wirklich raffiniert! »Aber könnte sie das Amt denn nicht in einer normalen Wahl gewinnen?«

»Da hat sie nicht die geringste Chance! Der Senator muß schon tot umfallen, bevor er seinen Sitz aufgibt.« Lachesis schnitt eine Grimasse. »Und selbst wenn es ihr gelänge, ihn abzuwählen, wäre es nicht dasselbe. Wenn sie das Amt vier Jahre später übernimmt, verfügt sie nicht über die erforderliche Anciennität. Das wiederum ist wichtig für die Schlüsselkomitees und für ihre Einflußmöglichkeiten – vor allen Dingen für ihren Komiteevorsitz, der ihr ebenjene Autorität verleiht, die sie benötigt. Nein, Luna muß den Senatorenposten in ebendem Augenblick gewinnen, als sie es auch tat – was wiederum bedeutet, daß wir die Pille wiederherstellen müssen, bevor der Senator sie einnimmt.«

»Aber das ist doch Mord!« rief Norton entsetzt.

»Wir handeln nun einmal mit Leben und Tod«, sagte Gäa und warf Thanatos einen bedeutungsvollen Blick zu.

»Aber auf eine Weise, wie es vorherbestimmt ist«, ergänzte Lachesis. »Ist es wirklich Mord, die Vergangenheit wieder in ihren Ursprungszustand zurückzuversetzen?«

Norton war verwirrt und unglücklich. Bewußt einen Menschen zu vergiften ...«

»Hast du eine Vorstellung davon«, fragte Lachesis grimmig, »wie viele Menschen ganz bewußt vergiftet werden – und gefoltert, ermordet und im wahrsten Sinne des Wortes zur Hölle verdammt –, wenn die Diener des Satans die politische Macht auf der Erde an sich reißen?«

»Nein«, sagte Norton.

»Wenn er über politische Macht verfügt, kann Satan – und er wird es auch tun – den Gottesdienst zu einem Verbrechen erklären, das bis zum Widerruf des Gläubigen mit Folter bestraft werden kann. Dann werden all jene, die nicht gut oder widerstandsfähig genug sind, um eine solche Folter zu ertragen – und das ist die Mehrheit – zu Satansanbetern werden, wodurch sich die Machtverhältnisse zu seinen Gunsten verschieben. Auf diese Weise wird er über das diesseitige Leben und das Leben danach herrschen, und es wird keine Möglichkeit mehr geben, vom Bösen erlöst zu werden. Wenn dies erst einmal geschehen ist, wird der Tod eines korrupten Senators nicht einmal mehr beachtet werden. Denn dann wird das gute Selbst gestorben sein.«

»Aber ... was ihr damit sagt, ist, daß der Zweck die Mittel heiligt!« Norton war immer noch zutiefst aufgewühlt. »Wenn wir im Namen des Guten etwas Böses tun ...«

»Warum begibst du dich nicht mal in die Hölle und schaust dir an, wie Satans Macht aussieht?« fragte Gäa ihn. Ihre Augen waren wie blaue Himmel, in deren Hintergrund sich Wolken zusammenballten.

»Das könnte ich tun? Die Hölle besuchen?«

»Du bist eine Inkarnation. Du kannst tun, was du willst. Nicht einmal Satan kann es dir verwehren.«

Norton überlegte – und kam zu dem Schluß, daß er nicht erst die Hölle besuchen mußte, um zu erkennen, daß Satan böse war. Er mochte das Töten nicht, aber es war wahr, daß die ethischen Aspekte seiner Einflußnahme auf die Vergangenheit problematisch waren. War er des Mordes schuldig, wenn er sich nicht daranmachte, die Geschichte zu korrigieren, um jeden Tod auszumerzen, der während seiner Amtszeit stattfand? Wenn er sich dazu entschloß, die

Geschichte so stehenzulassen wie sie war, eingeschlossen der Tode, war es dann rechtens, Satan zu gestatten, die Entscheidung darüber zu fällen, welche Person durch eine Einzelkorrektur geschont werden sollte? Wenn man es so betrachtete, schien das Opfer des Senators das kleinere Übel zu sein. Es behagte ihm nicht, zum Instrument des Todes zu werden, doch er zog es dem Bösen vor, das Satan hervorbringen würde, wenn der Senator überlebte. Es hatte den Anschein, als müßte er sich zwischen unfeinen Mitteln entscheiden, um für die Gesamtgesellschaft das geringste Übel zu erwirken. Er mußte das Urteil der anderen Inkarnationen respektieren, die schon länger im Amt waren als er, und die über mehr Erfahrungen mit den Intrigen und Listen Satans verfügten. »Nein, ich werde euch dabei helfen, die ursprüngliche Vergangenheit wiederherzustellen. Ich werde euch an den Zeitpunkt zurückbringen, als der Dämon die Pille ...« Er brach ab, da er sich an die Drei-Personen-Beschränkung erinnerte. »Ausgenommen, ihr sagt mir, daß ich dort nicht wieder hin kann, weil ich schon einmal als Chronos da war.«

»Es gibt eine Möglichkeit«, warf Gäa ein. »Aber es ist nicht einfach.«

»Nichts hiervon ist einfach«, meinte Norton.

»Nichts davon«, stimmte Gäa zu. »Du kannst nicht direkt in diese Zeit zurückkehren. Aber du kannst zu einem Punkt auf der Zeitlinie zurückkehren, der nicht näher liegt als deine verstrichene persönliche Zeit, dich dort verankern und ...«

»Warte! Warte! Jetzt bin ich hoffnungslos verwirrt! Nicht näher als was?«

Luna nahm ihn bei der Hand. »Du bist neu im Amt, solange wir uns auch schon an dich darin erinnern können. Das vergessen wir ständig, weil du in unserer Vergangenheit so weise warst. Ich werde es erklären, während die anderen die genauen Koordinaten der Einflußnahme des Dämons bestimmen.« Sie führte ihn zu einer anderen riesigen Schlingpflanze, und sie nahmen auf dem nachgiebigen Gewächs Platz.

»Die Zeit ist objektiv«, sagte Luna, »und subjektiv zugleich. Sie vergeht in der Welt und sie vergeht für dich – und wenngleich dein normaler Zeitstrom dem der Welt entgegengesetzt ist, so ist die Zeit doch für beide ebenso wirklich. Wenn du einen Tag lebst, lebt auch die Welt einen Tag, und dieses Verhältnis gilt unabhängig von der Richtung des Zeitstroms. Da seit der Freisetzung von Satans Diener auf Erden ungefähr sechs Stunden, gemessen an deiner Lebensspanne, verstrichen sind, ist seit dieser Veränderung auf der Erde ebenso viel Zeit vergangen. Du kannst ebenso wenig zu einem Zeitpunkt innerhalb dieser sechs Stunden zurückkehren, wie du dich selbst verdoppeln kannst; das ist ein weiterer Aspekt derselben Beschränkung.«

Norton schüttelte den Kopf. »Wenn *du* es erklärst, scheint es beinahe Sinn zu ergeben.«

Sie lächelte. »Beinahe! Es wird mehr Sinn für dich ergeben, wenn du mehr Erfahrung in deinem Amt sammelst.«

»Dennoch kann ich nicht alles akzeptieren.«

»Was kannst du nicht akzeptieren?«

»Erstens *kann* ich mich verdoppeln, das habe ich bereits mehr als einmal getan. Also ...«

»Dich einmal verdoppeln, ja; es ist aber die zweite Verdoppelung, welche die Grenze darstellt.«

»Gut. Aber da mein ursprüngliches Leben als eins zählt und mein gegenwärtiges rückläufiges Leben als zwei ...«

»Haben wir das gesagt? Das war ein Mißverständnis. Dein vorhergehendes, sterbliches Leben ist davon ausgenommen. Nur deine gegenwärtige Inkarnation zählt. Du hast keine Verbindung mehr mit deiner sterblichen Existenz; das ist auch einer der Gründe dafür, weshalb du gegen Paradoxien darin immun bist. Dein gegenwärtiger rückläufiger Lebensverlauf ist also die Eins, und dein Sprung in unsere Vergangenheit ist die Zwei.«

»Aber ich habe mich verdoppelt und auch in das Tun meines vorhergehenden Chronos-Selbst eingegriffen – tatsächlich habe ich sogar einmal mein vorhergehendes Selbst vor der Vernichtung gerettet.«

Sie schürzte die Lippen. »Das ist interessant! Doch es verletzt nicht die Drei-Personen-Regel. Es spielt keine Rolle, ob deine Doppel zusammen sind oder weit voneinander getrennt; du kannst jedenfalls nicht auf brauchbare Weise dreifach werden.«

Er nickte. »Ja, jetzt begreife ich. Aber die andere Sache ist diese Geschichte mit den sechs Stunden. Es ist seitdem doch tatsächlich viel mehr Zeit vergangen ...«

»Ich habe es ausgerechnet«, rief Lachesis, die ihn anscheinend gehört hatte. »Deine Zeit in Satans Realitätsrahmen zählt hierfür nicht, nur deine Zeit in diesem hier. Du hast drei Stunden geschlafen, dich eine halbe mit Satan unterhalten und mit mir eineinhalb Stunden gesprochen, bevor wir das Problem erkannten und vor einer Stunde die anderen Inkarnationen aufsuchten. Das macht insgesamt sechs Stunden.«

»Ich verstehe«, sagte Norton, von der Präzision ihrer Einschätzung überrascht.

»In diesem Augenblick«, fuhr Luna sanft fort, »genügt es, daß du weißt, daß diese sechs Stunden deiner unmittelbaren Einflußnahme entzogen sind, daß du aber mit einer ungewöhnlichen Maßnahme in sie eindringen kannst.«

»Ich lande also sieben Stunden später und was dann?«

»Und drehst die Uhr zurück«, sagte sie. »Du mußt die Zeit umkehren und die ganze Welt mit dir nehmen. Das wird dich in dieselbe Kategorie bringen, wie du es warst – wärest – *sein wirst*, als du diese Periode als Chronos durchlebtest. Du wirst diese Phase auslöschen.«

»Du meinst, daß ich auf diese Weise tatsächlich ausradieren werde, was immer ich damals in meiner normalen Lebensspanne getan habe?«

»Das glauben wir. Es gäbe ein Risiko, wenn in dieser Zeitspanne irgend etwas Wichtiges passierte, doch Lachesis kann in ihren Schicksalsfäden keine Probleme dieser Art erkennen. Vielleicht ist diese Periode aufgrund seiner Auslöschung für dich niemals dagewesen, also wird auch nichts verloren gehen.«

Nortons Kopf rauchte. »Woher wollt ihr wissen, daß

mein sogenanntes normales Chronos-Selbst hingehen wird?« fragte er. »Vielleicht verdreifache ich mich dabei doch in Wirklichkeit. Das ist theoretisch immerhin möglich, nicht wahr?«

»Vermutlich schon«, gab Luna mit gewissem Vorbehalt zu. »Es mag auch eine unendliche Progression geben, so wie ein Bild in einem Bild oder wie Spiegel, die einander gegenüber hängen. Doch für uns ist es brauchbar, von einer Drei-Personen-Beschränkung zu sprechen. Wir verstehen die Sache begrenzter als du; vielleicht kennen wir nur einen Bruchteil deines Wesens. Auf jeden Fall sind wir uns einigermaßen sicher, daß es dir, wenn du diese sechs oder sieben Stunden lang die Zeit der Welt umkehrst, gelingen wird, zu dem Augenblick vorzustoßen, in dem der Dämon handelte, und zwar trotz deiner vorhergehenden Reise dorthin; dann kannst du den Dämon kurz vor deinem Handeln neutralisieren. Danach läßt du wieder lokker, die Welt kehrt zu ihrem normalen Lauf zurück, der Schaden ist behoben – und wird durch ebendieselbe Drei-Personen-Begrenzung beschützt, die uns im Augenblick soviel Schwierigkeiten macht. Eine Umkehr von Satans Plan.«

»Aber was, wenn ...«

»Wenn du in diese Periode in deinem normalen Leben vorstößt? Ich glaube, du wirst sie einfach überspringen, da du sie im Vorhinein bereits durchlebt hast. Die Drei-Personen-Beschränkung sollte dir eigentlich keinen Schaden zufügen, sondern lediglich diese kleine Unannehmlichkeit bereiten – sofern wir sie richtig einschätzen.«

»Die Sache erscheint mir durchaus vernünftig«, meinte er. »Danke, Senatorin ...«

»Luna.«

»Luna. Ich glaube, jetzt weiß ich, was ich tue.«

»Ich danke *dir«*, sagte sie und berührte seinen Handrükken mit ihren kühlen, feinen Fingern. »Immerhin ist es meine Karriere, die du dadurch erhältst.«

Norton sah zu den anderen hinüber. Lachesis blickte ihn

gerade an. »Wir haben die Stelle genau geortet«, meldete sie. »Jetzt können wir dir die präzisen Koordinaten geben. Bist du bereit, die Welt vor dem Satan zu retten, Chronos?«

Norton atmete tief durch. »Ich hoffe schon«, sagte er.

11 Sträwkcür

Sie brachten ihn an die Stelle, wo die Dekontaminierung der Pille stattgefunden hatte. Die Pille befand sich bereits in einer Flasche der Vorortresidenz des Senators, für den späteren Gebrauch gelagert. Es lag eine gewisse Ironie von jener Art darin, auf die sich Satan zu spezialisieren pflegte, daß ausgerechnet dieser Senator dafür gesorgt hatte, daß strengere Vorschriften hinsichtlich der Herstellung und Vermarktung ebensolcher Produkte verhindert wurden, so daß die Qualitätskontrollen im Interesse niedriger Preise nur schlampig gehandhabt wurden und viele Menschen durch derlei Kontamination Schaden erlitten. Doch nun war es Satan im Interesse seiner Ziele durchaus recht, das Leben des Senators zu bewahren, folglich hatte er gehandelt.

Der Dämon war einfach gekommen, hatte die Pille denaturiert und war verblichen. Norton würde den Dämon kurz vor Erledigung seiner Aufgabe abfangen und dafür sorgen müssen, daß er vorzeitig verschied. Das war alles. Gäa hatte ihm zu diesem Zweck eine Flasche mit Weihwasser überreicht. Norton hatte einen gewöhnlichen Anzug angezogen und seinen weißen Umhang darunter versteckt, damit er unter den Sterblichen nicht auffiel.

Das Zimmer war nun leer und staubig; nach seinem Tod hatte man das Haus des Senators verkauft, und dieser Flügel war nicht in Gebrauch. Natürlich würde er möglicherweise leer bleiben, wenn Satans Plan funktionierte, denn in acht Jahren würde der Senator ohnehin eines natürlichen Todes sterben. Satan war der Senator gleichgültig; er wollte lediglich sicherstellen, daß Luna ihn nicht ersetzte.

Norton konzentrierte sich auf die Sanduhr und ließ den Sand blau werden, dann jagte er durch die Zeit auf den Zielaugenblick zu. Die anderen Inkarnationen konnten ihn auf seiner Reise nicht begleiten; sie mußten in dieser historischen Zeit auf ihrem Posten bleiben, damit Satan keinen Verdacht schöpfte.

Er gelangte ans Ziel und ging in seinen normalen Zeitstrom über. Dann hob er die Sanduhr, um das bisher wichtigste Unterfangen seiner kurzen Karriere zu beginnen, als ihm etwas auffiel. Er hatte seine Zielzeit um wenige Minuten verfehlt und lag nun innerhalb der Sechs-Stunden-Grenze. Das würde sich leicht beheben lassen; er würde einfach zurückkehren, bis er sich außerhalb der Grenze befand, bevor er den Rest der Welt miteinschloß. Noch war er nicht in die Realität übergetreten, so daß es also auch keine Drei-Personen-Komplikationen geben würde. Doch da war etwas anderes – etwas, das hakte.

Er befand sich im selben Zimmer, in dem er gestartet war, gut acht Jahre in der Zukunft entfernt, doch nun war es mit Vorräten bestückt: Flaschen von Bourbon, Räucherschinken, Kaviardosen und andere Indizien für ein Leben im Reichtum. Der Senator glaubte offensichtlich daran, daß man sich zunächst um das Thema Nummer Eins kümmern müsse. Ein hochgelegenes Regalbrett war Medikamenten vorbehalten – in größeren Mengen, als ein einzelner Mensch sie in seinem ganzen Leben hätte verbrauchen können. Darunter befand sich *die* Flasche; Lachesis hatte sie präzise beschrieben, so daß Norton sie ohne jeden Fehler wiedererkennen würde. All dies hatte er erwartet. Doch hier war noch etwas.

Gegenüber der Medizinflasche saß ein kleiner Dämon und musterte sie angestrengt. Das Wesen war so klein, daß es eine Figurine hätte sein können, mit kleinen Stummelhörnern, roten Knopfaugen und einem ledrigen gegabelten Schwanz. Doch es war keine Figurine, es war ein lebendiger – sofern dieser Begriff der richtige war – Diener des Satans.

Hatte der Dämon seine Mission überlebt? Nein, in einem

solchen Punkt hätten sich die anderen Inkarnationen nicht irren dürfen. Dies mußte ein anderer Dämon sein, ein zeitgenössischer, dem die Aufgabe oblag, die Pille solange zu bewachen, bis sie gebraucht wurde. Das wiederum konnte nur bedeuten, daß Satan um seinen Gegenschachzug wußte. Der Satan seiner Zeit, acht Jahre vor Nortons Gegenwart. Da Satan nicht rückwärts lebte, konnte er nicht wissen, was sein zukünftiges Selbst getan hatte – doch mit Sicherheit hatte er seinen Diener erkannt. Deshalb mußte er richtig vermutet haben, daß sein zukünftiges Selbst etwas Übles plante, und er sorgte dafür, daß sich niemand einmischte, worum auch immer es sich handeln mochte. Er würde zwar nicht wissen, warum der Dämon aus der Zukunft die Kontamination neutralisierte, doch würde er immerhin wissen, daß es dafür einen guten – genauer gesagt: einen bösen – Grund gab. Satan war böse, aber keineswegs dumm.

Dies stellte Norton vor ein Problem. Im Augenblick konnte der kleine Dämon ihn nicht wahrnehmen, denn in seinem Normalzustand war Chronos nicht zu sehen. Der Dämon folgte einem vorwärtsgehenden Lebenslauf, während Chronos rückwärts lebte. Erst wenn er sich auf die Welt einschwang – oder die Welt dazu brachte, sich auf ihn einzuschwingen –, war er für andere sichtbar. Dann würde auch dieser Dämon ihn wahrnehmen können. Das würde dann Satan, den Satan dieser Zeit, warnen, was zu allem möglichen Ärger führen könnte. Tatsächlich konnte das sogar die Aufgabe dieses Dämons sein – Chronos nämlich dabei zu erwischen, wie er sich der Pille näherte und seine Anstrengungen zunichte machte.

Er mußte etwas gegen diesen Dämonenwächter unternehmen, weil das Wesen sich ihm mit Sicherheit auf die eine oder andere Weise in den Weg stellen würde. Wenn es seinen Herrn an diesen Ort rief, war Nortons Flasche mit Weihwasser bestenfalls ein kleines Ärgernis. Weihwasser konnte zwar die Dinge vernichten, die des Satans waren, ihm selbst konnte es jedoch nichts antun. Ebenso konnten Satans Diener zwar in der Welt Unheil verbreiten, ohne jedoch Gott oder den anderen Inkarnationen persönlich Schaden zuzufügen.

Wenn Norton aber in diese Realität überging und sich den Dämon vornahm, um ihm mit Weihwasser den Garaus zu machen – würde das nicht Satan alarmieren? Wieder war Norton unsicher und zögerte, alles auf eine Karte zu setzen. Es stand zuviel auf dem Spiel. Er dachte nach und gelangte zu dem Schluß, daß es wohl das Beste war, dem Dämon auszuweichen. Wenn die Kreatur nie erfuhr, daß Chronos anwesend war, konnte sie ihren Herrn und Meister auch nicht warnen. Satan würde glauben, daß alles in Ordnung (in Unordnung) war – bis es zu spät (zu früh) war. Norton würde sich erst im Augenblick der Umwandlung der Pille nähern und dann sein Weihwasser gebrauchen. Ein schnelles, chirurgisch sauberes Zuschlagen – und dann der Sieg.

Er verließ den Raum durch die Wand. In seinem gewöhnlichen Modus bemerkte ihn das Universum kaum, er hatte große Ähnlichkeit mit einem Gespenst. So gelangte er auf eine geschäftige Straße, eine von jener altmodischen Sorte mit Betongehsteigen, Asphaltbeschichtung und Zierbüschen. Die meisten Vorstadtstraßen bestanden schon an diesem Tag, acht Jahre in der Vergangenheit, aus Transportbändern, welche sowohl Leute als auch Fahrzeuge an ihr Ziel beförderten, genau wie es auf den unteren Ebenen der Fall war. Offensichtlich war der Senator ein konservativer Mann und hatte die Modernisierung seines Wohngebiets verhindert. Es galt als Statussymbol, primitiv zu leben, wenn die allgemeine Masse modernistisch lebte; außerdem war dies eine Art Pose – der bescheidene Diener des Volkes. Dies müßte ein guter Ort für Norton sein, um sich einzuschwingen; er konnte sich in der Menschenmenge verlieren, und der Dämon im Haus würde es niemals merken.

Norton ließ den Sand rot werden und bewegte sich fünfzehn Minuten entlang der Weltzeitachse in die Zukunft. Damit war er außerhalb der Sechs-Stunden-Grenze. An einer Geschäftsfassade befand sich eine große Wanduhr, wiederum eine altmodische Laune; ihre Zeiger sprangen von 11.03 auf 11.18 Uhr.

Nun färbte er den Sand weiß, und er konzentrierte sich, ließ den Sand in den oberen Teil der Uhr hinaufströmen, so daß die äußere Welt sich an seinen Zeitstrom anpaßte. Am Anfang hatte er einmal geglaubt, daß der rieselnde Sand nur sein eigenes Leben bemaß, doch nun wußte er, daß dies lediglich eine Annäherung an den tatsächlichen Sachverhalt war. Denn der Sand maß *alles*.

Mit Hilfe seiner Magie schloß er die gesamte Welt ein und spürte das Wirken der magischen Kraft, als der Zauber der Sanduhr zu wirken begann. Dies war eine mächtige Zauberei, und sie stellte auch die Grenze dessen dar, was die Sanduhr vermochte. Hier wurde ein beachtlicher Teil der magischen Kraft des Planeten angezapft und in seinem Sinne kanalisiert. Er wußte, daß er dem Instrument nach Beendigung seiner Mission eine Ruhepause gönnen mußte, damit es sich abkühlen und wieder aufladen konnte.

Der weiße Sand strömte empor, und die Welt schwang sich in Chronos' Zeitlinie ein. Die Fassadenuhr begann rückwärts zu laufen; die Brise kehrte sich um und ebenso die Menschen. Ein Wagen hatte sich Norton auf der Straße genähert; nun fuhr er rückwärts. Auch die Fußgänger gingen rückwärts. Einige von ihnen wirkten erschrocken.

Erschrocken? Damit hatte Norton nicht gerechnet. Diese Leute merkten etwas! Sie erkannten, daß sich ihre Zeit umgekehrt hatte, auch wenn sie nicht die Macht besaßen, es zu verhindern. Dies war ein weiterer Makel – ob es einen Unterschied machen würde?

Er blickte zum Haus des Senators hinüber. War das sein Gesicht, das das gerade zum Fenster hinausspähte? Möglicherweise lediglich ein verwirrter Dienstbote – doch es konnte auch der Dämon sein. Norton beschloß, sich außer Sichtweite des Gebäudes zu begeben. Er ging die Straße entlang. Nun zeigte sich ein weiteres Problem. Er bewegte sich zwar mit dem Strom des Fußgängerverkehrs – doch die anderen Leute gingen rückwärts. Norton folgte gerade einem jungen Mann – der sah ihm jedoch direkt ins

Gesicht. Für den Mann, erkannte Norton, schien er, Norton, rückwärts zu gehen. Auf jeden Fall fiel Norton auf.

Wieviel leichter das doch auf einem Transportband gewesen wäre! Dort hätte er einfach stehenbleiben können, rückwärts gewandt, und keine Aufmerksamkeit erregt.

Das ließ sich nicht ändern. Der Mann vor ihm war im Begriff, einen erschreckten Schrei auszustoßen, weil er in Norton etwas Ungewöhnliches sah. Norton machte kehrt und schickte sich an, rückwärts zu gehen. Da es nicht sein natürliches Verhalten und er neu in dieser rückwärtsgewandten Szenerie war, hatte er Schwierigkeiten. Er stolperte über eine Bodenritze und mußte mit den Armen umherwirbeln, um das Gleichgewicht zu halten. Das war auch nichts!

Er sah zum Haus des Senators zurück. Dort schien soeben jemand herauszukommen. Der kleine Dämon?

Norton huschte geduckt in eine Seitenstraße, um außer Sichtweite zu kommen. Jetzt machte er sich nicht mehr die Mühe, rückwärts zu gehen; das war zuviel Aufwand, auch wenn es mehr Sicherheit oder Tarnung bedeuten mochte.

Er vernahm ein Stöhnen. Als er ihm nachging, entdeckte er einen alten Mann, der auf einem Müllhaufen lag und aus dem Kopf blutete. Offensichtlich war er überfallen worden und brauchte Hilfe. Norton wollte schon auf ihn zugehen, als plötzlich ein anderer Mann rückwärts auf sie zujagte, eine Brieftasche haltend.

Norton stockte, unsicher, was nun geschehen würde. Der rennende Mann lief zu dem Gestürzten hinüber, beugte sich vor, steckte ihm die Geldbörse wieder in die Hintertasche, drehte ihn um und trat einen Schritt zurück, während das Opfer wieder aufsprang. Der andere holte ein stumpfes Instrument hervor und enthieb den Kopf des Opfers. Dann zog er sich zurück, während das Opfer mit unverletztem Kopf in langsamerem Tempo hinter ihm herging, als sei nichts passiert.

Wütend rannte Norton auf den Räuber zu. Er packte den Arm mit dem stumpfen Gegenstand und riß ihn empor. Erschrocken rief der Straßenräuber: »!eH«

»Sie haben ihn überfallen und beraubt!« hielt Norton ihm vor.

Der Mann starrte ihn an. »nehegnih eiS ow, fua tsgilläfeg eiS nessaP«

Norton hielt inne. Rückwärtssprache! Eine weitere Komplikation. Zweifellos konnten die Leute dieser Welt sich gegenseitig verstehen, da sie ja alle rückwärts lebten, doch er, Norton, lebte vorwärts. Für ihn war das hier das reinste Kauderwelsch. Er hätte eigentlich damit rechnen sollen.

Wütend riß er dem Mann den stumpfen Gegenstand aus der Hand und warf ihn fort. »Verschwinden Sie von hier, Sie Verbrecher!« schrie er und schubste den Mann weg.

Überrascht rannte dieser rückwärts von ihm fort und verschwand um eine Ecke. Norton blieb stehen und versuchte sich zu orientieren. Hatte er nun tatsächlich einen Räuber entwaffnet – kurz vor dem Überfall, wodurch er das Verbrechen verhindert hatte –, oder war er lediglich Zeuge geworden? Im Augenblick der Tat hatte der Mann über ein stumpfes Instrument verfügt. Offensichtlich hatte er das Verbrechen beendet, bevor die Zeit umgekehrt wurde; würde er nun daran gehindert werden, wenn die Zeit wieder nach (vor) der Beendigung (des Beginns) von Nortons Mission umgekehrt wurde? Norton hoffte es.

Er sah sich nach dem Opfer um, weil er es vor der Gefahr warnen wollte, doch der Mann war verschwunden. Er mußte einen anderen Weg genommen haben. Immerhin war der Überfall noch nicht geschehen.

Norton ging die Seitenstraße entlang. Er befand sich in dem unansehnlichen Dienstleistungstal, wo die Mülltonnen standen und der Gehsteig schmutzig war. Mülltonnen? Ein weiterer Aspekt der Vergangenheit, der gar nicht sonderlich ästhetisch war. Es war doch viel besser, einen modernen Verbannungszauber für so etwas zu verwenden! Doch solche Zauber waren natürlich teuer, nicht jeder konnte sie richtig benutzen; manchmal führte ein gescheiterter Zauber sogar dazu, daß sich nach seiner Anwendung noch mehr Müll im Haus befand als vorher.

Er hob den Kopf und erblickte einen fliegenden Teppich,

der hoch über den Gebäuden rückwärts flog, gegenwärtig das einzige Anzeichen für das gute moderne Leben. Schließlich befand er sich hier nicht zweihundert Jahre in der Vergangenheit, auch wenn alles so aussehen mochte.

Er entdeckte eine Hintertreppe und nahm darauf Platz. Er hatte einiges an Zeit zu verbringen, abseits der Beobachtung durch den Dämon, und dieser Platz war so gut wie jeder andere auch. Er war einsam, weil er häßlich war; es kamen nicht viele Leute in dieses Gebiet.

Sein Blick schweifte über die Graffiti auf der gegenüberliegenden Mauer. Mit träger Neugier studierte er sie. Die meisten trugen eine männliche Handschrift, groß, dunkel und grob, sowohl von ihrer Ausführung als auch von ihrer Planung her: Schimpfwörter, die sexuelle und fäkale Ideen beschrieben, als hegte die Menschheit eine hoffnungslose Wut auf das Universum und als sei sie dazu entschlossen, es mit aller Macht in den Schmutz zu ziehen. Diese Graffiti waren im Prinzip eine Vergewaltigung des Betrachters, Überfälle auf jedwede Empfindlichkeit, die ein Vorübergehender besitzen mochte. Hier war nichts von Schönheit oder Sanftheit oder Fürsorge, sondern lediglich Häßlichkeit. Norton schämte sich, ein Mensch zu sein. Doch eines fiel ihm auf: Die Wörter waren nicht rückwärts geschrieben. Zwar war die Zeit umgekehrt worden, nicht aber der Raum. Wenn er sich also wirklich mit jemandem unterhalten mußte, könnte er es durch Schreiben tun. Das hatte Lachesis auch getan, als er seine Karriere als Chronos begonnen hatte; sie hatte es gewußt.

Es gab auch ein paar weibliche Kundgebungen. Diese waren klein, säuberlich und höflich und schienen echte Versuche der Kommunikation darzustellen. »Mein John meidet mich, aber ich liebe ihn immer noch. Was soll ich tun?« fragte eine Aufschrift klagend. Darunter stand eine Antwort in einer anderen weiblichen Handschrift: »Meiner auch; es tut weh.« Und eine weitere: »Nur durchhalten, Schwester; er wird die Schlampe schon bald leid sein.« Und eine weitere: »Wer will ihn dann noch haben? Ein Gebrauchtgegenstand!« Und eine letzte: »Wen nennst du da eine Schlampe?« Norton mußte lächeln. Die Gesellschaft dieser anonymen, aber leidenden Frauen gefiel ihm besser als die seiner eigenen Geschlechtsgenossen; wenigstens schienen sie empfindsam und menschlich zu sein.

Er bemerkte, daß keine Inschrift ausradiert worden war. Alle schienen dieses Gesetzt zu respektieren: Du sollst keines anderen Botschaft ausradieren. Es war in Ordnung, auf die eine Nachricht mit einer widersprüchlichen zu antworten, nicht aber, das Original zu zerstören. Innerhalb der großen Mitteilungen standen kleinere; vieles überlappte sich, doch nichts störte das andere wirklich. Dies war die freie Gesellschaft schlechthin!

Von einem merkwürdigen Gefühl angespornt, stand er auf, schritt zu der Mauer hinüber, suchte im Schutt am Boden ein Stück Kreide und schrieb unter die weiblichen Botschaften: »Dieser John liebt dich, nicht die Schlampe.«

Er kehrte zur Treppe zurück. Ob die Frau, die als erstes an die Mauer geschrieben hatte, jemals sehen würde, was er ihr anbot? Ob es ihr irgend etwas bedeuten würde? Dennoch mußte er, so schwach dies auch sein mochte, im Namen seiner Geschlechtsgenossen etwas sagen.

Er musterte die Mauer – seine Inschrift war verschwunden! Erschrocken spähte er genauer hin, dann erkannte er, daß sich ihr Verschwinden erklären ließ: Er und die Welt bewegten sich rückwärts in der Zeit, so daß seine gegenwärtige Situation seiner Nachricht auf der Mauer voranging. Seine Worte würden schon noch erscheinen, sobald die Zeit wieder ihren gewohnten Gang lief.

Aber die Nachricht war noch nicht dort gewesen, als er sich zuerst hingesetzt hatte!

Da begriff er: Er war kein gewöhnliches Mitglied dieser Szene. Was er tat, war keine Umkehr dessen, was er zuvor getan hatte; es war etwas Neues. Insofern änderte er tatsächlich auf ganz bescheidene Weise die Realität. Seine Inschrift hatte noch nicht existiert, bevor er sie aufgezeichnet hatte, doch nun tat sie es – das hieß, sie würde existieren, wenn die Normalzeit wieder anfing, er war schließlich von Paradoxien ausgenommen. Für die Inkarnationen galten keine gewöhnlichen Regeln. Langsam lernte er seinen Beruf.

Zur Rechten kam ein heruntergekommener Hund, eine Promenadenmischung, rückwärts auf ihn zu. Das Tier lief zu einem Abfallhaufen und trabte dann an Norton vorbei zu einem Mülleimer zur Linken. Da erschien ein Dämon, rückwärts gehend. Dieser war größer als der andere vor der Pillenflasche. Sie *suchten* nach ihm! Das mußte bedeuten, daß Satan eine Vorstellung von dem hatte, was hier geschah. Das Rückwärtsfließen der Zeit mußte ihm einen Hinweis gegeben haben! Wie er vorhatte, Chronos aufzuhalten, war ein Geheimnis – doch Satans Gerissenheit und Macht waren groß, und Norton wollte sich dieser Herausforderung nicht offen stellen müssen. Er mußte dem Dämon ausweichen!

Rückwärts kam das Ding die Straße entlang, wobei es von Seite zu Seite spähte. Bald würde es Norton entdecken und – da kam von der entgegengesetzten Seite noch einer! Sie hatten ihn in die Enge getrieben.

Norton sprang auf und drehte an dem altmodischen runden Türknopf der Tür hinter ihm. Die Tür öffnete sich, die Bewohner schienen sich keine Sorgen über mögliche Eindringlinge aus dieser Richtung zu machen.

Die Tür führte direkt in eine Küche. Dort saß eine Frau vor einem kleinen Imbiß. Es war eine Hausfrau in den Dreißigern, unansehnlich in ihren Lockenwicklern und ihrem Morgenmantel. Sie bemerkte Norton nicht, was auch nicht weiter verwunderlich war, denn sie war gründlich abgelenkt: Sie verzehrte ihren Imbiß nämlich rückwärts, und das machte ihr offensichtlich zu schaffen, wiewohl sie nichts dagegen unternehmen konnte.

Der Kaffee war nicht so schlimm. Sie führte ihn an den Mund und schrägte die Tasse, und das Zurückströmen der Flüssigkeit war kaum zu bemerken. Ihr Hals machte umgekehrte Schluckbewegungen. Dann setzte sie die Tasse ab, in der sich mehr Kaffee als vorher befand, und musterte sie entsetzt.

Als nächstes legte sie die Finger an die Lippen und spie

einige Krumen aus. Dann öffnete sie den Mund weit und gab einen Bissen Torte von sich. Dem folgten immer weitere Portionen, bis schließlich das gesamte Tortenstück vor ihr stand. Mit seltsamem Entsetzen starrte sie es an. »?ad hci eut saW« fragte sie laut.

»Das ist schon in Ordnung«, erwiderte Norton, der hinter sich die Tür schloß, damit die Dämonen ihn nicht erspähten. »Die Zeit läuft jetzt rückwärts.«

Erschrocken musterte sie ihn. »?eiS dnis reW« verlangte sie zu wissen und zog dabei an ihrem Morgenmantel, worauf ihr Busen freigelegt wurde. Eigentlich hatte sie vorgehabt, sich selbst zu bedecken.

»Machen Sie sich keine Sorgen«, sagte Norton. »Ich verstecke mich vor ...« Doch als er stockte, erkannte er zugleich, daß seine Worte ihr als Kauderwelsch erscheinen müßten, so wie es umgekehrt ja auch der Fall war.

Die Frau kletterte von ihrem Stuhl und wäre beinahe gefallen, wiederum wegen ihrer umgekehrten Reaktionen. Norton eilte hinüber, um sie zu stützen, doch das beunruhigte sie sogar noch mehr. »!na thcin hcim eiS nessaF« rief sie, wobei sie gegen die Wand prallte. Ein Teller erhob sich vom Boden, wo er offensichtlich zerschmettert worden war, und drängte sich zurück in das überfüllte Regal zu seinen Gefährten.

Er mußte sie beruhigen! Norton entdeckte einen Notizblock auf dem Tisch wie auch einen Bleistift. Vielleicht hatte sie vorgehabt, ihre Einkaufsliste zu schreiben. *Ich bin ein Freund,* schrieb er.

Sie starrte das Papier an. Er wußte, was ihr Problem war: In einer normalen Zeitfolge wäre seine Beruhigung vor ihrem Schrecken gekommen, der ihn dazu brachte, sie aufzuschreiben, und dieser Effekt von Ursache-nach-Wirkung fiel ihr schwer zu akzeptieren. Doch sie lebte nun rückwärts, so daß sein Tun ihre Wirklichkeit veränderte. Sie erinnerte sich an das, was in der unmittelbaren Zukunft geschehen war. Es war wohl das Beste, sie von dem darin lauernden Paradox abzulenken. *Ich verstecke mich vor Dämonen,* schrieb er auf das Blatt.

,»nenomäD« wiederholte sie zweifelnd.

,»nenomäD« wiederholte er, ihre Aussprache imitierend. Es war beachtlich, wie fremdartig gewöhnliche menschliche Sprache klingen konnte, wenn man sie rückwärts hörte! Und dann auf Papier: *Ich bin verzaubert worden. Ich spreche rückwärts.*

,»hO« sagte sie, und ihre Miene erhellte sich verständnisvoll. ».sträwkcüR«

,»sträwkcüR« stimmte er zu. Er schrieb: *Die ganze Welt läuft rückwärts.*

Sie nickte zustimmend und blickte dabei nervös auf den unverzehrten Kaffee und Kuchen. Vielleicht hatte sie geglaubt, sich übergeben zu haben. Nun wußte sie, daß es sich lediglich um eine andere Wirklichkeit handelte.

»?muraW« fragte sie.

Wie sollte er ihr das erklären und beweisen, da er doch dafür den Effekt hätte umkehren müssen – und das kam nicht in Frage! Die Peinlichkeit, eine Antwort geben zu müssen, blieb ihm erspart, weil nun eine weitere Person eintraf. Rückwärts kam ein Mann in die Küche, eine Bierflasche am Mund. Es war offensichtlich der Ehemann der Frau, denn sie reagierte nur gelangweilt. Er trug eine schlabbrige Hose und ein Unterhemd, sein Haar war ungekämmt, sein Gesicht hatte er heute noch nicht rasiert. Norton wußte nicht, was er zu dieser Stunde zu Hause tat; vielleicht litt diese Familie unter der Arbeitslosigkeit, welche die Gesellschaft immer wieder periodisch heimsuchte, so daß sie von Staatsgeldern lebte, während sie darauf wartete, daß sich die Wirtschaftslage verbesserte. Der Mann entgoß die letzten Biertropfen in die Flasche, als die letzte Blase sich in seinen Mund senkte, dann schloß er sie und stellte die Flasche in den Kühlschrank. Erst jetzt bemerkte er Norton.

Norton zeigte seine letzte Nachricht vor: *Die Welt läuft rückwärts,* in der Hoffnung, daß er auf diese Weise die Reaktion eines eifersüchtigen Ehemanns verhindern könnte. Die Frau versuchte wieder, ihren Morgenmantel zusammenzuraffen, doch einmal mehr gab sie dadurch nur Intimteile preis.

,»sträwkcür tztej nebel riW« erklärte sie.

»?sad tsi, lefueT muz, reW« wollte der Mann wissen und sah Norton dabei böse an.

,»nenomäD rov hcis tkcetsrev rE« sagte sie ihm.

,»... mH« fing er an, dann stockte er. »?sträwkcüR«

,»sträwkcüR« bestätigte sie mit Festigkeit in der Stimme.

»!nemmokeg fpoT mov tsre edareg hcod nib hci rebA« sagte er verärgert.

Die Frau musterte ihre unverzehrte Zwischenmahlzeit. »?aj ,hcA« fragte sie, als sie begriff. »... sad tetuedeb nnaD«

»!thcin saD« rief er aus. »!thcin es tut ,nien ,hO«

Inzwischen hatte Norton herausbekommen, was »fpoT« bedeutete. Er unterdrückte ein Lächeln.

»!reih nov ba euah hcI« schrie der Mann und jagte rückwärts aus der Küche hinaus. Doch seine Reflexe verrieten ihn. Der Dialog mit seiner Frau war für beide durchaus vernünftig gewesen, doch ihr Tun blieb rückläufig, und wenngleich ihre einzelnen Sätze und Ausdrücke rückwärts ausgesprochen waren, schien ihr verbaler Austausch doch eher ein Zeichen ihres gegenwärtigen Bewußtseinszustandes zu sein. Nortons Anwesenheit veränderte ihre Gegenwart zwar in bestimmtem Ausmaß, kehrte sie jedoch nicht vollkommen um. Trotz seines Entsetzens wich der Mann offenbar direkt ins Badezimmer zurück.

Nun, dachte Norton, das war eben die notwendige Konsequenz einer rückläufigen Biologie.

»!nien ,nieN« schrie der Mann aus dem verborgenen Zimmer. Man hörte, wie die Toilette rückwärts lief. Eine Pause, und ein Schrei, der von schierem Entsetzen und Zorn kündete. Offensichtlich war die Sache erledigt – oder entledigt, je nachdem.

Norton beschloß, das Haus zu verlassen, bevor der Mann wieder in die Küche zurückkehrte, denn nach der Aufnahme jener häßlichen Last würde er möglicherweise auch in häßlicher Stimmung sein. Er öffnete die Tür einen Spalt und blickte hinaus.

Die Dämonen waren verschwunden. Er war durch die Maschen ihres Netzes geschlüpft. Nun schlich er aus dem

Haus und überließ die Familie ihren Anpassungsbemühungen. Das letzte, was er noch sah, als er einen Blick zurückwarf, war das Gesicht der Frau, die zum Bad hinüberblickte. Es trug einen etwas hämischen Ausdruck.

Norton schritt über die Straße, dann ging er vorsichtig rückwärts in einen kleinen Park. Dort suchte er sich eine isolierte Bank aus, auf der er Platz nahm. So erregte er wenigstens keine Aufmerksamkeit.

Etwa eine Stunde war verstrichen; die Parkuhr zeigte kurz nach 10.00 Uhr. Norton sah zu, wie der Stundenzeiger zurücksprang und hörte die Uhr zehnmal schlagen. Sogar das war rückwärts: *gnoD ,gniD.* Er bemerkte, wie die Eichhörnchen rückwärts von Ast zu Ast hüpften und Nüsse aus verstreuten Schalen und Bröckchen zusammensetzten. Gelegentlich kam rückwärts ein Mensch vorbei und ließ ganze Erdnüsse in seine Hand springen, wo er sie in einer Tüte verstaute.

Ein junges Paar kam rückwärts an Norton vorüber und verschwand hinter seiner Bank im Gebüsch. Die beiden bemerkten ihn nicht, so sehr waren sie auf sich selbst konzentriert. Doch bemerkten sie schon bald die Umkehrung, was ihr zärtliches Verhalten zu beeinflussen schien. Ungeniert lauschte Norton und versuchte sich vorzustellen, was dort soeben geschah. Erst Befriedigung zu erfahren, gefolgt vom Streben nach dem Höhepunkt – das konnte sehr irritierend sein. Tatsächlich kam das Pärchen nach einer Weile mit verwirrten Gesichtern wieder aus dem Gebüsch hervor.

Langsam bewegte sich die Sonne gen Osten. Der Morgen nahte. Auf der Straße entwickelte sich der Verkehr der Stoßzeit, wie verrückt drängten Wagen und fliegende Teppiche mit wahnwitziger Geschwindigkeit zurück. Leute eilten rückwärts durch den Park, ohne Norton Beachtung zu schenken.

Doch nun wurde er sich eines weiteren Problems bewußt. Der Fortschritt der Zeit war unvollkommen. Zuerst hatte er geglaubt, es sei seine eigene Langeweile, die ihm vorgaukelte, daß die Zeit sich träger voranbewegte als sonst, doch als er seine eigene Uhr – die seine persönliche

Zeit maß – mit der Parkuhr verglich, mußte er feststellen, daß die Parkuhr etwa eineinhalb Minuten benötigte, um eine Minute zurückzugehen. Was war hier verkehrt?

Dann begriff er es: Die Magie wurde schwächer. Die Sanduhr war zwar mächtig, doch nicht allmächtig, und eine Umkehr der gesamten Weltzeit stellte eine beachtliche Anforderung dar. Nach zwei Stunden hatte die Sanduhr an Kraft verloren und bewältigte die gewaltige Magie weniger effizient als zu Anfang.

Er konzentrierte sich und befahl der Magie, wieder ihre volle Kraft anzunehmen, und die Zeit lief wieder normal schnell. Doch jetzt mußte er sich darauf konzentrieren, denn sobald er mit seiner Konzentration nachließ, geriet die Zeit wieder ins Gleiten. Er konnte also nicht einfach darauf warten, daß der entscheidende Augenblick kam; er mußte sein Eintreffen befehlen. Zum Glück war das nicht sehr schwierig.

Die Uhr schlug neun und machte sich dann in Richtung 08.30 Uhr in Bewegung. Dann schlug sie erneut neun. Beunruhigt zuckte Norton zusammen. Er war eingedöst, und die Zeit hatte sich nicht nur verlangsamt, sie hatte sogar ihre Flußrichtung wieder verändert. So ging das nicht! Er konzentrierte sich erneut, und da schlug die Uhr zum dritten Mal neun und setzte ihren rückläufigen Gang fort.

Norton schritt im Park umher, weil er befürchtete, sonst erneut die Konzentration zu verlieren. Er hatte noch einige Stunden vor sich und wollte sie bis zum Ende durchstehen.

Als er an eine Wegeskreuzung nahe einem rückwärts fließenden Springbrunnen gelangte, erblickte er auf dem kreuzenden Pfad einen Dämon. Die Kreatur kam rückwärts heran, konnte Norton also nicht sehen; das war schon das zweite Mal an diesem Tag, daß er solches Glück gehabt hatte. Doch durfte er nicht stehenbleiben. Hastig zog er sich auf demselben Weg zurück, den er gekommen war. Er versteckte sich hinter einem Baum und sah zu, wie der Dämon vorbeikam. Mit Sicherheit suchte das Ding nach ihm, denn ohne vernünftigen Grund pflegte Satan seine

Diener nicht auf die Öffentlichkeit loszulassen, da die Menschen dazu neigten, auf Dämonen negativ zu reagieren. Nicht daß Satan die Empfindungen der Menschen wichtig gewesen wären, doch er wollte vermeiden, daß sie vor Schreck wieder ein rechtschaffenes Leben begannen, das ihn Seelen kosten würde. Also tarnte er seine Operationen, abgesehen von seinen ständigen Werbefeldzügen, mit denen er die Leute davon zu überzeugen suchte, daß die Hölle tatsächlich ein spaßiger Ort sei. Niemand, der recht bei Sinnen war, glaubte daran – aber es gab auch sehr viele dumme Menschen auf der Welt. Außerdem unterhielt Satan diskrete Rekrutierungsbüros, in denen jedoch niemals Dämonen zu sehen waren, da dort ausschließlich die weiche Verkaufsmasche galt.

Freilich machte all dieses Umherirren und -streunen Norton langsam müde. Er hätte gerne seine Füße ausgeruht – doch das wagte er nicht. Dann fiel sein Blick auf den Ring an seinem Finger. »Sning!« sagte er glücklich. »Warnst du mich, wenn ich anfange, die Konzentration zu verlieren?«

Druck.

Dankbar ließ er sich auf eine Parkbank sinken. Oh, wie seine Beine diese Ruhepause genossen!

Fünfzehn Minuten später verpaßte ihm Sning einen ordentlichen, harten Doppeldruck. Norton schreckte hoch. »Danke, Sning«, sagte er. »Das habe ich gebraucht. Weiter so.«

Auf diese Weise hielt er durch bis 8.00 Uhr. Dann erhob er sich und ging noch ein wenig umher. Er mußte bis kurz nach fünf durchhalten; die Hälfte hatte er immerhin schon geschafft.

Er entdeckte einen weiteren Dämon und ging ihm aus dem Weg. Die durchkämmten wirklich das ganze Gebiet! Zum Glück war es für sie ein Hindernis, sich rückwärts bewegen zu müssen. Doch am dichtesten würden sie sich wahrscheinlich am Zeitpunkt und Ort der Neutralisation der Pille scharen; wie sollte er dorthin kommen, ohne von ihnen erwischt zu werden?

Langsam wurde es schwieriger, die Zeitbahn aufrecht zu

halten. Er mußte sich immer stärker konzentrieren, um die schwächer werdende Kraft der Sanduhr auszugleichen. Er hatte das Gefühl, als absolvierte er einen Marathonlauf. Er mußte es schaffen, auch wenn es ihm nicht leichtfiel. Er hatte keine Übung mit der Willenskonzentration.

Zwar mußte Sning ihn immer häufiger wecken, doch er schaffte es, bis 7.00 Uhr ohne bemerkenswerte Zwischenfälle durchzuhalten. Noch zwei Stunden!

Nun begann der Zweifel an ihm zu nagen und seine Konzentration zu beeinträchtigen. Würde er es bis fünf Uhr schaffen? Er fühlte sich müde. Die Sanduhr wurde immer schwächer, so daß er diese Schwäche immer mehr mit seinem Willen wettmachen mußte, aber auch sein Wille war erschöpft. Wieder begann die Parkuhr in ihrem Lauf zu schwanken, und Menschen wie Fahrzeuge vollführten einen merkwürdigen Tanz, indem sie sich vorwärts und rückwärts und wieder vorwärts bewegten, je nachdem, wie der Zeitfluß sich bewegte. Snings Ermahnungen wurden schon fast zu einem Dauerdruck, und auch dieser verlor langsam an Wirkung. Obwohl er reglos dastand, geriet Norton ins Schwitzen. Das war ja schrecklich!

»Mein Herr, kann ich nenhI nefleh?«

Ausdruckslos blickte Norton die Sprecherin an. Es war eine attraktive junge Frau, die im Rhythmus der Zeit vor und zurückschwankte. »Nein, ich ...«, begann er, dann verspürte er einen Schwindel.

Sie ergriff seinen Arm und hielt ihn fest. »?knark eiS dniS« fragte sie besorgt. »Hier, hcis eiS neztes, ich bin eine Krankenschwester.«

Er mußte unbedingt den normalen rückläufigen Zeitfluß wieder herstellen.

»?tätilaeR etrednärev eseid se tsI?« erkundigte sie sich. ».solmrah znag tsi se reba ,nenhöweg uz narad hcis ,tlläfrewhcs se ßad ,ßiew hcI.«

Langsam fiel es Norton erheblich leichter, die Rückwärtssprache zu verstehen, auch wenn er sie noch nicht beherrschte.

»Danke«, sagte er.

Erschrocken musterte sie ihn. »?eisahpA«

Hoppla – jetzt hatte er sie mit seiner eigenen Umkehrsprache verwirrt. Sie hielt es für Aphasie. Nun, das kam der Sache ziemlich nahe. »Ja«, sagte er.

»!setsnrE sawte reba tsi saD !hcsneM remra eiS« rief sie.

Mit dem Zeigefinger kratzte er auf den Boden neben der Bank: *Es ist nur verbal.*

Sie wühlte in ihrer Handtasche nach Papier und Bleistift. *Können Sie das lesen?* schrieb sie. Er nickte.

,»gnundrO ni lhow eiS dnis nnaD« sagte sie. Sie erhob sich, um zu gehen. Da erspähte Norton einen weiteren Dämon. In schnellem Lauf kam die Kreatur rückwärts auf ihn zu. Er konnte ihm nicht mehr ausweichen.

Norton legte das Gesicht in die Hände und hoffte, nicht erkannt zu werden.

»!knark hcod dnis eiS ,hO« rief das Mädchen und beugte sich vor, um ihm zu helfen. Sie hatte eine schöne Figur, und ihr Körper half ihm dabei, sich vor dem Blick des Dämons zu verstecken. Doch wieder begann die Zeit zu schwanken, als seine Konzentration nachließ. Er glich den Fehler aus, und der Dämon schritt rückwärts vorbei.

,»nessal niella thcin hcod eiS etllos hci ,ebualg hcI« meinte die Frau.

Tatsächlich schätzte er ihre Hilfe, so fehlgeleitet sie auch sein mochte. Er borgte sich von ihr Papier und Bleistift aus. *Wie heißen Sie?*

».agleH ?eßieh hci eiW«

»Agleh«, wiederholte er sorgfältig, und sie lächelte. Er schien seine verbale Aphasie zu bewältigen!

Agleh führte ihn zu ihrem Apartment am Ende des Parks und bettete ihn bequem auf ihrer Couch, von der aus er die Wanduhr beobachten konnte. Zwar verwirrte es sie ein wenig, daß er sich so sehr für diese Uhr interessierte, wo er doch eine eigene am Handgelenk trug, aber sie ließ es geschehen. Wie sich herausstellte, war sie ein alleinstehendes Mädchen, das in einem hiesigen Krankenhaus arbeitete. Heute hatte sie frei. Sie besaß ein empfindsames Herz und konnte es nicht lassen, Menschen zu helfen, die in

Schwierigkeiten steckten. Er nannte ihr seinen Namen, Norton, und erklärte, daß er gar nicht wirklich krank sei, sondern von Dämonen verfolgt würde. Sie blickte ihn mit gesteigertem Mitgefühl an, schwieg jedoch. Er war sich nicht sicher, daß dies ein gutes Zeichen sei, ließ es aber dabei bewenden.

Um Viertel vor sieben bot sie ihm Frühstück an. Norton wollte ablehnen, doch sie bestand darauf, da sie sicher war, daß Nahrung ihm guttun würde. Allerdings hatte sie vorübergehend vergessen, wie es beim augenblicklichen Zeitfluß um die Nahrungsaufnahme bestellt war.

Sie holte schmutzige Teller aus dem Waschbecken und stellte sie auf den Tisch, dann setzte sie sich nieder und gab vorsichtig ein Spiegelei und ein Glas Milch von sich.

Norton aß nicht. Er konnte gar nicht, denn sie hatte ihm nichts gegeben. Warum hätte sie dies auch tun sollen? Sie hatte sich sehr schön an das Rückwärtsleben angepaßt und spielte rückwärts ihre Morgenmahlzeit wieder ab; von ihm erwartete sie, daß er dasselbe tat.

Norton seufzte. Er hatte nicht vorgehabt, sie hinsichtlich dieser Sache oder seines eigenen Wesens zu täuschen. Es war unwahrscheinlich, daß Worte sie überzeugen würden, also mußte man es den Taten überlassen.

Er nahm das jungfräuliche Ei und die Milch, bevor sie sie zubereiten und wieder in den Kühlschrank legen konnte, dann verzehrte er beide. Sie schmeckten ihm sehr gut, denn er war wirklich äußerst hungrig.

Agleh starrte ihn an. Dann lachte sie. »!rov sträwkcür aj neheg eiS« rief sie.

»Ich gehe rückwärts vor«, stimmte er zu.

»?... eiW«

Er schrieb es auf ihren Notizblock. ICH BIN CHRONOS, DIE INKARNATION DER ZEIT. MEIN LEBEN VERLÄUFT RÜCKWÄRTS.

Sie musterte wieder die leeren Teller und dann ihn. Achselzuckend rief sie: »... reih sad reba ,neheseg nebeL mi eigaM egneM enie nohcs ettäh hci ,tbualgeg remmi ebah hcI« Und dann: »!seredna znag sawte dnis eiS«

»Aj«, bestätigte er und achtete darauf, sorgfältig und richtig auszusprechen. Er holte die Sanduhr hervor, deren weißer Sand emporströmte, und zeigte ihr, wie das Instrument ihm durch die Luft folgte, wenn er es dort abstellte.

»?neuahcsna lam sad rim hci nnaK« fragte sie.

Er reichte ihr die Sanduhr – doch als sie nach ihr griff, glitt ihre Hand hindurch. Für sie war es ein Gespenstergegenstand.

Das überraschte ihn ebensosehr wie sie. Er erinnerte sich noch daran, wie das Gäm die Uhr im Kugelcluster gepackt hatte. War sie damals in einem anderen Zustand gewesen?

Agleh blickte die leeren Teller an. Er wußte, was sie dachte. Woher war die Nahrung gekommen? Sie hatte sie entessen, und er hatte sie gegessen; wenn die Zeit wieder vorwärts lief, würde es andersherum sein. Wann und wo wurde diese Mahlzeit jemals zubereitet?

Wieder musterte sie die glitzernde Sanduhr. »... xodaraP«

ICH BIN IMMUN GEGEN PARADOXIEN, versicherte er ihr schriftlich. Dann erklärte er ihr im Laufe der nächsten halben Stunde, wer er war, und auch, daß er vorhatte, Satans Plan zunichte zu machen, daß aber seine Willenskraft nachließ, so daß es ihm schwerfiel, die Umkehrung aufrechtzuhalten. Dank ihrer Unterstützung gelang es ihm nun besser; die Zeit schwankte nicht mehr.

ICH BIN IN *IHRER* REALITÄT, schrieb sie, sie hatte es verstanden. Doch obwohl die Situation für Norton neu war und deshalb seine Aufmerksamkeit fesselte, hatte auch dies seine Grenzen. Die Macht der Sanduhr wurde immer schwächer, die geistige Anstrengung schier unerträglich. Um 6.15 Uhr begann die Zeit wieder zu schwanken.

Glücklicherweise wußte Agleh nun, was los war. »!nefpmäk nataS negeg nessüm eiS« sagte sie. ».nefleh nenhI edrew hcI«

Doch er wußte nicht, wie Agleh ihm helfen konnte, so großzügig ihr Angebot auch sein mochte. Er versuchte, ihr das Problem zu erklären: Seine Willenskraft mußte die Kraft der Sanduhr ersetzen, und diese Willenskraft ließ nach.

Konzentriert furchte sie die Stirn, während er die Sanduhr zusammenklappte und wegsteckte. SIE SIND WIRKLICH DIE ZEIT, schrieb sie.

CHRONOS, schrieb er wieder. DAS IST EIN AMT.

Sie warf ihm einen Seitenblick zu. DANN SIND SIE ALSO EIN NORMALER MENSCH?

»Aj«, erwiderte er schiefmäulig.

DER ABER RÜCKWÄRTS LEBT.

»Aj.«

Dann schrieb sie wieder: ABER WIR HABEN DEN GLEICHEN WILLEN.

Er zuckte die Schultern, da er keinen Zusammenhang sah.

LASSEN SIE MICH IHREN WILLEN DURCH MEINEN UNTERSTÜTZEN, schrieb sie.

Nortons Unterkiefer klappte herunter. Ob das möglich war?

Sie versuchten es. Norton entspannte seinen Willen, und wenn die Zeit ins Schwanken geriet, konzentrierte sich Agleh auf das Ziel. Es funktionierte – doch ihr Wille war nur einen Bruchteil so wirkungsvoll. Sie konnte ihn zwar unterstützen, doch die Last konnte sie nicht allein tragen. Dennoch war es eine große Hilfe; auf diese Weise verlängerte sich seine Gnadenfrist.

Sie berührte ihn, legte die Hand auf seinen Arm, doch die Nähe schien für die Sanduhr keinen Unterschied zu machen. Sie tat schon alles, was sie konnte, indem sie einfach ihren Willen mit ihm teilte.

Doch nun standen sie eng beieinander. Agleh fuhr sich mit der Zunge über die Lippen. »?eräw lhow se eiW?«

Norton furchte die Stirn. »Wie *was* wäre? Satans Sieg?«

Sie errötete leicht. »… nohcs nessiw eiS … uarF enie … nnaM niE«

Nun war Norton an der Reihe zu erröten. Ob das möglich wäre, wenn der eine Partner in die eine Richtung lebte und der andere ihm entgegengesetzt …? Sie war eine hübsche Frau, und wenn er sie auch erst kurz kannte, mochte er sie und wußte ihre Hilfe wirklich zu schätzen. Auch er fragte sich, wie die Sexualität wohl unter solchen Umständen sein würde …

Plötzlich geriet die Zeit ins Schwanken, der Sand in der Uhr strömte auf- und abwärts. Aglehs Unterstützung hatte ihn fast eine Stunde bei der Stange gehalten, doch dieser neue Gedanke lenkte ihn ab.

»… laM seredna niE« sagte Agleh. Sie hatte das Problem erkannt.

»Ein anderes Mal«, stimmte Norton reumütig zu. Er war enttäuscht, doch der Zeitstrom festigte sich wieder.

Sie wich ein Stück von ihm zurück, trat dann aber wieder auf ihn zu. Er breitete die Arme aus und konzentrierte sich auf die Sanduhr, damit die Zeit nicht ins Schwanken geriet. Mit einer halben Drehung schmiegte sie sich an ihn und hob langsam das Gesicht. Langsam küßten sie einander, und es war eine angenehme Erfahrung wie jeder andere Kuß. In diesem Punkt waren sie aufeinander eingestimmt.

Die Zeit schwankte. Er konzentrierte sich darauf, den Strom wieder umzudrehen. Dann hob er den Kopf und sah ihr einen Augenblick ins Gesicht, bevor er sie losließ. Sie öffnete die Augen und trat von ihm zurück.

»?nebegeg neuarF eredna hcua nebeL menied ni es taH« fragte sie.

»Ja, es gab auch andere Frauen«, bestätigte er. »Aber die Frau, die ich liebte … sie ist gestorben.«

,»nebrotseG« wiederholte sie.

»Ich glaube, sie war wie … du.«

».eknaD«

»Ich …«, fing er an, doch er zögerte. Schließlich erklärte er es ihr schriftlich; Daß er nicht nur rückwärts lebte, sondern nicht einmal von dieser Epoche war; daß seine normale Existenz acht Jahre später in der Zukunft lag; daß er irgendwann wieder in seine eigene Zeit zurückkehren würde, daß er dies jedoch mit einem Sprung machen mußte, um sich nicht erneut zu verdoppeln. Ihre jetzige Begegnung war also alles, was jemals zwischen ihnen sein würde oder sein könnte. Wenn er sie in seinem normalen Zeitablauf träfe, würden sie beide in entgegengesetzten

Richtungen leben. Es gab, im wahrsten Sinne des Wortes, keine Zukunft für sie beide.

Doch, fragte sie wachsam, was war dann mit seinem vorhergehenden Leben, bevor er das Amt des Chronos übernahm?

Norton überlegte. Vor acht Jahren war er in seinem ursprünglichen Leben dreißig Jahre alt gewesen, in einer der langweiligeren Perioden seines Berufs. Schließlich hatte er die prosaische Existenz gänzlich aufgegeben, um durch die Parks zu wandern und sich sein Essen mit dem Erzählen von Geschichten zu verdienen. Doch angenommen, er wäre damals einer solchen Frau begegnet? Hätte dies nicht verhindert, daß er Orlene kennengelernt hätte?

Und somit auch, daß er ihren Tod verursachte?

»Hier ist meine Adresse aus jener Zeit«, sagte er abrupt und schrieb sie auf. Wenn sich eine derartige Begegnung als Paradox erweisen sollte, würde sie einfach nicht stattfinden; darüber brauchte er sich keine Sorgen zu machen. »Aber zu diesem Zeitpunkt bin ich jünger und weiß auch noch nichts über meine Zukunft als Chronos. Vielleicht wäre es besser, mir auch nichts davon zu erzählen.«

,»ehetsrev hcI« stimmte sie zu.

Plötzlich wurde ihm klar, daß es völlig fruchtlos war, mit einer normalen Frau eine dauerhafte Beziehung anzustreben. Schon bei Orlene war er an dieses Hindernis gestoßen, und nun erkannte er, daß dies kein besonderer Fall gewesen war; eine rückwarts gewandte Existenz verhinderte jede engere Beziehung mit normalen Menschen. Dies war der Preis, den er für sein Amt zahlte. Clotho hatte davon gewußt und ihm statt dessen eine alternative Erfüllung beschert. Clotho verstand das Problem der Inkarnationen, die menschlich waren und doch zugleich auch unmenschlich. Da sie selbst eine Inkarnation war, konnte Clotho damit zurechtkommen. Doch Agleh ...

,»nebierhcs feirB nenie rid edrew hcI« sagte sie.

»Ja, einen Brief«, willigte er überrascht ein.

»?nekchihcs nhi hci llos nihoW«

»Wohin?« Norton überlegte. »An Chronos nehme ich an,

im Fegefeuer.« Ob die Post auch das Fegefeuer belieferte? Er glaubte, sich daran erinnern zu können, daß Thanatos dies im Laufe ihres Gesprächs erwähnt hätte. Er schrieb für sie die Adresse auf: CHRONOS; C/O FEGEFEUER.

»Aber ich weiß nicht, ob der Brief mich wirklich erreicht oder ob ich ihn beantworten kann. Und sollte er mich erreichen, so weiß ich nicht *wann.*« Vielleicht zwei Jahre bevor sie ihn geschrieben hatte?

Nun war es annähernd sechs Uhr am Morgen. Nun war es Zeit, zuzuschlagen. Kurz nach 5.00 Uhr ...

Er war den suchenden Dämonen entwischt – doch wie sollte er im entscheidenen Augenblick an die richtige Pille herankommen, ohne sie zu alarmieren? Sie würden sich eng herandrängen, und wenn er auch als Inkarnation theoretisch vor Belästigungen durch die Diener der Hölle geschützt war, war er sich keineswegs sicher, ob sie ihm nicht zumindest ein Bein stellen konnten. Schließlich war er es, der versuchte, die Realität zu verändern oder eine Veränderung wieder rückgängig zu machen. Vermutlich war der gegenwärtige Status quo im Vorteil.

,»nefleh rid edrew hcI« erbot sich Agleh.

Sollte er es zulassen, daß sie es mit den Dienern Satans zu tun bekam? Norton gefiel der Gedanke nicht. NEIN, ZU GEFÄHRLICH, schrieb er.

UND WAS, WENN SATAN SIEGT? erwiderte sie schriftlich.

Da hatte sie ihn! »Die Hölle auf Erden«, brummte er.

,»nedrE fua ellöH eiD« wiederholte sie. Und, auf Papier: SCHAFFST DU ES ALLEIN?

Norton überlegte. Wahrscheinlich würde er bis zum letzten Augenblick warten müssen, um dann in der Hoffnung, daß niemand ihn aufhielt, zuzuschlagen. Er hatte nur eine einzige Chance. Und wie standen die Chancen seines Erfolges? Fünfzig zu fünfzig? Da das Schicksal der gesamten Welt davon abhing, gefiel ihm dies nicht sonderlich. Doch wie sollte er die Chancen verbessern?

DU SCHAFFST ES NICHT, schrieb sie.

Er seufzte. Wahrscheinlich hatte sie recht, aber er wußte

nicht, auf welche Weise sie ihm helfen konnte. Auf jeden Fall wollte er nicht, daß sie mit den Dämonen zu tun bekam. Dazu war sie ein allzu nettes Mädchen. »Ich werde es einfach versuchen müssen«, sagte er mit Festigkeit in der Stimme.

Sie protestierte, doch er gab nicht nach. Die Erinnerung an Orlene und an ihr Schicksal machten ihm zu schaffen, und er war entschlossen, keine Verantwortung mehr für weiteres Unheil tragen zu müssen, das anderen Sterblichen drohen mochte.

Zögernd gab Agleh nach. Sie schrieb: KOMM ZURÜCK, WENN ...

»Das werde ich«, versprach Norton, hoffte aber, daß er nicht würde zurückkommen müssen. Er drückte ihre Hand und ging.

Langsam fiel es ihm leichter, rückwärts zu gehen. Viel ließ sich durch Ausnutzung des peripheren Gesichtsfelds und durch sorgfältiges Beachten der Geräusche erreichen. Indem er vor einem anderen herging, konnte er einigermaßen sicher sein, daß er auf keine Hindernisse in der unmittelbaren Umgebung stieß, denn in der Vorwärtszeit wäre er dieser Person gefolgt, und die hätte natürlich Geländehindernisse vermieden. Außerdem war er nun mit diesem Gebiet inzwischen vertraut, und das war auch eine Hilfe.

Sein Plan bestand darin, sich dem fraglichen Zimmer soweit zu nähern, wie dies gelingen mochte, ohne entdeckt zu werden, um sich bis zum richtigen Augenblick versteckt zu halten. Er würde den Dämon packen, kurz nachdem er die Pille verändert hatte – was in der Normalzeit kurz *vorher* sein würde –, und er würde ihn mit dem Weihwasser besprenkeln, bevor sich das Wesen zur Verbindung mit seinem früheren Selbst zurückzog. Natürlich würde dies den Dämon nicht daran hindern, sich ihm wieder anzuschließen, doch darum ging es nicht; es wurde ihm damit unmöglich, an der Pille herumzupfuschen. Wenn er seine Aktion zeitlich korrekt abstimmte, würden die Wachdämonen dieser Gegenwartszeit ihn möglicherweise auch nicht aufhalten können.

Er schritt rückwärts in den Schutz eines Baums und blieb stehen, als wollte er sich ausruhen. Die anderen Fußgänger schritten weiter und zogen sich in Richtung ihres Zuhauses zurück, ohne ihn zu beachten. Es war früher Morgen; die Sonne strahlte nicht mehr auf die Erde herab. Immer, wenn er glaubte, daß niemand zusah, huschte Norton schräg rückwärts über den Rasen zu einem anderen Baum, um von dort an ein Seitentor des Senatorenbesitzes zu gelangen. Nun befand er sich in einem eingemauerten Garten, einem angenehmen Ort. Ein Kind war da, das einer Blume gerade wieder ihre Blätter anheftete.

Was tat dieses Mädchen hier um diese Stunde? Die Blume hatte sich noch nicht einmal geöffnet, sie wartete noch auf einen richtigen Sonnenstrahl.

,»ollah, hO« sagte sie, als sie Norton bemerkte.

,»ollaH« erwiderte er und versuchte es dann mit einer Frage: »?reih ud tsnhoW«

Sie blickte ihn an, und ihre Stirn furchte sich angesichts seiner seltsamen Aussprache und Betonung. ».rehcuseB red senie srueffuahC senie rethcoT eid nib hcI .nieN«

Das war Norton ein wenig zu lang, deshalb lächelte er nur. Er wollte von ihr fort und hinein ins Haus. ,»nnad siB« sagte er und bewegte sich beiläufig davon.

»!hcsimok tsib uD« sagte sie.

Norton schritt durch den Garten, es war ein Nachteil, daß er mit ihm nicht vertraut war. Er stolperte gegen die Stütze eines eingetopften Baums. Nun, jetzt war er wenigstens allein. Er drehte sich um und schritt vorwärts.

Über ihm aus einer Alkove in der Mauer des Anwesens trat plötzlich ein Mann. ».sonorhC«

Norton erstarrte. Dieser Mann kannte ihn! »Wer ...?«

Der Mann lächelte nur. Dann sah Norton seine Augen. Sie waren wie glasige Linsen, hinter denen matte rote Lichter schimmerten. Dämonenaugen!

Er war von einem Dämon erwischt worden, der ihm in menschlicher Gestalt aufgelauert hatte. Nun, in der unmittelbaren Umgebung von Chronos konnte der Dämon ein wenig nach eigener Art vorgehen. »!nethcinreV« sagte er und griff nach Norton.

Das war Warnung genug. Norton hüllte sich mit seinem Umhang ein. Die Hände des Menschdämons alterten und wurden schwach, als sie den Umhang berührten. Hastig riß er sie zurück und fluchte rückwärts.

».ollaH«

Beide Männer drehten sich um. Es war das kleine Mädchen. Sie war Norton gefolgt, vielleicht hatte sie der seltsame Mann neugierig gemacht.

Der Dämon sprang auf sie zu. Das Mädchen kreischte auf, als er nach ihm packte. »!netöT« schrie der Dämon. Er zückte ein Messer und richtete die Spitze auf das Gesicht des Kindes, während er das Mädchen zugleich mit der anderen Hand am Haar packte.

Norton wußte, daß es ihm nicht gelingen würde, dem Dämon die Waffe abzunehmen, bevor er das Mädchen erstach. Sie war eine Geisel – und der Dämon würde nicht zögern, sie umzubringen. Wahre Dämonen waren kleine Inkarnationen des Bösen, die nur der größeren Inkarnation selbst dienten.

»Was willst du?« fragte Norton.

,»reih hcon hcafnie bielB« sagte der Dämon.

Hierbleiben, bis es zu spät war … oder zu früh … bis entweder die Dämonen die Pille verändert oder die Sanduhr endgültig ihren Geist aufgegeben hatte. So oder so wäre der Sieg dann Satans. Das durfte er nicht zulassen.

Doch wenn er handelte, würde das Kind sterben. Auch das konnte er nicht geschehen lassen.

Die Zeit geriet ins Schwanken – und er hatte eine Idee. Er konzentrierte sich, genauer gesagt: er entspannte sich, und ließ die Zeit vorwärts strömen.

Der Dämon steckte das Messer weg und ließ das Mädchen gehen, doch diesmal packte Norton ihn, mit ausgebreiteter weißer Robe, und hielt ihn fest.

Der Dämon kreischte. »Du bringst meinen Körper um!«

Tatsächlich begann der Körper zu altern. Die Haut wurde

runzlig, die Kleidung verrottete und fiel ab. Wenige Augenblicke später brach der verschrumpelte Leib zusammen. Er war an Altersschwäche gestorben.

Norton ließ ihn fallen. Das Mädchen starrte ihn entsetzt an. »Du hast ihn ausgetrocknet!« rief es.

»Das mußte ich. Er wollte dir wehtun.«

»He ... du redest ja gar nicht mehr so komisch!«

Norton konzentrierte sich und kehrte den Zeitstrom um. Es war, als würde er nach einer ungenügenden Ruhepause eine gewaltige Last wieder aufnehmen müssen.

»!hcsimok os rhem thcin rag aj tseder ud ,eH« rief das Mädchen.

Norton nahm sie am Arm und führte sie fort. Er wußte, daß sich der Dämon nicht wieder erholen würde – nur daß diese Hinrichtung durch die wiederaufgenommene Zeitumkehr rückgängig gemacht werden würde. Deshalb war es das Beste, ihm aus dem Weg zu gehen.

Irgend etwas störte Norton. Es war der letzte Schrei des Dämons: »Du bringst meinen Körper um!« Eigentlich konnte ein Dämon auf der Erde keine körperliche Gestalt annehmen. Dies geschah nur in ganz besonderen Fällen. Dieser hier hatte Substanz besessen, weil er sich eines lebenden Wesens bemächtigt hatte.

Das bedeutete, daß die Dämonen hier physisch aktiv werden konnten. Sie konnten ihm, Norton, zwar keinen Schaden zufügen – anderen Menschen jedoch sehr wohl. Das machte Norton angreifbar, denn sie konnten Geiseln nehmen und ihn damit erpressen.

Das war zuviel für ihn allein. Er hatte einen Dämon erledigt – oder ihn zumindest zurück zur Hölle geschickt –, doch dieses Risiko konnte er nicht noch einmal eingehen. Er hatte das Mädchen gerettet, aber es gab zu viele andere mögliche Opfer, und er wußte, daß die Diener Satans sie schamlos ausnutzen würden. Einen Wirtskörper würde er vernichten, denn er wußte, daß ein Dämon nur dann in den Körper eines Menschen eindringen konnte, wenn er dazu eingeladen wurde, und daß nur die übelsten Elemente einer Gesellschaft jemals eine solche Einladung aussprachen. Doch er wollte nicht das Blut eines unschuldigen Opfers riskieren.

»Geh zurück nach Hause«, drängte er das Mädchen. »Such deine Familie und geh weit weg von hier. Und zwar schnell. Hier lauert das Böse.«

Wortlos nickte das Kind und rannte davon. Norton kehrte zögernd zu Agleh zurück.

»Du hast recht gehabt«, sagte er. »Ich bekomme die Sache allein nicht in den Griff. Diese Dämonen schlüpfen in menschliche Körper und sind völlig skrupellos. Aber ich bin mir immer noch nicht sicher, wie du mir helfen könntest, und ich will nicht riskieren, daß du ...«

Mit einer Geste brachte sie ihn zum Schweigen. ERZÄHL MIR DIE EINZELHEITEN, schrieb sie.

Sein Blick fiel auf seinen Ring. »Ist das in Ordnung, Sning?« fragte er.

Druck.

»Kann sie uns wirklich helfen?«

Druck.

Agleh zeigte auf den Ring. »?... eigaM«

»Eigam«, bestätigte er und erklärte Snings Wirkungsprinzip.

Sie überlegte einen Augenblick, dann schrieb sie: KANN SNING HELFEN?

Druck. Sning konnte lesen!

Norton war erstaunt. »Unmittelbar? Durch körperliches Handeln?«

Druck.

Die Zeit wurde knapp. Gemeinsam arbeiteten sie einen Schlachtplan aus. Sning erklärte ihnen mit Hilfe ihrer Fragen, daß das Problem in der Fähigkeit der Dämonen bestand, sich menschlicher Wirtskörper zu bemächtigen. Man konnte die Diener Satans nicht mehr so einfach von unschuldigen Leuten unterscheiden.

Norton und Agleh mußten also eine einfache Möglichkeit finden, Dämonen und Menschen auseinanderzuhalten.

Snings Gift konnte einen Menschen zwar äußerst krank werden lassen, gegen einen wirklichen Dämon jedoch mußte es wirkungslos bleiben, da dieser ja nur ein Geist war. Die Geisterdämonen liefen in der Gegend Patrouille und versuchten Chronos aufzuspüren, während die dämonenbesessenen Leiber ihm den Weg versperren wollten. Es ließ sich zwar noch nicht sagen, wie viele es waren, höchstwahrscheinlich jedoch genug, um den Erfolg der Operation zu garantieren. Satan hatte vermutlich sofort nach der Manipulation der Pille die größte Anzahl Dämonen losgeschickt, da dies der kritische Augenblick war; sechs Stunden nach dem Ereignis war das Netzwerk relativ dünn.

Norton konnte die Unschuldigen auf größere Entfernung nicht von den Besessenen unterscheiden, und er konnte es sich andererseits nicht erlauben, sich den Besessenen allzu sehr zu nähern. Wie sollte er also die Besessenen rechtzeitig ausmachen und ihnen aus dem Weg gehen?

»Die Schar der gewöhnlichen Dämonen wird immer größer«, bemerkte er nach einem Blick aus dem Fenster. »Da unten ist einer, der gerade die Straße entlang patrouilliert.«

Aglehs Blick folgte dem seinen. »?oW«

Er deutete. »Dort.«

Sie blinzelte. ».nehes sthcin nnak hcI«

Der Dämon war ganz deutlich zu sehen. Sning gab dreimal Druck. »Du meinst, sie kann ihn nicht erkennen?« fragte Norton verblüfft.

Druck.

Er wandte sich an sie. »Dort draußen ist ein Geisterdämon, aber du kannst ihn nicht sehen.«

,«thcin hci nnak ,nieN« stimmte sie zu.

»Aber es ist *tatsächlich* einer dort. Sning kann es dir bestätigen.«

Sie blickte ihn zweifelnd an, deshalb löste sich Sning von Nortons Finger und schlüpfte in Aglehs wartende Hand.

»!ßüs eiw hO« rief sie.

Sning wand sich um einen ihrer Finger. »Stell ihm eine Frage«, forderte Norton sie auf.

»?nomäD nie trod tsI« fragte sie. Dann zuckte sie zusammen. »!neffinkeg hcim tah rE«

»Wie oft?«

,»lamniE« sagte sie und hielt einen Finger hoch.

»Das bedeutet ja. Aj.«

Sie war erfreut. »!netlaheb nhi etnnök hci ,ethcsnüw hcI«

Sning behalten? »Na ja, du kannst ihn dir ausleihen ... damit du die Dämonen orten kannst. Ich kann sie auch ohne Snings Hilfe sehen.« Eine weitere Fähigkeit, die ihm wohl durch die Amtstracht des Chronos verliehen worden war.

,»aJ« stimmte sie zu.

Nun war alles klar. Agleh und Sning würden das Anwesen des Senators auskundschaften, um dort alle Dämonen und besessenen Menschen ausfindig zu machen. Die Diener Satans würden kein Mißtrauen schöpfen, weil Agleh eine normale Person war und keine Inkarnation. Sie würde Norton Meldung erstatten, der dann seinerseits zum entscheidenden Zeitpunkt zu der Pille vorstoßen würde, indem er den zuvor georteten Dämonen aus dem Weg ging. Sning würde Agleh vor jeder drohenden Gefahr warnen. Mit etwas Glück würde es keine Probleme geben, und sie würden die Sache erledigt haben, bevor Satan auch nur irgend etwas davon ahnte.

Dann konnte sich Norton endlich entspannen. Er würde in seine eigene Zeit zurückkehren und Agleh niemals wiedersehen, was er bedauerte: Ihr Erscheinen hatte die letzten Stunden erheblich aufgehellt.

Er wußte, daß er es lieber nicht tun sollte, dennoch fragte er sie auf dem Papier: MAGST DU DIE WILDNIS?

Sie erwiderte: DIE LIEBE ICH.

Warum quälte er sich selbst?

»!riw neheG« sagte sie forsch und schritt auf die Tür zu.

Norton mußte zurückbleiben, bis alle Dämonen geortet waren. »Ich werde hier warten«, sagte er etwas lahm.

,»sühcsT«, pflichtete sie ihm bei und ging.

Am Fenster sah Norton, wie sie auf die beleuchtete Straße hinaustrat. Der Dämon lief noch immer Patrouille, schenkte Agleh jedoch keine Aufmerksamkeit. Norton entspannte sich ein wenig. Es funktionierte!

Er sah Agleh nach, bis sie verschwunden war, dann

schritt er rastlos im Zimmer auf und ab. Die Frau war an dem Dämon vorbeigekommen und das war gut. Dennoch beunruhigte ihn die Ungewißheit, wie viele von Satans Dienern sich wohl regelmäßig unter die lebenden Menschen mischen mochten. Behielt der Fürst des Bösen stets ein Auge auf die Geschehnisse der profanen Welt? Wie konnte man jemals sicher sein, daß das Böse nicht hinter der nächsten Ecke lauerte? Ein beunruhigender Gedanke.

Die Uhr an der Wand schwankte, und er sammelte seine Konzentration; er wurde immer müder, oder die Sanduhr wurde es, und nun, da er nichts mehr hatte, was ihn aufputschen konnte, fiel es ihm zunehmend schwerer, die Umkehr des Zeitstroms aufrechtzuerhalten. Es lag nur noch eine Stunde vor ihm, doch die erschien ihm nun länger als die ganze Zeit, die bisher verstrichen war.

Weiterhin schritt er auf und ab und kämpfte um die Kontrolle über die Zeit, doch die Uhr geriet immer häufiger ins Schwanken. Vielleicht fehlte Aglehs Willensunterstützung.

War das die ganze Sache eigentlich wirklich wert? Wäre es so schlimm, wenn Satan siegte? Es wäre so leicht, alles einfach fahrenzulassen und den normalen Zeitfluß wieder zuzulassen. Er erkannte, daß seine Einstellung der des Erfrierenden glich, der einfach nur schlafen wollte und sich der Gleichgültigkeit der Schwäche ergab. Er war so müde; sein Wille war erschöpft.

Er ließ sich in einen Sessel gleiten, seine Augen wurden glasig. Dieses Apartment erinnerte ihn an das von Orlene – die Frau, die ihr Baby zu sehr geliebt hatte und daran gestorben war, wegen des Bösen, das in den Genen der Familie von Gawain dem Gespenst lauerte. Dieses Böse, das die Erblinie entlangreiste und jeder Generation seinen schrecklichen Zoll abverlangte. Wo war es entstanden? Wo würde es enden?

Da verdichtete sich etwas in seinem Geiste. Das Böse war für Orlenes Tod verantwortlich gewesen – es mußte also von Satan gekommen sein.

Plötzlich war Norton wach und aufmerksam. Satan hatte ihm Orlene genommen, und dafür war er Satan noch etwas schuldig. Nun hatte er Gelegenheit, es dem Fürsten des Bösen heimzuzahlen, indem er seinen üblen Plan zunichte machte.

Wieder begann der rückläufige Zeitstrom. Die Uhr nahm erneut ihren Rückwärtsmarsch auf. Norton wußte nun, daß er es schaffen würde. Der Haß würde erreichen, was das Pflichtgefühl nicht vermochte.

Um 5.25 Uhr kehrte Agleh zurück. »!trüpsegfua ella eis nebah riW« rief sie. Dann griff sie nach Papier und Bleistift und zeichnete eine Skizze, die sowohl die Geister als auch die Besessenen mit ihren Standorten wiedergab. Erstere markierte sie mit einem großen G, zweitere mit einem großen B.

Gerade noch rechtzeitig! »Ich muß bald in das Haus«, sagte Norton, dem zwar bewußt war, daß sie nicht alle seine rückwärts gesprochenen Worte verstehen, ihren allgemeinen Sinn aber durchaus begreifen würde. »Ich muß jeden einzelnen Dämon wissen!«

Er musterte die Karte und verfolgte auch die Streifengänge der einzelnen Dämonen. Diese waren einigermaßen berechenbar. Er brauchte also nur eine gute Zeitplanung, um durchzukommen. Es war wie ein Labyrinth oder ein Videospiel: wenn er geschickt genug manövrierte, würde er Punkte machen.

Er konzentrierte sich auf die Skizze und lernte die wichtigen Punkte auswendig. Es war nicht sehr schwierig; es gab nur sechs Besessene und sechs Geister. Sechs und Sechs – natürlich. 666 war ja auch Satans persönliche Zahl. Doch wo blieb dann die dritte Sechs?

Nun, er glaubte, daß er es in sechs Minuten bis dorthin schaffen würde. Vielleicht sollte er seinen Plan darauf aufbauen. Das hätte den Effekt, Satans Zahl zu vervollständigen, so daß es keinen Höllenlärm geben würde. Die Spanne der rückwärts laufenden Zeit war auch auf sechs Stunden beschränkt. So oder so, es paßte.

Sechs Minuten ... damit hatte er allerdings keinerlei Spielraum für etwaige Fehler. Jede Verzögerung würde ihn den Erfolg kosten. Doch je mehr er darüber nachdachte, um so sicherer war er sich, daß hier der Schlüssel zum Ganzen lag. Man mußte das Spiel nach Satans Regeln spielen – dann war Satans Niederlage vollkommen.

Er erklärte es Agleh, indem er ihr zur Sicherheit alles Wichtige aufschrieb. ,»tim emmok hcI« sagte sie.

»Das halte ich nicht für klug. Du bist schon einmal dagewesen. Wenn die Dämonen dich ein zweites Mal sehen, so kurz vor der entscheidenden Zeit, werden sie mißtrauisch.«

,»nrennire narad thcin hcis nedrew eiS« wandte sie ein.

»Sie werden sich nicht daran erinnern«, wiederholte er nachdenklich. Er war sich nicht so sicher. Die meisten Menschen schienen sich der rückläufigen Bewegung ihres Lebens kaum bewußt zu sein, aber wer sich in seiner unmittelbaren Umgebung aufhielt, der konnte sich rückwärts erinnern, wie es Agleh selbst ja auch tat. Außerdem waren die Gegner keine Menschen, sondern Dämonen und Geister Satans, die angewiesen worden waren, nach ihm Ausschau zu halten. Wenn man Agleh nun mit ihm zusammen sah, war es möglich, daß die Dämonen Ärger machten.

Doch Agleh hatte eine Antwort: »!neknelba eis edrew hcI« sagte sie.

Ein Ablenkungsmanöver. Das könnte ihm die Sache tatsächlich erleichtern, auch wenn es für sie riskant war.

Sie bestand darauf. Norton blickte auf seine Uhr. Die Zeit wurde immer knapper, schon bald brachen seine letzten sechs Minuten an. Er hatte keine Zeit mehr, sich mit ihr zu streiten.

,»nefleh rim driw gninS« sagte sie und hob ihre Hand, an der sich Sning noch immer befand.

Er hatte vergessen, die kleine Schlange wieder an sich zu nehmen! Aber tatsächlich, Sning konnte ihr eine große Hilfe sein, da sie unsichtbare Geister aufzuspüren vermochte. Wenn Norton seine Mission beendet hatte, würde er seinen Ring wieder an sich nehmen. »Okay«, sagte er mit einigem Vorbehalt.

»!yakO« wiederholte sie. Sie gab ihm einen Kuß, der

etwas weniger rückständig war; langsam gewöhnte sie sich daran.

Es war Zeit. Mit forschem Schritt machten sie sich auf den Weg. Agleh ging voran, um die ersten Besessenen abzufangen. Sning würde ihr ein Signal geben, wenn sie den Menschen ablenken mußte; sollte dem nicht der Fall sein, würde sie einfach zum zweiten weitergehen, während Norton ihr in langsamerem Tempo folgte und versuchte, sich den Anschein eines ganz normalen Spaziergängers zu geben.

Das Problem war nur, daß sie beide rückwärts gehen mußten, so daß er nicht sehen konnte, was mit Agleh geschah. Er mußte einfach davon ausgehen, daß der Weg frei war, dank ihr und Sning.

Er gelangte in das Revier des ersten Besessenen und kam ohne Schwierigkeiten hindurch. Dies war auf der Hauptstraße, wo ganz normale Leute gelegentlich vorbeikamen – Frühaufsteher, die den örtlichen Materietransmitter vor der Stoßzeit erwischen wollten. Er hoffte, daß er aussah wie einer von ihnen. Es funktionierte – bis jetzt.

Nun gelangte er in das Kontrollgebiet eines Geistdämons. Seiner Schätzung zufolge mußte sich der Geist am anderen Ende befinden, mit abgewandtem Gesicht, so daß er ihn nicht sehen würde. Und tatsächlich erspähte er den Schwanz des Geistes, als die Kreatur rückwärts auf ihn zukam. Er schulte sich, nicht offen darauf zu reagieren. Natürlich würde der Geist ihn ohnehin erkennen, wenn er sich umdrehte und ihn anschaute – doch das war sehr unwahrscheinlich, denn sein Streifengang war von größter Regelmäßigkeit. Soweit er wußte, besaßen böse Geister weder viel Phantasie noch Initiative. Nur wenn er sich ungewöhnlich verhielt, würden sie von ihrer Routine abweichen.

Er erreichte das Anwesen des Senators. Dort patrouillierten gleich zwölf Dämonen. Sie hatten sich einigermaßen weit über das Gebiet zerstreut, um alles abzudecken. Sie wußten, daß er versuchen würde, jede Lücke im Überwachungsnetz anzunutzen. Er hatte sich auf seiner Strecke nur um drei Dämonen sorgen müssen, und zwei davon hatte er nun umgangen. Der dritte war ein Geist in der Diele hinter dem Seiteneingang. Den konnte er vermutlich nicht vermeiden – aber da bis zum Zeitpunkt Null nur noch zwei Minuten blieben, würde dieser wahrscheinlich nicht ausreichend Alarm schlagen können, um seinen Plan zu verhindern! Dies war der riskante Teil!

Er öffnete die Tür hinter sich und schritt rückwärts hinein. Es war der Dienstboteneingang, und zu dieser frühen Stunde waren noch nicht viele Dienstboten da. Norton drehte sich um und ging nun vorwärts weiter; das war bequemer, und außerdem wußte er, daß er die Geister sowieso nicht täuschen konnte. Er schritt durch das Labyrinth des Dienstbotentrakts und versuchte den Teil des Gebäudes, in dem sich jetzt der Geist aufhalten mochte, zu meiden.

Er hatte sich getäuscht. Der Dämon erschien plötzlich, zuckte zusammen und floh durch die Wand. Das war nicht sonderlich beruhigend. Es waren noch neunzig Sekunden Zeit – war das zuviel? Würde der Geist in dieser Zeit eine überwältigende Gegenmacht mobilisieren können? Hatte er Satan jetzt zuviel Spielraum verschafft?

Er betrat die Speisekammer, wo die Medikamentenflasche aufbewahrt wurde. Kein Geist bewachte sie mehr – den hatte er vertrieben. Er betrachtete die Flasche.

Dort waren sechs gehörnte, katzenähnliche Wesen, deren Schwänze Widerhaken aufwiesen. Sechs Höllenkatzen – das war der letzte, fehlende Teil der 666!

Die Höllenkatzen erspähten ihn und fauchten. Vor dem Regal bildeten sie mit zuckenden Schwänzen einen Halbkreis. Jede von ihnen besaß säbelzahnartige Hauer und große blutrote Krallen.

Doch hier war die Erde und nicht die Hölle, erinnerte Norton sich. Hier existierten keine wirklichen Höllenkatzen. Es mußten also Geisterkatzen sein, die im Grunde gegen jeden Menschen machtlos waren, und gegen Chronos sogar in jeglicher Hinsicht. Sie waren ein Bluff des Vaters der Lüge, um Chronos zu verwirren. Sie konnten nur versuchen, ihn abzulenken – und das würde scheitern.

Noch eine Minute. Er war also doch zu früh eingetroffen, aber er würde warten.

Dann hörte er die nahenden Geräusche. Ob das der Pillendämon war? Norton holte seine Flasche mit Weihwasser hervor und stand bereit. Man mußte dem Dämon die Chance geben, die Pille zu entzaubern; dann würde Norton ihn auslöschen.

Gestalten erschienen. Benommen starrte Norton sie an. Ein Besessener – und Agleh. Sie hatten sie als Geisel genommen!

Der Besessene hatte der Frau brutal den Arm auf den Rücken gedreht, während er in der linken Hand einen Dolch hielt, mit dem er ihr Gesicht bedrohte. »!tbrits eiS« grunzte er tatendurstig.

Norton hielt das Weihwasser in der Hand. Er konnte es gegen beide schleudern; Agleh würde es nichts tun, dafür würde es aber den bösen Geist aus dem Besessenen vertreiben. Ein kleines Zucken des Handgelenks ...

»!thcin s'uT« rief Agleh, die seine Absicht durchschaute.

Wütend führte der Besessene das Messer an ihre Kehle. Sie griff mit der linken Hand nach seiner, besaß jedoch nicht genügend Kraft, um ihn abzuwehren. »!tbrits eiS« wiederholte er.

Norton starrte die beiden Hände an – die große haarige Pratze, die das heimtückisch glitzernde Messer umfaßte; die zarte, hellhäutige Hand mit Sning am Mittelfinger. Nun begriff er den Plan: Wenn er das Weihwasser benutzte, um Agleh zu retten, würde er keines mehr zur Verfügung haben, um den Pillendämon abzuwehren, dann würde Satan siegen. Wenn er Agleh jedoch nicht rettete ...

Er hörte ein Geräusch. Die sechs machtlosen Höllenkatzen waren verschwunden, und an ihrer Stelle verdichtete sich nun eine Rauchwolke. Sekunden später enthüllte sie einen winzigen, feststofflichen Dämon mit einem einzigen großen Horn. Das war der Pillendämon.

Der Besessene stieß ein unverständliches Grunzen aus

und fuhr mit dem Messer näher an Aglehs Kehle. Norton durfte sie nicht sterben lassen!

Da hatte er einen Einfall. »Sning!« rief er.

Sofort löste sich die kleine Schlange vom Finger und vergrub ihre winzigen Giftzähne in der haarigen Haut des Besessenen. Der Mann grunzte, als er den Biß spürte.

Norton drehte sich um, um den Pillendämon zu beobachten. Das Ding stand unterhalb der Pillenflasche. Plötzlich schwebte es empor und landete auf dem Regal. Es berührte die Flasche, worauf ein Lichtblitz aufflackerte. Dann kletterte der Dämon am Regal herab. Der Zauber war aufgehoben worden. Norton schleuderte das Weihwasser auf den kleinen Dämon. Das Wasser traf sein Ziel – und der Dämon verpuffte im Rauch, genau wie zuvor – doch in der Normalzeit um eine kritische Minute früher.

Er wandte sich wieder zu Agleh und dem Besessenen um. Der Mann lehnte an der Wand, einen verblüfften Ausdruck im Gesicht. Agleh stand allein und massierte ihren wunden rechten Arm, ansonsten ging es ihr gut.

Norton entspannte sich. »Es ist vorbei«, sagte er. »Der Mann ist nicht mehr besessen, und meine Mission ist beendet.«

»Ich hielt es für ein gutes Geschäft«, brummte der nunmehr Befreite. »Aber als dieser böse Geist tatsächlich die Herrschaft über mich an sich riß … Gott! Ja … ich werde mich jetzt Gott zuwenden, solange noch Zeit ist!«

»Es ist vorbei«, bestätigte Agleh. Die Zeit lief nun in die normale Richtung, und sie alle sprachen vorwärts.

Da verschwand sie. Plötzlich stand Norton allein in dem verlassenen, staubigen Haus. Was war geschehen?

Er war wieder in seiner eigenen Gegenwart. Die Macht der Sanduhr war erschöpft, was ihn zurückriß, als sein Wille die verblassende Magie des Instruments nicht mehr unterstützte. Vielleicht hatte er sich bei dem Versuch, im normalen Zeitfluß zu leben, vom Strom der Welt forttragen lassen, die Drei-Personen-Beschränkung verletzt und war zurückgeschleudert worden. So oder so war es vorbei, er hatte Satans Plan durchkreuzt.

Er starrte auf seine nackte Hand – und begriff, daß er Sning verloren hatte. Agleh hatte ihn getragen, als es geschehen war. Sning hatte sie durch seinen Biß gerettet. Anscheinend hatte der Geist geglaubt, daß der Mensch sterben würde, deshalb hatte er sofort das sinkende Schiff verlassen – und es war keine Gelegenheit mehr gewesen, Norton den Ring zu überreichen. Agleh hatte es zwar vorgehabt, doch seine plötzliche Rückkehr hatte dies vereitelt.

Norton seufzte. Das war ein schlimmer Verlust! Doch Agleh vermißte er auch. Sie hatte ihm loyal beigestanden, und es mußte ihr wehgetan haben, daß er sie so abrupt verließ.

Nun, vielleicht war es ja nur fair, daß sie ein Andenken an dieses Erlebnis behielt. Chronos war fort, aber Sning würde sie darüber hinwegtrösten.

Mit Hilfe der Sanduhr kehrte er in sein Heim im Fegefeuer zurück. Das Instrument arbeitete nur träge. Es war ermattet. Dies galt auch für Norton; der Erfolg seiner Mission heiterte ihn nur wenig auf.

Er sah im Briefkasten nach. Darin befand sich ein einzelnes kleines Päckchen, das er sofort öffnete, neugierig darauf, was man Chronos wohl schicken mochte. Sning fiel ihm entgegen.

Eine kurze Notiz lag dabei, in weiblicher Handschrift: *Chronos, ich konnte Sning nicht behalten, er gehört Dir. Er hat mir gesagt, daß Dich diese Sendung erreichen würde. Beste Wünsche, Helga.*

Norton starrte die Nachricht an, bis sie ihm vor den Augen verschwamm. Welch eine prächtige Frau! Gab es denn keine Möglichkeit, ihr zu danken?

Sning entrollte sich, glitt über seine Hand und kringelte sich wieder um seinen Finger. Druck.

Die Trennung war nur kurz gewesen, zumindest nach Nortons Maßstab, doch einem anderen waren es acht Jahre – und gefühlsmäßig eine Ewigkeit. »Ach, Sning, ich bin ja so froh, dich wiederzuhaben! Du sagst, daß ich Agleh danken kann?«

Nach Snings Mitteilung brauchte er lediglich eine kleine

Reise zu dem Augenblick kurz vor dem Eingriff in ihre Zeit zu machen und ihr einen Brief zu schicken, der sie nach ihrer Trennung erreichen würde. Sning nannte ihm die Adresse, indem er die richtigen Buchstaben und Zahlen, auf die Norton auf einem Blatt Papier deutete, bestätigte. Rein theoretisch wurden die Postsendungen durch Magie beschleunigt, um eine Laufzeit von einem Tag zu ermöglichen, doch in der Praxis war dies selten der Fall; es würde also kein Paradoxon vorzeitiger Auslieferung geben. Er konnte sogar ein Paket schicken, mit irgendeinem Geschenk, das ihr Freude bereiten würde.

»Ja«, stimmte Norton zu. Plötzlich fühlte er sich schon sehr viel wohler. Er würde ein entsprechendes Geschenk kaufen gehen.

Noch einmal warf er einen Blick auf die Mitteilung, bevor er sie wegsteckte. *Beste Wünsche, Helga.*

Und jetzt erinnerte er sich: Er hatte Helga in seinen jungen Jahren gekannt, als er noch Angestellter im System war. Sie war auf ihn zugekommen und hatte gefragt: »Sind wir uns nicht schon einmal begegnet?«, und er hatte sich von dieser Annäherung einer so schönen und empfindsamen Frau so geschmeichelt gefühlt, daß er ihr nicht widersprochen hatte. Zwei Jahre lang waren sie zusammengewesen, bevor seine Wanderlust und ihr Beruf als Krankenschwester schließlich zu einer Trennung im gegenseitigen Einvernehmen geführt hatten. Sie war seine liebste Freundin gewesen, vor Orlene, und selbst jetzt noch, nach diesen sechs Jahren, empfand er eine tiefe Zuneigung für sie.

Merkwürdig, daß er nicht vorher an sie gedacht hatte; daß er sie nicht erkannt hatte, als er ihr als Chronos begegnet war! Offensichtlich hatte sie sich später an ihn erinnert, ohne etwas davon zu erzählen.

Merkwürdig? Nein, überhaupt nicht merkwürdig! Er hatte sie in seiner ersten Existenz nicht gekannt; erst als Chronos war sie Teil seiner Erfahrung geworden. Seine Vergangenheit war geändert worden; ohne Paradoxien.

Es lag Ironie darin, daß er diese wunderbare Erfahrung ihrer Gesellschaft nur in der Erinnerung besaß und nicht in

Wirklichkeit. Sie jedoch hatte es wirklich erlebt und sein Geheimnis gewahrt. Er war ihr noch etwas schuldig. Er würde ihr ein wirklich schönes Geschenk schicken.

Pfeifend trat er ins Haus.

12 Die Suche

»Sie haben Besuch, Sir«, informierte ihn der Butler.

»Im Augenblick bin ich für Besucher nicht zu sprechen«, sagte Norton. »Ich habe gerade eine sehr anstrengende Sitzung hinter mir; die Sanduhr und ich müssen uns ausruhen.«

»Sir, er läßt sich nicht abweisen. Er ist sehr zornig.«

Norton hielt inne. »Satan? Das überrascht mich nicht. Also gut, dann werde ich ihm eben selbst sagen, er soll zur Hölle gehen.«

Der Fürst des Bösen kochte förmlich vor Wut. Eine Schwade Schwefeldampf umhüllte ihn, und er zeigte seine Hörner. »Sie haben sich in die Arbeit meiner Dämonen eingemischt!« Er schnarrte beim Sprechen und offenbarte dabei eine kleine Feuerzunge.

»Nein, Sie haben sich in meine Angelegenheiten eingemischt«, erwiderte Norton knapp. »Und nun verlassen Sie gefälligst mein Haus; ich kann Sie hier nicht gebrauchen.«

»Sie bringen mir mein ganzes Programm durcheinander!«

»Gut für mich! Ich liebe es nicht, getäuscht oder für üble Zwecke mißbraucht zu werden.«

»Ich verlange Genugtuung!« sage Satan, und seine Augen fackelten förmlich, als er einen seiner roten Handschuhe auszog. Jetzt sah er alles andere als gütig und aufgeräumt aus!

Doch Norton hatte genug. »Fahren Sie zur Hölle!«

Feuer qualmte aus Satans Ohren. Er zeigte Norton die Faust und zerknüllte seinen Handschuh.

Norton hüllte sich in seinen weißen Umhang. »Los, schlagen Sie mich doch«, lud er den Gegner ein.

»Nein«, fauchte Satan, an seinen sich ausdehnenden Hauern vorbei. Er war außer sich vor Wut, aber kein Narr; er kannte die Schutzmechanismen der Zeit. Statt dessen schleuderte er seinen Handschuh Norton direkt ins Gesicht. »Sie werden gehen – und zwar ohne Wiederkehr!«

Norton duckte sich vor dem heranfliegenden Handschuh. Der jedoch verpuffte in Rauch, und dieser Rauch umhüllte ihn. Plötzlich konnte er nichts mehr sehen. Er trat zur Seite, um der Rauchsäule zu entgehen.

Nun fand er sich auf einem grünen Planeten wieder und erblickte ein Raumschiff des Glob. Er war wieder im Antimateriecluster!

»Verdammt, wie macht er das bloß?« wollte Norton wissen. »Ich habe schließlich nicht darum gebeten, wieder hierher zu kommen!«

Druck, Druck, Druck.

Norton brummte. »Na ja, wenigstens habe ich dich bei mir, Sning! Weißt du, wie ich möglichst schnell wieder nach Hause komme?«

Druck, Druck, Druck.

»Du bist dir nicht sicher? Aber ich dachte, Satan könnte nichts ohne meine Einwilligung tun.«

Druck.

»Aber ich habe in diese Sache nicht eingewilligt!«

Druck, Druck.

Das ließ ihn innehalten. Stimmte Sning ihm nun zu oder nicht? »Du meinst, ich hätte eingewilligt, unausgesprochen?«

Druck.

»Diesmal irrst du dich aber, Sning! Was sollte mich hier schon interessieren?«

Da erspähte er eine Gestalt in der Luft. Er blinzelte und entdeckte ein geflügeltes Einhorn, das eine wunderschöne junge Frau trug. Excelsia auf dem Alicorn kam auf ihn zu, und beide sahen überaus prächtig aus.

Druck.

Norton seufzte. »Also doch ein Treffer deinerseits, Sning«, gestand er beschämt. Excelsia war eine wunderschöne junge Frau, mit der er zudem eine beständige Beziehung haben konnte, da ihr Zeitfluß mit dem seinen übereinstimmte. Das zog ihn in der Tat an!

»Dies muß die Laterna-Magica-Wolke sein, und nicht der Kugelcluster – aber hier läßt es sich ebenso gut ausruhen wie überall sonst.«

Druck, Druck.

»Du meinst, Satan heckt wieder etwas Neues aus?«

Druck.

»Und er zählt darauf, daß ich hierbleibe, damit er ohne Widerstand sein unheilvolles Tun ausüben kann?«

Druck.

»Dann sollte ich besser auf der Stelle zurückkehren!«

Druck, Druck, Druck.

Das Alicorn landete. Excelsia sprang ab und rannte auf ihn zu. Diesmal trug sie ein Kleid, daß von filmigem Weiß war und sehr weit ausgeschnitten, und sie war noch üppiger mit Reizen ausgerüstet, als er in Erinnerung hatte. »Oh, Herre Norton!« keuchte sie, und ihr Busen hob und senkte sich dabei allerliebst. »Ich habe Euch nie richtig für Eure kühne und tapfere Hilfe danken können – und als ich zurückkehrte, wart ihr verschwunden! Den ganzen Planeten habe ich nach Euch abgesucht!«

»Nun, ich ...«

Sie erreichte ihn und warf ihm die Arme um den Hals. »Nun habe ich Euch endlich gefunden!« Sie pflanzte ihm einen köstlichen Kuß auf den Mund. Er hatte das Gefühl davonzuschweben. »Vielen, vielen Dank«, hauchte sie.

»Gern geschehen«, erwiderte er. »Aber ich bedaure, daß ich wieder fort muß, denn ...«

Ihr hübsches Gesicht umwölkte sich. »Ihr müßt fort?«

»Dringende Geschäfte auf der Erde, und ...«

Zwei große, glitzernde Tränen formten sich in den wunderschönen Augen. »Aber, Herre Norton, ich habe Euch doch so viel zu zeigen!«

Er schluckte. Wie gerne er sehen würde, was sie ihm zu

zeigen hatte! Doch er hatte lernen müssen, daß man Satans übles Tun nicht ungestraft ignorierte. »Äh, könnte ich vielleicht mal so eine Art Regenpause einlegen?«

»Eine Regenpause!« tobte sie. Und zugleich erscholl in der Nähe Donnergrollen, während aus einer sich zusammenballenden grauen Wolke Regen herannahte.

Excelsia riß sich aus seinen Armen und floh zu ihrem Reittier.

»Was mich betrifft, Herre, so könnt ihr von mir aus eine ganze Sintflut haben!«

Norton rannte ihr nach, traurig und verwirrt. »Warten Sie, Excelsia! So habe ich das nicht gemeint! Ich dachte nur, daß ...«

Sie erreichte das Alicorn, das sein Horn herumschwenkte, direkt auf Norton zu. Norton blieb abrupt stehen, die Sache behagte ihm überhaupt nicht, auch wenn ihm die Kreatur wahrscheinlich nichts anhaben konnte. Doch er wollte auch dem Alicorn nichts antun.

»Ihr braucht Euch mir gegenüber gewiß nicht zu erklären, Herre«, sagte Excelsia steif. »Kehrt sofort nach Hause zurück, ich wünsche der anderen Frau eine erfolgreiche Schatzsuche!«

»Es *gibt* keine andere Frau!« protestierte Norton. Doch zugleich fiel ihm ein, daß Agleh, hätte sie sich in seinem Zeitraum befunden, eine ausgezeichnete Gefährtin gewesen wäre; tatsächlich war sie es in der Vergangenheit ja auch gewesen – na, das war jetzt egal. Und natürlich empfand er immer noch Liebe für Orlene, und dann war da noch Clotho, die einzige, die ihn wirklich verstand, also war er nicht ganz ehrlich.

»Dann werdet Ihr also bleiben?« fragte Excelsia, und ihre Miene hellte sich auf.

Was konnte ein kurzer Besuch schon schaden? Er hatte sich ja ohnehin ein wenig ausruhen wollen.

Druck, Druck.

»Ruhe!« fauchte Norton schuldbewußt.

»Also wirklich!« erwiderte Excelsia beleidigt.

»Nein, Sie habe ich nicht gemeint!« protestierte Norton

und machte einen Schritt auf sie zu. Doch das Alicorn schnaubte wieder und richtete sein Horn auf ihn, was ihn bremste. »Ich sprach mit Sning!«

Die Damsell legte die Stirn in äußerst anziehende Falten. »Ich erinnere mich an Sning, den guten Ratgeber, das seltsame Reittier. Sagt er Euch etwa, daß ich nicht gut genug bin für Euch, Herre?«

»Nein, natürlich nicht! Er sagt mir nur, daß es großen Ärger gibt, wenn ich nicht sofort zur Erde zurückkehre.«

Das besänftigte sie. »Dann müßt Ihr wohl auf der Stelle gehen, Herre Norton. Verzeiht meinen affektierten Gefühlsausbruch. Ich werde mit angemessener Geduld Eurer Rückkehr harren.«

Würde Satan ihn jemals wieder hierher zurücklassen, nachdem er einmal mehr die Pläne des Bösen durchkreuzt hatte, welche auch immer es diesmal sein mochten? Norton ignorierte die Frage. »Danke«, sagte er dankbar. »Ich würde mir wirklich wünschen, bei Ihnen bleiben zu können, aber die Pflicht geht nun einmal vor.« Er konzentrierte sich und wollte nach Hause zurückkehren.

Nichts geschah. Excelsia beobachtete ihn neugierig. »Habt Ihr womöglich den Rückweg vergessen?«

Norton fiel ein, daß er diese Reise noch nie aus eigener Kraft durchgeführt hatte; jedesmal hatte Satan ihn gelenkt. Er wußte überhaupt nicht, wie er zurückkehren konnte! »Es sieht so aus«, gab er niedergeschlagen zu.

Das Raumschiff hatte die ganze Zeit ruhig dagestanden. Nun öffnete sich eine der Warzen, und ein Mann trat heraus. Es war Bat Dursten. »He, da glitzer doch mal einer diese Femme da drüben an!« rief er.

Das kleine Gäm folgte dem Raumfahrer ins Freie. Es war inzwischen etwas gewachsen, war aber immer noch so süß wie ein Glubschauge. Es verwandelte sich in einen geräderten Roboter in Gestalt eines Motorrads. Dursten saß auf, und das Roboter-Gäm-Motorrad jagte auf sie zu.

Das Alicorn wurde unruhig und breitete seine Schwingen aus. »Was mag dies sein?« verlangte Excelsia zu wissen und zückte dabei ihr Messer.

Das Gämrad richtete seinen Scheinwerfer auf sie. »Äh, das ist schon in Ordnung«, sagte Norton hastig. »Das ist nur Bat Dursten, der vortreffliche Raumfahrer. Und sein Gäm.«

Ihre schöne Stirn furchte sich verwundert. »Gemm?«

»Gäm. Eine Abkürzung für Glubschäugige Monster.«

Dursten hatte sie erreicht und sprang von seinem Fahrzeug. »Ist ein weibliches Gäm. Ist natürlich noch ziemlich jung, zu jung, um damit rumzumachen – aber ist sie nicht hübsch?«

Das kleine Gäm nahm wieder seine normale Gestalt an, ein Klumpen mit Tentakeln und riesigen Insektenaugen.

Excelsia schrie, und das Alicorn schnaubte Feuer.

Hastig griff Norton ein. »Sie sind aus dem Realitätsrahmen der Raumoper«, sagte er ... und hielt inne. »Wie kann das sein? Wir befinden uns doch hier im Realitätsrahmen der heroischen Fantasy?«

»Fantasy, Schmantasy!« rief Dursten. »Wir sind von einer Raumverkrümmung erwischt worden und mußten auf dem nächstgelegenen grünen Planeten landen, damit das Schiff sich selbst reparieren konnte.« Mit einem Nicken zeigte er auf den Raumklumpen. »Diese Gämbälle sehen zwar aus wie faule Eier, aber wenn man sich erst einmal damit auskennt, sind sie gar nicht schlecht. Können sich ziemlich gut selbst warten, wenn man ihnen nur Gelegenheit dazu gibt. Aber was machst *du* denn hier, Partner? Als ich dich das letzte Mal sah, bist du einfach verschwunden. Ich dachte, das Genie hätte dich wegteleportiert.«

»Das kommt der Sache schon ziemlich nahe«, meinte Norton. »Jetzt bin ich ... äh ... hierher teleportiert worden. Aber du bist auf einer Fantasywelt gelandet, wo die Magie funktioniert, genau wie auf meinem Heimatplaneten der Erde. Excelsia und ich haben ein ordentliches Abenteuer erlebt ...«

Bat musterte die Frau. »Klar, darauf verwette ich meine Socken! Mann, hätte wirklich Lust, diese Femme dort mal selbst zu nehmen und ...«

»Geht und freßt einen Schleimklumpen, Kretin!« fauchte Excelsia.

»Jetzt hör mal zu, du nackttittige Mieze!« konterte Bat. »Ich laß mir von niemandem eine Raumladung ...«

»Das ist alles nur ein Mißverständnis«, schaltete sich Norton ein, bevor das Chaos ausbrechen konnte. Schon standen sich Gäm und Alicorn einander gegenüber, ihrem jeweiligen Herrn treu. Das Alicorn hatte sein Horn gesenkt, während das Gäm die Gestalt eines riesigen Bleistiftspitzers angenommen hatte. »Ihr seid aus zwei verschiedenen Welten ...«

Das Gäm ließ einen Stengel mit einem Augapfel hervorwachsen und musterte ihn. »*Drei* verschiedenen Welten«, berichtigte Norton sich. »Da habt ihr natürlich unterschiedliche Verhaltensweisen. Wir müssen tolerant bleiben.«

Excelsia zuckte gnädig die Schultern. »Also schön, da Ihr darum bittet. Wenn es von absoluter Notwendigkeit ist, werde ich die Gegenwart eines Kretins ertragen.«

Der Raumfahrer grinste. »Und ich stehe auf nackte Tit ...«

»Einverstanden!« unterbrach Norton. »Wenn ihr das jetzt nur noch euren Begleitern erklären würdet.«

»Gäm, wenn Ihr mit diesem Raumgrobian hier zurechtkommt, bin ich sicher, daß wir Frauen ...«

»Klar doch«, meinte Dursten. »Alicorn, wenn ein gewiefter Gaul wie du mit dieser verrückten Femme zurechtkommt, werden du und ich bestimmt ..«

Und schon versöhnten sich Alicorn und Gäm. Sie klimperte ihn mit großen facettierten Augen an, und er schnaubte anerkennend eine Dampfwolke hervor.

»Vielleicht kannst du mir helfen, Bat«, sagte Norton und entspannte sich ein wenig. »Ich muß so schnell es geht nach Hause, aber ich weiß nicht, wie. Meinst du, du könntest eines der Genies danach fragen?«

»Na klar doch«, willigte der Raumfahrer lakonisch ein und blickte erneut auf Excelsias Dekolleté. »Kannst sofort nach Hause düsen, während ich die Puppe da übernehme und ...«

Excelsia holte Luft, um ihm wütend die Meinung zu sagen, wobei sie beinahe aus ihrem Kleid platzte, doch wieder unterbrach Norton. »Und danach komme ich zurück, wenn meine Aufgabe auf der Erde erledigt ist.«

»Na schön«, stimmte Dursten ohne allzu große Begeisterung zu.

Sie machten sich auf den Weg zu dem Klumpenschiff. Das Gäm nahm die Form eines süßen weiblichen Alicorns an und trabte neben dem echten einher, wobei sich beide angeregt zu unterhalten schienen.

Excelsia war von dem Schiff stark beeindruckt. »Welch magischer Spiegel mag dies sein?« fragte sie, als der Videoschirm aufleuchtete.

»Magischer Spiegel!« wiederholte Dursten. »Das ist ja großartig!«

Das Gäm zeigte dem Alicorn gerade die synthetische Nahrungsmaschine, die köstliches Alfalfaheu produzierte, das die beiden Tiere genüßlich kauten.

Auf dem Monitor erschien der Kopf eines Genies. »Ja?« fragte die schrumpelige Wesenheit.

»Oooh, ein Kobold!« murmelte Excelsia unangenehm berührt.

»Mein Freund Norton hier hat euch mal 'nen verdammt guten Gefallen getan, und Ihr habt ihn nie dafür bezahlt«, sagte Dursten. »Nun braucht er einen kleinen ...«

»Wir tauschen keine Gefallen aus«, erwiderte das Genie kühl. »Wir operieren ausschließlich auf Geschäftsbasis.«

»Vielleicht können wir dann ein Geschäft abschließen«, meinte Norton. »Ich brauche lediglich einen Rat.«

Die geäderten Augäpfel richteten sich auf ihn. Norton spürte, wie sein Haar plötzlich heiß wurde. Schnell dehnte er das Wirkungsfeld seines Umhangs aus und kühlte wieder ab. Das Auge des Genies weitete sich eine Spur. »Sie können meiner Macht widerstehen?«

»Ich bin nicht aus Ihrem Cluster«, erklärte Norton. »Diese Information müßte sich in Ihren Aufzeichnungen finden, von meinem letzten Besuch beim Raumfahrer Dursten.«

»Aufzeichnungen sind supekt. Sie könnten auch ein Agent der Gäms sein. Immerhin befinden Sie sich auf einem Schiff der Aliens.«

»Gekapert«, sagte Dursten schnell. »Hier gibt's keine Gäms.«

Die grausamen Augen flackerten zu dem weiblichen Gäm hinüber. »Und was ist das dort?«

»Das ist kein Gäm«, beharrte Dursten. Zum Glück hatte das Wesen seine kleine Alicorngestalt beibehalten, um das Heu fressen zu können.

Die Augen des Genies verengten sich. Dursten gab hinter seinem Rücken ein Signal. Das Gäm sprang in die Luft, vollführte einen Purzelbaum und landete auf dem Rücken; erst erzitterte es, dann rührte es sich nicht mehr.

»Ach, das arme Ding!« rief Excelsia und eilte zu dem Gäm hinüber. Sie warf dem Genie einen wütenden Blick zu. »Gemeiner Kobold, Ihr habt sie mit einem Zauber getötet!«

»Ixnay«, murmelte Dursten halblaut. Ungerührt richtete das Genie seinen Blick wieder auf Norton. »Das Geschäft?«

Norton war entsetzt von der achtlosen Grausamkeit der Kreatur, doch er wußte, daß er es sich nicht leisten konnte, seine Chancen auf eine Rückkehr zur Erde zu verspielen. »Ich muß sofort zu meiner eigenen Welt zurück. Können Sie mich dorthin transportieren oder mir sagen, wie ich dorthinkomme?«

»Ich kann Ihre Gedanken nicht lesen«, erwiderte das Genie, als sei dies ein Mangel des anderen. Anscheinend schützte der Mantel Norton auch vor dieser Form der Psi-Kraft. »Wo befindet sich Ihre Welt?«

»Im terrenischen Sektor der Galaxie. Dort bewegt sich die Zeit nach vorne – umgekehrt zu Ihrer. Man nennt den Planeten Erde.«

Das Genie runzelte die Stirn. »Lassen Sie mich unsere Aufzeichnungen überprüfen ... ja, die Erde ist dort. Ein rückständiger, rückläufiger Planet an der Peripherie der Galaxie. Entfernung beträgt siebenundfünfzigtausend Lichtjahre. Das würde einen erheblichen Aufwand paranormaler Energie verlangen.«

»Das muß auch der Grund sein, warum ich nicht aus eigener Kraft dorthin zurückkommen kann«, stimmte Norton zu.

»Sie werden mir einen gleichwertigen Dienst erweisen müssen.«

»Nun, ich kann es schließlich mal versuchen«, meinte Norton vorsichtig.

»Im Augenblick befinden Sie sich auf der Fantasywelt *i*. Dort lebt die böse Zauberin.«

»Nicht mehr«, sagte Norton. »Wir haben sie vernichtet.«

»Die Vernichtung ist in den magischen Reichen nur selten etwas Dauerhaftes.« Doch das Genie überprüfte noch einmal seine Aufzeichnungen. »Es stimmt, Sie haben sie zwei Stunden lang ausgeschaltet. Sie hat sich zwar davon erholt, doch während dieser Zeit erlitt sie einige Verluste.«

»Das Alicorn«, sagte Norton.

»Und das üble Null-Psi-Amulett, das uns daran hindert, ihre Aktivitäten zu verfolgen. Ihre noch mächtigere Schwester, die Bösere Zauberin, besitzt es jetzt. Bringen Sie mir dieses Amulett.«

Eine Zauberin, die noch schlimmer war als die, der er bereits begegnet war? Das gefiel Norton überhaupt nicht. »Klingt aber ziemlich riskant! Sehr unwahrscheinlich, daß sie einen so wertvollen Gegenstand freiwillig hergibt.«

»Das stimmt. Das ist mein Preis für Ihre Rückkehr zur Erde.«

»Aber es könnte mich eine Menge Zeit kosten, dies Ding zu besorgen, sofern ich nicht unterwegs weggeschleimt werde!«

»Ich schlage vor, daß Sie schnellstens vorgehen.«

Norton seufzte. »Ich werde es versuchen.«

Das Eulengesicht war verschwunden, Dursten schaltete den Schirm aus. »Alles in Ordnung, Gämmi«, sagte er.

Das Gäm erholte sich sofort und sprang zurück auf die Hufe. »Du hast ja nur so getan als ob!« rief die Damsell erschreckt.

»Klar, ich habe ihr ein paar Tricks beigebracht, zum Beispiel Totstellen«, sagte Dursten fröhlich. »Hab mir gedacht, eines Tages wird das vielleicht ganz nützlich sein. Hat das Genie ordentlich an der Nase rumgeführt, nicht?«

Excelsia legte die Stirn in Falten. »Aber warum?«

»Warum wohl, Dumpfbacke? Damit das Genie nicht merkt, daß sie gegen Psi immun ist, deshalb.«

Norton erinnerte sich. »Genies können den Gäms nichts anhaben. Deshalb heuern sie auch gegen sie Söldner an!«

»Alles klar«, meinte der Raumfahrer. »Deshalb hat sie nur so getan als ob, und er dachte, es wäre ein ganz normales Lebewesen.«

»Ich dachte immer, du magst keine Gäms«, meinte Norton.

»Na, dieses hier kenne ich wenigstens«, meinte der Raumfahrer verlegen. »Ist ein Waisenkind, mußt du wissen, und ein nettes Mädchen. Ist doch echt schlau.«

Das war das Geheimnis des Friedens: Den Lebewesen, die man gut kannte, fügte man auch keinen Schaden zu. Fremde waren Freiwild, Kollegen und Freunde dagegen nicht. »Sieht so aus, als müßte ich noch eine Menge erledigen«, sagte Norton. »Weiß zufällig jemand, wo das Schloß der Böseren Zauberin ist?«

»Oh, dort dürft Ihr nicht hingehen!« protestierte Excelsia.

»Ich muß bloß dieses Amulett holen – und zwar je schneller desto besser. Wenn Ihr mir also sagen könnt, wo das Schloß liegt, mache ich mich gleich auf den Weg.«

»Nur ein heroischer Narr würde sich der Böseren Zauberin in ihrem eigenen Nest stellen!« warnte die Damsell händeringend.

»Ganz bestimmt.«

»Ich kann Euch nicht alleine ziehen lassen, Herre Norton«, sagte sie bekümmert. »Ich werde Euch begleiten.«

»Ach, herrje, komme ich eben auch mit«, brummte Dursten fußscharrend. »Hast mir vorher schließlich auch mal geholfen.«

»Aber es könnte gefährlich werden«, warnte Norten. »Ich möchte nicht, daß einer von euch meinetwegen ein solches Risiko eingeht.«

»Ihr habt uns geholfen, nun werden wir Euch helfen«, sagte Excelsia und ihr prachtvoller Busen hob und senkte sich gefühlvoll. »Das ist nur rechtens.«

»Klar doch«, meinte Dursten, und die Augen fielen ihm bei jedem Busenwallen fast aus dem Kopf.

»Ich danke euch beiden«, sagte Norton bewegt.

Excelsia beschrieb das Gebiet, in dem sich das Schloß befand, und Dursten lenkte das Gämschiff dorthin, wobei sie den Planeten umflogen und dann unmittelbar vor dem Schloß landeten. Die Damsell wirkte hinreichend beeindruckt von dem seltsamen fliegenden Vehikel, doch das Alicorn schnaubte leise vor Eifersucht.

Das Heim der Böseren Zauberin erwies sich als düsteres Ungetüm mit dunklen Türmen, einem finsteren Graben und einem Wolf, der an der Schloßmauer heulte. Ein Schild über dem vorderen Tor verkündete: LASSET ALLE HOFFNUNG FAHREN.

Norton schluckte schwer. »Na ja, danke schön, Leute«, sagte er. »Ab jetzt kann ich es ja allein übernehmen.«

Excelsia schaute sich das Schloß an. Im Augenblick wirkten ihre hübschen Gesichtszüge leicht grünlich. »Ich ... ich ... ich werde Euch begleiten, Herre Norton«, sagte sie mit bebender Tapferkeit.

»Hm, ich wohl auch, denke ich«, warf Dursten ein, auch nicht sonderlich selbstbewußt. Vielleicht hatte er darauf gehofft, daß die Damsell Norton allein losziehen lassen würde. »Hab nich' besonders viel übrig für diesen ganzen Fantasykram.«

»Ich weiß es sehr zu schätzen«, sagte Norton, noch dankbarer als zuvor. Satan hatte ihm einst versichert, daß er hier keine persönliche Gefahr lief, vernichtet zu werden. Doch jetzt war Satan wütend. »Das Alicorn und Gämmi können im Raumschiff warten ...«

Das Alicorn schnaubte. »Er kommt auch mit«, sagte Excelsia.

Gämmi wurde zu einem kleinen humanoiden Roboter. »Ich auch!« sagte das Gesicht auf dem Bildschirm, auf dem sich ein kleiner weiblicher Mund zeigte.

»Aber ihr beiden seid doch noch nicht einmal Menschen«, protestierte Norton. »Ihr braucht doch unseretwegen nicht euer Leben zu riskieren!«

Das Alicorn schnaute. »Er sagt, daß die Römer ihn *Cornu*, Horn nannten, bevor sie den Rest von ihm überhaupt zu sehen bekommen hatten«, dolmetschte Excelsia. »Die Italiener fügten ihm den Artikel hinzu und nannten ihn *Licorne*, das Horn. Die Araber wiederum fügten auch noch ihren eigenen Artikel hinzu und nannten ihn *Alicorno*, DAS das Horn. Nun ist er das Alicorn, und er sagt, daß er schon mit Menschen zusammen ist, seitdem es Menschen gibt, vielleicht sogar schon länger. Das heißt, mit jenen, die das magische Wort kennen, mit dem er vorübergehend gezähmt werden kann. Ihr habt kein Recht, seine Hilfe abzulehnen. Mit seinem Horn kann er einen erklecklichen Teil des Gifts der Böseren Zauberin harmlos werden lassen.«

»Nun«, meldete sich der Gämmi-Robot zu Wort. »Meine Art hat die knochenfleischige Art schon bekämpft, seit unsere beiden Rassen ins All hinauszogen und die Freuden interstellarer Kriege entdeckten. Wir haben euch sogar euren Namen gegeben: MENSCH.«

»Das habt ihr?« fragte Norton überrascht.

»Natürlich. MENSCH – das ist ein Akronym.« Der Mund auf dem Schirm zuckte amüsiert.

»Ach ja? Wofür stehen denn die Abkürzungen?«

»Mieses, Ekliges, Nichtsnutzes, Saudummes Cholerikerhirn, natürlich. Das weiß doch jedes Lebewesen, das die Bezeichnung vernunftbegabt verdient hat.«

»Wie bitte?« rief Dursten empört. »Das darf doch wohl nicht wahr sein!«

»Wir machen uns wohl besser gleich auf den Weg«, warf Norton hastig ein.

Sie schritten auf das angsteinflößende Schloß zu. Auch dieses stand, wie schon zuvor die Burg der Bösen Zauberin, weit offen, als wollte es Fremde geradezu herausfordern. Diese Bösen Zauberinnen waren entschieden zu selbstsicher! Die erste hatte Norton beinahe abserviert; nur Snings Eingriff hatte ihn gerettet.

Was ihn daran erinnerte: »Tue ich hier das Richtige, Sning?«

Druck, Druck, Druck.

Diese Antwort gefiel ihm nicht. Er mußte genauer fragen! »Ist es richtig, das Null-Psi-Amulett zu suchen?«

Druck, Druck, Druck.

»Na schön, dann warne mich wenigstens, wenn ich anfange, etwas Falsches zu tun.«

Druck.

Sie überquerten die Zugbrücke und traten durch die dunkle Öffnung des vorderen Tors. Es war kein Geräusch zu hören, im Inneren war es wie in einer Krypta. Die Luft war kühl und roch leicht nach Erde.

»Holla!« rief Dursten. »Ist da irgendwas?«

Als Antwort spürte er einen Windstoß, der nach Leichengasen duftete, sowie ein leises Stöhnen, das wie ein Atmen durch verlassene Kammern seufzte.

Excelsia zitterte, weniger vor Kälte als aus Angst. »Ich wünschte, wir hätten eine Kerze«, meinte sie.

»Sie könnten eine herbeizaubern«, schlug Norton vor. »Steht Ihnen nicht ein Zauber pro Tag zu?«

Ihre Miene hellte sich auf. »Kerze!« rief sie, und sofort erschien eine in ihrer Hand. Es war ein großes Exemplar, das bereits brannte, und es verbreitete ein prachtvolles Licht.

»He, das ist aber ein guter Unterhaltungstrick«, meinte Dursten. »Zu schade, daß du kein Laserfluoroskop produzieren konntest, sonst hätten wir das Null-Psi-Dings durch die Wände hindurch orten können.«

Die Damsell zuckte die Schultern, sie verstand seine Ausdrucksweise nicht. Norton aber begriff, daß die Kerze wahrscheinlich eine närrische Wahl gewesen war, denn sie hätten in der Tat etwas viel Wirkungsvolleres herbeizaubern können, sei es zur Beleuchtung, sei es als Schutz. Nun, das hätte er sich vorher überlegen müssen, jetzt war der Zauber vergeben, und es gab keine andere Möglichkeit mehr. Sie würden also mit dem zurechtkommen müssen, was ihnen zur Verfügung stand. Immerhin wirkte das Licht der Kerze sehr beruhigend.

Sie drangen in das dunkle Loch ein. Das Alicorn führte, da es im Dunkeln sehen und wittern konnte, weitgehend gegen giftige Magie immun war und seine Waffe stets bereit hielt. Excelsia folgte mit ihrer Kerze und erhellte den Gang für die anderen. Als nächstes kam Norton, gefolgt von Dursten, während Gämmi in ihrer natürlichen Form den Schluß bildete. Aufgrund ihrer riesigen Augen konnte auch sie gut im Dunkeln sehen. Als Norton einen Blick zurückwarf, erkannte er tausend Miniaturkerzen, die sich in den juwelengleichen Facetten ihrer Augäpfel widerspiegelten.

Der Gang führte direkt ins Innere des Schlosses hinein. Er war ungefähr acht Fuß breit und hoch, und zu allen Seiten von klammen gemörtelten Steinen eingefaßt. Tatsächlich schwitzten die Wände winzige Wassertröpfchen hervor, die im Licht der Kerze glitzerten. Alles war dumpf und niederdrückend.

Das Alicorn gelangte an eine kahle Wand, die ihnen plötzlich den Weg abschnitt. Das Licht der Kerze beleuchtete kleinere Tunnels, die links und rechts im rechten Winkel davonführten.

»Welchen Weg sollen wir nehmen?« fragte Norton.

Druck, Druck, Druck.

»Hast du gar keine eigene Meinung mehr?«

Druck.

»Du meinst, ich stelle nicht die richtigen Fragen?«

Druck.

Norton seufzte. An einem besseren Tag hätte er vielleicht die richtigen Fragen stellen und dieses Problem auf der Stelle lösen können; im Augenblick war er allzu abgelenkt. Es schien eine unglaublich lange Zeit herzusein, daß er sich das letzte Mal hatte ausruhen und erholen können.

»Vielleicht könnten wir unsere Gruppe teilen und ...«, fing Dursten an.

»Nein!« sagten Norton und Excelsia wie aus einem Munde. Sie erinnerten sich daran, wie sie auf der Burg der anderen Zauberin voneinander getrennt worden waren.

Dursten zuckte die Schultern. »Na bitte, dann eben nicht. Such dir eine Röhre aus.«

Willkürlich zeigte Norton nach rechts. »Die da.«

Da Sning nicht warnte, gingen sie weiter. Dieser Gang war schmaler, nur vier Fuß breit. Er machte eine weitere rechtwinklige Abbiegung nach links und führte in einen Raum, der ungefähr fünfundzwanzig Fuß breit war und dessen Decke sich hoch über ihnen wölbte. Die Kerze konnte ihn kaum erleuchten. Am gegenüberliegenden Ende schien er einen weiteren Tunnelausgang zu besitzen.

Sie verteilten sich und gingen darauf zu.

Druck, Druck.

»Halt!« rief Norton. »Sning hat gerade Warnung gegeben!«

Das Alicorn senkte den Kopf, um mit seinem Horn auf eine Linie zu deuten, die etwa zehn Fuß vor dem Eingang den Raum durchschnitt.

»'ne Falltür?« fragte Dursten, die Linie anstarrend.

Druck, Druck.

»Nein«, sagte Norton. »Ich glaube, wir sollen lediglich nicht diese Linie überqueren.«

»Ach, zum Teufel, auch damit!« meinte Dursten ungeduldig. *»Mich* zäunt niemand so einfach ein!« Er trat über die Linie.

Am gegenüberliegenden Ende des Raumes erschienen plötzlich ein Dutzend Klumpen aus Abwassermüll. Jeder von ihnen schwebte einen Fuß über dem Boden und troff von Haar und Schleim. Sie feuerten kleinere Klumpen eines geleeartigen Zeugs durch den Raum, während sie sich näherten.

»Äh, bäh!« rief Excelsia und wich einem Geschoß aus.

»Die Stinker kauf ich mir«, sagte Dursten galant. Er zog seinen Blaster und knallte mit ausgezeichneter Zielgenauigkeit los. Natürlich waren alle Raumfahrer hervorragende Schützen. Sobald er einen der Klumpen traf, explodierte der und verspritzte Kaffeesatz und Kartoffelschalen. Kurz darauf war der Raum befreit – und völlig verschmutzt.

Dursten blies den Rauch aus der Mündung und steckte seinen Blaster wieder fort. »Habe dir doch gesagt, daß ich mir 'nen Ballermann mit größerer Kapazität zulege«, sagte er. »Hab Stinker noch nie leiden können.«

Sie setzten ihren Weg durch den Raum fort, dann durch den dahinterliegenden Gang, bis sie schließlich gegen eine weitere kahle Mauer stießen, von der rechts und links je ein Tunnel abführte.

»Wieder nach rechts«, sagte Norton. Sie wandten sich nach rechts, folgten einer weiteren Rechtsbiegung, gelangten in einen Raum, der dem ersten glich, auch dort befand sich eine weitere Linie, die den Boden teilte. Dursten zog seinen Blaster und trat über die Linie.

Nun erschienen weitere Stinker. Einer schoß auf Norton, der sofort auswich, so daß die Wand hinter ihm getroffen wurde. Er drehte sich nach der Einschußstelle um – und stellte fest, daß der Stein rauchte. »Das ist ja Säure!«

»Na klar, die Stinker haben nichts Gutes mit uns vor«, meinte Dursten stoisch und knallte einen nach dem anderen ab. Kurz darauf war aus allen Stinkern bloßer Abfall geworden.

Dann gelangten sie in einen weiteren Gang, kamen an eine weitere T-Kreuzung, schritten wieder nach rechts, gelangten durch eine Linksbiegung in einen dritten Raum.

»Kommen wir hier eigentlich irgendwohin?« wollte Excelsia wissen und wedelte ungeduldig mit ihrer Kerze.

»Na klar, wir knallen haufenweise Stinker ab«, antwortete Dursten, trat über die Linie und machte sich wieder ans Feuern.

»Ist das alles, was das menschliche Leben zu bieten hat – Stinker abknallen?« fragte Gämmi dazwischen.

»Genügt das etwa nicht?« fragte Dursten.

Das Gäm zuckte gallertartig und folgte. Doch die Frage nagte an Norton. Er hatte nicht vor, unendlich lange Stinker abzuknallen; er wollte die Bösere Zauberin ausfindig machen und ihr das Amulett abnehmen. Es wäre ihm äußerst lieb, wenn er den Stinkern gänzlich aus dem Weg gehen könnte.

Mit dem Blaster bahnten sie sich durch zwei weitere Räume den Weg. »Sind die wirklich alle verschieden voneinander?« fragte Norton.

Druck, Druck.

»Du meinst, wir kommen in Wirklichkeit immer wieder in dieselben Räume?«

Druck.

»Ich will die Sache mal überprüfen.« Norton schritt zum Eingang des letzten Raums zurück, den sie von Stinkern befreit hatten, und drehte sich um. Dann trat er über die Linie. Zwölf neue Stinker erschienen. Die anderen, völlig überrascht, eilten davon, um ihnen auszuweichen. Dursten machte sich an die Arbeit und schoß sie alle ab.

»Es liegt am Übequeren der Linie«, sagte Norton. »Schaut mal.« Und dann, als die Stinker alle beseitigt waren, überquerte er die Linie ein drittes Mal, worauf zwölf weitere Stinker erschienen.

Auch die wurden von Dursten erledigt. Die Ladung seines verbesserten Blastermodells schien unerschöpflich.

»Was haben wir schon erreicht?« fragte Norton frustriert. »Wir kommen immer wieder in dieselben Räume und knallen Dinge ab, die durch Überqueren der Linie hervorgerufen werden!«

Dursten überlegte. »Hab ich gar nicht dran gedacht«, gestand er. »Das Ding hier ist das reinste Labyrinth.«

Ein Labyrinth – natürlich! Ihr Ziel war es nicht, zahllose Stinker zu beseitigen, sondern vielmehr ihren Weg durch das Labyrinth zur Böseren Zauberin zu finden. »Wir kommen hier also nicht weiter«, schloß Norton. »Wußtest du deshalb vorhin die Antwort nicht, Sning?«

Druck.

»Kannst du uns durch dieses Labyrinth führen?«

Sning zögerte, dann drückte er einmal ganz langsam zu.

Merkwürdige Reaktion! Sie hatten also das wahre Wesen dieses finsteren Orts noch nicht gänzlich ergründet! »Na schön. Sollen wir an der nächsten T-Kreuzung nach links gehen?«

Druck.

Sie folgten Snings Anweisungen. In jedem Raum mußte der Raumfahrer ein weiteres Dutzend Stinker zerschießen. Dann gelangten sie ganz plötzlich in einen Raum, der anders war. Er war klein, nur acht mal acht Fuß, und besaß keinen Ausgang. Auf Snings Geheiß drängten sie sich hinein.

Die Eingangstür glitt hinter ihnen zu. Dann bewegte sich der Raum nach unten. Excelsia kreischte, da sie befürchtete, sie würden ihrem Verderben entgegenstürzen, und hielt sich verzweifelt an Dursten fest.

»He«, meinte der Raumfahrer erfreut. »Schätze, es gibt doch noch bessere Dinge als Stinker abzuknallen!«

»Das ist nur ein Fahrstuhl«, meinte Norton. »Sning würde uns nicht in die Falle locken.«

»Nicht ins Verderben?« fragte Excelsia mit geweiteten Augen.

»Nicht einmal ins Unheil«, versicherte Norton ihr.

»Ist schon okay, Süße«, warf Dursten ein. »Wie wär's denn mit einem kleinen Küßchen, wenn wir schon dabei sind?«

Der Damsell wurde plötzlich klar, wo sie sich befand. »Flegel!« kreischte sie, verpaßte ihm eine schallende Ohrfeige und trat erzürnt beiseite.

Der Raumfahrer schüttelte den Kopf. »Femmes – wer kann die schon brauchen?«

Der Fahrstuhl kam zum Halten. Die Tür glitt auf. Dahinter befand sich ein grüner Gang.

»Ein weiteres Labyrinth«, sagte Norton, während er ausstieg. »Kannst du uns auch durch dieses führen, Sning?«

Wieder erhielt er zur Antwort ein langsames Drücken.

»Ich wünschte, ich wüßte, was dir zu schaffen macht!« rief Norton. »Gibt es hier irgendeine Gefahr, die wir nicht meistern könnten?«

Druck, Druck.

»Dann gehen wir weiter!«

Sie bahnten sich ihren Weg durch das zweite Labyrinth. Es war eher kurvig als eckig, und die Wände bestanden aus grünem Gips. Die Räume waren oval, mit aufgedunsenen violetten Klebedingern, die wie auf Befehl angriffen. Diese waren gegen Durstens Blaster resistent, zerplatzten aber wie Seifenblasen, wenn sie von Excelsias Messerspitze oder dem Horn des Alicorns getroffen wurden.

Sning führte sie durch das Labyrinth zu einem zweiten Fahrstuhl. So gelangten sie auf eine dritte Ebene des Schlosses – die sich als gelbes Labyrinth herausstellte. Die Wesen, mit denen sie es hier zu tun bekamen, waren Icks, die wie weiche Bowlingkugeln aussahen, mit Augen anstelle der Fingerlöcher. Sie rollten heran und drohten, alles, was ihnen im Weg war, zu zermalmen, doch Durstens Blaster ließ sie in tausend Stücke zerplatzen.

Dann war die Ladung des Blasters verbraucht. Der letzte Ick, der nur von einem Streifschuß getroffen worden war, geriet außer Kontrolle und schlug gegen eine Mauer. »Ach, das arme Ding!« rief Excelsia. »Es hat sich wehgetan!« Sie rannte darauf zu und umarmte es.

»Verrückte Trulla! Und was ist mit meinem Blaster?« wollte Dursten wissen.

»Ach, schiebe Er sich ...« Doch war sie zu sehr Dame, um einen solchen Gedanken zu Ende zu führen.

»Vielleicht kann ich den Ick ja zerstampfen«, schlug er vor.

»Laßt ihn in Frieden!« fauchte sie und drückte die Bowlingkugel an sich. »Seht Ihr denn nicht, daß er leidet?«

Der Raumfahrer bedachte Norton mit einem verwunderten Blick. »Femmes! Wirst *du* aus denen klug?«

»Ich? Nein«, erwiderte Norton, obwohl auch er ein wenig Sympathie für den Ick hegte. Möglicherweise war dieses ein Wesen der Wildnis, das dazu gezwungen wurde, der Zauberin als Kanonenfutter zu dienen.

Die Verzögerung gab ihm Gelegenheit, die Situation noch einmal zu überdenken. Diese vielschichtigen Labyrinthe – hatte es überhaupt einen Sinn, sie endlos zu durchstreifen? Vor allem, wenn man bedachte, daß Durstens Blaster nicht mehr funktionierte? Er fragte Sning.

Druck, Druck.

»Hast du deswegen so gezögert? Du kannst uns also zwar durch die Labyrinths führen, aber es hat nicht viel Sinn?«

Druck.

»Weißt du eine Alternative?«

Druck, Druck, Druck.

Das hatte er befürchtet. »Also müssen wir uns immer noch allein durchkämpfen?«

Ein zögerndes Drücken. Sning tat sein Bestes, und er war ja auch eine große Hilfe, doch war er an die Grenzen seines Wissens gestoßen; dieses Schloßlabyrinth war einfach zu kompliziert. Die Bösere Zauberin, das erkannte Norton nun, brauchte sie gar nicht direkt umzubringen. Sie würden sich in endlosen Labyrinthen erschöpfen, bis sie entweder zu müde waren, um ihr zu schaffen zu machen, oder irgendwelche Fehler machten und von merkwürdigen Ungeheuern vernichtet wurden. Sie waren Narren, das Spiel der Zauberin mitzumachen – doch Sning konnte dieses hochkomplizierte Rätsel nicht lösen.

»Hick sagt, es gäbe einen geheimen Raum«, verkündete Excelsia.

»Hick?« fragte Norton.

»Die Icks werden durchbuchstabiert. Das ist H-Ick. Er sagt, wenn er gewußt hätte, wie nett wir sind, hätte er nicht versucht, uns zu überrollen.«

Norton hatte eine Idee. »Dieser Raum – ist da irgend etwas drin, was wir benutzen können ... zum Beispiel das Amulett?«

»Hick weiß es nicht«, erwiderte die Damsell.

»Sning, weißt du es?«

Druck.

Sie waren wieder im Geschäft! »Ist das Amulett darin?«

Druck, Druck.

Seufz. Irgendwie waren die Sachen niemals leicht! »Aber es ist etwas darin, was uns helfen wird, dieses endlose Umherirren abzukürzen?«

Druck.

»Dann wollen wir es auch suchen!« Er wandte sich an Excelsia. »Wird Hick uns diesen Raum zeigen?«

Die Damsell unterhielt sich mit dem Ick, indem sie mit ihrem zarten Knöchel gegen seine Oberfläche klopfte. Der Ick gab Antwort, indem er leicht hin und her trudelte. »Er sagt, er würde es versuchen«, wiederholte sie. »Aber es ist ein schwieriger Weg.«

»Das ist es immer«, meinte Norton resigniert. »Irgendwie werden wir es schon schaffen. Geht ihr voran.«

Der Ick rollte zur einen Seite des Raums, ein wenig unbeholfen wegen seiner Verletzung, und blieb stehen. »Er sagt, dort hindurch«, meinte Excelsia.

Norton musterte die Wand. Sie sah äußerst solide aus. Na ja, Hick hatte sie ja auch gewarnt, daß der Weg schwer sei! »Wir müssen also ein Loch hineinbrechen?«

Druck.

Norton klopfte mit dem Knöchel gegen die gelbe Wand. Sie war aus der gleichen Substanz wie der Ick, aber völlig fest. Wie wattiertes Plastik. Er schlug mit der Faust dagegen, doch sie gab nicht nach. Sie war weich, aber stark.

»Verdammte Gummizelle!« sagte Dursten angewidert. »Gämmi, mach 'nen Werkzeugroboter und versuch's mal!«

Das Gäm verwandelte sich in einen Roboter mit einer Vorschlaghammerfaust. Dann hämmerte es gegen die Wand, doch die Faust prallte wirkungslos ab. Nun verwandelte sich das Wesen in einen kleinen Kran mit einer herabbaumelnden Abrißkugel. Auch die prallte von der Wand ab, ohne Schaden anzurichten.

Norton erkannte das Problem. »Eine brüchige Oberfläche würde reißen, aber die Polsterung absorbiert den größten Teil des Schocks.«

»Hick meint, daß *er* es könnte«, berichtete Excelsia. »Wenn er nicht verletzt wäre.«

»Das paßt ja mal wieder wie die Faust aufs Auge«, meinte Dursten trocken.

Das Alicorn stach mit dem Horn nach der Wand. Es gelang ihm hineinzubohren, blieb dann aber mit dem Horn stecken und mußte es mit Gewalt herauszerren. Doch es gelang ihm nicht, die Wand zu durchbrechen. Norton überlegte. »Wenn die Icks das können ... schade, daß wir nicht ihre Hilfe bekommen. Oder, Sning?«

Druck, Druck, Druck.

Nun, er konnte das Problem der kleinen Schlange verstehen. Es war äußerst schwierig, die Reaktionen dieser Kreaturen vorherzusagen.

»Schiet«, meinte Dursten. »Wir brauchen die Dinger doch nicht dazu zu kriegen, freiwillig mitzumachen, wir können sie auch durch einen Trick als Helfer gewinnen.«

Druck.

»Sning meint, das wäre es«, meldete Norton.

»Klar ist es das«, pflichtete der Raumfahrer gelassen bei.

»Aber wie ...?«

»Och, Gämmi kann das. Gämmi, trickse sie aus.«

Gämmi überlegte einen Augenblick, dann glitt sie zu der Wand, bildete ein tintentropfendes Organ aus und bemalte die Wand damit, bis sie eine Tunnelöffnung zeigte. Das Bild war äußerst realistisch. Gämmi war eine ganz ordentliche Künstlerin. Dann rollte sie in die Mitte des Raums und wurde zu einer Holzbarrikade mit einem Pfeil, der auf die Wand zeigte und die gedruckte Aufschrift trug: UMLEITUNG.

»He, das ist aber sauber!« sagte Dursten. »Bist wirklich okay, Gämmi.« Die Holzbarrikade schnurrte. Der Raumfahrer schritt zu der Linie, überquerte sie und trat dann wieder in die Mitte des Raums zurück. Ein Dutzend neuer Icks kam aus dem gegenüberliegenden Gang herbeigerollt. Sie näherten sich der Absperrung, zögerten und rollten dann in rechtem Winkel auf die Mauer zu. Einer nach dem anderen stürzten sie sich in den gemalten Gang. Der erste prallte gegen die Wand und zerschmetterte in tausend Stücke. Der zweite, der dicht hinter ihm folgte, schlug auf dieselbe Stelle, rammte eine Delle in die Wand und zerbrach dabei selbst. In schneller Reihenfolge folgten die anderen, und mit jedem Aufprall wurde die Delle größer, bis schließlich der letzte Ick hindurchbrach. Sie hörten ein leises, pfeifendes Geräusch, dem Sekunden später ein ferner Aufprall folgte.

Das Alicorn trabte zum Loch in der Wand und steckte den Kopf hindurch. Es wieherte überrascht und zog sich zurück.

Norton blickte als nächster hindurch. In dem flackernden Licht tat sich vor ihm ein Abgrund auf, dessen Höhe und Tiefe sich in der Finsternis verloren. Es schien keinen Weg zu geben, der an ihm vorbeiführte; er verlief parallel zur Mauer.

Excelsia gesellte sich zu ihm. Das Kerzenlicht zeigte in wenigen Schritten Entfernung eine weitere Wand – der Einschluß des nächsten Raums.

»Hm, wir müssen diesem ... äh ... Raum in die Kernkammer folgen«, sagte Norton. »Wenn das Alicorn fliegen kann ...«

»Fliegen kann er«, meinte Excelsia zuversichtlich. »Er wird jeden mitnehmen, um den ich ihn bitte. Aber er kann immer nur eine einzige Person befördern.«

»Aber wenn er uns einzeln nach und nach hinüberbrächte ...«

»Aber er weiß nicht, wohin«, sagte sie.

»Das weiß der Ick«, meinte Dursten. »Er soll den Ick als ersten befördern.«

Die Damsell nickte. »Und dann zu uns zurückkommen und uns abholen, wenn er den Weg kennt. Raumfahrer, Ihr seid nicht ganz so dumm, wie es den Anschein hat.«

»Danke, Mädchen«, sagte Dursten und scharrte dabei mit den Füßen.

»Und auch nicht so häßlich, wie du aussiehst«, fügte Gämmi hinzu. Liebevoll tätschelte der Raumfahrer eines ihrer Glubschaugen.

Aus Durstens Montur fertigten sie ein Geschirr, mit dem sie Hick auf dem Rücken des Alicorns befestigen konnten. Dann kroch das Alicorn durch das Loch, stürzte in die Leere hinunter, breitete die Schwingen aus, richtete sich aus und flog empor. Seine Flügelspitzen berührten zu beiden Seiten die Wände, so beengt war es. Es verschwand zur Rechten.

Die anderen warteten ängstlich. Würde der Ick ihnen den richtigen Weg zeigen? Wenn das Wesen sie getäuscht hatte, könnte es sic ohne Umwege direkt ins Unheil führen – oder sie auch einfach nur des Alicorns berauben, indem es das Tier in eine Falle führte. Doch das Alicorn kehrte zurück, und sein Geschirr war leer. Als nächstes legten sie Gämmi hinein, und wieder flog das geflügelte Einhorn davon.

»Sag mal, Partner«, meinte Dursten gedehnt; das Warten langweilte ihn, er konnte sich stets nur eine kurze Zeit konzentrieren. »Gibt es diese ganzen Klamotten auch in deiner Welt?«

»Ich schätze schon«, erwiderte Norton. »Wir verfügen sowohl über Wissenschaft als auch Magie, so daß es dort auch Schlösser wie dieses geben müßte, wenngleich ich selbst noch keinem begegnet bin. »Irgend etwas an seiner eigenen Aussage störte ihn, ohne zu wissen, was es war.

»Nur, daß ihr rückwärts lebt«, meinte der Raumfahrer.

»Rückwärts?« fragte Excelsia.

»Meine Welt ist in einer der terrenischen Galaxien«, erklärte Norton. »Ihre ist Contraterrenisch, auch als Antimaterie bekannt, deshalb läuft ihre Zeit entgegengesetzt.«

»Aber wir sind doch zusammen«, protestierte sie.

»Das liegt daran, daß ich Chronos bin. Ich lebe rückwärts. In meiner eigenen Welt läuft alles anders herum.«

»Das muß sehr beschwerlich für Euch sein«, meinte sie.

»Ist es auch manchmal. Es behindert dauerhafte gesellschaftliche Kontakte.«

»Hier gibt es kein solches Problem«, warf sie ein.

Er blickte sie an. Sie war wunderschön. Wie schön es doch wäre, mit ihr eine dauerhafte Beziehung zu haben, und immer wieder neue Zauber zu erforschen. Doch seine Welt war in Schwierigkeiten, und er mußte so schnell zurück wie möglich.

Das Alicorn kehrte zurück und Excelsia saß auf. Nun warteten Norton und Dursten, während das Licht ihrer Kerze in der Ferne verschwand. Jetzt war es dunkel.

»Bin nicht so blöd, um nicht zu merken, daß sie dich mag, Nort«, sagte Dursten. »Wenn ich in deinen Hosen steckte, ich würde hierbleiben, darauf kannst du dich verlassen!«

Norton seufzte. »Ich bin sicher, daß es das ist, worauf Satan aus war. Wenn ich der Versuchung erliege, hierzubleiben, kann er auf Erden schalten und walten wie er will.«

»Wer ist Satan?«

»Die Inkarnation des Bösen. Habt ihr hier denn keinen Teufel?«

»Ach du liebe Hölle, nein! Ich halte es mit der Wissenschaft, an so einen Krempel glaube ich nicht.«

»Vielleicht existiert er hier ja auch nicht.«

»Muß wohl so sein«, pflichtete Dursten ihm bei. »Wir sind nicht abergläubisch.« Er spähte zu dem Loch hinüber; Norton hörte, wie er sich bewegte. »Will bloß hoffen, daß dieses Tier da sich im Dunkeln nicht verirrt, lieber mal auf Holz klopfen.« Er klopfte auf den Plastikboden.

Dann hörten sie das Schwingen der großen Flügel und waren erleichtert. Das Klopfen des Raumfahrers ohne Aberglauben war wohl eine Hilfe gewesen.

Dursten kam als nächster an die Reihe. »Das hätten wir alles nicht gebraucht, wenn mein verdammtes Raumschiff hier hineingepaßt hätte«, bemerkte er, als er im Dunkeln aufsaß. »Aber ich muß zugeben, ist 'n verdammt gutes Pferd hier.« Dann waren die beiden auch schon wieder durch das Loch verschwunden, und Norton war allein.

Nun schien die Finsternis ihn fast zu erdrücken. Er war lieber im Licht, und er mochte Gesellschaft. Ja, er spürte die Isolation, die sein Amt mit sich brachte! Diese Antimateriewolke war wirklich eine Versuchung, denn sie bot ihm echte Gefährten. Verbindung zu haben mit einer Frau wie Excelsia, die sich inzwischen sehr viel mehr für ihn zu interessieren schien als während ihres ersten Abenteuers, und sich in der selben zeitlichen Reihenfolge an sie erinnern zu können; sie zu berühren, sie zu lieben …

Sie zu berühren? Wieder hatte er das Gefühl des Unrechts. Was war das? Es lag nicht nur daran, daß Satan ihn in Versuchung führte, das wußte er. Nicht daß Excelsia unwillig gewesen wäre; sie war zwar jungfräulich, doch bereit dafür, daß man ihr den Hof machte. Nicht daß es zwischen ihren jeweiligen Kulturen unüberbrückbare Hindernisse gegeben hätte; im Gegenteil, sie gleichen sich sogar auf erstaunliche Weise. Er liebte die Wildnis; sie war eine Kreatur der Wildnis, die das Stadtleben nicht einmal kannte. Sie sprachen dieselbe Sprache …

Dieselbe Sprache? Wie konnte das sein? Zwischen den Leuten im Glob und jenen in der Laterna-Magica-Wolke wie auch zu den Menschen der normalen Galaxie hatte es doch niemals einen Kontakt gegeben! Das ging auch gar nicht, weil Materie und Antimaterie sich nicht berühren durften. Trafen beide aufeinander, vernichteten sie sich gegenseitig und lösten sich in totale Energie auf, mit einer Explosion, gegen die jede Kerndetonation ein Kinderspiel war.

Explosion? Völlige Umwandlung? Wie konnte er dann hier existieren? Er bestand aus normaler Materie, das wußte er. Den größten Teil seines Lebens hatte er ganz normal gelebt, bis er die Sanduhr übernahm. Danach hatte er rückwärts gelebt – doch er blieb terrenischer Natur, denn er hatte normale Menschen berührt, Agleh etwa, und normale Inkarnationen wie Clotho, und er konnte sich jederzeit in ihren Realitätsrahmen einschwingen.

Nun, sein magischer weißer Umhang schützte ihn vor Angriffen und mochte ihn vielleicht auch vor dem verheerenden Kontakt mit Antimaterie bewahren. Andererseits zog er den Schutzschirm dieses Umhangs ein, wenn er mit Freunden zusammen war – dann war er nicht aktiv.

Je mehr er darüber nachdachte, um so sicherer war er sich, daß Satan ihn belogen hatte. Dies hier war keine Contraterrenische Realität! Er hatte Excelsia geküßt, und keiner von beiden war dabei explodiert. Es mußte zwischen der Erde und den anderen Welten gesellschaftlichen Kontakt gegeben haben. Das Alicorn hatte die Römer erwähnt, die Italiener und Araber, und es war einfach nicht zu glauben, daß es in einem Realitätsrahmen, der keinen Kontakt mit der Erde gehabt hatte, dieselben Namen geben konnte. Ließ man die Antimaterie-Hypothese außer acht, so war ein solcher Kontakt auch durchaus denkbar.

Doch wie kam es dann, daß die Zeit rückwärts lief?

Er hörte die Flügelschläge des zurückkehrenden Alicorns, und sein Gedankengang wurde zunächst unterbrochen. Er hatte Satans Lüge immer noch nicht voll durchschaut. Schließlich war Satan der Vater der Lüge, der Täuschungsprofi schlechthin. Dennoch war er sich nun sicher, daß es hier tatsächlich eine Lüge gab, die es zu entschlüsseln galt! Das war eine bedeutsame Erkenntnis, und von ihr würde er ausgehen.

Das Alicorn näherte sich ihm im Dunkeln, und unbeholfen saß Norton auf. Er stemmte die Beine gegen die festen vorderen Flügelansätze und packte die Mähne mit beiden Händen. »Auf, auf, ritterliches Tier!« rief er.

Sie zwängten sich durch das Loch in der Mauer und stürzten in die Leere. Die Flügel breiteten sich ein Stück aus, und das Alicorn schoß voran und hinauf. Sie flogen, und das war ein wunderschönes Gefühl! Die Anstrengungen des Fliegens ließen kleine Flammenzungen aus den Nüstern des Alicorns hervortreten, die alles in ein mattes Licht hüllten. Kein Wunder, daß das Tier im Dunkeln gut zurechtkam. Dies war wirklich das prachtvollste aller Reittiere!

Schnell flogen sie durch die Dunkelheit und schlugen einen Bogen um eine Ecke, wo zwei Schächte sich kreuzten. Norton konnte schwach erkennen, wie sich massive Gewölbe von Mauer zu Mauer zogen, die das Alicorn über- oder unterfliegen mußte; dieses Schloß war wirklich komplizierter, als er gedacht hatte! Dann flogen sie hinunter, einen kalten unteren Paß entlang, hinauf zu einem warmen oberen Paß und schließlich ins flackernde Licht von Excelsias Kerze. Das Alicorn landete auf einem hohen, kräftigen Felsvorsprung, wo der Rest der Gruppe bereits wartete.

»Ihr seid sicher angekommen, Herre Norton!« rief Excelsia und versengte sein Ohr beinahe mit der Kerzenflamme, als sie die Arme um ihn warf. Sie pflanzte ihm einen feuchten Kuß aufs Gesicht.

Contraterrenisch? Äußerst unwahrscheinlich!

Der Felsvorsprung befand sich an einem Hang, der zu einem matten Leuchten hinabführte. Zuversichtlich rollte Hick hinunter, und die anderen folgten ihm.

Das Leuchten dehnte sich aus, als sie näherkamen. Es erwies sich als heiße Fläche auf dem Boden. Kurz vor einem Gang, der in einen Hügel führte. Am Ende des Leuchtens kam der Ick zum Halten.

»Dort hinein?« fragte Norton unerfreut.

»Hick meint, ja«, sagte Excelsia. Es war unklar, wie sie mit dem Ick oder dem Alicorn eigentlich kommunizierte, da sie die beiden nicht immer dabei berührte, doch sie verstand sie. »Er kann dort nicht hinein, die Hitze würde ihn zusammenschmelzen lassen. Und sie würde auch Alis Schwingen versengen. In diesem niedrigen Tunnel kann er ihr nicht entweichen.«

»Wie weit befindet sich der Raum im Inneren?« fragte Norton.

»Hick meint, nicht weit. Ungefähr fünfzig Fuß.«

Dieses Realitätsraster hier besaß sogar dieselben Maße wie auf der Erde. Fuß, Zoll – alles war dasselbe! »Dann können Hick und das Alicorn hier draußen warten, während wir anderen hineingehen.«

Die Damsell prüfte die Luft an der Gangmündung, indem sie die Hand vorstreckte. »Oooh, das würde mir mein zartes Fleisch versengen!«

Sie hatte recht. Es war zu heiß für alle. »Ich gehe allein«, beschloß Norton. »Sofern ich den Weg finde.«

Druck.

Es gibt einen Weg? »Es gibt eine Möglichkeit, mich vor der Hitze zu schützen?«

Druck.

Norton blickte sich um, konnte aber nichts erkennen. »Sning meint, daß ich mich schützen kann, aber ich weiß nicht, wie.«

Das Gäm glitt herbei. Es hatte sich in einen großen Pelz von etwa acht Fuß Durchmesser verwandelt. »Sie?« fragte Norton und erhielt zur Antwort Snings Druck.

»Oh, jetzt verstehe ich«, meinte Dursten. »Sie ist ein Hitzeschild. Leg sie an.«

»Sie anlegen?« wiederholte Norton zweifelnd.

Der Raumfahrer bückte sich, um das dünne Material aufzuheben. Es flatterte und faltete sich in seiner Hand wie ein Umhang. Er reichte ihn Norton. »Jawohl. Das kann sie gut – wenn sie will, kann sie super isolieren. Die vollkommene Decke.« Die Decke schnurrte.

Zögernd berührte Norton das Gämtuch. Es fühlte sich an wie pelzige Seide. Er schlug sie über Kopf und Schultern. Es war wirklich recht bequem. »Und das soll mich vor der Hitze schützen?«

Druck.

»Also gut, ich werde es versuchen. Ich komme zurück, sobald ich habe, was ich aus dem Raum mitbringen muß.«

Die anderen nickten. Er drehte sich um und trat auf das heiße Pflaster. Seine festen Schuhe schützten ihn vor dessen Hitze, sein Gämtuch dagegen vor der Hitze der umgebenden Luft. Es funktionierte!

Er rannte durch den Tunnel auf ein grüneres Leuchten zu – wenn er Glück hatte, war dies der gesuchte Raum.

Wenige Augenblicke später stürzte er hinein, und die Hitze ließ nach. Er blickte sich um. Im beleuchteten Alkoven standen vier Menschen: ein alter Mann in grauer Robe und mit grauem Bart; eine kräftige Frau in den mittleren Jahren, in einen Arbeitsanzug gekleidet; eine betörend schöne junge Frau in einem knappen Bikini; und schließlich ein Junge von etwa sechs Jahren, dessen Oberlippe sich in leiser Arroganz verzog. Sie standen alle völlig reglos da, als wären sie vorübergehend eingefroren; vielleicht wurden sie hier gelagert und warteten darauf, daß die Bösere Zauberin zu irgendeinem Zweck Verwendung für sie hatte.

Was nun? Er wußte nicht, was er mit seinen Entdeckungen anfangen sollte. »Kann mir einer von denen helfen?« fragte er Sning.

Druck.

»Kann er mir das Amulett geben?«

Druck, Druck.

Das wäre wahrscheinlich auch zuviel erwartet gewesen. »Kannst du mir zeigen, welcher?«

Druck, Druck.

Nun, er konnte nicht erwarten, daß Sning alles für ihn erledigte.

Norton stellte sich vor den alten Mann. Nun sah er, daß dessen Robe tatsächlich ein Kettenhemd war. Er hatte eine kleine eiserne Krone, und sein Gesicht trug den abfälligen

Ausdruck der Autorität. Mit Sicherheit war er irgendein großer König oder Kriegsherr. »Äh, hallo«, versuchte es Norton.

»Sprich lauter, Jüngling!« sagte der Mann und erwachte zum Leben. Seine Stimme besaß ein feines Timbre. »Nimmst du mein Geschenk an?«

»Das weiß ich noch nicht so genau. Wer sind Sie? Was ist das für ein Geschenk?«

»Ich bin Ozymandius, König der Könige«, erwiderte der König großspurig. »Schaut auf mein Werk, o ihr Mächtigen, und verzweifelt! Mein Geschenk ist die Macht.«

»Die Macht?« Norton blickte sich um, konnte aber keinerlei Werke erkennen, die er dem König hätte zuschreiben können.

»Die Macht, Junge. Ich kann dich zum Herrn all dessen machen, was du betrachtest, mit der Autorität, nach Belieben und Gutdünken Leben auszulöschen.«

Norton überlegte. »Verstehst du etwas davon, Sning?«

Druck, Druck.

Wieder mußte er seine Entscheidung allein treffen. Er war unsicher, doch er hatte keine Alternative. »Können Sie mir die Macht über das Null-Psi-Amulett verleihen?«

»Gewiß«, sagte der König.

Doch Norton wollte noch mehr wissen. »Können Sie mir Macht über die ganze contraterrenische Welt verleihen?«

»Zweifellos«, versicherte der König.

So, so. Norton schritt zur nächsten Person. Nun erkannte er, daß der Anzug der Frau von gesponnenem Gold war, und daß sie ein Halsband und Armbänder trug, die aus schimmernden Edelsteinen geformt waren. »Hallo, werte Dame.«

»Seid gegrüßt, junger Mann«, erwiderte die Frau. »Nehmt Ihr mein Geschenk an?« Diamanten umglitzerten ihre Ohren, als sie den Kopf bewegte.

»Wer sind Sie, und was ist da für ein Geschenk?«

»Ich bin Frau Krösus, die Witwe des sagenhaften Königs von Lydien, der das Münzgeld einführte. Mein Geschenk ist der Reichtum.«

Sie streckte den Arm aus, so daß er weitere Armbänder aus Gold, Platin und Smaragden offenbarte. Dann öffnete sie die Jacke, um ihm Innentaschen zu zeigen, die mit leuchtenden Goldmünzen vollgestopft waren.

»Genug Macht, um das Null-Psi-Amulett zu kaufen?«

»Gewiß.« Sie bewegte das Bein, worauf ein Knöchelband aus funkelnden Opalen zu sehen war.

»Genug, um die contraterrenische Realität zu kaufen?«

»Mit Sicherheit.«

Norton schritt zum nächsten Menschen hinüber. »Hallo.«

Die wunderschöne junge Frau erwachte zum Leben. »Oh, du siehst aber gut aus!« gurrte sie. »Ich bin Circe. Laß mich dir eine Freude mit meinem Geschenk machen.«

»Was ist das für ein Geschenk?« Norton hatte von der schönen Zauberin Circe gehört und traute ihr nicht.

»Die Liebe«, hauchte sie ekstatisch. »Ich kann dich zu unglaublichen Höhen der Leidenschaft und Erfüllung führen, wie du sie dir kaum einmal vorstellen kannst!«

»Zu solch intensiven Höhen, daß ich das Null-Psi-Amulett ganz vergesse?«

»Natürlich!« bestätigte sie und beugte sich vor.

Norton kniff die Augen zusammen. Es dauerte einen Augenblick, bevor er die nächste Frage formulieren konnte. »Mehr Leidenschaft als irgendwo in der contraterrenischen ...?«

»Aber ja!« Sie seufzte. Ihr Bikini begann zu kneifen.

Norton gewährte ihr einen letzten Blick, schluckte schwer und schritt bedauernd zu dem Jungen hinüber. »Hallo.«

»Was geht dich das an?« bellte der Bengel frech. »Willste nun mein verdammtes Geschenk oder nicht, Blödian?«

»Was ist das für ein Geschenk?«

»Ich kann dir sagen, wo alles ist. Und jetzt hau ab, Dumpfbacke.«

»Alles im contraterrenischen Cluster?«

Der Junge starrte ihn an. »In *welchem* CT-Cluster, du Dodo?«

»Wie wäre es mit der Laterna-Magica-Wolke? Die ist auch contraterrenisch.«

Der Junge schüttelte den Kopf. »Typ, du träumst! Hier gibt's kein CT!«

Endlich jemand, der die Wahrheit sagte, so beleidigend es auch sein mochte! »Ich nehme dein Geschenk an.«

»Was, obwohl du Macht, Penunze oder Sex hättest haben können? Du mußt ja bescheuert sein.«

»Sag mir, wo das Null-Psi-Amulett ist.«

»Och, mit dem Ding kannste nichts anfangen! Das tut überhaupt nichts.«

»Ich will es aber haben.«

Der Junge musterte ihn mit neuem Interesse. »Hast wohl 'n Todestrieb, was, Schlammhirn?«

»Ich muß mit einem Genie ein Geschäft abschließen.«

»Bist ja verrückt, Weichschädel! Diese Birnenköpfe legen dich doch jedesmal aufs Kreuz!«

»Soll das heißen, daß sie sich nicht an Abmachungen halten?«

»Doch, doch, sie halten sich irgendwie immer an den genauen Wortlaut, aber sie verpissen sich ständig aus den Schlupflöchern. Von denen kriegste nie was.«

»Ich glaube, ich habe keine allzu große Wahl. Wo ist das Amulett?«

»Herrje, das hat die BZ.«

»BZ?«

»Die Bösere Zauberin, du Hirnamputierter! Kommst an die Schnalle nicht ran, und selbst wennde könntest, würdse dir einen überbraten, bevorse dich an das Ding läßt.«

»Mir einen überbraten?«

»Du weißt schon, dich in Brei verwandeln, wie's ihre Schwester immer machte. Die gibt dir kein Amulett nich', da kannste einen drauf lassen, Krampfbeule.«

»Das Risiko muß ich eben eingehen. Sag mir, wo die Zauberin ist.«

»Herrje, die schiebt ständig in der Gegend rum. Mußt sie durch die Kanäle erreichen.«

»Dann zeig mir den Kanal.«

»Der liegt in 'ner anderen Kammer, von dort mußte losgehen. Is aber echt schwer, dahinzukommen. Mußt an den Tieren vorbei.«

»Ich werde es schon irgendwie schaffen.« Und Norton lauschte, während der flegelhafte Junge ihm den Weg beschrieb. Dann wurde dieser wieder unbeweglich, und Norton zog seinen Gäm-Hitzeschild um sich und rannte zu den anderen zurück.

»Wir müssen einen anderen Raum finden«, berichtete er und legte Gämmi ab, die auf dem Pflaster wieder ihre normale Gestalt annahm. »Du warst großartig, Gämmi! Ich hab kaum geschwitzt.« Vor Freude lief sie überall rosa an.

»Na schön, dann schieben wir mal los«, sagte Dursten, der sich soeben eine Zigarette gedreht hatte und sie nun gegen eine der heißen Kohlen am Boden preßte, um sie zu entzünden. Sie folgten dem Weg, den der Junge beschrieben hatte.

Der Felsvorsprung, den sie entlanggingen, umrundete den Hügel und kühlte sich ab. Langsam wurde er breiter und ging in eine dunkle Ebene über, auf der dicke dunkle Stengel wuchsen, die lange, dünne Blätter trugen. Excelsia beleuchtete einen von ihnen mit der Kerze. »Dies scheint mir vertraut.«

»Paß auf, Mädchen!« warnte Dursten. »Sonst frißt dich das noch.«

»Nein, das ist harmlos«, entschied sie. Das Alicorn schnüffelte an einer Pflanze und fraß sie dann mit Genuß auf. Excelsia klatschte in die Hände. »Ach, jetzt weiß ich es. Das ist Flugteppichkraut!«

»Tatsächlich«, bestätigte Norton verblüfft. »Das habe ich auch auf der Erde schon mal gesehen. Man benutzt die langen Fasern, um daraus fliegende Teppiche zu weben.«

»Ja, das macht man hier auch«, sagte sie.

Druck.

Norton sah Sning an. »Eine Warnung?«

Druck.

»Es droht Gefahr?« Sning bestätigte, und Norton gab die Warnung an die anderen weiter.

»Zu Lande oder aus dem Weltraum?« fragte Dursten.

Es stellte sich heraus, daß beides der Fall war. »Dann sollten wir uns besser ein Schiff besorgen«, beschloß der Raumfahrer. »Du sagst, daß dieses Kraut hier fliegen kann?«

»Erst muß man es entblättern und verarbeiten«, sagte Excelsia. »Im Naturzustand ist es gar zu wild.«

»Dafür haben wir jetzt keine Zeit«, wandte Dursten ein. »Ich kriege wilde Schiffe schon zahm; bin der gottverdammt beste Pilot in diesem ganzen Raumsektor. Halt dein Licht hier hin, Mädchen; ich bastle uns ein Schiff.« Er begann damit, die Pflanzen aus dem Boden zu reißen.

Dursten schien genau zu wissen, was er tat. Norton und das Gäm halfen ihm dabei, die Pflanzen einzusammeln und zu einer primitiven und zottigen Matte zu flechten. Genau wie die Damsell gesagt hatte, erwies sich das Ding als äußerst unruhig. Es bäumte sich auf und schlug wild umher, so daß es drohte, auseinanderzufallen. Schließlich nahm Gämmi die Gestalt eines endlosen Seils an und wikkelte sich um die Matte, womit diese zusammengehalten wurde. Dursten stieg darauf, stemmte die Füße in die groben Steigbügel, die Gämmi gebildet hatte, und riß an den Lianenzügeln. »Yahoo!«

Vor ihnen war ein Geräusch zu vernehmen – ein heiseres Krächzen wie von einer Schar unruhiger Vögel. Sning drückte warnend zu. »Das ist es«, sagte er zu den anderen. »Die Gefahr!«

»Na ja, wir können auch hierbleiben und kämpfen«, meinte Dursten. »Aber mit meinem toten Blaster ...«

Druck, Druck.

»Sning meint, daß Kämpfen nichts nützt«, berichtete Norton. »Wir sollten dieser Gefahr besser aus dem Weg gehen.« Er fragte Sning: »Können wir von hier davonlaufen?«

Druck, Druck.

Er musterte den sich aufbäumenden Teppich, von dieser Aussicht alles andere als entzückt. »Davonfliegen?«

Druck, Druck, Druck.

Was sollte das heißen? Weder ja noch nein! Doch die

Vögel kamen allzu schnell näher; es gab keine Zeit mehr für eine lange Fragerei. »Wir sollten lieber versuchen davonzufliegen!«

»Dann komm an Bord, Nort!« rief Dursten.

Norton grabschte nach der hinteren Hälfte des zuckenden Pflanzenbündels. Welch ein Teppich! Hinter dem Raumfahrer stieg er schließlich auf und hielt sich ohne jede Anmut verzweifelt fest. Excelsia bestieg das Alicorn. Schließlich waren sie alle in der Luft, mit Ausnahme des Ick. Diesmal gab es nicht die geringste Möglichkeit, das Wesen mitzunehmen. »Versteck dich, Hick!« rief Norton ihm zu, und Hick rollte davon.

Nun sah Norton sie im spärlichen Licht von Excelsias Kerze – phantastische Mischformen, mit den unteren Körperpartien von Menschen und Oberkörpern und Köpfen von großen Vögeln.

Norton nannte sie Pyieharps, als Abgrenzung zu den Harpyies, die sich aus menschlichem Oberkörper und vogelähnlichem Unterkörper zusammensetzten. Die Wesen sahen heimtückisch aus und hörten sich auch so an.

Die Pyieharps rannten mit ihren kräftigen Beinen den Boden entlang, doch als sie sahen, daß ihre Beute floh, breiteten sie die dunklen Flügel aus und erhoben sich in die Lüfte. Sie waren groß, haarig und schnell – und sie flogen schneller als jeder Teppich oder das Alicorn. Snings Warnung hatte also einen Sinn gehabt.

»Jetzt kommt meine heiße Nummer!« schrie Dursten. »Halt dich fest, Nort, während ich diese Piepmätze da rasiere!«

Norton hielt sich fest. Ihm blieb nichts anderes übrig. Noch nie war er an Bord eines unbearbeiteten Teppichs gewesen, und er hoffte, diese Erfahrung nie wieder machen zu müssen. Unter der Lenkung des Raumfahrers bäumte sich der Teppich auf und schwenkte herum, auf die Pyieharps zu.

Die Vogelmenschen krächzten und stoben auseinander, völlig überrascht. »Kommt doch her, kommt doch her, puttputtputt!« schrie Dursten und jagte ihnen nach. Das

Krautflugzeug schoß in die Tiefe und flog eine Wendung, wobei es mit seinem Blattwerk gegen die Hinterteile der fliehenden Pyieharps stieß.

Norton war erstaunt. Die Pyieharps hatten die Übermacht, doch das unberechenbare Verhalten des Teppichs brachte sie durcheinander. So schaltete der Raumfahrer sie aus, ohne ihnen tatsächlich davonzufliegen oder mit ihnen zu kämpfen.

Norton hob den Blick und sah Excelsia auf dem Alicorn, die über ihnen schwebte. Das Horn und die Hufe des Tiers waren blutbefleckt; offensichtlich hatte er einige Pyieharps abgewehrt. Doch nun hatten diese ihn vergessen, weil die Menschen auf dem Teppich sie ablenkten. Snings vieldeutige Antwort ergab plötzlich Sinn.

»Festhalten, Partner!« rief Dursten wieder. Jetzt flog der Teppich eine senkrechte Schleife. Die Umgebung sauste schwindelerregend vorbei, ein Universum in Aufruhr, eine Traumwelt.

Eine Traumwelt ... dieses ganze Abenteuer war völlig unglaubwürdig. Vielleicht war die konvergente Evolution ja möglich, wie Satan sie beschrieben hatte – doch wenn der Glob und die Wolke tatsächlich rückwärts durch die Zeit strömten, wie groß war dann die Chance, daß ihre Bewohner denen der Erde bis in die Sprache hinein so sehr glichen? Dieser Planet *i* hätte eigentlich primitiver oder weiter entwickelt sein müssen als die Erde und nicht einfach auf dem gleichen Stand sein dürfen. Wer, sofern er noch bei Sinnen war, konnte an einen solchen Zufall glauben?

Eine Traumwelt dagegen ... eine Welt, die in Nortons Geist erfunden wurde – das konnte man glauben. Wie hatte er das nur übersehen können? Satan, der Vater der Lüge – natürlich würde er eine leichte Lüge der schwierigen Wahrheit vorziehen, um seine üblen Pläne zu verfolgen.

Doch wenn dies ein Traum war – warum konnte Norton dann nicht einfach daraus erwachen? Er hatte versucht, durch Willenskraft wieder nach Hause zu kommen und war gescheitert. Stand er unter Drogen, so daß er solange gefangen blieb, bis die Droge ihre Wirkung verlor? Nein, das hätte Satan einer anderen Inkarnation nicht antun können. Es mußte irgendein Trick im Spiel sein, irgend etwas, das Norton noch nicht verstand. Dies war eine andere Art von Puzzle, und um es zu lösen, mußte er den Schlüssel zu dieser Lösung finden.

Sning, weißt du ihn?

Druck, Druck.

Im Endeffekt mußte das üble Tun Satans weitaus umfassender angelegt sein, als daß die kleine magische Schlange es hätte begreifen können. Sning war wie ein Taschenrechner, sehr nützlich für präzise Einzelfragen, doch was darüber hinaus ging, überstieg sein Vermögen.

Druck.

»Wo geht's jetzt hin, Partner?« rief Dursten.

Genau das hatte Norton sich auch gefragt! Doch bis er seinen persönlichen Schlüssel zur Flucht gefunden hatte, mußte er das Spiel mitspielen, in das er eingebunden war. Er gab dem Raumfahrer Instruktionen, und der rasende Teppich griff eine weitere Welle der Pyieharps an und rieb sie aus. Dann hob er sich in die Höhe und ging auf Kurs. Die Pyieharps waren inzwischen so durcheinander, daß sie sich nicht einmal an die Verfolgung wagten.

Zu sehr durcheinander, um die Verfolgung aufzunehmen – eine Analogie seiner eigenen Situation. Satan hielt ihn so sehr mit den Herausforderungen des Augenblicks beschäftigt, daß er die große Linie darüber nicht ausmachen konnte. Satan hatte hier seine Hände im Spiel, wie schon die ganze Zeit; und er war in dieser Dichtung äußerst geschickt, das mußte Norton zugeben. Herausforderungen, Abenteuer, Humor – es war eine gute Show.

Sie jagten der nächsten Station entgegen. Der Wind ergriff Excelsias Kleid, so daß die Beine aufblitzten. *Sexappeal,* fügte Norton im Geiste seiner Liste der Dichtungseigenschaften hinzu. Es war alles da – und Norton mußte zugeben, daß es ihm gefiel. So etwas war tatsächlich eine Belohnung für die Diener Satans. Doch er wußte auch, daß er es sich nicht leisten konnte, darin gefangen zu bleiben.

Die Pyieharps formierten sich aufs neue. Sie jagten hinter dem Teppich und dem Alicorn her, und ihre haarigen nackten Beine baumelten dabei herunter. Sie holten auf.

»Diese Vogelhirne lassen nicht locker«, brummte Dursten, zurückblickend. »Wünschte wirklich, ich hätte noch 'ne ordentliche Ladung im Blaster! Hast du nicht gesagt, daß wir zwischendurch durch Höhlen kommen? Mit Stagtitten und solchem Zeug?«

»Stalagtiten«, bestätigte Norton. »Die unterscheidet man von Stalagmiten dadurch, daß sie …«

»Sag mir einfach, wo sie sind!« fauchte der Raumfahrer. »Bevor diese Barfüßler uns noch erwischen!«

»Aber es ist nicht ratsam, sich ihnen in dieser Finsternis durch die Luft zu nähern. Diese Dinger sind aus massivem Onyx, wie riesige Eiszapfen …«

»Entweder die oder die Federschnauzen!« rief Dursten.

Tatsächlich kamen die Vogelmenschen immer schneller heran, während sie wütende Schlachtrufe ausstießen. Nun umflatterten sie den Teppich und pickten daran. Norton versuchte, sie mit Tritten zu verscheuchen, doch es war zwecklos; er war zu sehr damit beschäftigt, sich festzuhalten.

Dann näherten sie sich der Höhlenregion. All dies befand sich noch immer im Inneren des Schlosses, zwischen den Mauern, welche die gewöhnlichen Gebäudefunktionen umschlossen. Es schien hier wirklich eine unglaubliche Platzverschwendung zu geben.

Das Alicorn blieb neben dem Höhleneingang schweben, während Excelsias Kerzenlicht diesen erhellte. Dort waren die Stalagtiten. Eiszapfen? Nein, eher wie spitze Zähne! Das polierte Onyxgestein schimmerte spiegelnd, feucht wie Geifer im Maul dieser Öffnung. Im Inneren der Höhle, hinter der ersten Stalaktitenreihe, konnte Norton schier endlose weitere Reihen von ihnen erkennen.

»Dein Quetschdingsda«, sagte der Raumfahrer gedankenverloren, als er mit dem Griff seines Blasters einem Pyieharp auf die Nase hieb. »Kann das uns die Stagmiten melden?«

»Ich nehme es an«, sagte Norton, der auf sprachliche Korrekturen lieber verzichtete. »Aber was …?«

»Dann soll er das mal tun, denn wir fliegen da durch!« Und der Teppich jagte in die Höhle hinein.

»Aber es dauert doch sehr lange, um solche Informationen zu bekommen! Sning kann bloß …«

»Sag mir bloß, wenn einer direkt vor uns ist, und zwar nahe!«

Druck.

»Jetzt!« rief Norton, der im Innersten seines Herzens wußte, daß sie gegen einen der Zähne prallen würden und hilflos auf die sich von unten erhebenden Stalagmiten stürzen würden.

Der Teppich schwenkte. Im matt flackernden und fernen Licht von Excelsias Kerze erblickte er den Stalaktiten, der scharf links an ihnen vorbeisauste. Zwei Pyieharps, allzu sehr auf Verfolgungsjagd, prallten dagegen. Sie schrien auf und stürzten in die Tiefe. Binnen Sekundenschnelle verstummten ihre Schreie. Sie waren unten auf die Felsspitzen gestürzt. Doch es jagten noch genug andere Ungeheuer hinter ihnen her.

Druck. »Noch einer!« rief Norton. Dieser selbstmörderische Flug raubte ihm die letzten Nerven.

Der Teppich flog eine Linksbiegung, und drei weitere Pyieharps prallten gegen die Felssäulen.

»Macht Spaß, was?« rief Dursten fröhlich. »Bin lange nicht mehr so geflogen, seit ich mal 'ne Wette gewonnen habe, daß ich durch einen Kometen sausen kann!« Für einen Augenblick wurde er wieder ernst. »Hab dabei allerdings mein Schiff verloren …«

Dursten war in der Tat ein sehr fähiger Pilot. Er ließ den Teppich an einem halben Dutzend weiterer Steinsäulen vorbeisausen, was den größten Teil der Pyieharps erledigte.

Plötzlich begann der nächste Abschnitt ihrer Reise – die tiefen Höhlen. Sie waren viel tiefer als die vorhergehenden, ohne Stalaktiten und Stalagmiten, und besaßen viele runde Tunnels, die sich durch den Fels zogen. Diese mußten sie durchqueren, um die zweite Kammer zu erreichen.

Das Alicorn landete auf der Felskante. Es hatte eine einfachere Flugroute genommen. Dursten hätte das nicht riskieren können, da die Pyieharps sie ungeschoren verfolgen konnten. Norton mußte zugeben, daß der Raumfahrer gewußt hatte, was er tat; er war wirklich ein Wahnsinnspilot.

Ein neues Problem tat sich auf. Die Höhlen waren zwar groß genug, daß sie alle darin gehen konnten, doch fliegen war unmöglich. Es gab weder unüberbrückbare Schluchten noch heiße Steine. Aber die Höhlen waren bewohnt. Sobald die Gruppe hineinkam, beleuchtete Excelsias Kerzenlicht die Fühler riesiger Insekten. Es waren monströse Termiten, Raubtiere, die die Verbindungswege im Schloß beherrschten. Ganz vorn waren die Krieger mit grotesker Panzerung und riesigen Zangen. Sie hasteten durch die Tunnels, in denen sie sich bestens auskannten. Nach und nach würden sie das Schloß derart aushöhlen, daß es zusammenbrach. Doch das lag in der Zukunft, während ihr Problem höchst gegenwärtig war. Wie wollten sie dort vorbei?

Druck.

»Sning sagt, es gibt eine Möglichkeit«, berichtete Norton.

»Weiß dieses Ding da, daß mein Blaster seinen Geist aufgegeben hat?«

Druck.

»Sning weiß es. Können wir uns den Weg freikämpfen?«

Druck, Druck.

»Hindurchschleichen?« warf Dursten ein.

Druck, Druck.

»Uns durchbluffen?« fragte Excelsia.

Druck, Druck.

»Und du bist ganz sicher, daß das Ding noch alle Batterien beisammen hat?«

»Wenn Sning sagt, daß es eine Möglichkeit gibt, dann gibt es eine.«

»Na, dann sollte er die uns aber möglichst bald rüberdrücken, diese Termiten sind nämlich mächtig hungrig.«

Tatsächlich kamen die Termitenkrieger nun näher, je

deutlicher sie feststellten, daß die Eindringlinge eßbar waren. Das Gäm konnte sie vorübergehend zurückhalten, indem es Kneifzangen ausbildete, die noch größer waren als ihre, doch Norton wußte, daß dies sie nicht sehr lange täuschen würde. Waren die Termiten erst einmal zu einem Entschluß gelangt, so war es um die Sicherheit dieses Ortes geschehen!

»Können wir irgend etwas tun, um den Ort zu sichern?« fragte Norton, der sich sein Gehirn nach der richtigen Frage zermarterte.

Druck.

»Als Gruppe?«

Druck, Druck, Druck.

»Einer von uns?«

Druck.

»So, daß es für uns alle sicher ist?«

Druck.

Ein Termitenkrieger kam jetzt heranmarschiert. Das Gäm hielt die Termiten zur Linken ab, doch dieser befand sich auf der rechten Seite. Das Alicorn trat vor, um ihn abzufangen, doch alle wußten, daß die Termiten – wenn die offenen Kampfhandlungen erst einmal eingesetzt hatten – durch ihre schiere Überzahl gewinnen würden. »Nun zappel schon los, Nort«, brummte Dursten.

»Wer von uns ist es?« fragte Norton Sning. »Ich?«

Druck, Druck.

»Dursten?«

Druck, Druck.

»Excelsia?«

Druck.

Der Kopf der Damsell ruckte herum. »Oh, Herre, solch Ungeheuer kann ich nicht bekämpfen!« protestierte sie, und ihre Kerze geriet ins Schwanken. »Ich bin doch nur ein hilfloses Frauenzimmer!«

Genau. Woran dachte Sning nur? »Irgendeine Magie, die sie beherrscht? Vielleicht eine Beschwörung?«

Druck, Druck.

Das war verwirrend. »Ihr Aussehen?«

Druck, Druck.

Ein dritter Termitenkrieger kam zwischen jenen heran, die von dem Gäm und dem Alicorn gebremst wurden, und es wurde reichlich ungemütlich. Dursten stellte sich vor ihm auf und zielte mit dem Blaster. Dies stoppte das Insekt vorerst – doch wie lange noch?

»Irgend etwas an ihr?« fragte Norton.

Druck,

»Etwas Besonderes?«

Druck.

»Äh, kannst du es mir zeigen? Nach dem Heiß-kalt-Prinzip?«

Druck.

Norton schritt schnell zu Excelsia hinüber, die ihre zarten Knöchel in den Mund gepreßt hielt und nervös die Termiten musterte. Er zeigte mit dem Finger auf ihre Stupsnase. Sning gab keinen Kommentar. Er zeigte auf ihren bebenden Busen. Keine Reaktion. Dann zeigte er auf ihre Handtasche – und das war es.

Im nächsten Augenblick waren sie auch schon dabei, den Inhalt ihrer Handtasche zu sortieren. Sie hatte die übliche Ansammlung unwichtiger Gerätschaften bei sich. Das gesuchte Objekt erwies sich als kleine Parfümflasche.

»Parfüm?« fragte Norton verständnislos.

Druck, erwiderte Sning geduldig.

»Du meinst, das vernichtet die Monster, wie Weihwasser?«

Druck, Druck.

»Vertreibt es Termiten?«

Druck, Druck.

»Na, wozu nützt es denn dann?«

Druck, Druck, Druck.

Excelsias Lippen zuckten. »Es läßt sich gut tragen.« Sie öffnete die Flasche und tupfte sich etwas von der Flüssigkeit hinter die Ohren.

Die nächste Termite hielt inne. Sie wirkte verwirrt.

Dursten schnaubte. »Das Ding da hat die Flasche gerochen!«

»Der Geruch!« rief Norton. »Beruhigt der die Termiten?«

Druck, Druck, Druck.

»Sollen wir uns alle mit dem Zeug einreiben?«
Druck.

Also beschmierten sie sich alle mit Parfüm, auch das Alicorn. Die Termiten griffen tatsächlich nicht an. Die Gruppe schritt durch die Gänge und wurde vollkommen ignoriert.

»Jetzt hab ich es!« rief Norton. »Die Witterung! Wir riechen jetzt genauso wie das Termitenvolk!«

Offenbar besaß Excelsias Parfüm eben diesen Duft. Die Termiten orientierten sich am Geruch und betrachteten die Eindringlinge nun als ihresgleichen.

Sie gelangten zur zweiten Kammer. Diese ließ sich leicht betreten; sie hatte Glaswände und glich einem Managerbüro, eines von jener Art, die es dem Chef erlauben, jeden Angestellten im Auge zu behalten, ohne sich vom Schreibtisch rühren zu müssen.

Natürlich konnten die Angestellten auch hineinsehen. Excelsias Kerze beleuchtete das Innere. Sie sahen vier Alkoven – doch die waren alle leer.

»Ein leerer Raum?« fragte Norton enttäuscht.

»Die Komiker müssen verduftet sein, als sie uns kommen hörten«, sagte Dursten angewidert.

»Aber der einzige Ausgang führt durch die Termitengänge«, wandte Norton ein. »Dann hätten wir sie sehen müssen.«

Dursten stöberte im ersten Alkoven herum. »Es kann sein, daß hier jemand gestanden hat«, meinte er. »Guck mal, die Fußabdrücke sind zu sehen.« Er trat in den Alkoven und stellte seine Raumstiefel auf die Stelle.

Plötzlich wurde er steif. Seine Atmung erlahmte, und sein Gesicht erstarrte mit einem Ausdruck leisen Erstaunens. Er war zu einer Statue geworden.

»Eine Falle!« rief Norton entsetzt.

Druck, Druck.

»Keine Falle? Aber schau ihn dir doch an! Er ist versteinert!«

Druck, Druck, Druck.

»Sning sagt, daß hier irgend etwas dran ist«, sagte Norton zu Excelsia, die sich in stummer Hilflosigkeit auf die Knöchel biß.

Er baute sich vor dem versteinerten Raumfahrer auf. »Dursten, kannst du mich hören?«

Dursten erwachte wieder zum Leben. »Der bin ich nicht mehr ganz genau«, sagte er. »Willst du meinen Rat hören, Sportsfreund?«

Norton zögerte. War der Raumfahrer zu einem Ausstellungsstück geworden? Wenn dem so sein sollte, war Vorsicht geboten. »Das weiß ich noch nicht. Wieviel ist dein Rat denn wirklich wert?«

»Na, schätze, das mußt du wohl selbst herausfinden, Nort.«

Was Norton tatsächlich herausbekommen wollte, war, ob er sich tatsächlich in einer Traumwelt befand, aus der er einfach erwachen konnte. Wenn nicht, konnte sein »Erwachen« katastrophale Folgen haben. Ein Mensch, der sich einen Schritt vor dem Abgrund dazu entschloß, alles nur als Traum zu betrachten, der völlig unwichtig war, würde ganz schön Schwierigkeiten bekommen, wenn er sich irrte. Wenn er dagegen im Recht war, konnte er von der Klippe springen und den Traum dadurch zu einem Ende zwingen. Norton mußte *sicher* sein. Welche Frage konnte er stellen, die eine Traumgestalt dazu bringen würde, dieses Rätsel zu lösen?

Er mußte jemanden finden, der mehr von der Materie verstand als er. Nur so konnte er sicher sein, daß die Antworten nicht aus seinem eigenen Hirn entsprangen. Aus diesem Grund spielte es auch gar keine Rolle, ob Bat Dursten er selbst war oder eine Alkovengestalt; wenn er nicht über das Wissen verfügte, das Norton benötigte, genügte er ohnehin nicht. Wenn alle vier Alkovengestalten sich manifestierten und keine von ihnen eine separate Individualität aufwies, dann konnte Norton möglicherweise davon ausgehen, daß er in einem eigenen Traum gefangen war. Er wußte zwar noch nicht, wie er dann daraus erwachen sollte, aber das würde sich ergeben. Zunächst mußte er wissen, was hier vorging.

Druck.

Sning war also einverstanden! Doch wenn dies ein

Traum war, dann war Sning selbst ein Teil davon, eine Traumschlange, deren Rat suspekt blieb. Ebenso die Sanduhr; nun erinnerte er sich daran, wie das erste erwachsene Gäm sie ihm abgenommen hatte. Im wirklichen Leben war das nicht möglich; die Sanduhr war durch Aglehs Hand hindurchgeglitten. Aber auch das war keine Garantie dafür, daß es sich hier um eine Traumwelt handelte; möglicherweise hatte Satan einfach nur für eine entsprechende Illusion gesorgt. Norton wußte, daß er nichts und niemandem trauen konnte, bis es sich als unabhängig von seiner Einbildungskraft erwies.

Mit dem Alkoven-Raumfahrer zu sprechen würde nicht genügen. Er mußte technischer vorgehen und die Rätsel vortragen, die ihm stets zu schaffen gemacht hatten; es ging darum, über sein eigenes Wissen auf eine Weise hinauszugelangen, die absicherte, daß die Information gültig war. Dies ließ sich nur durch wissenschaftliche Logik erreichen.

Norton dachte nach, dann wandte er sich an den Raumfahrer. »Bevor ich das entscheide, möchte ich dir gerne eine Probefrage stellen.«

»Na klar doch, Partner. Immer frisch von der Leber weg!«

»Auf meinem Heimatplaneten gibt es eine Geschichte über Galileo. Es heißt, daß er den berühmten schiefen Turm von Pisa bestiegen hat, um von dort mehrere Gegenstände zu Boden fallen zu lassen. Ich weiß nicht mehr, um was es sich handelt, aber es spielt auch keine Rolle. Nehmen wir einmal an, es war eine Münze, ein Pingpongball und eine Kanonenkugel. Er stellte fest, daß sie alle, entgegen der landläufigen Meinung, gleich schnell fielen, ob es nun kleine oder große Gegenstände waren. Im allgemeinen war man davon ausgegangen, daß schwerere und größere Gegenstände schneller fallen müßten als kleinere und leichtere. Aus diesem Experiment leitete er die Theorie von der Schwerkraft ab – daß alle Gegenstände im Universum einander mit einer Kraft anziehen, die sich direkt proportional zu ihrer Masse und umgekehrt proportional zu ihrer Entfernung voneinander verhält. Kannst du diese Geschichte akzeptieren?«

»Na ja, ich bin noch nie auf dem Turm von Pizza gewesen ...«

»Darum geht es nicht, es könnte auch ein beliebiger anderer Turm sein«, sagte Norton geduldig. »Worum es mir vielmehr geht – wie steht es um die fallenden Gegenstände?«

»Na klar doch«, meinte der Raumfahrer. »Das ist Anziehungskraft, sicher. Gravitation. Findet man auf Planeten und solchen Geräten.«

Norton war irritiert. »Was ist denn dann mit dem Luftwiderstand?«

»Ach so, ja, den gibt's auch. Gebe mich nie sehr viel mit Atmosphäre ab; Planeten sind reichlich lästig. Dieser Pingpongball würde in der Luft langsamer fallen, und der Pfennig auch, weil er nämlich flach ist und mehr Luftwiderstand hat.«

»Also schön, dann wiederholen wir dasselbe Experiment doch einmal auf einem luftlosen Planeten, auf dem es absolut keine Atmosphäre gibt. Fallen sie nun genauso schnell?«

»Klar doch«, bestätigte der Raumfahrer freundlich. »In einem perfekten Vakuum spielen Gewicht und Dichte doch keine Rolle. Da würde 'ne verdammte Feder genauso schnell fallen wie 'ne Bleikugel.«

»Aber die Theorie besagt, daß die Gegenstände einander direkt proportional zu ihrer Masse anziehen. Nun besitzt die Kanonenkugel aber eine größere Masse als der Pingpongball; müßte sie dann nicht auch schneller fallen?«

Dursten kratzte sich am Hinterkopf. »Weißt du, darüber hab ich noch nie nachgedacht! Ich werd's irgendwann mal versuchen.«

»Legt dies für dich nicht den Schluß nahe, daß Galileo dieses Experiment, das man ihm zuschreibt, gar nicht hat durchführen können – oder daß er, wenn er es getan hat und auch dieselben Ergebnisse erhielt, daraus nicht diese Theorie hätte ableiten können?«

»Hm, ja, legt es. Jetzt, wo du es sagst.«

Norton seufzte. Der Raumfahrer hatte die Sache auch nicht weiterführen können als er selbst. Als Kind hatte er die Geschichte vom Schiefen Turm von Anfang an in Frage gestellt und war sich sicher gewesen, daß man Galileos Experiment falsch dargestellt haben mußte. So hätte ja beispielsweise auch die Magie die Ergebnisse verzerren können. Doch keines der anderen Kinder hatte so gedacht wie er, und sie hatten ihn deswegen aufgezogen. Norton war sich nie ganz sicher gewesen, ob er ein gültiges Gegenargument entdeckt hatte oder ob er lediglich an etwas herummäkelte, das er nicht richtig verstand. Hätte ihm Dursten eine bessere Erklärung anbieten können, so hätte er ihn auch als unabhängige Wesenheit akzeptieren können. Doch wenn überhaupt, wußte der Raumfahrer noch weniger als Norton selbst – und das war kein Beweis dafür, daß er nicht Bestandteil eines Traums war.

»Danke, Bat. Ich fürchte, ich muß deinen Rat ausschlagen. Das soll keine Kritik sein an ...«

»Schon in Ordnung, Nort. Kann ich jetzt wieder runterkommen?«

»Aber gewiß doch.«

Der Raumfahrer trat aus dem Alkoven. »He, das war wirklich komisch!« sagte er. »Eine Weile lang dachte ich, ich wäre jemand anders!«

»Laßt es mal mich versuchen«, sagte Excelsia. Sie trat in den zweiten Alkoven und stellte ihre süßen Füße auf die dort befindlichen Abdrücke.

Sie erstarrte. »He, wirklich 'n süßes Püppchen!« bemerkte Dursten anerkennend.

Das war sie tatsächlich, dachte Norton. So süß, wie eine prachtvolle bemalte Porzellanpuppe. Er stellte sich vor ihr auf. »Hallo, Excelsia.«

»Oh, hallo, Herre Norton«, erwiderte sie und erwachte auf allerliebste Weise zum Leben. »Aber im Augenblick bin ich nicht ganz die richtige Damsell.«

»Ich verstehe«, erwiderte Norton.

»Werdet Ihr meinen Ratschlag annehmen, o edler Suchender?«

»Darf ich es erst mal mit einer Probe versuchen?«

Ihre Stirn legte sich in Falten. »Mit einer Probe *welcher* Art, Herre?«

»Ihres Rats, natürlich.«

»Oh.« Ihre Stirn wurde wieder glatt. »Gewiß doch, Herre Norton.«

»Wenn das Universum und alles, was sich darin befindet, auf der Stelle die doppelte Größe annehmen würde, würde irgend jemand dann den Unterschied bemerken?« Dies war eine weitere Frage, die ihn schon seit langem beschäftigte, weil seine Antwort sich von der aller anderen Menschen unterschied.

Excelsia überlegte. »Das glaube ich nicht«, meinte sie. »Denn wenn alles doppelt so groß wäre, einschließlich der Meßlatten und der Menschen, dann würde sich ja gar nicht wirklich etwas verändern, oder, Herre?«

Das war die Standardantwort. »Aber wie wäre es dann mit dem Quadrat-Kubik-Verhältnis?«

»Dem was?« fragte sie verwirrt.

»Die Oberfläche eines Gegenstands vergrößert sich im Quadrat, während sein Volumen sich im Kubik-Verhältnis vergrößert«, erklärte er. »Wenn man den Durchmesser des Planeten verdoppelte und ebenso die Größe des Menschen, der auf ihm steht, so würde sich seine Masse um einen Faktor 8 vermehren, und die Masse des Planeten ebenfalls, so daß sein tatsächliches Gewicht etwa vierundsechzigmal größer ist als sein ursprüngliches, während der Querschnitt seiner Beine lediglich viermal so groß wäre. Dann würde die Belastung jedes Quadratzentimeters seiner Füße ungefähr sechzehnmal so hoch sein wie vorher – und zwar ohne daß sein Fleisch gekräftigt worden wäre. Er würde schon bald zusammenbrechen und sterben; das wäre, als würde man auf dem Jupiter stehen …«

»Oh«, sagte sie verständnislos. »Ich bin noch nie auf dem Jupiter gewesen. Seid Ihr Euch sicher?«

»Deshalb sind Ameisen auch nicht so groß wie Elefanten. Dieses Größenverhältnis hindert sie daran, eine solche Größe anzunehmen, ohne zugleich ihre Form radikal zu verändern.«

»Aber die großen Termiten …«

Ein ausgezeichneter Einwand! Wissenschaftlich gesehen waren diese Ungeheuer eine Unmöglichkeit! Doch er hatte die Antwort. »Die Magie verändert die Sache. Ohne Magie könnten diese riesigen Termiten nicht existieren.«

»Dann könnte sich mit der Magie das Universum also verdoppeln!«

Wiederum ein sehr gutes Argument; sie war jedenfalls um einiges klüger als Dursten. Doch der Einwand hatte einen Haken. »Die Magie ist auf das Planetenfeld beschränkt. Raumsektoren sind nichtmagisch, die würden vernichtet. Die Gesetze der Naturwissenschaft dagegen sind universal, deshalb greift hier auch die Wissenschaft. Wo die Magie die Wissenschaft überlagert, wie hier etwa, sind riesige Termiten möglich, doch eine Verdoppelung des Universums bleibt nach wie vor unmöglich.«

Norton hatte Excelsia als unabhängige Denkerin eliminiert; wie Dursten wußte auch sie weniger als er selbst. Aber die Hypothese von der Traumwelt war noch nicht bewiesen. »Sie können herunterkommen, Damsell.«

Das tat sie auch.

»Jetzt müßtest du eigentlich an die Reihe kommen«, sagte Norton zu dem Alicorn. »Willst du es mal mit einem der Alkoven versuchen?«

»Mit einem Alicoven!« meinte Dursten kichernd. Das Alicorn zuckte die Schultern und stieg in die dritte Öffnung. Diese bot, wie sich herausstellte, genügend Platz. Es stellte seine Vorderhufe auf die Fußabdrücke und erstarrte.

»Hallo, Alicorn«, sagte Norton. »Kannst du sprechen?«

Das Alicorn erwachte zum Leben. *Telepathisch*, projizierte es. *Aber im Augenblick bin ich nicht ganz das Tier, das ich war.*

»Ich verstehe.«

»Ich nicht«, warf Dursten ein. »Was geht hier vor?«

»Das Alicorn ist telepathisch«, sagte Excelsia. »Das weiß doch jeder.«

Verlegen schwieg der Raumfahrer. Das hatte er nicht gewußt – und Norton auch nicht. Anscheinend pflegte das Alicorn im allgemeinen keinen Kontakt zu Leuten, von denen es nicht gezähmt war.

Wirst du meinen Ratschlag annehmen?

»Zunächst einmal muß ich dir ein paar Fragen stellen.«

Fahre fort damit.

»Es geht hier um eine wissenschaftliche Frage. Du bist ein magisches Wesen. Kommst du damit zurecht?

In dieser Hülle schon.

»Die Wissenschaft besagt, daß die Masse eines Gegenstands sich um so mehr vergrößert, je mehr der Gegenstand sich der Lichtgeschwindigkeit nähert. Deshalb kann nichts tatsächlich die Lichtgeschwindigkeit erreichen, weil seine Masse dann unendlich würde.«

Das ist wahr.

»Aber was ist dann mit dem Licht selbst? Wird seine Masse dann nicht auch unendlich – so daß es seine eigene Geschwindigkeit nicht erreichen kann?«

Licht ist masselos, deshalb wird es davon nicht berührt.

»Aber es krümmt sich, wenn es an Sonnen vorbeikommt. Es wird von der Schwerkraft beeinflußt, und die Schwerkraft ist die Kraft, die auf Masse wirkt. Folglich muß Licht auch Masse haben.«

Das Alicorn sandte ihm keinen Gedanken; es wußte nicht zu antworten.

Norton entließ das Tier und schritt zum letzten Alkoven. Das Gäm bestieg die Einbuchtung und ließ seine Basis auf den Fußstapfen nieder. Dann erstarrte es.

Norton vollzog das gesamte Ritual und ließ es in seinem neuen Amt zum Leben erwecken. Hier stellte er nun seine schwierigste Frage: »Bist du mit der naturwissenschaftlichen Relativitätstheorie vertraut?«

»Natürlich. Wir Gäms haben sie schon begriffen, bevor der Mensch noch davon träumte.«

»Dann weißt du auch, daß ein Raumfahrer nach seinem Start von der Erde, wenn er auf einen Bruchteil der Lichtgeschwindigkeit beschleunigt hat, das Phänomen der Zeitverzögerung erlebt. Für ihn und sein Schiff scheint es, als würde die Zeit langsamer verlaufen, so daß er am Ende einer Reise, die vielleicht einen Monat gedauert hat, aus den fernsten Gebieten der Galaxis zurückkehrt, um festzustellen, daß die Leute auf der Erde inzwischen vielleicht um

Jahrhunderte gealtert sind und daß alle seine Freunde nicht mehr da sind.«

»Klar doch, das weiß doch jeder Narr!« warf Dursten ein. »Geschieht doch ständig. Deshalb kann ein richtiger Raumfahrer die Frauen auch immer nur lieben und verlassen; wenn er wieder anlegt, sind die schon längst zu alten Vetteln geworden.«

»Fahre fort«, sagte das Gäm.

»Aber eine wichtige Aussage der speziellen Relativitätstheorie besagt, daß alles relativ ist; es gibt keinen absoluten Ruhepunkt. Wenn der Raumfahrer, von der Erde aus betrachtet, also mit annähernder Lichtgeschwindigkeit zu reisen und eine Zeitverlangsamung zu erleben scheint, sieht die Sache vom Standpunkt des Raumfahrers umgekehrt aus. Für ihn bewegt sich die Erde mit annähernder Lichtgeschwindigkeit und erleidet die Zeitverzögerung. Wenn er also wieder auf die Erde kommt, müßte er dort feststellen, daß die Leute nur einen Bruchteil so sehr gealtert sind wie er. Wie kannst du diese Paradoxie auflösen?«

»Es gibt keine Paradoxie«, erwiderte das Gäm. »Wenngleich jeder den anderen zeitweilig als langsamer wahrnimmt, ist das doch weitgehend eine Frage der Perspektive.«

»Der Perspektive? Die können doch nicht beide recht haben!«

»Die Perspektive«, wiederholte das Gäm unbeirrt. »Wenn du dich in einem Raumschiff befindest und ich mich in einem anderen, und wenn unsere Schiffe im Raum auseinanderdriften, dann wird jeder das Schiff des anderen als kleiner wahrnehmen als sein eigenes, und auch die Leute darin. Die Instrumente des einen werden die Verkleinerung des anderen messen können. So hat jeder Beobachter recht – aber das ist nur eine Frage der Perspektive und keine Paradoxie.«

»He, so habe ich die Sache ja noch nie betrachtet!« rief Norton.

»Ich auch nicht«, meinte Dursten.

»Die menschliche Rasse neigt dazu, in ihrem Denken ein wenig oberflächlich zu sein«, bestätigte das Gäm höflich.

»He, paß bloß auf, was du da sagst!« versetzte der Raumfahrer.

»Aber das bedeutet doch«, meinte Norton, der mit der Paradoxie der Perspektive rang, »daß der Raumfahrer nach seiner Rückkehr zur Erde keinen Unterschied im jeweiligen Zeitkontinuum bemerken kann? Weil die perspektivische Verzerrung aufgehoben ist!«

»Nein, es wird durchaus einen Unterschied geben, aber der ist nicht ganz so groß, wie die unterschiedliche Perspektive ihn erscheinen läßt. Der Raumfahrer wird weniger gealtert sein als die Leute auf der Erde.«

»Aber dann ist doch das Prinzip der Relativität ... die scheinbare Verlangsamung der Erde, vom Standpunkt des Raumfahrers aus betrachtet ...«

»Perspektive verändert keine Realität«, erwiderte das Gäm geduldig. »Auch wenn dein Planet sich vom Standpunkt des Raumfahrers aus scheinbar verlangsamt, gibt es doch einen Unterschied. Er altert weniger.«

»Das kann ich aber nicht einfach nur akzeptieren, weil du es eben sagst! Welcher Unter...«

»Der Unterschied der Beschleunigung. Der Raumfahrer erfährt sie, die Erde nicht. Für jede Partei hat es den Anschein, als würde die andere sich mit steigender Geschwindigkeit von ihr entfernen, doch nur der Raumfahrer *fühlt* auch die Extra-gs. Das unterscheidet ihn von den Leuten auf der Erde und dem Rest des Universums; seine Zeit ist verlangsamt.«

»Die Beschleunigung? Warum sollte die ...?«

»Außerdem«, wandte Dursten ein, »verringert er die Beschleunigung bei der Rückkehr, so daß sich das gegenseitig aufhebt.« Er schien vergessen zu haben, auf welcher Seite er nun eigentlich stand.

»Es gibt keine verringerte Beschleunigung«, meinte das Gäm. »Es gibt nur eine Negativbeschleunigung, das heißt also, Beschleunigung in die entgegengesetzte Richtung. Der Raumfahrer beschleunigt zweimal – einmal, wenn er die Erde verläßt und einmal, wenn er wieder zu ihr zurückkehrt.«

»Also schön«, sagte Norton. »Er beschleunigt also zweimal. Was hat das mit der Zeit zu tun?«

»Alles! Es läßt sich leichter im Bezugsrahmen der allgemeinen Relativität verstehen, die in Beziehung zur Gravitation steht. Die Gravitation verlangsamt die Zeit, wortwörtlich – und die Auswirkungen der Gravitation lassen sich von denen der Beschleunigung nicht unterscheiden. Wenn der Raumfahrer also beschleunigt, oder seine Beschleunigung verringert, verlangsamt sich seine Zeit – unabhängig von den vorübergehenden Auswirkungen der Perspektive.«

»Die Gravitation verlangsamt die Zeit?« fragte Norton stumpf.

»Gewiß. Dieser Effekt ist am extremsten am sogenannten Ereignishorizont eines sogenannten schwarzen Lochs, was ein stellarer Gegenstand von solcher Dichte und Masse ist, daß die Schwerkraft sich dort so weit erhöht, daß das Licht selbst ihnen nicht mehr entweichen kann und die Zeit unendlich verlangsamt wird. Deshalb würde der Raumfahrer, der kühn genug ist, dorthin zu reisen, wahrhaft zeitlos werden.«

»Aber nichts entkommt einem schwarzen Loch!« protestierte Norton. »Wie sollen wir jemals erfahren, was dort geschieht?«

»Da gibt es drei Möglichkeiten. Erstens haben wir die Sache theoretisch berechnet, in Gestalt der allgemeinen Relativitätstheorie. Zweitens haben wir sie überprüft, indem wir Experimente mit geringeren Stufen der Beschleunigung und Schwerkraft durchgeführt haben; es hat sich bestätigt, daß die Intensität der Gravitation eine Uhr tatsächlich beeinflußt. Und drittens haben wir die schwarzen Löcher magisch erforscht und festgehalten, was dort vorgeht. Auf diese Weise stellt die Magie nicht den Feind der Naturwissenschaft dar, sondern hilft ihr sogar.«

»Es gibt also keine Uhrenparadoxie?« fragte Norton lahm.

»Korrekt«, stimmte das Gäm zu. »Und deinen anderen Fragen fehlte, wenn ich das mal so sagen darf, eine gewisse

Raffinesse. Du hast die theoretische Arbeit Galileos mit der von Newton verwechselt und ihre Schlußfolgerungen falsch dargestellt; und was die unendliche Masse von irgendeinem Gegenstand anging, der sich mit Lichtgeschwindigkeit bewegt, so hast du die Tatsache nicht mitberücksichtigt, daß eine unendliche Reihe auch eine unendliche Gesamtsumme ergibt. Masse und Energie sind lediglich unterschiedliche Aspekte derselben Realität; Masse ist nichts anderes als verfestigte Energie. Wenn ein Gegenstand sich also auf c hin beschleunigt, auf die Lichtgeschwindigkeit, dann beträgt die benötigte Energie ...«

»Genug!« rief Norton, sein Kopf rauchte. Das Gäm brachte ihm Dinge bei, die er zuvor nie begriffen hatte und nun nicht mehr als Unfug abtun konnte. Dies war der Geist, nach dem der gesucht hatte. »Ich werde deinen Rat annehmen.«

»Eine ausgezeichnete Entscheidung«, meinte das Gäm und trat aus dem Alkoven. »Was ist dein Problem?«

»Ich hänge in diesem Realitätsrahmen fest und muß zurück zur Erde. Wie kann ich das bewerkstelligen?«

»Du hast die Erde niemals verlassen«, sagte es. »Das hätte dir eigentlich seit jenem Augenblick klar sein müssen, als dir einfiel, daß die Magie planetengebunden ist; man kann das Universum nicht mit Magie bereisen.«

»Du meinst, ich befinde mich also doch in einem Traum? Wie kann ich dann aus ihm erwachen?«

»Du befindest dich nicht in einem Traum. Du bist in einer Illusion, die vom Vater der Illusion erzeugt wurde. Du mußt eine Möglichkeit finden, um die Realität mit Gewißheit wahrnehmen zu können; das wird die Illusion auflösen.«

»Eine Illusion?« fragte Norton, noch immer schwindelte ihm. »Bist *du* eine ...?«

»Nein. Ich bin, was ich zu sein scheine – ein Wesen, das nicht von deinem Planeten stammt. Ich brauchte einen Job, und eure Verkörperung des Bösen hat mich für diese Rolle angeheuert.«

Norton blickte die anderen an. »Und sie ...?«

»Auch sie sind Rollenspieler – aber sie wissen es nicht. Für sie sind die Rollen Wirklichkeit geworden. Das ist auch vielleicht besser so, denn so erkennen sie nicht, daß sie Verdammte sind.«

»Und du bist das nicht?«

»Ich gehöre nicht in euren soziopolitischen religiösen Bezugsrahmen. Ich habe keine Verbindung zu euren Inkarnationsgestalten des Guten oder des Bösen. Ich gebe mich mit ihnen allein auf praktischer Grundlage ab. Eure Verdammnis hat für mich keine Bedeutung. Wenn ich diesen Job leid bin, werde ich mir einen anderen suchen.«

»Wie kann ich dann die Wirklichkeit wahrnehmen?«

»Das kann ich dir nicht sagen. Ich kann dir die Wirklichkeit in höchst exakten Einzelheiten schildern, aber nur du kannst sie wahrnehmen, wie bei allen natürlichen Funktionen auch, mußt du das schon selbst tun.«

Wie wahr! »Aber wenn ich mich auf der Erde befinde, warum nehme ich denn die Trugwelt der Laterna-Magica-Wolke wahr? Ich meine, jetzt, da ich doch weiß ...«

»Ich habe manchmal Schwierigkeiten, die Irrationalität deiner Rasse zu begreifen«, gestand das Gäm. »Ich vermute, daß du irgendeine persönliche Befriedigung in den Wahrnehmungen findest, die du aufrecht hältst, und auf dieses innere Befürfnis geht der Herr der Fliegen eben ein.«

Das Gäm war ein wahrer Ausbund an Information! Vielleicht war es sogar viel zu viel Information. »Äh, Sning ... weißt du, wie ich hier rauskomme?«

Druck.

»Aber ich muß es selbst herausbekommen?«

Druck.

Norton seufzte und überlegte einen Augenblick. »Würde es mir helfen, das Null-Psi-Amulett zu beschaffen, welches das Genie von mir haben will?«

»Nein«, sagte das Gäm, während Sning einmal zudrückte.

Hoppla – widersprechende Signale! Welchem sollte er nun trauen? Nun, er würde eben fragen. »Sning meint, daß das Amulett mir helfen würde, aber du sagst, das sei nicht der Fall. Wie kann ich feststellen, wer von euch recht hat?«

»Wir haben beide recht«, erwiderte das Gäm, und Sning drückte einmal zu.

»Aber das kann doch nicht sein! Eure Aussagen widersprechen sich!«

»Ich werde es erklären, da es dir offenbar schwerfällt, die selektiven Aspekte der Wahrheit zu begreifen. Wenn du das Amulett beschaffst und es dem Genie überbringst, wird dieses Wesen dich mit Psi in deine wirkliche Welt zurücktransportieren. In diesem Sinne wird das Amulett dir helfen. Doch dieser Prozeß wird zu lange dauern, wegen der Hindernisse, die du erst bewältigen mußt, um das Amulett zu beschaffen, so daß Satan, wenn du erst einmal in die Realität zurückgekehrt bist, seine Pläne bereits durchgeführt haben wird. Darüber hinaus kann er dich immer noch nach Belieben in diese Illusion zurückschicken und dich dazu zu zwingen, das Amulett noch einmal zu beschaffen. Deshalb wird das Amulett dir nicht auf die Weise helfen, in der du es brauchst; es will dir lediglich die Illusion der Hilfe verschaffen. Sning ist weniger hochentwickelt als ich und besitzt auch nicht die überragende Objektivität des Aliens, deshalb konnte er dir auch nur die beschränkte unmittelbare Wahrheit vermitteln. Wenn du eine inadäquate Frage stellst, ist er im Nachteil.«

DRUCK!

Norton zuckte zusammen. Das war deutlich! Er begriff, daß er Sning die ganze Zeit mit falschen Fragen Probleme bereitet hatte, so daß die kleine Schlange gelegentlich nur zögernd hatte ja oder nein sagen können.

»Wie kann ich dann schnell genug in die Realität zurückkehren, um Satan aufzuhalten?« fragte er nach einer Pause.

»Hier bin ich im Nachteil, weil ich ein Alien bin«, sagte das Gäm. »*Ich* habe kein Problem, die Realität zu sehen, aber ich habe natürlich auch bessere Augen als du. Ich kann nicht in deinen Geist eingreifen und deine Wahrnehmung verändern. Weil ich immun gegen Psi-Kräfte bin, besitze ich auch selbst keine. Ich kann dir lediglich intelligente Ratschläge geben, wenn du darum bittest.«

»Weißt du, wie ich zurückkehren kann, Sning?«

Druck.

Da war es schon wieder. Der eine, der sprechen konnte, konnte ihm die Antwort nicht geben, während der andere, der ihm die Antwort geben konnte, nicht zu sprechen vermochte. Wenn Satan gerade zusehen sollte, würde er sich köstlich amüsieren. Sollte Chronos jemals Gelegenheit haben, Satan ebensosehr zu quälen …

»Nun, vielleicht können auch die anderen mir helfen«, sagte Norton ohne große Hoffnung. Er wandte sich an die Gruppe, die dieses Zwiegespräch ignoriert hatte. »Habt ihr irgendeine Vorstellung, wie ich schnell zur, äh, Erde zurückkehren kann?«

»Na klar doch, Partner«, meinte Dursten. »Streif doch einfach Klemmdingsda auf das Gäm und laß die beiden sich im Overdrive unterhalten. Die sind 'n Haufen klüger als wir.«

Norton sperrte den Mund auf. Welch eine Lösung! »Ist das okay, Sning?«

Druck.

Norton streckte die Hand vor und das Gäm einen Tentakel. Sning löste sich, kroch vorwärts und wand sich darum.

Es folgte eine Pause des Wartens, während das Gäm und Sning miteinander kommunizierten. Dann streckte das Wesen seine Tentakel vor, und die kleine Schlange kehrte zu Norton zurück.

»Wir müssen zur dritten Höhlenkammer vorstoßen«, sagte das Gäm und Sning drückte zu.

»Aber das ist doch der Weg, wie wir das Amulett finden!« rief Norton. »Du hast mir gerade noch gesagt, daß das Amulett keine …«

»Dann sieht es eben so aus, als würden wir das Amulett suchen«, erklärte das Gäm. »Das hält uns die Bösere Zauberin von den Tentakeln, bis wir unser Ziel erreicht haben.«

Gute Idee! »Also schön … begeben wir uns eben zur dritten Kammer.«

»Es ist noch eine Vorsichtsmaßnahme notwendig«, sagte das Gäm. »Du mußt deiner Sinne beraubt sein.«

»Was?« fragte Norton entsetzt und empört zugleich.

»In deiner Kultur gibt es den Bericht eurer historischen Gestalt Odysseus«, meinte das Wesen. »Er wollte die Sirenen sehen und hören, doch dies zu tun hätte den Tod bedeutet, weil er sich dann nämlich in die stürmische See gestürzt oder bei dem Versuch, sie zu berühren, sein Schiff mit allen Insassen zum Wrack gemacht hätte. Also hat ihn seine Mannschaft an den Mast festgebunden, während sie sich selbst das Gehör verstopfte. Auf diese Weise konnte er die Sirenen hören und es überleben. Die Menschen sind sehr töricht.«

»Du meinst, ich werde Dinge sehen und hören, die mich wahnsinnig machen?«

»Und riechen, schmecken und fühlen«, ergänzte das Gäm. »Die Bösere Zauberin hat die schlimmsten Dinge für den Schluß aufbewahrt.«

»Oh. Aber diese Sache mit den ...«

»Es ist nur vorübergehend. Ich werde deinen Kopf bedecken, um dich vor den Anfechtungen zu schützen, und ich lasse nur Sauerstoff hindurch. Du wirst Bat Durstens Raumhandschuhe tragen, das wird dich vor dem Schlimmsten bewahren. Außerdem reitest du auf dem Alicorn, während Dursten und Excelsia deine Flanken sichern. So müßtest du es überstehen, wenn du Snings Warnung beherzigst.«

»Aber wenn das so gefährlich ist, was ist dann mit euch anderen?«

»Wir sind alle nur Rollenspieler, die hier sind, um deine Ablenkung zu erleichtern. *Du* bist das Ziel; uns wird es nichts anhaben können.«

»Muß das so sein, Sning?«

Druck.

Das Gäm nahm die Form einer Kapuze an, die Norton sich über den Kopf stülpte. Dann streifte er sich die Raumfahrerhandschuhe über, die dazu gedacht waren, die Hände vor dem interstellaren Vakuum zu schützen, und ließ sich auf das Alicorn helfen. Er fühlte sich wie ein zum Tode verurteilter Verbrecher, den man gerade zum Galgen schleppte.

Das Alicorn setzte sich in Bewegung. Ein paar Schritte lang war alles ganz normal. Norton bemerkte nur die Bewegung, denn die lebendige Kapuze durchdrang kein Klang, kein Lichtschimmer und kein Duft. Dann veränderte sich die Atmosphäre.

Als erstes schien etwas seine handschuhbewahrten Hände zu berühren. Es war nur die Spur einer Andeutung, gefiltert durch das undurchdringliche Material, und doch suggerierte sie den geschmeidigen Körper einer schönen, vibrierenden Frau oder die Steuerelemente eines superschnellen Rennwagens mit prächtiger Maschine. Er wollte das Gefühl verstärken, deshalb versuchte er, einen Handschuh wieder abzustreifen.

Druck, Druck.

Oh. Nun hatte er mit den Versuchungen des Odysseus zu kämpfen! Zum ersten Mal in seinem Leben empfand Norton eine gewisse Sympathie für den alten griechischen Krieger. Er behielt die Handschuhe an.

Dann streifte etwas seinen Kopf. Es war die Andeutung parfümierter Musik, unbeschreiblich lieblich, wie von einem wunderhübschen Garten mit blühenden Blumen und einer Damsell mit einem Scheitholz – genau die Art von Ort, an den er sich gerne begeben hätte, um dort zu bleiben. Doch er konnte es durch die Kapuze nicht richtig wahrnehmen. Also griff er empor, um sie abzustreifen …

DRUCK! DRUCK!

Verdammt! Er mußte widerstehen, doch er war so wütend, all dies aufgeben zu müssen. Dieser Garten der Lüste …

Das Tier schritt weiter – und vage spürte Norton die Anwesenheit eines Buchs oder eines weisen Mannes oder eines Computerterminals, denen die Antworten auf die verwirrendsten und faszinierendsten Rätsel des Universums zur Verfügung standen. All die zehntausend kleinen Mysterien, die an ihm genagt hatten, von Pointen über einen Witz, den andere unglaublich gut gefunden hatten, während er ihn nicht ganz mitbekam, bis zum Wesen der Letzten Realität. Unbedingt mußte er dieses Buch sehen! Er …

DRUCK! DRUCK!

»Zur Hölle mit dir!« fauchte er und riß an seiner Kapuze.

Irgend etwas umschlang seine Arme, so daß er nicht richtig reißen konnte, und die Kapuze legte sich erstickend dicht um seinen Kopf. Er schüttelte die Hindernisse ab und griff mit beiden Händen nach der Kapuze. Sie streckte sich wie Tüll, löste sich aber nicht. Wie ein Wahnsinniger riß er daran, doch seine Handschuhe behinderten ihn. Fieberhaft riß er sie von den Händen.

Das Alicorn machte einen Satz, der ihn beinahe abgeworfen hätte. Im letzten Augenblick konnte er sich noch an der Mähne festklammern. Das verzögerte seinen Angriff auf die Kapuze, und schon einen Augenblick später ließ das Verlangen nach.

Nun entspannte sich die Kapuze wieder. Sie glitt von seinem Gesicht, hinunter zum Boden, und wurde wieder zu dem Gäm.

»Wir haben es geschafft!« sagte Dursten. »Hast aber mächtig gekämpft, Nort, als würdest du ersticken!«

Nortons Verstand wurde wieder klar. »Wenn das schon der gefilterte Sirenengesang war, hätte ich den ungefilterten niemals durchgestanden!«

»Ach, Nort, da gab's nichts als Treibsand und Maden«, berichtete Dursten. »Da wärst du einfach kopfüber versunken.«

»Das kann ich nicht glauben! Diese wunderschöne Musik ...«

»Hier, ich zeig's dir. Gämmi, mach mal 'n Flutlicht.«

Das Gäm verformte sich zu einem Flutlicht, das auf einem hohen Stativ stand. Der Raumfahrer knipste den Schalter an, und der Lichtstrahl fiel auf eine ferne Mauer. Dursten ließ ihn zu Boden schwenken, wo die Abdrücke des Alicorn zu sehen waren.

In hundert Fuß Entfernung verschwanden diese Spuren in einem monströsen, kochenden Sumpf. Winzige weiße Dinger waren zu sehen, die aus dem Schlamm hervorkrabbelten und wieder hineinschlüpften – die Maden.

»Da mußten wir durch. Bäh!« sagte Excelsia und rümpfte die Nase. »Zum Glück konnte das Alicorn die seichtesten

Stellen ausfindig machen. Fliegen konnte er nicht, weil wir dicht genug bei Euch bleiben mußten, um Euch daran zu hindern, die Kapuze abzureißen. Ein falscher Schritt, und wir wären alle darin ertrunken.«

»Danke, Freunde!« sagte Norton voller Demut.

»Wir sind nicht wirklich deine Freunde«, murmelte das Gäm in seiner Flutlichtgestalt. »Wir spielen lediglich die Rolle, die uns zugewiesen wurde.«

»Vielleicht tut ihr das«, erwiderte Norton. »Aber *sie* wissen nicht, daß sie Rollen spielen, wie du sagtest. Also sind sie ebenso gute Freunde wie alle anderen auch, nicht wahr?«

»Ich sehe mich belehrt«, gestand das Alien. »Das ist eine sehr menschliche Nuance der Interpretation.«

Norton wandte sich in die andere Richtung. Dort war die dritte Kammer; auf einer Tür in der Wand stand: 3-D-Kammer. »Nun, gehen wir doch hinein.«

»Das mußt du allein tun«, sagte das Gäm und nahm wieder seine ursprüngliche glubschäugige Gestalt an. »Unsere Wahrnehmungen sind nicht dieselben wie deine. Nicht einmal Snings sind deine, wenngleich er versteht, was du wahrnimmst. Du mußt aus eigener Anstrengung deine Wahrnehmung der Wirklichkeit auf die Reihe bringen; nur dann hast du auch die Herrschaft darüber. Wir wünschen dir alles Gute.«

»Na klar doch«, meinte Dursten.

»Wenn Ihr erfolgreich seid«, sagte Excelsia, »so versprecht, daß Ihr wenigstens zurückkehren werdet, um Lebewohl zu sagen.« Eine zarte Träne glitzerte in ihrem Auge.

»Das werde ich«, willigte Norton ein. Er legte die Hand auf den Türknopf und drehte ihn. Die runde Tür knirschte altertümlich in den Scharnieren. Die runde Luke, die dahinter lag, war schwarz.

Er trat durch die Öffnung – und fand sich selbst im tiefen Raum schwebend, während sich hinter ihm die Tür schloß. Sie schnitt auch Excelsias Kerzenlicht ab; in der Dunkelheit leuchteten die Sterne mit übernatürlicher Klarheit, und das Band der Milchstraße folgte in einem riesigen Kreis seiner Schlangenbahn. Hinten, wo die Tür gewesen war, loderte die Sonne – doch es gelang ihr nicht, die anderen Sterne zu überstrahlen.

»Was muß ich jetzt tun?« fragte er und bemerkte, daß sein Umhang sich ausgebreitet hatte, um ihn vor dem Vakuum und der Strahlung des interstellaren Raums zu schützen. Es schien keinerlei Rolle zu spielen, ob er sich in der Realität oder in der Illusion befand; er fühlte sich wohl.

Druck, Druck, Druck.

Oh, ja – er mußte die Sache ja aus eigener Kraft herausfinden. »Aber ich bin hier doch in Sicherheit, egal was ich tue?«

Druck.

Was er tun mußte, war, seine Wahrnehmung mit der Wirklichkeit in Übereinstimmung zu bringen. Diese Kammer bot ihm dafür den erforderlichen Mechanismus, er mußte nur herausbekommen, wie er anzuwenden war.

Nun, dies war das nackte Universum. Er war Chronos. Er konnte es sich genauer ansehen, indem er auf der Zeitachse reiste. Da er wußte, daß er sehr weit reisen müßte, um irgendwelche bemerkenswerten Veränderungen zu beobachten, befahl er der Sanduhr maximale Leistung, indem er den Sand so tief rot werden ließ, wie es nur ging. »Vorwärts in der Zeit – zum Ende des Universums!« verkündete er großspurig. »Sning, drück du alle Milliarden Jahre einmal zu, nur damit ich Bescheid weiß.«

Es begann. Da der Ortzauber noch vorhielt, verblieb er innerhalb der Galaxie am selben Ort, doch dafür veränderte sie sich um ihn. Individuelle Sterne wuchsen und schwanden, manche wurden heller, manche matter, und ihre Konstellationen verzerrten sich bis zur Unkenntlichkeit. Neue Konstellationen bildeten sich aus, dehnten sich und lösten sich wieder auf. Er wußte, daß dies alles nur von seiner Perspektive ausging, während die Sterne ihre Position in Relation zu seinem Standpunkt verschoben, doch das Ganze wirkte sehr lebendig.

Immer wieder tauchten Supernovas auf, die mit phänomenaler Helligkeit aufblitzten und verschwanden. Dann begann er ein Muster in der sich verändernden Position der stabileren Sonnen, Sternenflecken und Gas- und Staubwolken wahrzunehmen. Die Galaxie drehte sich, und zwar im Zentrum schneller als außen am Rand, als würde sie von einem kosmischen Löffel umgerührt. Jetzt sah er sich selbst als Teil des gigantischen viskösen Materialgemisches. Die Galaxie war ihm stationär erschienen, als er selbst in der Zeit fixiert gewesen war; nun nahm er sie als Brei aus Sternen und Staub wahr. Tatsächlich dehnte sich der Staub zu großen Spiralen aus, vom Mittelpunkt nach außen strebend, und am Rand dieser Staubstreifen waren die Sterne am dichtesten gesät und am hellsten, denn der Staub war hier Rohmaterial. Sterne bildeten sich nicht einfach durch Zusammenziehen des Gases mitten im Vakuum; sie wurden durch die Gezeitenströme der Galaxie selbst ins Leben gepreßt, wie Strudel in sich verschiebendem Staub.

Druck.

Oh, ja – eine Milliarde Jahre war verstrichen! Er war wie in Trance. Nachdem er das Muster der großen rotierenden galaktischen Scheibe analysiert hatte, konnte er nun auch das dahinterliegende weitere Universum wahrnehmen, die Nachbargalaxien, die wirbelnd ihrem eigenen Kurs folgten und sich nach und nach zusammenzogen. Sonnen strömten in ihre Staubstreifen hinein und verschwanden darin, während die Streifen selbst sich schlangengleich bis an den äußersten Rand bewegten. Die galaktischen Zentren wurden immer heller.

Druck.

Eine weitere Milliarde Jahre! Er beschleunigte noch immer entlang der Zeitachse. Objektiv, subjektiv – welches war die richtigere Definition der Zeit? Von dem sich bewegenden Panorama des Alls fasziniert, spürte Norton den Mustern ganzer galaktischer Cluster nach.

Druck.

Jetzt konnte man leichter erkennen, wie die Galaxien alle auf einen einzigen Raumsektor zustrebten, leuchtende Speichenräder, die sich zu einem Rendezvous begaben.

Und die Galaxien selbst veränderten sich dabei, ihre Zentren wurden immer heller, obwohl Staub und Sonnen hinausströmten.

Druck.

Danach ignorierte er die Druckpunkte Snings, denn sie erfolgten immer schneller, je mehr sich sein Bewußtsein ausdehnte. Fast schien es ihm, als würde das Universum schrumpfen.

Plötzlich zog ein Streifen aus kosmischem Staub und Gas durch sein Gebiet und versperrte ihm kurz die Sicht. Als er vorbeigezogen war, war die Sonne verschwunden. Erschrocken suchte er nach ihr; nein, sie war verschwunden.

Nun, wie viele Milliarden Jahre waren inzwischen verstrichen? Sechs, acht? Die Menschheit würde den Verlust nicht bemerken! Mit kurzem Bedauern ließ er die Sonne fahren und konzentrierte sich statt dessen wieder auf das Gesamtuniversum, das viel interessanter war.

Es schrumpfte. Er bemerkte es dadurch, daß er sich auf einen ganz bestimmten Punkt konzentrierte und die Kontraktion galaktischer Gruppen um ihn herum abschätzte. Seine Wahrnehmung schien die gewaltigen Distanzen zwischen den verschiedenen Galaxien integriert zu haben, so daß er erkennen konnte, wo sie sich befanden, auch wenn es theoretisch Milliarden von Jahren dauerte, bis das Licht der allerfernsten ihn erreichte. Vielleicht lag es daran, daß er selbst sehr schnell auf der Zeitachse reiste. Vielleicht war es aber auch nur ein anderer Aspekt der Magie der Sanduhr.

Schrumpfen? Wie konnte das sein? Das Universum mußte sich doch eigentlich ausdehnen!

Doch als die Jahrmilliarden sich vorbeidrängten, zehn, elf, zwölf, wurde es zur Gewißheit: das Universum zog sich zusammen. Es wurde klein genug, daß er es in seiner Ganzheit erkennen konnte, dann noch kleiner. Entsetzt und fasziniert sah er, wie es sich zu einer riesigen Kugel von vielleicht vier Milliarden Lichtjahren Durchmesser zusammenballte. Aus Galaxien wurde Quasare mit riesigen, gewaltig strahlenden Zentren und dichten Schatten aus Staub und Gas, und diese lösten sich in formlose Wellen auf, ähnlich wie die einzelnen Sonnen sich zuvor in den Staubwolken aufgelöst hatten. Das Universum wurde zu einer riesigen Gas- und Energiekugel, die sich dann zu einer Plasmamasse komprimierte, welche weniger als eine Milliarde Lichtjahre Durchmesser umspannte, eine Super-Supernova.

Sie schrumpfte zur Größe eines einzelnen Quasars und dann, in Augenschnelle, zur Größe eines einzelnen Planeten – und verschwand.

Norton starrte zu dem fernen Punkt der Leere hinüber. Wenn das Universum so enden sollte, indem es in ungefähr fünfzehn Milliarden Jahren einfach erlosch, wie unterschied sich dies dann von seiner Entstehung? Verwundert kehrte Norton die Zeitrichtung um, indem er den Sand der Uhr tiefblau werden ließ, und reiste zurück in der Zeit.

Das Universum machte kehrt. Aus dem Nichts erschien die Plasmakugel und dehnte sich heftig aus. Nun bemerkte Norton auch einige Dinge, die ihm zuvor entgangen waren. In dieser Version schien sich eine Unmenge Energie aus dem Nichts gebildet zu haben, noch während des Expansionsprozesses, so daß die Kugel zwar mit Lichtgeschwindigkeit explodierte, das Universum sich jedoch noch viel schneller multiplizierte. Es war, als jagte eine Schockwelle dem Licht voraus und als löste es die Kondensation der Energie aus irgendeinem verborgenen Speicher aus. Doch er reiste jetzt rückwärts in der Zeit, was bedeutete, daß diese Energie sich tatsächlich in Nichts verwandelt hatte, bevor der Rest sich zur Einzigartigkeit des schwarzen Lochs komprimierte und gänzlich erlosch.

Wie konnte das sein? Er hatte immer geglaubt, daß Materie und Energie so gut wie ewig waren, und hier hörten sie völlig auf zu existieren. In den Energiewellen, wie er sie nun wahrnahm, verdichtete sich die Materie, als würde das Licht so stramm gebogen, daß es gegen sich selbst anwogte und winzige Energiebälle bildete, die eine gewisse Eigenstabilität entwickelten. Doch wenn zwei dieser Bälle oder Kugeln sich gegenseitig berührten, wobei eine in die eine

Richtung wirbelte, die andere in eine andere, zerplatzten sie wie Seifenblasen und verschwanden in einem Aufwallen totaler Energie. So vernichtete die entstehende Materie sich selbst und erneuerte die Explosion, mit der noch mehr Stürme und Strudel entstanden, die weitere Materiefetzen hervorspien. Nur daß es in der Wirklichkeit, daran erinnerte er sich erneut, genau andersherum verlief; die Energie bildete auf implosive Weise die Materie aus, und die implosive Kondensation entfaltete sich darauf zu neuen Energiestrahlen, die pfeilgleich auf die schlußendliche Auslöschung der Einzigartigkeit, auf die Nichtexistenz zustrebten. Das war doch Unfug!

Er beobachtete, wie Jahrmilliarden zurückgestaucht wurden. Die Turbulenz der Explosion erzeugte eine leichte Rotation, und diese Drehung bewirkte, daß die Mehrheit der Lichtkugeln sich in eine Richtung torkelnd ausrichteten, so daß schon bald alle gegenläufig rotierenden Kugeln ausradiert wurden und die Materie sich nicht mehr selbst vernichtete. Die verbliebene Materie verdichtete sich zu staubigen Massen, die immer noch vom gemeinsamen Zentrum hinausjagten. Die Massen besaßen ihre eigene Rotation und formten sich zu groben Scheiben, die sich in den Mittelpunkten verfestigten und komprimierten, bis der Druck so groß war, daß es zur Zündung kam, und plötzlich waren sie zu Quasaren geworden. Immer noch stieg der Druck in den Mittelpunkten, bis sie zu schwarzen Löchern wurden, die sich ausdehnten, einen Großteil der Helligkeit verschlangen und in langen Spiralspuren weitere Materie aufsogen. Nun waren sie Galaxien, als spiralig dahinziehendes Futter strukturiert. Nichts im Universum war so hungrig wie ein schwarzes Loch!

Doch auch dies geschah rückwärts. Wie konnte ein schwarzes Loch ständig Materie ausspeien, bis es verschwand? So war die Sache doch gar nicht! Von einigen wenigen, streng begrenzten Ausnahmen abgesehen, stellte ein schwarzes Loch eine Einbahnstraße dar. Was in ihm verschwand, kehrte nicht wieder. Außer im Fall der Magie, hatte das Gäm gesagt. Und die Macht der Magie reichte nicht bis in die Galaxien hinaus; sie war beschränkt auf den Radius typischer Planeten wie der Erde. Das wußte jeder. Deshalb benutzte man ja auch Materietransmitter für interplanetare Reisen. Sogar Gespenster mußten solche modernen Hilfsmittel in Anspruch nehmen, wie Gawain es getan hatte. Hatte das Gäm ihm etwas Falsches erzählt?

Wenn das fremde Wesen gelogen hatte oder sich irrte, dann hatte er, Norton, sein Vertrauen in die falsche Person gesetzt. Wie konnte er die Aussagen des Gäms hinsichtlich der Magie und der schwarzen Löcher logisch erklären?

Oh, ja! Schwarze Löcher gab es in allen Größen, das Spektrum reichte von »supergalaktisch« bis »stecknadelkopfgroß«. Ein stecknadelkopfgroßes schwarzes Loch ließ sich zu experimentellen Zwecken verwenden, man konnte es sogar umherbewegen, sofern man nichts Törichtes unternahm, indem man beispielsweise mit dem Finger danach stach. Die gut ausgestatteten Laboratorien besaßen solche Stecknadellöcher. Sicherlich war es möglich, die Magie an einem schwarzen Loch zu überprüfen. Das Gäm war also nicht widerlegt worden. Norton war erleichtert.

Wie ließ sich ein schwarzes Loch umkehren? Antwort: So nicht! Theoretisch konnte es sich so weit überhitzen, daß es explodierte, doch konnte es die Materie nicht stückweise von sich geben. Also war das, was er hier wahrnahm, entweder verkehrt, oder ...

Oder er sah es tatsächlich rückwärts.

Er musterte die Sanduhr. Der Sand war von intensivstem Blau. Eigentlich hätte er rückwärts reisen müssen, aus einer normalen Zukunft in eine normale Vergangenheit – doch tat er das wirklich?

Doch, Augenblick! Satan war der Vater der Lüge und der Meister der Illusion. Warum sollte er da nicht eine Illusion erzeugen können, welche die Farben des Sands in der Uhr veränderte? Natürlich, das war es! Der Trick war einfacher, als eine ganze Welt zu erschaffen, die rückwärts lief. Das erklärte auch, warum Norton Beziehungen zu den Rollenspielern unterhalten konnte – denn diese lebten vorwärts, er dagegen rückwärts.

Er erinnerte sich, wie der Sand in der Uhr nach seiner Rückkehr von seiner vorhergehenden Reise grün gewesen war – das war die Farbe der universalen Zeit. Er hatte sie nicht bewußt eingestellt. Offenbar hatte er die Farbe *tatsächlich* verändert – jedoch geglaubt, daß sie weiß sei. Satan hatte mit einem Trick bewirkt, daß er Grün für Weiß hielt und Rot für Blau. Satan hatte also die Zeitrichtung ausgetauscht – den normalen und den beschleunigenden Modus. Wirklich sehr saubere Arbeit! Jeder Besuch im »contraterrenischen« Realitätsrahmen mußte in Wirklichkeit eine Zeitumkehr gewesen sein, die er einfach auf der Erde verbracht hatte. Satan hatte ihn daraus befreien müssen, bevor er sich mit einer vorhergehenden Umkehr überlappte und die Drei-Personen-Beschränkung verletzte.

Wieviel Zeit hatte er jetzt zur Verfügung? Er wußte es nicht genau, weil er im Rückwärtsmodus gearbeitet und Satans Unheil vor acht Jahren in der Vergangenheit abgewehrt hatte. Er hegte den Verdacht, daß Satan für Zeit gesorgt hatte, um Norton mit dieser Ablenkung so lange aufzuhalten, bis seine Rückkehr zur Erde zu spät kam. Welch ein raffinierter, hinterhältiger Gauner Satan doch war!

Nun jagte er die Zeitachse des Universums entlang und wußte, daß seine Wahrnehmung des Sands in der Uhr falsch war. Und doch hatte sich nichts verändert. Wie konnte er die Illusion ausschalten?

Wahrscheinlich mußte er absolut sicher sein, daß er recht hatte, denn Unsicherheit war das gefundene Fressen für Satan. Im Augenblick war er sich ganz und gar nicht sicher. Er hatte zwar eine Theorie ausgearbeitet, mit welcher er die Ungereimtheiten um sich herum erklären konnte, aber eine Theorie war noch keine Tatsache. Was er brauchte, das waren harte Fakten, die seine Annahme unterstützten.

Nun, was im Universum war härter und faktischer als das Universum selbst? Was, wenn er es bis zum Ende der Zeit selbst erforschte und sich davon überzeugte, daß er seine Zeitrichtung kannte – würde das nicht genügen, um Sicherheit zu verschaffen?

Wenn er nicht an das Universum glauben konnte, konnte er an überhaupt nichts glauben. Diese Kammer hier mochte zwar eine Illusion sein, doch stellte sie vermutlich ein Fenster zur Wirklichkeit dar. Er würde bis an das Ende des Universums reisen, das er hier wahrnahm, auf der Suche nach der Gewißheit.

Norton befahl dem Sand, ein noch intensiveres Blau anzunehmen, wobei er wußte, daß dies die falsche Farbe, aber die richtige Stoßrichtung war. Das Universum beschleunigte sich, und Snings Drucksignale kamen immer schneller, bis die Jahrmilliarden in Sekunden verstrichen und Sning zu einer Art Dauerzittern überging. Das Universum stob mit atemberaubender Geschwindigkeit auseinander, die Galaxien trennten sich so schnell, daß sie nur noch verschwommen wahrzunehmen waren. Schon bald war der Raumsektor hier frei. In einer Kugel von zehn Milliarden Lichtjahren Durchmesser gab es keinerlei Materie mehr und nur noch sehr wenig Energie.

Norton richtete seine Aufmerksamkeit auf den zurückweichenden Außenrand. Der Kringel galaktischer Staubflecken war nun hundert Milliarden Lichtjahre entfernt und dehnte sich noch immer aus. Es war ein offenes Universum, das wohl kein Ende hatte.

Doch diese Galaxien entwickelten sich immer weiter und wurden von ihren Schwarzlochkernen vertilgt. Der Prozeß verlief langsam, aber kontinuierlich, während die zur Verfügung stehende freie Materie immer weniger wurde. Bald wurde aus dem Ring der Galaxien ein Ring schwarzer Löcher, von denen jedes von seinem Nachbarn hundert Milliarden Lichtjahre entfernt war. Die Löcher ließen sich nur durch ihre verblassenden Strahlenkränze ausmachen, und selbst diese würden nicht mehr lange anhalten. Endlich war überhaupt nichts mehr zu sehen; Norton konnte ihre Bahn nur noch schätzen. Eine Billion Lichtjahre ausgedehnt, und noch immer expandierte der Kringel, denn es war nichts da, das ihn hätte aufhalten können.

Dann geschah etwas: Weit, weit, weit entfernt nahm er eine Detonation wahr. Es war ein weiterer Urknall, die

Explosion eines monströsen schwarzen Lochs. Ein neues Universum bildete sich aus!

Er erkannte, daß dieser Urknall direkt auf der Bahn eines der nach außen geworfenen schwarzen Löcher dieses Universums stattfand. Sie waren miteinander kollidiert, hatten sich überhitzt und waren geplatzt. Neue Energie und Materie strömten in diesen Sektor, wie sie es schon zuvor einmal getan hatten.

Nun wurde klar, daß manche schwarzen Löcher nicht nur stecknadelkopfgroß waren, sondern so groß wie ein ganzes Universum. Sie waren über den Raum verteilt – wenngleich der Raum nicht existierte, wenn Materie oder Energie fehlten –, durch das Aufnehmen umherirrender Strahlung und verirrten Staubs und der Trümmer anderer abgenutzter Universen, vielleicht waren es eine Milliarde solcher Kringel. Gelegentlich kollidierte ein schnell dahinjagendes galaktisches Loch mit einem solchen Universumsloch wie ein Neutron, das sich seinen Weg in den Kern eines Uranatoms bahnte, und der Aufprall erschütterte beide Löcher und brachte die heftigste und massivste aller möglichen Explosionen hervor, verstärkt durch die Verzerrung des Raums selbst. Auf diese Weise wurden neue Universen geboren, sein eigenes eingeschlossen.

Er überlegte und formulierte seine Theorie, während er beobachtete, wie das ferne Universum sich ausdehnte. Nicht alle Galaxien wurden zu Neutronen, und nicht alle Neutronen trafen mit hinreichender Kraft voll auf größere Löcher, um diese zu zerschmettern. Die meisten von ihnen wurden im Orbit ergriffen und schließlich friedlich verschlungen. So wuchs die Masse größerer Löcher ständig an, während ihre Zahl sich verringerte. Vielleicht gab es auch eine kritische Masse, jenseits derer ein schwarzes Loch labil wurde und zur Detonation neigte. Also war die Detonation neuer Universen ein ganz gewöhnliches Ereignis, das etwa alle Billion Jahre (oder weniger) vorkam, wobei jedes nach etlichen Jahrmilliarden in einem großen Blitz endete, bevor die Asche seines schwarzen Lochs von Universen aufgesogen wurde, die immer noch Materie und

Energie akkumulierten. Vielleicht blühten ständig neue Universen auf, in einer solch gewaltigen Region verteilt, daß keine Wesenheit mehr als eines von ihnen auf einmal wahrnehmen konnte, nicht einmal Chronos. Gewiß hatte sein eigenes Universum sich auf diese ganz und gar nicht bemerkenswerte Weise entwickelt, ein einziger kurzer Funke innerhalb der Ewigkeit.

Alles, was es bedurfte, war ein wenig Materie und Antimaterie – und Zeit. Zeit.

Und er war Chronos, die Inkarnation der Zeit. Das einzige Wesen, dem es gestattet war, die wahre Natur der Wirklichkeit zu erfassen.

Norton schüttelte den Kopf. »Satan, verglichen mit dieser Wahrheit sind deine Lügen bedeutungslos!«

Es war Zeit, zu seinem eigenen winzigen Teil dieses besonderen Funkens zurückzukehren. Er holte die Sanduhr hervor und konzentrierte sich auf den rieselnden Sand. Noch immer reiste er vorwärts, und der Sand war noch immer blau – doch als er diesen Trug musterte, nahm der Sand die rote Farbe an, und er konnte die Dinge endlich wieder so sehen, wie sie wirklich waren. Er hatte Satans Illusion durchschaut und wußte, daß er ihr niemals wieder unterliegen würde.

Erneut befahl er dem Sand, blau zu werden, diesmal zum wahren Blau, und der Zeitstrom kehrte sich um. Das ferne Universum zog sich zusammen. Er fragte sich beiläufig, ob darin wohl vernunftbegabte Wesen lebten, liebten, sich bekriegten und träumten, ob sie all die winzigen Forschungen der Naturwissenschaft und der Magie betrieben, und ob irgendein Teil seines schon lange verblichenen physischen Körpers Teil davon war, ein Ergebnis der abwegigen Chance, daß seine eigene Milchstraßengalaxie das Neutronenloch gewesen war, welches diese neue Bemühung der Schöpfung ausgelöst hatte. Vielleicht waren ein oder zwei Quarks von ihm dort! »Viel Glück, ihr, die ihr auf uns folgt!« rief er.

Dann war er auch schon auf dem Weg nach Hause.

13 Mars

Sning machte Meldung, als Norton in seiner eigenen Zeit wieder eintraf. Er ließ den Sand grün werden und griff nach der Sonne. Seine Hand erfaßte einen Sonnenflecken, und die Sonne klackte und schwang nach auswärts, und zeigte die dahinter liegenden Mauern. Er trat hinaus und schloß die Tür hinter sich. Dursten, Excelsia, das Alicorn und das Gäm waren da und blickten ihn an. Sie waren unverändert, nur ihre Umgebung nicht. Die Mauern erwiesen sich als bemalte und abgestützte Kulissen, und außerhalb des unmittelbaren Bühnenbereichs war das Zubehör der ganzen Show zu erkennen.

Er winkte dem Gäm zu, und es kam auf ihn zugeglitten. »Ich habe die Illusion durchstoßen«, sagte er. »Wissen das die anderen?«

»Nein.«

»Hältst du es für einen freundlichen Akt, wenn ich ihnen meine Version der Wirklichkeit berichte?«

»Nein.«

»Kann ich euch oder einen von euch hiernach noch einmal besuchen?«

»Da du zeitmäßig im Gegensatz zu uns lebst, sind solche Möglichkeiten beschränkt. Wir müssen in jeden neuen Akt eingewiesen werden, denn du kehrst zurück, bevor wir den letzten erlebt haben. Schon bald werden wir jenseits der Zeit deiner Amtsübernahme sein, und dann kannst du uns nur noch im nichtinkarnierten Zustand besuchen.«

Norton war leicht erschüttert. Natürlich konnten sie seine drei Besuche nicht in derselben Reihenfolge erlebt haben wie er! Schon bald würden sie zu seinem nächsten Alicorn-Abenteuer vorstoßen und schließlich zum Raumabenteuer, ohne es ihm jemals mitteilen zu können. Nein, hier gehörte er wirklich nicht hin! »Dann will ich nun ein angemessenes Lebewohl entbieten«, beschloß er. »Ich danke dir, Gämmi, für deine unschätzbaren Ratschläge.«

»Ich spiele lediglich meine Rolle, wie die Regeln es vorschreiben«, erwiderte sie. »Du hast gespielt und gewonnen, als du so klug warst, mich um Rat zu fragen und die Wahrheit in der dritten Kammer zu ergründen.«

»Dennoch würde ich dich gerne Freundin nennen.«

»Freundin«, willigte sie ein. »Davon habe ich nicht viele unter deiner Rasse. Ich glaube, du wirst mir einen Gefallen tun.«

»Einen Gefallen?«

»Im dritten Akt. Indem du mich vor der Vernichtung durch den Raumfahrer rettest. Meine Regieanweisungen legen etwas Ähnliches nahe.«

»Ach so, ja.« Norton erinnerte sich verlegen daran, wie er Dursten dazu überredet hatte, das Waisenkind zu adoptieren. Doch er erinnerte sich zugleich auch an die Ursache für Gämmis Situation, und er zuckte bei diesem Gedanken zusammen. Es war zwar alles nur ein Spiel, und doch … »Also, lebe wohl, Freundin«, sagte er traurig und schüttelte ihr Tentakel. Er wandte sich an Dursten. »Bat, ich habe eine Möglichkeit gefunden, wie ich zu meinem Heimatplaneten Erde zurückkehren kann. Ich danke dir dafür, daß du dein Leben so tapfer riskiert hast, um mir zu helfen, und ich wünsche dir hier jeden nur erdenklichen Erfolg.«

»Ach, war doch nicht der Rede wert«, sagte der Raumfahrer auf seine knurrige, grobschlächtige Art. Sein Blick flackerte zu der Frau hinüber. »Du kommst nicht zurück?«

In gewissem Sinne schon, da sich seine Raumabenteuerszene in Durstens Zukunft befand. Doch darum ging es nicht. »Ich komme nicht zurück«, bestätigte Norton. »Ich vertraue darauf, daß du ein Auge auf Excelsia hältst.«

»Ganz bestimmt!« sagte Dursten begeistert.

Norton wandte sich an das Alicorn. »Danke, daß du mich getragen hast«, sagte er. »Ohne diese Hilfe hätte ich es nicht geschafft.«

Das Alicorn schnaubte, peitschte mit dem Schweif und ließ die Flügel flattern. Es war ebenfalls verlegen. Dann stupste es Nortons Ohr mit seiner samtweichen Schnauze. *Trabe wohl, guter Mensch!*

Nun war Excelsia an der Reihe. Norton nahm sie in die Arme und küßte sie. Sie war ein bißchen wie der Himmel selbst, auch wenn ihr Schicksal der Hölle näher lag; doch wie bei Orlene und Agleh wußte er auch hier, daß es für sie beide keine Zukunft gab.

Die Damsell lächelte durch ihre Tränen hindurch, als sie sich trennten. Das war alles; sie verstand.

Dann machte er kehrt und schritt die Mauer entlang, bis er zum Rand der Kulisse kam. Er schritt darum herum und fand sich in einem Filmstudio wieder, mit Kameras, Bühnenarbeitern, einem Regisseur und einer chaotischen Atmosphäre.

Eine attraktive reife Frau kam auf ihn zu. »Sie waren ein guter Star, Chronos«, sagte sie. »Es tut mir nur leid, daß wir den Höhepunkt nicht mehr erreicht haben.«

»Die Konfrontation mit ...?«

»Mit der Böseren Zauberin«, beendete sie seinen Satz. »Meine Wenigkeit. Ich sollte Sie verführen und Ihnen den magischen Ring abnehmen, damit sie nicht mehr aus meinen Klauen entkommen sollten. Ich bin mir zwar nicht sicher, daß letzteres sonderlich erfolgreich gewesen wäre, aber ersteres erschien mir doch als durchaus reizvoll.«

Das hätte es tatsächlich werden können, denn sie hatte eine Figur, die große Ähnlichkeit mit seiner Sanduhr aufwies, und sie war offensichtlich ein erfahrener Star. »Ich wünsche Ihnen mehr Glück mit dem nächsten Hauptdarsteller«, sagte er.

»Glück kann man das kaum nennen«, hauchte sie. »Das ist Magie.«

Norton schritt vorbei am Studiopersonal und den Gerätschaften und fand schließlich den Ausgang. Als er das Gebäude verließ, drehte er sich noch einmal um und bemerkte das Schild, das oben befestigt war: SATANISCHE STUDIOS. Ja, so was hatte er sich gedacht.

Dies war Hollywood, wo Satan ausgezeichnete Schauspieler und technische Möglichkeiten zur Verfügung hatte und ohne fremde Einmischung frei agieren konnte. Wahrscheinlich gab es einige recht gute Kinofilme, die Satans

Stempel trugen, denn er hatte durchaus dramaturgisches und erfinderisches Talent.

Er befahl dem Sand in der Uhr, gelbe Farbe anzunehmen und bewegte sich durch den Raum in sein Haus im Fegefeuer. Welch eine Erleichterung, endlich wieder zu Hause zu sein!

Doch er konnte sich noch nicht ausruhen. Erst mußte er herausfinden, was der Vater der Lüge vorhatte, warum die Abwesenheit Chronos! für ihn so wichtig war. »Rufen Sie Lachesis herbei«, beauftragte er den Butler. »Ich möchte gerne mit ihr sprechen, sobald es ihr paßt.« Er bemerkte, daß die Hausuhr dieselbe Zeit anzeigte wie vorher, als er sein drittes Antimaterie-Abenteuer angetreten hatte. Die Drei-Personen-Beschränkung hatte ihn daran gehindert, diese Stunden ein drittes Mal zu erleben und hatte ihn mühelos daran vorbeigeführt.

»Sofort, Sir«, erwiderte der Butler.

Da schwang sich auch schon eine Spinne an einem Faden von der Decke herab, als er ins Wohnzimmer trat. Sie verwandelte sich in Lachesis, während Norton sich in seinen leichten Sessel setzte. »Ist irgend etwas Bestimmtes los, Chronos?« fragte sie.

»Ich bin ein paar Stunden nicht dagewesen«, erklärte er. »Ich glaube, Satan führt irgend etwas im Schilde, und da bin ich zurückgeeilt, um ihn daran zu hindern. Weißt du, worum es geht?«

Mit offensichtlichem Erstaunen sah sie ihn an. »Warum sollte Satan irgend etwas unternehmen, um den Status quo zu stören?«

»Machst du Witze? Er will doch die politische Macht auf Erden!«

»Aber die bekommt er doch sowieso. Er braucht lediglich ein wenig zu warten.«

»Die bekommt er? Seit wann?«

»Manchmal fällt es mir schwer, mein Gewebe genug zu entwirren, um einzelne bedeutsame Schicksalsfäden zu isolieren. Aber es geht ja ums Politische. In ungefähr zwei Jahren wird im Kongreß eine entscheidende Abstimmung stattfinden – und obwohl sie nur knapp ausgehen wird, sieht es so aus, als würde Satan genug Stimmen bekommen, um sich durchzusetzen. Ab dann wird alles in seinem Sinne verlaufen, und wir können nichts unternehmen; alles, was wir täten, würde die Situation nur noch verschlimmern. Das weiß Satan, deshalb macht er sich auch keine Sorgen.«

»Aber was ist denn dann mit Luna? *Die* wird ihn ja wohl nicht unterstützten, und …«

»Wer?«

»Luna. Die Senatorin Kaftan. Thanatos' Frau.«

»Ach so, die. Ich hatte ihren Namen vergessen. Ja, diese Frau leistet Thanatos Gesellschaft, aber sie ist keine Senatorin. Sie führt einen Magieladen in Kilvarough.«

Norton starrte sie fassungslos an. »Keine Senatorin?«

»Nie gewesen. Sie hat nie irgendein politisches Amt innegehabt. Bist du sicher, daß du dich nicht im Namen irrst?«

Norton begriff, daß hier etwas Schlimmes schiefgelaufen war. »Muß wohl ein Gedächtnisfehler sein. Tut mir leid, daß ich dich umsonst bemüht habe.«

Sie lächelte und wurde zu Clotho in einem enthüllenden Nachthemd. »Du brauchst keine Vorwände, Chronos. Ich verstehe deine Situation ja.«

Hoppla. »Diesmal war es wirklich Verwirrtheit. Verschieben wir die Sache ein paar Stunden. Da ist noch etwas Dienstliches, das ich erst erledigen muß.«

»Arbeit geht vor Vergnügen«, stimmte sie zu. »Ich habe selbst noch einiges aufzuarbeiten, und jetzt habe ich auch keine Entschuldigung mehr, mich nicht daran zu machen.« Sie nahm wieder Spinnengestalt an, kletterte ihren Faden empor und verschwand. Luna war keine Senatorin! Satan mußte zugeschlagen haben – doch wie hatte er dies ohne die Unterstützung Chronos' tun können?

Er begab sich nach Kilvarough und klopfte an Lunas Tür. Die beiden Greife ignorierten ihn; offensichtlich war er in seiner eigenen Zukunft oft genug hier, so daß sie ihn bereits kannten.

Luna war zu Hause und sah noch fast genauso aus, wie er sie in Erinnerung hatte. »Ach, willkommen, Chronos!« rief sie. »Thanatos ist im Augenblick zwar nicht da ...«

»Ich will nicht stören, aber ich muß etwas überprüfen ...«

»Aber ja doch. Komm rein.«

Drinnen fragte er sie gerade heraus: »Wann hast du dein politisches Mandat niedergelegt?«

Sie furchte die Stirn. »Ich habe nie ein politisches Mandat innegehabt, Chronos. Das weißt du doch.«

»Du vergißt, daß ich rückwärts lebe, wenn ich mich nicht gerade bewußt auf deine Zeitrichtung einschwinge wie jetzt.« Er zeigte auf den grünen Sand. »Ich kenne deine Vergangenheit nicht.«

Sie überlegte. »Nun, vor achtzehn Jahren habe ich mich um das Amt beworben. Doch da wurde eine gewaltige Verleumdungskampagne gegen mich gestartet, so daß ich verlor und das alles nicht noch einmal durchmachen wollte. Näher bin ich diesem Ziel nie gekommen.«

Vor achtzehn Jahren! »Luna, ich weiß, daß sich dies für dich seltsam anhört, aber vor gar nicht langer Zeit kannte ich dich als Senatorin, der es bestimmt war, Satans Bemühungen um die politische Macht auf der Erde zu torpedieren. Kannst du mir das glauben?«

»Natürlich«, erwiderte sie. »Schau doch, die Wahrheitssteine unterstützen das, was du sagst.« Sie zeigte auf eine Reihe kleiner Edelsteine auf dem Kaminsims, die angenehm leuchteten. »Aber ich kann dir versichern, daß dies nicht meine Realität ist.«

»Die Realität scheint sich verändert zu haben«, sagte er. »Das muß Satans Werk sein. Wenn ich doch nur wüßte, wie er das gemacht hat!«

»Mit Sicherheit steckte Satan hinter der Kampagne, die gegen mich geführt wurde«, stimmte sie zu. »Aber das ist schon so lange her, und seitdem hat er mich völlig ignoriert.«

»Er muß einen anderen Diener in der Zeit zurückgeschickt haben, um alles entsprechend einzurichten. Aber *wie*, ohne meine Mitarbeit?«

»Du meinst, wenn er das nicht getan hätte, dann hätte ich die Wahl damals gewonnen und hätte eine politische Karriere eingeschlagen?«

»Genau das meine ich! Dann wärst du heute eine prominente Senatorin. Und ich muß diese Karriere für dich irgendwie wiederherstellen, um der Menschheit willen! Aber zunächst einmal muß ich herausfinden, wie er das angestellt hat. Erst dann kann ich etwas dagegen unternehmen.«

Luna schritt zu einem Schrank und holte einen anderen Stein hervor. »Vielleicht kann ich dir helfen. Das hier ist ein Unheildetektor, der sehr empfindlich auf die Machenschaften Satans reagiert.« Sie führte ihn dicht an ihn heran, und er flackerte. »Du bist vor kurzem in Gegenwart von Bösem gewesen oder wirst es sehr bald sein, aber im Moment ist es nicht da.«

»Ich befand mich in Satans Gegenwart, in deiner unmittelbaren Zukunft ...«

»Nein, es geht um einen bestimmten Gegenstand, den du bei dir trägst, dicht am Körper.« Sie bewegte den Stein, der neben seiner zusammengeklappten Sanduhr heller zu leuchten begann.

Er entfaltete die Sanduhr, damti sie sie genauer inspizieren konnte – worauf der Stein noch stärker leuchtete und flackerte. »Ein Dämon hat hiermit zu tun gehabt, oder er wird es noch tun. Er scheint sich für eine Weile am Boden der Sanduhr versteckt gehalten zu haben.«

Die Illusion der Farbveränderungen – ein Dämon hatte das getan! Natürlich hatte Satan ihm nicht auf seiner Reise in die Ewigkeit folgen können; Norton mußte einen seiner Diener mitgenommen haben. Und er hatte es noch nicht einmal bemerkt! »Er muß ... einen Unsichtbarkeitszauber gehabt haben«, sagte er entsetzt. »So daß ich ihn mitnahm, wo immer ich hinging – und ich habe die ganze Zeit bereist!«

»Das würde die Sache erklären«, pflichtete sie ihm bei. »Satans Dämonen können sehr klein sein, kaum so groß wie ein Stecknadelkopf. Dort hätten sich ein Dutzend oder

Hunderte aufhalten können – und manche von denen wurden vielleicht an ausgesuchten Punkten der Vergangenheit abgesetzt, während andere dablieben, um den Zauber aufrechtzuerhalten.«

»So muß es gewesen sein«, meinte er niedergeschlagen. »Ich habe zwar den Zauber in der fernsten Zukunft schließlich vernichtet, aber vorher bin ich tatsächlich in der Zeit zurückgereist. Satan hat mich schon wieder reingelegt!«

»Er ist der Meister der Täuschung.«

»Es ist ihm also gelungen, mindestens einen Dämon abzusetzen, um den Dämonen dieser Zeit Informationen zu übermitteln, und die haben dann deine Chance vernichtet, gewählt zu werden. Ich muß unbedingt zurück und ...«

»Es ist durchaus möglich, daß über ein Dutzend Dämonen dort abgesetzt wurde«, erinnerte sie ihn sanft. »Wenn du schon einmal einen von Satans Dienern abgefangen und neutralisiert hast, bin ich sicher, daß er beim nächsten Versuch weitaus vorsichtiger vorgeht. Du kannst sie niemals alle abfangen. Einige werden es immer schaffen.«

»Wahrscheinlich hast du recht«, sagte er düster. »Aber ich kann ihn doch nicht einfach siegen lassen!«

»Vielleicht kann Thanatos dir einen besseren Rat geben als ich«, schlug sie vor. »Oder eine der anderen Inkarnationen. Hast du schon mal mit Mars gesprochen?«

»Mit Mars, der Inkarnation des Krieges? Nein, dem bin ich noch nie begegnet.«

»Mir scheint, daß wir hier einen Krieg führen – und der Krieg ist ein Geschäft, das Mars am besten versteht.«

Norton lächelte grimig. »Ein guter Einwurf, Luna. Ich werde ihn suchen. Nur ... ich weiß nicht, wie.«

Sie lächelte. »Hier ist ein Stein, der auf ihn gepolt ist. Er wird aufleuchten, wenn du dich ihm näherst, und verblassen, wenn du dich von ihm fortbewegst. Nimm und benutze ihn, Chronos.«

Er nahm den Stein entgegen. »Du bist eine sehr große Hilfe, Luna.«

Wieder lächelte sie, und der Mondstein an ihrem Hals leuchtete auf. »Das meint Thanatos auch.« Als er sie so sah, wäre er beinahe ins Schwärmen geraten. Einmal mehr spürte er die Bürde seines Amts. Wie wenig er doch von den subtilen Opfern verstanden hatte, die eine Inkarnation erbringen mußte! Doch im Augenblick konnte er sich kein Selbstmitleid erlauben; er mußte seine Pflicht erfüllen. »Danke, Luna; ich hoffe, Mars kann mir helfen.«

Er schritt im Kreis umher und beobachtete dabei den Stein. Als er die Richtung des hellsten Leuchtens ausgemacht hatte, ließ er den Sand gelb werden. »Lebewohl!«

Sie winkte, und da war er auch schon verschwunden. Er jagte über die Erde, durch Gebäude und Berge, als wären sie bloße Illusionen, und entdeckte schließlich die Inkarnation des Krieges.

Er fand Mars auf einem Schlachtfeld in gebirgigem Gelände, irgendwo auf dem eurasischen Kontinent. Norton hatte sich die Geographie nicht eingeprägt, und der Ort spielte ja auch keine Rolle; er wollte einfach nur Mars sprechen.

Panzer griffen eine Bergfestung an, die von orientalischen Drachen bewacht zu sein schien. Wissenschaft gegen Magie – und beide glichen einander auf wunderliche Weise. Die Drachen spieen Feuer – wie die Flammenwerfer der Panzer auch. Auch Flugzeuge waren am Gefecht beteiligt – und die trafen auf Flugdrachen. Die sich bekriegenden Kräfte schienen von gleicher Kampfkraft zu sein.

Mars stand auf einem Felsvorsprung und beobachtete alles mit mäßigem Interesse. Er war ein kleiner Mann in einem ausgewaschenen Trainingsanzug. Norton war überrascht; er hatte einen kräftigen Riesen in römischer Rüstung erwartet.

Norton materialisierte sich neben Mars. »Wenn du einen Augenblick Zeit für mich hast ...«

Der Mann drehte sich um. »Ach, hallo, Chronos. Für dich habe ich doch immer einen Augenblick Zeit. Das weißt du doch. Was ist denn los?«

»Äh, aus meiner Sicht der Dinge ist dies unsere erste Begegnung.«

»Ach so, du lebst ja rückwärts. War mir nicht klar, daß

dies hier jetzt dein Anfang ist.« Er streckte ihm die rechte Hand entgegen, und Norton nahm sie. »Ich bin Mars, die Inkarnation des Kriegs. Du bist Chronos, die Inkarnation der Zeit. Wir hatten eine lange und fruchtbare Verbindung, erfüllt von gegenseitigem Respekt, seitdem du diesem Stotterer hier auf die Beine geholfen hast.«

Stotterer? Im Augenblick stotterte Mars überhaupt nicht! »Ich ...«

»Ich nehme nicht an, daß du dir meine Rechtfertigung des Kriegs als notwendigen Reinigungsmechanismus der Gesellschaft und als Impulsgeber der Fortschritte anhören möchtest, deshalb will ich sie dir diesmal ersparen. Wenn du dich unwohl fühlen solltest, mach' dir keine Sorgen. Wir sind alte Freunde.«

»Das ist nett zu wissen«, meinte Norton verlegen. »Ich habe mich an dieses Rückwärtsleben immer noch nicht ganz gewöhnt, aber wenigstens scheinen die anderen Inkarnationen es zu verstehen.«

»Ja. Schätze, für die Liebe muß das die wahre Hölle sein. Immer, wenn du kommst, geht sie gerade.«

Ungnädig, aber treffend formuliert! »Ich glaube, ich brauche deinen Rat, wenn du einen Moment Zeit hast.«

Mars blinzelte die Panzer und Drachen an. »*Du* hast die Zeit, und das meine ich ernst. Du kannst die Welt einfrieren, damit wir beide uns ungestört unterhalten können. Aber das hier ist eine kleinere und unwichtige Operation. Eigentlich ziemlich sinnlos – aber wenn eine Schlacht stattfindet, muß ich sie eben überwachen. Du weißt ja, wie das ist. Also, raus damit.«

»Äh, ja.« Und etwas stockend erklärte Norton ihm die Situation. »Und da dachte Luna, daß du hier vielleicht besser durchblickst, denn schließlich befinden wir uns im Krieg mit Satan«, beendete er seinen Bericht.

Mars nickte. »Ich habe selbst schon gegen Satan gekämpft, und ich fürchte, seine Gerissenheit hat damals gesiegt. Mir ist durchaus klar, welch ein gewaltiger Gegner er ist. Ich kann dir zwar nicht sagen, wie du rückgängig machen kannst, was er getan hat, denn das liegt nicht in meiner militärischen Kompetenz; aber ich kann dir die Grundprinzipien der Strategie erklären, die hier möglicherweise Anwendung findet.«

Norton hatte auf einen präziseren Rat gehofft, doch er nahm es hin, wie es kam. »Vielleicht hilft mir das.«

»Als erstes mußt du die Kräfteverteilung analysieren – die eigene und die des Gegners. Auf diese Weise kannst du es so einrichten, daß du seine schwache Flanke mit deinen stärksten Kräften angreifst. Schlagkraft ist dabei von großer Bedeutung, und man muß sie in allen Einzelheiten begreifen.«

»Schlagkraft«, stimmte Norton ohne große Begeisterung zu.

»Schlagkraft«, wiederholte Mars emphatisch. Er zeigte auf die unentschiedene Schlacht. »Siehst du, wie diese Narren der einen Kraft mit einer anderen, ähnlichen begegnen? Sinnlos schlachten sie einander ab und vernichten Gerät und Tiere. Wenn eine der Parteien die Sache hinreichend professionell angegangen wäre …« Traurig schüttelte er den Kopf. »Ich hasse es, mitansehen zu müssen, wie Amateure alles verhunzen. Der Krieg ist viel zu wichtig, um ihn zu verderben! Was dich nun betrifft – du hast es mit einem echten Profi zu tun, mit dem obersten Meister der Täuschung, der die Schlacht bereits gewonnen hat. Deine Aufgabe ist es, das Ergebnis rückgängig zu machen, und das ist eine mächtige Herausforderung.«

»Amen!« pflichtete Norton ihm bei.

»Aber du bist keineswegs machtlos. Du mußt nur einsetzen, was du hast – du verfügst über das mächtigste Einzelwerkzeug, das es gibt.«

»Aber …«

»Du zweifelst? Paß auf.« Plötzlich befand sich in Mars' Hand ein riesiges Schwert. Mit einem gewaltigen Schwung hieb er nach Norton. Ohne zu überlegen blockierte Norton es mit der Sanduhr.

Die Klinge zuckte zurück. Gelassen steckte Mars sie weg. »Für andere ist dein Instrument ohne Substanz, aber mein Schwert stellt die Essenz des Krieges dar und kann weder abgestumpft noch vermieden werden. Deshalb begegnen die beiden Instrumente einander und behindern sich; keines kann dem anderen etwas antun. Kraft gegen Kraft, völlig sinnlos. Aber wird es richtig angewandt, so kennt mein Schwert nicht seinesgleichen, und das gilt auch für deine Sanduhr. Nicht einmal Satan kann etwas gegen diese Werkzeuge ausrichten oder gegen die Sense von Thanatos oder die Fäden der Schicksalsgöttin oder den Willen von Gäa, sofern sie seine Schwäche damit angreifen. Nur durch List ist es ihm gelungen, meine Bemühungen zunichte zu machen, ihn bei der Übernahme der politischen Macht auf der Erde zu hindern, und nur durch List gelang es ihm, dich zum Scheitern zu bringen.«

»Das stimmt. Aber ...«

»Du redest zuviel, Chronos«, sagte Mars lächelnd. Er holte ein Klemmbrett und einen Schreiber hervor und begann auf das Blatt Papier zu schreiben. »Nun wissen wir, daß es in unserer Realität nur fünf Grundkräfte gibt. Wir wollen sie einmal in der nominellen Reihenfolge ihrer Wirksamkeit auflisten.« In Großbuchstaben schrieb er: STARKE WECHSELWIRKUNG, ELEKTROMAGNETISMUS, SCHWACHE WECHSELWIRKUNG, GRAVITATION, MAGIE. »Wenn du, um der Bequemlichkeit willen, die erste als Einheit nimmst oder als 10^0, betragen 10^{-3}, 10^{-5}, 10^{-38} und 10^{-41}.«

»Nun warte mal!« protestierte Norton. »Das ganze Universum wird von der Gravitation dominiert; es ist der stärkste zwingende Einzelfaktor in der Evolution der Materie! Wie kann man sie dann im Verhältnis zu den anderen als so schwach einstufen? Und die Magie ...«

Mars lächelte, als hätte seine Finte ihr Ziel erreicht. »Das erscheint merkwürdig, nicht wahr? Aber manchmal werden die Letzten die Ersten sein, und die Demütigen erben die Erde. Das Entscheidende ist der Wirkungsraum. Die starke nukleare Wechselwirkung hat einen Wirkungsraum, der ungefähr dem Durchmesser eines Neutrons entspricht. Befände sich ein anderes Neutron auch nur einen Millimeter von ihr entfernt, würde es diese Kraft niemals spüren;

ebensowenig wie deine Sanduhr den Hieb meines Schwerts spüren würde, wenn sie sich knapp außerhalb seiner Reichweite befände.

Diese Kraft bindet unsere grundlegendste Substanz zusammen, und sie ist tatsächlich lebenswichtig für die Integrität der Materie, doch in unserem makroskopischen Bezugsrahmen spüren wir sie nicht einmal. Die schwache nukleare Wechselwirkung ist sogar noch begrenzter, denn ihr Wirkungsbereich umfaßt nur ein Hundertstel der anderen. Und doch führt die Erschütterung dieser Kräfte zu nuklearen Explosionen oder zu tödlicher Strahlung. Werden sie richtig angewandt, sind sie ungeheuer potent. Die elektromagnetische Kraft fällt in den Bereich der starken und der schwachen Wechselwirkung – doch ihr Wirkungsfeld ist unbegrenzt, so daß wir sie in unserem Bezugsrahmen erfahren können. Tatsächlich nutzen wir sie zum Sehen, Radio, Elektrizität, Magnetismus – ohne sie würde unsere gesamte Zivilisation zusammenbrechen.«

Er zeigte auf die tobende Schlacht. »Beispielsweise nutzen die Motoren dieser Panzer den Magnetismus als Kraftquelle. Doch unterliegt er einer entscheidenden Einschränkung: *Als Kraft* wirkt er nur auf geladene Partikel. Auch das stärkste Magnetfeld hat keinen unmittelbaren Einfluß auf Holz oder menschliches Fleisch. So ist der Magnetismus also begrenzt, wenngleich unendlich. Die Gravitation dagegen hat nicht nur ein unendliches Wirkungsfeld, sie ist auch noch akkumulativ und wirkt auf sämtliche Materie. Deshalb wirkt sie trotz ihrer niedrigen Werte – und 10^{-38} ist beinahe unvorstellbar klein – im Maßstab des Universum als schier überwältigende Kraft, worauf du auch hingewiesen hast. Das Letzte wird zum Ersten, und zwar wegen seiner Natur. Natürlich sind die Wertungen verzerrt; würde man die Bedeutsamkeit des Wirkungsbereichs miteinbeziehen, stünde die Gravitation als stärkste, wenngleich auch diffuseste Kraft da.«

»Ja, ich habe sie in Aktion erlebt«, erwiderte Norton und dachte dabei an die schwarzen Löcher und wie sie die Universen beherrschten. Was war ein schwarzes Loch denn auch anderes als ein Gravitationsgulli? »Also ist ihre Effektivkraft ...«

»Effektivkraft«, wiederholte Mars. »Das ist ein weiterer Schlüsselfaktor. Stell dir mal einen Tiger vor und eine Million Ameisen. Der Tiger verfügt über vielmehr Kraft als jede Ameise, oder als hundert oder tausend Ameisen zusammen. Doch die winzige Kraft der Ameisen ist akkumulativ und kooperativ; gemeinsam können sie den Tiger überfallen und vernichten, so wie die Gravitation das ganze Universum überflutet. *Effektivkraft* – diesen Faktor mußt du im Auge behalten, denn der zählt in der Schlacht am meisten.«

»Äh, ja, das wird wohl so sein.« Norton war nicht gänzlich mit diesem Argument einverstanden, da es ihm so erschien, als wäre seine Sanduhr der Tiger und die Diener Satans die Million Ameisen. »Aber die Magie ...«

»Tausendmal schwächer als die Gravitation! So schwach, daß die Wissenschaftler eine Weile ihre bloße Existenz angezweifelt haben!« Mars lachte, als handelte es sich um einen Riesenwitz. »Kannst du dir das vorstellen, einfach nicht an Magie zu glauben, weil man sie in einem Einzelmolekül nicht aufspüren kann? Es ist auch ziemlich schwierig, die Gravitation in einem Einzelmolekül festzustellen, aber die Gravitation haben sie nie angezweifelt! Die Magie im Molekül wird von der dort vorhandenen Gravitation überlagert; das bedeutet aber nicht, daß die Magie nicht existiert. Magie hat einen Wirkungsbereich von 10^7 Metern, was ungefähr dem Durchmesser der Erde entspricht. Deshalb können wir sie in unserem Bezugsrahmen und Maßstab ganz bequem erfahren, ohne daß wir feststellen, daß sie auf das allgemeinere Universum einwirkt. Sie ist wie die starke Wechselwirkung, die nur das Neutron beeinflußt, das sie berührt; aber da wir alle die Erde berühren, befinden wir uns innerhalb ihres Wirkungskreises. Es stimmt zwar, daß sie absolut betrachtet schwach ist, aber sie ist nicht nur akkumulativ, sie läßt sich auch bündeln, so daß die Magie, die in einem Kubikkilometer des Planeten inhärent ist, sich auf einen mikroskopisch kleinen Punkt konzentrieren läßt. Stell es dir vor wie Sonnenlicht, das durch eine Lupe gebündelt wird und dadurch in festes Holz Löcher brennen kann. Durch ihre Formbarkeit wird die Magie, sofern sie richtig eingesetzt wird, zu einer Kraft, die noch potenter ist als die stärkste der anderen Kräfte. Diese richtige Magie, 10^{42} Mal konzentriert, kann den Kern eines Atoms ohne Explosion vom Rest abtrennen, was die Transmutation von Blei in Gold erklärt. Sie kann aber auch die inneren Prozesse eines kleinen schwarzen Lochs beeinflussen.« Mars hielt inne und wackelte in gespielter Warnung mit dem Finger. »Nun versuch es bloß nicht mit einem *großen* schwarzen Loch! Wo immer die Magionen hingelangen …«

»Meinst du die ›Magier‹?« fragte Norton.

»Nein, meine ich nicht. Die starke Wechselwirkung wird von Gluonen übertragen, die schwache Wechselwirkung durch intermediale Vektor-Bosonen verschiedenster Art, der Elektromagnetismus durch Photonen, die Gravitation durch Gravitonen und die Magie durch Magionen. Natürlich werden all diese Grundkräfte in der Wiedervereinheitlichten Feldtheorie miteinander verbunden …«

»Das ist mir zu technisch«, protestierte Norton. »Ich habe die Kernphysik noch nie besonders gut verstanden.«

»Gewiß doch. Mein Beruf ist die Kraft, deshalb verstehe ich auch etwas von Kräften. Dein Beruf ist die Zeit, deshalb begreifst du Aspekte der Zeit, die mich völlig verwirren würden. Für dich genügt es, zu akzeptieren, daß die Zeit tatsächlich eine *Kraft* ist. Deine Sanduhr bündelt die Magie auf mächtigere Weise als irgendein anderes Instrument. Die Sanduhr hat die Macht, Satan zu behindern, sofern du sie richtig einsetzt.«

»Das ist gut zu wissen, aber wie soll ich das tun?«

Mars spreizte die Hände. »Das kann ich dir nicht sagen, denn die Zeit ist nicht mein Spezialgebiet. Ich kann dir nur versichern, daß das Potential vorhanden ist. Meine Kraftanalyse zeigt mir dies ganz deutlich.« Er zeigte Norton das Papier, auf dem nun eine säuberliche Skizze mit den fünf Grundkräften, ihrer Stärke, ihrem Wirkungsbereich und ihren Trägerpartikeln zu erkennen war. »Nimm das mit, vielleicht hilft es dir bei deinem Schlachtplan.«

»Äh, danke«, sagte Norton, der davon keineswegs überzeugt war.

»Vergiß nicht, Chronos: Kämpfe, gib niemals auf, dann wirst du siegen. Du verfügst über das Instrument, das Satan nicht besiegen kann. Er ist der Goliath, du bist David.«

»Ich werde es versuchen«, stimmte Norton schwach zu und entfernte sich. Im Falle einer Revanche hätte er auf jeden Fall auf Goliath gewettet.

Tief bekümmert begab er sich zurück in sein Heim im Fegefeuer. Mars hatte zwar seinem Vertrauen in ihn Ausdruck verliehen – aber war das auch gerechtfertigt? Es spielte kaum eine Rolle, wie mächtig die Sanduhr war oder wie angreifbar Satan sein mochte – wenn er nicht wußte, wie er seine Kraft gegen Satans Schwäche einsetzen konnte, was sollte sie ihm dann nutzen?

Als er eintrat, meldete ihm der Butler einen Besucher. Für die Müden gab es keine Rast! Es war Satan, das letzte Wesen, das er im Augenblick gerne gesehen hätte. »Hau ab, Beelzebub!« fauchte er.

»Nun seien Sie mal nicht so, mein lieber Kollege«, sagte Satan würdevoll. »Ich habe eine alternative Realität geschaut, in der wir eine höchst anregende Begegnung hatten. Nun ist es vorbei, und es besteht kein Grund für Ressentiments. Wenn man mir eine Chance gibt, bin ich gar kein so übler Bursche. Hier zum Beispiel ist ein Leckerchen für Sie.« Er winkte dem Fernseher, der sich daraufhin anschaltete und eine Frau mit einem gesunden Baby zeigte.

Norton starrte auf das Bild. Orlene! Lebendig und wohlbehalten!

»In dieser Realität überlebt sie«, sagte Satan. »Da hat Gäa mehr aufgepaßt und sich geweigert, diesem törichten Gespenst seinen Gefallen zu tun. Ihr Baby ist gesund und mag Sie, und es wird überleben, um den Besitz zu erben. Das können Sie mit Leichtigkeit selbst überprüfen. Gehen Sie zu ihr, sie liebt Sie.«

Mit diesen Worten öffnete Satan sein Anzugjackett und enthüllte eine große Leere. Diese dehnte sich aus, als er die Revers weiter öffnete, bis nur noch seine beiden Hände übrigblieben, die das Revers festhielten. Dann verschwanden auch diese, und Satan war fort.

Orlene! Nachdem Norton sie schon als verloren aufgegeben hatte – sie jetzt wiederzugewinnen! Wieder Freude im Leben haben!

Dann fragte er sich, ob das recht war. Es stimmte, daß er sie liebte, sie liebte ihn, und ihr Baby erwartete eine prächtige Zukunft. Doch tatsächlich wollte Satan ihn damit bestechen – er sollte sich mit dieser Realität abfinden und dafür diese Belohnung erhalten. Und um welchen Preis? Wenn er einwilligte, akzeptierte er Satans Sieg auf der Erde. Und weil er, Chronos, unwissentlich Satan die Schaffung dieser Realität ermöglicht hatte, war er zu einem Diener des Fürsten des Bösen geworden.

Er musterte Orlenes Bild auf dem Schirm, als sie ihrem Kind ein Lied sang. Wie sehr wünschte er sich, mit ihr zu leben und glücklich zu sein! Doch konnte er so etwas annehmen – als Bezahlung dafür, daß er das Böse unterstützte?

Er erhob sich, und die Augen begannen ihm zu schwimmen; ein ungreifbares und doch entsetzlich schweres Gewicht lastete plötzlich auf ihm. »Verzeih mir, Orlene«, flüsterte er. »Ich kann nicht.«

Der Fernseher schaltete sich aus. Sie war fort. Norton starrte auf den leeren Schirm und fühlte, wie ihn die Trauer um das verlorene Glück überflutete. Er hatte geglaubt, daß er die Sache mit Orlene bereits überwunden hätte, doch nun wußte er, daß er dies niemals tun würde. Und doch hatte er sich ihr verweigert. Sein ganzes Leben lang würde er mit dem Wissen verbringen, daß er sie hätte retten können – und daß er es nicht getan hatte. Er hatte sie zur Qual und zum Tod verdammt. Welch ein Preis!

Mit seiner Entscheidung setzte er voraus, daß er eine Möglichkeit fand, Satans Tat umzukehren. Wollte er das jetzt wirklich noch? Zu wissen, was recht war, hieß nicht unbedingt, daß er auch mit ganzem Herzen dafür kämpfen wollte. Doch selbst wenn er keine Möglichkeit fände und diese gegenwärtige Realität blieb, würde er doch immer wissen, daß er die Frau, die er liebte, am Ende zurückgestoßen hatte. Es blieb die Feststellung, daß sie ihm nicht das Wichtigste im Leben gewesen war. Statt dessen hatte er sich für ein Prinzip entschieden.

Das Prinzip schmeckte wie Asche im Mund.

Satan hatte eine furchtbare Möglichkeit gefunden, ihn zu quälen! Er wußte genau, wie man die Schwächen eines anderen ausnutzte.

Doch – warum hatte Satan sich diese Mühe gemacht? Ganz sicher hatte der Fürst des Bösen schlimmere Dinge zu tun, als einen besiegten Gegner zu quälen. Satan mußte eine ganze Welt organisieren und auf seinen Sieg auf Erden vorbereiten, der in wenigen Jahren stattfinden würde. Es ergab keinen Sinn, daß er sich mit Kleinigkeiten abgab, es sei denn, daß er Norton keineswegs einfach nur zum Besten halten wollte. Angenommen, das Bestechungsangebot war ernst gemeint – angenommen, daß es aus Satans Sicht der Dinge ganz logisch und erforderlich war, um den Ausgang einer Schlacht sicherzustellen, die noch nicht ganz geschlagen war? Das legte nahe, daß Chronos Satans Handlung tatsächlich umkehren konnte und daß Satan das auch wußte. Deshalb versuchte er, Nortons Kampfgeist zu brechen.

Mars hatte ihm gesagt, er solle kämpfen und niemals aufgeben. Mars hatte daran geglaubt, daß Chronos siegen konnte, und zwar wegen der überragenden Macht der magischen Kraft, die er beherrschte. War Mars etwa ein Narr? Ganz gewiß nicht, wenn es um den Krieg ging!

Norton holte die Skizze hervor, die Mars angefertigt hatte. Da war die Magie, die schwächste der Grundkräfte und doch die stärkste, wenn sie richtig eingesetzt wurde. Hier war die Sanduhr, fähig, die Magie auf wirksamste Weise zu nutzen. Satan war Goliath, scheinbar allmächtig; Norton war David, der nur über eine einzige Waffe verfügte. Doch es war jene Waffe, die den Erfolg herbeiführen konnte.

Es schien, als wisse Goliath um seine eigene Verwundbarkeit. Deshalb hatte er versucht, David durch Bestechung vom Gebrauch seiner Waffe abzubringen. »Hier, David, du munterer Bursche – ich gebe dir diese schöne Frau Delila, wenn du mir dafür deine kleine Schleuder gibst.« Nein, Delila stammte aus einer anderen Legende, und Orlene war keine Versucherin. Und dennoch paßte alles zusammen. Satan wollte, daß er aufhörte. Deshalb mußte er weiterkämpfen. Sein Feind hatte ihm bestätigt, über welche Macht er verfügte.

Da fiel ihm auch wieder ein, daß er Orlene ohnehin nicht zurückgewinnen konnte. Er lebte rückwärts, und wenn er seinen Zeitstrom umkehrte, um sich mit ihr zu verbinden, würde er schon bald den Zeitpunkt seiner Amtsübernahme als Chronos erreichen und sie verlassen müssen. Deshalb war Satans Angebot ohnehin illusorisch.

Norton war froh, daß er seine Gewissensentscheidung bereits getroffen hatte, bevor ihm dies klargewesen war. Nun fühlte er sich besser.

Nein, Satan hatte ihm überhaupt kein echtes Geschäft angeboten! Wenn doch nur jeder Mensch die Zukunft sehen könnte, die Satan ihm bot – dann könnte er feststellen, wie diese Zukunft immer mehr erstarb, je mehr das Böse hinzugewann. Das würde alle gehörig aufrütteln und durcheinanderbringen und Satans Sieg unmöglich machen. Doch so etwas ließ sich nicht erreichen. Oder doch?

Norton holte die Sanduhr hervor und musterte den rieselnden weißen Sand. *Er* lebte rückwärts; ihm war die Zukunft vertraut, zumindest soweit, wie es eine gab. Doch die Sanduhr konnte auch anders beeinflussen, wenn er das wollte. Er konnte andere Menschen die Zeit entlangreisen lassen oder sogar die gesamte Welt für einige Stunden zwingen, rückwärts zu leben. Es stimmte, dies war das mächtigste aller magischen Instrumente, ganz so, wie Mars es gesagt hatte. Doch konnte es tatsächlich gewöhnliche Menschen eine Zukunft sehen lassen, die sie noch nicht erfahren hatten?

Druck.

»Sning! Dich hab ich ganz vergessen!« Plötzlich begriff er, daß Sning im Grunde die ganze Zeit sein treuester Kamerad gewesen war, einer, der seine Erfahrung am allerbesten mit ihm teilen konnte.

Druck.

»Du sagst, die Sanduhr kann bewirken, daß andere die Zukunft sehen?«

Druck, Druck, Druck.

Hm, er mußte die Sache enger einkreisen. »Sie kann es zwar, aber nur begrenzt? Beispielsweise bis zur ... bis zu der Zeit, als ich mein Amt annahm, da ich darüber hinaus keine weltliche Macht habe?

Druck.

Aber das waren ja nur ein paar Tage. Das nützte nicht viel. Er brauchte ungefähr ein Jahrzehnt. Genau genommen brauchte er sogar achtzehn Jahre – den Zeitraum, vor dem Satan Lunas Kandidatur vereitelt hatte.

Druck.

»Es wird uns gelingen – für achtzehn Jahre?« fragte er aufgeregt.

Druck.

»Ich kann in der Zeit zurückkehren – kurz vor den Augenblick, da sie die Wahl verliert –, und der Welt zeigen, was ihr bevorsteht?«

Druck.

Doch nun erkannte er einen ernsten Denkfehler. In diesen achtzehn Jahren hatte sich die Welt durchaus nicht in einen grauenvollen Ort verwandelt. Das Grauen würde erst stattfinden, wenn Satan offen die Herrschaft übernahm – und das würde erst nach (vor) Nortons Amtsübernahme sein. Er konnte es der Welt nicht zeigen, und Satan würde mit Sicherheit seine üblen Absichten nicht vorher offenbaren. Der Vater der Lüge wollte, daß Friede und Ordnung herrschten, bis er bereit war. Er wartete wie ein Jäger darauf, daß das gejagte Wild in Reichweite kam. Alles, was Norton den Menschen zeigen konnte, war eine halbwegs normale Entwicklung.

Druck.

»Aber das funktioniert doch nicht! Weil da nichts Grauenhaftes dran ist.«

Druck, Druck.

»Es wird *doch* funktionieren?«

Druck.

»Bist du ganz sicher?«

Druck.

»Also gut, Sning. Bisher haben mir deine Informationen stets gute Dienste geleistet. Wie soll ich es anstellen? Soll ich der Sanduhr eine neue Farbe verleihen?«

Druck.

»Welche Farbe? Purpurn? Gold? Orange? Violett? Grau? Braun?«

Erst nach Braun drückte Sning dreimal zu. Norton kratzte sich am Kopf. »Keine von denen, aber Braun hat seine Vorteile?«

Druck.

»Aber ich habe doch alle Grundfarben und einige Schattierungen genannt. Du tust so, als sei keine Farbe oder Verbindung ...«

Druck.

»Keine Farbe? Aber du hast doch gesagt ...«

Druck.

»Aha – keine Farbe! Transparent. Durchsichtig.«

Druck.

»Das stellt die Zukunft als Vorausschau und nicht als Erleben dar. Oder man kann sich an sie erinnern, so wie ich. Der undurchdringliche Schleier, durchdrungen vom Licht.«

Druck.

»Also gut, versuchen wir es!« sagte er aufgeregt.

Er ließ den Sand gelb werden und reiste in der Zeit zu dem Punkt zurück, an dem, wie Sning ihm anzeigte, Luna sich nach der Wahl befand. Das war in der Stadt Kilvarough, auf ihrem Anwesen.

»Auf ihrem Anwesen?« fragte er überrascht.

Druck.

»Äh, laß mich noch eine Sache erledigen, bevor ich weitermache.« Er ließ den Sand grün werden und klopfte an die Tür.

Sie öffnete sofort. Diesmal stand Thanatos hinter ihr – und Mars, Atropos und Gäa. »Meine Steine haben mir gesagt, daß du es versuchen würdest«, sagte sie. »Wir wünschen dir Erfolg.«

Er hatte sie eigentlich informieren wollen, doch das erübrigte sich. »Du verstehst ... wenn ich Erfolg habe, wirst du nicht mehr so existieren wie jetzt. Du wirst dich nicht einmal an dieses Leben erinnern. Keiner von euch wird das tun.«

»Das verstehen wir, Chronos«, erwiderte Luna. »In diesem Punkt ist deine Macht größer als jede andere.« Sie nahm seine Hand, zog ihn an sich und küßte ihn auf die Wange. Sie war nicht mehr jung, aber sie war eine wunderschöne Frau.

Norton holte die Sanduhr hervor. »Und nun sage ich euch allen Lebewohl«, sprach er verlegen. Sie blieben nur erwartungsvoll stehen. Er ließ den Sand blau werden und befahl eine Reise in die Vergangenheit. Als er sich dem entsprechenden Datum näherte, drückte Sning warnend zu und zeigte ihm die richtige Stunde an. Schließlich bestimmte er auch die Minute und Norton hielt an, indem er den Sand grün färbte.

Da stand Luna. Neben ihr war Thanatos. Sie wischte sich über das Gesicht, offenbar hatte sie geweint. Sie war achtzehn Jahre jünger als noch einen Augenblick zuvor, also in den frühen Zwanzigern und trotz ihres Kummers betörend schön.

Ihr zuvor stumpfes braunes Haar leuchtete nun kastanienfarben, war schulterlang und üppig, und ihre Augen leuchteten wie Fenster des Himmels. Sie war atemberaubend schlank und wohlgeformt, in einen grünen Umhang gehüllt, der an ihren Namensvetter erinnerte, den Luna – oder Mondfalter, und der helle Mondstein auf ihrem Busen leuchtete. Ein Juwel trug sie – und ein Juwel war sie, das war sicher. Erschrocken sah sie auf, als Norton sich manifestierte.

»Chronos! Du willst doch bestimmt nicht diesem unglückseligen Augenblick beiwohnen!«
»Nicht genau«, sagte Norton.
»Sie will gleich ihre Rücktrittsrede halten«, sagte Thanatos.
»Ich ... ich ... ich würde ganz gerne vorher einmal mit der Welt sprechen«, sagte Norton, dem sehr bewußt wurde, wie pompös sich das anhörte.
»Du?« Auf einem Totenschädelgesicht wirkte Erstaunen ein wenig unpassend. »Das ist doch gar nicht dein Gebiet, Chronos!«
»Ich fürchte doch«, sagte Norton. »Ich war, ohne es zu wollen, für Lunas Niederlage verantwortlich. Nun muß ich versuchen, das Unheil rückgängig zu machen.«
Thanatos schüttelte den Kopf. »Ihr Ruf ist völlig ruiniert. Die Diener Satans haben mit Verleumdungen gearbeitet, mit frechen Lügen – sie haben sogar Wahlurnen manipuliert. Alles Satans Werk – doch die Leute sind darauf hereingefallen, und nun ist alles vorbei.«
»Ich bitte um eure Geduld«, sagte Norton. »Laßt mich versuchen, ungeschehen zu machen, was ich kann. Sollte ich versagen, kann sie immer noch zurücktreten.«
Luna legte Thanatos die Hand auf die Schulter. »Schau mal, die Wahrheitssteine«, murmelte sie.
Tatsächlich leuchteten die Steine wie kleine Sterne. »Also gut, ich gebe nach«, sagte Thanatos.
Sie schritten hinaus durch das Vordertor, außerhalb der Reichweite der Greife. Dort standen Fernsehkameras und ein magischer Spiegel. Die Welt sah zu – oder zumindest jener kleine Teil, der sich die Mühe machte, diese Rücktrittsrede anzuhören. Die meisten Leute interessierten sich wahrscheinlich ohnehin eher für Lunas Schönheit als für ihre politischen Pläne.
Luna trat vor, in den Brennpunkt der Medien. In diesem Jahr benutzte man noch mechanische Mikrophone, um den Ton aufzunehmen. »Bevor ich etwas sage, will mein Freund Chronos noch zu Ihnen sprechen«, sagte sie.
»He, was ist das denn?« protestierte ein Mann und

drängte sich vor. Seine Augen brannten vom inneren Feuer der Besessenen – ein Agent Satans. »Wir sind nur gekommen, um zu hören, wie die Hure endlich Fersengeld gibt!«

In kalter Wut trat Thanatos vor, doch Norton war schneller. Er hielt dem Besessenen die Sanduhr ins Gesicht, und der Mann stürzte benommen zurück.

»Die Diener Satans haben dieser prachtvollen Frau Unrecht angetan«, sagte Norton. »Nun werde ich Ihnen zeigen, wie Ihre Zukunft aussehen wird, wenn dieses Unrecht bestehen bleibt.«

Er ließ den Sand durchsichtig werden und in Aktion treten, wobei die ganze Welt umspannt wurde. Er spürte, wie die gewaltige Kraft durch die Sanduhr strömte, wie die schwächste Kraft zur stärksten wurde. Physikalisch änderte sich nichts; dies war lediglich eine Magie des Geistes.

Ein Raunen wurde laut, als die Wirkung einsetzte. Plötzlich wich ein Kameramann zurück und ließ seine Kamera fallen. »Ich werde sterben!« schrie er. »Nächstes Jahr, während ich eine Geiselnahme aufnehme, eine explodierende Bombe – *ich kann mich genau daran erinnern!* Ich will hier raus!«

Eine Reporterin drehte sich um und verpaßte einem Nachrichtenredakteur eine Ohrfeige. »Wegen dieser Schlampe läßt du mich sitzen!« schrie sie zornig. »Na, diese Nacht kannst du dir abschminken, du falsches Stück!«

Der Redakteur konnte es nicht leugnen, denn auch er erinnerte sich daran. Tatsächlich wirkte er sehr gedankenverloren, während er seine Zukunft betrachtete. »AIDS?« fragte er verwirrt und entsetzt. »Ich? Aber ich gehöre doch gar nicht zu dieser Gruppe!«

»Die Schlampe vielleicht«, meinte der Fahrer neben ihm. »Das Zeug breitet sich verdammt schnell aus, jetzt, da es aus den Randgruppen heraus ist. Mein Onkel bekommt es auch und wird sterben ...« Er brach ab, entsetzt, als er merkte, was er da sagte.

»Leukämie?« fragte ein anderer, der daneben stand. »Wie kann ich mich daran erinnern, die zu bekommen, wenn das doch fünf Jahre in der Zukunft liegt? Ich werde der Sache nachgehen und alles ändern, bevor das passiert!«

In wenigen Minuten war die Straße leer gefegt, da jeder, der der Rücktrittsrede beiwohnen wollte, nur noch vor seiner eigenen Zukunft weglief. Jeder Mensch auf der Welt würde früher oder später Qual und Tod erleben – und niemandem gefiel diese Aussicht. Alle versuchten, ihr Leben zu ändern, um das Unheil abzuwenden, das sie voraussahen – und das führte tatsächlich auch zu Veränderungen, auch in der Zukunft jener Menschen, mit denen sie zu tun hatten. Die Menschheit war in Aufruhr.

Nun traf Satan persönlich ein. »Geben Sie nach, Chronos!« rief er, und anstelle seiner Zunge zeigte sich Feuer in seinem Mund. »Ich wollte keinen Streit mit Ihnen!«

»In diesem Jahr nicht«, sagte Norton. Der Sand blieb durchsichtig. »Aber in einem zukünftigen Jahr ...«

»Sie erzeugen absolutes Chaos!« protestierte der Fürst des Bösen, und dabei stiegen Rauchwolken von ihm auf.

Norton hob den Blick und sah über die Straße. »Wirklich?«

»Es ist für niemanden möglich, jetzt noch zu funktionieren!«

»Auch für Sie nicht, Satan?« fragte Norton freundlich. Langsam wurde ihm klar, welche Auswirkung seine Aktion hatte. Satans letztes Unheil brauchte sich gar nicht innerhalb der nächsten achtzehn Jahre zu manifestieren; es genügte, die gewöhnlichen Leben und Lieben und Tode der Menschen zu betrachten. Das plötzliche Wissen um Umstände und Zeitpunkt des eigenen Mißgeschicks oder des Todes trieb den Durchschnittsmenschen in den Wahnsinn. Der Schleier, der die Zukunft verhüllte, war tatsächlich ein Segen, und nun war er zerfetzt worden.

»Ich bin ein Wesen, das für die Ordnung ist!« sagte Satan. »Ich habe Pläne ...«

Norton sah ihn lediglich fragend an.

»Ich kann nichts erreichen, wenn die sich daran erinnern ...«

Norton wartete.

»Was wollen Sie, Chronos?« fragte der Prinz des Bösen.

»Herr, das fragt Ihr noch?«

Satan stampfte umher, seine Hörner liefen rot an vor Frustration und sprühten Funken. »Also gut, Chronos! Die Nutte soll ihr Amt haben!«

»Die wer?«

Die Funken wurden noch größer, und zwischen Satans Hörnern fuhr ein kleiner Blitz hervor. »Die gute Frau!«

Norton gestattete dem Sand, wieder seine grüne Farbe anzunehmen. Eines Tages würde er den Mechanismus erforschen müssen, der es ihm erlaubte, im Grün-Modus zu verbleiben, während der Sand durchsichtig wurde, doch das hatte jetzt keine Eile; offenbar hatte die Sanduhr ihre Feinheiten, die einer sorgfältigen Überprüfung bedurften, wenn man sie voll verstehen wollte, die ihn in seiner Unwissenheit aber auch schützten. »Ich vertraue darauf, daß Sie ihr Wort halten werden, mein werter Kollege«, sagte er.

»Dein Vertrauen ist fehlgeleitet, Herr!« sagte Satan und vollführte eine Geste.

Plötzlich befanden sie sich in der Hölle. Dichter Rauch umhüllte sie und verschleierte die Umgebung, doch es bestand kein Zweifel daran, wo sie sich befanden. »Versuchen Sie es doch jetzt einmal mit ihrem kleinen Trick«, sagte Satan grimmig. »Ich bin sicher, daß meine Dämonen es genießen würden, ihre Zukunft zu sehen.«

Norton hob die Sanduhr – doch der Sand war von Rauch umnebelt, und er konnte die Farbe nicht erkennen. Das war keine Illusion, der Rauch war echt, so daß er ihn durch einfache Konzentration nicht beseitigen konnte.

Natürlich konnte Satan ihn nicht festhalten. Der Vater des Bösen wollte lediglich eine weitere Ablenkung aufbauen, um seinen Feldzug zur Machtergreifung auf der Erde in letzter Minute zu retten. Die Drei-Personen-Begrenzung würde Norton daran hindern, hierher zurückzukehren; er mußte seine Mission hier und jetzt beenden.

Norton hatte genug. Er war Satan noch einiges schuldig. *Sning, kannst du mir helfen, ihn ein für alle Male zu erledigen?*

Druck.

Welche Farbe? Durchsichtig?

Druck, Druck.

»Haben Sie wirklich geglaubt, Sie könnten sich gegen mich stellen, Chronos?« fragte Satan höhnisch. Schwefliger Rauch kringelte sich aus seiner Nase.

Schwarz?

Druck, Druck.

Verzweifelt versuchte er es mit der Farbe, die sie bisher noch nicht verwendet hatten. *Braun?*

»Das genügt«, sagte Satan. Sein Arm schoß vor, seine Hand legte sich auf den Nortons. Ein Ruck, ein Stromstoß, und Sning befand sich in Satans Griff. »Dieser Irrläufer von einem Dämon gehört mir!«

Norton geriet in Panik. Er hatte seinen wichtigsten Ratgeber eingebüßt! Der Sanduhr konnte Satan zwar nichts anhaben, doch Sning verfügte über keinen solchen Schutz.

Norton ließ den Sand braun werden, der Farbe von Lunas Haar, und er wußte, daß die Sanduhr gehorchen würde, auch wenn der Rauch alles verhüllte.

Überrascht hielt Satan inne. Der Rauch kringelte sich wieder in seine Nase hinein.

Auch Norton war überrascht. Was hatte er getan?

Abrupt drehte sich Satan um. Flammen schossen ihm in den Mund, und Blitze fuhren aus der Luft in seine Hörner. Er peitschte mit dem Schwanz. »?lefueT muz saW« rief er.

Er lebte rückwärts! Die Höllendämonen zeigten sich jetzt durch den Rauch und sahen ihren Herrn neugierig an, für sie galt die Umkehrung nicht. Der braune Sand ließ die Zeit nur für Satan rückwärts laufen.

Der Vater der Lüge würde sich schon bald aus seiner mißlichen Lage befreien. Doch darum ging es nicht. Norton hatte Satan gezeigt, daß Chronos ihm das Handwerk sehr erschweren konnte.

Norton griff nach Satans Hand, um Sning zurückzunehmen. Satan versuchte, den Ring fortzureißen, doch sein umgekehrter Reflex ließ ihn Norton die Hand entgegenstrecken. Norton nahm die Schlange und streifte sie wieder über den Finger.

Dru-hu-hu-hu-huck! Sning schien zu lachen.

Norton schritt davon ... und um ihn herum löste sich

Satans Illusion auf. Er befand sich noch immer auf der Straße, wo Thanatos und Luna auf ihn warteten. »Wir haben den Rauch gesehen, aber entschieden, daß du dich wohl besser auf eigene Weise mit Satan auseinandersetzt«, erklärte Thanatos. »Jede Inkarnation muß selbst mit Satan fertigwerden.«

»Das ist wahr«, stimmte Norton zu. Er drehte sich zu Satan herum, der nun auf der Straße stand und immer noch mit der Rückläufigkeit seiner Zeit kämpfte. »Ich nehme doch an, daß Sie sich in Zukunft benehmen werden, Herr der Fliegen. Höchst ungern würde ich meine Macht noch einmal auf ähnliche Weise einsetzen müssen. Oder ist dieses mein Vertrauen etwa fehlgeleitet?«

Satan lief so heiß an, daß er eine phänomenale Flammenimplosion erlitt und wie eine umgekehrte Supernova erlosch.

Norton verspürte große Erleichterung. Endlich hatte er sich Satan direkt gestellt und ihn abgewehrt! Mars' Rat war richtig gewesen; er hatte nur weiterkämpfen müssen.

Er wandte sich an Luna. »Das Ergebnis der Neuzählung der Stimmen müßte jetzt bald veröffentlicht werden, dann wird dein Ruf wiederhergestellt sein. Somit beginnt deine politische Karriere.«

»Danke, Chronos«, sagte sie matt.

Thanatos trat vor und streckte ihm die Skeletthand entgegen. »Ich wußte, daß du mächtig bist, Chronos; doch nie habe ich auch nur geahnt, *wie* mächtig!«

»Ich auch nicht«, erwiderte Norton. Er wußte, daß dies nicht der Ort war, um seine erste Begegnung mit Thanatos in achtzehn Jahren zu besprechen. »Lebt wohl, ihr beiden.«

Dann ließ er den Sand rot schimmern und kehrte in seine Gegenwart zurück. Er fand sich auf der Straße vor Lunas Anwesen wieder.

Da erschien Satan wieder, mit glühend roten Hörnern. »Wie können Sie es wagen ...«

Norton hob die Sanduhr und befahl dem Sand, braun zu werden. Satan verschwand.

Er stabilisierte den Sand bei Grün und wandte sich zum

Tor. Alle Inkarnationen waren anwesend und Luna auch. »Meine Steine haben mir gesagt, ich sollte unbedingt zu diesem Treffen kommen, obwohl ich dringende politische Geschäfte zu erledigen habe«, sagte sie. »Nun fällt es mir wieder ein: Ich schulde dir nicht nur mein Leben, sondern auch mein Amt. Du hast mir geholfen, meine erste Wahl zu gewinnen, und ich stehe tief in deiner Schuld.«

»Und ich in deiner«, sagte Norton. »Handle einfach wie du handeln mußt, wenn es zur Krise kommt. Wir müssen alle ständig auf der Hut bleiben, um Satan abzuwehren.«

»Ja, natürlich«, stimmte Thanatos zu. »Aber ich wünschte, wir könnten dich irgendwie für deine ganz besondere Anstrengung belohnen ...«

»Nicht nötig«, sagte Norton und dachte dabei an die Öde, in die er nun zurückkehren mußte, an sein Leben, daß dem ihre und dem der Welt entgegenlief, und in dem er noch nicht einmal über diese Angelegenheit sprechen durfte, wenn er in ihre Vergangenheit kam, um nicht aus Versehen den Lauf der Dinge zu verändern.

»Ich werde mich um seine Belohnung kümmern«, erklärte Atropos und verwandelte sich in Clotho. »Laß den Sand grün, Chronos, bis wir bei dir zu Hause sind, damit ich es nicht vergesse.«

Norton sah sie an. Sie hatte sich wohl auf diese Angelegenheit vorbereitet, denn sie sah hinreißend aus. Und sie verstand ihn! Er erkannte, daß sein einsames Amt auch seine guten Seiten hatte.

ENDE